《山東道教碑刻集》
趙衛東 主編

山東道教碑刻集

青州 昌樂卷

趙衛東 莊明軍 編

齊魯書社

圖書在版編目（CIP）數據

山東道教碑刻集·青州 昌樂卷/趙衛東 莊明軍　編．—濟南：
齊魯書社，2010.11
　　ISBN 978—7—5333—2462—9

　　Ⅰ.① 山… Ⅱ.①趙…②莊… Ⅲ.①道教—碑刻—匯編—青州
市②道教—碑刻—匯編—昌樂縣 Ⅳ.①K877.42

中國版本圖書館 CIP 數據核字（2010）第 197928 號

山東道教碑刻集·青州 昌樂卷
趙衛東 莊明軍　編

出版發行　**齊魯書社**

社　　址	濟南經九路勝利大街 39 號
郵　　編	250001
網　　址	www.qlss.com.cn
電子郵箱	qlss@sdpress.com.cn
印　　刷	青島星球印刷有限公司
開　　本	787×1092mm　1/16
印　　張	28
插　　頁	6
字　　數	533 千
版　　次	2010 年 11 月第 1 版
印　　次	2010 年 11 月第 1 次印刷
標準書號	ISBN 978—7—5333—2462—9
定　　價	138.00 圓

山東道教碑刻集

顧問委員會主席 湯一介

顧 問 委 員 會 （按姓氏筆劃為序）：

丁原明　王志民　任法融　朱越利　牟鍾鑒　李養正
周立昇　胡孚琛　卿希泰　陳耀庭　張繼禹　馮達文
熊鐵基　劉仲宇　劉懷元　鄺國強

名 譽 主 編 王柏堅　麥子飛

名 譽 副 主 編 （按姓氏筆畫為序）：

何多樑　周和來　林志堅　梁　發　莫小賢　黃健榮
葉長清　趙球大　趙淑儀

主 編 趙衛東

編 輯 委 員 會 （按姓氏筆劃為序）：

王　卡　尹志華　王宗昱　白如祥　李大華　李永明
李　剛　何建明　范恩君　郭　武　強　昱　張廣保
張澤洪　詹石窗　蓋建民　樊光春　劉固盛　盧國龍

本書爲國家社科基金項目
"山東道教碑刻收集、整理與研究"階段性成果

本書由香港青松觀資助出版

序

　　國學大師王國維先生在二十世紀初提出了"二重證據法"，時至今日已有近百年的歷史。在這期間，"地下之新材料"與"紙上之材料"互證的學術方法得到普遍運用，解決了許多學術難題。同時，新材料的出土與發現亦日益得到重視，並不斷推動學術研究的進展。

　　上世紀70年代初，湖南長沙馬王堆3號漢墓出土的帛書《老子》、《周易》、《五十二病方》等，給沉寂的學術界帶來了生機，極大地推動了中國哲學與醫學的發展。同時，山東臨沂銀雀山1號漢墓出土的《孫子兵法》與《孫臏兵法》，使長期以來圍繞孫子的世系，《孫子兵法》的作者、版本，以及孫武與孫臏關係等問題的爭論得以冰釋。1993年湖北荊門市郭店1號戰國楚墓出土的一批竹簡，在學術界掀起了研究的熱潮，形成"簡帛學"。1994年上海博物館從香港文物市場購回的戰國楚竹書，雖然至今仍然沒有全部整理完，但就已經發表的《孔子詩論》而言，就足以推動學術界對孔子詩學思想的深入研究。2008年清華簡的發現和2009年北大藏竹書的公佈，雖然其學術價值尚不好預測，但已經引起學術界的廣泛關注。以上證明，每一次新材料的發現都會在學術界引發研究的熱潮，推動學術研究的深入與發展。

　　道教研究向來重視新材料的運用，早在十九世紀中葉，王國維的"二重證據法"尚未提出以前，廣東酥醪觀主陳銘珪就運用大量碑刻、筆記、文集等材料，對丘處機龍門一系全真道的傳承情況進行了詳細考證，寫出了《長春道教源流》一書，開全真道研究之先河。二十世紀四十年代，王國維的"二重證據法"提出之後，道教研究學者對新材料更加重視，陳垣先生利用其所收集整理的道教碑刻材料，對南宋初產生於中國北方的太一道、真大道和全真道三大新道派進行了研究，出版了具有突破性的重大成果《南宋初河北新道教考》一書。二十世紀八十年代末，陳垣先生編纂的《道家金石略》正式出版，其中收錄自漢至明道教碑刻一千五百餘塊，成為研究道教的重要材料。進入二十一世紀以來，受海外漢學研究方法的影響，國內學者對碑刻材料越來越重視，北京大學王宗昱教授對各種方志資料中收錄的而《道家金石略》未收的金元時期全真道碑刻進行了收集，編輯出版了《金元全真教石刻新編》，並在此基礎上寫出了一系列富有價值的學術文章。

但是,真正系統運用《道家金石略》、《金元全真教石刻新編》等碑刻材料來研究全真道的是中國社會科學院歷史所張廣保研究員,他自二十一世紀初開始,大量運用道教碑刻材料展開對金元時期全真道的研究,發表了一系列具有補闕性和創新性學術價值的文章,並於2008年結集為《金元全真教史新研究》一書,由香港青松出版社出版。

儘管道教碑刻材料的廣泛運用,極大地推動了道教學術研究的發展,解決了許多道教史上的難題,但是,仍然有諸多課題因史料缺乏而尚未解決。以全真道研究為例,早在上世紀八十年代任繼愈和卿希泰兩位先生主編各自的《中國道教史》時,就已經感到了全真道史料的缺乏。近年來,隨著全真道研究的進一步深入與拓展,史料缺乏成為限制全真道研究的最大障礙,比如七真道派的形成、北京白雲觀藏《諸真宗派總簿》所記載的各個宗派的傳承、明清全真道的發展狀況等,都需要新材料來加以解決。與此同時,許多過去已經定論的問題,現在看來仍然值得商榷,有必要重新加以審視與思考。可以這樣說,目前全真道研究已經進入了一個瓶頸狀態,只有依靠新材料的發現纔能最終改變這種狀況。

山東道教文化源遠流長,戰國齊文化中的神仙傳說曾風靡一時,秦漢方仙道及其術士們對長生不老的承諾和對神仙世界的描述,令秦皇漢武瘋狂展開大規模的尋仙活動。在漢末道教產生過程中,山東又扮演了重要角色,齊魯文化不僅成為道教的重要思想來源,而且第一部道經《太平經》的成書與早期流傳即在山東一帶。然而,在山東道教文化中最值得稱道的還是產生於金大定年間的全真道。全真道祖師王重陽雖然是陝西咸陽人,但全真道卻是在山東膠東創立的。王重陽在陝西終南一帶得道之後,即東出潼關來山東沿海傳道,收全真七子,建三州五會,創立全真道。在早期全真道中,不僅全真七子都是山東人,而且金元之際的大多數全真高道,或為山東人,或曾在山東傳道。明清以降,雖然全真道整體呈衰勢,然而山東全真道仍然有新的發展,在嶗山產生了鶴山、金山、金輝三大全真龍門支派,並產生了像周玄真、孫玄清、匡常修等大批著名的全真高道。歷代全真高道在山東修道和傳教過程中,留下了諸多文化遺存,道教碑刻就是其中最主要的代表。據初步考察,目前山東現存道教碑刻有幾千塊,且正面臨被毀壞的危險,亟須收集整理。

基於山東現存道教碑刻材料的重要學術價值,2005年我們完成四卷本《王重陽集》、《馬鈺集》、《丘處機集》、《譚處端、劉處玄、王處一、郝大通、孫不二集》校點工作以後,趙衛東博士便開始了對山東現存道教碑刻材料的收集、整理與研究工作。這項工作一開始因為經費缺乏等原因而步履維艱,但憑著對學術研究的執著和熱愛,趙衛東博士無論天寒地凍,無論盛夏酷暑,有時忍饑挨餓,餐風飲露,爬山涉水，出入於山林宮觀之中，足跡踏遍整個山東，與他的團隊一起，衝破各種困難，一直在堅持著這項工作。隨著工作的進展，趙衛東博士對碑刻材料的收集越來越受到學術界的關注，並得到了各方面的支持，先是 2008 年"山東道教碑刻收集、整理與研究"被列為國家社科基金項目，接著 2009 年香港青松觀又立項資助，有了經費的支持，山東道教碑刻的收集與整理工作正式全面展開，其成果將陸續出版。相信他的這份學術貢獻必將給道教研究帶來新的契機，使道教研究進入一個新的境界。

周立昇

2009 年 11 月 25 日

凡　例

（一）《山東道教碑刻集》輯錄了山東境內現存與道教相關的碑碣、墓誌、塔銘、摩崖、經幢、題記等，以上資料皆通過田野考察得來，除少數曾有著錄外，絕大部分首次公開發表。

（二）該叢書按當前行政區劃分卷，每一縣或市爲一卷，泰山、嶗山等碑刻相對集中的地方則單獨設卷；每卷按碑刻現存地點分類，每一地點又按立碑時間先後排序。

（三）每一塊碑刻包括名稱、簡介、碑文等內容，部分碑刻附有拓片。

（四）碑刻名稱爲編者所加，其中包含了立碑時間、碑文標題等信息；立碑時間不詳者，只以碑文標題爲名稱；碑文無標題者，碑刻名稱則由編者代擬。

（五）碑刻簡介包括：碑刻現存地點，立碑時間，撰文、書丹、篆額者姓名，碑刻形制，正文、碑額的書體、字徑，碑文主要內容，著錄情況，現存狀況，等等。其中除碑額按碑刻原樣照錄外，其他皆以通行文字加以介紹。

（六）爲了讓讀者瞭解碑刻原貌，抄錄碑文時，一律遵循照錄碑文的原則，對於碑文中的通假字、異體字、錯別字等皆不作任何改動。

（七）對於碑文中殘缺、破損和因漫漶而無法辨認的文字以"□"代替，一個"□"代表一個字，無法確知缺損字數的地方，則以"……"代替；行與行之間以"｜"分開。

（八）爲了方便讀者研究與查詢，每卷後附有方志資料中與道教相關的內容，爲了保持方志資料的原始狀態，除加以標點外，文字仍然採取照錄的方式；此外，每冊後還附有按時間順序排列的本冊目錄索引。

目　錄

昌　乐

青州

驼　山

元至元二十七年重建昊天宫碑

　　碑在山東省青州市駝山昊天宮,元至元二十七年(1290)立。楊志運撰文,魏道明書丹並篆額。石灰石質。圓首。高180厘米,寬110厘米,厚32厘米。正文楷書,字徑4厘米。額篆"重建昊天宮碑",3行,字徑11厘米。碑陰題名楷書,字徑2厘米。碑陰額題"題名之記"、"助緣功德宗派之圖",楷書,2行,字徑8厘米。碑體完整,文字清晰。《益都縣圖志》卷二十六《金石志》下與陳垣《道家金石略》有著錄。該碑主要記載了駝山昊天宮道士孟道和等,於元至元二十七年(1290)重建昊天宮之事,碑文及其後所附題名提供了眾多信息,其中昊天宮、上清宮、會真庵、玉真宮等當時益都主要道觀的道士題名,對瞭解元代道教的發展與傳播有重要價值。

重建昊天宫碑

　　東嶽廟提點前濟南道錄洞真通玄大師賜紫金襴魏道明書丹篆額。
　　婁敬洞楊志運洞(下殘)」
　　玉京神化於人間,金闕象分於物外,巍巍無量,在在有之。故青社西南七里駝」山之巔昊天宮者,詢其神化,自本自根,神鬼神帝,而叵測邪。《本行集》云:"統領三」界,萬靈朝焉。迨乎賢賤死生,奏禱斯須應感,目其長育憂曰昊天;或絕頂而四」觀,离罳空虛,坂依貓峒,震香兌龍,而皆山也。宲岜峯嵓,磐礜豁凸,聖迹于中,諸」山拱列,昝安然子李公先生主之,公諱守正,兗州人也。二十七歲,礼濟南陽丘」紫微宮弘陽郭真人,數載方傳印可,直尋于此,居一紀不下山。任自然,无乞化」。度門弟翟志中,積行累功,与天壇張二三子,疊石牆,興殿象,眾皆仰奉,春秋還」願,雜遝岑攀。翟度孟道和、趙志和、馬道寬、宋志道,同修竟果。孟等黼庞正殿,左」龍王堂象,右真官之祠,外護山神,宮門牌額,聖水池亭,賓位齋厨,輪乎次第。又」李保峪購坒成園,鑿洞懸崖,繪塑玄元、八仙、七真,及伐木東山,粧嚴殿象,燦」然金碧,遠邇穌光。李掬于荖,孟收于後也。於戲! 小變成大,鎮安」國祚,民祈禳謝旱,請應靈福無量也。至元上章攝提格八月下弦,法侶石楊洞」卿親造翠珉,謁鄑紫微婁敬洞,回舉鈞天之」化。余念灢屬无能以替,鉅鹿欒夫」,殷勤不憚,應召而來,遂摭忱誠,稽首再罩,系之以辭曰："玉京金闕迥處尊」，罡風浩炁藏天閣，轟雷掣電驅層雲，長春僊葩俄高犇」，奚能俛仰丞乾坤，昊天聖德降威神，駝山殿象宋皇君」，旵時登嶠信香焚，人間象外沾洪恩，積善袞袞興兒孫」，李翟玄徒葺有勛，崎嶇上下全愍憝，千載應化銘長存」。"

大元至元二十七季庚寅崴十月下元日知觀孟道和等立石」。

太虛宮郇仲平同刊」。

（以下碑陰）

題名之記

助緣功德宗派之圖

益都路人匠打捕鷹房總管姜煥同母太夫人李氏。

進義副尉益都縣達魯花赤兼本縣勸農事。

承事郎益都縣尹兼本縣諸軍奧魯勸農事楊。

進義副尉益都縣主簿曲，司吏劉溫、吳珪、彭羽。

益都縣尉丁，司吏常惠、于琛。

忠顯校尉慈恕。

從仕郎府判間丘璧，益昌庫副使張惟昌。

承務郎尚書戶部主事盧瑞。

江南浙西道提刑按察司書吏徐天麟。

管領益都般陽等路禿魯花戶總管羊裕。

管益都七司縣寧海州戶千戶馮益。

管益都平灤等路禿魯花戶總管劉。

管益都平灤禿魯花

元至元二十七年重建昊天宮碑

七司縣提領王鎬。

管寧海州寫户崔千户，管寧海州户千户填志。

前益都路奧魯總管知房趙惟順、趙惟慶，知事董柔，浙西杭州三務提舉孟忠。

管捕鷹房總管郭郁，副使高世英，管人匠提領馬琮，淘金捴管府知房刘源。

管捕鷹房經歷張正，知事宋彬，提領董政、王仲，益都等路醫獸都提領王守正。

户部胡外郎經歷百□，知事馬天驥，外郎刘煥，外郎李英，院長楊德，提領刘成。

在城上清宫和光大師益都路前道判袁道珪、丁道陽、袁道方、馬道靜、楊道寧、東岳提點魏道明、魏道寂、范道豐、馬道寬、王道用、安然子李守正、孟道和、林道實、方道元。

弘陽明真玄德真人翟志中、沖和大師孫道元、趙志和、臧金童、順真大師王志堅、□□道、馬道清。

在城會真庵陰守元、刘慧方、盧妙元。

□都玉真宫清虛明玄寂照真人陳德平，知宫王道昭，明真達□大師益都路都道□成志希，真靜大師益都路道判梅道隱，益都等縣威儀韓道茂。

本府在城内外耆宿人等：合老温夫人李素一、于守元、杜德璋、郭官、蘇人□、崔三、伏琇、蒼日旺、焦宜、祁旺、楊成、張祐、齊校正、張荣、刘成、張德、徐珪、荊玉、銀張、朱元生、高聚、王成、高□馬、高興、高□、王僧兒、李大、刘明卿、刘德平、社長于江、馬璘、李荣、李進、王福、王平、韓福、刘應祖、李照、王興、李禁、任義、孫福德、郭福全、朱偉、張氏、朱玉、夏温、羅義、呂成、李世荣、張林、王瓚、王芝、胡琮、單祥、張宅王氏、宫氏、刘成、鄧氏、鄧三姐、社長石春、金社官、董氏、李氏、許氏、刘川、曹氏、徐氏、張聚、韓讓、徐用、董福、安平、慈慶、孟珪、楊氏、董氏、王寬、朱福、郭福仙、宋氏、張氏、社長念信、馬興、姜潤、王成甫、刘興、蔡二、楊伯寧、王二、錢文智、李成、林成、鄭二、張荣、錢二、楊旺、崔貴、譚泉、趙荣、譚潤、石琇、石玉、王成、徐卜、男徐和玉、王荣、李福、孫福、張和、位順、崔平、秦英、葛旺、孫旺、李守正、刘用、秦安、卜真、李福、許用、吳成、崔聚、社長潘彬、婁德、仝琇、譚津、安經歷、李泉、阿里提領、周玤、王瓊、朱政、率聚、崔□、王用、孟政、謝成、蔡荣、宋官人、褚温、郝聚、苗潤、褚和、王祚、王謙、邵克明、吳琮、邵忠、張進、彭大、王瑞、趙成、王平、王金、胡荣、東間、張德、宋存、張弹壓、李瑜、李金社長、毛堅、元大、刘大、何福文、刘聚、吳德元、梁文秀、吳進、林社官、帶兒刘老、時老、張胡、線二、宋院、唐寬、陳胡、黄伯興、蔡氏、郝貴、王成、王德、武成、刘德、孟成、宋真、知房刘真、鄭文、鄭贇、陳荣、李法顯、姚珪、杜興、于進、李提領、陳福、梁成、于四、宋琇、任釗、遊永亨、孟成、刘均、王用、薛斌、店張三、王亮、麻李、秦德玉、韓法至、馬氏、釋荣、刘謙、王穆、李秀、作頭孫興、魏真、魏義、胡德、任千户、田雌、麻順、陳在、申祐、邵鐸、張山、舟青、王良弼、王就、王德、張荣、李福、刘真、刘江、李和、吳和、李用、崔賈氏、盧堅、曹聚、刘潤、刘真、貢大、商社官、董知軍、馬大、費大、謝社官、李荣、郭荣、張山、首領薛成、王聚、馬氏、馬信、費興、社長謝德、王継元、商守暹、貢德、卜安、彭壽、刘玉、刘良政、吳祐之、吳潤甫、繩吳順、吳仁、董德、刘德、陳懷德、官鐵匠提領徐榮、王氏、徐源、楊旺、刘氏、楊大、楊福、賈氏、忙□、周斌、李用、侯□、肖彦、王潤、毛青、齐興、張顯忠、車鐸、薛德潤、周二公、戚三公、賈貴、賈進、戴荣、婁平、温社長、楊旺、王喜、姜崇、任典、楊信甫、彭壽、彭傑、孫清福、于筆兒、胡德新、張顯、孟社官、丁聚、邹玉、董慶、趙成、褚氏、董百户、孫成、張□、王千户、周窯、馬社官、張山、呈興、王義、張大、北店刘成、李守正、董讓、丑德善、張氏、魏氏、刘珎、安平、楊希允、郭成、石玉、付聚、高明、林德興、齐王人、馬大、林和之、會首廟興、王社官、張瑞。

　　馳山東李保峪:社長王德男王慶、刘聚、莊長李成、王貴、社丰杜秀、李德玉、張成、李節、軍刘老、王安、黃全、夏興、刘成、于福海、百户郝寬、張穩、刘順、張進、張小二、高選、朱二、朱三、李二公、李進、李小大、付旺、孟氏、刘二、趙興、戴秀、趙百户、王揔領、李小大、于大、張三、李四、元大、元聚、王玉、李成、温婆婆、田大、李進、馬平、李二、李三、孫首領、楊大、楊四、吳大、馬大、張五、鉄匠葛二、于順、田法秀、吳成、李順。

　　馳山西:楊社官、郭社官、馮社丰、馮二公、馮三、馮四、馮五、王三公、郭婆婆、曹仁、楊德林、許百户、刘大、王大、王二、王二、王大、王五、刘二、刘三、趙二、温大、李二、李二、馮大、小王三、王大、王四、王四、王三、孫大、王安、李大、□□、□順、王六公、王八公、鄭三公、于王大、于江、于三、王進、康百户、王二、王四、別社官、李莊長、王社官、郄提領、宮三公、王二、□□、□三、李提領、梁鎮墻、梁二公、郄二、靳大、宮二、宮三、宮三、楊王二、張山、高成、孫大、路大、王弹壓、王大公、杜荣、郇令史、□□、□□、□□、王大、王提領、假提控、石高村張社官、呂社官、李莊長、王官人、呂二公、崔旺、張春、許大、李百户、夏□、夏□、夏二□、夏二、夏大、王真、周大、李大、呂大、李二公、楊大公、張二公、鄧成、張大、楊二公、楊大、楊二、楊三、刘江、刘大、陳大、王大、宋百户。

元大德六年降御香之記碑

　　碑在山東省青州市駝山昊天宮，元大德六年（1302）立。馬驤撰文並篆額，張敬書丹。石灰石質。高 198 厘米，寬 100 厘米，厚 27 厘米。螭首龜趺，螭首高 95 厘米，趺座高 62 厘米。正文楷書，字徑 4 厘米。額篆"大元降御香記"，2 行，字徑 12 厘米。碑體完整，文字清晰。碑陰題名嚴重漫漶，文字無法辨認，故不錄。《益都縣圖志》卷二十六《金石志》下有著錄。該碑記載了元大德二年（1298）元成宗遣使臣分降御香於駝山昊天宮之事，由此事可以看出駝山昊天宮在當時的影響。

大元降御香之記

　　益都路儒學教授馬驤撰并篆額。

　　前般陽路招遠縣酒稅醋務提領張敬書丹」。

　　環青皆山也。府城西南七里許，峯巒尤美，望之若駝形然，土人相傳，謂之駝山。山之巔有宮曰昊天，中有」玉皇殿，傍有龍神祠在焉。歲時禱禳，輒獲」靈貺，興雲致雨，潤澤一方者多矣。道人趙志和、□□□、張志恒輩，

元大德六年降御香之記碑

結廬以住持之。大德二年歲戊戌」，天使苟宗禮祗奉」德音，分降」御香于此。將事之旦」，誠意交孚，神人胥悅，林壑輝映。趙□、張三道士謂僕曰："蓋嘗觀昔之賢哲遊歷勝槩者，且有題名以記之。欽惟」聖天子龍飛九五，薄海內外，罔不臣服，萬民被其」澤，百神享其」祀，至於五嶽四瀆、名山大川，咸加」敬禮，靡有遐遺」。今茲之舉，誠為」盛事，可不記諸以彰」聖德敬恭明神之義，以攄臣子」祝延」聖壽之誠，幸毋他辭。"僕曰："善。"遂忘其固陋，敬書而刻之石」。

大德六年十月 日駞山昊天宮知觀趙志和等立石」。

益都路石匠都提領盧鎔刊」。

明成化元年重建昊天宫記碑

　　碑在山東省青州市駝山昊天宫，明成化元年(1465)立。高源篆額，趙偉書丹，包瑜撰文。石灰石質。圓首。高248厘米，寬105厘米，厚25厘米。正文楷書，字徑2厘米。額篆"重建昊天宫記"，2行，字徑11厘米。碑陰楷書，字徑2.5～3厘米。碑體完整，文字清晰。該碑記載，在青州知府趙偉主持下，明天順八年(1464)至成化元年(1465)間重修駝山昊天宫，因這次重修由官方發起，故參與人員眾多，從後面所附題名中可以看出，參與者不僅有官員、道士、普通信眾，而且還有僧人。

重建昊天宫記

　　昭勇將軍守備青州都指揮僉事高源篆額」。
　　中順大夫山東青州府知府上黨趙偉書丹」。
　　鄉貢進士青州府臨淄縣儒學教諭包瑜撰文」。
　　去郫城西南七里許，有山窿然，名曰駝山。昔人嘗於其巔構宫，以奉」昊天上帝。元大德間重加脩建。成宗即位，奉香幣遣使祭告。水旱疾疫，凡有祈，必禱輒應，具載前誌，可考也。歷世既久，日就頹毀」。聖朝嚴恤祀典，咸秩無文，迩年嘗」命有司脩理壇廟，以為福」國庇民之本。太守上黨趙公偉祇奉」德意於文廟壇場，既以脩舉，獨念茲宫，自昔迄今，保鎮一方，屢著靈貺，廢而弗舉，豈為」國安民之心乎？且以舊規卑隘，貌像弗莊，欲因是廣而新之。乃先出公帑以為之倡，命耆士李弘、張從等董其事，以勸募鄉民之樂助者，民皆悅從」。於是，富者捨財，巧者獻能，壯者効力，經始於天順八年八月，落成於成化元年七月。凡建殿堂五間，為梁者六，為楹者一十有二，橫廣五尋有奇」，三分其廣，而從深居其半，□稱之。殿之中塑」玉皇暨諸從神像凡九尊，丹堊鮮潔，金碧輝映，不啻玉京貝闕之下臨人間也。公仍命瑜記之。夫物之大者，莫大於天，而神之尊者，莫尊於帝。然天以」形体言，帝以主宰言，雖若二而實一也。彼佛老者流，不知其身之出於天，顧乃卑天尊己，其像設倫次，雖以天帝之尊，亦居其下。前輩常譏其妄」，惜未有能正之者也。今是宫之作，不麗於佛老之祠，不雜於塵凡之區，巍處山巔，獨有以全其尊而致其潔。天地之上，莫非天也，況山之高者乎」？且青州為天下正東之地，東方生氣之所在也」。上帝好生，其臨於是乎？或曰祭天祀地，禮有定分，非郫邑之通祀也。是宫之作，無亦非其鬼歟！嗚呼！天地者，萬物之父母也。人之所以為人，氣成其形」，理賦其性，所以命令之者誰歟？宮居而室處，親親而尊尊，腹稻粱而身絲麻，所以陰騭之者誰歟？皆天實為之也。是故，勞苦倦極則呼天，疾痛憯」抑則呼天，而求得欲從，亦必知所感激而歸功於天矣。彼佛老談空祖虛，於開物成務之功無所與，乃得盤踞名山勝地，靡費鉅萬，莫或有非之」者。吾人之所以生生化化於天地之中，其可日用不知而恝然無情乎？祀典之禮，雖不敢僭，而所以寓瞻依，致思報之誠，以為福」國庇民之助者，廟像之設，亦其宜也。

明成化元年重建昊天宮記碑

奚為而不可哉？公讀書明理，識達治体，其所興作，蓋亦究之精而議之當矣。夫復何疑，且其在耙七八年間，凡」百廢缺悉與興舉，如建府堂，廣學校，龍王有祠，城隍有像，皆其施政優裕之所及，而治民事神之先務者，知所當為，此特其一事尔，未足以殫公」之長，而悉其所為也。兹承公命，故歷敘始末，并論其所以立之之故，鐫諸石以垂悠久云」。

大明成化元年歲在乙酉七月甲申既望良吉」。

（以下碑陰）

守備青州府指揮僉事高源。

青州府知府上黨趙偉，同知扶風王佐，通判臨淮周佐、羅山胡清，推官雙江蕭讓。

青州左衛指揮使張廣、王耀、周瑛、儲亮、孫賢，指揮同知高興、王琇、劉聚，指揮僉事劉安、查雄、王鑑、張傑、黃忠、李永、羅忠，軍政千戶朱雄、馬乘、程通、田琮、陳政。

致仕參議徐弼。

經歷司知事杜敏、黎勝。

照磨所照磨李霈、檢校趙進、司獄司司獄吳玘。

府儒學教授魏得福、訓導宋錦、戴誠、汪澄。

益都縣知縣董淵，縣丞廉林，主薄

楊顕,典史趙璉。

縣儒學教諭楊昱,訓導黃煜、羅能。

永阜倉大使張鳳、王鑑、刘巽、張輝,副使湯灌、王玹、李顕、刘瑾。

稅課司大使郭忠。

青社馬驛驛丞張十。

青社□運所大使趙得。

陰陽學正術張傑。

僧綱司都綱文安,副都綱至進。

道紀司副都紀商京童,道士杜一昌。

百戶溫礼。

清凉寺僧人祖就。

青州左衛舍人田敬、崔礼、孫文、□□、刘成。

府吏崔玉、宋惠、趙志、任爽、刘惠、李貫、鄭禄、刘欽、張鵉、王璉、□鳳、孟陞、霍森、刘慶、王泰、張霣、周尚文。

縣吏李永、党寧、高明

耆士李弘、史文、王振、曹振、史直、史忠、張成、黃五、孟榮、史益、□□、張雄、張鵬、楊善、□□、張英、楊瑾、曲英、王浩、高鳳、高俊、刘清、王勝、張清、曹亮、王福、日照縣人楊璘、□察戴逵、刘澤,旗士張從、刘原、楚廣、呂珩、徐海、李祥、崔源、錢紳、鄭友、孟達、徐整、韓祥、李貞、張興、李廣、殷勝、陳貞、張四、姜海、姜勉、崔海、張三、王勉、董欽、李宣、孟傑、張五、宋福賢。

義民官潘聰、刘濬。

陝西西安府同州人党雄。

臨胊縣人張鳳、張雲、張戬,昌樂縣人李勝,臨淄縣人孔福礼、王太,沾化縣人劉福廣,樂安縣人許士茂、馬世傑、毛思得。

老人王士廉、王騰、李茂、孟泰、李壽。

石岡社人王英、王四、蘇傑、董拳、刘昱、周貴、王吉、侯三、刘拳、侯英、侯端、李曾,掩的社人石宣。

城北人于廣、張海、李翱、孫貴、馮四、李三、萬陞、李太、程興、王容、李真、郭幹、宋英、刘順、程喜、李雄、程旺、鄭恕、万晟、聶端、黃富、班弘、王通、李升、程端、李俊、馮剛、張能、趙林、班貴、徐慶。

城市人石鐸、黃耕、張吉、王翱、崔恕、孟春、石鏜。

山下人王聰、刘貴、張福、李珗、杜亨、王通、夏伯端、黃鐸、杜敬、付曾、趙海、李漢、尹通、郝通、王子祥、杜茂、王昇、張鵉、郝真、李奈、王英、黃礼、夏伯剛、王真、黃善、任傑、李英、黃英、賈貴、夏朋、黃宗太、楊茂、孟貴、張鐸、郝傑、李傑、馬勝、鄭全、朱得山、楊壯、李鐸、朱傑、王敬、張寬、王雄、孟祥、王宣、馮鑑、郝欽、丁剛、王玘、杜免、李嵩、宋敬、付升、馮祥、王斌、李讓、李鐸、李升、王安、李欽、宋讓。

城南人許荣、張海、許能、張祥、田澤、李景、刘士能、張聪、刘整、胡剛、許成、孫勝、張宣、高鐸、袁文得、郭春、刘欽、田增、蘇玘、韓整、季春、韓貴、刘福顕、季景、姚敬、芦三、耿五、孫荣、戴傑、刘海、黃友十、袁□、刘政、張石、張勝、刘從、刘瑜、刘斌、楊思名、張賛、刘原、孟振、刘恭、刘英、張俊、李岩、李四。

□□寺僧人文源、至鑑、□和。

城北任勝、王振、王升、宋升、王聪、馬清、李顕、王升、小澗社人張勝、王從、馬海、吳荣、陳宣、刘准、楊恕、樹春、楊□、馮彬、馮茂、楊荣、張□。

施工力信人王俊、陳英、李友沉、王原、王敏、王增、刘廣、張友勝、倪旺、寇能、溫傑、孫剛、張友沉、李英、趙安、張祥、梁四、夏滕遠、杜欽、李寬、王□、王友、孫福善、張林、□全、王三、夏名、郏□□、刘曾、張廣、周貴、張勝、付心寬、許聪、楊友、趙弘、李剛、張文剛、佐寬、楊穏、張慶、張全、孫福廣、溫興、王寬、付貴、趙傑、王仲信、張曾、王興、刘興、張曾、杜福名、萬福勝、賀祥、張福增、李福端、刘福寬、王福玉、郝林、刘剛、刘英、張原、張福嵩、福旺、張政、張英、牛氏、徐氏、王氏、郁氏、董氏、趙氏、喬氏、妙果、惠真、陳氏、尹氏、朱氏。

山下女人張氏同女刘氏、王氏。

臨朐縣人尹思名、尹勝、張臻、張純。

脩造道人:李福山、李彥成、徐太、李福代、夏福成、王福遂、刘太、張福勝、王成就、張福玉、刘富。

粧鋆匠:戴萬庸、吳允熙、戴文璨。

雕鋆匠:侯貴升、侯萬道、釹壽。

畫匠:錢貫。

瓦匠:張仲良、張四。

木匠:張雄、孫冲。

織匠:賀瑾、張英。

鎸字匠:臨朐梁瑛、鞠貴,昌樂賀玘。

石匠:刘□。

明正德九年樊靖等登駝山詩碑

碑在山東省青州市駝山昊天宮，明正德九年(1514)立。石灰石質。圭首。高
108厘米，寬58厘米，厚14厘米。正文行書，字徑4厘米。碑左側殘缺，剩餘部分文
字清晰。

登駝山詩

時正德甲戌三月九日也」。

一樽相約上春山，醉倚空霄
共解顏。桃李蹊橋煙」雨細，道
人活計野雲閑。乾坤涯際微茫
外，齊魯封」疆指顧間，我已便為
千里計，知君那復肯重攀」。

欽差守備青州都指揮潞陽
樊靖題」。

和樊南溪登駝山

一上駝山眼□□，□□鴻跡
幾閑行，回看天際疑無」凝，東顧
□□□□□，風雨數椽茅屋小，
潺湲一道□」□□。□□□□□
□分，畫裏斜陽何限情」。

（上殘）青州府事盧龍朱鑑
書」。

明正德九年樊靖等登駝山詩碑

明嘉靖二十一年重修駝山昊天宮記碑

　　碑在山東省青州市駝山昊天宮,明嘉靖二十一年(1542)立。馮裕篆額,楊應奎書丹,陳經撰文。石灰石質。螭首龜趺,螭首高106厘米,趺座高82厘米。碑身高176厘米,寬87厘米,厚20厘米。正文楷書,字徑2.5厘米。額題"昊天宮",楷書,單行,字徑12厘米。碑體完整,文字清晰。清康熙《青州府志》卷二十二《藝文》有著錄。該碑碑陰除頂部文字尚可辨認外,其餘嚴重漫漶,已無法辨認,故不錄。該碑記載了衡王府禮官李大綸與昊天宮道士楊永欽等重修昊天宮之事。

明嘉靖二十一年重修駝山昊天宮記碑

重脩駝山昊天宮記

　　賜進士中憲大夫貴州等處提刑按察司副使致仕郡人閭山馮裕篆額」。

　　賜進士中憲大夫河南南陽府知府致仕郡人渑谷楊應奎書丹」。

　　賜進士資善大夫」欽差總提督倉塲督理西苑農事戶部尚書前禮部左侍郎侍經筵郡人東渚陳經撰文」。

　　《書》曰"海岱惟青州",非以其東北控海、西南攄岱尒耶。青之形勝,為一大都會,史称"秦得百二","齊得十二",曰"東西秦",可知已。城之周」匝,層巒疊巘,峭壁攢峰,透迤囬合,若拱若伏,莫可名狀。獨西南四五里許,望之隆隆然如馳之峰者,曰馳山,象其形也。山之巓有」祠曰昊天上帝,不知肇自何代,無論宋元。祠旁有龍井、龍洞，洞時出雲霧，井水冬夏不盈竭，歲時水旱，祈請輒應。廟制崇峻偉麗」，奠祀雲集。傳之近代，考諸前聞，盖振古如茲也。歲久，風雨震凌，日就頹圮，叢榛蔓草，闔戶塞途，鼪鼯鴟鶹，夜寢處其中，樵夫牧豎」，日遊吟往返於其上下。山棲谷隱，方外之流，無所依薄。由是祀廢址存，民生易心，遠邇見聞，罔不興惻存耕。李子大綸」，衡國禮官也。休暇登謁，惕然於裏，率道士楊永欽日夜經營。伐木於阿，採石於巘，闢徑詠茅，扶傾補弊，葺其殿宇，飭以藻繪，繚以週」垣，益之重門，居室廩廚，損益得宜，百年廟貌，一旦煥然。凢一登覽，無問大小賢不肖，皆肅然敬憚之。嘉靖己亥春正月，功告成，李」子来属余文且告之。故東渚子曰：自主宰而言謂之天，自成物而言謂之帝。大哉乾元，萬物資始，故郊以事之尊之也。萬物成形」於帝，故明堂以享之親之也。凢以崇明祀，申大報也。今夫穹壤之間，物之大者，宜莫山；若而其生物成物之功，亦莫山；若故夫觸」石而出，膚寸而合，不崇朝而雨天下者，泰山之雲也。夫茲駞者，山之培塿者耳，其盤踞磅礴於青土，則有利益民物，固崇且大焉」者也。青之諸山皆童，而茲山草木翁鬱，視他山特異。盖其根脉發自岱宗之麓，迤邐蜿蜒，直抵滄海，與蓬莱三山實相頡頏，無乃」海岱靈秀，鍾於茲土，為我青萬世永賴耶。亦豈非以其生物成物之功，顯著盛茂，克配诐蒼，而人之誠信奉敬，不祀以山靈，而以」上帝尊之親之耶。不然，詎能祀事綿邈無間於頃久耶？《傳》曰："山川有能潤乎百里者，秩而祀之。"《祀典》曰："能禦大災，捍大患，有功於」民者，則祀之。"夫然則茲山也，祀庸可廢乎？《傳》有之曰："漱芳流則思源，過宗廟則思敬。"李子斯舉，其知本者與？其導民以敬者與？刻」而記之，庶茲意與茲山俱不朽也。時嘉靖歲次壬寅夏五月之吉」。

　　欽差整飭青州兵俻山東按察司僉事沈澧」。

　　中憲大夫知青州府事任原邊沆。

　　奉議大夫同知青州府事朱福」。

　　承德郎判青州府事崔子才、唐堯臣、羅賢」。

　　承事郎推青州府事李一元　文林郎知益都縣事胡宗憲」。

　　立石。

明嘉靖四十三年杜思"天泉"題字碑

　　碑在山東省青州市駝山昊天宮,落款文字漫漶。石灰石質。圓首。高 157 厘米,寬 68 厘米,厚 19 厘米。正文楷書,字徑 70 厘米。碑體完整。明嘉靖《青州府志》卷六《地理志》一《山川》云:"嘉靖四十三年,知府四明杜思暨僚推官平山齊仲賢、文學四明薛晨登覽,大書'天泉'二字立石於上,登州府通判東吳錢有成題其後。"以上證明,該碑立於明嘉靖四十三年(1564),"天泉"二字爲杜思所書。

明嘉靖四十三年杜思"天泉"題字碑

明萬曆二十一年新建駝峰修路記碑

　　碑在山東省青州市駝山昊天宮,明萬曆二十一年(1593)立。石灰石質。圓首。殘高 80 厘米,寬 59 厘米,厚 17 厘米。正文楷書,字徑 2.5 厘米。額題"平修二門甬路碑記",楷書,單行,字徑 4 厘米。碑下半部殘缺,剩餘部分文字漫漶。該碑記載了江西南昌縣信士萬開儒、萬玿春等捐資修整駝山道路之事,從題名中可以得知,益都縣、豐城縣等信眾也參與了這次修路活動。

新建馳峯修路記

　　江西南昌等縣客人,因上馳山進香(下殘)」玉帝廟前石路不平,上下高低,行走不便(下殘)」遊青州,蓋以有年,善行陰隲,素重鄉□(下殘)」捨資財。癸巳秋望,而道路治焉。低高(下殘)」□不惟男婦進香方便,而」貴官長者登高觀□,亦舉足之不忘矣。(下殘)」外壯觀,雖杳杳稱為江西客人所修(下殘)」公諱開儒,別號次泉,江西南昌人。后(下殘)」是公之義氣猶在青州而未去也。是為(下殘)」

　　南昌縣信人:萬開儒、萬玿春(下殘)熊廷玉、萬有恒、譚体聖(下殘)。

　　豐城縣:周文佳、周文儀(下殘)。

　　新□縣:金自聲、金光輝。

　　益都縣:陳柱、陳忠。

　　萬曆二十一年歲次癸巳孟秋望日(下殘)」。

明萬曆二十一年新建駝峰修路記碑

明萬曆四十八年修建鐘樓信士題名碑

碑在山東省青州市駝山昊天宮,明萬曆四十八年(1620)立。石灰石質。圓首。高164厘米,寬76厘米,厚24厘米。正文楷書,字徑2厘米。額題"題名碑記",楷書,單行,字徑9厘米。碑體完整,文字清晰。該碑記載,明萬曆四十八年(1620),駝山昊天宮曾修建鐘樓,參與修建的除眾多信士外,還有寧陽王府、玉田王府、平度王府、衡王府、新樂王府、昌樂王府等。

修建鐘樓眾信士名開列于後:

寧陽王府、玉田王府、平度王府、衡王府、新樂王府、□樂王府、□官高進忠、□洪□、吳三□、吳三介。

羅茂材、張恭、張炅、張所蘊、張登科、張言性、曹汝芳、楊啟東、陳克見、朱仝、鄧三本、□成名、于化龍、□人性、鄧德、李應元、張自友、楊四□、姜科、□□敬、趙汝本、張志、宋□、宋昇。

宋尚政、宋三省、宋三聘、高平、許國安、王均時、王均亮、馬春時、馬應時、董思孝、馬繼業、宋繼成、宋緒成、宋維成、宋績成、郝存政、郝登進、郝登遠、宋繼□、王浩文、王均□、□□□、張□、趙繼富。

宋林、宋科、王子良、付繼業、宋國賓、徐永慶、王進表、崔升、趙大佐、張忠、崔震、王應志、王應節、王進貢、梁萬

明萬曆四十八年修建鐘樓信士題名碑

斛、王進成、許守才、王賜官、王恕、楊應時、王聯芳、張思元、石應選、蔡尚夆。

張孔訓、王多安、王思錦、杜世愛、杜世卿、杜守□、杜孔修、杜孔变、孫東邦、王彩、楊希化、楊希池、王廷諫、楊希曾、楊希顏、楊栢、郗三才、楊希端、王棲、鄭應□、郭登、郗汝芝、郗汝起、鄭宣。

趙琳、吳綱、馮士春、刘希蛟、刘希節、吳強、刘階、張春政、□梅、馮思孝、王東□、張可敬、蘇有才、馮思孝、楊棟、丁向東、郗汝□、郗汝梅、刘希善、□繼先、王可良、丁思本、馮汝運、馮汝樂。

馮從教、張子英、郗宗信、馮汝秀、馮汝水、馮兵、馮汝賢、張進順、趙進忠、馮汝名、夏花、左彥忠、董才傑、王珩、張可鳴、王明教、張守忠、張守玉、張荣、王東江、黃士選、王東闔、牟應秋、王□。

張彥興、郗林、王道、楊希友、徐尚礼、郗汝業、楊希位、陶仲、刘孔思、李加言、焦順相、郗九善、王廷用、刘孔戀、刘弘瀛、焦思仁、刘孔恕、陳乾、陳坤、郗選、張乾、張子金、張可序、張子繼。

刘尚礼、任九思、刘燦、王進好、張子玉、李天竟、張子啟、王奎、夏恒吉、宋朝臣、張克奇、張應孝、王繼俸、王鳳鳴、張子西、王朝殿、張起方、張子環、張九儀、張克勤、張見、張九觀、張實、夏乾。

鍾愛、刘孝先、王堯、王志、王言、王國順、侯順、高思進、董良、王鳳岐、王夢麟、馬敦、張添惠、王佃、王鐸、張伯春、刘恒安、李早、田嶐、王守本、張九□、張九只、張子孝、張子迪。

張松、夏謹、王国卿、于進忠、趙講、趙雲、趙登、王傑、王朋、王汝富、王環、張子橋、王繼才、夏綱、于進孝、王聚、王繼武、王繼孔、張棟、張大器、賀尚仁、祖有賢、任當時、徐士夆。

朱竹、趙良、趙坤、趙玘元、祖林、張孝德、朱蘭、王思苹、張应乾、張应坤、王樂、任九欲、趙粟、于蛟、邵应登、寇登、寇荣、王能、倪显夆、倪興、倪显愛、杜翠、李全、李世俊。

付邦全、付邦美、王国禎、李東來、李東輝、刘迁、李東海、刘克臣、寇一常、刘恒吉、刘訓、黃應夆、陳松、王嘉善、陳東水、張樂、刘子蘭、陳志、楊应乾、王应福、鄧九相、鄧希孔、鄭希齊、鄭希選。

張可友、楊希聖、趙魁忠、邢修吉、趙國寧、賈秋、宋坤、賈経、張思信、王玠、張加溏、趙应魁、宋守綱、郝登雲、郝存教、郝登才、郝登枝、李東全、郝登貢、吳思忠、刘東際、李三樂、王秉道、趙東蒙。

李順京、王均才、杜孔柬、武東洋、付脩身、付脩吉、刘斋、付脩善、任子良、王均勝、李全、鄭汝甫、鄭希能、鄭管、鄭彥实、鄭三玠、鄭楚、鄭密、鄭彥清、鄭汝業、鄭三位、鄭大成、付本、張得忠。

鄭思、郗汝安、郗進禄、郗三楊、郗進衣、郗進表、郗汝架、王仲才、郗汝栢、郗汝棟、鄭都、吳宗賢、王重農、任綱、溫才有、楊希和、丘進筚、鄭三衣、馮士只、鄭汝竹、鄭延慶、鄭布、鄭官、鄭延當。

郗汝節、楊希儒、郗汝竹、鄭杭、関守業、王春、刘思敬、王汝祖、溫孔教、李應才、吳德時、吳宗佘、吳宗賓、吳宗善、吳宗朱、夏臣銘、張汝科、賈礼、吳三便、吳三位、王尅恕、刘思成、刘思全、伏忠厚。

王坤、杜清、陳敬、閆守業、李見、尹從道、李寵、李三墨、趙子其、張文祥、陳興國、陳興邦、李德科、李相、鄭郡、吳三省、吳三錫、王思齊、吳三行、張洪、吳文秋、吳文夏、杜成名、吳文學。

趙希全、李主、刘登、馮君存、李民、杜惟藩、趙存成、杜汝科、杜汝部、丁一琦、郭繼周、于添礼、杜孔習、杜三顧、杜茂新、杜中盛、劉思敬、杜岩、楊繼縣、杜逍、杜三畏、杜光前、李講、杜孔論。

孟起雷、葉春芳、鍾尚貴、郗守倉、郗守相、呂应才、田汝科、楊文英、唐進敬、尚錦、田汝弼、李春耀、李春正、李春袍、李尚義、李佐、李庭桂、郗隨、秦國卿、盧國禎。

宋繼成、刘應時、刘應會、倪昇、張花、刘世存、張賢、趙三頻、陳汝業、刘先登、楊成己、楊潔己、楊尔興、秦国相、李尚德、李应科、王進山、張士進、雷子鳳、張進孝。

張登、杜綱、刘稀、刘讓、刘積、刘進孝、刘敬、趙文有、刘臣、丘一才、吳宗才、穆應春、趙守分、趙繼賢、馬守□、姜道、穆尚德、凌希東、黃孝。

宇門杜氏、王門任氏、任門齊氏、刘門張氏、張門刘氏、王門張氏、倪門羊氏、高門任氏、刘朝□、陳□振、陳東周、董孝礼、趙光彩、翟一先、徐士名、便継汝、刘進孝、桑禄、桑錦。

木匠:刘尚礼、李应春。

石匠:沈継芳。

刘燦、王進好、朱思敬、張洪儒。

住持道人:刘性椅。

坐圍道人張真宰,徒弟刘復棠、周復有、邹復武、朱□□。

大明萬曆四十八年七月上浣吉立」。

明崇禎十四年玉皇上帝聖誕建醮三載記碑

碑在山東省青州市駝山昊天宮,明崇禎十四年(1641)立。高有聞撰文,王教嶸書丹。石灰石質。高198厘米,寬77厘米。正文楷書,字徑3厘米。額題"修醮題名",楷書,單行,字徑9厘米。碑體完整,文字清晰。該碑記載,駝山周圍信眾,自明崇禎十二年(1639)開始,每年正月十九日至駝山昊天宮修醮,三載圓滿,於崇禎十四年(1641)立碑以記其事,並附42位信士題名於後。

玉皇上帝聖誕建醮三載碑記

嘗謂:炁□無色,巍巍深聳於浮黎;景覆有垠,緲緲環恭糸劫㘴。森騫樹翠葩之影」,茂琪林絳實之華。雖陰陽而有路,顧敬信以在人。青郡西南古有駝峰,乃」昊天金□玉皇上帝之行宮也。所求皆應,如谷傳聲。惟茲正月之九日,而為」聖誕之□辰,眾等每歲建醮三日,上報」洪庥。其□力無邊,恩露庶類。三塗五苦,聞經聲俱獲解脫;四生六道,聽靈音同證生方」。今已三載,其功圓滿,共立此石,以垂不朽矣」。

崇禎十四年歲次辛巳正月初九日同立」。

賜進士出身上林苑監蕃育署署丞前吏部文選清吏司員外郎高有聞撰」。

楊守己,李毓成,建醮會首時敬文、

明崇禎十四年玉皇上帝聖誕建醮三載記碑

邢壽,高尚義,卞士登,孫應時,張恭,張鳴鳳,劉永顯,賈存榮,朱方璽,張國用,左玉德,金士常,時敬表,張進愛,李玉琳 張有昇,唐顯倫,李思敬,劉東齊,馮孔化,許建基,桑茂,陳化鳳,孫邦畿,張汝京,唐修吉,侯棟,劉景惠,張洪基,周貴,張汝璧,郝名高,鍾尚貴,邢開基,姜德成,陳□□,張進賢,趙孟春,鄭守性,宇亮。

本山住持:張常□、趙福喜,徒弟李常盛。

書丹:王教嶸。

石匠:孫名然、孫雲鳳。

仝立。

清順治十四年駝山建會記碑

　　碑在山東省青州市駝山昊天宮，清順治十四年(1657)立。高有聞撰文。石灰石質。高235厘米，寬98厘米，厚22厘米。正文楷書，字徑2厘米。額題"修醮題名"，楷書，單行，字徑9厘米。碑體完整，文字漫漶。碑文後題名，因漫漶而無法辨認，故不錄。該碑記載，清順治十四年(1657)，青州城信眾，為了報答神恩，祈禱太平，自發建會，至駝山昊天宮修醮，並立碑以記其事。

駝山建會碑記

　　蓋聞青州結脈，肇自駄峯，是駝山廼青州之主山也。西接岱嶽，東抵滄海，綿亘千里，而峭壁不斷。因思青」城永固，絕夫傾危之患者，詎非斯山之脉之盛歟？海際山脈，道人騷土□登□山以覽勝槩焉。山上舊有」昊天宮闕，越歷多載，其間之祈年醮祀者，幾千萬人矣。我輩一非百姓慶誕，何功敢勒□以比前人乎？第念」清朝鼎新以來，我輩之父子、兄弟、夫婦聚首無恙，且闔城士庶若不知有兵戈者。然彼時□□芸不變」，雖新天子聖明之至德，而室家相慶，實」昊天玉帝之庇蔭。知其福者，莫不捐玉帛牲牷以興醮祀。此一醮也，顧一則曰報」神恩之罔極，必再則曰祈太平之永日。豈非我輩數年來虔敬祈求之徵百千？雖然，□其□□□嶇聞異□」芬芳，不啻離宮之□椒蘭。叩其門，廟貌莊嚴，□彩雲四覆，恍若金殿之擁寶□。四顧疊山環列□分峙者」，非駝峯之餘秀乎？臨眺青葱畢明而茂密者，非駝峯之鍾靈乎？或日躋崇巖，宛若登春臺；或夜□河□，□稀□斗宮。勝景如斯，獲福文如斯，何可□日忘哉？故立茲碑也。敢云題名乎？亦惟誌其山之勝槩」，神之異也云爾」。

　　當」順治十四年歲次丁酉七月夷則穀旦」。

　　賜進士第中順大夫通政□司□通政使高有聞薰沐拜譔」。

清康熙十五年修醮題名記碑

　　碑在山東省青州市駝山昊天宮,清康熙十五年(1676)立。石灰石質。圓首。高205厘米,寬79.5厘米,厚21厘米。正文楷書,單行,字徑2.5厘米。額題"修醮題名",楷書,字徑10厘米。碑中間斷裂,文字漫漶。該碑記載,駝山附近居民每年正月玉皇大帝聖誕結社至駝山修醮,三載圓滿,立碑以誌永久,並錄信眾題名於後。

　　駝山在郡城西南里許,南眺則千巖萬壑,北望則雉堞崇墉,東瞷紅霞,西來爽氣。郡《志》云:"駝山與雲門、劈山三峰,障城如畫,誠海岱之勝」溉,青丘之名□□□焉」。"昊天金闕上帝行宮,□宇崔嵬,階庭森肅,松杉雲靄,鐘鼓風清。時有道侶全真,棲佷守素,飡真陽於亭午,念孔神於中霄。或名士宰官,登高遐」矚,振衣長嘯,嗽□鳳之音,作賦攡辭,諧金石之韻。莫不增輝上國,托迹名山。至若恒雨恒陽,歲或不稔,則祈禱者率先群望,神休響荅,每」不逾時。《詩》不云」,上帝鑒觀,求民之莫。□載□功,其所由来遠矣。近山居民鄉耆等,率諸村子弟,每歲春王正月」聖誕之辰,共處祀事,無小無大,拜舞趍蹌。澗沚溪芹,昭蕪鄉之明信;吹豳擊鼓,迓神聽之和平。大約三歲禮成,則勒諸石以志永久,所以仰荅」神貺,俯愜輿情,□往緒於靡愆,引来者之勿替,此記之所以不容已也。余樂觀盛舉,竊願五風十雨,歲獲嘉祥,孝弟忠良,歲登淳化,將見」帝闕崢嶸,駝峯蒼翠。□諸善信姓名,共垂不朽」。

　　康熙十五年歲次丙辰孟春吉日」。

　　賜進士奉政大夫整飭分□□等處管理河道糧餉屯田馬政鹽法驛傳兼轄隣近州縣河南按察司僉事前戶部廣東清吏司郎中鍾諤」。

　　□監人:王復旺。

　　楊際宗、王執中、王□孟、□□□、□□□、□□□、□□、□□□、□□□……

　　左銀、劉天成、黃士彥、杜永□、王山、酆三進、張孔倫、王士禄、□□□、□□、石□、□□□……

　　張仲實、周從貴、姜長春、黃三才、劉仲秀、張三才、杜坤、□三庚、孟明□、趙永吉、□□□、□三□……

　　□有禄、張所顯、張□、鄭傑、□德、賈名□、趙得金、王文秀、溫奉時、溫奉登、溫奉明……

馬希孔、馬良臣、馬良才、刘□□、刘士正、李之臻、史文炳、郝九州、高名起、王良治、李禎祥、張三煥、王玉、李登、□文□、□文□……王□、□傑。

侯萬年、郗邦享、郗邦魯、郗邦時、郗邦強、刘朝印、刘大荣、刘世俊、刘文卿、刘文起、刘文正、刘文□、刘文章、刘守文、刘文秀、李俊美……周秉恕、周秉德。

楊銓、張洪賓、朱永旺、郗三朋、郗三閣、徐奉智、郗三雲、郗三江、邢振美、邢振英、卞奇、卞吉、王銓、史邦棟、王自□、夏名宗、張雲□……楊三□、楊應運。

張箕、趙箱、李可升、蔡必旺、王有德、尹三時、趙國棟、趙國松、趙管、趙簧、趙應春、趙子官、趙彥、趙福運、趙三江、趙□寬、趙永亨、張元成、張有春、張有旺、寇文才、張有正、楊國時、楊應祥、傅永貴。

張孔文、趙孟春、趙孟夏、張孔信、鄭得志、王成功、尹三荣、張□、尹化龍、張十花、張山、王志俊、張名江、酆三成、魯超、□□、□□□、□□□、吉□□、吉讓交、吉付寧、李永盛、吉邦魯、吉非傑、吉付交。

張可文、張奉文、蘇洪亮、□□強、張可玉、張金、張九京、翟永吉、王珠、趙三聘、倪□□、張美、秦國宝、徐之龍、李荣、范志□、□□□、□□□、□□□、□□□、刘守□、刘守□、刘守□、高□忠、高□□。

卜有亮、卜有吉、王治名、卜有曾、王從時、卜有盛、刘継學、蘆乾、刘可印、張鳳、李士京、張俊、張聖佐、王樂、楊官、□永成……刘奉成。

梁萬升、王維業、張盛業、姜東洲、杜弘枝、郇革、閆尚舉、徐英、刘大有、李永印、張守全、王福□、王起、石屹、刘三享、李文登、王太……張卓、王三□、卜有福。

王林、郝日升、王□□、杜東明、邢望吉、王經方、李維新、鄭奉交、尹福順、杜文禎、李項、李楷、李□、李田、李春時、吳春江、□佐……

郗辛旺、王東陽、曹士敬、周□、郗進德、刘成竹、刘治林、趙業儒、黃士祥、李東府、黃士旺、馮起成、夏汝之、徐有成、侯尚荣、□俸進、□□□……王顯忠、王□。

石志清、石好、石坤、郭傑、張保珍、張保安、黃可舉、李奇方、趙可旺、孟□相、刘一鳳、錦文明、錦文安、□□春……崔國起、□□□、□□、□欽、楊玉明。

刘顯才、胡來享、刘治文、王士文、楊守成、王名春、刘可升、王化講、陳九舉、齊禎、刘胤岫、刘天福、刘萬春、曹永喜、方德、程起□、孔□□……□國安、王正□。

楊全德、楊蒙、溫龍、趙荣、王可成、王荣、趙三德、張九千、張士行、張時、刘國富、高聰、尚有能、蘇弘玉、趙國□、朱□□、□□□、王□□、刘鳳起、趙□、蔣得安、孟良守、刘國學、刘大發、刘大起。

趙正行、趙登選、刘承宗、任德成、趙應秋、趙應兌、趙應吉、王九金、馮三時、王東魁、杜□金、王可明、董好□、卜萬春、楊名□、孫應斗、孫應春、□顯□、楊□□、梁進忠、王□、張士標、趙士傑、王有□、刘□□。

馮有崗、馮鐸、馮有禎、鄧三省、王得、趙希愛、白詩思、馮存郎、馮有強、王茂好、王茂成、馮汝魁、王振、楊三恒、楊應亮、王之荣、曹□、□三節、□福荣、張守功、□十旺、閆可迁、閆可成、馬環、趙□成。

張顯、王化許、刘廷、馮有旺、王化來、姜治定、侯萬戶、姜振國、姜正國、吳可賞、姜福守、姜治國、姜戰國、姜寧國、姜開春、馮封官、楊秀、魏一張、鄧化鳳、馮年、刘計善、鍾山、馮有慶、曲□、□□□。

王銀、郗邦名、陳起善、李三棟、李誦、李闖、李元誼、刘奉行、李秋登、周從升、郗邦慶、閆太、閆化鵉、刘進舉、楊洪禄、趙英、張應科、閆可興、李東安、張應進、□東孝、□□□、□□□、□□□、□□□。

徐奉□、閆□、郗三澤、郗三省、孫登、刘相、高深、趙洪國、王一升、鄭萬民、石□禄、董趙、趙希敏、王志、尹樂川、尹樂順、楊自珍、刘起、□□□、□□□、□□□、□□□、石相□、張玉。

李□□、□□□、趙士錦、王好礼、張有才、張守才、李旺、刘継成、張聖化、陳富、蘇□、杜乾、杜嶢、張守功、孫守鵉、王天寶、董諫、馮轅、鄭孟斗、馮旺、刘其□、李□超、王自然、張貞、侯萬富。

張玉卿、唐盈、邢振德。

住持道人：趙復喜。

清康熙年間修醮題名殘碑

碑在山東省青州市駝山昊天宮，清康熙年間立。高有聞撰文，田家霖書丹。石灰石質。殘高130厘米，寬77厘米，厚30厘米。正文楷書，字徑3厘米。碑上半部殘缺，剩餘部分文字漫漶。因撰文者高有聞曾撰《明崇禎十四年玉皇上帝聖誕建醮三載記碑》，故知該碑立於明末或者清初；又該碑中的住持道人趙復喜曾出現於《清康熙十五年修醮題名記碑》，以此推測，該碑極有可能立於清康熙年間。

（上殘）□□「最秀於坤維」（下殘）之天主登臨時謁，猶虔禮齋心，矧修醮至於三年，瞻金容玉闕」（下殘）霞景曜光，識太空之法相，獲庥無量，遇變偕亨，其感戴」（下殘）□守己。等醮滿功完，欲勒石誌不朽，余述其積忱以記之云」。

（上殘）酉孟春煙九日上浣之吉」。

（上殘）司□卿前吏部文選司員外郎郡人高有聞薰沐拜譔」。

（上殘）田家霖沐手謹書」。

（上殘）陳□、杜□□、張□□、史□□、張□□、□尚功、□□富、鍾尚貴、劉守恩、張□□、張□□、王進山、劉建業、傅金、趙孟春、王守住、傅□正、王汝行、魏尚德、李玉琳、周世文、王景通、劉學策、王奉英、李思敬、王汝貞、竇延祥、張九經、有繼春、竇延壽、夏廷臣、劉守強、王燦、桑茂、季旺、邵思海、劉守惠、鄭可□、李自新、石屹、張九遷、唐修吉、張汝璧、劉化坤、孫邦畿、侯□、周之屏、周貴、鄭芳、周之邦、祝求實、徐鸞、姜德成、馬生蛟、馬一變、朱國正、梁萬斗、趙寬、王國禎。

匠人：孫名然、孫雲鴈。

住持道人趙復喜、党復隨。

仝立石。

清康熙二十二年重修昊天宮碑

碑在山東省青州市駝山昊天宮,清康熙二十二年(1683)立。石灰石質。高218厘米,寬113厘米,厚27厘米。正文楷書,字徑3厘米。額題"慶賀圓滿",楷書,單行,字徑11厘米。碑陰楷書,字徑1.5厘米,文字嚴重漫漶,故不錄。碑陰額題"修醮題名",楷書,單行,字徑10厘米。碑中上部斷裂,右上角殘缺,文字清晰。該碑記載了清康熙二十二年(1683)青州父老重修駝山昊天宮之事,並錄會首、信士姓名於後。

(上殘)記

(上殘)森列者以十數,雲門為首;附雲門者以十數,駝山為巨。山居郡之坤位,連綿逶邐,若列障」(下殘)駝山巔平昶穹窿,可坐萬人,以形似得名,故名駝云。舊創」(下殘)」(下殘)山川之神,各從其類,如齊之泰岱沂鎮,歷代祀典以山為主,皆於義有屬,義不屬則疎□瀆」(下殘)麻而覛山」(下殘)之矣。攬山川之形勝,洱水自東南來,蜿蜒縈帶,朝宗北注。北通堯峰,西瞻副嶽,南眺大峴,穆」□□□□莽濤起伏,列鬢攢青,乍隱乍見,神氣恍惚,肅牀而至實。維神僊之奧府,清虛之上界。昔人建」昊天宮於□□□呼吸之間,可通帝座者虖? 諸善信之同志,修醮以重新棟宇,三載圓滿,薌沐清齋,虔答」昊天,遂重□□□丹壁金牆,斯真閬苑瑤圃,為」□靈之所,□□□欲勒之貞珉以為記。予嘗按之傳記,昔南燕慕容德據青州,耀甲士數十萬,北抵堯峰,南距」駝山□□□□山岳震動,奝氣可不謂雄壯哉? 卒之烟飛雲滅,蕩然無一存者。登茲山而望郡城,數十間」白□□□□□□牀變幻,計一時王宮之輝煌偉麗,不啻十倍於此祠。至於今,瓦礫苔封,禾黍油牀,盡為遊人」徘徊□□□此祠巋然,山椒鐘虡猶無恙,賴諸善信修葺之力復煥,舊觀不足徵。吾青之父老子弟,恪恭」上帝,覛幽靈□□緣,罔有懈志。諸善信之子子孫孫,異日過碑陰而興感,始知其山祠之廟貌如故,香火常存」,則」神之所以福□□人者,殆將與此山無終極矣。是為記」。

康熙二十二秊歲次癸亥孟夏吉旦立」。

斟鄩拔□□□遠薰沐謹撰」。

庚戌科□□□□龍頓首修飾」。

邑增廣生員楊旭書丹」。

清康熙四十七年重修山門記略碑

　　碑在山東省青州市駝山昊天宮,清康熙四十七年(1708)立。石灰石質。高 52厘米,寬 83厘米。正文行書,字徑 3厘米。碑體完整,文字清晰。該碑記載,清康熙四十七年(1708)曾重修昊天宮山門,並增添山門外東西八字二牆。

重修山門記略

　　縣城西南駝山之巔,舊」有」玉皇行宮,祈禱吉應,功果」藏類。比年以來,山門剝」落,牆垣傾圮,衆議重修」。營維數資,今此門內有」枯朽樹三株而已。十」八兩遂將山門二門照舊」重修,復添此門外東西」八字石牆二段。其一切」磚灰之費,俱就核價支」度。舊制既復,而竟猶增」大。今已落成,人心慶望」,爰勒石以誌姓名」。

　　旹」康熙歲在戊子瓜月谷旦」。

　　縣□韓玥書丹」。

清康熙四十七年重修山門記略碑

清康熙四十八年駝山玉皇閣修醮圓滿題名記碑

　　碑在山東省青州市駝山昊天宮,清康熙四十八年(1709)立。碑呈四面體,一面刻碑文,三面刻題名。楊超梁撰文,魏之鐔書丹。石灰石質。高225厘米,四面寬各66厘米。正文楷書,字徑2.5厘米。碑文一面額篆"為善最樂",字徑10厘米。三面題名字徑1.5厘米,並分別篆額"流芳百世"、"名垂千古"和"修醮題名",單行,字徑7厘米。碑體完整,文字漫漶。該碑記載,韓雯斗、溫鳳登等在駝山玉皇閣修醮三年圓滿,立碑以記其事,並録善信姓名於後。因三面題名文字嚴重漫漶,無法辨認,故不録。

駝山玉皇閣脩醮圓滿題名記

　　聞之」:上帝,穹蒼尊神也。天以□漠無名,而獨為萬物始,真萬靈主宰,司人間禍福,善善惡惡,毫釐不爽,是是非非,刑賞昭然,尊居紫府,萬聖瞻依,不異人世之」金闕,曉□開萬戶,玉墀仙仗,擁千官者也。《書》曰欽若昊天,尊之至也。《詩》曰皇矣」上帝,崇之至也。曰明曰旦,日鑒在茲,豈遥杳而難信者哉!郡城之南五里許,名曰駝山,聳峙雲際,秀拔諸峯。四望層巒起伏,森森狀若連波。孤峯桀立,萬」山師集。時有雲氣浮兮,帶其蒼岫,雨則先起,晴則後散。左與雲門並列,右與龍山互聳,青郡一画屏也。且懸崖削壁,鳥道崎嶇,巖樹交參。単車徐引」,數武一息,真所謂"萬嶺千山一道分,向空盤礴歷青雲"也。當夏秋之交,清泉鳴於空峽,谷鳥弄于陰林,黃菊丹楓爭競秀於澗谷,蒼巒翠巘共鋪」設於夕曛,而晴沙汎泉側瀨交影,青林欝翁之下即炎陽,未失其酷暑,誠樵隱之槃居、羈塗之逸駕矣。山之巔舊有石閣一座,而周圍石砌棟宇峻」起,巍巍奕奕,誠萬年鞏固之基,薈蔚蔥蔥,有喬木倚雲之勢。供設」玉皇上帝尊神,聖像古茂,金闕輝煌。而住持羽士,晨鐘暮皷,不間寒暄,烟火香燈,無分旦暮。祈則有靈,感而遂通,祈福則福至,求雨則雨隨。誠一郡之覆」庇,十四邑之保障。每逢聖誕,遝邐雲集,瞻琹閣下者,幾滿山阿。韓雯斗、溫鳳登等似續其事,謀為之修醮之舉。言甫出,眾皆稱善,鼓舞樂從。遂自康熙丙戌」起,捐貲樂助,積少成多。每至期,建設棚塲,延請道眾,修醮演戲,夙夜在公,一切供獻禮儀,無一闕畧,虔修祀事,于茲已三年矣。敬事如始,萬人同志」,有踵其事而継起者,爰記姓氏,勒之貞珉,以俟後之君子」。

峕」

康熙四十八年歲次己丑夏四月上浣吉旦」。

益都縣儒學廩生楊超梁薰沐謹撰」。

後學布衣愚怯魏之鐔書丹」。

修醮道人丁祀標。

住持道人楊復香，徒弟李本乾，徒孫丘何脩、刘何群、李何倫，曾孫李教祥、曺教禎。

清康熙四十八年壽光縣豐城鄉信眾駝山進香記碑

　　碑在山東省青州市駝山昊天宮，清康熙四十八年（1709）立。石灰石質。圭首。高79厘米，寬43厘米，厚16厘米。正文楷書，字徑1.5厘米。額題"進香題名"，楷書，單行，字徑3.5厘米。碑體完整，文字漫漶。該碑記載，山東青州府壽光縣豐城鄉信眾，曾於清康熙四十八年（1709）至駝山昊天宮進香，並立碑以記其事。

駝山進香碑記

大清國山東青州府壽光縣豐城鄉□南社野狐刘家庄居住」。
郭玉美，刘□，進香會首刘恒脩，刘□，李惠，刘□，刘荣，刘□。
康熙四十八年正月十五日建立」。

清康熙五十一年青州樂安縣信眾進香修醮記碑

　　碑在山東省青州市駝山昊天宮,清康熙五十一年(1712)立。石灰石質。圭首。高94厘米,寬50厘米,厚14厘米。正文楷書,字徑2厘米。額題"萬古流芳",楷書,單行,字徑5厘米。碑體完整,文字清晰。該碑記載,青州府樂安縣信眾至駝山玉帝面前修醮,至清康熙五十一年(1712)三載圓滿,立碑以記其事,並錄50位信士姓名於後。

進香修醮碑記

　　青州府樂安縣各鄉各社人氏,見在何王庄居住」,香會一當,每歲值之後,各秉寸誠,緒積貲財,敬詣駝山」玉帝老爺面前修醮,三載矣。鑒其進香之誠心,神賜各家之福應」。合會姓名開列于後,以志不朽」。

　　王洪道,王在官,王宗盛,會首王在義、王國相,王喜,王子亮,王秉正,李化順,李承性,李溫,李洪福,李大行,李興,李如,李景,□運,王蘭薰,王洪緇,王蘭芳,王克修,王珍,王洪報,王蘭青,明克信,丁□樂,□□會,范祥,寇天鳳,芦士貢,芦慕旺,高文丙,王玉,王志,王國用,王勤修,王良,王道隆,馬恭,王盛修,房官,李恭,刘門徐氏,李門刘氏,徐門宋氏,芦崇興,王洪業,逯加樂,逯加慶,張綸。

　　康熙五十一年正月二十六日立」。

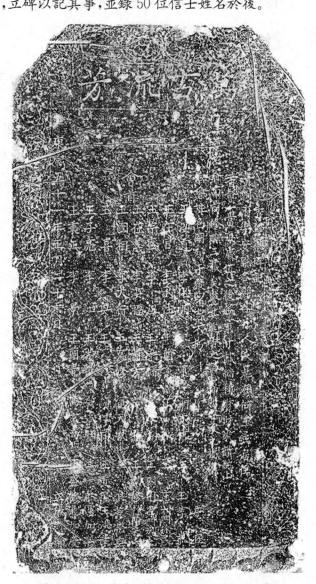

清康熙五十一年青州樂安縣信眾進香修醮記碑

清康熙五十一年壽光縣亓疃莊信眾題名碑

　　碑在山東省青州市駝山昊天宮，清康熙五十一年(1712)立。石灰石質。圭首。高105厘米，寬50厘米，厚15.5厘米。正文楷書，字徑2～2.5厘米。額題"紫府標名"，楷書，單行，字徑5厘米。碑體完整，文字漫漶。該碑記載，清康熙五十一年(1712)，山東青州府壽光縣亓家莊信眾建會至駝山昊天宮修醮，並立碑以記其事。

修醮碑記

　　大清國山東青州府壽光縣各鄉各社合會人等」，現在亓疃庄居住」。

　　孫显先、李興春、會首李興秋、孫成美、張克玉、孫西美、孫玉山、劉鳳舞、武永昌、趙□禄、朱貢、蕭系韶、孫古美、孫世德、蕭進玉、牟世龍、劉永清、王之有、李有信、高古龍、張比超、蕭進美、孫雲美、王显明、魏士亿。

　　峕」大清康熙五十一年二月十五日立」。

清康熙五十二年郡西五里鋪信眾修醮記碑

碑在山東省青州市駝山昊天宮，清康熙五十二年(1713)立。石灰石質。圭首。高116厘米，寬58厘米，厚15厘米。正文楷書，字徑2.5厘米。額題"與人為善"，楷書，單行，字徑6厘米。碑體基本完整，文字清晰。該碑記載，青州西五里鋪信眾至駝山修醮，三年圓滿，立碑以誌不朽，並錄65位信士姓名於後。

脩醮碑記

天道昭昭，惟不言而善應；人心懇懇，諒有感而必通。今有郡西」五里鋪居民眾姓，各秉善念，緒積資財，置脩香楮庶品之儀」，脩醮三年，上報洪恩，祈保庇佑，各沾均安，每納禎祥，所立以」誌不朽」。

康熙五十二年夏月吉旦立」。

王士英，王加福，會首楊玉祥、王士松，于瑞鳳，王加爵，李繼德，郗大標，張珽，李秀，楊起富，李智，王好智，黃順，楊應如，鄭福同，于瑞虎，李有富，鄭國相，張文有，李有義，李禎，石訓，刘琳，楊愷，郇可旺，李進，馬遂，邢可立，李瑞，陳鳳明，閆珽臣，張箱，郇方明，閆士魁，盧保山，孫保，邢起，宋元卿，楊斐，郇京，刘國禎，李顯，尹瑞，楊玉秀，馬志吉，馬富玉，馬富禎，李珽時，李興福，張義，楊萬，楊應財，趙春玥，王秉忠，石穩，郗興，張文，趙爾成，鄭國錫，楊維新，常有文，郇可登，趙興，徐彥年。

住持道人：李本乾；石匠：李有義。

清康熙五十二年郡西五里鋪信眾修醮記碑

清康熙五十二年壽光縣豐城鄉巨家莊信眾進香修醮圓滿記碑

碑在山東省青州市駝山昊天宮，清康熙五十二年（1713）立。石灰石質。圭首。高109厘米，寬54.5厘米，厚17厘米。正文楷書，字徑2.5厘米。額題"進香碑"，楷書，單行，字徑4厘米。碑體完整，文字清晰。該碑記載，青州府壽光縣豐城鄉巨家莊社合會人等，至駝山玉皇大帝面前修醮，三年圓滿，立碑以記其事，並錄13位信士姓名於後。

進香修醮圓滿碑記

山東青州府壽光縣豐城鄉巨家庄社合會人等，來於」玉帝老爺脩醮三載矣，勒石不朽云爾」。

合會姓名開列於後」：

進香脩醮會首：張玉玫、張孔訓。

張經、張孔信、常禎祥、龐瑞、張孔士、李加雲、常禎礼、王在天、張孔礼、張孔仁、張弘德。

峕」

康熙伍拾貳秊歲次癸巳孟冬十一月二十日立」。

清康熙五十二年壽光縣豐城鄉巨家莊信眾進香修醮圓滿記碑

清康熙五十二年壽光縣南皮鄉信眾進香修醮圓滿記碑

　　碑在山東省青州市駝山昊天宮,清康熙五十二年(1713)立。石灰石質。圭首。高114厘米,寬54.5厘米,厚18厘米。正文楷書,字徑2厘米。額題"進香碑記",楷書,單行,字徑5厘米。碑體完整,文字清晰。該碑記載,青州府壽光縣南皮鄉下周莊社合會人等至駝山修醮,三載圓滿,立碑以誌不朽,並錄19位信士姓名於後。

進香修醮圓滿碑記

　　大清國山東青州府壽光縣南皮鄉下周庄社合會人等,進香脩醮」,三載圓滿,建立碑碣,以志不朽」。

　　魏可勳、魏秀主、會首魏顯華、魏廷主、魏景修、魏在策、魏在殿、魏廷秀、魏顯柱、魏在廷、堂可順、張雲龍、姜付公、王公進、黃玉、王金秀、魏淵、魏在傑、姜士璋。

　　康熙五十二年正月十五日立」。

清康熙五十二年壽光縣豐城鄉信眾進香修醮記碑

　　碑在山東省青州市駝山昊天宮，清康熙五十二年(1713)立。石灰石質。圭首。高117厘米，寬54厘米，厚23厘米。正文隸書，字徑2厘米。額題"壽光縣"，隸書，單行，字徑5.5厘米。碑體完整，文字清晰。該碑記載，青州府壽光縣豐城鄉信眾，至駝山修醮，三載圓滿，立碑以記其事，並錄27位信士姓名於後。

清康熙五十二年壽光縣豐城鄉信眾進香修醮記碑

進香脩醮碑記

　　諺云」："天有萬物與人，人無一物與天。"以是知天恩浩蕩，人固不能報其萬一」也。雖然，烏可以無其心乎？崔輝等每念：幸生中國，忝在人倫，托天地」之覆載，賴日月之照臨，食皇王之水土，感父母之劬勞。知恩深重，報答」無由。因而各奘虔心，置脩雲馬，敬赴駝山」玉帝殿前脩醮，三載圓滿，勒石以志不朽，亦藉以見心云爾」。

　　山東青州府壽光縣豐城鄉豐城社合會人等」：

　　崔玠，修醮會首崔輝、夏爾興，王欽，于瑧，崔松，王貢，田國勳，崔全，王嵐，高林，王通，侯玉，李可奉，王天才，王明如，崔士仁，杜棟，崔承文，謝世臻，王荣，高度，李超，王士謹，崔林，夏爾全，馬玘。

　　康熙五十二年十月十五日 仝立。」

清康熙五十三年壽邑秦城鄉吳家營信眾進香記碑

　　碑在山東省青州市駝山昊天宮，清康熙五十三年(1714)立。石灰石質。圭首。高110厘米，寬59厘米，厚20厘米。正文楷書，字徑1.5厘米。額題"進香題名"，隸書，單行，字徑4厘米。碑中部斷裂，文字清晰。該碑記載，壽邑城東北秦城鄉吳家營信眾，至青州駝山玉皇大帝面前進香修醮，三載圓滿，立碑以記其事，並錄23位信士姓名於後。

壽邑城東北四十里秦城鄉吳家營□□於青州府駝山」玉皇大帝碑序

　　嘗聞神靈之尊，莫尊於玉帝。巍峩□□，以為下民之式；聳峙雲」端，以作中原之鎮。其威靈足以庇民□福國，其英爽可以捍患而」禦災。廟貌之輝煌，香火之繁衍，固遍□州而皆然矣，而青州府駝山」行宮尤其最著也。山之開創，亦不知□於何代；廟之建立，亦不知」成於何時。迄今，殿閣重新，廟宇□□，誠青郡一大觀矣。即遠」而數百里外，猶且牽牲荐幣，謁聖廟□致誠，況予等去駝山不過」百有餘里，誰能漠然已乎？是以同結□會，敬具非儀，恭禱」殿前，淨心焚香，非敢冀神明之必享也，聊以表愚等之微忱而已」。

　　王之仁，吳本禎，脩醮會首吳從君，王寬，單盡孝，吳浴，吳天荣，吳思忠，吳作梅，曹玉良，芦仲科，常美，吳封伯，吳天乾，吳天有，吳□天，吳□致，□□祥，吳作哲，吳天召，何文，吳偉，袁景秀。

　　康熙五十三年十月二十五日仝立」。

清康熙五十三年置買田產記碑

　　碑在山東省青州市駝山昊天宮,清康熙五十三年(1714)立。石灰石質。圭首。高134厘米,寬67厘米,厚18厘米。正文楷書,字徑2厘米。額題"永傳千古",楷書,單行,字徑7厘米。碑體完整,文字清晰。該碑記載,駝山昊天宮住持楊復香,曾於清康熙三十一年(1692)購置泹洱莊馮宅莊宅一處,而其徒弟李本乾亦於康熙五十二年(1713)購置王家莊鐘宅莊宅一處,反映了當時昊天宮的經濟狀況。

置買田產碑記

　　昊天宮道人楊復香,于康熙叄拾壹年十月初七日買倒泹洱馮宅莊宅一處。師傅故後,徒弟」李本乾,于伍拾弍年閏五月初四日,買倒王家庄鐘宅莊宅一處。恐後人不肖偷賣,自立碑」後,凡在山道人,止許佃種看守香火,不許典賣。即有分出不願在山者,並不許帶出佃種典賣。如」有不遵碑記者,許在山徒子徒孫照碑□□□□。為此立碑,以誌不朽云爾」。

　　立賣契人馮二宅,因為無銀使用,今將泹洱庄宅一所,宅吉地大分六分,上帶草房九間、窻門俱全、磚瓦石塊」、土上土下,谷地一共二十一畝六分,盡在賣教,並無除留。今憑中人說合,情願賣與」駝山道人楊復香,永遠為業,言定時值價銀捌拾兩整,其銀當日交足,外無欠少。如有違碍爭議,賣主乙面全」管。賦後,照地畝垯冊過割。恐後無憑,立賣契存照用。賣契人馮慈徹,中見代字人崔元亮」。

　　立賣契人鐘允,因為無銀使用,今將自己城南王家庄庄宅一所,上帶瓦房三間、草房七間、大門後門二座,宅」基地壹畝柒分伍厘,東至鐘警菴,南至南堰,西至街中心,北至溝底坡下,中大地共玖段,共地貳拾壹畝,各有」四至之界,宅內地內雜菓樹株,並無除留。今憑中說合,情願賣與李本乾,永遠為業,言定時值價銀玖拾捌兩整」,其銀當日交足,外無欠少。如有爭議違碍賣主金言,恐後無憑,立契存照用」。

　　康熙五十三年六月初五日立」。

　　賣契人鐘允,官中人李敬,中見人付全,代字人賈大生」。

　　住持道人李本乾,徒侄劉合群、凌合儻、李教祥,徒弟丘合脩、趙合俐、曺教禎、李合倫、郎合信。

清康熙五十三年修醮圓滿記碑

　　碑在山東省青州市駝山昊天宮,清康熙五十三年(1714)立。石灰石質。圭首。高153厘米,寬74厘米,厚17厘米。正文楷書,字徑1.5厘米。額題"萬古流芳",楷書,單行,字徑7厘米。碑體完整,文字漫漶。該碑記載,青郡城西五里鋪信女馮門王氏等,每年至駝山進香修醮,三年圓滿,立碑以誌不朽,並錄239位信女姓名於後。

脩醮圓滿碑記

　　伏以:乾坤大德,廣覆載於群生;日月重光,普照臨於萬彙。今有青郡城西五里鋪善人馮門王氏」等,同領城市庄村眾姓人,每歲正月同徃駝山,修醮三年,上報」洪恩,祈保庇佑,各沾均安,神錫福慶,建立碑碣,流芳百世,以志不朽」。

　　康熙五十三年三月十五日」。

　　領袖信女:馮門王氏、崔門李氏、陳門潘氏、許門祝氏、祝門王氏、孟門韓氏、趙門薛氏、張門朱氏、郗門徐氏、□門郇氏、□門楊氏、郗門宋氏、宋門王氏、楊門史氏、李門劉氏、王門陳氏、王門□氏、王門孫氏、王門閆氏、□門□氏、□門李氏、韓門崔氏、韓門胡氏、韓門賈氏、韓門劉氏、鄭門張氏、李門郗氏、鍾門楊氏、鍾門畢氏、鍾門畢氏、鍾門劉氏、王門田氏。

　　領袖信女:馮門鄭氏、王門鍾氏、石門王氏、石門寇氏、石門秦氏、石門郇氏、石門郗氏、石門□氏、石門李氏、石門趙氏、韓門張氏、趙門傅氏、韓門楊氏、張門王氏、王門程氏、王門代氏、鍾門林氏、趙門石氏、楊門李氏、楊門郭氏、石門劉氏、王門宋氏、□門李氏。

　　領袖信女:鄧門劉氏、鄧門宋氏、鄧門李氏、鄧門楊氏、韓門李氏、白門周氏、白門王氏、白門溫氏、白門宋氏、馮門趙氏、馮門閆氏。

　　領袖信女:郇門邢氏、王門王氏、劉門高氏、鄭門李氏、王門鄧氏、賈門□氏、王門鄭氏、王門吳氏、王門宋氏、王門王氏、劉門李氏、孫門秦氏、郇門董氏、王門卜氏、徐門曾氏、王門趙氏、王門高氏、王門張氏、白門劉氏、劉門孟氏、楊門朱氏、白門楊氏、白門張氏、趙門□氏、柳門曹氏、屈門柳氏、屈門王氏、趙門李氏、馮門周氏、蘇門劉氏、鄧門王氏、鍾門馮氏、張門趙氏、王門賀氏、閆門李氏、馮門趙氏、孫門李氏、孫門吳氏、王門郇氏、王門王氏、孟門劉氏、楊門李氏、楊門宋氏、鄧門李氏、曹門李氏、馮門楊氏、張門陳氏、張門白氏、高門王氏、高門趙氏、王門刘氏、蘇門艾氏、張門周氏、張門刘氏、張門王氏、張門夏氏、張門李氏。

領袖信女：鄭門徐氏、郭門石氏、楊門王氏、張門楊氏、楊門刘氏、楊門趙氏、刘門田氏。

領袖信女：王門吳氏、□門于氏、刘門杜氏、楊門□氏、孫門王氏、杜門刘氏、張門董氏、姜門王氏、姜門高氏、姜門田氏、関門豆氏、高門田氏、□門溫氏、谷門顧氏、谷門黃氏、焦門刘氏、邢門王氏、朱門王氏、趙門高氏、王門豆氏、王門趙氏。

領袖信女：鄭門張氏、鄭門王氏、鄭門閆氏、郭門張氏、鄭門趙氏、鄭門刘氏、鄭門李氏、閆門趙氏、楊門高氏、郁門孫氏、閆門郁氏、楊門孫氏、楊門□氏、楊門張氏、楊門□氏、楊門李氏、楊門李氏、楊門李氏、楊門張氏、楊門刘氏、刘門季氏、鄭門王氏、鄭門馮氏、鄭門王氏、鄭門高氏、鄭門郁氏、鄭門郁氏、鄭門趙氏、鄭門□氏、鄭門□氏、鄭門郗氏、鄭門李氏、鄭門楊氏、孫門鄭氏、鄭門馮氏、鄭門楊氏、鄭門郁氏、鄭門孫氏。

領袖信女：□門刘氏、王門傅氏、王門陳氏、王門孫氏、焦門閆氏。

領袖信女：□門張氏、趙門関氏、趙門蔣氏、夏門刘氏、夏門史氏、郁門刘氏、王門王氏、尚門夏氏、董門郁氏、李門陳氏、董門于氏、董門陳氏、刘門李氏、王門李氏、馬門于氏、張門高氏、馬門季氏、孟門吳氏、尹門王氏、吳門韓氏、鄧門鄭氏、鄧門□氏、王門王氏、趙門王氏、王門李氏、張門盧氏、王門史氏、鄧門吳氏、王門李氏。

領袖信女：趙門楊氏、□門刘氏、張門王氏、張門□氏、杜門李氏、王門陳氏、王門楊氏。

領袖信女：趙門刘氏、郗門刘氏、郗門卜氏、郗門董氏、郗門吳氏、趙門姜氏、刘門周氏、陳門孫氏、陳門刘氏。

清康熙五十三年壽光縣南皮鄉信眾進香碑

　　碑在山東省青州市駝山昊天宮，清康熙五十三年(1714)立。石灰石質。圭首。高90厘米，寬49厘米，厚13厘米。正文楷書，字徑2厘米。額題"萬福攸同"，楷書，單行，字徑4.5厘米。碑體完整，文字清晰。該碑記載，山東青州府壽光縣南皮鄉信眾，結會至駝山昊天宮進香，合會勒石，以誌不朽，並錄19位信士姓名於後。

進香碑記

　　山東青州府壽光縣南皮鄉各社人氏，見在陳」家营庄居住，合會勒石，以志不朽」。

　　王文深、王自武、進香會首陳士孝、王林、王継先、王承宗、陳萬廩、李全俊、陳萬粮、王玉、王自連、王怀珠、王怀仁、王士隨、王振宗、王培吉、張士音、李廷楊、陳玉。

　　康熙五十三年十月十五日立」。

清康熙五十三年壽光縣信眾進香修醮記碑

碑在山東省青州市駝山昊天宮,清康熙五十三年(1714)立。石灰石質。圭首。高127厘米,寬59厘米,厚18厘米。正文楷書,字徑2厘米。額題"脩醮題名",楷書,單行,字徑6厘米。碑底部殘缺,剩餘部分文字清晰。該碑記載,青州府壽光縣信眾,結會至駝山昊天宮進香修醮數年有餘,立碑以記其事,並録會首、信士姓名於後。

進香脩醮碑記

嘗聞:神有高遠之道,蕩乎難名;人存精一之誠,靈應感通。一念……」之報,無二酹休之敬。切念」山東青州府壽光縣各鄉各社人等,現在黑塚莊居住,每崴□……」後,各秉誠心,來於駝山」昊天宮進香脩醮数年有餘,建立碑碣,以志不朽」。

王思亮、丁宗禹、進香脩醮會首孫珍、孫瑞、朱進才、楊大俊、楊大本、丁超宗、唐有名、劉存信、宋在卿、邢显富、黃居孝、孫璞、孫九州、孫維祥、孫竒禎、孫應升、孫應□。

康熙五十三年十月十五日仝立石」。

清康熙五十四年山東萊州府平度州濰縣信眾進香記碑

　　碑在山東省青州市駝山昊天宮，清康熙五十四年(1715)立。石灰石質。圭首。高108厘米，寬55厘米，厚15.5厘米。正文楷書，字徑1.5厘米。額題"修醮題名"，楷書，單行，字徑7厘米。碑體完整，局部漫漶。該碑記載，萊州府平度州濰縣信眾至駝山修醮，至清康熙五十四年(1715)三年圓滿，立碑以記其事，並錄4位會首和32位信士姓名於後。

進香碑記

　　大清國山東萊州府平渡州濰縣務本鄉各社人等，來與駝山」昊天宮修醮三載，立石不朽」。

　　會首：李好盛、畢珣、文興邦、文興遠。

　　畢佑辰、文臻、丁旭、畢拱辰、王又新、文信、畢昇、文興龍、丘相、王愿 丁從信、丁晢、黃珍、文興鳳、吳玉、丁修吉、丁晤、畢曾、崔熒、杜方倉、王遠、畢曘、文超、王允、文興連、文坤、文英、文標、王偉、張秀、畢著、文申。

　　康熙五十四年十月十一日立」。

清康熙五十四年青州府壽光縣信眾修醮記碑

　　碑在山東省青州市駝山昊天宮,清康熙五十四年(1715)立。石灰石質。圭首。高110厘米,寬55.5厘米,厚13.5厘米。正文楷書,字徑1.5厘米。額題"勒碑題名",楷書,單行,字徑7厘米。碑體完整,文字清晰。該碑記載,青州府壽光縣陳家莊信眾,每年至駝山玉皇大帝面前進香修醮,數載圓滿,立碑以記其事,並錄32位信士姓名於後。

修醮碑記

　　大清國山東青州府壽光縣各鄉各社人等,見在陳家庄居住」,合會虔心,邀當社會,緒積資財,置俻香楮庶品之儀,每歲冬直」之後,來於青郡西南駝山」玉皇殿前進香修醮數載有餘,勒碑以志不朽」。

　　陳鳳雲、陳献忠、陳鳳耀、會首陳永才、陳献斌、會首陳鳳鳴、陳鳳月、陳献寶、戴有餘、胡可群、劉福、陳枝松、楊及生、李世交、孫喜龍、張养德、徐應魁、王有文、安有名、王有田、陳献璽、陳永玠、陳枝梅、陳永秀、孫祥君、刘重傑、陳鳳伊、陳献壁、陳雲龍、陳永成、刘洪惟、陳彦龍、陳永美。

　　康熙五十四年三月十五日仝立」。

清康熙五十五年青州壽光縣信眾進香碑

　　碑在山東省青州市駝山昊天宮，清康熙五十五年(1716)立。石灰石質。圭首。高121厘米，寬58.5厘米，厚19厘米。正文楷書，字徑2厘米。額題"進香題名"，楷書，單行，字徑7厘米。碑體完整，文字漫漶。該碑記載，青州府壽光縣孫家莊信眾，至駝山昊天宮進香三載，功德圓滿，立碑以記其事，並錄22位男女信士姓名於後。

進香碑記

　　大清國山東青州府壽光縣各鄉各社人等，孫家庄居……」進香三載，立石不朽」。

　　會首：楊純修、楊廷傑、楊允修、李存福、楊大淮、馮显松、楊廷珍、楊五倫、楊美滋，楊□琳、王開印。

　　信女會首：刘門丁氏、楊門刘氏、楊門馬氏、楊門李氏、楊門龐氏、李門刘氏、楊門平氏、楊門馮氏、楊門王氏、王門楊氏、馬門曹氏。

　　康熙五十五年正月二十六日立」。

清康熙五十七年趙爾巽等諸善士修醮記碑

　　碑在山東省青州市駝山昊天宮,清康熙五十七年(1718)立。劉緝基撰文,劉錫爵書丹。石灰石質。圭首。高223厘米,寬96.5厘米,厚25厘米。正文楷書,字徑2.5厘米。額題"修醮題名",楷書,單行,字徑7厘米。碑體完整,文字清晰。該碑記載,善士趙爾巽等在駝山修醮諷經十餘年,因立碑記其事,並錄諸善士姓名於後。

清康熙五十七年趙爾巽等諸善士修醮記碑

修醮碑記

　　嘗攷《尚書》云:"惟皇上帝,降衷于下民。"又云:"惟上帝不」常。作善,降之百祥;作不善,降之百殃。"是古之言上帝」,即今所言」玉帝也。又攷《仙籙》所載,言天門在星辰日月附麗之中,計」左右中級十二金階寬廣,光明閃爍,其趨蹌上下之」神。其中仰視則巍峩一闕,上有"金闕"二字,再上有重」樓六層,每層皆有金甲神將守侍其紗口。峩冠博帶」者,莫不執笏拱侍,則皆上界之天尊、真君、真人,或陳」疏,或朝奏之道也。其十二層之上,有玉梵七寶層臺」,龍紋萬丈,五彩千尋,輝煌炫耀,絕非人境。中則丹陛」,仰瞻有金額高懸,青霄紫垣,高明顯照,一切神聖、祖」師、真君,莫不執笏端拱,有坐不坐。當中巍巍之上」,玉帝坐紫金之臺紫金之床,金容端愷,仁慈莫比。端坐執」笏,寂如肅如,此乃所謂太上弥羅無上天妙有玄真」境也。青州之南,他山之巔,古有」玉帝閣,其瓊樓璇館,雖不及玉霄之上,然呼吸之間,未嘗」不可上通」帝座也。諸善士趙爾巽等,修醮諷經者十餘年,今欲勒石」以紀姓名,故泚筆而為之記」。

　　旹」

　　康熙五十有七年歲在戊戌陽月吉旦」。

　　庠生劉緝基謹撰」。

　　庠生劉錫爵書丹」。

　　姜順德、王有德、侯文官、董秋、董福官、鄭存信、白詩思、姜林、侯文廷、鞏有文、楊三府、張在貴、楊三耀、郗永富、白秋陽、趙秉讓、温尚智、卜秀春、趙坤、會首趙爾巽、温尚惠、鄭福、刘治倫、刘美、郗洪全、卜先春、楊籙、楊偉、王廷擢、郗紀、李自荣、吳世臣、楊應素、賈靜如、鄭國祥、楊廷礼、賈廷立、孫好勇、卜永平。

　　趙文增、趙有文、趙汝恒、賈先登、賈澍、郝立成、徐尚有、王景、張進鄉、馮三進、王承才、王承名、張印、温坤、郗洪道、温政、陳怀宣、郗永平、張洪玉、郗崙、刘显貴、趙建極、趙秉正、刘源潔、趙得新、趙秉新、刘鳳鳴、趙永得、刘治林、温尚礼、温尚忠、温尚文、温乾、李琜、王天然、張正、温尚悌、張伸、陳文乙。

　　張昌、張应有、張□玘、趙汝安、李文會、李永、趙永琜、趙汝享、趙有來、趙文秀、趙文盛、趙汝禎、趙見富、趙印、趙文通、張好德、鞏義、趙汝富、趙汝則、張富、刘昇、刘显貴、刘治羣、石煥、刘寬、石斌、刘福、郇三生、李松、王金、田玉世、陳方祥、卜永安、卜洪善、卜回春、卜永時、王有功、王敬生、王承生。

　　李奉祥、卜洪智、卜奉春、王有臣、王奉天、王錫、郭良、芦仲斗、張柱、張文林、卜連春、卜洪宜、張應宣、趙文礼、孟士斗、湯珠、宋保山、卜景春、李方臻、李惠、李自能、鍾□、宋標、李禎、李善、李可元、李三樂、張連荣、李永增、史世良、李自文、馬宗荣、李自強、王興、李自忠、刘良成、李光興、刘存琦、李光显。

　　楊太、楊安、刘国俊、刘□□、刘國印、馬常春、刘國傑、刘奉和、刘國柱、刘虎、刘敬、尹玉、韋景元、尹純、尚進才、李景太、尹奉才、韓士俊、尹哲、尹奉祥、孫得時、鄧琜、刘得傑、徐公法、刘得旺、王永亮、刘金、王永名、王茂興、鄧可興、鄧三成、刘應吉、徐富宗、鄧文荣、鄧可亮、郭存有、□□文、□□□、□□□。

　　楊純、楊廷彬、楊玥、楊伸、楊倬、楊珮、楊三紅、楊秀、趙普、趙俊德、趙復滿、趙俊秀、薛浩、趙復荣、趙安祥、趙洪如、趙秉言、李成、趙俊芳、趙允錫、趙應立、趙復燦、郗邦秀、楊三成、張在富、趙永貴、郗常生、希缙、郗統、宋得盛、郗洪秋、郗允法、郗允祥、郗邦耀、郗永休、郗洪方、郗洪喜、郗允富、□□□。

　　郗周士、郗金、郗洪礼、郗邦□、鞏有能、梁亨禎、張文秀、郗大成、刘国保、楊瑁、楊智、王洪富、王洪貴、刘智、鄧登貴、王在辰、王存義、王盛、吳持、蘇興、賀保、王慶、趙應福、趙應巽、杜子美、趙應貴、曲得昇、陳継宗、馮有強、馮旺、馮有德、鍾耀、張永印、楊臻、孫美秀、王洪來、刘□福、閆□□、楊登。

　　郇□、陳永興、陳永高、刘存善、趙丙起、□□用、趙□金、吳普、郗德、鞠孝仁、吳江、吳旭、姜国才、姜国保、姜国太、王林生、王振生、王克生、王從奉 王禄生、王有富、張玠、鄭顯太、張在屬、張真、張玉、閆有礼、郇三益、郇三增、郇三盛、張在江、郗周仁、閆有文、鄭奉曉、趙丙秀、張□□、閆有才、張起、張士荣。

王玉、王洪佑、刘应富、侯名才、王菊、王竹、刘国祥、王茂盛、鄧永、鄧可官、王洪智、賈安如、王茂旺、鄭臣、王永魁、楊林、張煥、楊三江、楊□、郗大千、郗瑁、郗璞、刘世勳、郗大年、郗大剛、溫恭、郗和乙、郗大济、郗林、穆廷選、郗大生、王有辛、刘琭、芦倫、曹□□、関得慶、侯景礼、侯文章、侯文夏。

吳世相、楊起增、楊□、馮有德、曲显、張虎、馮世英、馮有慶、鄭福聚、鄭燦、鄭炳、鄭烟、鄭鈞、鄭鑑、鄭得元、鄭永富、鄭永貞、鄭必超、鄭興、鄭文謨、鄭士威、朱斗林、吳貞、董富、胡旺、董□□、王玉、王山、刘重興、董福官、扈有□、王遂、趙奉□、王丙□、楊才盛、侯文智、侯□□、侯文□、侯文春。

吳世胄、吳世職、吳世享、吳曠、吳可貴、吳玉、孫志興、侯廷富、侯玉、張進修、王存良、王廷美、馮三成、馮継高、王承功、刘得興、侯永盛、景得秋、孟乾、李孝朋、李忠、王加福、秦□□、王福善、張方栻、王永虎、楊章、祝显、石廣、陳得奉、関福、楊桐、祝金、張□□、秦印□、張有信、祝印升、李光享、李福生。

祝得金、陳美、祝連、祝德驥、王進、王順、張櫻、張德、張馨、唐一栾、唐一恒、唐見業、唐一海、唐美、唐一存、孫荣、唐志竹、張□法、唐志松、卜順德、董万富、卜万斗、卜洪德、卜継德、孫□、孫可、孟□□、曲□、吳□基、吳□基、吳寧基、刘永、吳良才、吳相、吳承基、宋□英、吳廷豹、尚志显、孫尚智。

□□生、姜良臣、卜玠、姜可道、鞠显、刘継□、徐興、李□、石礼、閆益、相文談、趙春茂、趙加俊、史廷旺、郭存礼、石志洪、刘仲漢、石志强、李端、唐显文、尹全、王福興、石韋荣、孟標、林允召、郝存义、張彦美、趙□成、張連捷、張考太、刘梅、刘国樂、郭存文、刘显荣、娄增、張德、尚志文、鍾允、崔文。

鄭□、岳有山、侯進才、張奉道、岳得印、李周、張□、岳來□、刘宣、李万春、□煥、刘卓、郗杰、宋得輝、夏尊順、刘国正。

住持道人刘合羣、丘合修、李合倫等。

石工：□正□。

清康熙五十七年壽光縣信眾進香修醮記碑

　　碑在山東省青州市駝山昊天宮,清康熙五十七年(1718)立。石灰石質。圭首。高131厘米,寬66厘米,厚14.5厘米。正文楷書,字徑2厘米。額題"壽光縣",行書,單行,字徑9厘米。碑體完整,局部文字漫漶。該碑記載,壽光縣信眾結會每年十月十五日至駝山進香設醮,圓滿之期,立碑以誌不朽,並錄信士姓名於後。

進香修醮碑記

　　壽邑東北去城里許附近庄村,雖非一處,余輩環居其間,實不相遠。三年之前」,各有愿心,因之香會一道,每歲于十月十五日,虔倄香鑼寶馬,前徃駝山進香」設醮」□□□□,歲歲皆然。今當圓滿之期,□捐分資,立碑勒石,以垂不朽云爾」。

　　蒼□□。

　　夏廷秀、李士真、李士龍、魏高年、會首魏成玉、刘進忠、刘進礼、隋大金、程显龍、王文玉、張政、高進、韓坤、高成、張興、宋龍、孫貴、夏継琮、李福吉、楊守財、李存元、李存信、李存粟、刘進孝、甯福揚。

　　康熙五十七年十月十五日仝立」。

清康熙年間溫鳳登等信士題名碑

　　碑在山東省青州市駝山昊天宮,清康熙年間立。石灰石質。高 53 厘米,寬 113 厘米。正文楷書,字徑 2 厘米。碑體完整,除個別地方受損外,文字基本清晰。該碑共收錄溫鳳鑒等 195 位信士題名。因駝山現存《清康熙四十八年駝山玉皇閣修醮圓滿題名記碑》中提到了溫鳳登等名字,以此推測,該碑應立於清康熙年間。

　　會首:溫鳳登、楊應素、卜先春、趙秉讓、郗天佑、趙爾巽、郗總、杜自美、溫尚惠、侯文廷、楊三耀、賈廷立、卜秀春、常有文、曲顯、白秋陽、趙坤、溫尚智、楊偉、賈永禎、刘治倫、楊藻、王福生、刘美、李自荣、郗洪禄、白詩思、鄭鍠。

　　趙美、趙汝禄、趙汝正、李好德、李廣生、李永、趙乾、趙汝恒、李文善、李龍春、張應有、張起、卜永安、王有文、王奉太、王永元、張準、石嘉祥、卜有強、王有盛、王有富、王敬生、郭晨、陳継宋、卜洪亮、王有功、王有貴、李奉祥、張文煥、孫得時、白秋旭、白彭期、王振、王茂旺、王□、刘得傑、周立峯、鄧可文、王鈺、刘應吉、郇尚、徐昌宗、馮錦、楊臻、孫好孝、曲得昇、鍾耀、楊三從、楊三府、王應貴、趙應福、王洪來、王存安、曹名京、馮世科、賀進夆、王洪富、馮旺、馮有慶、趙應貴、孫好勇、曲显、柳天煥、馮年、趙應巽、張永明、刘治立、刘治□、溫尚文、刘治林、陳怀宣、陳貴、溫尚悌、刘寬、溫政、刘显貴、張宗、張印、溫尚忠、張伸、溫乾、李玽、王天然、陳文立、溫尚恭、溫尚德、溫坤、常有文、張政、鄧允功。

　　在城東門裡天齊廟會首范汝孝。

　　刘愷、徐其、鄭三元、祝琦、王珩、王士瑀、夏琼、周鏜、馬良、黃得生。

　　候選經歷司經歷鄭吉書。

　　鄭士盛、鄭鍠、鄭福禄、鄭鑑、鄭福增、鄭燦、鄭福聚、鄭士京、鄭永禎、鄭永富、鄭得禄、鄭炯、鄭福、鄭興、鄭文謨、鄭永祥、鄭鈞、鄭炳。

　　五里鋪會首王士松、楊玉祥、李秀、于瑞泰、楊起富、張廷、王加爵、王士英。

　　張家庄會首王加璽、李存善、姜東海、李国富、李信、李国禎、閆士魁、閆士俊、杜之芳、刘孝礼、楊培。

　　閘口庄楊三显、楊三明、楊倫、楊三璽、楊三富、楊珂、楊三荣、楊三洪、楊三省、楊三河、楊三江、楊秀、楊理、楊林、楊伸、楊富、楊仁、趙春明。

清康熙年間韓文斗等修醮會首題名碑

　　碑在山東省青州市駝山昊天宫,清康熙年間立。石灰石質。高53厘米,寬82.5厘米。正文楷書,字徑2.5厘米。碑體完整,文字清晰。因駝山現存《清康熙四十八年駝山玉皇閣修醮圓滿題名記碑》中提到了韓文斗、温鳳登等名字,以此推測,該碑應立於清康熙年間。

　　修醮會首:韓文斗、温鳳登、楊應素。

　　石匠:李素、牛可明。

　　泥水匠:曲顯、杜永吉、孫好孝。

　　住持道人楊復香,徒弟李本乾,徒孫劉何群、丘何脩、李何倫,曾孫曹教禎、李教祥。

　　樹價銀十八兩,賣錢三十囗千,大門二門八字墙,並小工吃用等物,共使錢四十三千一百十式文。

清雍正三年壽光香會題名記碑

碑在山東省青州市駝山昊天宮,清雍正三年(1725)立。石灰石質。圭首。高120厘米,寬55厘米,厚19厘米。正文楷書,字徑2厘米。額題"脩醮碑",楷書,單行,字徑5厘米。碑體完整,文字漫漶。該碑記載,青州府壽光縣豐城鄉柴家莊信眾,集資至駝山昊天宮修醮三載,功德圓滿,立碑以記其事,並錄會首、信士姓名於後。

壽光香會題名碑記

山東青州府壽光縣豐城鄉柴家莊居住,約香會一」當,緒積資財,敬赴青郡西南駝山」昊天宮,脩醮三載,建立碑碣,以志不朽」。

會首:王加樂、柴長富、張林。

王玠、王立志、李之惠、李之鐸、李之旺、成宗孔、楊起奉、張弘儒、張士登、王作巽、徐鳳剛、徐正剛、王作信、李允恭、左丰朋、王福忠、王景平。

雍正三年十月二十五日立」。

清雍正六年益都縣信眾修醮題名碑

　　碑在山東省青州市駝山昊天宮,清雍正六年(1728)立。石灰石質。圭首。高167厘米,寬71厘米。正文楷書,字徑2.5厘米。題名楷書,字徑1厘米。額題"垂名萬世",楷書,單行,字徑9厘米。碑體完整,文字清晰。該碑記載,青州府益都縣各鄉各社信眾,於駝山三元老爺面前修醮三年圓滿,立碑以記其事,並錄合會姓名於後。

修醮題名碑

　　大清國山東青」州府益都縣」各鄉各社居」住,集於駝山」三元老爺面前修」醮,三載圓滿」,立碑以誌不」朽。合會題名」開列於後」。

　　雍正六年七月十五日立」。

　　楊門石氏、楊門刘氏、張門穆氏、楊門張氏、楊門郁氏、楊門張氏、楊門張氏、楊門陳氏、楊門鄭氏、楊門刘氏、楊門李氏、楊門閆氏、楊門刘氏、鄧門刘氏、楊門李氏、西會信女。

　　東會信女:張門李氏、白衣大士、高門趙氏、姜門高氏、高門吳氏、姜門王氏、張門董氏、張門陳氏、張門邢氏、張門王氏、張門夏氏、張門夏氏、夏門穆氏、王門刘氏、張門李氏、張門王氏、邢門艾氏、□門張氏、徐門鍾氏、孟門宋氏、鄧門李氏、□門申氏、張門董氏、張門郁氏、張門刘氏、崔門刘氏、鄧門鄭氏、鄧門郁氏、郁門孫氏、閆門郁氏、吳門郭氏、郭門石氏、□門崔氏、刘門田氏、張門閆氏、王門宋氏、□門刘氏、刘門趙氏、張門王氏、張門董氏、王門刘氏。

　　王家庄:李門郗氏、王門宋氏、董門□氏、王門代氏、張門菪氏、王門刘氏、刘門王氏、趙門石氏、李門梁氏、楊門李氏、王門賀氏、李門□氏、于門冷氏、鍾門秦氏、張門趙氏、鍾門梁氏、王門樂氏、湯門張氏、閆門王氏、王門尸氏、孫門李氏、楊門溫氏、楊門朱氏、楊門季氏。

　　茅峪庄:閆門□氏、閆門于氏、張門楊氏、楊門□氏、□門□氏、徐門□氏、徐門□氏、郝門□氏、裴門鍾氏、張門徐氏、刘門李氏、史門胡氏、刘門范氏、史門刘氏、史門宮氏、張門梁氏、郭門胡氏、郭門張氏、刘門代氏、刘門郭氏、王門代氏、郭門王氏、王門王氏、李門□氏、王門□氏、刘門張氏、宋門□氏、陳門□氏、賀門王氏、王門刘氏、陳門王氏、馮門趙氏、隨門顧氏、□□□□、□□□□、□□□□、□□□□、楊門□氏、楊門劉氏、楊門王氏、王門□氏、馮門楊氏、劉門杜氏、馮門王氏。

圓□崖：張門張氏、趙門鄭氏、王門劉氏、李門張氏、王門田氏、王門杜氏、馮門張氏、李門殷氏、李門南氏、張門李氏、張門劉氏、南門張氏、李門□氏、趙門莊氏、劉門張氏、劉門宋氏、□門宋氏、□門張氏、邢門趙氏、□門□氏、陳門劉氏。

李家庄：李門王氏、張門聶氏、李門馮氏、鄧門□氏、馮門□氏、徐門□氏、□門李氏、□門劉氏、馮門□氏、陳門顧氏、趙門劉氏、鄧門王氏、王門劉氏、吳門于氏、楊門□氏、馮門趙氏、趙門莊氏、劉門崔氏、李門劉氏、曹門王氏、曹門趙氏、曹門劉氏、曹門李氏、王門王氏、趙門池氏、趙門王氏、趙門楊氏、趙門□氏、趙門劉氏、趙門李氏、劉門□氏、王門西氏、劉門□氏、高門□氏、□門□氏、□門□氏、□門趙氏、□門□氏、□門□氏、□門□氏、□門□氏、□門□氏、□門□氏、趙門王氏、□門劉氏、金門□氏、王門高氏、劉門閆氏、方門□氏、王門吳氏、劉門孟氏、史門王氏、鄧門申氏、徐門劉氏、陳門徐氏、王門卜氏、賈門許氏、王門張氏、賈門王氏、王門吳氏、王門鄭氏、王門趙氏、陳門馬氏、白門楊氏、白門宋氏、白門温氏、白門孫氏、白門楊氏、白門劉氏、白門楊氏、白門楊氏。

鄭家庄：鄭門郁氏、鄭門趙氏、鄭門馬氏、王門鄭氏、鄭門侯氏、鄭門馮氏、鄭門呂氏、鄭門白氏、鄭門祝氏、李門高氏、□門□氏、□門□氏、馮門桑氏、郗門□氏、陳門□氏、□門□氏、趙門□氏、□門丘氏、王門□氏、王門張氏、王門鄭氏、李門郁氏、王門郁氏、王門史氏、王門李氏。

左家河：鄭門閆氏、鄭門郁氏、鄭門李氏、鄭門陳氏、鄭門穆氏、鄭門張氏、鄭門張氏、鄭門郁氏、鄭門張氏、鄭門閆氏、鄭門王氏、鄭門劉氏、鄭門趙氏、鄭門卜氏、鄭門□氏、鄭門□氏、鄭門□氏、郭門李氏、李門郗氏、李門張氏、趙門趙氏、李門劉氏。

劉家庄、吳門□氏、吳門宋氏、吳門□氏、吳門劉氏。

馮家□□：李門劉氏、郁門張氏、李門劉氏、李門韓氏、郗門劉氏、焦門劉氏、李門吳氏、李門趙氏、李門□氏、李門孫氏、邢門郁氏、劉門郗氏、李門郭氏、馬門夏氏、陳門孫氏、郗門王氏、郗門趙氏、郗門吳氏、劉門張氏、李門趙氏。

澇埠庄：劉門王氏、劉門常氏、劉門張氏、劉門王氏、劉門閆氏、劉門張氏、劉門張氏、劉門王氏、劉門□氏、劉門韓氏、劉門陳氏、劉門陳氏、劉門郗氏、劉門王氏、劉門鄭氏、劉門劉氏、劉門鄭氏、劉門楊氏、劉門楊氏、劉門鄭氏、劉門賈氏、劉門張氏、劉門□氏、□門劉氏。

趙庄：趙門盧氏、趙門王氏、趙門張氏、趙門李氏、趙門張氏、趙門張氏。

夏圈庄：董門陳氏、李門李氏、趙門徐氏、趙門張氏、李門李氏、趙門王氏、卜門閆氏、李門楊氏、張門□氏、張門李氏、張門顏氏、張門□氏、張門王氏、張門陳氏、王門侯氏、宋門王氏、王門薛氏、王門吳氏、王門劉氏、王門鄭氏、卜門李氏、王門延氏、延門王氏、卜門閆氏、卜門宋氏、卜門溫氏、卜門賀氏、王門王氏、卜門張氏、王門王氏、卜門岳氏、□門李氏、□門王氏、卜門王氏、王門曲氏、王門王氏、吳門于氏、董門扈氏、董門李氏、劉門郗氏、劉門王氏、董門□氏、董門孫氏、張門卜氏、□門王氏、劉門張氏、劉門楊氏、卜門冉氏、吳門蔣氏、吳門趙氏、吳門閆氏、吳門張氏、吳門卜氏、吳門閆氏、吳門郗氏、吳門趙氏、張門宋氏、吳門張氏、吳門閆氏、張門劉氏、吳門韓氏、吳門岳氏、吳門鄭氏、吳門趙氏、劉門吳氏、吳門徐氏、吳門趙氏、劉門吳氏、吳門王氏。

井塘庄:劉門李氏、董門李氏、張門王氏、董門潘氏、潘門溫氏、馮門張氏、賈門張氏、賈門張氏、楊門趙氏、王門李氏、張門郗氏、張門邢氏、張門李氏、卜門□氏、張門劉氏、吳門張氏、吳門馮氏、吳門馬氏、吳門董氏、張門趙氏、孫門王氏。

郗家圈:溫門郁氏、郗門杜氏、溫門劉氏、溫門董氏、溫門郁氏、劉門喬氏、文門孫氏、張門富氏、劉門張氏、陳門李氏、李門溫氏、郗門李氏、郗門解氏、郗門梁氏、郗門溫氏、郗門胡氏、郗門張氏、郗門鄭氏、郗門徐氏、王門張氏。

山張家峪:張門宋氏、張門隨氏、馮門趙氏、張門董氏、張門王氏、馮門楊氏、李門張氏、鄭門邢氏、張門杜氏、閆門尹氏、閆門吳氏、閆門郭氏、閆門侯氏、閆門李氏、閆門郭氏、閆門馬氏、閆門林氏、閆門吳氏、閆門郗氏、閆門于氏、閆門張氏。

庄:李門楊氏、劉門王氏、喬門劉氏、王門趙氏、田門石氏、劉門□氏、位門趙氏、崔門李氏、孫門李氏。

庄:郇門孔氏、康門劉氏、魯門王氏、王門李氏、李門尹氏、郇門馮氏、秦門徐氏、郇門石氏、郇門張氏、王門溫氏、□門葉氏。

庄:趙門宇氏、位門付氏、曹門馮氏、祝門王氏、俞門李氏、趙門邵氏、王門王氏、張門陳氏、趙門豆氏、顧門李氏、顧門李氏、李門位氏、耿門孫氏。

石□趙家庄、趙門張氏、趙門張氏、趙門張氏、趙門陳氏、趙門郭氏、趙門吳氏、于門徐氏、楊門齊氏、石門王氏、劉門王氏、劉門王氏、李門張氏、翟門唐氏、張門趙氏、王門周氏、趙門豆氏、趙門陳氏、張門王氏、梁門韓氏、梁門高氏、鄒門于氏、王門張氏、王門張氏、鄭門王氏、鄒門楊氏、鄒門張氏、鄒門王氏、郭門□氏、陳門□氏、桑門白氏、桑門劉氏、楊門王氏、楊門劉氏、楊門董氏、楊門李氏、楊門高氏。

庄:楊門□氏、李門郁氏、郗門石氏、王門曹氏、王門劉氏、王門孫氏、王門郁氏、張門許氏、張門董氏、李門冷氏、李門□氏、趙門□氏、于門劉氏、于門徐氏、于門秦氏、李門劉氏、□門□氏、□門□氏。

清雍正七年壽益二縣信眾修醮功果圓滿記碑

　　碑在山東省青州市駞山昊天宮,清雍正七年(1729)立。石灰石質。圭首。高119.5厘米,寬55厘米,厚16厘米。正文楷書,字徑2厘米。額題"垂遠",楷書,單行,字徑7厘米。碑下部斷裂,文字漫漶。該碑記載,青州府壽益二縣各鄉各社各甲人等,自清雍正元年(1723)結社至駞山昊天宮玉皇大帝面前進香七載,善果圓滿,立碑以記其事,並錄曾首及信眾姓名於後。

……□果圓滿刻碑序

　　□□□州大清國山東青」州府壽益二縣各鄉各社」各甲人氏□等,自雍正元」年結社駞山,共登」玉皇大帝金闕寶殿,金銀紙」馬香燭供獻,煩道眾師徒」誦經祈祀,公夥打醮,報」天地生成之德。今值雍正七」年,善果圓滿,共議碑刻以」紀其事,垂諸永久。是為叙」。

　　時」

　　皇清雍正七年冬十月望日信士等公立」。

　　會首:劉柟、張耿純。

　　□梓、□玉、李 燭、劉滿、劉堂、莊巍、李□文、張顕、李生荣、刘布雲、戴洪池、顧奉春、莊嶽、李文盛、戴楨、戴□、□芝□。

清雍正七年壽益二縣信眾修醮功果圓滿記碑

清雍正七年益都縣信眾進香記碑

　　碑在山東省青州市駝山昊天宮，清雍正七年(1729)立。石灰石質。圭首。高110厘米，寬59厘米，厚15.5厘米。正文楷書。額題"修醮題名"，楷書，單行，字径5厘米。碑體完整，文字漫漶。該碑記載，大清國山東青州府益都縣各鄉各社信眾，至駝山修醮三年，立碑以記其事，並錄會首及信士姓名於後。

進香碑記

　　大清國山東青州府益都縣各鄉各社人氏，現在高里」各堂各庄居住，來與駝山」昊天宮修醮三載，立石不朽云爾」。

　　修醮會首：閆自成、王舉。

　　張作富、張同芳、張洪福、張洪善、刘本□、張梅芳、王秉□、郭□、王□昇、鉄□□、孫□德、孫輔德、趙□□、□□秋、崔恒昌、張行芳。

　　雍正己酉十月初一日仝立」。

清雍正十三年壽光縣信眾進香碑

　　碑在山東省青州市駝山昊天宫，清雍正十三年(1735)立。石灰石質。圭首。高120厘米，寬58厘米，厚13厘米。正文楷書，字徑2厘米。額題"進香碑"，楷書，單行，字徑5厘米。碑體中間斷裂，文字漫漶。

　　山東青州府壽光縣城東稻田庄居住善人梁門張氏」，邀會屢年進香，建立碑碣」，以志不朽」。

　　張門王氏、張門何氏、張門趙氏、刘門李氏、□門□氏、□門郝氏、刘門□氏。

　　會首:梁門張氏。

　　張門李氏、張門□氏、張門□氏、刘門□氏、張門□氏、張門□氏、王世豹、康世龍、李世合、張□□、□□□、□□□、□□□、□□□、張□□、□□□、□□□、□□□、□□□、□□□、□□□、□□□、張□□、□□□、□□□、□□□。

　　雍正十三年三月十五日立」。

清乾隆二年壽光縣鄉社人等進香記碑

　　碑在山東省青州市駝山昊天宮,清乾隆二年(1737)立。石灰石質。圭首。高67厘米,寬41厘米,厚16厘米。正文楷書,字徑2厘米。額題"永遠",楷書,單行,字徑4厘米。碑體完整,文字清晰。該碑記載,青州府壽光縣信眾,結社至駝山昊天宮進香三載,功德圓滿,立碑以記其事,並錄16位信士姓名於後。

進香碑記

　　大清國山東青州府壽光縣鄉社不等人氏,現」在□家庄居住,進香三載,建立碑碣,以志不」朽云尔」。

　　黃興玉、黃自朙、吳尚德、會首單汝誦、國元勛、國元珠、國元孝、國元棟、國元忠、黃珣、張瑞、張名、都元貞、方好信、張志周、鄭奉良。

　　乾隆二年十月十五日立」。

清乾隆五年重修二門記碑

　　碑在山東省青州市駝山昊天宮,清乾隆五年(1740)立。石灰石質。高174厘米,寬76厘米,厚19厘米。正文楷書,字徑3厘米。額題"永垂不朽",楷書,單行,字徑11厘米。碑體基本完整,文字局部漫漶。該碑記載了清乾隆五年(1740)重修駝山昊天宮二門之事,並錄會首和信士姓名於後。碑陰為《清乾隆五十二年重修三官廟記碑》。

清乾隆五年重修二門記碑

重建二門碑記

　　罷城之西不数里,巍然獨秀、高出雲表、東峙雲門、西壓龍馬諸峯、風雨之所闔會」、神霖之所棲止,為一方之香火者,曰"駝山"。其山之脉絡,羨根岱嶽,盤結紆曲,以至」于青。興雲致□,祈禱符驗,靜英霖爽。一方士女善信,靡不人人心中有一駝山;四鄉」結社,報酬不一而足。兹合會等,虔奉有年,率白叟黄童,斂資作道塲,以盡愚誠。適」值禾成大有,他方旱而此地不旱,他方雹而此地不雹,謂非駝山之霖之獨有以」陰庇之而默祐之也哉?爰贅数語,勒之貞砥,以誌歲月云尔」。

　　領袖:楊信。

　　會首:郗玧、邹訓明、楊禮、馬福貞。

　　張可夆、張永印、韓文林、楊士楷、吳廷奎、杜應選、郗緖、楊廷文、張梅、鄭允先、徐遇、李宗肆、徐惠、楊藻、郝元、楊宣、裴荣、楊智、陳禮、董金、商捷、白戢明、吳廷銓、宋焕、王玠、温尚志、王貴、楊廷孝、張梓旺、趙秉成、崔興、楊廷用、王继、趙成新、郝仁、史孝州、趙應奉、刘顯禄、宋有興、王貞吉、邹成明、鄭存才、楊廷鶴、刘欽、孫美玉、王有興、馬龍、梁仲石、楊林、杜林奉、楊廷擢、趙梅、王玉、宋來魁、馮明宗、趙世令、王洪貴、陳有德、楊守智、趙世利、鄧仁、宋安、郗瑀、邹如、王棹、郗才生、趙國忠、鄭聰、白戢秀、倪□安、□奉喜、王平生、杜倫、邹得爵、趙汝弼、楊士賢、邹得知、吳瓖、王文焕、鄭必新、□□禮、陳斌、李永茂、王廷良、宋得財、李天深、郇三塔、倪承基、張興、吳玉常、郇三盛、王棟、王正生、楊璋、□□文、史瑾、王可喜、吳天書、史玘、曹名显、刘显、刘鐸、邢斌、刘□、楊達、李□、刘□、張□□、□□鸞、□□年、常士偉、□□□、張永□、張□、薛深。

泥水匠:□明□、□□□、□□□、□□□。

石匠:郝□禮、張樂。

木匠:耿梅。

募緣道人:曹教禎。

住持道人刘合羣、凌合價、郎合信,徒侄張教裕、夏教衿,侄孫徐永□、張永□、郎永琭、孫永珠、孫永□、刘永璁,侄□□□□、□□□、□□喜。

乾隆伍年仲穐穀旦」。

清乾隆八年壽光縣秦城鄉辛樓社信眾進香碑

　　碑在山東省青州市駝山昊天宮，清乾隆八年（1743）立。石灰石質。圭首。高126厘米，寬56.5厘米，厚18厘米。正文楷書，字徑2厘米。額題"永遠"，行書，單行，字徑8厘米。碑體完整，文字清晰。該碑記載，壽光縣秦城鄉辛樓社信眾，結社至駝山玉皇大帝面前進香數載，立碑以記其事，並錄男女信士姓名於後。

清乾隆八年壽光縣秦城鄉辛樓社信眾進香碑

進香碑記

　　伏以：乾坤大德，廣覆載於群生；日月重光，普照臨於萬彙。今有壽光縣秦」城鄉辛樓社現在南楼老庄居民刘显昇，率領衆善人等，約當社」會，緒積資財，敬赴青龍駝山」玉帝老爺面前進香数載，上報洪恩，下保庇佑。建立碑竭，以誌不」朽云尔」。

　　刘显碧、刘文熙、刘加爵、會首刘显昇、刘加謨、刘加祥、刘加會、刘瞪、刘懷忠、刘荣、刘坤、韓進、刘懷仁、刘蕙、刘墻、刘塾、刘璉、刘显光、刘玫、刘茚、刘蘧。

　　刘門孫氏、刘門趙氏、刘門王氏、刘門郭氏、刘門李氏、刘門李氏、刘門王氏、刘門鄭氏、刘門王氏、刘門吳氏、刘門王氏、刘門趙氏、刘門李氏、刘門丘氏、刘門王氏、刘門李氏、刘門吳氏、刘門郭氏、刘門張氏、刘門陳氏、刘門組氏、刘門組氏。

　　乾隆八年十月十五日立」。

清乾隆八年壽邑豐城鄉信眾題名記碑

　　碑在山東省青州市駝山昊天宮,清乾隆八年(1743)立。石灰石質。圭首。高113.5厘米,寬59.5厘米,厚14厘米。正文楷書,字徑2.5厘米。額題"名垂千古",楷書,單行,字徑6厘米。碑體完整,文字清晰。該碑記載,壽邑信眾結社至駝山昊天宮玉皇大帝面前修醮數載,立碑以記其事,並錄38位會首、信士姓名於後。

題名碑記

　　嘗聞:天地之間,莫若與善。善者,修福之原也。今有壽邑城西豐城」鄉各社人氏,現在崔家庄居民合會等,屢年約當社會,緒積」資財,来於駝山」昊天宮玉帝老爺面前修醮數載,建立碑碣,以誌不朽云尔」。

　　會首:崔全、崔作為、王諫。

　　李璉、趙旛、崔雲河、王謹、王鳳玘、崔懷仁、崔作哲、張從訓、崔永乾、王廷弼、孫理、王講、崔法宗、刘正、王志、崔大慶、王鳳成、崔念宗、王瑗、徐國讚、韓義登、崔顯宗、崔志本、崔偉、陳思恭、王明如、崔津、崔柟、崔大溫、王安富、崔良臣、高樹、張從教、郭生秀、徐明礼。

　　仝立。

　　乾隆八年十月十五日穀旦」。

清乾隆十九年壽光縣東青龍鄉玉安社信眾題名記碑

碑在山東省青州市駝山昊天宮,清乾隆十九年(1754)立。石灰石質。圭首。高112厘米,寬57厘米,厚13.5厘米。正文楷書,字徑2厘米。額題"垂遠",楷書,單行,字徑7厘米。碑體完整,文字清晰。該碑記載,青州府壽光縣東青龍鄉玉安社信眾,結社至駝山昊天宮進香數載,立碑以記其事,並錄31位男女信士姓名於後。

題名碑記

大清國山東青州府壽光縣東青龍鄉玉安社人氏」,現在張家庄居住信士會首張門宋氏等,率領」闔會進香數載,以誌不朽云尔」。

張門孫氏、張門董氏、張門刘氏、張門楊氏、會首張門宋氏、張門田氏、張門張氏、張門高氏、張門賈氏。

李門刘氏、李門蔣氏、李門谷氏、趙門吳氏、李門刘氏、高門肖氏、高門宋氏、高門王氏、張門于氏。

張玉蘭、李池、張珅、張之平、欒門馬氏、楊門盛氏、李門刘氏、張門楊氏、李門孫氏。

楊九禄、吳欽、傅連玉、徐有寧。
乾隆十九年十月十五日仝立」。

清乾隆十九年壽光縣東青龍鄉玉安社信眾題名記碑

清乾隆十九年修醮題名記碑

　　碑在山東省青州市駝山昊天宮,清乾隆十九年(1754)立。蔣希儀撰文並書丹。石灰石質。高167厘米,寬142.5厘米。正文楷書,字徑3.5厘米。額題"萬世流芳",楷書,單行,字徑12厘米。雙碑聯體,碑體完整,文字清晰。該碑記載了會首楊象、鄭士統等糾眾至駝山昊天宮玉皇廟修齋進香之事,並錄參與其事的會首、信士、住持道人等姓名於後。

修醮題名碑記

　　盖聞:神威奕奕,千秋肅毖祀之瞻;廟貌峩峩,萬世報洪鈞之德。默運元化,人物」悉受生成;調燮雨風,士女盡蒙呵護。誠通帝座,響答塵寰。如青郡駝嶺之有」玉皇廟也,由来舊矣。画棟朝飛,接雲門之旭日;珠簾暮捲,牽龍岫之霞光。西来翠黛」千重,羣拱紫府;東睡長溪萬頃,帶繞神州。不飾丹臒,而可薦俎豆於春秋,便同」金闕,不矜輪奐,而能奠生民於化日。何異珠宮? 兹有會首楊象、鄭士統等,念惠迪之」吉,常思善與人同,惡從逆之凶,不欲獨為君子。雅歡里曲,每糾眾而答神休;玉」瓚雲罍,常釀金以達誠意。因之二東善信,焚香而來;由是三齊冠裳,牽牲以至」。神欣人悅,陰陽悉化其伏愆;物阜民安,歲時屢報以豐樂。以承庇佑,已感瑞靄」長流;以荷栽培,尤希崇祀彌永。建會之後,

清乾隆十九年修醮題名記碑

屢建道場。新正之初，聿斷祀典。從此」，鈞天再奏，鳳旗與金榜爭輝；異日，絳節重臨，雲璈與經毅響應。庶幾錫福未艾」，戶登春台；預卜意我無疆，人遊樂國。爰是勒諸貞珉，於以昭示來茲」。

益都縣儒學秀士蔣希儀薰沐撰書」。

會首：陳礼、楊林、朱智、馬福禎、劉显祿、吳斌、李文祥、史學程。

王林、張旺、陳斌、倪正、張士松、郭富生、倪成吉、刘欽、劉銓、趙國祥、高有龍、張自旺、王洪義、刘義、鄧國信、郗周信、楊宣、王正生、白啟文、楊廷用、鄧逈、王祥、張茂文、鄭吉忠、鄭天盛、鄭必新、趙秉壯、白申、史林紋、沈住、倪成孝、倪成業、高士衡、邢斌、史林經。

張永傑、朱和元、姜崑、姜玉宗、李敬、商可大、張月隆、張月興、張國祥、倪成有、張倫、張仲、王有文、王廷亮、王富、郗戀宜、吳良能、吳樂善、卜洪起、王松、王林、鄭存德、王平生、郗周亭、郗璲、楊士楷、趙汝弼、李射斗、曹法宗、刘思恭、刘思宗、刘泌、鄭显成、趙礼奉、王紀。

王管、刘成章、鄭必希、鄭存、鄭存荣、鄭显業、鄭朋、鄭嗣昌、鄭環、鄭存元、鄭道成、鄭吉孝、鄭樂、鄭楚、鄭天元、鄭天祐、鄭之坎、鄭必寬、鄭明、鄭存儉、張德普、朱文明、朱彥、李仁、隨秉剛、王旬侯、于洪祿、戴尚吉、李義、王荣、王显、刘望全、顏可立、張可瑞、鄭法。

王林、楊夆、楊廷漢、楊廷效、楊廷檜、楊三弘、楊廷萬、楊廷增、楊廷選、楊廷錫、楊剛、楊廷先、楊勉、楊士会、楊廷柱、楊廷極、楊廷欽、楊有亮、刘玉、楊廷倫、王有才、馮自立、劉智遠、趙文斗、房希順、李士魁、蔣士林、趙昇、吉印鐸、楊崑、李継常、李継興、楊梅、李継来、李継祿。

李萬盛、楊智、王才、王秀、賀祿、楊浩、王士友、王山、鄧智、楊廷奕、馮琚、馮三貴、馮吉秀、馮三賢、馮吉名、王克恭、趙秉富、吳玉成、吳玉蘭、陳梅、楊胡、楊廷和、鄧明、吳捷、王隨、陳善、曲文盛、鍾小柱、王順、高有礼、賈直臣、楊章、趙林、楊廷幹、馮吉祿。

徐常富、王成玉、孫元、孫亨、孫利、楊連、弋吉福、宋德蘭、杜士礼、宋玉秀、王朝、杜士美、王進貴、杜存正、次吉秀、杜士聰、鍾信、王蘭、杜存义、杜尚奉、杜存惟、王覺、王珣、王熙、孫慶先、張美、李克儉、王璋、王克端、楊木匠、張芃、趙貴、王彥淂、李進、張湛生。

杜存敬、杜存奉、徐常智、杜尚孔、徐常貴、杜尚龍、李福盛、杜可習、杜士正、李怀、王化德、杜士合、杜存有、靳向貴、陈有財、王大成、杜应選、宋来元、張榛、張吉德、馮明璉、邢溥、張吉傑、謝宗宝、李發生、李希孟、李長生、李萬相、李萬奉、李進、刘鐸、羅玉、王棟、馬洲公、陳起。

陳起周、郇三盛、郇克寬、郇克勤、張復初、張可英、閆房、張瑞生、郗文宜、張浩、李維昇、闫有享、闫有盛、闫敬、闫得力、高振、白溫、白秋路、王俊生、王津、王魁元、王同、刘明倫、鄭存敬、徐貞、張思文、鄧昇、徐梅、白秋菊、白啟知、白永、王会元、吳方祥、孫美、孫盛。

郗周官、王山、董金、董美、馬連、董生太、吳海生、吳河生、王廷枚、刘吉、刘福、賈祥、尚有祥、杜泉、馮謙、闫已遠、董安學、張秉荣、王有興、馮保山、張百興、卜玢、陈永高、陈福生、陈致亮、陈致奉、李文斗、李建斗、郗瑾、郗林、李永增、李永盛、王光林、郇起常、李永良。

商捷、龑弘泉、韓喜、王興祿、焦純、韓錫珽、李萬財、李萬魁、張玉、趙奉春、趙有連、趙淂春、趙有存、趙開春、趙有遂、趙義春、趙有荣、張起生、趙化春、趙迎春、趙先春、趙名春、趙来春、張增、張玥、刘國祥、馮有德、陈地震、郇三變、王洪昇、趙敬、刘应吉、陳天祿、鄧国臣、鄧玉。

張讓、朱信、高有显、張国太、郝坤、張亮、郗樂、郗来、郗富、郗大会、郗大臣 郗大智、郗敬、郗永林、郗永德、郗連、郗鎬、郗武生、郗永立、郗元生、郗墉生、郗鐸、郗孝、郗宏保、郗南、郗卓、康宣、趙尔從、趙尔玉、楊世福、宋倫、鄧国侯、鄧國璽、宋弘生、鄧仁。

曹福荣、史根、張福、張久、張臣、董福成、張文宝、張文礼、趙珂、趙秉和、張文明、趙瑾、刘忠、刘國相、刘文萃、刘国法、刘国修、刘国訓、刘国同、刘文儲、刘国信、刘文得、刘文斌、刘昌年、溫义、郗福、李天錫、溫珦、刘福生、刘显柱、刘得玉、刘成錫、刘成財、刘成美、郗崇。

楊才、李□、□國忠、王秀、張□□、張可弟、張元、張勤、趙秉壯、趙重新、韓魁名、姜有生、姜古欽、董士秀、姜世訓、熊永荣、李彩、隨存富、杜存信、杜士林、杜存昇、杜存政、杜存錫、南福公、趙世福、王福玉、李福榮、趙林、杜存祥、杜士合、杜可寔、馬有、刘荣。

于舜、于成、杜智祥、王廷士、王乾、吳廷奎、邢松、石剛、杜存俊、姜思肖、李林松、李秀、孫心□、田存义、于祐、李修德、靳文、馬玉祥、王富、趙河、李見德、李智、李德明、賈梅、王九相、李珦、刘可智、刘志秀、王德富、李秉吉、于全富、李成元、李秉俊。

張可忠、張著明、王得□、陈美、刘貴、刘□、馬澄、唐□荣、□□、陳文侯、趙永學、張祿、趙連、張文义、張文礼、趙古魁、刘林、刘子孝、刘子坤、刘子乾、吳清僖、吳清俸、吳為善、吳清官、吳掌、張显貴、王正德、吳本善、吳清河、吳振□、吳良柱、吳良存、吳古職。

郗臻、郗鏐、郗垛生、郗來生、郗周室、郗周業、刘彬、趙文智、馬沂公、刘恒才、刘恒兆、盛佐臣、倪成惠、倪成立、倪端、倪泰明、馬褶、馬元、馬成龍、馬仁淹、張恂、張國荣、張瑞、張自興、張端、王棟、邹国錫、田有貴、邹俱、王者立、王成名、王恩、陳俊。

陳褶、王正久、王文彦、孫仁、陳显文、刘大德、馬□、王字、邹儀、梁岐、張興、郗好生、曹進、王悅、王悰、盧勇、郗我、趙永起、趙廷修、趙景明、魏荣、王海德、郭全周、楊廷存、楊廷顯、楊廷貴。

朱奉、朱明、郭起生、趙玉生、趙秀生、張世資、孫瑢、刘存柱、刘智、刘可成。

住持道人劉合群、張教裕、李教祥、曺教禎、夏教裗、孫永珠、郎永琭、張永珣、孫永璿。

石匠：李發生 薛太。

乾隆拾有玖年玖月拾五日吉旦立」。

清乾隆二十年姜宗富等信眾修醮題名記碑

　　碑在山東省青州市駝山昊天宮,清乾隆二十年(1755)立。石灰石質。屋脊狀碑首。高159厘米,寬72厘米,厚18厘米。正文楷書,字徑2厘米。額題"名垂千古",楷書,單行,字徑9厘米。碑體完整,文字漫漶。該碑記載了會首姜宗富、陳有德等,糾集信士至駝山昊天宮玉皇廟進香修齋之事,並録會首、信士和住持道人姓名於後。

脩醮題名碑記

　　好善樂施,豈僅兌坎震地為然哉? 属在巽方,有足□焉。郡城西南駝山之巔,古有」玉皇大帝金闕,靈應無極,怙冒下土,誠一方人民之覆庇、四方風雨之調和也。□□結良緣而報生成者,固濟濟多士。至於接前徽而興首念者」,則又有會首姜宗富、陳有德等,糾約東南而成會焉。□一舉咸集,同登善果,拟以會之祈醮也。乃各捐資財,共度法會,□□□□,遂成一道□風之」盛舉,則東南會之翕如而純如者,而與眾會咸臻無量也乎? 於是,友人過□□向余而言曰:□茲會眾如是向善,可不□為不朽而□□耶? 嘱余作文以誌之。余思為善惟人,而感應則」神也。且其慷慨從善,豈不足以附會多方而共登善岸哉? 從此,立之瑉珉,俾東西閭里皆知為義舉焉,亦與人為善之□也云爾。是為記」。

　　青州府學生員鍾□海薰沐拜撰」。

　　邑儒生李□竭誠書丹」。

　　會首:杜應先、夏□□、鄭士統、劉顕禄、馬潤公、徐長智、姜永禎。

　　李福臣、杜存勳、謝重寶、宋来元、黃有貴、王大成、黃智、張世德、鍾義 張顕宗、姜宗隨、姜宗誠、張世傑、李成業、馮明黃、□普。

　　趙鳳儀、黃世寶、黃世銀、王廷富、黃有才、王有、趙立、劉銀、王欽、趙名斗、穆倫、杜存儉、杜士林、杜尚鳳、杜尚龍、杜士為。

　　杜存俸、杜存義、杜存俊、杜存信、杜存寬、杜存貞、杜存志、徐常貴、徐常義、徐常富、杜存美、鍾文大、杜存敬、杜存昇、杜士傑、鍾倫□。

　　鍾信、冷世秀、杜士聰、杜可寶、杜存政、杜存璽、王進貴、王福玉、王天錫、宋玉蘭、趙世福、趙世祥、宋玉秀、李文喜、杜士礼、靳向貴。

　　蘇永福、蘇永禄、陳增、李福荣、李福盛、杜存祥、李文祚、杜可習、李懷、王蘭、杜士政、吳起山、王化德、杜存有、李林、杜士合。

鍾文太、郇道、杜有福、杜廷錫、杜廷興、杜廷順、杜廷義、杜祥奉、杜貢奉、杜延彥、傅式、杜應時、杜應□、杜國忠、杜應禄、杜應富。

滕連邦、李文彩、郭鎮、郭宗傑、郭錕、劉彥、李隨、孫俊、曺純、曺思勳、夏國佐、夏禎、夏貴玉、李荣、王永、李秉玉。

馬法公、郇照、賈漢義、賈淮、張生、邱玉、王祥、韓禎、韓熙、蔣士成、蔣士信、王碩、王浩、李□、刘貞、韓仕。

郝之選、郝義、郝礼、郝仁、王有興、王應山、王興、王才、王文淮、李永才、李永盛、陳有財、陳有義、陳有福、陳有愿、馮義。

房效修、房季修、蔣世禄、宋珍、宋林、宋孔海、宋有福、宋有成、宋有興 宋有漢、宋有能、宋有文、宋□德、宋尚美、宋□安、宋□起。

郝吉、車貴、郝才、項起、項景興、項景旺、項景仁、崔相遂、李國人、宋然、宋有保、宋有祥、□□□、刘存□、刘存忠、馬□□。

馬倫、馬宗泗、馬富礼、馬富茂、馬富玉、馬富坐、馬順公、馬建公、馬富□、馬富美、馬富□、馬江公、馬富章、□□□、馬富進、趙玉錫。

李成德、李成吉、刘存才、任有義、馬□公、陳有□、馬富□、張□、張寶、張□、張美玉、張隆、□□□。

□□、李林、張世來、高士俊、趙□□、趙□□、□成儉、李雲龍、李成龍、李□□、李□、張顯義、張显□。

□□、張□、張□銀、賀起松、王□、馮名連、張□富、□□、馮名

清乾隆二十年姜宗富等信眾修醮題名記碑

□、□□□、賀□□、□□□、□□裕、韓□□。

　　張□□、張顯礼、李□德、□□文、□玉祥、王□、□□□、陳起周、□□德、□□德、□□德、□□□、□□□。

　　仝立。

　　住持道人劉合羣、曹教禎、夏教雲。

　　大清乾隆貳拾年六月貳拾肆日吉旦」。

清乾隆二十七年壽光縣秦城鄉信眾進香記碑

　　碑在山東省青州市駝山昊天宮,清乾隆二十七年(1762)立。石灰石質。圭首。高118厘米,寬59厘米,厚15厘米。正文楷書,字徑2.5厘米。額題"壽光縣",行書,單行,字徑9厘米。碑破碎為四塊,現已接好,文字清晰。該碑記載,青州府壽光縣秦城鄉信眾,在會首常秀德等帶領下至駝山玉皇廟進香修醮數載,立碑以誌不朽,並錄信士姓名於後。

進香碑記

　　大清國山東青州府寿光縣秦城鄉各社人氏,現」在常家庄居住會首常秀德等,屢年約當社會,緒」積資財,敬赴駝山」昊天宮玉帝老爺面前修醮数載,建立碑石,以誌不朽」云爾」。

　　楊江、常良田、會首常秀德、常銀、楊君奭、常選、刘大盛、崔鐸、王弘、李丕貞、常楓、刘先、常偉、刘大有、楊倫、韓可禄、叢盛貴、李思盛、李有得、常聰、楊君惠、李永法、常維祥、常銤、叢瑄、常瑾、李永滋、楊濮、王有鑄。

　　仝立。

　　乾隆貳拾七年十月拾伍日吉旦」。

清乾隆三十年壽光縣豐城鄉信眾修醮題名記碑

碑在山東省青州市駝山昊天宮,清乾隆三十年(1765)立。石灰石質。圭首。高133厘米,寬61厘米,厚22厘米。正文楷書,字徑2.5厘米。額題"萬古流芳",楷書,單行,字徑7厘米。碑體完整,文字漫漶。該碑記載,青郡壽邑西北豐城鄉二十里鋪、崔家莊、石頭屋子、夏家店四莊信士,每年集資於駝山昊天宮玉皇大帝面前進香,立碑以記其事,並錄5位會首、72位信士姓名於後。

脩醮題名碑記

青郡壽邑西北豐城鄉居二十里鋪、崔家庄、石頭屋子、夏家店四庄」信士,屢年當社,緒積資財,敬赴西南駝山」昊天宮玉帝老爺面前,眾發虔誠,置脩金銀香燈供養,並請本宮道眾脩」醮年遠,建立碑石,永垂不朽」。

會首:梁公輔、王諫、張廷訓、崔作為、張湛。

潘珂、劉相、夏克明、張維祿、崔琳、劉百樂、崔秉持、韓義登、崔作仁、崔元吉、崔英宗、王瑚、崔大經、王議、王珍、張倫、崔士棟、崔大士、崔杲、張思孔、劉玉恭、張允敬、崔果、王□、王鳳成、高美、徐國讚、劉玉行、崔□孔、郭振江、李正道、李玉松、夏元信、崔福□、陳繼孔、崔秉銳、王之德、徐文、張元忠、崔大才、崔□武、李□、楊子聰、王景升、崔礼、崔福茂、高克儉、崔念宗、李敬文、崔守元、高明遠、王超聖、崔德恭、王梅、張林、崔作聖、崔顯宗、李克讓、崔福照、崔福聖、崔門高氏、劉門崔氏、張門張氏、郭門趙氏、崔門劉氏、張門郭氏、崔門丁氏。

仝立。

大清乾隆叄拾年拾月拾伍日吉旦」。

清乾隆三十年壽光縣豐城鄉信眾修醮題名記碑

清乾隆三十二年壽光縣豐城鄉信眾進香題名記碑

　　碑在山東省青州市駝山昊天宮,清乾隆三十二年(1767)立。石灰石質。圭首。高111厘米,寬57厘米,厚14厘米。正文楷書,字徑2.5厘米。額題"垂遠",楷書,單行,字徑7厘米。碑下半部斷裂,文字清晰。該碑記載,青州府壽光縣豐城鄉信眾,在會首劉汝江等帶領下,至駝山昊天宮玉皇大帝面前修醮數載,立碑以誌不朽,並録會首、信士姓名於後。

進香題名碑記

　　大清國山東青州府壽光縣豐城鄉人氏,現在」前城馬町庄居住會首劉汝江等,屢年敬赴」駝山」昊天宮玉帝老爺面前修醮數載,建立碑石,以誌」不朽云爾」。

　　會首:殷乙美、劉汝江、曹孟瑞。

　　暨領合會人等:殷榛、田樂玉、殷杓、崔橋、殷秋元、殷大惠、殷景堯、張果、殷念祖、殷美元、曹瓚、李謹、殷維元、殷大用。

　　乾隆三十二年三月十五日吉旦」。

清乾隆三十八年重修驼山昊天上帝廟記碑

　　碑在山東省青州市驼山昊天宫,清乾隆三十八年(1773)立。胡士偉撰文,張士
僕書丹。石灰石質。圭首。高180厘米,寛84厘米,厚22厘米。正文行書,字徑
2.5厘米。碑陰題名行書,字徑1.5厘米。碑體完整,文字清晰。該碑記載了乾隆三
十八年(1773)驼山昊天宫道士張永珣募資重修昊天上帝廟之事,並録捐資男女信士
姓名於後。

重修驼山昊天上帝廟記

　　六天之說,出于緯書,鄭康成據《春秋·文耀鉤》以昊天上帝為北辰耀魄寶,與五
方精帝靈威仰、赤熛怒等相配」。名號不經,自王子雍諸儒已力排其謬矣。然考之
史,漢秦祠四帝,漢郊五時,雖汩於讖緯,要皆天子之禮,未嘗」下通于臣庶也。迨宋
政和中,崇尚道教,加上玉皇尊號,詔天下洞天福地修建宫觀,塑造聖像,於是上帝之
祠」,無地無之。益都城西南五六里許,有山曰驼山,與雲門、劈山東西相望,于思容
所謂“三山聯翠,障城如畫”者也」。山之巔為昊天上帝廟,元大德中建,明衡藩重修,
本朝夏太守一鳳益加完葺。每歲正月九日,修醮演劇,邑」之人競奔走焉。日久漸
圮,黄冠張永珣謀于鄉者,募貲鳩工,撤而新之,重門邃宫,既齊既敕。事竣,將琢石
為碑」,而請予為之記。予惟郊丘之祭,非王者不舉,而以道家之言通之,則田夫村嫗
皆得禱祠於宇下,所謂齋戒沐」浴,則可以事上帝者,固非虚語也。《尚書·大傳》云:
“山川視伯,小者視子男。”《說文》云:“山,宣也。宣氣散生萬物。”今驼山」雖小,其秩
猶視子男,而宣氣生物之功,則天帝實主之,而非山靈所能專尸也。因而祠焉,不猶
愈於崇釋氏之」宫,奉無名之祀者乎!《大戴禮》曰:“皇皇上天,昭臨下土,集地之靈,
降甘風雨,庶物羣生,各得其所,靡今靡古,敬拜」皇天之祐。”此之謂也。不然,執兗
冕佩玉之形,而求所謂上帝者,則張翁“白雀不且,蹈諾樂記”之妄哉! 因授以登」石,
而綴其歲月于末」。

　　大清乾隆三十八年昭陽大荒落病月望日」。

　　分鎮青州等處糸府加一紀胡士偉薰沐謹撰」。

　　郡庠廩生張士僕書丹」。

　　馮府馮岂㝎、馮莊,李從典,山西總領張茂文、鄧國泰,楊浩,山東總領馬潤公、杜

應選,趙玉,邢偉,趙實,李常,鄭存忠,鄭存恕,鄧智,孫元,楊廷增,楊廷璽,李光林,劉文有,吳太生,王士友,隋光祖,楊廷振,郜周信,郜周遞,楊士升,楊士舉,楊士會,楊士鳳,郜埔生,劉成美,鄧國信,鄧國才,郜同宣,馮世秀,楊廷學,郇克寬,李維昇,王克公,王培元,溫世興,陳福荣,陳福會,王俊生,李見斗,李文斗,李射斗,卜誦,卜讓,卜鳳,郜聖,楊德,白豐,孫亨,劉祥,郜文,楊士群,王士相,楊廷魯,王廷弼,王廷輔,王廷

儉,楊學芳,卜文遠,劉成璽,鄭顯烑,溫儒,郜貴,郜順,邢竹,趙光,卜訓,卜倫,卜伸,鄭志,卜杰,卜僕,王瑨,李坤,白申,鄧明,王璲,馬荣相,王文忠,王會元,鄧國智,郜本固,吳漢祥,郜茂宣,郜周宣,吳瑞儀,吳興生,郭存金,張朋祥,劉會明,劉會成,楊廷漢,楊廷選,趙秉賦,曲文增,陳治粮,陳治亮,王士舉,王士超,王士科,王成玉,劉成章,吳玉成,馮世臣,楊學范,楊學朋,陳梅,郜臻,郜謙,陳福生,劉四德,楊士祥,楊士魁,楊士連,楊士明,楊士元,張朋玉,郜永然,鄭顯烺,楊明宗,王武生,張福盛,李遂,李金斗,吳振生,郜福石,郜永清,郜宏生,郜有生,郜東生,郜周印,溫世美,郜霖東,鄧錦,王訓,劉公倫,陳□□,馮□□,鄭顯□,鄧顯業,楊士舉。

（以下碑陰）

營子庄程門邢氏,城市関箱,蒲臺縣二里庄王門王氏,領袖于門呂氏、張門邢氏,十庙子庄杜門寶氏、杜門潘氏,宋家庄張門石氏,大澗鋪刘門張氏,下圈陳門郇氏。

清乾隆三十八年重修駝山昊天上帝廟記碑

王門竇氏、李門徐氏、徐門王氏、蔣門李氏、常門乜氏、馮門范氏、孟門冷氏、同門郝氏、王門吳氏、張門丁氏、劉門周氏、馮門尚氏、石門王氏、王門鄒氏、楊門王氏。

李門張氏、福門秦氏、黃門馮氏、石門金氏、呂門王氏、王門李氏、関門那氏、張門趙氏、張門臨氏、周門紀氏、閆門張氏、魯門宋氏、房門孫氏、郗門鄭氏、王門竇氏、張門張氏、張門郝氏。

王門夏氏、曹門邵氏、陳門孫氏、黃門曹氏、商門豆氏、熊門趙氏、黃門杜氏、李門楊氏、劉門陶氏、卞门趙氏、刘门張氏、邢门李氏、刘门翟氏、呂門項氏、韓門王氏、刘门趙氏、陳門張氏。

董門張氏、王門鄧氏、陳門王氏、郭門鄭氏、侯門杜氏、張門周氏、陳門張氏、史門郇氏、夏門李氏、祝门李氏、温门張氏、黃门張氏、杜门范氏、傅门鍾氏、秦门陳氏、王門趙氏、蘇門王氏。

丁門刘氏、王門張氏、董門刘氏、李門張氏、王門周氏、王門李氏、李門刘氏、刘门刘氏、卞门李氏、梁门范氏、郭门王氏、張门石氏、傅门王氏、郭门張氏、杜门豆氏、文门李氏、郭門陶氏。

陳門郝氏、陳門郇氏、楊門翟氏、杜门張氏、楊门趙氏、張门陳氏、張门夏氏、張门祝氏、吳门陳氏、李门刘氏、李门楊氏、陳門呂氏。

庄家庄:□门□氏、祝门刘氏、刘门侯氏、王門李氏。

鄧家河:鄧門曹氏、鄧門楊氏、鄧門王氏、鄧門王氏、白门李氏、徐门閆氏、王門刘氏、高門韓氏、顧门周氏、蘇门齊氏、高门史氏、楊门曹氏。

蘇家橋子:王门杜氏、吳门邱氏、王门張氏、王门郗氏、王门吳氏、王门馬氏、王門張氏、董门于氏、董门刘氏、刘门李氏、馬門王氏、石门王氏、楊门張氏、魏门石氏、温门紀氏、閆门夏氏、蘇门宋氏、楊門李氏。

盛水庄:尹门盛氏、陳门孫氏、朱门陳氏、魏门周氏。

王里庄子:寇门蔣氏、趙门徐氏、趙门刘氏、高门董氏、李门陳氏、李门鄭氏、孫门王氏、夏门王氏、祝门刘氏、夏门李氏、于门張氏、孫门朱氏、紀门李氏、李门紀氏、李门田氏、李门于氏、孫门曲氏、賈門呂氏。

李家河口:張门丁氏。

東罷:纇门王氏、楊门刘氏、曹门蔣氏、宋门李氏、崔门魏氏、賈门司氏、趙门文氏、孟门文氏、宋门刘氏、陳门李氏、刘门李氏、李门趙氏、侯门姜氏。

馮府:馮門徐氏、馮門李氏、馮門徐氏、馮門房氏、馮門紀氏、馮門石氏、馮門姚氏、張门馮氏、刘門馮氏、田门王氏。

臨朐縣赤澗南店,李家河口李門司氏、石門鄭氏,領袖張門鄭氏,東関刘門刘氏、尼僧道名,毛峪楊門宗氏、鄧門王氏,鄭家庄鄭門馮氏,閘口庄楊門陳氏、刘富庄郇門陳氏,白家店王門郇氏。

　　郎門陸氏、田門秦氏、張門祝氏、潘門王氏、田門齊氏、張門王氏、戴門黃氏、楊門劉氏、馮門楊氏、鄭门梁氏、楊门許氏、閆门夏氏、楊门郇氏。

　　田門孟氏、刘門戴氏、耿門吳氏、田門刘氏、刘門刘氏、張門豆氏、田門尹氏、刘門秦氏、張門郭氏。

　　田门張氏、刘门朱氏、郭门王氏、郭门李氏、王门宋氏、陳门邵氏、郭门刘氏、鞠门顧氏。

　　刘門刘氏、関門刘氏、底門陸氏、底門秦氏、刘門邢氏。

　　楊門文氏、孫門韓氏、楊門馮氏、吳门馮氏、楊门刘氏、楊门韓氏、趙门祝氏、張门于氏、張门張氏、馮门周氏、張门趙氏。

　　楊门□氏、郗门鄭氏、王门刘氏、楊门郝氏、□门□氏、馮门□氏、楊门郗氏、郗门邢氏、王门孫氏、楊门姜氏、郗门孫氏、王门郇氏、楊门夏氏、郗门李氏、王门高氏、楊门陳氏、郗门孫氏、王门閆氏、楊门刘氏、鄭门郗氏、王门李氏、楊门趙氏、徐门卜氏、楊门郗氏、王门趙氏、楊门蘇氏、王门張氏、楊门張氏、王门靳氏、楊门王氏、白门楊氏、楊门閆氏、楊门董氏。

清乾隆四十三年壽光縣豐城鄉王胡城莊信女進香記碑

碑在山東省青州市駝山昊天宮,清乾隆四十三年(1778)立。龍溪老人撰文並書丹。石灰石質。圭首。高145.5厘米,寬66.5厘米,厚18厘米。正文楷書,字徑2.5厘米。額題"壽光縣",楷書,單行,字徑8厘米。碑體完整,文字清晰。該碑記載了壽光縣豐城鄉王胡城莊、崔家莊信女多年來至駝山進香之事,並錄兩鄉信女姓名於後。

義合會

嘗聞:山不在高,有仙則名。山固重賴于仙也。然亦豈必盡在仙哉? 即如青郡之南,雲門以西,復有」所謂駝山者,宮殿之輝煌,神明之靈奕,以及山色之秀麗,材木之茂美,較諸名山何多讓焉? 時見」縉紳大夫登臨者,不知幾何人? 文人學士遊覽者,不知幾何輩? 至于秉誠進香,不僅臨近庄村齊」心拜祝,遠而州縣同願祈禱,熙熙攘攘,道路不絕,匪今斯今,振古如茲矣! 非有約束故也。神最赫」赫,有求即應,被保護者寧□往來之,況瘁□□。故余眾等進香有年,受恩澤,沐膏腴,有不可勝数者」。今立一碑碣,永垂不朽,庶顯山神之靈威,亦表愚誒之朴心云尔。是為序。龍溪老人草」。

山東青州府壽光縣豐城鄉王胡城庄會首王儀暨領合會信女等。

信女:胡門苗氏、李門朱氏、田門朱氏、胡門尹氏、鄭門李氏、朱門謝氏、胡門徐氏、吳門盧氏、胡門楊氏、胡門郭氏、李門孫氏、胡門徐氏、類門朱氏、胡門田氏、王門李氏、胡門張氏、胡門李氏、胡門王氏、胡門李氏、刘門宋氏、胡門張氏、任門趙氏、楊門任氏、吳門枚氏、王門馮氏、王門雷氏、胡門付氏、胡門桑氏、王門王氏、胡門殷氏、李門丁氏。

秦城鄉崔家庄信女:崔門張氏、崔門李氏、張門丁氏、王門李氏、崔門邢氏、崔門王氏、王門陳氏、丁門丁氏、賣門邹氏、崔門王氏、盧門王氏、刘門馬氏。

仝立。

乾隆四十三年三月十五日立」。

清乾隆五十二年重修三官廟記碑

　　碑在山東省青州市駝山昊天宮,清乾隆五十二年(1787)立。鍾學海撰文,杜士隆書丹。石灰石質。高176厘米,寬75厘米,厚19厘米。正文楷書,字徑2.5厘米。額題"流芳奕世",楷書,單行,字徑10厘米。碑體完整,文字清晰。該碑主要記載了善信李重民、李杜氏等倡導重修青州駝山三官廟之事,並録領袖及各莊男女捐資信士姓名於後。碑陰為《清乾隆五年重修二門記碑》。

重脩三官廟碑記

　　蓋謂天地之道,至公無私,幽冥之理,福善禍淫。要自生民以來,凡神之有功於民者,罔不建祠禮敬焉。故入廟者對越虔誠,賢愚一」致,未有不於廟貌傾頹、神像漫漶而亟思整飭者也。如郡城西南駝山大殿前,舊有」三官老爺大殿一座,歷年久遠,風雨剝落,損傷已極。又昊天宮天花板崩裂覆墜,爰有山東善男李重民、信女李杜氏等,奮起善念,思錫福延生之恩,消災赦」罪之德,謂各庄士女曰:"吾人衣敝思補,室隙思葺,而顧可任神像暴露一至此耶?"遂布告鄉衆,約議重脩,募化善信,殫心竭力,鳩工年」餘,殿宇神像業巍煥以重新,並大殿花板亦更換而復繪,可繼前人,可壯後觀。其斂財董事而成厥功也,上慰神明群荷景福之介,下」與衆善相慶道岸之登,猗歟! 休哉! 神欣人和,非為善不至此。先民有言曰:"惟善為寶。"又語云:"善無大小。"謂取人為善也,可謂善與人同」也。可余年衰朽,應命撰記,僅將捐貲好善之意勒諸貞珉,他若山之名勝,祠之由建,皆畧而不詳,思贅也」。

　　青郡庠生鍾學海薰沐拜撰」。

　　邑人杜士隆沐手書丹」。

　　杜有荣、商立功、楊士玉、郗儒、劉大貴、李克讓、郯禮、李鎮等,禀官批示王家庄宅一所,草房十間,大地」四段,大畝四畝八分,為膳養道人之產」,嗣後住持道人不得私行典賣」。史南、宮□聰、史□、史□、邢曾、李□、胥賀民、劉存。

　　馬傑,李克讓,宋志臣,杜存禎,領袖李重民、杜國臣,杜有荣,陳生慶,宋奉元,杜士隆。

　　夏家庄:邱如梅、孫玉、孫俊、郭海、邱如松、夏本仁、宋玉、賈世显、李金、李成、張志法、張志□、傅禮、曹思聖、韓世貴、馬正、邱明、王淂富。

　　十字庄：鍾學海、鍾瀛海、杜尚元、李國傑、杜荣、杜廣盛、杜士傑、鍾漣、杜士富、杜廣成、趙文學、夏崗、劉恒周、劉恒賓、金玉。

　　黃峪庄：黃世興、黃瑄、黃法、黃珣、黃魁、黃崑、黃文明、王斌、王貴。

　　石廟庄：杜有法、杜有福、杜國忠。

　　靳家庄：邢起聖、李懷德、馬漢、王化林。

　　時家店：戴尚恩。

　　李家庄：李文忠、張旺。

　　上黃峪：姜存信、姜存讓、姜存智、姜存義、姜存仁。

　　王家庄：張可忠、陳福增、陳光裕、董遂、王廷士、杜成、王廷忠、韓燦、張存禮。

　　李寶峪：王文昇、王文斗、宋有仁、宋有禄、刘茂盛。

　　寇家河：商立功、吳得善、吳万善、吳樂善、吳善堂、吳江龙、吳振魯、張义宣、吳振存。

　　井塘庄：吳寶善。

　　大峪口：王宗義、張宗堂、邱如梅。

　　領袖：黃門曹氏、張門夏氏、陳門郁氏、李門杜氏、馬門溫氏、郭門趙氏、王門郁氏、隋門蘇氏。

　　夏家庄：孫門吳氏、郭門張氏、賈門方氏、孫門馮氏、邱門宋氏、邱門陳氏、賈門郝氏、韓門郝氏、李門趙氏、陳門邱氏、李門焦氏、夏門甄氏、曹門張氏、曹門王氏、張門李氏、張門馮氏、郭門倪氏、陳門任氏、邱門倪氏、方門陳氏、郭門王氏、邱門李氏、孫門王氏。

　　刘家斜：史門吳氏、史門李氏、邢門史氏、張門李氏。

　　東関：夏門王氏。

　　黃裕庄：黃門楊氏、黃門馮氏、黃門朱氏、黃門趙氏、黃門刘氏、姜門董氏、姜門刘氏、姜門郝氏、姜門邢氏、姜門杜氏、姜門張氏、夏門倪氏、韓門郝氏、□門刘氏、金門趙氏、□門□氏。

　　李寶峪：宋門張氏、郝門王氏、陳門王氏、王門芦氏、王門楊氏、房門杜氏、房門黃氏、房門賈氏、蔣門杜氏、郝門孟氏、宋門李氏、蔣門姜氏、宋門項氏、項門刘氏。

　　十字庄：宋門王氏、鍾門刘氏、李門崔氏、杜門刘氏、杜門王氏、杜門藕氏、鍾門吳氏、杜門黃氏、杜門郭氏、□門□氏、記門李氏、房門陳氏。

　　寨子庄：馬門胡氏、劉門王氏。

　　石廟庄：杜門范氏、杜門李氏、杜門侯氏、杜門李氏、杜門張氏、杜門趙氏、杜門朱氏、傅門馬氏、杜門宋氏、杜門王氏、杜門陳氏、杜門張氏、杜門吳氏、馬門張氏。

　　靳家庄：邢門刘氏、李門邢氏、靳門杜氏、李門周氏、李門杜氏、馬門史氏。

　　王家庄：李門楊氏、張門陳氏、張門邹氏、王門吳氏、陳門呂氏。

　　刘家庄:石門王氏、侯門郇氏、刘門吳氏、郇門趙氏、趙門趙氏、郝門鄭氏。

　　大峪:杜門張氏、刘門□氏、馮門張氏。

　　□□:徐門閆氏、□門□氏。

　　唐家:□門□氏、高門普氏。

　　朱家庄:張門李氏。

　　倪家庄:馬門黃氏。

　　楊家庄:□門夏氏、趙門□氏。

　　趙家庄:趙門王氏、胡門吳氏。

　　□家庄:馮門□氏。

　　□家河:鞠門王氏。

　　□家庄:□门李氏、李门崔氏。

　　澇埠家庄:李門賈氏。

　　方家庄:□門楊氏。

　　□□□:□門刘氏。

　　賈家庄:□門王氏。

　　宋家庄:張門刘氏。

　　角樓:陳門□氏。

　　塑繪:崔連登。

　　鐫字:陳國喜、杜成。

　　脩蓋:住持道人張志魁,門徒王理倫、杜理山。

　　大清乾隆伍拾貳年陸月中浣之吉」。

清嘉慶十七年修醮題名記碑

　　碑在山東省青州市駝山昊天宮,清嘉慶十七年(1812)立。楊紹基撰文,王來東書丹。石灰石質。屋脊狀碑首。高163厘米,寬74厘米,厚21厘米。正文楷書,字徑3.5厘米。額題"諸神會",楷書,單行,字徑15厘米。碑體完整,文字清晰。該碑記載,青州信眾起社諸神會,至駝山昊天宮昊天上帝面前進香修醮,三載圓滿,立碑以記其事,並錄闔會姓名於後。

修醮題名碑記

　　邑人起社祀羣神,歲徧,號諸神會,由来已久。

　　駝山」昊天上帝,其一也。蘇文忠公《昌黎廟碑》云:神之在天下,如水之在地中,無所」往而不在,惟奉之誠斯彰耳。邑中連年雨不以時,同社詣山祈禱頗有」應。夫能興雲雨、見怪物者,山之靈,而厥應不爽厥求,則非誠莫致之。至」誠感神,理信不誣。同社喜於獲祐而樂其功之有成也,爰設醮事答神」麻,三年圓滿,勒諸樂石以記之時」。

　　邑人楊紹基撰,王來東書。

　　大清嘉慶十七年三月穀旦」。

　　闔會:楊嵩、時来釗、劉鈞、岳復順、夏恕、郭邦彥、盧璪、王子實、閆欽、李秉仁、曹讓、劉德良、了月、徐兆瑄、王琦、劉文魁、顧璸、王兆吉、曹倫、馮邦榮、寶湘、劉思智、卞善慶、李士果、曹德溥、劉宗陶、盧世佶、劉兆瑞、李士榮、林鳳儀、劉文學、李芳、劉文溥仝立。

　　石工:仁智鄉滕立勳、滕朝勳。

　　住持道人楊成德率徒楊信富。

清嘉慶十七年修醮題名記碑

清嘉慶二十二年善士信女領袖題名碑

　　碑在山東省青州市駝山昊天宮,清嘉慶二十二年(1817)立。石灰石質。高 141 厘米,寬 80 厘米,厚 19 厘米。正文楷書,字徑 2 厘米。額題"善士信女領袖",楷書, 單行,字徑 7 厘米。碑體完整,文字清晰。

　　李洪、李潤、李瀛、温琯、温梅、温琹、温蘭、李雲嵩、閆秀山、朱得荣、温兆来、陳保 林、邢予敬、張世享、項慈、温燦、温璉、温琭、王曾、劉彥、邢和、張世正、張永松、張永 貞、劉善道、劉文寬、趙廷相、趙廷臣、尚思文、鄧福成、鄧福荣、鄧福增、鄧福世、鄧福 全、鄧福美、張泰、高嶺、韓盛、張荣、薛泰、王子成、楊學武、盛可用、白大林、陳克讓、王 克升、王克敬、白大忠、宋福春、趙一信、王廷弼、王福生、敬業堂、劉振綱。

　　楊王氏、楊李氏、楊鍾氏、魯崔氏、李趙氏、趙薛氏、唐閆氏、劉趙氏、王劉氏、王馮 氏、孫王氏、魯李氏、魯趙氏、郗劉氏、郗卜氏、郗白氏、郗郇氏、郗邱氏、郗程氏、郗賀 氏、郗劉氏、房聶氏、楊邢氏、楊鄧氏、楊趙氏、楊張氏、楊劉氏、楊張氏、楊王氏、楊郇 氏、楊鄭氏、楊郗氏、房朱氏、劉鄭氏、劉趙氏、劉張氏、卜席氏、鄭楊氏、鄭劉氏、鄭李 氏、鄭趙氏、鄭劉氏、鄭楊氏、房劉氏、郗吳氏、郗趙氏、郗張氏、郗王氏、郗劉氏、郗趙 氏、楊高氏、魯李氏、魯楊氏、房李氏、王吳氏、王劉氏、王郇氏、王鍾氏、李楊氏、李郇 氏、李史氏、卜閆氏、李張氏、盧張氏、張趙氏、張李氏、張孫氏、趙楊氏、趙邱氏、趙陳 氏、趙郗氏、馮卜氏、郗魯氏、賈宋氏、賈陳氏、賈馮氏、馮趙氏、郇劉氏、劉李氏、劉鄭 氏、馮王氏、秦郇氏、竇孫氏、董趙氏、董楊氏、董吳氏、董孫氏、董宋氏、馮鄭氏、卜劉 氏、卜李氏、卜孫氏、卜閆氏、袁穆氏、張閆氏、張吳氏、崔楊氏、高徐氏、王張氏、高魏 氏、李毛氏、張劉氏。

　　郡城劉良□。

　　石匠:戴文俊、張得鳳、李正和。

　　泥水匠:劉宗海、杜士文、商恕。

　　畫匠:張□。

　　木匠:孫有□。

　　大清嘉慶歲次丁丑杏月吉旦」。

清嘉慶二十三年青州府壽光縣豐城鄉巨家莊保安會進香記碑

　　碑在山東省青州市駝山昊天宮，清嘉慶二十三年（1818）立。石灰石質。高121.5厘米，寬66.5厘米，厚19厘米。正文楷書，字徑3.5厘米。額題"萬古流芳"，楷書，單行，字徑8厘米。碑體基本完整，局部文字受損，其餘文字清晰。該碑記載了青州府壽光縣豐城鄉巨家莊信眾，在會首張維容、李梅等帶領下，每年正月至駝山進香，又於清嘉慶二十三年（1818）正月於昊天上帝面前設醮，故立碑以誌不朽，並錄保安會信眾姓名於後。

進香碑記

　　青州府壽光縣豐城鄉巨家庄張維容、李」梅等，緝保安會，每年於正月間虔誠進」香。今又於」昊天上帝面前設醮，建碑以重不朽」。

　　保安會：□□□、□□□、□□□、□□□、張心煥、李献琮、律振唐、張振鐸、張萬春、張立清、張會林、李楓、張志孝、張志舜、張可、張樞、張志學、張貴、張志先、張法先、張法祖。

　　仝立。

　　嘉慶貳拾三年端月元霄穀旦」。

清嘉慶二十三年青州府壽光縣豐城鄉巨家莊保安會進香記碑

清嘉慶二十三年信女題名碑

碑在山東省青州市駝山昊天宮,清嘉慶二十三年(1818)立。石灰石質。高155厘米,寬69厘米,厚19厘米。正文楷書,字徑2厘米。額題"題名碑記",楷書,單行,字徑7厘米。碑中部殘損,中間斷裂,剩餘部分文字清晰。

周王氏、柳趙氏、楊夏氏、陳岳氏、張高氏、岳楊氏、董劉氏、王劉氏、祝崔氏、郭温氏、王夏氏、王娄氏、許趙氏、劉劉氏、領袖孫王氏、董劉氏、趙楊氏、王吳氏、鍾孫氏、曺楊氏、吳周氏、史劉氏、夏田氏、王胡氏、祝馮氏、劉趙氏、鄭張氏。

楊孫氏、祝陳氏、竇孫氏、王朱氏、姜李氏、竇劉氏、夏劉氏、姜鍾氏、竇王氏、凌長氏、郭劉氏、金陳氏、鍾王氏、徐高氏、王夲氏、李董氏、劉王氏、夏汪氏、朱王氏、張陳氏、姜趙氏、孟牛氏、姜汲氏、趙岳氏、房孫氏、魏左氏、趙李氏。

丁高氏、祝張氏、竇張氏、高張氏、崔李氏、孟曺氏、徐劉氏、崔王氏、房竇氏、竇郝氏、丁傅氏、鍾張氏、劉曺氏、顧夏氏、張張氏、張楊氏、丁宗氏、史丁氏、張劉氏、楊劉氏、劉朱氏、郎周氏、宋楊氏、劉汲氏、竇王氏、周劉氏、夏楊氏。

劉李氏、于李氏、黃李氏、徐李氏、孫李氏、胡李氏、王李氏、趙王氏、趙劉氏、楊顧氏、楊張氏、楊陳氏、楊于氏、楊曺氏、穆王氏、張王氏、趙朱氏、甘郭氏、劉郗氏、趙孫氏、趙郭氏、周焦氏、王夏氏、康林氏、周楊氏、汪張氏、馬高氏。

郭房氏、殷趙氏、劉齊氏、馮高氏、張矗氏、李畢氏、陳文氏、趙康氏、夲于氏、宋王氏、王王氏、魏傅氏、王王氏、馮曺氏、楊曺氏、王林氏、曺張氏、曺吳氏、曺汲氏、曺康氏、郁康氏、郁楊氏、郁周氏、劉鍾氏、路蕱氏、宗劉氏、孫王氏。

李□氏、王□氏、彭□氏、陳□氏、劉宋氏、夲吳氏、孟王氏、趙鄒氏、張趙氏、朱孟氏、孟張氏、趙張氏、鮑朱氏、趙郭氏、梁杜氏、任隋氏、段劉氏、張乜氏、夏姜氏、梁周氏、岳范氏、劉范氏、康錢氏、崔劉氏、鍾孫氏、鍾于氏、鍾王氏。

□□□、□□□、□□□、□□□、□□□、□□□、□□□、□□□、劉□氏、汪□氏、郭□氏、□□□、□□□、□□氏、□乜氏、魏劉氏、姜楊氏、周王氏、張姜氏、夲刑氏、趙朱氏、馬趙氏、馬錢氏、康楊氏、岳閆氏、彭郭氏。

□□□、□□□、□□□、□□□、□□□、□□□、□□□、□□□、□□氏、□□氏、□朱氏、朱王氏、牛郁氏、王楊氏、夲李氏、馬張氏、馬朱氏、鍾郁氏、孟鮑氏、孟朱氏、孟陳氏、㐀楊氏、盛王氏、孫鄭氏、孟郇氏。

□□□、□□□、□□□、□□氏、□□氏、□□氏、□祝氏、汲董氏、汲石氏、汲劉氏、李周氏、李王氏、李郇氏、張牛氏、張宋氏、張王氏、張劉氏、趙田氏、趙房氏、趙楊氏、趙宋氏、趙馬氏、趙徐氏、趙鍾氏、劉崔氏、劉尹氏、劉牛氏。

□溫氏、劉孟氏、孟郇氏、牛劉氏、李重氏、祝陳氏、房杜氏、孫李氏、趙李氏、李李氏、石祝氏、趙徐氏、張宋氏、牛趙氏、趙王氏、李趙氏、李張氏、李鍾氏、夏李氏、康馬氏、王吳氏、康張氏、鍾王氏、鍾任氏、岳劉氏、謝鍾氏、王趙氏。

劉王氏、劉李氏、劉高氏、計沈氏、李崔氏、鍾牛氏、董王氏、李李氏、曾曺氏、宋劉氏、宋田氏、周李氏、史劉氏、楊蔣氏、周王氏、史丁氏、徐楊氏、劉魏氏、劉王氏、陳程氏、劉李氏、劉王氏、梁周氏、郭劉氏、任隋氏、徐許氏、鄭張氏。

黃趙氏、楊劉氏、王劉氏、王牛氏、王李氏、梁史氏、楊張氏、㐀賀氏、齡長氏、李鍾氏、宋魯氏、王熊氏、劉朱氏、徐裴氏、徐隋氏、寶王氏、宋程氏、董劉氏、鍾孫氏、魏左氏、張高氏、鄧董氏、郭劉氏、郭溫氏、鄭張氏、張陳氏、許趙氏。

史李氏、吳劉氏、李鄧氏、王吳氏、王寶氏、梁王氏、鍾王氏、李楊氏、楊劉氏、楊李氏、李董氏、楊孫氏、趙孫氏、徐孫氏、楊王氏、李許氏、杜劉氏、鍾李氏、鍾耿氏、孟王氏、朱孟氏、孟張氏、李史氏、陳文氏、劉李氏、鍾薛氏、崔劉氏。

陳劉氏、楊史氏、盛王氏、孟郇氏、劉鍾氏、康錢氏、董劉氏、姜趙氏、姜汲氏、姜李氏、姜王氏、姜鍾氏、鍾王氏、鍾孫氏、鍾馬氏、鍾于氏、鍾何氏、孫王氏、鍾李氏、劉馮氏、陳普氏、薛李氏、陳李氏、趙張氏、趙郭氏、李王氏、房寶氏。

孟朱氏、李周氏、孟牛氏、李郗氏、盛陳氏、孟郇氏、牛郗氏、孫孟氏、張于氏、張朱氏、李孫氏、盛張氏、劉郭氏、閆劉氏、呂刘氏、常李氏、常胡氏、王趙氏、張吳氏、劉鍾氏、劉郇氏、張董氏、李高氏、李王氏、劉李氏、劉楊氏、謝曺氏。

劉張氏、蘇王氏、㐀牛氏、祝時氏、崔楊氏、楊王氏、劉楊氏、王楚氏、高程氏、王曺氏、王沈氏、郭董氏、王王氏、鍾王氏、鍾李氏、鍾馬氏、陳刘氏、鍾孫氏、段刘氏、周王氏、孫趙氏、孫宋氏、馬徐氏、劉孫氏。

仝立。

大清嘉慶歲次戊寅七月十八日吉旦」。

清道光四年重修聖母殿記碑

　　碑在山東省青州市駝山昊天宮，清道光四年(1824)立。郗士升撰文並書丹。石灰石質。高130厘米，寬69厘米，厚15厘米。正文楷書，字徑2.5厘米。額題"百世流芳"，楷書，單行，字徑7厘米。碑體完整，文字清晰。該碑記載了清道光四年(1824)上郗家圈女會眾與東西閣莊男會眾共同重修駝山昊天宮聖母殿之事，並錄男女信士姓名於後。

清道光四年重修聖母殿記碑

重修碑記

　　吾聞之也，既有興之於前，斯有作之於後。則如駝山」聖母殿者，建修年遠，風雨損壞前牆，神像暴露，來者觀之，未有不觸目生悲」而動傷感之情。雖然，終無以修理之。此豈不大異乎所聞也哉？今也幸」有上郗家圈女會眾善人等，則發善心，欲捐囊貲補治整齊，復思力薄」而功難就，又蒙東西閣莊男會眾善人等協力幫力，是乃告厥成功，囑」余書石以記其事」。

　　邑人郗士升拜撰沐手書丹」。

　　會首：郗門刘氏。

　　石家莊、蘇家橋、高家園、鄭家莊。

　　刘門張氏、陳門靳氏、蘇門刘氏、楊門高氏、郗門蔣氏、梁門孫氏、鄭門楊氏、劉門曺氏。

　　楊門郇氏、郗門吳氏、郗門王氏、郗門趙氏、郗門白氏、郗門劉氏、郗門董氏、郗門李氏、郗門刘氏。

　　高門趙氏、郗門郇氏、郗門趙氏、郗門董氏、郗門邱氏、郗門陳氏、郗門程氏、郗門卜氏。

　　仝立。

　　石工人：李正楷、張景漢。

　　皇清衢光四季芍月吉旦」。

清道光十一年重修泰山殿、聖母殿、大門、二門、戲樓記碑

　　碑在山東省青州市駝山昊天宮,清道光十一年(1831)立。宋萬程撰文,李元琦書丹。石灰石質。屋脊狀碑首。高200厘米,寬81厘米,厚19.5厘米。正文楷書,字徑2.5厘米。額題"重修碑記",楷書,單行,字徑9厘米。碑體完整,文字清晰。該碑記載了益都正辰會信眾於清道光十一年(1831)重修駝山昊天宮泰山殿、聖母殿、大門、二門、戲樓之事,並錄參與其事者及正辰會會首領袖姓名於後。

清道光十一年重修泰山殿、聖母殿、大門、二門、戲樓記碑

重修泰山殿、聖母殿、大門、二門、戲樓碑記

　　三山於青州,雲門最秀。雲門之西,層巒聳翠,蔚然起於蒼莽之中,馳奔雲蠹者,有駝嶺,蜿蟺扶輿,磅礴而欝」,積古以千尋為稱焉。奇巖秀石間,上棟下宇,巍然高而大者,有」泰山殿、聖母殿。殿之外,環以大門、二門,築以戲樓。里人歲時伏臘之餘,水旱疾疫,凡有求必禱焉。蓋蒙神之祐」,享山之利者,由來尚矣。第歲月久遠,風雨損壞。向也霞入綺寮,日暉丹楹,宵宵崇邃,悠悠虛白,今也敝矣;向」也圖真寫狀,妙絕人工,襜襜盛服,燦燦禮容,今也落矣。神之所以深其保護者,為何如?而廟貌若此,可若」何? 李忻等慨然興重修之志,屬其鄉黨,敬告四方,善士仁人,樂助貲財,共成盛事。庀材鳩工,不憚跋涉之苦」;占星揆日,式成輪奐之規。較諸昔之鳳甍騫其、特起龍桷、儼以臨空者,雖不敢云未敢多讓,而殘缺既補,舊」址維新。望駝之山靈,歌于斯,舞于斯,利亨祀于斯者,徘徊瞻仰,咸懷恪恭之思,

而無淪落之感。是則忻等之」厚望云耳。爰記年月日時暨善人姓氏，勒石以示弗忘」。

　　邑庠生宋萬程頓首拜撰」。

　　邑人李元琦書丹」。

　　石工：張得鳳。

　　益邑滕朝勳鐫。

　　木匠：周學文。

　　泥水匠：商恕。

　　油漆匠：黃方、賈蘭。

　　正辰會首領袖：宋光孝、李法先、李舜、李悅、馬成良、曹連仲、李作桂、張曰槐、宋來花、賈示顯、陳貴禮、杜廣文、陳立、王廷富、杜廣法、杜清吉、鞠喜、韓世杰、宋來梅、李國忠、董興、史松、杜祥、李成、宋光順、邱園林、邱上林、杜銘、郭林茂、王懷遠、張中選、杜立春、鍾臨莊、劉兆朋、裴文洲、曹花京、夏奎秀、邢居義、劉連升、史梅、張文成、裴文舉、劉萬春、史耀宗、李成、崔永泰、孫兆吉、杜義、馬成喜。

　　住持道人楊信富率徒高從香、徒孫王高榮。

　　清道光拾壹年歲次辛卯柒月穀旦」。

清道光十一年重修泰山殿、聖母殿、大門、二門、戲樓題名碑

　　碑在山東省青州市駝山昊天宮,清道光十一年(1831)立。石灰石質。屋脊狀碑首。高172厘米,寬84厘米,厚22.5厘米。正文楷書,字徑1.5厘米。額題"名垂不朽",楷書,單行,字徑8厘米。碑曾斷為三塊,現已接好,文字清晰。該碑立碑時間與《清道光十一年重修泰山殿、聖母殿、大門、二門、戲樓記碑》相同,顯然為清道光十一年(1831)參與重修駝山昊天宮泰山殿、聖母殿、大門、二門、戲樓之事的信女題名碑。

重修泰山殿、聖母殿、大門、二門、戲樓題名碑記

　　陳劉氏、張閆氏、吳張氏、閆郇氏、閆張氏、閆劉氏、黃夏氏、李閆氏、楊張氏、穆崔氏、溫王氏、徐楊氏、陳鄭氏、韓黃氏、王李氏、鍾王氏、梁杜氏、王王氏、宋黃氏、邱張氏、李賀氏、杜苗氏、陳邱氏、陳郇氏、董李氏。

　　張張氏、馬鍾氏、張李氏、郇祝氏、張馬氏、王聶氏、王趙氏、王齊氏、王竇氏、杜郭氏、劉張氏、韓李氏、張李氏、馬張氏、牛趙氏、黃張氏、閆王氏、閆王氏、王陳氏、李史氏、馬郇氏、馬陳氏、張杜氏、劉趙氏、趙張氏。

　　吳李氏、吳楊氏、吳孫氏、吳郇氏、吳趙氏、王劉氏、陳郭氏、史鍾氏、鄭丁氏、張吳氏、裴祝氏、史崔氏、李鄭氏、郝楊氏、郝朱氏、郝張氏、宋方氏、宋姜氏、高魯氏、顧李氏、顧王氏、陳顧氏、陳陳氏、李寨氏、張姚氏。

　　張楊氏、趙傅氏、冉姜氏、曹劉氏、劉苗氏、王蔣氏、胡李氏、郇劉氏、趙郭氏、張王氏、鍾劉氏、王戴氏、鄭劉氏、鄭韓氏、鄭張氏、鄭陳氏、鄭那氏、呂張氏、呂邵氏、曹張氏、趙陳氏、趙那氏、楊劉氏、劉王氏、趙王氏。

　　郭李氏、呂郭氏、王胡氏、藺褚氏、趙王氏、張孫氏、石姚氏、王張氏、楊王氏、孫張氏、張楊氏、賈周氏、邱李氏、馬吳氏、張尹氏、曹陳氏、郭倪氏、邱楊氏、張趙氏、張侯氏、王張氏、侯唐氏、常郭氏、張高氏、韓姜氏。

　　邢張氏、韓陳氏、鞠張氏、邱史氏、時王氏、周郇氏、金劉氏、張趙氏、戴張氏、韓張氏、張褚氏、曾劉氏、張宋氏、夏王氏、趙楊氏、宋杜氏、宋鍾氏、賈藕氏、趙張氏、時東氏、常孫氏、宋□氏、□□氏、□□氏、□□氏。

　　楊邱氏、楊鍾氏、王郇氏、楊劉氏、楊李氏、劉王氏、劉張氏、溫趙氏、溫蔣氏、陳王氏、朱夏氏、王陳氏、陳吳氏、朱許氏、朱李氏、郗牛氏、郗李氏、郗□氏、□□氏、□□

氏、□□氏、□聶氏、張段氏、傅趙氏、林鍾氏。

李□氏、□□氏、魯□氏、魯□氏、趙□氏、趙□氏、趙□氏、楊趙氏、張蘸氏、□翟氏、楊宋氏、魯翟氏、張隋氏、□張氏、馬房氏、馬王氏、孟陳氏、楊牛氏、楊李氏、楊畢氏、李郇氏、郇劉氏、王孫氏、楊高氏、楊劉氏。

祝崔氏、孫崔氏、高李氏、范朱氏、趙孫氏、張劉氏、孫趙氏、祝林氏、孟□氏、□□氏、□馬氏、李王氏、趙傅氏、張馮氏、張吳氏、張楊氏、韓汪氏、焦房氏、高姜氏、王郝氏、薛鄧氏、趙董氏、張賈氏、溫陳氏、崔王氏。

李鍾氏、李鄭氏、曹南氏、孟李氏、董□氏、□□氏、□孫氏、劉史氏、劉馮氏、馬韓氏、李趙氏、張徐氏、張郇氏、郇楊氏、魯崔氏、高趙氏、段李氏、張劉氏、郭房氏、李劉氏、段劉氏、鍾孫氏、王邢氏、祝王氏、劉鄭氏。

□□氏、□□氏、□王氏、隋鍾氏、隋李氏、崔張氏、趙李氏、鄭楊氏、徐李氏、鄭鄧氏、鄭齊氏、崔劉氏、陳有氏、楊夏氏、蘸王氏、馮劉氏、劉王氏、隋吳氏、王陳氏、孫馮氏、王邢氏、王劉氏、李寶氏、蔡□氏、蔡張氏。

劉徐氏、崔高氏、王徐氏、李南氏、石鍾氏、石朱氏、桑張氏、田楊氏、刁岳氏、盧吳氏、楊姜氏、馮吳氏、馮趙氏、馮楊氏、李趙氏、盧趙氏、楊劉氏、盧張氏、馮李氏、張閆氏、盧馮氏、鄧朱氏、安關氏、王劉氏、蕭穆氏。

孫牛氏、孫馮氏、李孫氏、張潘氏、張丁氏、項張氏、郝滕氏、鍾杜氏、杜李氏、杜張氏、杜邱氏、杜賈氏、李盧氏、李郝氏、杜郭氏、鍾劉氏、鍾陳氏、盧王氏、牛趙氏、朱任氏、李鄭氏、宋王氏、鞠王氏、李方氏、唐錢氏。

馬李氏、李康氏、侯唐氏、侯呂氏、侯孟氏、侯劉氏、張唐氏、侯鄒氏、沈賈氏、戴劉氏、沈劉氏、朱南氏、鞠劉氏、沈戴氏、戴耿氏、劉宋氏、鄭孫氏、孫魯氏、夏趙氏、毛張氏、李夏氏、張方氏、邢宋氏、孫劉氏、朱張氏。

紀李氏、傅劉氏、王蔣氏、張鄒氏、高趙氏、商焦氏。

大清道光拾壹年歲次辛卯柒月穀旦」。

清道光十一年陳得仁等信眾題名碑

　　碑在山東省青州市駝山昊天宮，清道光十一年(1831)立。石灰石質。屋脊狀碑首。高178厘米，寬77厘米，厚17厘米。正文楷書，字徑2厘米。額題"萬善同歸"，楷書，單行，字徑10厘米。碑體完整，除個別地方受損外，文字基本清晰。

　　陳得仁、張曰浩、閆克禄、閆繼、閆傳、夏守經、吳景元、王誌、陳芳、崔永吉、馬玉、馬謐、孫寬、李作霖、杜有春、鍾榮、鍾連、郝成、郝桂、杜萬秀、陳希孔。

　　黃泰、邱明、孫連、宋國祥、宋國禎、張曰松、杜高遠、吳英、王燦、張得鳳、裴文清、邢玉崗、張全、張大成、韓厥榮、馬銘、黃文□、黃恂、杜恒吉、杜□吉、陳希唐。

　　杜萬義、陳□、陳□□、劉思安、劉思泰、張欽、崔明、韓厥貴、馬士財、馬錫爵、李聰、李文、李存、李泰、杜廣增、杜来春、杜鴻、杜鵬、杜鵑、王克良、郝巨敬。

　　宋文魁、劉宣、史□、趙有山、袁緯、王子中、楊永澄、陳嶼、張斌、張克秀、張興道、張慈仁、李元琛、張一元、張燦、杜士文、史長宗、房士才、吳士超、杜儉、杜元吉。

　　溫全、劉大海、□光□、張連城、劉化南、董爽、張光武、紀毓文、張貞、馬正華、祁世遠、陳清泰、李守業、張世經、張懷友、蔡秉祥、吳增、夏淦、孫德、郇□□、郇□□。

　　乾一店、萬盛店、□盛號、魁泰號、日成號、天興店、重興店、正祥號、西同仁、增盛號、增裕店、增祥店、中和店、蔡芳璞、呂秀東、文河、楊晉清、陳元昇、周學武、周學文。

　　天順店、萬源店、永盛店、文成店、□□□、益和店、永通店、和□店、公義店、協盛店、興盛店、德盛店、吉興店、公順店、同順號、復元堂、仁德堂、天德堂、□全店、大興號。

　　德順堂、□永成、□益和、王周、鍾立、□禮、□欽、王孟義、□□和、陳福盛、蔣應和、義成號、義茂號、洪昇號、裕和號、恒盛號、公茂號、慶祥號、湧集號、裕興號、王復興。

　　黃永、賈茂青、邱弼、董旺、張曰楫、張焯、信義店、高希冉、德成號、復成號、仝盛號、三義號、同義號、永昶號、人和號、仁興號、復春號、筠茂號、隆祥號、□裕號、□盛□。

　　張德、郭治、□建□、王士東、郭經禎、韓厥吉、閆秀山、閆克泗、閆克聰、王惠、李紳、趙永寧、商現、商恕、張鑾、宋来義、項國佐、項國祥、王志禮、宋國泰、尚正起。

孫兆禄、夏□、馬福、郭超、郭輝、韓有、李德賢、孫瀛、方兆林、張存智、馬全、杜文遠、王証、王讓、韓洲、韓汶、趙恭、常德寧、張曰桂、賈桐、段辛丑。

張希武、張玖、張喜、杜廣吉、劉安邦、杜殿元、杜學文、杜鳳翔、譚起、鍾涇、李寔、徐增、徐盛、孫禄、張珍、馬謹、馬訓、馬正心、温冉、傅振興、王德禄。

周鏡、劉譚、黃喜、宋華成、宋来柱、王克用、郝梅、房士成、郝起、郝棠、郝森、郝鑑、項緒。

馬正吉、馬正明、王景富、姜淮、史相、馬贊、裴秀、高起、王楹、李作榮、韓厥華、李思敬、陳瑄、李禄、冷漢、邢承緒、王茂林。

釗成、閏克宗、吳克孝、姜元、張林、韓厥美、李作棟、商連元、商連登。

大清道光拾壹年歲次辛卯柒月穀旦」。

清道光十二年重修泰山殿、聖母殿、大門、二門、戲樓記碑

碑在山東省青州市駝山昊天宮,清道光十二年(1832)立。石灰石質。屋脊狀碑首。高180厘米,寬153厘米,厚20厘米。題名楷書,字徑2厘米。額題"重修碑記,名遺千秋",楷書,單行,字徑9厘米。雙碑聯體,碑體完整,文字清晰。

重修泰山殿、聖母殿、大門、二門、戲樓碑記

郄薄、郄本太、郄本俊、楊城、楊開聖、王德、刘發、鄭嵘、郄顯興、郄本儉、楊士公、鄧永世、郄鉷、楊士鳳、郄士宏、郄本桂、李學朱、孫大海、吳治太、刘存、吳治享、郄貫燦。

王希孟、吳逢明、吳逢乾、吳逢美、鄧立世、鄧福成、鄧法起、卜文才、卜文欽、卜俊元、郄士舉、郄士明、陳克義、陳鑛、楊學杖、鄭懷瑾、郇廷勳、王善、馮光宗、郄英、郄本長、郄士恭。

鄭禹、楊士端、徐魁、鄭必臣、郇廷勛、王希顏、趙文印、楊玉、楊士來、郄士勤、楊學文、李學成、賈士吉、王福恭、鄭桂、鄭清、鄭椿、郄貫羣、郄江、郄本修、郄本時、郄本遠。

張克秀、楊垂清、馮旺、李士英、張惠、趙有仁、張殿喜、張克學、張珮、張殿荣、梁禎、張玖、張殿明、張喜、張彬、馮希曾、李秉純、吳逢春、陳和、馮學禮、楊士聖、馮継普。

李希梅、賈士林、閆意華、鄭永祥、鄭吉法、鄭有德、鄭永吉、鄭萬鎰、鄭溥、鄭相、鄭樹、馮學武、馮立業、鄭學孔、楊學孔、郄士仁、郄本思、郄本祿、郄士旺、劉生、鄧法清、鄧法禹。

楊勤、陳永功、李士賢、郄本聖、李秉全、杜保元、郇林、馮光明、黃思亮、張勤、卜俊公、卜俊良、卜懷義、王可香、王傑修、卜文林、卜文俊、卜文冉、卜俊海、卜俊礽、卜文連、卜俊溥、張維澧。

卜文偉、王克仲、吳逢柱、宮魁、段辛丑、吳逢全、吳逢華、吳逢周、吳逢貴、王可士、吳逢亭、劉得旺、王克聰、董克義、劉得成、王可俊、楊學注、楊學生、楊淘正、楊嵐、郇廷銀、郇綱、李秉足。

王岳、楊法先、楊克舉、張可林、王思明、張殿魁、張文學、張殿君、張殿有、張殿才、王法武、趙克明、李士俊、張立、張彥、袁子智、袁子成、張存仁、任訓、李太和、趙東

岱、任玉漢。

張國良、王茂生、郇燁、楊正吉、楊貞、楊家店、仁興號、協順號、保和堂、湧泉店、全興號、復順號、全順號、吉順號、天保店、濰邑莊、日成號、永通號、興盛號、郇美東、郇杭、王端。

楊學江、楊學印、趙廷棟、馮克享、吳逢祿、李學平、王咸、王克昇、鄧福美、高永德、石継富、尚克忠、魯瑗、魯珂、趙旺、郇美士、郇美□、王周、郇洤、郇文昭、郇鳳臨、郇經。

郇珠、鄭學仁、鄭學信、鄭學仲、鄭永、董讓、白信時、郄舉、袁子玉、馮希修、馮希彥、閆鳳武、閆鳳楷、閆意貴、馮継武、馮克成、王學曾、□讓、□潛、□節、□□□。

張玉甫、于思廣、張荊山、趙文成、刘樽、刘學文、宋營周、呂春園、董經國、程學朱、鍾連慶、李秉旺。

王端、郄士昇書。

石工：王平、滕朝勳、鄧享。

泥水匠：鄭必臣。

畫匠：毛得祥。

住持道人楊信富率徒高従香、徒孫王高荣。

（以下第二碑）

刘郇氏、李郇氏、郄程氏、郄□氏、郄李氏、郄馮氏、郄董氏、郄刘氏、郄吳氏、郄蔣氏、楊高氏、郄董氏、郄王氏、郄趙氏、郄邱氏、郄張氏、郄郇氏、郄王氏、郄秦氏、趙張氏、刘鄭氏。

郇郄氏、白薛氏、郄王氏、郇郄氏、趙張氏、郄王氏、郄李氏、郇楊氏、鄭鍾氏、郄郇氏、張王氏、郄李氏、徐薛氏、郇董氏、趙張氏、李郄氏、郄王氏、石郇氏、刘聶氏、史王氏、刘尹氏。

刘王氏、趙刘氏、刘王氏、趙刘氏、趙郄氏、尚盛氏、郄白氏、趙陳氏、趙李氏、郄蒲氏、薛鄧氏、石郇氏、刘郄氏、尚蔣氏、趙黃氏、趙鄭氏、郇邢氏、刘郇氏、趙高氏、李趙氏、石李氏。

李鄭氏、王鄭氏、鄭王氏、鄭蘇氏、張楊氏、王鍾氏、孫郄氏、孫趙氏、王鍾氏、王郗氏、馮郄氏、馮趙氏、趙郄氏、潘王氏、王聶氏、刘寶氏、高李氏、魯張氏、李金氏、張司氏、李康氏。

楊張氏、段陳氏、段李氏、陳張氏、夏錢氏、吳陳氏、李崔氏、馬田氏、段史氏、楊張氏、鄭楊氏、刘鄧氏、鄭楊氏、鄭朱氏、馮穆氏、張鄭氏、王邱氏、吳倪氏、吳張氏、楊張氏、楊杜氏。

朱任氏、徐李氏、鄭齊氏、王李氏、張郇氏、王趙氏、徐楊氏、王孫氏、宋鄭氏、吳陳氏、張魯氏、宋吳氏、宋王氏、張薛氏、刘郇氏、王張氏、張孫氏、宋王氏、閆李氏、王張氏、牛趙氏。

　　李郭氏、石徐氏、李牛氏、周張氏、王劉氏、張張氏、王趙氏、劉王氏、徐李氏、李毛氏、沈葛氏、毛韓氏、孫孫氏、趙朱氏、李李氏、石寶氏、張楊氏、白閔氏、李熊氏、李趙氏、鍾李氏。

　　張謝氏、鍾軪氏、王曲氏、郗刘氏、陳盧氏、康楊氏、王孫氏、王郗氏、陳郗氏、陳魯氏、馮杜氏、楊石氏、楊劉氏、劉徐氏、楊鍾氏、楊李氏、王李氏、鄧張氏、劉張氏、楊郇氏、耿徐氏。

　　白郗氏、張趙氏、鍾李氏、耿王氏、張王氏、楊牛氏、楊郇氏、王吳氏、吳李氏、郇李氏、賈陳氏、鄧趙氏、陳盧氏。

　　道光十二年病月上浣穀旦」。

清道光二十九年重修駝山乾元殿、三清閣記碑

　　碑在山東省青州市駝山昊天宮，清道光二十九年(1849)立。鄭民庶撰文，陳殿鄰書丹。石灰石質。屋脊狀碑首。高231厘米，寬78厘米。正文行書，字徑4厘米。題名楷書，字徑2厘米。額題"福善禍淫"，行書，單行，字徑12厘米。碑體完整，文字清晰。該碑記載了清道光二十九年(1849)重修駝山乾元殿、三清閣之事，並録信士姓名於後。

　　郡城西南皆山也。岡嶺起伏，不可名狀。有大阜焉曰駝陵，綿亘乎南北，蜿蜒而絡繹。上有廟宇藐然，院」墙周密，殿閣參差，由来舊矣。夫勝地名區，歷久年所，皆賴前人修補之功，今不承於古，幾何不傾圮而」廢也。爰是公議重脩，前乾元殿，後三清閣，無不焕然更新，寔乃由四方君子之勸助也。故」謹書台銜於貞珉，乃足以昭當世而垂千秋矣。是為記」。

　　鄭民庶撰」。

　　陳殿鄰書」。

　　石工：劉復春。

　　王傑修、劉存、趙得魁、鞠士明、郗士先、楊城、劉子成、張茂修、吳方美、劉得成、楊兆桐、郗士宏、劉法、郗本時、李學珠、楊秀吉、鄭永法、郗士金、郗本謙、陳貴、吳桂香、郗寇文、趙士舉、孫大海。

　　順源號、全順號、仁興號、吉順號、全興號、孫大清、鄧立世、楊學文、王存德、魯璋、郇風臨、宋瀛洲、趙文成、郇美東、郗本明、王宗聖、利成典、復興典、仝源號、郗連羣、楊兆桂、楊鑾、郗太一。

　　湧源號、劉進、楊學周、鄧法禮、楊學洼、馮光宗、吳希順、馮建業、劉保聚、岳國桐、鄭禹、郗保羣、郗愛羣、郗本升、吳逢和、吳逢美、吳逢聖、侯天德、陳斌、郗本清、郇學鳳、楊開勝、王克儉。

　　宋化周、鄭永祥、卜俊芳、卜俊東、楊學孝、卜俊栢、卜俊富、李學正、李士喜、陳聚、王世盛、杜兆吉、王希曾、郗緒羣、吳士喜、魯端、郗本貴、孫大德、卜懷義、李義、郗本長、王克升、陳相禹。

　　秦守経、張立彦、鍾烈、楊本祥、郇臻、郇美恭、吳思賢、吳芳遠、吳芳隆、張隆魁、

石在周、鄧法起、吳希禹、孫繼旺、張廷魁、趙文治、楊勤修、卜懷有、卜懷經、卜懷清、張芹、趙泮、趙倉。

張儁安、王景和、郗顯堦、李希武、楊本寧、楊本長、王克富、白榮、張殿魁、張景堯、劉大孝、劉申、劉永、劉江、劉大猷、卦魁元、楊杲、鄭懷瑾、李溥祿、郗文學、郗顯相、鄧法義、楊玉。

增裕號、增泰號、廣聚號、李希堯、房明舉、王萬全、王連輝、郇學典、郗學曾、張恩、郗顯武、郗立羣、郗士武、郗本遠、李曉峯、司效亮、王存恕、陳紀雲、曲秀文、魯毓恒、孫懷南、張景忠、郭景禹。

復元號、大成號、同德號、永通號、協忠號、元来號、興成號、福成號、湧源號、廣成號、裕成號、增順號、錦茂號、義順號、守愚堂、復成號、義興號、有源號、有成號、元興號、長興號、廣興號、信興號。

楊俊、楊開懷、楊用、楊勤、楊學禹、王和、李秉純、郗林羣、楊禮、張景顏、郗顯正、郗冠秀、郗冠盛、郗士勤、郗士欽、郗士孔、郗士準、郗士增、劉生、郗本錫、郗本智、郗本路、郗本道。

楊學有、楊學明、卜俊有、陳恕公、陳俊公、陳有、吳克修、吳士賢、鄭香亭、李亭、郇兆秀、郇兆德、郇連登、王堦、陳芳、卞永清、鍾傅元、張在樂、貴喜、石得新、楊兆秀、楊兆堦、楊壯。

張景孔、張維連、王善修、王可香、卜懷忠、卜懷璧、卜俊武、卜俊剛、卜俊江、卜俊愛、卜文蔚、邢存來、積善堂、朱萬年、公義號、郇梓、李希志、鄭巒、鄭錫、鄭和普、鄭連普、王希顏、張景曾。

張立貴、王書顏、吳克讓、侯兆林、張法孔、王舉、餘慶堂、范懷正、

清道光二十九年重修駝山乾元殿、三清閣記碑

王希陶、張純、楊成吉、劉長魁、鄭永貴、鄭增、鄭京普、鄭香雲、鄭璞、王禹、鄧法成、宮殿元、馮修業、王國緒、李希珠。

張存、王希聖、吳克成、王學曾、盧儀生、溫兆興、宮殿俊、劉得和、郇學曾、劉宗全、劉位、張殿順、張文魁、鄧法文、王克富、劉相成、王克聰、項鑾、劉維清、吳蒼龍、孫光、馮崑、張英。

侯見寶、王懷仁、鍾連音、趙泮、王希曾、吳清遠、吳增富、吳克朋、趙忠、閆逢武、王世顯、趙文永、張存財、劉大富、王世興、劉繼選、劉宣、鄧福来、王克勤、王得榮、張立貴、商永平、郇克功。

新店庄、風涼臺、埠前、怪塌、牛家庄、蓮花盆、李黃馬、天井峪、黑山庄、北馬庄、石岡頭、西旺庄、枣園庄、新店子、郇存、王江、劉玉相、劉宗成、劉傅、張殿宏、鄧福美、鄧淇、高永德。

王純修、崔大財、王永仲、郭相池、燕士智、南益和、錦興齋、廣仁堂、同春號、全順店、仁德堂、公義號、劉禹、劉君彥、郇廷玉、魯仲、劉樽、張嘉會、郗本義、楊學注、楊學全、楊學印、劉大河。

廣義堂、王復元、石宗秀、孫文遠、陳祥、王永貴、任訓、刘得魁、張旺、郗冠鳳、尹福祥、李義、張可林、天成店、李學成、王希禹、王希舜、郇林。

首事：卜俊富、王端、楊儉、郗本修、孫大江、郗士廣、鄧法聖、郗本正、鄧法武、劉克恭。

敬立。

住持道人：高從香。

瓦匠：趙聚。

木匠：劉方時。

道光二十九年歲次己酉巧月中浣穀旦」。

清道光二十九年信女題名碑

　　碑在山東省青州市駝山昊天宮,清道光二十九年(1849)立。石灰石質。屋脊狀碑首。高207厘米,寬97.5厘米,厚26厘米。正文楷書,字徑2.5厘米。額題"□錫純祐",楷書,單行,字徑12厘米。碑右上角殘損,剩餘部分文字清晰。該碑共刻有311名領袖、會首等信女姓名。

　　關鄭氏、周劉氏、郗李氏、于杜氏、卜陳氏、劉房氏、郗秦氏、郇董氏、楊王氏、領袖劉孫氏、劉高氏、鄭劉氏、馮郗氏、郗劉氏、蘇張氏、趙郗氏、郇郗氏、張劉氏、關信女。

　　鍾王氏,楊張氏,楊郗氏,楊劉氏,楊董氏,閆張氏,郗王氏,郗鍾氏,郗王氏,郗李氏,會首郇楊氏、鄭鍾氏、陳鄭氏、陳郗氏、陳董氏,郗宋氏,卜楊氏,卜陳氏,劉好氏,吳楊氏,孫王氏,吳郭氏,吳徐氏。

　　孫卜氏,岳劉氏,岳葛氏,郇溫氏,郗張氏,郗楊氏,郗趙氏,郗楊氏,郗趙氏,會首郗邱氏、郗高氏、郗房氏,郗王氏,郗邢氏,郗張氏,郗王氏,郗郇氏,郗趙氏,張郗氏,郗趙氏,李溫氏,張卜氏。

　　劉馬氏、劉李氏、清胡氏、高魏氏、孫閆氏、劉付氏、趙張氏、宋王氏、孫郗氏、王賈氏、王陳氏、孫朱氏、高王氏、卜陳氏、鍾王氏、劉梁氏、潘王氏、閆劉氏、郇張氏、李張氏、張卜氏、李閆氏、李王氏。

　　國曹氏、蕭王氏、王郗氏、張郇氏、鄒劉氏、李劉氏、張閆氏、張田氏、張劉氏、王魯氏、展張氏、潘關氏、趙李氏、房孫氏、張張氏、曹崔氏、李趙氏、李張氏、劉李氏、王楊氏、楊閆氏、周徐氏。

　　郇郗氏、周王氏、李呂氏、王孫氏、鍾郇氏、房李氏、張許氏、張孫氏、曹崔氏、侯王氏、張周氏、段董氏、張王氏、于李氏、張劉氏、紀房氏、范朱氏、于紀氏、于王氏、康盛氏、楊崔氏、史趙氏、張趙氏、周良氏、閆邢氏、邢楊氏、趙宋氏、張趙氏。

　　高鍾氏、高王氏、趙郗氏、馮趙氏、張袁氏、王郇氏、劉劉氏、劉尹氏、吳王氏、陳鄭氏、史曹氏、陳李氏、王卜氏、劉尹氏、王郇氏、王劉氏、劉姜氏、張王氏、趙劉氏、趙孫氏、張邢氏、郗王氏、郗趙氏、馮鄒氏、寶陳氏、郇溫氏、劉王氏、李徐氏。

　　高王氏、高黃氏、高曹氏、関高氏、関汪氏、関関氏、関汪氏、陳鄭氏、康郭氏、王王氏、王馮氏、宮黃氏、曹溫氏、郗王氏、郗郇氏、劉李氏、楊郗氏、張郗氏、郗邱氏、郗趙氏、郗劉氏、郗邢氏、郗楊氏、郗王氏、楊鍾氏、劉鄧氏、劉李氏、鄭張氏。

董卜氏、闫趙氏、劉魯氏、張李氏、陳芦氏、房曺氏、闫趙氏、劉石氏、劉郇氏、李温氏、王石氏、劉張氏、孫尚氏、張劉氏、陳孫氏、鍾王氏、闫劉氏、王蔣氏、潘王氏、周徐氏、劉韓氏、張扈氏、馮郗氏、王郗氏、吳温氏、王吳氏、孫趙氏、吳張氏。

趙孟氏、國善人、高趙氏、劉梁氏、王張氏、吳郭氏、劉魯氏、李芦氏、趙張氏、曺劉氏、劉郇氏、張史氏、卜朱氏、清秦氏、卜楊氏、王石氏、張邢氏、王闫氏、楊高氏、劉石氏、陳孫氏、陳房氏、劉劉氏、姜劉氏、張李氏、張田氏、楊任氏、張史氏。

郗王氏、楊董氏、楊孫氏、闫蘇氏、宮徐氏、宮黄氏、劉張氏、董劉氏、劉初氏、宮徐氏、魯王氏、任范氏、鄒張氏、張鄭氏、郇楊氏、祝林氏、馮吳氏、趙張氏、謝鍾氏、郇郗氏、薄李氏、張史氏、王劉氏、郇劉氏、石楊氏、張劉氏、楊鄭氏、郗卜氏。

桑李氏、文李氏、王呂氏、李紀氏、高紀氏、鄭穆氏、闫孟氏、房劉氏、張劉氏、趙高氏、高杜氏、李石氏、李張氏、秦孟氏、崔房氏、郗王氏、郗郇氏、郗鄒氏、郗牛氏、郗鄭氏、郗董氏、楊劉氏、石郇氏、趙邱氏。

闵郇氏、闵佟氏、闵高氏、闵張氏、胡李氏、趙陳氏、郇朱氏、宮周氏、張田氏。
道光二十九年歲次己酉七月既望穀旦」。

清咸豐元年焚經題名碑

碑在山東省青州市駝山昊天宮,清咸豐元年(1851)立。石灰石質。高140厘米,寬60厘米。正文楷書,字徑2厘米。額題"焚經題名",楷書,單行,字徑7.5厘米。碑體完整,文字清晰。該碑共錄張曰桂、董興、賈希儒等三名信士會首與210名信女題名。

锺宋氏,锺斜氏,锺刘氏,刘李氏,李郝氏,趙李氏,李袁氏,信刘氏,會首李朱氏,陳刘氏,锺史氏,陳鄭氏,十字锺王氏,徐項氏,杜戴氏,杜馮氏,宋祝氏,杜郭氏,杜郭氏,杜郭氏。

刘王氏、刘趙氏、董刘氏、張張氏、張馮氏、李馬氏、杜刘氏、張趙氏、張李氏、張郁氏、張杜氏、陳孫氏、陳芦氏、陳李氏、陳房氏、陳李氏、張李氏、李李氏、宋張氏、仇張氏。

刘房氏、陳鄭氏、李王氏、李史氏、李李氏、馬賈氏、馬裴氏、馬姜氏、馬刘氏、馬石氏、馬賈氏、馬張氏、張張氏、張馮氏、陳尚氏、張斜氏、斜宋氏、斜李氏、斜尚氏、刘倪氏。

賈張氏、曹項氏、郭金氏、郭張氏 郭張氏、孫杜氏、孫姜氏、孫郝氏、孫商氏、孫刘氏、孫侯氏、馬許氏、馬杜氏、張李氏、張孫氏、張杜氏、張項氏、張馬氏、張李氏、刘史氏。

斜王氏、夏吳氏、王黃氏、賈張氏、賈宋氏、賈梁氏、姜于氏、王崔氏、李李氏、黃李氏、黃張氏、黃張氏、黃袁氏、黃趙氏、黃戴氏、曹宋氏、賈藕氏、宋锺氏、曹蔣氏、曹锺氏。

杜王氏、杜方氏、杜李氏、杜袁氏、杜刘氏、杜郭氏、杜闫氏、杜刘氏、杜張氏、杜徐氏、杜宋氏、王王氏、吳崔氏、邹杜氏、孫王氏、邱杜氏、孫陳氏、郭陳氏、方陳氏、賈梁氏。

房張氏、房刘氏、王刘氏、王姜氏、王杜氏、王杜氏、王杜氏、郝馬氏、郝王氏、郝馬氏、郝斜氏、郝宋氏、郝馬氏、郝李氏、郝刘氏、郝王氏、郝滕氏、杜趙氏、杜宋氏、杜锺氏。

張侯氏、張孫氏、張史氏、張杜氏、張趙氏、張鄧氏、黃張氏、邱黃氏、邱史氏、王張氏、趙王氏、項范氏、項馯氏、楊鞠氏、宋張氏、宋蔣氏、宋鍾氏、宋闫氏、宋計氏、宋甯氏。

　　馬刘氏、馬杜氏、李魏氏、李余氏、張李氏、王楊氏、尹趙氏、賈鞠氏、趙孟氏、唐李氏、刘趙氏、刘尹氏、刘王氏、刘刘氏、刘左氏、項郝氏、李闫氏、王張氏、張吳氏、張杜氏。

　　楊刘氏、姜恭氏、董袁氏、張竇氏、張仇氏、陳戴氏、司沈氏、郭范氏、甯刘氏、甯常氏、甯南氏、馯趙氏、馯鍾氏、吳闫氏、吳郭氏、吳楊氏、吳楊氏、吳張氏、吳張氏、吳張氏。

　　李李氏、杜侯氏、鍾孫氏、項陳氏、陳李氏、李吳氏、李宋氏、朱李氏、杜姜氏、杜刁氏。

　　信士會首：張曰桂、董興、賈希儒。

　　大清咸豐元秊歲次辛亥端月中浣之吉」。

清咸豐十年重修三官殿記碑

碑在山東省青州市駝山昊天宮,清咸豐十年(1860)立。李恕撰文並書丹,昊天宮住持道人高從香鐫字。石灰石質。高 132 厘米,寬 67 厘米,厚 18 厘米。正文楷書,字徑 3 厘米。額題"信女題名",楷書,單行,字徑 9 厘米。碑體完整,文字清晰。該碑記載,清咸豐十年(1860),益都大旱,信女商王氏等至駝山昊天宮玉皇上帝、三元大帝面前祈雨有應,因而重修三官殿,且立石以誌不朽,並録信女姓名於後。

重修三官殿碑記

日暄雨潤相濟,成長養之功;木毀金機代作,屬流行之運。然帝」德專於慈愛,人情固可感通。兹者歲次己未,恒暘作災,自春徂秋」,田野罹恢焚之勢,百穀無秀實之形,人事之不修,釀作神祇之怨」恫。爰有信女商王氏等,疾首痛心,竭誠矢愿,同赴駝峯巔祈」玉皇上帝及三元大帝,叩懇雨澤,果也靈應不爽。靈雨既零,枯槁盡」起,乃亦有秋。遂各捐資財,重新三官殿,以顯神功。工峻立石,以」誌不忘」。

郡人李恕撰書。

住持道人高從香鐫字」。

大清咸豐拾年歲次庚申桃月上浣吉立」。

夏吳氏、郭張氏、賈房氏、領袖王家莊張李氏、邱史氏、曹孫氏、曹鍾氏、曹項氏、劉張氏、李馬氏、劉王氏、董劉氏、陳李氏、陳盧氏、宋鞠氏、黃弋氏、孫□氏、王王氏、張郭氏、馬鍾氏、張李氏、張馬氏、張沈氏、陳朱氏、陳馬氏、陳劉氏、王丁氏、陳劉氏、鍾史氏、李劉氏、孫侯氏、孫弋氏、張項氏、朴劉氏、劉弋氏、劉張氏、李祝氏、郗郭氏、郗董氏、郝王氏、郝滕氏、杜郭氏、李杜氏、李胡氏、王閆氏、楊王氏、弋王氏、李王氏、史劉氏、張宋氏、馬劉氏、馬王氏、杜袁氏、李高氏、楊張氏、張史氏、張史氏、張吳氏、袁王氏、吳楊氏、吳吳氏、閆吳氏、王崔氏、賀王氏、蔡張氏、高王氏、劉王氏、馬王氏、周劉氏、黃宋氏、張賀氏、張王氏、曹崔氏、黃弋氏、閔弋氏、閔閔氏、閔白氏、孫宋氏。

清同治五年信女題名碑

碑在山東省青州市駝山昊天宮，清同治五年(1866)立。石灰石質。高234厘米，寬102厘米，厚26.5厘米。正文楷書，字徑2.5厘米。額題"女史標名"，楷書，單行，字徑11厘米。該碑曾斷為多塊，現已接好，但文字漫漶。

侯馬氏、楊秦氏、李張氏、蔡張氏、鍾張氏、陳鄭氏、郯鄭氏、郯董氏、王郇氏、劉侯氏、領袖郯高氏、楊王氏、陳郯氏、王盧氏、趙楊氏、孫楊氏、孫郯氏、張郇氏、張袁氏、張李氏。

郯賈氏、郯孟氏、郯楊氏、郯馮氏、郯趙氏、郯任氏、郯趙氏、郯楊氏、郯楊氏、郯楊氏、郯張氏、郯王氏、郯孟氏、郯劉氏、郯刑氏、郯趙氏、郯王氏、郯楊氏、郯趙氏、李趙氏。

□□□、□□□、郯□□、郯□□、郯□□、郯賀氏、郯李氏、房郯氏、劉郯氏、李趙氏、劉李氏、楊于氏、郯秦氏、郯楊氏、郯王氏、郯王氏、郯鄭氏、劉郯氏、郯郇氏、郯鄭氏。

□□氏、□□氏、□王氏、□郇氏、劉侯氏、楊李氏、楊鄭氏、楊劉氏、楊郇氏、楊吳氏、楊王氏、楊岳氏、□王氏、□□氏、吳劉氏、孫鄧氏、孫趙氏、馮邢氏、趙吳氏、□李氏。

王劉氏、王邢氏、劉丁氏、王王氏、閆劉氏、劉鄧氏、劉刘氏、陳白氏、王張氏、楊孫氏、閆楊氏、閆張氏、閆郇氏、閆劉氏、劉卜氏、劉田氏、劉閆氏、牛劉氏、段楊氏、修德堂。

郯劉氏、郯張氏、郯董氏、□劉氏、□鄭氏、□陳氏、王□氏、朱張氏、鄭鍾氏、郇張氏、郇楊氏、郯曾氏、郯鍾氏、郯劉氏、郇石氏、郯王氏、郯吳氏、房李氏、房張氏、房楊氏。

李張氏、袁王氏、鄭張氏、朱馬氏、萬段氏、曺呂氏、潘陳氏、李張氏、張史氏、王閆氏、□吳氏、□□□、王□氏、劉□氏、劉吳氏、李閆氏、張張氏、張杜氏、鍾郯氏、沈宮氏。

王家埵、付涯庄、任馬庄、辛店子、石家庄、閣老府、西聖水、牛家庄、蘇家橋、孫旺庄、侯旺庄、陳家庄、趙家峪、曺家庄、王家庄、刘園子、吳家庄、趙廟口、石崗頭、姜家樓、宋家閣、孟家巷、張家峪、趙家河、沈家莖、周家峪、□灣口、務頭庄、劉家埵、鄭家庄、郭家庄、□門前、劉金氏、劉張氏、姜劉氏、張劉氏。

窑塲街、西劉井、大元庄、辛街、石杲、西门、三街、関頭、井塘、東垻、埠前、黑山、大庄、西店、平安、合巷口、鐸楼廟巷、綿花店街、東十駱店、務頭張庄、□康□、青□巷、赤□庄、□□庄、車馬庄、上家元、吳家井、張家河、紀家庄、□福寺、石家湾、李家集、位南庄、董花盆、康河口、南普術、張黃馬。

房楊氏、楊家山子、臨淄庄、□家中村、鍾李氏、孫趙氏、趙吳氏、楊李氏、董高氏。

同治五年……寅七月既望穀旦」。

清同治六年重修鐘樓記碑

碑在山東省青州市駝山昊天宮,清同治六年(1867)立。石灰石質。高184厘米,寬75.5厘米,厚19厘米。正文楷書,字徑2.5厘米。額題"正辰會記",楷書,單行,字徑10厘米。碑體完整,文字清晰。

重修鐘樓碑記

馬錦、金復明、張鴻渚、夏勤、領袖李永清、史太順、宋光宗、張鴻仁、郭超、夏魁秀、馬俊明、房明忠。

孫杞、曹華京、曹華都、曹華封、黄正祿、黄正先、黄文遠、姜玉山、鍾垂倫、鍾方、李梅、孫繼聖、賈茂盛。

杜吉春、杜榮春、杜峒源、杜學孟、陳殿安、杜學成、信鐸、張曰楫、張思成、李永興、陳得明、宋来臣、李平。

董旺、張文興、張大成、張華亭、孫繼成、史太清、劉喜、朴廣德、朴厥華、劉官等、馬玉光、李繡。

劉官福、張秀、王景富、于太、馬昇、李逢全、李存、李逢德、劉儉、郄士經、劉連清、裴得慶。

賈茂盛、王心清、王有禄、李希顔、吳方、張中選、郝英、郝文、郝曾、郝希貴、郝希清、王克德。

邱太、郄士華、閆克信、鄭文、李均、宣令德、杜士吉、杜岳源、杜峻源、杜洛、杜永吉、趙連登。

范文江、曲大山、李大經、夏文清、陳

清同治六年重修鐘樓記碑

現忠、王淳、北閌胡善文、張希曾、郐俌、郐永、張思忠。

　　張文周、朱倪庄、傅家庄、趙小河庄、角樓庄、井亭庄、□来巨、夏玢、盧正順、孫繼才、王大濱、吳懋義。

　　王家庄、石庙庄、夏家庄、黃峪庄、李博峪、寨子庄、十字庄、靳家庄、張家峪、閻家峪。

　　邑人李永興、張作棟書丹。

　　泥水工：商連文。

　　石工：張秀、趙順年。

　　油漆匠：王貴。

　　住持高崇香率徒焦高福、徒孫馬嗣安。

　　大清同治六年仲春之月下浣穀旦」。

清同治六年重修鐘樓信女題名碑

　　碑在山東省青州市駝山昊天宮,清同治六年(1867)立。石灰石質。屋脊狀碑首。高 135 厘米,寬 62 厘米,厚 17 厘米。正文楷書,字徑 2.5 厘米。額題"萬世流芳",楷書,單行,字徑 9 厘米。碑體完整,文字清晰。

重修鐘樓信女題名

　　劉商氏、唐宋氏、鍾史氏、郝馬氏、領袖商王氏、張李氏、郝王氏、張李氏、李祝氏、曹孫氏、張沈氏。

　　張李氏、馬鍾氏、孫趙氏、張郭氏、卜劉氏、郝曹氏、張史氏、孫侯氏、李劉氏、劉李氏、郝許氏。

　　石王氏、張劉氏、郗鄭氏、李高氏、曹時氏、郝杜氏、李余氏、李王氏、高朱氏、郊董氏、李趙氏、馬張氏。

　　孫郝氏、孫姜氏、馬杜氏、馬王氏、王白氏、鮑閆氏、王張氏、石李氏、邵劉氏、王楊氏、方王氏、鄧房氏、郇劉氏。

　　曹鍾氏、郭張氏、王王氏、張何氏、李張氏、閆李氏、郇劉氏、徐呂氏、時王氏、孫姜氏、趙馮氏、黃張氏、袁王氏。

　　賈宋氏、曹陳氏、項杜氏、宋蔣氏、李李氏、康張氏、李范氏、左石氏、宋汲氏、張馬氏、侯張氏、馬侯氏、夏吳氏。

　　王張氏、張史氏、張史氏、王劉氏、趙徐氏、尹陳氏、田崔氏、唐李氏、馬褚氏、馬杜氏、馬郝氏。

　　大清同治六年歲次丁卯杏月下浣吉立」。

清同治七年信女題名碑

碑在山東省青州市駝山昊天宮,清同治七年(1868)立。石灰石質。高146厘米,寬66厘米,厚20厘米。正文楷書,字徑1.5厘米。碑首殘缺,文字基本清晰。

東溝頭:曹石氏、南趙氏、曹魏氏、劉王氏、陸車氏、曹張氏、鍾孫氏、趙張氏、會首冉李氏、宋王氏、賈楊氏、王梁氏、劉許氏、侯郝氏、□萬氏、祝郝氏、牛李氏、祝郝氏、孟趙氏、孟張氏、張張氏、梁李氏、朱孟氏、朱李氏、王張氏、任范氏。

孟家巷:尚張氏、孟宗氏、賈楊氏、孟王氏、張趙氏、夏王氏、李劉氏、卜曹氏、夏郭氏、于張氏、刘孫氏。

後関:劉徐氏、劉周氏、王趙氏、王楊氏、紀李氏、孔鞠氏、趙劉氏、馮吳氏。

趙家河:趙王氏、趙孫氏、趙郗氏、趙吳氏、趙趙氏、金王氏、尚馬氏、楊王氏、楊寶氏、金郝氏、劉石氏。

徐七里:王李氏、徐王氏、徐楊氏、劉□氏、劉侯氏、任高氏、石丁氏、郎李氏、任隋氏。

將軍巷:傅李氏、趙楊氏、相張氏、于李氏、左馮氏、趙孟氏、趙冀氏、劉郭氏、劉王氏、丁楊氏。

澇埠:劉金氏、楊劉氏、李相氏、李劉氏、趙楊氏、左杜氏、張張氏、劉王氏、陳王氏、郇崔氏、張□氏、張辛氏、李蘇氏、鍾李氏、李劉氏、□張氏、張劉氏、王朱氏、劉曾氏、蘇韓氏、王寶氏、寶范氏、□孟氏、祝蘇氏、雷崔氏、趙田氏、劉夏氏、李寇氏、劉王氏、吳斛氏、劉劉氏、蘇韓氏。

王家庄子:史夏氏、徐李氏、周寶氏、楊時氏、魯王氏、張李氏、段楊氏、李段氏、徐楊氏、李段氏、魯王氏、梁吳氏、郭徐氏、褚尹氏、冀王氏、岳劉氏、李袁氏、王李氏、侯郗氏、李馮氏、張劉氏、劉李氏、劉馮氏、史杜氏、徐黃氏、宋張氏。

邢家庄:穆張氏、張曹氏、徐高氏、袁劉氏、袁趙氏、劉鞠氏、趙劉氏、王白氏、趙郭氏、趙戴氏、董高氏、王盧氏、張王氏。

辛街:崔李氏。

普通:曹賈氏。

劉家橋:李董氏。

縣十字口南:郇劉氏、楊程氏、宋程氏、楊張氏、鄭王氏、周孟氏。

康家庄:李林氏、金隋氏、劉趙氏、趙陳氏、王李氏、王劉氏、夏孫氏、李孫氏、王林氏、賀王氏、李張氏、沈宮氏。

倉巷:穆蕭氏、李楊氏、張王氏、王張氏、王張氏、蔡張氏、祝周氏、房□氏、李李氏、楊郭氏、崔王氏、時郝氏、時王氏。

府門前:張時氏。

夥巷:馬鍾氏、黃王氏。

井臺:徐高氏、趙孟氏、趙戴氏、趙崔氏、張曹氏、張劉氏。

陳埠溝:夏郭氏、劉崔氏、紀李氏、劉王氏、崔侯氏、崔朱氏、李周氏、魏段氏、魏范氏、王劉氏。

蘇家橋:楊張氏、李趙氏。

王家庄:石李氏。

察院巷:陳高氏、張朱氏、韓劉氏、宗麻氏、張張氏、劉祝氏、張袁氏、王張氏、曹張氏、王周氏。

(上殘)同治七年歲次戊辰仲秋之月上浣穀旦」。

清光緒元年眾善題名碑

　　碑在山東省青州市駝山昊天宮,清光緒元年(1875)立。李永興撰文,陳淘書丹。石灰石質。屋脊狀碑首。高181厘米,寬92厘米,厚22厘米。正文楷書,字徑3厘米。額題"眾善題名",楷書,單行,字徑10厘米。碑體完整,文字清晰。該碑記載,清光緒元年(1875),會首張思成、張鴻渚等,因祈雨有應,重修駝山昊天宮聖母殿,並錄會首、領袖和住持道人姓名於後。

　　大清光緒元年歲次乙亥菊月中澣穀旦」。

　　李永興,宋光榮,會首張思成、張鴻渚,李永清,史永勤,張文郁,馬訥,賈茂盛,夏魁秀,王克德,邱太,孫祀,馬讓,張曰楫,陳得桐,馬錦,劉大江,郭超,郝希舜,李秀,王景富,王心清,董旺,馬俊名,陳松,方兆吉,馬昇,李逢德,黃正先,張秀,郝希清,樹滋堂,劉以正,王來成,孫文煒,徐紹棠,王鳳堂,槐蔭堂,陳殿汝,許成仁,劉天順,戰理信,張志汝,杜浚源,鍾秀,魏盛,張振德,孫思忠,王成恩,王自忠,譚汝堯,譚春齡,許莊,蓋殿順,蓋殿有,王繼孟,陳元道,陳琼運,陳杏林,張玉英,王玉田,王興義,王玉環,郭汝冀,于懷溥,趙玉明,郭汝亮,韓紹倫。

重修聖母殿記

　　常思神之為德,其盛難明,則祀之。駝峯屢著靈貺,有禱輒應。甲戌春,遇歲亢旱,首事張思成等集」眾禱雨,願修聖母殿,而果也靈應不爽,年稱大有。乙亥春,遂興功,仍舊址而煥新模焉。其有」需於力役財用者甚繁,會首張鴻渚等,更先後其事,董其捐輸,赴功者無不願焉。功告,議立石,余」既蒙山之默佑,且嘉眾人之樂善也。是為序」。

　　領袖:許刘氏、張李氏、黃劉氏、張王氏、郝馬氏、吳劉氏、董徐氏、常唐氏。

　　邢馬氏、陳張氏、孫劉氏、王盧氏、張鄭氏、董太太、郝王氏、馬石氏、張張氏、陳馬氏、陳李氏、李劉氏、孫侯氏、徐張氏、黃李氏、王杜氏、姜馬氏、高吳氏、桑李氏、劉王氏、王劉氏、馬李氏、曹孫氏、郭范氏、郭宋氏、郝宋氏、王鄒氏、郝宋氏、郝許氏、杜張氏、孫王氏、馬鍾氏、韓陳氏、張項氏、魏譚氏、韓劉氏、郭張氏、李余氏、馬褚氏、杜宋氏、馬李氏、邱劉氏、曹韓氏、曹陳氏、鍾寶氏、魏劉氏、鞠石氏、鍾閻氏、陳劉氏、張沈氏、李祝氏、李李氏、董寶氏、劉郝氏、劉馬氏、王常氏、南趙氏、田崔氏、劉宋氏、于張氏、夏孫氏、陳趙氏、段楊氏、陳孫氏、黃胡氏、劉金氏、郄鄭氏、鍾李氏、齊門王保成、沈朱氏、趙趙氏、張魏氏、董陳氏、王高氏、王劉氏、王高氏、馬侯氏、馬邱氏、劉裴氏。

邑人李永興撰，陳淘書。

泥水匠：劉宮等。

刻字匠：張秀。

住持道人焦高福、趙高忻。

清光緒五年山東青州府壽邑信女同安會進香碑

　　碑在山東省青州市駝山昊天宮,清光緒五年(1879)立。張克昌撰文,張履乾書丹。石灰石質。圭首。高136厘米,寬65厘米,厚21厘米。正文楷書,字徑3厘米。額題"福緣善慶",楷書,單行,字徑8.5厘米。題名楷書,字徑2.5厘米。碑體完整,文字清晰。該碑記載了青州府壽邑信女結同安會至駝山進香之事,並錄會首及各莊信女姓名於後。

　　光緒五年季秋下浣之吉」。

　　大清國山東青州府壽邑信女同安會進香碑」。

　　會首:李正汶、張修業。

　　羅家莊:李石氏、張楊氏、張孫氏、張胡氏、張劉氏、張姚氏、張胡氏、張于氏、張李氏、張張氏、張王氏、張王氏、張胡氏、張韓氏、張董氏。口子莊:李李氏。趙旺鋪:張張氏、張張氏、張唐氏。劉家崖子:徐毛氏。陳家莊:郭孟氏。岳家莊:岳張氏、岳劉氏、劉劉氏、張賈氏。北馮莊:郭劉氏、郭趙氏、郭趙氏、郭張氏、郭陳氏。北關:王寇氏。北洛社:范寇氏、邢范氏。前朴里:寇郭氏、寇王氏、寇劉氏、寇馮氏、寇桑氏、寇鞏氏。楊莊:蕭王氏、蕭寇氏、張李氏、張張氏、魏寇氏。楊家莊:楊張氏、楊桑氏、楊王氏、楊姜氏、楊李氏。董家屯:黃邢氏。西陳莊:高袁氏、李楊氏、李王氏、徐楊氏、徐杜氏、王楊氏、高靳氏、劉李氏、張王氏、李柟捐錢五百八十文。業戶莊:張桑氏、藺張氏。

　　敬叩。

　　石匠:張秀。

　　住持:焦高福。

　　邑庠生張克昌敬撰」。

　　張履乾薰沐敬書」。

清光緒八年重修駝山昊天宮王母殿記碑

　　碑在山東省青州市駝山昊天宮,清光緒八年(1882)立。石灰石質。高167厘米,寬149厘米,厚21厘米。正文楷書,字徑3厘米。額題"萬世流芳,永垂不朽",楷書,單行,字徑10厘米。雙碑聯體,碑體完整,文字清晰。該碑記載了清光緒八年(1882)重修駝山昊天宮王母殿、蠶姑廟、戲樓、道房、垣牆並建茶棚之事,並錄領袖、男女信士姓名及捐資商號題名於後。

　　歲自庚辰以來,屢年豐稔,民有餘資,里人僉議重修」昊天宮王母殿、蠶姑廟、戲樓、道房、垣牆,並建茶棚。工已告竣,謹將捐輸台銜勒之於左」。

　　邑人李文書」。

　　李士芳,張汝安,賈多能,鄧浦,孫見遠,李士茂,吳成祥,王世福,吳俊傑,領袖劉兆鳳,王連璧,益和當店,劉兆祥,楊甲第,李湖,王景福,鄧泉,吳和遠,鄭玉林,吳世安,郇文彬,孫繼周,馮世祥,李江,卜俊愛,卜懷純,陳滋,鄧廷棠,趙江文,曲雲岫,馮長江,郇同羣,郇長羣,郇士柱,鄧新,楊兆武,王希禹,陳相聖,鄭裕順,武勇,李士芬,陳清,馮光宗,鄭吉友,楊兆昇,郇文彪,楊懷啟,郇士橡,楊清,郇士楨,楊茂法,劉大盛,張忠沅,白宏祿,楊旺,李士大,吳鎮,王世大,張可亮,郇成德,吳景陶,馮世傳,劉兆禎,趙雲文,王懷玉,吳清香,王國緒,楊兆栢,吳俊見,楊學謙,吳維邦,劉學治,吳俊德,劉學仁,陳顯義,張旺,郇文記,陳顯明,楊兆楷,侯進忠,楊兆梓,劉繼志,郇冠美,鄧廷鈞,王榮,劉大成,李湧,郇冠信,劉大興,董兆彥,吳多富,郇文竹,楊兆忠,李士謨,楊曾,李學彥,楊夢齡,王國興,楊兆璧,王希舜,李洪,李士豐,吳俊忠,侯進祿,杜文升,王可利,王周,郇曉羣,鄧泗,張萬貞,李茂,楊兆福,王茂修,王利,楊兆廣,王懷福,郇學讓,王懷彥,張桐,王全德,郇懷寶,卜廣度,馮世顯,李澄,楊兆曾,陳治,鄭萬沅,趙廷琳,劉兆慶,張文學,鄭禹,楊兆朱,郇士棟,王永修,卜廣亮,鄧廷舉,郇先羣,卜懷英,鄭穩,仁興號,張福成,宋勤,王懷柱,張秀,劉大杭,吳士亮,張元成,張家峪庄,閆俊孔,吳士信,薛廣順,吳多遠,李明經,董兆林,王世榮,郇文漢,陳相齊,吳俊能,郇文勤,卜兆琦,郇文清,卜懷均,郇洋羣,吳俊義,吳士彬,楊茂盛,鄧淳,鄭怀珮,閆俊經,卜廣平,吳士俊,趙來平,弋士荣,鄭香亭,楊懷興。

　　首事:孫大德、郇會羣、楊兆桂、賈連俊、王森、劉兆秀、楊福、楊兆桐、郇順羣、王國書、郄文治、鄧廷木、張景孔、郄士金、白洪福、郄士領、李士訓、吳俊岳。

　　石工：趙啟儒。

　　窑匠：鄭怀珮、鄧廷木。

　　画匠：安振声。

　　住持道人：馬嗣安、杜嗣亮。

　　（以下第二碑）

　　增泰店、增裕店、天成店、廣德堂、南益和、仁德堂、吉祥東、廣仁堂、公成和、公順、怡翰齋、吉祥、元和、萃亨長、萬亨益、恒春茂、震興、益興、仁和堂、隆聚、三義窑、合完美、三義盛、永德堂、永源店、復昌店、明德、義利東、惠興、增順、恒順、公祥益、成興文、德盛隆、鴻泰、萬聚、萬亨正、謙祥益、森盛、仁和号、義泰、西廣仁、恒昇号、意盛和、吉恒店、同興、順成祥、復成、祥盛、德源、天順店、聚源、同春堂、順興号、裕隆、怡成号、永泰成、怡增、城店、廣育堂、公利、協義、同盛、貞元、義聚成、祥泰、協成永、桂芳齋、德茂、增順店、義利、萬順公、湧源号、恒裕、義茂、賀宗仁、慶文齋。

　　光緒八年三月初六日敬立」。

　　張郄氏、弋卜氏、鄧鄭氏、白郄氏、楊秦氏、鄧吳氏、鄧孫氏、鄧王氏、馮卜氏、張湯氏、楊張氏、孫郇氏、孫馬氏、王李氏、王弋氏、刘弋氏、楊郄氏、楊弋氏、張楊氏、孫馮氏、鄧郄氏、王鄭氏、郄張氏、郇楊氏、陳楊氏、陳白氏、陳李氏、陳馮氏、侯陳氏、侯馬氏、李鄧氏、郄鄧氏、楊張氏、刘郄氏、李吳氏、王李氏、楊唐氏、卜董氏、弋密妻、郇兆武妻、楊張氏、卜弋氏、陳王氏、王刘氏、白鄭氏、郄李氏、弋刘氏、弋張氏、吳刘氏、楊吳氏、万李氏、王張氏、王芦氏、王曹氏、戈李氏、鄧楊氏。

清光緒十四年重修駝山昊天宮記碑

　　碑在山東省青州市駝山昊天宮，清光緒十四年(1888)立。杜浚源撰文，陳淘書丹。雙碑聯體。第一碑：石灰石質。殘高 158 厘米，寬 96 厘米，厚 22 厘米。正文楷書，字徑 3.5 厘米。題名楷書，字徑 2.5 厘米。碑上半部殘缺，剩餘部分文字清晰。該碑記載了清光緒十四年(1888)信士張思成等重修昊天宮之事，其後附捐資信士和商號題名。第二碑：石灰石質。高 198 厘米，寬 93 厘米，厚 22 厘米。正文楷書，字徑 2.5 厘米。額題“信女題名”，單行，字徑 13 厘米。碑中間斷裂，現已接好，文字清晰。該碑为題名碑，錄 191 位信女和四季社會衆題名。

　　(上殘)緒十四年歲次戊子荷月下浣穀旦」。
　　(上殘)山名曰駝，邑八景中所謂“駝嶺千尋”者也。上有」(下殘)□殿，山左右居民，常以三月十五日修醮演劇，為香火之正辰，故正辰會有東西之分焉。其列正殿之東」(下殘)母殿、三官殿、靈官殿、聚仙樓、土地祠、鐘樓、二門、客舍、道房，日久損壞，東會首事張思成等，乃各捐」(下殘)勸善信隨緣布施。於是，鳩工庀材，量事授功，丹腹之，蕟茨之。當大功告成之日，正暮春香火之期，乃演劇修」(下殘)神庥，藉告事竣。是日也，會友畢至，少長偕來，烹羊庖羔，朋酒用饗。維時父老相戒勉曰：“吾輩力田，不知神」(下殘)也，惟覺舉頭三尺實有赫赫之神明，臨之在上，質之在旁，無一時一事之可欺者。是以歲時伏臘，竭其誠」(下殘)盡其禮，求得吾心之安而不能，何足以言事神？而神之佑我者，則禱雨而甘霖降，祈穀而年歲豐，避亂而賊」(上殘)之佑我可謂至矣。自今以後，其益孝爾父母，和爾兄弟，睦爾鄉里，毋見財而忘義，毋利己而損人，如是則受」(下殘)無量矣。至於事神，非吾輩所知也。”事既告竣，索予為文，以垂貞珉。予曰：“向者父老戒勉之言，訓世之大文也」。”(下殘)遂祥其始末而書之」。
　　邑廩生杜浚源撰。
　　邑人陳淘書。
　　(上殘)宋光宗、王克德、□□□(下殘)。
　　宋華桂、劉成文、宋華周(下殘)。
　　夏安樂、武生閆秀齡、馬兆桂、李芳(下殘)。

邱太、張思賢、史永勤、邢成禮、陳浩（下殘）。

孫杞、杜瀹源、劉成遠、杜學忠、趙建太、趙守文、□□清、□□周、□□吉、□□□（下殘）。

馬振玉、杜萬春、杜德源、曺光宗、杜佃福、宋光坤、馬重光、李存敬、杜學敬、馬輝光、馬振清、杜逢旺。

吳俊傑、信永成、杜傳仁、杜恭、鍾義、鍾盛、曺科、曺參、李逢周、宋國忠、朴長松、朴法文。

聚源成、王怀孟、史佃弼、于秀三、□老爺、李茂、李盛林、王景嵐、宋國福、趙清成、閆楓林、閆金玉。

怡成號、源昌號、吉亨號、天順店、成順號、復盛號、順興號、益聚號、益興號、聚泰號、永盛號、景和號。

石匠：劉作文、劉九有、仇玉珂。

畫匠：王來清。

泥水匠：張建德。

住持道人：馬嗣安、杜嗣亮。

（以下第二碑）

鍾門李氏、韓門劉氏、王門周氏、韓門鍾氏、信門王氏、領袖郝門馬氏、李門劉氏、楊老太太、張太太、邵門劉氏、魏門劉氏、張門張氏、邱門趙氏、張門魏氏、會首李門祝氏、常門唐氏、張門姜氏、宋門王氏、宋門張氏、杜門黃氏。

杜門劉氏、曹門張氏、杜門張氏、杜門宋氏、黃門李氏、黃門趙氏、韓門陳氏、杜門陳氏、時門王氏、時門鍾氏、時門郝氏、李門孫氏、李門項氏、李門時氏、李門夏氏、李門焦氏、李門孫氏、張門張氏、邱門劉氏、鍾門賈氏。

李門宋氏、曺門李氏、邱門張氏、馬門祝氏、宋門張氏、賈門張氏、賈門李氏、賈門杜氏、賈門張氏、孫門杜氏、馬門張氏、馬門裴氏、姜氏、黃門朴氏、黃門郝氏、王門祝氏、劉門賈氏、劉門邱氏、劉門郝氏、王門徐氏。

趙門曺氏、趙門官氏、傅門王氏、徐門王氏、趙門郝氏、李門祝氏、祝門耿氏、杜門李氏、馬門毛氏、郝門王氏、郝門黃氏、郝門張氏、項門李氏、郝門許氏、陳門張氏、馬門張氏、郭門宋氏、曺門陳氏、王門郭氏、□門付氏。

趙門曺氏、宋門徐氏、張門王氏、馬門柴氏、王門王氏、陳門孫氏、高門王氏、孟門房氏、王門趙氏、劉門張氏、劉門閔氏、劉門殷氏、周門劉氏、周門殷氏、周門李氏、周門曺氏、劉門王氏、劉門曺氏、劉門南氏、王門宗氏。

王門高氏、于門楊氏、康門田氏、康門邵氏、鍾門郏氏、馮門胡氏、張門徐氏、孟門鄭氏、王門馮氏、時門李氏、陳門張氏、徐門王氏、張門劉氏、魏門王氏、吳門于氏、高門劉氏、郭門高氏、閔門陳氏、李門許氏、時門張氏。

　　董門郗氏、王門夏氏、徐門于氏、甯門趙氏、吳門劉氏、趙門關氏、關門李氏、孟門房氏、劉門南氏、王門高氏、陳門王氏、范門王氏、吳門嚴氏、張室馬氏、劉門崔氏、劉門王氏、宋門錢氏、夏師奶奶、竇門黃氏、鍾門李氏。

　　楊善人、高張氏、卦金氏、胡張氏、胡張氏、鞠李氏、鄭呂氏、楊任氏、王張氏、劉劉氏、蔣善人、王善人、孫門劉氏、李門位氏、張門夏氏、李門王氏、李門蘇氏、張門劉氏、王門張氏、杜門馬氏。

　　馬孫氏、張郝氏、杜徐氏、刘鍾氏、位常氏、杜徐氏、劉鍾氏、徐劉氏、趙戴氏、張甯氏、葛賈氏、徐張氏、張劉氏、王葛氏、王趙氏、張劉氏、張何氏、劉楊氏、劉盧氏、四季會。

　　郝朱氏、杜張氏、王祝氏、馮兵氏、甯王氏、周趙氏、劉袁氏、孫閔氏、張賈氏、孔岳氏、馮邱氏、馮胡氏。

清光緒十六年茲因益邑務本鄉信女糾合善社記碑

　　碑在山東省青州市駝山昊天宮,清光緒十六年(1890)立。崔名齋撰文,賈雲亭書丹。石灰石質。屋脊狀碑首。高 142 厘米,寬 70 厘米,厚 19.5 厘米。正文楷書,字徑 3 厘米。額題"萬古流芳",楷書,單行,字徑 10 厘米。碑體完整,文字清晰。該碑記載了益邑信女結社至駝山昊天宮進香之事,並録信女、會首姓名於後。

清光緒十六年茲因益邑務本鄉信女糾合善社記碑

茲因益邑務本鄉信女糾合善社碑記

　　嘗聞:天下九州之民,無不咸献其力以共」皇天上帝。蓋蕩蕩者,下民之辟也。茲青郡西南有駝山,上帝神位在焉。言」其靈應乎萬方,需其恩周於一世,凡我羣倫,有不為其默佑者乎? 爰是,益」邑務本信女未敢效類祀之文,竊願竭虔誠之念,不得謂埽地以祭,陶匏」以荐,遂足報栽培之化工也。是為序。」

　　庠生崔名齋頓首拜撰,賈雲亭薰沐敬書」。

　　與事:王國書、賈清晏。

　　石匠:趙啟儒。

　　道人:杜嗣亮。

　　會首:賈松堂母郭氏、賈有才妻王氏、賈保榮妻徐氏、賈門王氏。

　　賈清思妻魯氏、崔永泰母陳氏、賈詠妻曹氏、賈在學妻趙氏、賈在序妻呂氏、賈在庠妻王氏、徐建臣母王氏、賈廉正妻卞氏、賈有德母馬氏、賈翰芳母隋氏。

　　賈希曾妻鄭氏、賈龍津母王氏、賈連

俊妻馬氏、賈連珍妻石氏、賈芸芳母崔氏、賈奉莪妻許氏、賈連秀妻李氏、賈龍洲母韓氏、賈有年妻王氏、賈有貴妻周氏。

賈建閣母李氏、賈名成妻宋氏、賈國棟母李氏、賈忻妻張氏、賈萬傑母郭氏、賈清沼妻徐氏、賈書堂母鍾氏、李在德母孫氏、賈春妻李氏、賈清松母王氏。

賈榮本妻王氏、賈雲岫母左氏、朱華宗妻李氏、賈連雲母崔氏、賈連玉母李氏。

大清光緒十六年三月十五日吉立」。

清光緒三十二年四季社碑

　　碑在山東省青州市駝山昊天宮,清光緒三十二年(1906)立。顧世昌書丹。石灰石質。屋脊狀碑首。高145厘米,寬87厘米,厚23.5厘米。正文楷書,字徑3.5厘米。額題"四季社碑",楷書,單行,字徑13厘米。碑中間斷裂,中部有缺,左邊緣殘損,文字漫漶。該碑記載了清光緒三十二年(1906)信女張門魏氏等結四季社修醮以答神庥之事,後録各莊信女題名。

　　郡城西南駝峰之巔,舊有□□□□□,凡有禱禳,無不立應。信女張門魏氏等感戴既」久,遂約同衆庶,共成一社四□□,□□神庥,亦惟聊抒悃誠耳。兹當社會圓滿,爰勒諸」石,用垂不朽,行見後此之相□□□之得以永享者,更愈推愈遠矣。何幸如之」?

　　鴻臚寺序班邑庠生顧世昌薰沐敬書」。

　　王家庄:孫□全妻張氏,張雲富妻方氏,張思賢妻房氏,陳得旺妻鍾氏,陳得興妻趙氏,李士年妻夏氏,李士恭妻賈氏,張雲□妻李氏,張雲義妻時氏,李文□妻焦氏,會首李文選妻韓氏、張思成妻魏氏,常學茂母姜氏,李文寬妻時氏,李文海妻項氏,張雲□妻杜氏,李士明妻馬氏,董□妻□氏,董□柱妻□氏,□□□妻劉氏,陳泳妻□氏,董□妻□氏。

　　張継曾母杜氏、劉鵬來妻劉氏、劉鵬霄母張氏、劉成業妻張氏、劉成義妻高氏、劉成名妻賈氏、韓継德母姜氏、陳萬恩母郅氏、陳萬聖母夏氏、張雲名妻李氏、張雲清妻杜氏、陳淋妻馬氏、陳澤妻張氏、陳鴻母劉氏、李士聖妻史氏、陳泗妻杜氏。

　　夏家庄:宋顯榮母陳氏、賈茂順妻張氏、□永□妻杜氏、□維漢妻劉氏、賈吉妻李氏、曹得蘭母王氏。

　　伊家庄:王乾母張氏、邱玉琢母杜氏、宋顯文母馬氏、曹得選祖母馬氏、馬信氏、馬可信母鍾氏、鞠氏、馬興禄妻裴氏、馬興全嬬王氏、馬松光妻房氏、馬林光妻温氏、馬興義母郅氏、劉馬氏、馬興智母張氏、馬可傳母王氏、馬可久妻張氏、馬可信妻劉氏、張馬氏、馬可友妻高氏、馬芝母王氏、杜學齋妻馬氏、鍾家安嬬張氏、宋光荣母付氏。

　　……

　　□□□□李氏、□□□母高氏、□□□妻黃氏、□□文妻項氏、□□龍母馬氏、□□書妻趙氏、□□玉母張氏、□□祖妻王氏、□□玉妻楊氏。

　　□家閣:□項氏。

　　□裏:□□坤母張氏、□□雲妻馬氏。

　　□□鋪:馮秀連。

　　李博峪:郝建時妻張氏、杜思亮母張氏。

　　石匠:馬興悅、史楹。

　　首事:張雲順、李士恭。

　　住持:杜嗣亮。

　　大清光緒叄拾貳拾年歲次(下殘)」。

民國三年泰安社信女修醮題名記碑

　　碑在山東省青州市駝山昊天宮,民國三年(1914)立。石灰石質。屋脊狀碑首。高84厘米,寬75.5厘米,厚20厘米。正文楷書,字徑2.5厘米。額題"萬古流芳",楷書,單行,字徑9厘米。碑體完整,文字清晰。該碑記載,民國三年(1914),泰安社信女會首鍾孟氏、邱隋氏、敖高氏等,集資結社,至駝山昊天宮玉皇上帝殿前修醮,事後,立碑以誌不朽,並録信士姓名於後。

　　中華民國三年歲次甲寅清和月穀旦」。
　　蓋聞:陽升陰降,立三才始從無極;分清定濁,化萬物總由先天。曰混元一氣,古今長存,無中可生有也」。夫人物之初,亦由先天形體誕於下土,靈性秉上蒼,故人心善惡意動可感天矣。天地無私,吉凶何也」? 禍福之報,因有執掌。上帝乃萬天帝主,大慈至尊,設法像,高座於駝峯,顯靈應,護佑八方。為善祈禱」,有所依賴。當有泰安社信女會首鍾孟氏、邱隋氏、敖高氏等,曉斯恩惠,自社內復聚資財,同領合會來於」昊天玉皇上帝殿前,脩設醮筵一壇,以表寸誠。並立石勒諸瑱珉,亦助永垂不朽云爾」。
　　史郇氏、于竇氏、李袁氏、陳秦氏、邱李氏、王楊氏、房李氏、康孫氏、房馮氏、潘金氏、李朱氏、刘鍾氏、穆朴氏、刘徐氏、王李氏。
　　刘徐氏、王李氏、田常氏、岳李氏、刘任氏、刘汲氏、刘岳氏、王任氏、任李氏、曺徐氏、鍾張氏、鍾刁氏、湯房氏、湯刘氏、張蘇氏。
　　張焦氏、王張氏、程楊氏、程朴氏、徐高氏、彭姜氏、杜尹氏、朴蘇氏、李曺氏、邢徐氏、張刘氏、汪吳氏、那那氏、敖高氏、馬趙氏。
　　胡吳氏、舒関氏、敖寇氏、朱那氏、周孟氏、周李氏、周郇氏、周刘氏、周楊氏、刘王氏、刘邵氏、刘王氏、刘李氏、史刘氏、刘侯氏。
　　桑王氏、牛孟氏、張朱氏、石王氏、石楊氏、張徐氏、房李氏、宋史氏、馬王氏、刘隋氏、鍾汲氏、鍾馮氏、鍾李氏、鍾曺氏、鍾張氏。
　　王李氏、張刘氏、張崔氏、徐李氏、徐王氏、徐閆氏、王張氏、趙張氏、朱楊氏、朱李氏、孟李氏、孟魯氏、黄董氏、曲夏氏、曲刘氏。
　　竇姜氏、竇王氏、張石氏、李王氏、宋李氏、夏孟氏、馮刘氏、宋閆氏、紀刘氏、黄隋氏、段隋氏、梁刘氏、孫孟氏、張楊氏、馬宋氏。

李王氏、李姜氏、刘董氏、尹張氏、李張氏、郝李氏、李楊氏、李汲氏、李李氏、李王氏、李李氏、李張氏、王任氏、任李氏、李張氏。

刘崔氏、朱雷氏、朱田氏、湯張氏、湯趙氏、朱刘氏、張楊氏、尚李氏、張楊氏、徐王氏、徐有氏、于房氏、孫商氏、李吳氏、刘張氏。

陳李氏、李馬氏、朱吳氏、郁高氏、郭曲氏、曺郭氏、郭王氏、曺魯氏、陳李氏、李曺氏、夏王氏、丁邵氏、夏徐氏、崔徐氏、刘崔氏。

王毓全、陳郄氏、曲崔氏、吳王氏、刘段氏、陳鍾氏、郝王氏、鄧王氏、李卦氏、史刘氏、馬鄭氏、馬鄭氏、王王氏、王紀氏、王文氏。

朱刁氏、李張氏、宿李氏、宋隋氏、王范氏、李田氏、刘董氏、李崔氏、李高氏、宋袁氏、張郄氏、刘馮氏、夏蘸氏、刘閆氏、夏宋氏。

刘長江、杜傳德、曲從周、曲光華、閔馬氏、紀刘氏。

石工：王重修、馬興曰。

刻筆：刘勤。

住持：杜嗣亮。

民國四年重修昊天宮善信題名記碑

　　碑在山東省青州市駝山昊天宮,民國四年(1915)立。張子玉撰文,董士登、陳萬福、孫佃增書丹。石灰石質。高 192 厘米,寬 97 厘米,厚 21 厘米。正文楷書,字徑 2.5 厘米。額題"□□不朽",楷書,單行,字徑 11 厘米。碑左上角殘缺,除個別地方漫漶不清外,文字基本清晰。該碑主要介紹了民國四年(1915)重修昊天宮之事,後列信士與商號題名。

　　(上殘)之靈乃益著。駝嶺,靈山也。昔人建廟於其上,以為神道設教之一端。但年湮代遠,風消雨蝕」,(下殘)有鍾女善倡議重修。鳩工庇材,越三閱月始告竣。庶幾與雲門山並峙千古,如謂踵事增華」(下殘)不取焉。山之靈,無非神之靈也。是為記」。

　　胸邑勸學員張子玉撰。

　　邑人董士登、陳萬福、孫佃增書。

　　(上殘)□□黃,□□□,常繼曾,鍾志典,邱福田,王廉儒,王俊儒,楊兆祥,楊兆喜,楊茂通,李榮興,西會首□□濂、□福羣、□□增,郯文漢,楊茂欽,□□業,□□齡,劉永成,楊祥齡,楊松齡,□□齡,王□□,孫萬金。

　　(上殘)□□成、□雲順、姜書声、陳傑、王保泰、王祥雲、白允恭、王青山、李士芳、李湖、李漢、李澄、郯正德、陳顯義、郯文治、張作哲、閻麟書、郯先羣、劉文福、郯鸞羣、郯冠羣、郯興芝、郯隨羣、郯怀璽、順源號、楊茂有、楊茂周。

　　(上殘)□□利、郝建法、郝繼緒、宋華檀、邱光亮、郝繼龍、宋華村、宋華楠、郯文玉、郯興順、郯文明、郯文山、鹽店、郯喜羣、郯文新、郯中羣、郯文聖、吳景森、吳景漢、劉茂生、劉繼□、劉繼□、劉繼增、劉繼薪、□□□、劉繼□、鄧□□、□□□、鄧□潤、房來武。

　　(上殘)□萬增、陳萬福、李文傑、張雲義、赳法慶、宋化禎、郝乾、宋允福、湯承恩、徐芳洲、陳玉禧、張海泰、楊兆玉、馮長怀、吳俊昇、吳森、王長法、王長清、王明欽、王明儒、馬安興、楊□貴、楊兆□、楊兆□、楊□□、楊會雲、楊登雲、□□祿、□□□、郯興林、郯文海、郯文傳。

　　(上殘)□恩□、姜書□、宋顯德、賈景賢、項有禄、馬德、馬淮、李羣章、杜傳道、鍾傳武、鍾傳志、王怀成、杜學勤、杜學斋、郐炳章、郐文增、房益魁、房來襄、房來桐、楊茂秋、楊茂祥、楊甲佃、楊茂慶、楊茂增、楊茂彥、楊茂坤、張復昌、馮長富、馮光亮、馮光山、□□昇、□□科、□如才、刘如法、曲新荣。

□□渚、□長清、□玉山、□明、董亮、董士昇、馬本营、董士連、馬本經、□懷修、□□敬、□□雲、□□義、宋□□、賈景□、宋顯文、宋顯臣、賈景彥、邱光美、賈景浩、邱玉珂、郐興森、郐興鴻、郐文焯、郐興義、郐文鴻、郐興元、郐興永、郐文永、郐鴻羣、郐英羣、郐文生、閆立本、王玉崗、刘勤、温盛、温孝孟、温孝彥、温孝聖、郐□宗、郐興鶴、郐□章。

項錫慶、王怀珍、姜萬傳、姜書芹、姜書礼、馬兆貴、刘仲春、杜興永、杜傳德、杜佃玺、曺德芹、曺德選、邱吉、夏連祀、邱光荣、蔣維翰、宋華相、賈永名、刘勤義、朴法基、朴長礼、王長江、刘顯明、王怀彥、王雲貴、王景明、吳希法、王景海、西長源、西復盛、永順酒店、李世慶、李世恩、李延福、復盛永、裕德泰、復和泰、郐傳福、郐文環、郐興華、郐蘭羣、郐文濬。

陳洲、董長吉、董長慶、陳萬廣、陳治、陳淋、陳渭、張雲清、朴鳳仪、陳萬滄、陳萬正、陳萬方、董士清、張継恩、陳滇、韓貴、韓継德、朴成、常興泰、董長孝、房來新、陳德賢、王玉、王景雲、王梅、楊甲光、王子全、王恒山、白允平、白允興、白兆法、白兆起、白鴻山、張興義、張興仁、張汝清、張汝太、張汝安、卜廉勤、卜昭廉、王長海、王錫田。

刘兆賢、刘兆明、李謙、李詠、李詳、孫河清、孫虎圖、馬興悅、朴法福、陳江、朴法有、韓其孝、韓長法、李天德、張天成、張天賜、張天祥、陳洪、董茂盛、朴宗義、陳澧、刘琴書、郁兆發、郐興祥、郐興烈、郐興升、郐文仁、郁兆聚、鄧廷臣、鄧玉崑、鄧傳吉、鄧玉江、鄧廷津、鄧玉升、鄧廷祥、鄧延舉、鄧廷福、鄧廷貴、鄧廷森、陳継成、陳継太、陳全。

盧金成、張玉琴、徐奉義、刘維成、王文昇、康銘、史玉和、王蘭、鍾家增、鍾家福、李森、邱光義、李富、孫文太、賈永昌、杜華增、杜華荣、馬江、馬溪、李梓、商有成、孫渭清、孫鳳圖、吳光顯、吳延寿、張大德、吳凌霄、吳継謙、吳俊三、張德興、張恕、張聚興、張荣興、刘光山、閆秀禄、閆金吾、郐士德、刘萬豐、刘先德、刘継祖、刘継賢、鄭嵋、鄭吉显。

崔雲明、刘兆、李延昌、李興德、王世名、崔士文、徐芳元、徐建成、徐奉和、宋佃元、徐建統、高景澄、李景荣、王啟科、英奇、英善、瀛潔、清平、慶安、定剛、奎昌、吳俊順、吳連璧、吳俊岳、吳俊安、吳連元、吳連京、吳得起、武振東、武振岳、郐廣荣、郐文俊、郐文傑、陳継禎、王清平、馮玉山、馮世顯、董希坤、賈春芳、吳萬年、吳延安、吳継周、梁永玉。

徐多訥、徐建春、徐紳奎、徐多秀、徐多松、宋佃祀、李鳳翔、徐建山、宋佃昇、石紹亮、石鳳翔、石金階、石清瀅、石紹惠、張洪春、宋玉田、王玉蓁、王炳文、王文長、王士春、王志幹、王嵩、王代、趙若圭、趙孟若、趙悅山、趙悅成、趙得朱、鍾允清、鍾允秀、王

梁、刘鳳桐、刘鳳階、李文章、李文道、侯進禄、李士桐、李士楼、李傳經、刘福盛、吳俊
盛、吳俊富、王鴻書。

義和泰、復生堂、景和公、裕德堂、裕和祥、東華店、隆興號、文墨斋、吉亨號、興源
湧、協義布店、恒慶昌、匯興源、大興德、信成祥、隆順益、金城號、永聚成、王璉珠、王
臻、洪源酒店、益順和、蔡濂溪、隋継祖、朱永清、李瑞芝、益興染坊、王重昇、王良俊、王
良佐、蔣浩、馮春槐、顧文林、房楼、夏長茂、盛世、刘際唐、夏槐、邢鳳鳴、裴士俊、裴玉
崑、裴士文。

刘香荣、同心社、郁兆才、郁述潤、郁兆三、郁兆清、徐寿山、徐連增、刘玉梅、刘登
科、尹悅、張名遠、段相舜、段相盛、張光遠、段維祥、段維華、段維林、李德盛、周曰蘭、
周曰松、周見秀、趙学經、趙可宗、趙可昇、趙雲、王全士、刘学齡、呂宗齡、王順成、趙
琮、王丹桂、李甫英、郁德輔、張善恒、趙光斗、張鱗、正源永、永盛窑、利興泰、大興成、
云合祥、項有禎、項錫荣。

高鳳玉、高步远、高笙、高旺、王志和、陳文治、刘長慶、潘復聚、刘北方、王継曾、
潘振文、王淑增、刘春芳、刘同芳、潘協中、潘國福、潘國佐、黄福齡、黄道安、黄延齡、刘
文岐、張秀仁、張芝芳、李元太、王茂蘭、張□、張泗、張淦、張其均、刘嶸、刘嶙、刘岳、刘
長江、牟侯□、畢蘭基、金景禹、滕振清、周興邦、左景森、左保慶、左保禄、徐建明、項有
祥、賈字窑。

張學周、張化鳳、王平、王瑋璋、王翠峯、王秀山、王秀鳳、王青山、潘瑞珩、王新
玉、王化鳳、姜玉成、姜鳳章、姜存禮、張洪福、張天涇、張天清、楊美興、楊宗政、楊墨
用、楊世聰、楊宗湖、楊東仁、陳國清、李継昌、刘好勤、孫協忠、王孝成、陳道安、徐仏
林、崔東溪、徐得升、徐同升、徐香亭、徐雲祥、楊永清、楊永福、楊永祥、李東岳、刘成
田、刘雲田、刘長春、刘传书、江子恒。

杜玉桂、曺吉、□益號、□德堂、李甫潤、周恩浩、張鴻陸、孫清光、刘長福、馮慶
祥、郝國華、朱鴻、湯兆賢、忍耐堂、刘悅芝、刘玉春、李朋翮、高得成、牛佃財、高同德、
岳來新、房來全、張宗丘、楊寶、李鳳起、李鳳桐、李鳳閣、李鳳櫟、趙作雲、張有根、馮文
俊、侯佃元、陳継成、卜廣禹、卜廣宗、張清潔、王長鴻、張福文、王喜山。

通聚東、萬聚成、泉順成、郁興禮、李浩然、裕和湧、徐永漣、益誠信、意誠永、隆源
號、錢承恩、仁智柜、李光升、紀永興、周錫貞、張寶三、范長慶、張連升、程來祥、梁文
成、三成店、復盛齋、德馨齋、長豐當、天祥永、恒和春、公順祥、怡成號、刘順天、王希
賢、閔継惠、閔継真、閔継立、閔継欽、閔廣喜、閆光荣。

劉傳興、公順太、意聚成、義祥成、元亨利、周保義、泉祥齋、明德號、義利興、致和
泰、永生堂、德聚堂、東興永、合和堂、協聚成、福盛東、德茂成、益豐號、復源成、夏光
輝、裕盛泰、敦朴堂陳、公利煙店、洪泰醋店、利成源、瑞祥成、裕增泰、泉浴茂、益興東、
德盛昌、德生堂、裕興酒店、慶豐泰、慶義堂、公和成、增和成、王秀坤。

公聚洋、聚豐泰、元亨義、劉維唐、□魁榮、裕□□、裕厚堂、裕元永、裕泰祥、天興泰、恒盛泰、隆豐德、德隆號、來祥號、元吉號、文聚祥、義泰昌、□盛號、益興公、宋□修、黃學賢、黃顯、黃慎齋、黃鑑、黃瓚、同禄茂、崔潭溪、黃柏玉、温宗文、李廣、宋化京、刘成增、刘美琳、刘成清、刘增、張佃花、馮守文。

李鳳輝、李鳳光、刘永祥、刘永禎、永顯仁、李□□、于□□、于□□、張□□、馬□□、周□□、賈□□、賈以良、朱□□、陳龍圖、于際隆、張樂昌、張冠山、張文礼、刘德□、馮兆吉、陳雲盛、張芝□、陳□□、陳□□、杜清源、杜順源、杜傳忠。

中華民國四年歲次乙卯巧月中浣穀旦」。

民國十一年重修本山記碑

　　碑在山東省青州市駝山昊天宮,民國十一年(1922)立。杜鵬程撰文並書丹。石灰石質。高66厘米,寬110.5厘米,厚13厘米。正文楷書,字徑2厘米。題名字徑1.5厘米。碑下部邊緣殘缺,剩餘部分文字基本清晰。該碑記載了民國十一年(1922)重修青州駝山玉皇宮以及在山諸殿宇並道房客舍之事,後錄379名信士題名,以及泥水匠、木匠、石匠、刻字、住持等姓名。

重修本山碑記

　　蓋聞勝區名山,靈神留駕,護庇一方,有感斯應,建修宮殿者,歷」不乏人。既有先哲之創立,不能無後賢之續整。不然,幾何不傾」圮而廢也。今者猶有善信男女,陡起熱心,重修玉皇上帝行」宮,以及在山諸殿宇,並道房客舍,一皆煥然更新。山左個人□」力,各解囊資,登名者勒諸瑉瑉,永昭千秋,欲彰公勸之義也。是」以為記」。

　　處士杜鵬程撰書」。

　　張翔瑋,李文海,姜書聲,李儉,董悅,房初德,邱光亮,賈景賢,董廣,董士登,領袖董明、常繼增,鍾傳文,杜傳道,杜景邦,閆麟書,宋顯代,李士恭,馬安馴,正辰會曹德蘭、張鴻泰、李長富、張繼福、張繼勳,韓發身,韓發雲,馬青雲,劉鵬霄,劉鳳楷,裴士俊,韓長義,宋化楠,首事杜亮、馬長順、馬可信,杜清源,馬振河,張保興,馬江,張樹德,孫恩清,張鴻綸,張鴻業。

　　董茂盛、李士亮、項有祿、張衍福、王懷璞、閆金吾、閆湖清、曹毓澄、曹萬儒、劉孟利、劉春芳、馬可俊、劉鵬來、姜繼福、黃慎齋、郝繼隆、郝繼緒、宋化村、曹德舉、郝乾、宋化檀、張維新、張紹宗、韓發科、韓發周、韓發春、韓發奎、韓其宗、馬可成、杜深、劉勤學、曹德蕙、曹德茂、邱光彩、賈永名、李秀春、賈景太、賈景彥、宋化森、宋顯武、邱光美、劉兆名、高明、張鴻陸。

　　韓發寬、韓發恩、韓其美、韓發福、韓長禮、韓發才、韓發慶、張維東、張維世、李天德、張天成、韓其孝、張榮興、張恕、張聚興、張衍祿、張學仁、永聚成、韓發起、劉鵬運、劉成義、趙森、杜化增、杜佃義、王興奎、杜佃錫、鍾傳志、鍾傳武、宋顯德、黃顯、郝建發、鍾家寬、李長秋、李長蘭、鍾家安、杜禎、李長安、杜鵬林、杜學齋、杜學勤、杜興、德馨齋、郝蘭春、王嵩。

李大義、徐維禮、馬淮、李群章、李孟春、馬富、馬溪、劉文藻、杜毓松、陳湖、常興太、張継恩、陳萬福、陳萬增、陳萬富、劉玉山、韓祥、韓名、韓継德、韓継寅、孫殿曾、李長茂、劉玉寶、劉鵬翠、董士科、董士連、韓鳳彩、陳渭、陳萬礼、張雲義、張継緒、陳萬平、陳萬方、陳景□、劉成業、劉玉清、劉玉潤、宋顯慶、李長學、杜化義、杜學明、劉邦慶、劉玉芝、穆廣盛。

韓鳳保、杜學清、杜鵬霄、杜鵬雲、杜鵬靄、杜鵬賓、韓發禄、王文貞、杜學秀、韓發曾、韓發彦、韓發林、曹萬聚、鍾志典、韓長盛、曹萬太、曹玉奎、宋允良、李楷、王甫生、王玉福、劉鳳儀、劉傳興、裴玉坤、裴玉琢、裴玉珍、史永賓、李永、曹化榮、曹化桂、史永文、史楹、史忠、史永禄、韓継彦、郊懷柱、商有成、韓發成、孫河清、李訓、李謙、秦珍、曾魯、陳滇。

陳萬盛、李太仁、劉兆賢、馬振文、李世貴、郁興信、馬興榮、梁文成、馬振海、閆麟德、李世富、李春秀、李春廣、宋顯綸、賈永順、邱吉、邱玉琢、邱光義、曹德選、宋顯輝、宋顯成、宋允福、宋顯荣、邱光荣、邱光輝、宋顯勝、曹德和、蔣維漢、邱玉珂、黃瓚、黃鑑、黃學成、房來新、郝継鳳、郝超、郝継昌、郝継盛、王懷修、項有祥、閆佐清、劉光山、張雲清、董士清。

董士昇、董士亮、閆貴聚、杜允昇、馮興岳、項有□、杜學堂、杜學經、鍾傳貴、鍾家和、韓長貴、徐維智、杜景明、杜景貴、杜傳德、杜傳惠、杜學興、杜佃順、杜學綸、鍾傳興、鍾志節、宋光亮、宋光彩、宋化英、宋顯盛、張成興、張德興、張和興、張學詩、王靄、王愛、馮連清、張秀漣、李文義、張永興、張茂興、袁克清、杜希鳳。

陳淋、陳治、李亮、王義、馬名光、郝継德、郝希升、郝建業、郝建貴、項錫慶、宋允興、宋顯亨、宋允和、宋顯義、王化曾、郝建功、郝建□、項錫荣、韓發群、韓發祥、曾萬經、姜書勤、姜書賢、姜書蘭、馬可全、馬星光、馬本營、張天祜、張天佐、張天佑、劉勤義、李誠、杜江、杜興法、杜順源、杜懷亮、杜懷德、杜允楷。

董士□、馬興□、馬興□、慶祥□、宋顯□、夏連□、馬□、李花□、劉青□、馬安□、李孟□、李花□、馬□、宋顯□、宋允□、宋允□、曹善□、宋顯□、宋顯□、宋顯□、宋顯□、宋顯□、孫文□、孫文□、賈永□、曹善□、郭潤□、賈永□、夏安□、馬□、馬□、劉玉□、杜興□、周連□、周連□、李孟□、張光□、王景□、董全□、郊興□、張振□。

泥水匠：李得鳳。

木匠：宋顯倫。

石匠：馬興岳。

刻字：劉美嵐。

住持：杜嗣亮。

中華民國拾壹年歲次壬戌夏曆清和月仲澣吉日穀旦」。

樂邑弟子蔣惠等修醮殘碑

　　碑在山東省青州市駝山昊天宮,立碑時間不詳。石灰石質。高62厘米,寬52厘米,厚14厘米。正文楷書,字徑2厘米。碑上半部殘缺,剩餘部分文字基本可以辨認。

　　(上殘)位秩瓊宮,道協幽明,聲靈濯乎有赫功。專」(下殘)無方,運寒暑於有常,布雨暘而時若,逆凶」(下殘)福善禍淫,無德不報。樂邑弟子蔣惠等,聊」(下殘)展景仰之素。今已數載,護佑良深,謹脩片」(下殘)乎物,盡乎志,敢曰邀福履於尊神,日而」(下殘)共駝山而不朽」。

　　□□盛、□□昆、□□琯、彭継商、張梅□、李秉義、田有年、耿太乙、吳禎、蔣玉會、李太和、馬巽、張傑、徐可旺、張福增、張綸德、張國奇、耿文乙、房恭、靖一林、馬士元、朴大成、李如春、王貴、蔣文學、韓□。

　　(上殘)□月拾伍日仝立」。

會首孫大江等重修昊天宮殘碑

　　碑在山東省青州市駝山昊天宮，時代不詳。石灰石質。高234厘米，寬122厘米，厚24厘米。正文楷書，字徑4厘米。額題"福緣□□"，楷書，單行，字徑9厘米。碑斷為多塊，右上角殘損，剩餘部分文字清晰。該碑記載了會首孫大江等重修昊天宮七母殿、演戲樓、二門、道房之事，並附信士姓名於後。

　　（上殘）為聖（下殘）□視作，功業相糸，凡在繼述，何莫不然？如斯山之為香刹也，業有」（下殘）高峻，殿宇巍峩，其所以越百代而如故，歷千秋而長新者，未嘗不嘆前人繼述之功。為」（下殘）故今者，七母殿、演戲樓，以及二門、道房，風雨摧殘，傾頹日甚，雁齒之椽不全，虎頭之」（下殘）苟堂構弗勤几何，前功之不由此廢也。於是，會首孫大江等不忍坐視，鳩工庀材，闕者補」（下殘）者新之，裝潢燦爛，頓改燕麥兔葵之狀，丹雘輝煌，居然紫壇蓀壁之觀。工已告峻，爰構俚詞」（下殘）以□不朽云。

　　一派青山景色幽，玲瓏殿閣又重修，前人創造後人繼，博得勳名勒石頭」。

　　王森撰、陳濱書。

　　吳希舜、楊本基、郗會羣、卜懷清、王寬量、卜懷珍、馮世祿、卜俊東、郗貫文、李學正、□□□、□好

會首孫大江等重修昊天宮殘碑

忠、□□金、□本謙、□桂香、□世福、□廣智、□克恭、□兆秀、□克光、□戀學、楊申佾、聚盛號、湧源店、□源號、仁興號。

郅本錫、楊修、劉大成、□大清、孫□海、吳希□、孫佃魁、孫繼周、吳成祥、白宏福、鄧□、李□□、侯天德、王森、馮斌、鄭禹、劉克敬、郅訓羣、郅士密、郅先羣、郅保羣、郅本清、趙廷棟、張景孔、楊茂法、王宗聖。

吳和遠、郅永、郅士梅、郅士登、賀宗美、郅士□、張肥□、吳□□、吳景□、張荣魁、王溪、鄧法義、吳士學、□□□、郅貫奉、陳潤、陳滋、陳相禹、陳錦、王希禹、張格、張文祥、董兆□、郅貫美、鄭香廷、李廷。

□□□、□□□、□□永、□□聖、□□岳、□□明、□□喜、□□斌、□士修、□士傑、□士俊、吳士賢、吳士元、吳士舉、吳士□、張萬祉、吳士孟、李士科、李士太、李沂、鄧法武、鄧□、王□、白□、王□、楊□□。

郅高羣、鄭毓順、鄭懷秀、郇學鳳、郅顯楷、劉得科、王可湯、王懷亮、楊茂林、張旺、劉得全、吳士斗、張文學、呂永福、□俊愛、卜懷有、卜懷忠、張桐、□俊江、□太、□世祥、□□寬、□□傳、□□功、□□紀、□□祥。

楊信、楊兆武、楊仁、楊清、楊鋆、楊兆桂、楊均、楊欽、楊茂厚、郅大羣、郅警羣、郅順羣、郅龍羣、郅本義、郅士守、郅誥羣、郅士壯、郅士盈、郅士楨、郅士晉、郅士喜、郅行羣、郅士棠、郅文彪、郅同羣、郅文勤。

楊懷興、楊懷啟、李桐、李茂、楊舉、楊春元、楊亮、楊增、楊學騫、楊繼、楊兆廣、楊興、楊旺、張永茂、張仲魁、鄧新、曲明、趙廷椿、楊福、鄭永成、楊士林、馮光宗、王正、王圖書、趙廷幹、楊泰。

李士登、趙士舉、張秀、桂芳齋、南益和、劉大聖、郭明、耿旹荣、孟傳旹、楊用、郅連羣。

首事：郅士廣、楊兆相、孫大江、郅士宏、孫大德、王福聲敬立。

窯匠：趙聚。

石匠：劉福泰。

木匠：吳三。

畫匠：劉武。

住持道人高從香，徒趙高忻、焦高福，倪高高慶。

新建駝山王母宮記碑

　　碑在山東省青州市駝山昊天宮，立碑時間不詳。石灰石質。高167厘米，寬87厘米，厚19厘米。郝郁文撰文。正文楷書，字徑3厘米。額題"新建王……"楷書，單行，字徑8厘米。碑右上角殘缺，曾碎為多塊，剩餘部分文字清晰。該碑記載了駝山附近各村信士於駝山昊天宮捐資修建王母宮之事，並録信士姓名於後。

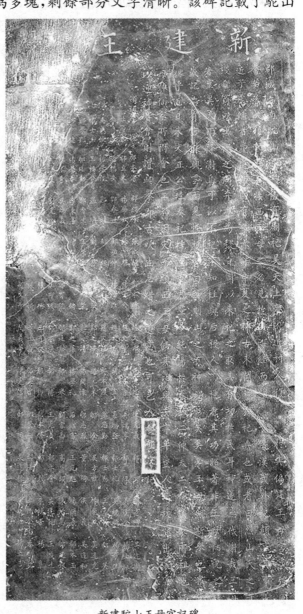

　　郡城西南駝山之巔，舊有廟祀昊天上帝，附近村人復□□於其偏建王母宮，歲強圉赤」奮若落成，須記諸石。按：西王母之名見於《山海経》，而《穆天子傳》、《漢武外紀》頗言其事。大抵」近子虛，儒者弗道，即曰有之，亦非中夏之神，古未聞□在祀典也。或者曰：烈山氏之子為」稷，自商以上祀之，周弃亦為稷，自周以来祀之，取其有功於民耳。神遂無代謝哉！王母□」著靈異，天雨降澍，烏可以不祀？不知柱與后稷，人而神者，其功昭著，非王母惝怳之比。抑」《戴記》亦有言："能興雲雨、見怪物，皆曰神。"則山之有神昭昭矣，奚必王母然？斯舉也，衆豈無」據乎？近日朱文正公珪奏祀梓潼帝君暨呂純陽於春秋二仲。夫二神，道家所祖也。西王」母，神仙家所附會也。二神因灾而顯，西王母倘其比與？要亦年豐人樂，故能出囊橐餘貲」，以迎神賽會，

新建駝山王母宮記碑

則謂此舉即古吹豳息蜡之遺意也可。邑人郗郁文記」。

　　領袖李悅、杜廣文、李成、馬成俊、楊土玉、鄭學孔、郗鈺、□□□、□□□、□□□、□□□、□□□、郗本儉、郗立東、孫福安、楊學禮、王福公、郇廷勛、楊學春、□本秀、□□□、□□□、□□□、□□□、郗顯承、楊學鈝、鄧永世、鄭桂、溫珅、鄭香生、李秉善、吳端義、劉克儉、□□□、□□□、□□□、張成德、徐魁、鄭必仲、郗経、劉存、王榮生、楊開□、□□□、□□□、□□□、□□鈺、□□□、郗本時、楊士公、楊學准、楊□□、□□汝、□榮、□鑄、鄭有德、王可俊、張琳、張忻、趙文斗、趙文印、趙文豐、趙文升、趙文柱、鄭之學、鄭溥、鄭之藻、郇廷勳、郗本法、王可久、董生義、閆義華、馮克忠、賈士吉、閆宣、郗本俊、趙東、楊開懷、楊學礼、郗舉、郗溥、郗柳、郗學曾、陳克信、陳克義、吳端享、吳端聖、魯思勤、郇全、郇志烈、石継富、劉宗禹、王克義、郗本修、郇登楷、鄭相、郗河、鄭煒、郗士礼、郗士勤、吳方兹、董珣、王廷魁、高顕、郗本會、鄭烈、郗士明、吳逢祿、劉方時、吳逢全、吳端榮、王克升、楊學柱、侯義、楊開義、陳治萬、吳逢乾、李輔世、李丙全、吳端礼、吳逢周、楊士旺、楊學生、郗英、吳逢堯、吳逢和、郗本玉、郇廷銀、王茂生、楊皐、秦礼、楊立吉。

　　(上殘)吉旦仝立」。

壽光等縣信眾題名碑

　　碑在山東省青州市駝山昊天宮山，立碑時間不詳。石灰石質。高52厘米，寬114厘米。正文楷書，字徑1.5厘米。碑體完整，文字漫漶。

　　城北姜家庄會首：姜林、姜瑞、刘大旺、呂化龍、刘大□、楊□□、刘大維、楊鴻緒、刘大祥、黃□傑、姜大儒、姜湯儒、姜璋、姜群儒、姜舜儒、姜聚儒、姜継仁、刘大潤。

　　城北七里王家庄會首：王琚、王□、王瑞、王玹、牛得旺、苗得功、王洪太、史□範、趙士僖、高顏斌。

　　城東北馬市庄會首：刘奉祥、王耀先、馬玉傑、閆德、曹尔方、馬永耀、王祥、喬玉石、田仲本、馬興旺、寶松生、馬志德、馬治友、馬興祉、華存仁、馬順淇、馬世祥。

　　壽光縣城北王里庄會首：李誌、李珠、李琭、李瑞、李珂、李柞楨。

　　壽光縣東青龍鄉各社人等見在稻田居住會首：夏善慶、王斯玉、李珠、刘進孝、蕭英、刘□章、李現章、刘□、張栢盛、刘若□、張德、刘復□、刘爵福。

　　壽光縣西高湛會首：成斗銀、成正福、成理廷、成玉先、成正臣、成光耀、成斗荣、□存志、代全、成礼廷、成斗花、成有廷。

　　壽光縣南皮鄉南邵庄會首：李大成、李文禎、李存智、李希孔、李竹良、李德義、李緒周、李應召、李子周、李印忠、李侶、李子實、楊德、李奇祿、李子溫。

　　壽光縣南皮鄉南邵庄會首：賈存仁、賈存義、賈存礼、賈存智、賈存得、賈存忠、賈順宗、賈維煥、孫連名、齊講、賈存慶、賈存良。

　　壽光縣南皮鄉方呂街會首：王明性、王大禮、王清、王振業、王克吉、王克遜、王信、于存粟、王存良、劉軫方、王耀宗、任宗海、袁永鳳、王遠芳。

　　濰縣流飯橋街：刘福元、姚永吉、傅保素、于吉、王夙、于□、楊天福、于□正、于波、于□、于敬、于福臣、于慈、于緒。

　　壽光縣南皮鄉下周庄會首：王允泰、李柟、李享爵、李克仁、朱維恭、朱秉□、李士文、朱維正、朱振基、朱□、李克廣、朱維炳、李克巴、李士範。

　　壽光縣秦城鄉邢姚街會首：刘希文、刘同泉、李化占、刘天玉、刘敬宗、刘□□、□□□、王玘龍、王興龍、王連清、王□□、王国軫、刘弘范、刘□鳳、王年□、刘□□。

壽光縣各莊信眾進香碑

碑在山東省青州市駝山昊天宮，立碑時間不詳。石灰石質。高 52 厘米，寬 169 厘米。正文楷書，字徑 2 厘米。碑體完整，文字清晰。

壽光縣

復興莊會首：李汝昕、王之才、王坦然、李振、李起志、□□□、王弘基、王沁田、王修己、孫□瑞、□廷瑞、王亦然、周文□、刘仲□、刘克順、李玘珏、李□慶、鹿□孛、張永禄、魏常清、李克□、李□□、于□魁、李懷玉。

閣黎院會首：唐永太、溫興、李貞吉、唐永慶、唐旺臣、唐永山、唐永赢、唐永忠、唐文□、唐旺宗、唐飛龍、唐永樂、唐永旺、毛之寶、朱□玉、唐玘盛、李存粟、唐永明、唐永豹、唐永教、唐□樂、張天□、唐玘臣。

河堰子庄會首：李若檁、李可大、李可虎、李可便、李可鳳、李得水、李弘先、李光先、李成先、李貞基、李培永、李睢骿、李成宗、李燦、王從□。

西邢姚王家庄：王煒、王燧、王存才、王大行、李培、范国柱、王存体、王楷、王存玉、王連行、□奇秀、王璟、王魁龍、張岐玉、王炯、王存義、楊秉禄、王建行、朱福□、王天保。

王家庄會首：王琮、王珣、王愷、王世印、王和吉、王文孝、王鳳全、朱瑞吉。

邢姚店會首：李之道、刘皆、刘法宗、刘美善、刘丙善、刘□宗、刘大生、丁太、刘永慶、刘遠慶、刘必慶、毛玉宗、刘显玉、刘化龍。

廣陵庄會首：陳奇孝、陳振升、蕭桐、宋虎山、陳尚德、張自強、李到樹、張進友、陳封母、陳奇智、朱玘貴、李□純、陳奇相、陳奇會、陳孛增、陳奇賢、陳□玄、宋□玉、陳奇節、陳奇才、陳允樂、陳允柱。

孫云子庄會首：郭純緝、郭雲朋、王正□、趙執順、曹永祥、刘鳳林、郭純煥、郭金、郭弘□、豆起龍、寶起云、宋可久、宋□有、宋海、宋濟、宋溱、郭純良、郭如□、郭倚、郭耿貫、郭樂善、徐應祥、郭純儉、王桂、李秀。

口子庄會首：丁良臣、李可振、李可富、李□、李元勳、李元杰、李德沛、李毓贊、李效增、李元□、丁良能、丁良種、丁良貴、馬俊德、刘瑞府、吳天多、吳天□、吳全喜、張如松、張奉經、張有□。

小营庄：王之鳳、李玉起、李玉德、李玉講、翟德公、王恭礼、王用樂、李元修、楊盛震、吳振倫、吳天従、吳命己、吳惠己、吳克己、吳之显、吳德春。

黃家橋會首：張可仁、盧九錫、王希賢、郭藏富、郭乘宗。

黃家橋會首：張文□、王興功、張振宗、胡彭年、張好生、張應聘、張應利、張華先、郭藏音、張献秀、張盛宗、周永樂、張献孝、張君旺、張應先、張治國、張景宗、張文忠、王士鐸、于福、張敬宗、張應昭。

黃家橋會首：王德光、王在光、王鎮基、魏丕基、魏文魁、王享光、王宗周、刘治家、王□賢、王遂宗、王□蛟、王□之、王治和、魏可昇、魏□文、王殷卿、王仝光、黃明道、王士瑞、李□欽、王□幸。

寇家務庄會首：王永隆、王傳、王継富、王之盛、王國祥、王□□、趙顕貴、李俊□、穆自荣、徐常貴、吳永富。

高湛高家庄會首：陳尚皆、陳際生、刘允清、刘允起、鄭□遠、陳際太、王士秀、刘□起、刘玉華、孫仲儀、程光先、刘致君、高有智、刘允秀、刘更、高月宗、刘飛龍、李文、田玉珍、刘孔道、王之弼、王進才。

黑塚庄會首：張應連、刘可敬、刘大用、刘可恭、宋在春、刘松蘭、韓克己、宋志□、張廣盈、張子賢、刘志有、刘鳳騰、刘鳳起、刘鳳貞、張仲孝、張仲全、刘仲豹、刘應凰、張廷禄。

興旺庄會首：陳顕荣、程俊、刘孟松、張寬、孫顕宗、刘美、宋自观、程玉生、程得智、程得仁、程士起、程鳳鳴、程銓。

方吕東頭會首：李吉□、李文華、張道成、李善成、張元明、李文剛、李成□、李範、李益效、張□雲、李□錫、李祥雲、李□、李□會、楊成材、李敬止、李正吉。

李李氏等信女題名碑

碑在山東省青州市駝山昊天宮,立碑時間不詳。石灰石質。高 182 厘米,寬 70 厘米,厚 25 厘米。正文楷書,字徑 2 厘米。額題"名標千古",楷書,單行,字徑 7 厘米。碑體完整,文字清晰。

李李氏,楊張氏,溫王氏,趙王氏,杜王氏,賈周氏,張鄒氏,邱張氏,宋邱氏,領袖李焦氏、郗曺氏,倪鍾氏,陳鄭氏,馬馬氏,陳劉氏,郗宋氏,范賀氏,閆劉氏,李劉氏,丁太太。

李金氏、李彭氏、李陳氏、宋李氏、張姚氏、宋趙氏、梁張氏、趙卜氏、張夏氏、張馬氏、鍾陳氏、鍾劉氏、馬張氏、陳郝氏、陳郇氏、陳邱氏、董劉氏、李閆氏、韓鍾氏、杜李氏。

杜孟氏、劉張氏、寶劉氏、史陳氏、史高氏、劉王氏、崔吳氏、張王氏、崔王氏、王房氏、馮王氏、馮周氏、王郭氏、張彭氏、史王氏、史李氏、劉馮氏、王張氏、于李氏、杜趙氏。

張王氏、曺張氏、李石氏、張王氏、李趙氏、商朱氏、王杜氏、張朱氏、張孫氏、張郇氏、韓汪氏、高普氏、張馬氏、張李氏、張宋氏、倪張氏、倪王氏、馬陳氏、馬劉氏、杜寶氏。

郝王氏、郝吳氏、王楊氏、鄒陳氏、王閻氏、王劉氏、王郗氏、陳房氏、王王氏、趙鄲氏、郝金氏、王夏氏、唐劉氏、鄭于氏、陳劉氏、陳吳氏、張馬氏、張杜氏、韓姚氏、張項氏。

孫馮氏、夏郗氏、郝王氏、郝張氏、郝楊氏、吳張氏、吳郗氏、楊吳氏、王劉氏、楊吳氏、祝石氏、尚袁氏、王王氏、王郗氏、陳吳氏、吳劉氏、魏胥氏、吳劉氏、王崔氏、陳郗氏。

陳馬氏、鍾曺氏、李梁氏、楊張氏、郗宋氏、馬王氏、項張氏、宋姜氏、宋房氏、張李氏、宋張氏、宋趙氏、張李氏、宋項氏、宋崔氏、宋李氏、王杜氏、王扈氏、宋王氏、郝孟氏。

趙張氏、邱倪氏、杜陳氏、鍾劉氏、劉鍾氏、史高氏、周劉氏、李賀氏、王陳氏、杜劉氏、李郝氏、徐楊氏、于李氏、杜邱氏、杜高氏、杜馮氏、刑焦氏、崔楊氏、宋邱氏、孫李氏。

張趙氏、李周氏、黃楊氏、賈房氏、王賀氏、鍾郭氏、郭倪氏、韓姜氏、杜郭氏、趙王氏、鍾王氏、張郭氏、張劉氏、劉邵氏、張郭氏、劉郭氏、蘇李氏、王高氏、劉郇氏、杜莫氏。

杜馬氏、杜張氏、杜傅氏、杜吳氏、趙高氏、趙郭氏、趙穆氏、趙張氏、侯張氏、夏劉氏、夏王氏、沈葛氏、邢王氏、賀姜氏、呂孫氏、荊王氏、荊于氏、呂楊氏、呂何氏、張鄧氏。

郗張氏、郗王氏、郗趙氏、郗韓氏、陳靳氏、陳孫氏、陳郭氏、林馬氏、房張氏、尚張氏、馬孫氏、馬邢氏、魯張氏、紀王氏、李董氏、鍾郗氏、鍾羅氏、陳馬氏、杜戴氏、李倪氏。

梁杜氏、張馮氏、張孫氏、張吳氏、吳張氏、吳郗氏、吳孫氏、劉吳氏、董王氏、閆趙氏、閆吳氏、閆劉氏、張閆氏、閆張氏、閆馮氏、閆張氏、焦譚氏、陳金氏、譚賀氏、郗李氏。

仝立。

房郄氏等信女題名碑

碑在山東省青州市駝山昊天宮,立碑時間不詳。石灰石質。高194厘米,寬97.5厘米,厚21厘米。正文楷書,字徑2厘米。額題"信女題名",楷書,單行,字徑10厘米。碑體完整,文字清晰。

房郄氏、何鄭氏、劉李氏、何黃氏、俞文氏、俞薛氏、俞范氏、張徐氏、馬鄭氏、馬鄭氏、彭姜氏、張焦氏、李趙氏、李劉氏、桑王氏、鍾刁氏、劉徐氏、劉康氏、劉徐氏、泰安社劉徐氏、劉鍾氏、邱隋氏、领袖鍾孟氏、溫刘氏、徐王氏、徐郇氏、王楊氏、王李氏、刘郭氏、周張氏、周王氏、蔡吳氏、李陳氏、寶江氏、寶刘氏、蔡田氏、王陳氏、王劉氏、王宋氏、宋錢氏、周涂氏、泰安社。

陳馮氏、鍾周氏、張劉氏、程李氏、鍾張氏、鍾李氏、鍾張氏、鍾汲氏、鍾孟氏、鍾宋氏、徐李氏、于房氏、徐王氏、陳李氏、徐石氏、徐有氏、李刘氏、李魯氏、宋刘氏、徐刘氏、于邵氏、魏郝氏、何譚氏、江謝氏、陶董氏、董陸氏、刘張氏、徐高氏、蘇梁氏、陳李氏、何謝氏、李李氏、孫稽氏、王張氏、張趙氏、王馬氏、張李氏、張寶氏、刘張氏、溫孫氏。

依李氏、斜李氏、費那氏、敖沈氏、紅姑娘、閔閔氏、関汪氏、吳傅氏、汪郝氏、吳馬氏、汪閔氏、胡吳氏、刘董氏、朱刘氏、郝王氏、段隋氏、康袁氏、姜刘氏、藺鍾氏、曹姜氏、王張氏、穆斜氏、牛孟氏、牛祝氏、馬王氏、張盛氏、孟李氏、朱刘氏、朱楊氏、張刘氏、張楊氏、刘周氏、鄭吳氏、周楊氏、周郇氏、周鍾氏、周刘氏、周孟氏、周李氏、鍾馬氏、鍾曹氏。

馮宋氏、曹趙氏、康李氏、康段氏、馮刘氏、刘寶氏、康蘇氏、刘趙氏、夏李氏、曹巽氏、曹李氏、曹徐氏、康楊氏、康陳氏、康裴氏、史楊氏、史梁氏、史郇氏、鍾汲氏、鍾曹氏、李郭氏、汪趙氏、汪唐氏、佟胡氏、費那氏、韓李氏、河桐氏、馬河氏、馬溫氏、閔韓氏、敖扣氏、汪包氏、汪吳氏、敖高氏、舒閔氏、朱那氏、那那氏、胡付氏、那閔氏、李付氏、汪吳氏。

牛王氏,紀刘氏,房馬氏,房李氏,潘金氏,陳秦氏,夏徐氏,丁邵氏,張刘氏,馬宋氏,李王氏,吳崔氏,蔣楊氏,宋李氏,張石氏,裴張氏,王陳氏,刘杜氏,許尹氏,康李氏,會首石呂氏,韓蘇氏,鍾寶氏,黃董氏,宋隋氏,陳馬氏,楊范氏,朱鍾氏,郇馬氏,李梁氏，陳李氏，孫商氏，李宋氏，商李氏，王朱氏，祝康氏，康孫氏，王刘氏，李康氏，康張氏，崔李氏。

楊刘氏、夏宋氏、湯張氏、雷刘氏、朱雷氏、朱郝氏、朱田氏、朱李氏、傅朱氏、邢徐氏、張崔氏、李曺氏、王韓氏、尚魏氏、楊房氏、楊宋氏、楊李氏、高謝氏、楊紀氏、梁李氏、梁王氏、楊張氏、楊刘氏、楊石氏、梁李氏、岑彭氏、范王氏、王黎氏、杜尹氏、杜王氏、湯刘氏、湯房氏、朱刁氏、趙侯氏、陳李氏、宋侯氏、馮宿氏、王刘氏、盧隋氏、辛鍾氏、陳李氏。

傅黄氏、宋刘氏、吉杲氏、宋張氏、高隋氏、宋張氏、宋陳氏、田張氏、田邵氏、馮齊氏、馮王氏、崔張氏、趙曲氏、孫孟氏、楊張氏、楊刘氏、楊張氏、季周氏、季刘氏、侯李氏、陳侯氏、馬董氏、高朱氏、高崔氏、孟淩氏、孟史氏、吳曲氏、吳刘氏、吳房氏、鄭陳氏、刘于氏、王王氏、刘蔣氏、宋李氏、寶翟氏、夏孟氏、寶史氏、寶王氏、張石氏、夏張氏、夏王氏。

王刘氏、王王氏、王曺氏、王文氏、李斡氏、紀陳氏、王孟氏、陳房氏、刘曲氏、刘邢氏、于白氏、王李氏、于寶氏、葛趙氏、楊史氏、楊陳氏、王田氏、馬王氏、彭刘氏、高石氏、楊鄭氏、李賀氏、李宋氏、刘李氏、刘薛氏、楊尹氏、楊趙氏、馮趙氏、楊郗氏、刘黄氏、李吳氏、楊閆氏、李郗氏、李楊氏、李王氏、鍾王氏、宋刘氏、宋李氏、宋袁氏、宋史氏、曺宋氏。

黄魏氏、徐張氏、李崔氏、曺張氏、段李氏、刘郁氏、郤曺氏、李黄氏、李王氏、李張氏、鍾李氏、曺吳氏、趙刘氏、張王氏、宋刘氏、宋李氏、李高氏、曺繆氏、曺王氏、李王氏、曺王氏、朱刘氏、刘畢氏、李夏氏、李王氏、李王氏、李田氏、李姜氏、曺李氏、安李氏、安李氏、王曲氏、梁刘氏、梁張氏、崔侯氏、崔汲氏、崔鞠氏、崔閆氏、王文氏、王刘氏、刘崔氏。

王李氏、史汲氏、李高氏、鄧周氏、張趙氏、趙郝氏、高陳氏、趙康氏、趙侯氏、趙朱氏、趙刘氏、鍾張氏、趙董氏、趙史氏、趙王氏、趙孫氏、陳馬氏、刘段氏、趙邢氏、王張氏、蔡王氏、孫沈氏、張王氏、王王氏、康李氏、王刘氏、曺刘氏、奇太太、畢張氏、王任氏、任李氏、刘岳氏、刘汲氏、刘任氏、賀周氏、馮黄氏、馮刘氏、馮刘氏、張長氏、刘張氏、張趙氏。

李刘氏、李田氏、史刘氏、鄭馬氏、王李氏、李汲氏、李張氏、李李氏、李王氏、李楊氏、朱辛氏、朱李氏、郁柳氏、周賈氏、周付氏、周馬氏、刘王氏、李趙氏、李朱氏、鍾陳氏、陳郗氏、李周氏、高陳氏、王李氏、刁熊氏、王李氏、王夏氏、岳李氏、鞠周氏、鞠趙氏、王魯氏、魯時氏、魯楊氏、魯李氏、鍾庄氏、鍾庄氏、王李氏、有李氏、馬李氏、馬楊氏、馬曺氏。

刘侯氏、張刘氏、周王氏、周張氏、周鍾氏、史刘氏、刘李氏、刘郭氏、刘刘氏、吳王氏、曲崔氏、曲李氏、陳淩氏、陳張氏、郁高氏、曺魯氏、曺郭氏、郭曲氏、郭王氏、朱吳氏、王張氏、徐李氏、徐闫氏、楊張氏、刘王氏、趙張氏、邵曲氏、邵王氏、張田氏、康段氏、王康氏、王李氏、王徐氏、李尹氏、李吳氏、王石氏、王徐氏、納荷氏、納王氏、張李氏、王梁氏。

徐王氏、馮刘氏、刘公母、王李氏、王史氏、王孟氏、畢董氏、孫陳氏、李夏氏、張魏氏、郇賈氏、郇郤氏、郇劉氏、郇蘇氏、郇楊氏、郇李氏、郇李氏、郇鄧氏、張陳氏、張崔氏、張時氏、張李氏、張王氏、張王氏、張刘氏、張杜氏、張王氏、張刘氏、段淩氏、段黃氏、王王氏、王刘氏、王花氏、鞠魏氏、鞠王氏、邵曺氏、史李氏、曲邱氏、邵王氏、王楊氏、田李氏。

徐于氏、夏李氏、陳鍾氏、王翟氏、李徐氏、李馮氏、蔣梁氏、于刘氏、孫商氏、耿刘氏、石王氏、石郭氏、石刘氏、王崔氏、賀刘氏、石周氏、耿齊氏、石刘氏、石楊氏、石高氏、石刘氏、石楊氏、石王氏、李卜氏、王高氏、張李氏、牛鍾氏、牛刘氏、張王氏、張宋氏、李吳氏、王張氏、姜王氏、王刘氏、郇郤氏、魯刘氏、梁王氏、郇李氏、徐李氏、郇王氏、王朱氏。

李刘氏、牛趙氏、杜趙氏、杜田氏、杜宋氏、杜魏氏、杜齊氏、宋呂氏、刘房氏、郇刘氏、李郤氏、崔鍾氏、孟王氏、孟高氏、孟邢氏、孟劉氏、郇黃氏、郇黃氏、張趙氏、朱李氏、張刘氏、張付氏、張朱氏、朱祝氏、朱郤氏、朱衛氏、王夏氏、付王氏、張楊氏、李延氏、李刘氏、孫闫氏、朱牟氏、王岳氏、王李氏、祝李氏、牛石氏、高崔氏、張周氏、邱鄧氏、張董氏。

夏溫氏、李刘氏、夏雷氏、鄭張氏、張鍾氏、孫鄭氏、孔張氏、李張氏、李田氏、李郭氏、南刘氏、南閔氏、南王氏、南李氏、南蔡氏、程蔡氏、李李氏、李吳氏、鉄徐氏、王張氏、韓史氏、史張氏、張耿氏、孫李氏、郝夏氏、張刘氏、刘代氏、代張氏、代刘氏、代竇氏、刘刘氏、袁刘氏、付周氏、趙張氏、王刘氏、鞠刘氏、鞠刘氏、鞠殷氏、刘郇氏、刘刘氏。

史張氏、湯趙氏、李闫氏、宏孟氏、董孫氏、趙鄭氏、刘孟氏、刘高氏、刘周氏、焦王氏、王馮氏、董趙氏、姜尹氏、姜王氏、鄭張氏、鄭張氏、張鍾氏、王顧氏、鄭李氏、石張氏、韓付氏、韓鞠氏、鞠高氏、南左氏、魏陳氏、郝宋氏、王侯氏、張溫氏。

馬高氏等信女題名碑

碑在山東省青州市駝山昊天宮,立碑時間不詳。石灰石質。高 181 厘米,寬 76 厘米,厚 20 厘米。正文楷書,字徑 2 厘米。碑體完整,文字清晰。

馬高氏,杜張氏,賈張氏,賈張氏,宋黃氏,姜張氏,房李氏,馬東氏,鍾李氏,杜孫氏,韓馬氏,張常氏,常張氏,董曺氏,董王氏,領袖董韓氏、鄧芦氏,楊卜氏,馬李氏,馬韓氏,馬刘氏,韓刘氏,張邢氏,韓史氏,韓夏氏,韓馮氏,韓孫氏,韓黃氏,韓曺氏,韓馮氏,韓杜氏,李張氏。

陳郄氏、陳李氏、刘黃氏、李郄氏、李時氏、李韓氏、常張氏、常刘氏、李夏氏、董姜氏、常杜氏、劉張氏、劉劉氏、劉高氏、陳郄氏、李項氏、張魏氏、張杜氏、張時氏、張李氏、董邱氏、董李氏、董王氏、董姜氏、韓趙氏、張杜氏、刘杜氏、陳王氏、陳張氏、陳杜氏、李焦氏、李賈氏。

馬東氏、李張氏、李杜氏、刘邱氏、刘張氏、刘馬氏、馬董氏、馬裴氏、高趙氏、馬郄氏、馬趙氏、馬王氏、馬刘氏、馬呂氏、張鍾氏、馬史氏、韓張氏、張馮氏、李林氏、孫張氏、刘杜氏、陳張氏、朾姜氏、張李氏、董宋氏、董李氏、董李氏、刘賈氏、杜張氏、陳張氏、陳董氏、陳馬氏。

姜夏氏、黃張氏、姜黃氏、賈鍾氏、宋李氏、宋馬氏、宋鍾氏、邱時氏、邱馬氏、曺李氏、曺朾氏、曺趙氏、曺張氏、曺閆氏、宋刘氏、宋杜氏、夏刘氏、邱趙氏、邱趙氏、邱趙氏、宋趙氏、宋黃氏、賈徐氏、賈史氏、杜閆氏、杜李氏、杜高氏、杜項氏、杜寳氏、杜刘氏、杜趙氏、杜吳氏、陳鍾氏。

黃賈氏、姜孫氏、楊刘氏、楊刘氏、楊侯氏、楊郄氏、楊趙氏、楊刘氏、郇商氏、馬黃氏、杜張氏、杜胡氏、李鍾氏、宋馬氏、李張氏、李宋氏、王徐氏、杜董氏、杜邱氏、宋付氏、□張氏、鍾王氏、李王氏、李張氏、馬張氏、馬郭氏、馬黃氏、項朾氏、項朾氏、郝李氏、郝郭氏、郝黃氏、張李氏。

李卜氏、刘王氏、李張氏、李孫氏、李楊氏、李張氏、郄蘇氏、郄石氏、郄郇氏、郄楊氏、刘郇氏、康曲氏、康祝氏、王張氏、王趙氏、王郄氏、王郄氏、白趙氏、白侯氏、白郄氏、白宏氏、白吳氏、□郄氏、楊房氏、楊鄭氏、楊鄭氏、楊郄氏、楊趙氏、楊王氏、楊郄氏、楊鄭氏、楊刘氏、刘蔣氏。

侯白氏、吳張氏、吳王氏、吳馬氏、孫史氏、孫李氏、孫張氏、張吳氏、鄭王氏、鄭馬氏、鄭卜氏、鄭崔氏、刘康氏、刘李氏、鄭郃氏、刘楊氏、刘李氏、刘馬氏、刘郝氏、黃李氏、刘王氏、李刘氏、張楊氏、刘史氏、裴王氏、刘□氏、刘邢氏、梁刘氏、梁李氏、王裴氏、張戴氏、刘黃氏、□□氏。

吳孫氏、郃卜氏、閆孫氏、石郇氏、石郃氏、閆郃氏、刘楊氏、王吳氏、楊李氏、張楊氏、張楊氏、王張氏、王時氏、王姚氏、牛張氏、江太太、江太太、鄧郇氏、鄧吳氏、鄧刘氏、鄧張氏、鄧張氏、郃卦氏、郃張氏、趙刘氏、張刘氏、張趙氏、張刘氏、張盛氏、張楊氏、趙楊氏、張楊氏、張張氏。

楊張氏、孫趙氏、楊陳氏、刘鄧氏、李楊氏、王郇氏、孫王氏、楊康氏、楊刘氏、李楊氏、楊王氏、孫楊氏、王何氏、郇張氏、郃鞠氏、高王氏、郃李氏、郃王氏、李卜氏、李閆氏、吳侯氏、吳卜氏、王趙氏、李張氏、侯張氏、陳張氏、陳董氏、刘張氏、陳郇氏、陳魏氏、郃趙氏、卜閆氏、趙□氏。

馮刘氏、楊張氏、扈楊氏、楊郃氏、王魯氏、殷李氏、宋李氏、宋楊氏、郇張氏、王魏氏、南卞氏、宋張氏、王刘氏、王豆氏、孫郇氏、王張氏、南王氏、刘李氏、張李氏、張卜氏、張李氏、袁邢氏、張王氏、張趙氏、張史氏、王夏氏、張陳氏、張孫氏、張吳氏、張賈氏、張杜氏、卜李氏、郇郃氏。

付長荣、王常得、刘得真、尚本修、刘文修、趙仏修、張佃花、郃修蓮、李玉德、蔡智英、呂楊氏、閆秀英、唐刘氏、閆丁氏、閆伊氏、孫馮氏、趙楊氏、王趙氏、王寶蓮、李趙氏、孫趙氏、徐刘氏、孫趙氏、崔黃氏、徐趙氏、徐趙氏、陳張氏、趙馮氏、王刘氏、王朱氏、孫高氏、孫高氏、郇楊氏。

刘真經、崔史氏、王朱氏、刘李氏、

馬高氏等信女題名碑

刘李氏、汪付氏、曺周氏、曺裴氏、曺張氏、韓馬氏、韓王氏、韓刘氏、戴馬氏、闫修成、呂士修、王修成、楊玉蓮、闫玉蘭、張貴修、刘善修、王王氏、王張氏、王楊氏、王史氏、王刘氏、王盧氏、王岳氏、王趙氏、王張氏、王李氏、王闫氏、王尚氏、郇李氏。

郭李氏、李張氏、郭李氏、于郭氏、李王氏、王任氏、賈黃氏、賈宋氏、賈房氏、賈于氏、賈馮氏、王王氏、呂賈氏、李王氏、刘馬氏、刘王氏、刘王氏、張李氏、董李氏、吳鄭氏、郊宋氏、郊楊氏、郊楊氏、郊吳氏、郊王氏、郊溫氏、郊郇氏、郊祝氏、郊李氏、郊李氏、郊于氏、郊楊氏。

譚魏氏、崔冷氏、王王氏、鞠王氏、王黃氏、刘刁氏、金吳氏、趙閔氏、唐閻氏、馬趙氏、鄭王氏、孫顧氏、崔房氏、崔刘氏、曺鄒氏、張斛氏、王刘氏、邢賈氏、王王氏、馮郭氏、馮崔氏、李陳氏、李孟氏、李吳氏、周李氏、賈刘氏、賈呂氏、李宝法、李王氏、拖李氏、郭張氏、鄭郭氏。

畢善人、畢善人、畢善人、張吳氏、王崔氏、王曲氏、馬郝氏、鞠王氏、刘李氏、刘叚氏、董王氏、孫趙氏、刘卜氏、卜張氏、卜姜氏、刘張氏、楊于氏、李于氏、張王氏、王侯氏、藺敬亭之母、蘭香之妻、李魏氏、李宋氏、宋馮氏、王李氏、刘陳氏、刘崔氏、宋張氏、李徐氏。

王高氏、徐黃氏、徐燕氏、徐張氏、刘王氏、紀王氏、楊高氏、楊王氏、楊崔氏、楊呂氏、楊于氏、楊張氏、刘燕氏、楊于氏、楊張氏、王楊氏、王房氏、杜王氏、邢賈氏、王秀英。

仝立。

石匠：李鳳彩、曹善富。

窑匠：鄭毓亭、趙作雲。

木匠：李梓。

畫匠：石茂松、馬興仁。

住持：杜嗣亮。

孫郝氏等信女題名殘碑

　　碑在山東省青州市駝山昊天宮，立碑時間不詳。石灰石質。高 195 厘米，寬 109.5 厘米，厚 19.5 厘米。正文楷書，字徑 3.5 厘米。額題"名遺千秋"，楷書，單行，字徑 12 厘米。碑上半部分左右兩側殘缺，現已修補，剩餘部分文字清晰。

　　孫郝氏，王郤氏，李毛氏，楊牛氏，王吳氏，領袖趙郝氏、郇董氏，郗邱氏，康楊氏，劉姜氏，馮郤氏，車馬氏，史宋氏，郇郤氏，李蕭氏，馮郇氏，劉房氏，領袖劉孫氏、蕭張氏，鄭劉氏，康盛氏，高陳氏，吳楊氏，卜陳氏，劉高氏。

　　□□□、□□□、□□□、□□□、□□□、郇□氏、會首鄭鍾氏、郇楊氏、郤李氏、郇郤氏、郤王氏、史程氏、閆張氏、孫崔氏、王郇氏、劉張氏、崔郝氏、張郇氏、關鄭氏、王孫氏、祝劉氏、吳郤氏、卜陳氏、□□□、□□□。

　　陳鄭氏、鄭劉氏、邱張氏、鄭信女、馬李氏、鍾王氏、楊張氏、陳郤氏、敖陶氏、蒼修氏、伊劉氏、關傅氏、蒼馬氏、郎孟氏、馮吳氏、于李氏、孫郤氏、吳倪氏、吳張氏、孫尚氏、孫趙氏、楊鍾氏、楊董氏、王楊氏、□閆氏。

　　周劉氏、閆張氏、楊李氏、楊張氏、耿郇氏、郇劉氏、李郇氏、楊李氏、楊崔氏、李石氏、李劉氏、李郤氏、楊徐氏、陳劉氏、李薛氏、楊孫氏、楊黃氏、楊郭氏、楊鍾氏、楊高氏、楊邱氏、魯王氏、周唐氏、陳宋氏、張郇氏。

　　鄭張氏、鄭郇氏、張張氏、王舛氏、宮黃氏、李黃氏、宮徐氏、康孟氏、鍾孫氏、康馬氏、王馮氏、康錢氏、康祝氏、張劉氏、趙王氏、梁夏氏、關高氏、趙關氏、關同氏、關那氏、馮曺氏、郗馮氏、王孫氏、張郤氏、趙陳氏。

　　張楊氏、張郤氏、張孔氏、張楊氏、張轟氏、趙孟氏、鄭吳氏、鄭李氏、劉鄧氏、徐李氏、鄭王氏、鄭楊氏、馬夏氏、馬趙氏、鄭程氏、李石氏、鄭王氏、□李氏、劉孫氏、傅申氏、王史氏、劉吳氏、楊姜氏、馮田氏、張盛氏。

　　劉孔氏、趙李氏、姜趙氏、周閆氏、劉唐氏、劉李氏、周劉氏、周孫氏、劉趙氏、劉劉氏、趙劉氏、劉郤氏、李金氏、高孫氏、劉姜氏、夏鄭氏、刘祝氏、祝程氏、孫崔氏、鄭刘氏、馬李氏、楊張氏、趙宋氏。

　　汲耿氏、汲房氏、謝鍾氏、趙張氏。

　　大（下殘）吉日立。

壽光縣賈莊等信士題名碑

　　碑在山東省青州市駝山昊天宮,立碑時間不詳。石灰石質。高54厘米,寬148厘米。正文楷書,字徑2厘米。碑體完整,文字漫漶。

　　□□縣城北賈庄會首:李京世、趙復旺、趙禎、□深、李可沚、李可陽、李荷、高興、馬尔玉、李琦、李其生、李文生。

　　寿光縣城東柴家庄會首:楊世交、楊佶、楊林、楊献、王永福、刘之福、刘相、刘守信、趙洪如、刘玘元、王显貴、方起周。

　　南孫雲子庄會首:練文炳、郭継周、趙執忠、郭廣運、徐珍、趙可明、練秀、郭太和、張森、趙恭先。

　　南樓庄會首:劉重瑟、劉玥、劉太成、劉显文、魏培先、劉冠、劉文祥、劉雷、劉太雲、劉見秀、王謨、劉閃、劉文煌、劉江、劉太祥、劉見昇。

　　琉呂庄信女:趙門馮氏、徐門石氏、李門馬氏、丁門葛氏、張門□氏。

　　会首:陈考祥、赵儒、程福起、陈利仁、白广、黄恭、张三成、赵玉真、何倍、郑斐、白生喜。

　　挑溝子庄會:祝緒常、張永福、張傑、李志、方斗元、傅玉春、徐可強、張崇起、李文□、李瑞、麻成文、張永祥、張永朋、張良有、李濰、李玉希、刘大用、刘文成、李濟勇、張玉家、李同。

　　會首:孫起宗、張起生、徐可忠、張利、鍾久享、李克長、孫保宗、林國良、張對龍、李祭剛、李克涕、李聰、張要龍。

　　會首:李訓讀、高惟倫、張恩惠、王國祿、張坤生、徐可荣、李士傑、李士俊、李养善、馮國守、曲文才、張美倫、傅魁、傅宣、堵□□、傅永吉、傅萬米。

　　信女會首:趙門張氏、尹門張氏、何門管氏。

　　□庄信女會首:宋門邢氏、宋門沈氏、宋門刘氏、唐門楊氏、宋門趙氏、董門郝氏、董門刘氏、董門邢氏、董門文氏、宋門董氏、蘇門刘氏、張門楊氏、董門趙氏、□□□□、董門張氏、宋門王氏、宋為何、張門蔣氏、王門刘氏、董門刘氏、董門陳氏、宋門刘氏、宋為仁。

　　稻庄會首:孫志先、宋沉、宋昇先、宋見功、宋見文、邢士寬、宋玉、宋世平、宋之旺、宋得明、宋德才。

潍縣城西潘二庄會首：刘琅、邹瑞禎、邹詖、刘欽德、刘琚、刘克俊、刘玉魁、刘得旺、刘世正、刘元、董大升、季緒科、方得顯、孫復興、刘潤、邹天禎、刘召、刘璋、刘青魁。

會首：王石、王信、張奉龍、李時、韋之德、于永佐、李体仁、王士忠、黃三行、王盛吉。

馮家花园會首：馮□坦、何連、張才、趙天祉、馮士秉。

後城馬町會首：殷養才、馬成瑞、王雨霖、韋之剛、馬明珎、王雲慶、毛之明、王琮、王士文、李耀宇、王普玉、楊文辛、刘士奇、崔連喜。

星落營高家庄會首：高景漢、高景山、高生欽、高景水、宋敬先、高景湖、高明遠、高生美、高生全、楊玉璟、李文玄、高景功。

東北河庄會首：王玉蘭、楊選秀、王永年、楊運栾、丁玉順、丁修身、楊正洧、楊進公、丁克讓、丁憲、盛應選、盛文學。

王胡城庄會首：夏智、桑思武、王廷錦、王玄錫、桑京魁、姜起春、朱大祥、刘玉生、胡継宗、胡□璞、訾錦。

陳家庄會首：陳雲龍、陳枝梅、袁銓、郝洧、陳献璧。

康家井會首：刘継臣、郝清儀、李得有、陳振華、傅應石、丁進孝、丁可太、丁永和、張惠龍、丁進禮。

登河□會首：史文英、吳憕、李天亨、刘瓔、吳念常、馬從先、趙習儀、張玉玄、刘良弼、鄭□□、類路之、趙讓、吳□、任□安、刘湛。

流飯橋庄：鄭養情、吳保珏、鄭奉明、鄭養直、鄭惟能、鄭養还、鄭思温、鄭奉音、鄭養純、鄭惟同、鄭養寬、鄭思恭、朱乙林、張習初。

會首：李克知、□□□、□□松、崔玉成、□□□、成光欣、杜文孝、宋長清、張太、王显忠、李之秀、唐世爵、趙松富。

益都縣信眾題名碑

碑在山東省青州市駝山昊天宮,立碑時間不詳。石灰石質。高52厘米,寬124厘米。正文楷書,字徑1.5厘米。碑體完整,文字漫漶。

益都縣城南

王家庄:韓雯斗、鍾寬、張士秀、梁国楨、梁国棟、王可興、于得海、王可成、張士登、鍾銡鎰、王松、靳文、左爵、董興、楊福禄、陳孝、李江、陳文、陳永康、李興仁、王可教、楊福旺、趙福時、郗洪旭、傅全。

朱家庄:張□、高禄、高有金、倪奉運、張茂才、趙士秀、張儀、張茂爵、張可夆、□興、刘洪得、倪得青、□□參、任□榮、倪奉喜、□士冬、高興、張茂興、郝才、曹振、王福松、張茂盛、趙應□、杜應順、張茂有、張茂然、商昌作、姜廷茂、商好仁、刘敬濟。

十字庄:杜存仁、李成龍、杜可法、宋□福、王□□、杜□□、杜□維、李云文、杜尚周、杜尚文、徐□遇、杜可孝、杜存良、杜可□、杜尚継、杜尚忠、杜尚法、杜永安、杜尚河、刘□□、于成龍、王玥、李河龍、李海龍、李江龍、杜存□、杜尚海、周永存。

寨□庄:馮之得、馮之興、馮之魁、馮之昇。

裡保峪:宋継還、王應好、宋世興、宋坤、宋世明、郝進寶、宋雲龍、宋孔礼、宋孔儀、宋孔□、王忠、宋乾、陳志高、宋孔柱、馬起富、宋忠、宋世富、刘祥、宋有功、李貴、宋銀、張文礼、王好林、王應時、王應魁、刘成、王福、周全、崔世□、郝振、項秀、郝璘、郝乾、王振、王應明。

黄峪庄:黄士祥、祝章、趙天禄、王守忠、黄皆、趙永寿、黄梅、張文時、□得禎、趙永安、馬□香。

夏家庄:蔣□恒、夏□□、夏□旺、夏汝□、杜有、王存仁、宋玉、夏汝標、夏恒足、夏元、夏国璽、馮永連、刘□鄉、孫志丙、韓文林。

石廟庄:杜龍鳳、杜崇德、杜麟鳳、杜崇昇、杜禎鳳、杜□□、杜瑞鳳、杜可長、杜麒鳳、滕魁。

山張家峪:李明魁、李継剛、馮有才、張□、馮有正、張九林、張三昇、張臻、張□、張梅、張□、張悼、張海。

閆家峪:閆可增、閆文璽、張□文、閆文閔、閆文臣、閆士□、閆士□、閆士豹、閆可學、閆士信、閆文林、劉顯、李富、閆可□、閆士高、閆文成。

黃馬庄：趙坤、趙英、趙□、趙汝祿、趙汝恒、趙汝正、張應有、李文善、李好得、張起、李龍□、李永、李廣生。

石高庄：卜求安、王有文、王福生、卜先□、卜有□、□準、王奉太、王有勝、郭□□、王有助、王有富、張文□、李本祥、王有貴、王永□、王永生、卜湛亮、□□□、白□□、李□□、□□□、王茂旺、□彭期、王□增、王鈺、刘應吉、鄧三剛、□尚、□得傑、徐昌宗。

付家庄：刘文友、刘文輝、徐□德、刘印範、史瑞、王廷貴。

趙家□□：趙應鳳、趙明、魏显得、陳在新、趙應栾、楊玉国、□□□、趙應和、卜□春、熊秀、□標、張白。

商門趙氏、趙門祝氏、鍾門刘氏、張門杜氏、張門董氏、張門□氏。

益都縣溫莊信士題名碑

碑在山東省青州市駝山昊天宮，立碑時間不詳。石灰石質。高54厘米，寬110厘米。正文楷書，字徑1.5厘米。碑體完整，文字漫漶。

益都縣溫庄李玉成、李天魁、李福生、李道生、李存□、李教明、李安保、李化荣、李□玉、李盛、李□錫、李存珍、李來增、李自生、李教安、李可然、李連成、李荣生、李廷□、李珎、李君、李存玉、李可府、李海、李荣增、李文丙、李可興、李富民、李祥、李廷傑、李自显、李許標、李廷□、李篤生、李存昇、李自文、李自福、張花起。

外城隍廟道人李和瑄、李義德、李慈霞。

青州府城北姜社庄居住李□台、李邦興、李□□、李之盛、李琇、李□、李魯、李周、李可行、李吐華、李恭先、李荣先、李□、李篤本、李公庭、李之瑞、李永春、李蘭庭、李吐瑞、李□、李怀德、李珞、李加謨、李加奉、李怀仁、李怀宝、李安行、李才、李江、李珍、李邦显、李蕚、李進福、李邦旺、李加訓、李邦才、李成欒、李得行、李托、□□□、李可智、李華庭、李復先、李志、李自荣、李林、李代、李三義、李三樂、李永智、李自福、李□□、李嵐臻、李方臻、李永增、李自善、李光享、李自忠、李自祿、李自能、李福生、李光興、李□秀、李光亮、李相、李光显、李可元、李英。

□里庄李九思、李如增、李如普、李如湛、李如□、李立彬、李國彬、李有文、李觀光、李灼光、楊自立、李奉先、李寬、李□猷、李彬興、李智忠、李文林。

倫町庄會朱朋德，又會首李子寬、朱重新、李玉、高復昌、李正、朱明春、李之清、朱光宗、吳振公、陳盛、張允、朱禮明、唐見邦、朱童、朱復昌、李成富、王□坤、朱□常、朱□梓。

王潛、國福臣、解□明、刘東漢、解九序、解天成、刘文彬、解□□、解九洲、國福增、解文秀、申廷文、□可□、解九全。

益都縣平安會信眾修醮題名記碑

碑在山東省青州市駝山昊天宮,立碑時間不詳。時際昌撰文並書丹。石灰石質。屋脊狀碑首。高 138 厘米,寬 65 厘米,厚 19.5 厘米。正文楷體,字徑 3 厘米。額題"永垂不朽",楷書,單行,字徑 10 厘米。除右上角殘缺、左下角斷裂外,碑體基本完整,文字基本清晰。該碑記載了駝山附近諸村信眾,在郇森、趙明等率領下結平安社,至駝山昊天宮進香之事,並錄 29 位信士姓名於後。

脩醮題名碑記

考之祀典,有功於民者祀之,能禦大災捍大患者祀之。祀之云者,□以崇……」郡城西南有峯,俗名駝山,即志乘所載駝嶺千尋者是也。上舊有」昊天上帝宮,歷有年矣。附近諸村,咸以時祀之,並以為會,會曰"平安",蓋以□捻……」丁卯。數年來,近山一帶,民皆安堵無恐,若是者,山庇之耶!神護之耶!□……」佑之也!所謂能禦大災捍大患者,孰有過於此哉!苟非有以祀之,何以荅……」邑人郇森、趙明等,亟欲勒諸貞珉,以示久遠。因問序於余,余不憚譾陋,敷陳蕪……」是為序」。

邑人時際昌撰并書」。

高崇香、張延齡、趙明、會首郇森、李庸言、劉主言、趙西祿、孫殿楊、蓋希忠、王相奎、汲洵、程殿楊、李永清、李永泰、崔永標、魯鏡、陳連清、唐永和、張曰楫、金貢、楊士清、戴文清、王克勤、王連發、趙修芹、李保本、楊敬之、丁振清、李寶玉、陳京□、劉□、釙德□、楊光□、左□□……

仝立。

重修駝山昊天宮玉皇殿、七寶閣、演戲樓記碑

　　碑在山東省青州市駝山昊天宮，時代不詳。郗學周撰文，王端書丹。石灰石質。高244厘米，寬108厘米，厚20厘米。正文楷書，字徑4厘米。題名楷書，字徑2厘米。額題"重修碑記"，楷書，單行，字徑13厘米。碑右上角破損，頂部斷爲多塊，文字清晰。該碑記載了重修駝山昊天宮玉皇殿、七寶閣、靈官廟、山神廟等事，並錄信士姓名於後。

　　嘗□：莫為之繼，雖美弗傳。茲駝山之為古刹也，創自某代？諸神之有靈應也，徵諸何人？累」世之增修也，繼之誰氏？仰惟往哲之文，或詳或畧，言已甚悉，無庸復贅。目今」玉皇殿、七寶閣、大門兩傍靈官、山神二廟以及演戲楼，缺者補之，舊者新之，就其成跡復」□□然。雖人力之踴躍趨赴，亦以神道默佑，時和年豐，資財樂助，故工不日而成也。用是」□將四方捐資善信各姓氏勒諸貞珉，以繼前人盛事之不朽云」。

　　邑人郗學周拜撰，王端書丹」。

　　石匠：張景漢、裴文遠。

　　郇□，吳希舜，鄧立世，郗本正，楊士公，郗本時，楊儉，郗士廣，郗本修，領袖鄧法聖、孫大江，王端，鄧法武，劉法，李學□，刘□□（下殘）卜俊富，卜俊柏，卜俊東，楊城，郗本遠，郗士明，吳希禹，郗士宏，孫大海，楊學文，張□修，刘□成，趙□□（下殘）梁梅，張文魁，張思忠，張殿魁，王進寶，張冉，張幹，張克秀，□景堯，張殿宏，張殿明，張喜，李□英，趙林，慶喜，張殿有，□兆桐，□□聰（下殘）楊開聖，鄭學信，賈士吉，張景曾，鄧福成，曲明，卜懷義，王善修，卜俊江，郗本桂，張景彥，李學成，王傑修，郇連登，郇玉，楊學周，郗士勤，郇林，鄭嵐，鄭禹，張維漣，李士喜，李秉秀，郗士金，郗本謙，楊禮，王克儉，王克昇，郇廷銀，郇存，郇信，郗顯楷，郗士公，郗本清，郗保羣，郗連羣，郗士先，楊學明，孫大清，郗冠文，楊學印，馬連福，張勤，卜懷清，楊玉，吳逢公，吳逢乾，楊嵐，楊兆楷，李學平，李學春，郇蓁，鄧淇，馮坤，王希孟，王漢，鄭椿，郇兆秀，楊學有，李士周，刘海，李學正，張銀峯，張蘭亭，李化成，郗文錦，郗緒羣，郗士曾，郗本長，王汶，卜俊海，卜俊武，卜俊選，卜文連，卜俊惠，卜俊溥，卜文偉，卜文林，卜文冉，卜俊方，卜俊綱，卜廣仁，卜俊公，趙懷錦，王舉，趙修汝，曺學汝，李太和，石在周，張可林，

重修駝山昊天宮玉皇殿、七寶閣、演戲樓記碑

閆珮，王魁享，王捷，趙可清，趙克用，曹萬成，岳池，陳貴，郁美東，魯元，王宗聖，楊學洺，陳有，王可香，張良玉，王茂林，王和清，王天禎，張明文，郗惠，郗學曾，張世經，李希鳳，張毓朋，張起賢，張顏，王占鰲，李彩，張漢東，太平居，楊秀吉，秦守經，毛允中，全順號，楊成吉，楊安吉，鄧海，鄧法義，郗冠秀，郗顯正，郗顯相，鄭永祥，張順明，鄭有德，鄭懷瑾，刘生，李奉曾，馮光宗，夏光顯，王希孔，宮魁，刘存，鄭學孔，吳桂香，吳兆義，卜懷經，縣代書，劉祥，李希志，張復興，倉廠，劉藹，高吉祥，張世普，張世鳳，赫宣，楊成，尚克忠，梁棟，蔣秉仁，郁梓，史公，李克成，閆克仁，閆克勤，閆秀峯，崔禎，孫洪順，于旺海，丁言義，魏景和，郭蘭亭，王英三，郭永熙，岳存和，馮學周，馮學舜，馮學義，邢河，朱寬，溫兆元，趙松，趙棟，閆汝清，王克勤，田長清，田頃，李殿，王可礼，吳逢周，吳士方，董太，王學曾，馮順，馮继聖，閆鳳舞，陳恕功，吳士喜，吳士文，吳逢和，李秉純，李士富，李士周，王見和，王成基，王得忠，郝有，鄭廷昇，王家東埗，埗前莊，侯王莊，富王莊，南馬莊，藕峪寺，藕峪莊，石家灣。

石匠：張景漢、裴文遠。

木匠：鄧海。

窯匠：郗聚羣、張有財。

画匠：張漢東。

住持：楊信富。

壽光縣各莊信眾題名碑

　　碑在山東省青州市駝山昊天宮,立碑時間不詳。石灰石質。高53厘米,寬102厘米。正文楷書,字徑1.5厘米。碑體完整,文字清晰。該碑共錄壽光縣羊城祖家莊、朱家莊、袁家莊等地225名信士姓名。

　　壽光縣羊城祖家庄會首:祖元旺、蕭士□、□□□、郭奉□、李显德、郭宣、祖琳、祖瑚、祖玥、韓相、祖珩、孫显旺、韓廷、甄奇、祖文考、趙士秀。

　　朱家庄會首:朱孔祥、朱孔才、朱成家、朱三俊、朱成美、朱成起、朱正玉、朱朝生、范国旺、朱應慶、朱朝田、朱成德、朱朝子、朱三成、王克讓、朱朝同、朱成月。

　　袁家庄會首:袁璞、袁德全、袁德洪、袁弘吉、袁継明、袁継亮、袁継善、袁継福、梁士武、郝永富、王得時、袁德周。

　　七里庄會首:單之文、單洪秀、刘清山、李沛吉、王之襄、王之教、王奇可、王大勇、王囊、王霈、王濱、王津、王海。

　　郄老庄會首:李印實、李印鎧、李桐、李之聖、李作周、李本之、刘好得、周擢、石珍、張咸平、趙□玉、崔講、刘復臣、鄭士傑、閆継貴、張崇善、王悅。

　　埠頭會首:張玢、温献章、張文美、張玠、張萬春、王永德、張本生、朱継誠、張培生、張薦生、王立、張□、張萬吉、張立志、張琛、張瑞、謝國用。

　　王子庄會首:王之振、孫継周、□彦公、胡文珠、張永時、王之錫、張超昇、張洪溟、王福石、戴有禎、張永月、王之和、張洪有、張印吉、王天蓬、董九銀、張可才、王之銓、朱嗣立、孫継廷、王才玉、麻可福、張可奉、王之茂、何玉秀、鄭福祥。

　　□家寨會首:齊維珠、王三松、王三俊、郝太常、郝太成、閆可龍、吳顕官、王三魁、王三運、齊國樂、王世名、馬福成、齊維彥。

　　流飯橋會首:王光輝、刘天起、王昱初、王尚信、王玳、王□、王廷佑、王廷輔、王呆初。

　　新庄子會首:袁養欽、袁孝天、袁玉天、張振先、胡振基、朱應修、郝有成、朱應道、王之卿、許成龍、袁應文。

　　東桑□庄會首:刘玉龍、刘鳳龍、刘現龍、趙璠、趙珦、王明新、萬成雲、董可敬、刘欽荣、刘欽祥、刘欽貴。

　　王家道口庄會首：王道明、刘深全、高守聪、王可成、王文礼、王有福、王振剛、王道熹、王道福、王道礼。

　　□村庄會首：郭洪德、鄭若栢、鄭永敬、鄭用樞、聶自明、胡世祥、王士臻、李治富。

　　鹿家庄會首：李盛弼、王合成、刘文舉、王□荣、盧興宗、張奉祥、李如欒、傅万粟、周显林、周显仁、李如之、孫在鎡、李盛公、王明道、張現。

壽光城北單家莊、孫家道口信士題名碑

　　碑在山東省青州市駝山昊天宮，立碑時間不詳。石灰石質。高54厘米，寬24厘米。正文楷書，字徑2厘米。碑體完整，文字清晰。

　　壽光城北單家莊會首張文忠、丁曰智、董士恭、董珮、丁國民、單斗生、丁文煥、張文信、陳廷鸞、董士睦、張培初、靖有興。

　　孫家道口會首孫迪、孫九霞、王之謨、賈習武、孫天賜、王之宇、孫在□、孫九行、魏显虎、單興教、孫九貴、孫貴恒、孫□吉、孫旺恒、孫尚賓。

張佩等重修昊天宮泰山行宮信眾題名碑

碑在山東省青州市駝山昊天宮,立碑時間不詳。石灰石質。高 175 厘米,寬 83
厘米,厚 19.5 厘米。正文楷書,字徑 1.5 厘米。額題"行宮碑記",楷書,單行,字徑 8
厘米。曾碎為多塊,現已接好,因此而致使部分文字受損,剩餘文字清晰。該碑是題
名碑,錄信士、商號、香社題名。

行宮碑記

張佩、張生、鍾漣、杜廣盛、張悅、張斌、張士俊、閆佩玉、竇湘、王廷義、宋来梅、王
廷輔、李舜、邱園林、領袖王廷仲、張存禮、李蕙、李忻、杜聲遠、杜有法、曹士信、陳顯
文、劉喜、黃恂、姜福、閆有才、閆佩。

張殿榮、張孝、邢曾、王逢吉、陳希唐、趙恩、崔湘、曹連城、陳方、杜士文、賈世顯、
陳希孔、房碩、張耀天、董玉光、諸神會、倪讓、馬正興、張鑑、李作桂、史湘、宋萬豐、宋
允、鍾涇、董璨、張存智、張存義。

張臣、張全、高存誠、張元、韓栢修、韓松修、張秉義、張曰浩、常有富、陳希參、鍾
成性、張存德、韓世傑、韓世惠、張得鳳、杜嵩遠、杜富、杜喜、張存義、杜存珠、杜榮、鍾
臨莊、鍾臨川、鍾榮、杜有春、杜来春、杜廣增。

張會、王宗汝、邢成緒、宋得財、韓梓脩、鄒得彥、唐存謙、陳得仁、王璨、郭松茂、
邱尚林、邱明、孫永安、宋國福、杜元吉、張惠、李作林、馬密、馬正公、馬成宣、張希文、
焦如祥、張士友、張環、張琳、張玠、張現。

馮士孝、李成海、王涌、郭喜、王讓、趙進福、劉思安、劉思泰、常得安、韓世臣、董
安、王得禄、方有才、郭林禎、孫盈、孫秀、郭林聰、孫兆吉、黃泰、姜汗、黃琯、李順、郝
桂、郝臣敬、李茂林、顧濱、岳福順。

張玖、馮希修、馬正舉、尚忠、李作榮、李作棟、趙魁生、張清、張法、張綱、張梅、張
欽、張德、張坤、張斌、王彥信、閆克武、閆克孝、閆誠、閆曾、閆傳、裴文成、郗學夏、裴文
洲、史寬、史光前、焦如吉。

張思智、張璞、王惠、王志、王孝、王智、陳松、楊永澄、趙啟、李國彥、李恭、李成、
鍾以成、馬永寬、馬士祥、馬士林、馬士魁、劉浩、杜倫、杜萬義、吳士超、堅永興、李有
才、黃喜、宋来玉、宋来花、郝誠。

　　張克秀、張克學、吳超元、王恕、李潾、夏恕、王兆吉、山果行、全順□、吉順號、湧泉號、益興號、聚和號、裕濟號、意誠號、廣盛號、喻義號、同仁堂、益記號、源順號、志成號、錦成號、義成號、義茂號、德順號、重順號、同春號。

　　袁子智、張文、李增、劉蘭、王士立、趙寶旺、韓俊魁、郭維法、王悅、□明、羣□齋、榮茂店、益源店、永順店、晉盛號、福盛號、錦茂號、雙盛號、協成號、廣順號、永聚號、永順號、益泰號、益裕號、全興號、聚順號、益和號。

　　李士英、趙有傳、郇剛、高昇、高仲魁、劉緒卓、尚思明、吳逢有、郗學儒、郗宗元、郗士會、郗東山、郗希思、郗□文、郗希賜、劉慶雲、楊士聖、馮學禮、馮敬、陳克智、王岳、王泰祥、張學時、崔永吉、王文、林旺、司茂。

　　孫雲龍、楊學立、王士文、楊士欽、吳治泰、馮□、馮興□、鄧□、楊士□、趙文□、曲□、馮□、馮繼□、馮承□、□□□、趙□、王□、王□、劉文興、王福申、吳治安、楊廷才、馮文彬、孫保安、李東河。

　　趙琚、張子□、張子梅、趙文義、卜文明、劉和、劉大有、劉大興、趙□脩、趙文卓、趙起、王思聰、王思明、王思用、王思敬、王峴、王坤、王巽、趙文學、□銀斗、□金斗、□□才、□□保、□□旺、李□足、郇廷珠、李秉恕、李秉珠。

　　仝立。

雲門山

明嘉靖十三年重修太山娘娘行宮題刻

　　題刻在山東省青州市雲門山頂雲門洞西側,嘉靖十三年(1534)刻。正文楷書,字徑 8 厘米,5 行,滿行 15 字,全文 54 字。保存完好,文字清晰。該題刻記載,明嘉靖十三年(1534),衡府內典寶正賈玉遊雲門山,並與道士黃雲、王清富等一起發心重修太山娘娘行宮。

　　嘉靖拾叁年五月拾叁日」,衡府內典寶正賈玉曾登此山,遇道士」黃雲、王清富,一同発心脩建」太山娘娘行宮並各殿廟,永遠為記耳」。

　　冀陽書」。

明嘉靖十三年重修太山娘娘行宮題刻

明嘉靖年間馬丹陽浮雕像

明嘉靖年間馬丹陽浮雕像

　　浮雕在山東省青州市雲門山"壽"字西側，為寫意性淺浮雕，雕刻的是馬丹陽打坐側面像。左上角分三行刻"甲意子，王西祁。冀陽書"，右側一行刻"馬丹陽祖師打坐真相"，中間為馬丹陽打坐像，像幅面高80厘米，寬60厘米，深約半厘米。落款中雖然沒有交待刻像時間，但根據"甲意子，王西祁。冀陽書"可知，該雕像應該刻於明嘉靖年間。青州雲門山大"壽"字最後落款為"大明嘉靖叁拾九年九月初九日衡府內掌司冀陽周全寫"，周全為明嘉靖年間衡王府典膳，冀陽為其故里，疑冀陽為周全自稱。

明雪蓑《山居吟》詩題刻

明雪蓑《山居吟》詩題刻

題刻在山東省青州市雲門山萬春洞內右側石壁上,明嘉靖年間刻。幅面高71厘米,寬60厘米。行書,字径9厘米。保存完整,文字清晰。

山居吟

野宿石牀類洞天,斗笠脫放海東邊。

夜深熟睡白雲起,莫管龍來榻下眠。

雪蓑子。

清順治十七年夏一鳳重建"雲門仙境"題字碑

　　碑在山東省青州市雲門山頂三皇殿西側,明萬曆四十年(1612)按察司副使平灤高第立,清順治十七年(1660)孟秋月郡守三韓夏一鳳重建。石灰石質。圭首。高230厘米,寬93厘米,厚37厘米。"雲門仙境"四字楷書,字徑53厘米。

明萬曆壬子年按察司副使平灤高第立」。
雲門仙境」。
大清順治庚子孟秋月郡守三韓夏一鳳重建」。

清順治十七年夏一鳳重建"雲門仙境"題字碑

清康熙元年修建雲門山記碑

　　碑在山東省青州市雲門山天仙玉女祠東,康熙元年(1662)立。石灰石質。圭首。高 267 厘米,寬 107 厘米,厚 29 厘米。夏一鳳撰文並書丹。正文楷書,字徑 4 厘米。額篆"碑記",單行,字徑 21 厘米。碑體完整,文字清晰。該碑記載了清康熙元年(1662)夏一鳳修建雲門山之事。

清康熙元年修建雲門山記碑

修建雲門山碑記

　　夫人之情,拘墟而止耳。愛山者見山而止,愛水者見水而止。若謂山不盡於山,水不盡於水,匪水而亦可為水」,匪山而亦可為山。崇為廟貌,煥為軒宇,迂為道塗,林木蓁為。《碑記》《詩銘》,則多縮首伸舌,謝不敏焉。豈非天地之」大,而我稊米之;古今之長,而我朝菌之;山壑林麓之奇,而我木石土壤毫末螻蛭之。是豈人之情也哉! 雲門一」竇,鑿自秦皇,縣厓峭壁之間,而運此斤削,可謂大有造於山矣。嗣於雲門,上突而徑豎者,曰"儼境";碑側磴而森」立者,曰"紫陽殿"、"王母宮";踞頂而莊嚴者,曰"玉皇殿"、"三元殿";一庭三壁、面迂劈峰者,曰"贈怡堂";餘空置房,遊儼次」焉。其規為非不善,而惜其隘與荒也。予以身任其事,仆者起,卑者峻,危者扶,狹者寬,敝者更易,而闕者彌縫,奕」奕乎其聿新矣。西下嶺盡,兩澗夾廻,上碧落而下幽壑,予奇而亭之,額鑿"聳雲"。扶轉而東眺,列石纍纍,然皆前」賢留咏,最珍者王弇州之跡,覆以木,作"留弇亭"。東下道愈巇,穿崖而渡,書"丹梯"。梯窮,聳而磬如層雲之堆于髻」,就其高下,築"闋雲亭"。下雲門西偏探雲窟,倚岩峙亭為"倚雲"。緣亭穿徑,匝徑植松,署"中雲門山",字篆奇跋古,移」頂大殿壁其上,以壯雲門之勝。工成登覽,纈紅縈碧,列刈相錯,則宮觀殿祠一雲門也。疊石架棟,煙日旋繞,則」室廬亭榭一雲門也。翠秀低垂,風絃幽咽,則樹木柯枝一雲門也。咏露和煙,後先顯禾,則姓字文章一雲門也」。益山之為雲門者一,而予之見為山之雲門者,則十四五焉,此予之自適其情而不同乎人之情者也,然猶慮」其拘墟而止也。人之視我,亦猶我之視人,敢以質之來者」。

峕」

大清康熙歲次壬寅孟冬穀旦」。

三韓夏一風題」。

清康熙五十五年雲門山修建觀音大殿重塑金身進香記碑

　　碑在山東省青州市雲門山望壽閣道院門前,清康熙五十五年(1716)立。石灰石質。高 167 厘米,寬 68 厘米,厚 40 厘米。碑陽楷書,字徑 1.5 厘米。額題"萬古流芳",楷書,單行,字徑 6 厘米。碑陰楷書,字徑 2 厘米。額題"為善最樂",楷書,單行,字徑 6 厘米。碑中間斜向斷裂,文字嚴重漫漶。該碑記載了昌邑、濰縣、益都三縣善眾,會聚資財,修建青州雲門山觀音大殿,並重塑金身之事,後錄各莊信士姓名。

雲門山修建觀音大殿重塑金身進香碑記

　　山東萊州府平度州昌邑、濰縣、益都縣三處眾善□□,各𥼒誠□,會聚資財,共邀進香」聖駕,祈保合会老幼,人康物阜,萬壽無疆之矣。眾□□名,開列於后」。

　　南侯章會首徐养炫、于文揚、徐林漢、徐廷紅、徐養正、徐昌世、徐文汉、徐养权、徐継恒、徐养貴、徐三河、馮怀真、徐养林、徐养功、徐習□、徐如□、徐养材、徐廷選、徐加鳳、徐之漢、徐养云、徐济漢、徐养山、紀享年、徐國漢、徐三貴、徐興漢、徐□莭、徐养蛟、徐継鳳、宋怀武、□福□、徐□□、□□□、□□□。

　　張家庄會首于廷□、張琅、張龍、張豹、張好礼、張有禄、張継順、張継文、張盛、徐三超、徐永祥、葉文荣、喬尚正、□显文、張興虎、卜大欣、王□、王□賢、王尔敬、張標、刘魁乙、張門王氏、孫永寿、孫永燦、孫永先、孫永常、孫啟海、孫啟□、孫尔白。

　　慈家庄會首徐之玘、慈会、王江、□恭臣、于祉、吳之法、吳之和、吳堂、封可長、慈士樂、張万蒼、慈好善、于的修、王蘭、于大為、于君福、于乾、王起鳳。

　　埠口庄會首李养生、殷可倫、刘任、李存玉、李养全、慈文常、慈文海、王□、王漢□、□□□。

　　佺庄會首李显荣、李召文、李显升、□□□、□□□、□□□、□□□、□□□、□□□、□□□、□□□、□□全、□□玉、□□龍、李文進、李旺、宋成□、李□□、□□□、□□□、□□□、□□□、□宗英、吳應選、吳應欽、吳應平、吳之息、吳之美、吳之召、吳應節、張頃、康□□、□□□、□□□、□□□、□□章、□化臣、□尔士、刘君富、刘各、刘章、刘卞、刘□、刘尔杰、刘談、刘显貴、刘化緒、刘所全、刘化長、刘云香、□□□、□□合、□堯銀、康应曉、康应占、康重花、康重瑞、康重講、刘緋、刘廷玉、刘廷臣、刘孟春、刘自寿、刘自珏、刘荣、刘自評、刘自現、刘自謙、刘权、刘云謙、高門程氏、金門趙氏、高門徐氏、高門戴氏、高門馬氏、齊門方氏、齊門代氏、戴門徐氏、康重璞、康堯星、康应□、康应水、康应江、康君碧、康应運、康应福、于有全、王文亨、王文恒、王文賜、王文体、王□玺、于文講、于文郁、王福□、王福琅、王福禄、王体廣、王体栾、王体鳳、王尔秀、王正彦、李有成、蘇起、王体周、王尔玉、王継信、王継堂、王重好、王枝文、王存礼、王任普、李讓、李堯田、李復常、張□連、張□□、張孟祥、刘常□、□□□、鄭显相、鍾振世、喬本礼、刘秀章、高洪允、高洪信、王子才、呂陳粟、徐志荣、刘剛、郭運生、徐盛、刘秀生、刘長生、閆万粮、郭万粟、周荣、□□印。

辛張會首于显貴、于尔賓、于□元、于玘先、于京俊、趙復連、于宗訓、于尔儉、于習、于尔干、趙復玉、于尔深、于孝、李長官、于宗江、尹門李氏、李門刘氏、金門刘氏、管門楊氏、李門張氏、于泗俊。

曹埠會首于修彦、于修法、于养俊、于清俊、于修生、于修正、于修便、于林俊、于修圣、于修明、楊占息、于可俊、張門李氏、張門王氏、張門張氏、楊門王氏、張門尹氏。

候付庄會首侯信、刘重圣、徐珍、張文生、刘翰如、陳基、陳利、鄭可久、鄭可遠、徐宰臣、齐□英、徐談、刘珍、徐廣生、徐□、王显松、張門常氏、尹門王氏、金門郭氏、尹門姜氏、尹門趙氏、常門張氏、楊門張氏、□門常氏、楊門尹氏、楊門吉氏、張門楊氏、刘振如、□可斗、刘順言、張□友、刘述、徐継□、張文昇、張文侯、刘紅如。

□埠會首王显荣、王显□、王显□、滕□、王登臣、王可仕、□継宗。

住持道人刘教富，徒盧永法，徒孫高元德。

康熙五十五年十一月……吉立」。

清同治十三年雲門山娘娘廟記碑

碑在山東省青州市雲門山望壽閣道院門前,清同治十三年(1874)立。潘旭升撰文。石灰石質。圭首。高 148 厘米,寬 65 厘米,厚 19 厘米。正文楷書,字徑 2 厘米。碑左上角殘缺,中下部斷裂,文字清晰。碑陰為信女題名,字徑 1.5 厘米,因嚴重漫漶,故不錄。該碑記載了萊州濰邑信女於雲門山泰山行宮進香祈福之事,並錄信女姓名於後。

清同治十三年雲門山娘娘廟記碑

雲門山娘娘庙碑文

先主先王之以神道設教也,尚矣。蓋人或不念倫常,不顧禮義,不遵國法,一旦語以鬼神之禍福」,未有不驚心動魄,懍懍於旦明,皆聞出徃游衍而不敢以稍忽者也。故自古聖帝明主,教孝教弟」,教忠教信,業已道德齋禮,顯示以人道之當然矣。而又恐愚夫愚婦之難與求諸昭昭也,於是復」即冥冥之中,委曲以申其義,如《書》所云:"作善降之百祥,作不善降之百殃。"勸戒之意,豈不彰彰歟?安」在人道之邇,不必求諸神道之遠也哉!抑又聞之,凡山林川谷能興□□□□雨有利於民生者」,皆宜祀之。維茲雲門一山,峭壁聳峙,群山朝拱,居然娜嬛之福地,靈鷲□□□□人創立泰山行宮」於其上,香火不絕,歷有年所矣。萊郡濰邑北鄙，有信女若而人感□□□□□德有求必應，將刊」石於茲，以揚神庥，而屬文於余。夫以鬼神之德之盛，材劣學淺如余，□□□□其興於翰墨間哉」！然以心之誠而難拒也，又以茲山之能興雲霧，為風雨，實有合於祀典之□載，與夫廟貌巍峨，人」之信其足以賞善，足以罰惡，亦庶几神道設教之一助也。爰為敬修短章，冀與碑陰諸媪姓氏並」□□不朽云」。

欽賜翰林院檢討銜庚卯科舉人維陽廩貢生潘旭升撰」。

大清同治十三年四月十八日仝立」。

清光緒八年重修雲門山靈官諸廟碑

　　碑在山東省青州市雲門山頂三皇殿前,清光緒八年(1882)立。劉文濤撰文,王喬齡書丹,石工劉桐茂、崔錫璋刻字。石灰石質。殘高128厘米,寬98厘米,厚18厘米。正文楷書,字徑4厘米。碑上半部殘缺,剩餘部分文字清晰。該碑記載了朐邑吳德芝等重修雲門山山頂道庵之事。

　　(上殘)蔚然深秀,磅礴鬱積之氣,縣亘數十百里。輔維雄邦,勢若」(下殘)其間,累代古蹟,諸神祠宇,不可枚舉。而載在志乘者,山之」(下殘)半,則靈官諸廟,祈禱輒應,尤山靈之最著也。以及闔風諸」(下殘)浴荒蕪,頹圯殆盡。逮國朝順治十六年,太守夏公捐俸重」(下殘)疊巘,廟貌俱整齊森嚴。每春夏交,都人士奠祀,雲集登臨,抬」(下殘)石菴畫天半,未始不歎宏規之壯麗,足以極大觀而無憾矣」。(下殘)□成陳迹,自嘉慶間再為重新,至今已六十餘載,檐瓦崩裂,棟」(下殘)方議倡義修復。朐邑吳公德芝,又復鼎力協成,而

青之紳民,亦」(下殘)少成鉅,庇材鳩工,整甍閎,易瓴甋,換斗拱,更桭題,固以灰堊,塗」(下殘)於辛巳之夏,成於壬午之春。告竣後,屬余為記。余觀是役也,轉運」(下殘)甃一礨,較平地動逾數倍,而且嵌岩矗立,得水尤不易,易向非澡」(下殘)規乎? 況此山,踞齊拱燕,西根泰岱,東跨渤海,嶽嶽之概,與天地相」(下殘)一時直欲聳形勝於萬世,後之仁人君子,挹剩其秀,庶踵而修之」。

　　甲子科舉人大挑二等候選教諭邑人劉文濤撰」。

　　邑庠生王喬齡薰沐敬書」。

　　石工劉桐茂、崔錫璋刻字。

　　(上殘)陽協洽大荒落月中浣穀旦」。

清光緒八年重修雲門山靈官諸廟碑

清光緒三十四年泰安社題名記碑

　　碑在山東省青州市雲門山雲門洞北口東側,清光緒三十四年(1908)立。李有經撰文並書丹,王明玉刻石。石灰石質。高184厘米,寬78厘米,厚22.5厘米。正文楷書,字徑3厘米。額篆"泰安社題名",單行,字徑12厘米。碑體完整,文字清晰。該碑記載了清光緒三十四年(1908)泰安社諸信女至雲門山泰山行宮進香之事,並錄信女及參與其事者姓名於後。

　　神之有無,烏乎知? 曰:知之於人心而已。所為善耶,良心則竊喜;所為不善耶,良心則竊怒。此喜此怒,誰為」為之? 誰實使之? 世人求其□而不得,於是羣擬一徽號曰神。自神之名定,而世人咸時時目注之,神亦大」昭其靈應,以賞善罰惡於無形。然則神乃輔助王法所不及,督責父師所易忽者也。眾信女夙本此義以」事諸神,又夙本此義以事聖母,既不迷信,又非忽畧,事神若此,可謂得其要領矣。余承眾人囑,用紀其」事於碑,並將信女所葺泰安社會諸名氏臚列於後,以期其因神而傳焉」。

　　青州李有經拜撰并書,董事鍾家福、鍾家訓,鍾志典、鍾志正薰沐拜」。

　　信女

　　鍾□氏、邱□氏、曹趙氏。

　　張王氏、王夏氏、王李氏、王李氏、劉鍾氏、劉徐氏、劉徐氏、劉武氏、李曹氏、張楊氏、張徐氏、張楊氏、劉鍾氏、張趙氏。

　　傅胡氏、敖沈氏、孫傅氏、赫汪氏、趙汪氏、敖高氏、那索氏、潘金氏、寶李氏、陳白氏、康李氏、

清光緒三十四年泰安社題名記碑

譚鍾氏、曹徐氏、于白氏。

孫門商保成、于門房保成、鄭門有保成、鄭門陳秀鳳、孫門倪保修、李張氏、李汲氏、李楊氏、崔門徐保善、闞張氏、王李氏、舒傅氏、胡傅氏、胡吳氏。

趙劉氏、宋劉氏、宋李氏、宋朱氏、張房氏、曹吳氏、崔張氏、李有氏、劉董氏、鄭張氏、崔門王傳花、魯門楊秀貞、邢門唐修成、陳門鍾玉珍。

鍾汲氏、鍾宋氏、郭王氏、韓房氏、徐有氏、鍾張氏、鍾刁氏、馮宿氏、李王氏、李馬氏、李徐氏、徐王氏、闔程氏、宋李氏。

張蘇氏、張李氏、劉周氏、王黃氏、尚李氏、房孟氏、郊曹氏、陳李氏、田常氏、姜石氏、石楊氏、石王氏、紀劉氏、鍾馬氏。

張石氏、竇王氏、宋李氏、穆張氏、杜王氏、夏石氏、宋劉氏、劉楊氏、王劉氏、滕張氏、杜王氏、馬鄭氏、范王氏、張徐氏。

劉崔氏、湯房氏、趙胡氏、王鞠氏、陳郊氏、郭劉氏、朱吳氏、郝王氏、湯趙氏、朱劉氏、劉鍾氏、王任氏、任李氏、劉任氏。

宋魯氏、夏孟氏、陳孟氏、鍾曹氏、岳李氏、李王氏、畢董氏、鞠王氏、段隋氏、房闞氏、陳門孟秀真、房門李秀連。

劉文成、劉長江、王雲峰、楊在瀛、王錫武。

仝立

石工：王明玉敬鐫。

大清光緒三十四年四月上旬穀旦」。

民國九年雲門山修廟記碑

碑在山東省青州市雲門山頂三皇殿前,民國九年(1920)立。邱琮玉撰文,何澍書丹。兩碑連體。第一碑:石灰石質。高216厘米,寬108厘米,厚19.5厘米。正文楷書,字徑3厘米。額篆"永勒貞珉",單行,字徑12厘米。碑體完整,文字清晰。第二碑:石灰石質。高218厘米,寬108厘米,厚18.5厘米。正文楷書,字徑2厘米。額篆"□善同歸",單行,字徑12厘米。碑左上角殘缺,剩餘部分文字清晰。兩碑碑陰皆信女題名,文字漫漶不清,故不錄。該碑記載了民國九年(1920)益都縣城及近山各村信男信女捐資修建雲門山頂諸廟之事,並錄信男及捐資商號題名於後,又錄信女題名於碑陰。

雲門山修廟記

昔在民國初元,破除迷信之說驟起以新名詞,首之曰:今而後,我國其文明國矣,教化大行,比戶可封,往者神」道設教,弊而徒事迷信,又何淆人耳目,為去之便。於是,自命維新者,相與一唱百和,聞之恨不早,行之恐不力」。如是者蓋二年,既而維新者寡不敵守舊者衆,而所謂文明國者,實民生愈苦,世道人心愈下。於是,維新者自」嫌於過求,曰:姑舍是。守舊者自多其持重,曰:仍同乎同馴。至於今,遂復與舊俗無甚差異。雲門山頂腹諸廟之」修,未必以此,亦未必不以此也。山之有廟久矣,且大小頗多以十數。近年兩修,一光緒辛巳,一光緒丙申。迄今」餘二十年,又多須修。城廂及近山諸君以議修倡,並捐且募,各鄉各近邑諸君及諸信女,亦各捐募都錢四千」餘。千役以興諸廟,省費不同,殆無弗新,客舍、道房及山足磴道亦與焉。始己未三月,訖六月,役之梗概如此。余」惟神道設教,古先聖王之所不得已也。教化行,可不須此,聖人亦知之,知之而不去者,為千百世計,不為一時」計。教化行而去之,及其衰而不行也,始復以設教,民將不從,欲求其迷信而不得,況先去之以待教化之行。如」六七年前之所為者,其諸學校未興,私塾已廢之例歟? 至若迷信之弊,固自有不容諱言者,數十里,數百里,遠」赴名山,風塵奔走,人勞財費。及進而至於廟也,又男女雜遝,此出彼入,相與接迹於香烟繚繞鐘聲悠揚之地」。此其弊,我見之,我知之,不惟維新者。夫人勞財費,常情所不願,而顧出於此者,必其方寸中有一賞善罰惡之」神在。縱不以賞罰之不爽毫釐視神,而有媚之之見存,亦必不謂:善惡兩不媚,其賞罰同；善惡兩媚，其賞罰仍」同。又必不謂：惡媚，善不媚，其賞罰可移易；大惡媚，大善不媚，其賞罰亦可移易。但如此，其有補於世道人心已」非淺鮮，特弊顯功隱，或不肯平心思之耳。與是役諸君，其即肯平心思之者乎？若謂神道足為新學之障，則今」最新之學，有所謂鬼學者，是已萌芽，特未究竟，神道為新學之障，無鬼神，豈不為最新之學之敵。是但以學術」論，姑不參以世道人心者，略及之，以待驗於後」。

清癸卯科舉人揀選知縣邱琮玉撰」。

清欽加一品頂戴賞戴花翎署理濟東泰武臨道何澍書」。

監修：高步雲、竇雨齡、李炳南、張鴻倫、□明、張鴻泰。

住持：竇崇陽。

木作：張永和、李芬。

民國九年雲門山修廟記碑

泥作：郝蘭春、趙貴雲。

石作：杜雲慶、趙天東。

畫作：李汝禎、鄭宮璧、魯春起。

鐫字：劉美嵐。

（以下第二碑）

□□年、□□善、□□洞、□清泮、何澍、穆都理、祁錫璋、涂紹光、李家敏、佟伯文、涂桂芬、胡梅臣、劉銘卿、馬榮厚、趙鑑、勸學所、學務委員會、郝崇照、陳丹書、俞壽之、郭梓生、郝福臣、張翔瑋、楊福寶、王廣清、吳松恒、郭廣恩、汪子正、李崑圃、胡景振、郁華、戴景恩。

元吉、萬祥、復生堂、泉祥棧、合和、天興泰、官鹽店、聚豐厚、萬興絲店、裕祿福、長豐當、悅來公司、裕厚堂、元亨義、恒記、信成、義亨、德馨齋、祥興隆、義泰昌、益興公、益和公、森盛、福餘東、恒盛泰、東華店、德生堂、裕盛棧、金城、祥興隆、華信、義聚棧。

益生堂、恒盛興、商殿寶、孫學正、恒盛興、裕來瑞、永隆源、履中和、德興、萬和永、寶德堂、恒聚東、恒昌、同仁堂邱、同仁堂王、恒泰、義興、天和堂、德春堂、通德堂、同興店、李振鏞、雙成、福順、裕盛永、明德、德聚堂、吉慎成、錦增福、益興源、育生源、萬源。

王香齡、順和成、金盛合、復盛義、東復昌、宋三合、宅地行、匯泉塘、東興盛、泰和恒、祥順成、文陛鞋店、益生堂、和順成、義興書局、韓清和、孟傳儒、姚經武、姚經綸、鄧福田、成興棧、增和公、德順和、義聚堂、德裕、立興、興盛、增順、長興泰、興隆店、李鳳揚、李廷琛。

邢諡吉、劉桐陽、李文祥、蔣培忠、蔣培元、陳巽、徐永濂、劉萬智、洪源、王鳴基、房履貞、房金梁、益興、張雲祥、張繼福、蔣麟經、馮春懷、李文海、董悅、董明、常繼增、常學茂、董廣、李長洲、陳泳、韓明、韓繼德、韓成、劉鵬來、韓長義、韓發科、張鴻泰。

復聚東、德隆染坊、德裕油坊、景和公各肆千，聚成炭棧、德昌東棧、恒興鍋店、德潤堂俞、東勉恕堂、洪聚祥、泰順成、瑞豐成、和順、全盛、隆興、集成、福盛、益誠信、裕豐、福祥隆、隆源、增益、志誠祥、德誠祥、德源福、厚康、泰記、萬聚、永聚成、德元成、公順祥。

利亨泰、吳嘉惠、曹德蘭、楊周洪、李泮芹、錢承恩、劉登雲、房益棠、高連存、張連三、朱宗海、新智書局、萃蚨祥、會源合、怡昌、怡成、裕興、會同、復盛齋、利成祥、復興肉杆、長生祥、東興義、益和泰、德興、德源、順興、吉陛齋、裕祥泰、恒豐泰、益和永、同盛棧。

紀家澡塘、春華昌、怡翰齋、瑞祥公、吉亨、源盛恒、匯興源、永聚祥、慶祥樓、鴻元樓、意泰成、高景成、李長富、劉世恩、王道德、李慶雲、房雪堂、宋光龍、穆崇芳、王海春、趙建麟、房履亨、王良佐、王良俊、史繼義、張承宗、杜亮、李春田、馮振海、祥盛棧、張玉海、楊爾昌。

龐福九、趙善緒、張曉東、崔長平、吳延之、劉法性、孫泰祥、孫繼舜、王嵩、劉承奎、王運清、陳之英、劉世明、李焯、王正祜、閆純嘏、馮希武、陳文治、張清溪、劉鳳儀、劉鳳采、劉鳳書、劉鳳羽、劉恭、劉登科、劉長慶、劉傳喜、劉承福、崔信善、崔治善、崔禮善、崔仁遠。

和泰、廣興、仁興、雙盛樓、永盛居、德順源、天成源、雙盛居、譚仲可、齊益遠、宋化成、高大和、寶延清、劉益增、李清富、李復英、岳峩、張玉峯、郅振麟、杜學曾、李岳材、趙恩祥、賈篤周、郝蔚材、曹鴻鳳、黃其明、陳良佐、郝篤卿、涂嘉平、張寶乾、李仁甫、何厚培。

崔和光、閆大興、王希賢、劉貫棟、劉學濤、洪善義、趙克讓、張明立、德和油坊、李三皋、張懷清、張誠、陳永成、劉全禮、永和堂、李材成、曹禮、曹玉楨、曹玉蓁、曹玉蘭、曹玉成、曹玉奎、楊葆臨、關嵩山、汪驟昌、協聚、益順油坊、益祥、天芝祥、泉興湧、廣義堂、信德堂。

李在文、李在寬、李在棠、李在聖、李在泮、程墉光、李存義、西異書、孫英芳、孫汝弼、孫書聲、張文明、孫鴻儒、孫同三、孫清源、孫毓琪、孫曰賓、孫奇峯、孫世貞、劉以正、戴復仁、龐光、敖壽元、費聚奎、關吉祥、敖壽榮、吳希賢、景福、繡綸、張明倫、誠興爐、李學曾。

馮學萃、矛可法、王文符、王士選、王士春、王士文、王士林、王之幹、王岱、左保祿、陳思治、王雲亭、泰安社、王傳家、王中成、王雲程、王者武、劉傳有、蔣志閔、張春、李連元、崔桂、劉長賡、劉長周、時光照、李玉鳳、鄭彬、劉天起、崔仁遠、劉綱、鞠義、戴雲桂。

劉好善、劉仁臣、劉福保、劉福山、劉作江、劉泰湖、劉明業、李寶善、郭興基、趙相如、王鎮海、張鴻陸、馬鳳羣、黃承祥、張槿、張永清、郝玉成、石增志、劉法彬、劉學謨、孫克孝、尹懷文、薛其廉、尹北麟、薛其喬、張中奎、孫傑、謝本孔、崔錫田、周光興、周益傑、周益三。

裕和公、厚記、永德堂、裕豐泰、福聚成、瑞豐、義昌泰、義利興、泉祥齋、正興店、李彤雲、李迎三、李傳經、李有奎、劉樹榮、鄭延賡、程立吉、周興禮、王學成、那嗣德、趙殿香、趙宏福、柴廣禮、陳佑、吳天福、齊福堂、張克成、王其貞、吳成安、袁景隆、袁宗、吳效文。

萬源、德生堂、裕盛棧、萬興東、萬育、泉盛、瑞祥成、公利信、意泰成、天興永、同泰、利成源、聚豐源、天成、聚成德、萬聚成、魁聚成、通聚德、公和成、增和成、協德、益慶泰、慶益堂、慶豐泰、信源號、德成公、公慶福、協聚成、文美齋、義成東、豐來棧、信昌號。

中華民國九年歲庚申清和月中澣穀旦」。

天仙聖母社信眾題名殘碑

　　碑在山東省青州市雲門山雲門洞東側二龍池邊，立碑時間不詳。石灰石質。殘高 66 厘米，寬 84.5 厘米，厚 18 厘米。正文楷書，字徑 2.5 厘米。碑上半部殘缺，剩餘部分文字漫漶。該碑記載了雲門山周圍信女結社至天仙聖母祠進香之事，並錄該社信女姓名於後。

　　（上殘）駝嶺踞□右□□辟□雲臺美□東」（下殘）有祈報莫不捷□影響焉。以故四方士」（下殘）天礼之患，歲無水旱之災，莫非神靈之」（下殘）蓮等□□天仙聖母社一當乃於歲晚務」（下殘）無題名，并將善信姓氏勒諸貞珉，倩余□之」（下殘）仁是輔，唯德是依，默為主宰於冥冥之中」（下殘）矣。願吾儕共體此意，勿徒事為□□焉」。
　　（上殘）熏沐敬撰并書丹」。
　　（上殘）石家庄：石趙秀花、石□修□、□□□□、石楊玉□、石楊淑貞、石楊□有、石楊修德、石馬秀□、□張修成、石劉秀蓮、□□修成、□□秀蓮、□□修真、□□□善（下殘）。尹家庄：蔣趙修成、蔣胡修□、蔣楊秀蓉、蔣張秀□、蔣張維成、蔣□修真、□□之修、張□□□。下□：郗□□成。双井：閆□修真、閆□華榮。青龍街：□李修真。楊姑橋：左門劉氏。東華門：劉顧秀蘭。張家庄：王蔣修真、□郇修成。□家庄：□周修成、□門趙氏、□門郝氏。付家庄：孫門李氏、唐李秀蓉、國老府□、王趙修真。双井：董郭修□。西趙庄：趙耿長修、閆吳修真、南宋花荣、張邢永□、張斡法□、劉門□□。五里堡：楊劉修成、楊岳氏。炉家店子：趙劉修真。大劉家庄：王門張氏。王家庄子：魯時修等。青龍街：徐□□真。菜市街：□崔修真。興隆街：余魯□□、余趙□□。
　　石匠：□宗修。
　　（上殘）穀（下殘）」。

修真宮

元代殘碑

　　碑在山東省青州市彌河鎮上院村村西修真宮內,立碑時間不詳。石灰石質。殘高 48 厘米,殘寬 40 厘米,現存 46 個字,字徑 5 厘米。該碑具體立碑時間因殘損而不可考知,但根據其提到的"奧魯兼勸農事"、"益都等路管民匠鷹房"兩個元代官名與陳德平、王志堅兩位元代道士,可以確定其為元碑無疑。《元至元二十七年重建昊天宮碑》題名中有"玉真宮清虛明玄寂照真人陳德平"、"順真大師王志堅"字樣,又《元大德六年降御香之記碑》題名中有"順真大師王志堅"字樣,這說明陳德平與王志堅皆為元代道士,據此可以斷定該碑為元碑。此外,修真宮內現存螭首龜趺各一塊,據稱為金元遺物,是否與元代殘碑為一體,尚需進一步考證。該螭首圭額篆書"全真修真觀記",額高 45 厘米,寬 40 厘米,字徑 12 厘米。風化嚴重,雕刻精美。

　　(上殘)設爲(下殘)基布(下殘)大啓是(下殘)地久天(下殘)翟可珍篆趙(下殘)道録陳德平益(下殘)奧魯兼勸農事董(下殘)益都等路管民匠鷹房(下殘)臨朐縣威儀王志堅等(下殘)。

元代殘碑

明正德八年重修修真宮記碑

　　碑在山東省青州市彌河鎮上院村村西修真宮院內,明正德八年(1513)立。張魁書丹。石灰石質。圭首。現高 293 厘米,寬 129.5 厘米,厚 20 厘米。正文楷書,字徑 3 厘米。額篆"重修修真宮記",單行,字徑 9 厘米。碑陰楷書,字徑不一,排列無規則。除碑陽殘留少許水銹外,保存基本完好。該碑記載了明正德八年(1513)道士張守安發心重修修真宮之事,並錄參與其事者姓名於後。

重修修真宮記

　　臨朐乃古騈邑之地。縣治西北二十里許,有曰修真宮,其中三清殿、老君堂,此古迹。神宮之所,不知起於何時,建於何代」,歲時久遠,風雨震凌,牆垣坍塌,廟庭傾圮,神像剝蝕,不堪瞻仰。正德癸酉歲,羽士張守安時爲本宮住持,爲人清心寡欲」,居養淡薄,晨昏香火,暮禮朝祭,奉道至誠,兼充」衡府家廟司香燭道士。乃發虔心,募緣修造,大興土木,建正殿三楹,後殿三楹,神門三楹。朽腐者易之,傾頹者更之。林惟堅」良,工惟精緻,瓦必陶貞,石必礱密,山節藻梲,棟宇翬飛,規模深邃,巍然聳出雲霄之表。神像重爲金飾,侍衛森嚴,煥然一」新,足以起

明正德八年重修修真宮記碑

人心之敬畏，爲四方之觀瞻。禳灾祈福者有焉，誓神免禍者有焉。恭惟老子之傳，其
來尚矣。天皇之初，號爲萬」法天師；三皇之初，號爲盤古先生，又曰古大先生；伏羲
時，化身鬱華子；女窩時，化身鬱密子；神農時，化身大成子；軒轅時」，化身廣成子；少
昊時，化身隨應子；顓頊時，號爲赤精子；帝嚳時，號爲錄圖子；帝堯時，號爲務成子；
帝舜時，號尹壽子；大禹」時，號曰真行子；成湯時，號爲錫則子。是老君累世化身，未
有誕生。太甲之世，分神化氣，寄胎於玄妙玉女李氏，懷八十一」年，至武丁庚辰崴二
月十五日卯時誕生，鬚眉皓然，姓李，名耳，字伯陽，號曰老聃。武王時，號爲守藏史，
迁柱下史；昭王二」十三年，過函谷関，遊流沙諸國；穆王時，復還中夏；敬王時，孔子
問禮於老聃，老聃苔曰："良賈深藏若虛，君子盛德容貌若」愚。"孔子退而歎曰："鳥，吾
知其能飛；魚，吾知其能遊；至於龍，吾不知其乘風雲而上天也。今見老子，其猶龍
乎?"漢文帝時，爲」河上公；帝好老子之旨，遣詔問之，公曰："道尊德重，非可遙問。"帝
即車駕從而詣之，帝曰："普天之下，莫非王土；率土之濱，莫」非王臣。域中有大王
居，猶朕民也，不能屈，何乃高乎? 朕足使富貴貧賤須臾。"公附掌坐躍，冉冉在虛空
之中，妙雲之升，去」地百余丈而止。玄虛良久，俛而語曰："今上不至天，中不累人，
下不居地，何民之有? 陛下焉能令余富貴貧賤乎?"帝乃悟知」是神人，方下輦稽首
謝，授帝《道德經》五千言，帝乃齊戒受之，命傳於世。伏惟老子，歷天地之悠久，接古
今之見聞，神妙變」化如此，斯世斯民，豈可玩而不敬乎? 事工落成，用勒堅珉，以紀
崴月云」。

　　峕正德八年崴次癸酉律中仲呂四月吉旦貢生張魁書」。

　　青州府臨朐縣知縣姚文明、縣丞王宥。

明正德八年重修修真宫記碑陰

青州左衛掌印指揮同知丁龍、主薄吳養賢、典史王冕、儒學訓導魏文益、張悦。

青州府道紀司都紀李景延、徒弟曹文玄。

僧綱司副綱妙潤、関王廟潘文增。

臨朐縣陰陽訓術倪仲、義官張矯，醫學訓科張克憲。僧會了堂。道會劉清奇。

本宮道衆：董守春、張太玉、朱太廣、蔣太學、黃志先、祖太淵、楊太征、李太祥、刘太亮、吉志余、高清林、吳清梅、吉清显、王清貴。

石匠：張成、張全、張文正、張洪、張明。

（以下碑陰）

本宮田土四至：東至潘家河溝，南至南山分水嶺，西至西山分水嶺，北至蘇家井中心爲界。

十方

蔣恭、蔣崑、張□、張緒、位氏、（西）蔣惠、王緒、王佐、彭頂、崔釗、李富、申代、尸輔、張辰、位剛、李余、楊淨、蔣科、趙申、張清、張全、張弘、張月、張科、蔣玘、郭木、祖淮。

蔣惠、張珤、張耀、張旻、（位氏男）張鑑、王紹、王嬌、王□、王良、張申、申佐、尸輗、（尸輔男）尸愛民、位江、祖澤、李全、蔣木、蔣誼、張敖、張成、張文政、張文昌、張朝、老李、郭林、郭申、李浩。

祖增、李恭、王堂、史信、張鉞、祖良友、蔣贇、王鑾、趙昂、張龍、朱文秀、毡美、韓富、祖守林、祖奉、祖詵、張煜、張璉、曾建、曾運、曾貴、姚和、李振、蔣用、蔣爽、王富、孫鑾。

朱礼、祖廣、祖茂、張瓚、楊文得、尸得成、祖太、祖申、王瑾、郭倫、張显、王坤、張增、祖邃、任宗政、張茂、楊一全、張錫、王宗、宋玘、張玉、張玘、張錫、蔣可、蔣瑶、王友、孫禄。

毡秀、康一梅、刘輔、張仲良、郭成、王廉、王簡、王謙、張継、高雄、金畢、呂耻。

蔣曜、李余、王仁美、王財、王鞠、祖美、祖釗、蔣文昇、高瑛、國朝、南寬。

蔡富、王宗、朱祥、祖信、李郁、馬清、王名、楊州、金章、薛藍。

孫寬、薛代、高還、郭彪、蔡良勝、郭林、張得、張秀、王信、金錫、趙玭、南溫。

田奉、孫占、宋臻、郭逵、孫成、位海、馬昂、曹亨、孟营、金還、金鉞。

郭銳、蔣夆、王幹。

王進母韓氏、蔣文昇母張氏、蔣瓚馬氏。

本府東嶽廟住持薛文受，黑山寺長老邵隆、住持圓爽。

青州府東嶽廟住持尸文昇、永亮，張仙廟住持李一安，施主楊秀、耿玉、張堂。

臨朐縣東齊廟住持刘景文、徐守鑾、夏太振，玉虛觀住持王守玄、胡太梅，東城隍廟住持刘通達。

樂安縣住持呂教深、尹太平，陰陽杜增。

大明正德拾年歲次乙亥四月二十六日脩造住持張守安立」。

明萬曆十六年重修修真宮記碑

碑在山東省青州市彌河鎮上院村村西修真宮院內,明萬曆十六年(1588)立。楊桐書丹,道士鄭太和立石。石灰石質。主首。現高218厘米,寬90厘米,厚14.5厘米。正文行書,字徑3.5厘米。額題"重修脩真宮碑記",行書,單行,字徑6~7厘米。碑陰題名楷書,字徑1~1.5厘米不等。曾遭損壞,碎爲三塊,現已重新接好,文字基本可以辨認。原碑文落款爲"眥萬曆十□□□□子季春吉日奉訓大夫高岡楊桐書",而萬曆十年至十九年之間,只有萬曆十六年爲"戊子"歲,故由此斷定此碑立於萬曆十六年。該碑記載了衡府高唐王出資重修青州彌河鎮修真宮之事,並錄參與其事的官員、道士、工匠、信士等姓名於後。

明萬曆十六年重修修真宮記碑

青有養老園,實古名區,當益駢坒境。有宮曰修真,內有廟二,曰」玉皇殿,曰三清殿。制度完美,氣象森嚴,不知建自何代」。衡高唐老千歲,命匠鳩工,壇壝煥然,視前尤稱大壯。趺翼矢棘,鳥莘肇飛,偉哉! 妥」神之祈,迄今山無乖異,而岵屺原隰,億兆安堵,大郡皆神護庇也。是以英靈所感」,香火雲集,諸凡祈禱,靡不類應,禦災捍患,神休居多。而廟貌之壯麗,金碧之輝煌」,高唐千歲之重建於前,住持李一從之繼成於後也,前有石以勒之矣。茲建新碑」載蹟,不容以無記也。道友鄭太和輩請文於予,予喜其立心之正、作事之敏、禮」神之恭，乃勉而書之，用與此廟相垂不朽焉」。

昔」萬曆十□□□□□子季春吉日奉訓大夫高岡楊桐書」。

道會司：李南陽、李来継。

朱自實、高一茂、蔡聚陽、唐希陽、王鳳陽、魏陽喜、楊成陽、胥来仙、王来勝。

木匠：郭瑱。鬴匠：祖幹，男祖御、祖相。石匠：張其、張高、張九相、張九朝。

（以下碑陰）

衡府官刘継儀、□史筆，生員劉生才、□璋，義民官刘克孝。

張刚、曾汝田、張戶、代朝原、代朝沛、李良、代守卿、李林、侯士科、代守選、曹虎、張国儉、張訓、張息、王賓、祖廷、祖胸、王廷臣。

王□、張余商、張統、代守全、代守相、陳世美、張允孝、王公義、張蘭、李書、張九朝、張立、刘動、占茂、王志、朱九遠、韓景時、王邦道。

□忠臣、□奉、趙□、郭存義、張竹、耿相、宋子盛、韓得□、侯君礼、王宮、周思□、陳□、陳道、□□孝、馮虎、祖照、占汝卿。

王恭、尹邦彥、張祥、□□、□□□、□天恩、張增、宋敬、任洪、宋用、刘虎、朱瑱、張標、祖雲、朱世祿、孫亮、張豹。

蔣党、□周、張思道、張思成、張浩、李沛、李□、楊存智、李思德、李思義、刘士恩、趙裕、刘邦甫、孫祿、王守道、宋守卿、杜志。

張科、張珩、崔興、鞏曾、董付、董卿、郝相、董汝奉、張玉、安民、郭琚、郭还、夏得仲、韓景美、董思保、占汝明、李頂。

董豹、康才、張遼、王豸、李岳、李金、李郡、李宦、楊仲科、李□安、李□□、孫浩文、李文昇、占国志、郭臣、王守得、王守恩。

蔣九州、蔣順賢、任孝增、李分、刘邦業、刘邦希、位守志、宮業、張仲、朱木、郭大時、郭郁、□東□、占汝利、王守志、王守本、王守紀。

任三才、朱邦違、朱艾、蔡朋、李君用、王尚生、郝守忿、王良、韓登、蔣□、刘大氣、侯進、唐九化、耿東齊、王守奮、胥京雲、王國相。

明萬曆三十三年重修修真宮碑

　　碑在山東省青州市彌河鎮上院村村西修真宮院內,明萬曆三十三年(1605)立。祖勳撰文。石灰石質。殘高192厘米,寬102厘米,厚15厘米。正文楷書,字徑1.5～3厘米。碑陰楷書,字徑不一,排列無規則。碑上半部殘缺,剩餘部分文字尚可辨

認。碑文最後落款爲"……三年歲次乙巳夏四月朔日乙巳臨朐縣庠生祖勳齋虔謹撰",查閱《臨朐縣志》後,始知祖勳爲明代貢生,由此可以推知此碑應立於明代。修真宮內現存另一殘碑最後落款爲"……士張東光齋沐謹撰",又查《臨朐縣志》,知張東光爲明萬曆朝進士,那麼這塊殘碑顯然應該是立於明萬曆年間,至於具體時間則難以確考。然而,比較這兩塊殘碑,發現窯匠題名中都有"祖相、祖黨"之名;木匠題名中亦都有"張詔、孫守成、李士欣"三人。由以上兩點,可以推知這兩塊碑立碑時間相差不會太遠,應該屬於同一時代,即應是明萬曆年間所立。而明萬曆年間只有萬曆三十三年爲"乙巳"歲,故斷定此殘碑應立於明萬曆三十三年(1605)。該碑記載了以鄉人詹汝卿等為領袖的香頭社信眾於明萬曆三十三年(1605)重修青州彌河鎮上院村修真宮之事,並列信士和參與其事者姓名於後。

明萬曆三十三年重修修真宮碑

　　（上殘）許，有曰修真宮者，前有流水，後有高崗，左有層崖石壁，右有龍門山，巍巍峩峩，斷岸」（下殘）聳翠，憑高遠望，東連廣野，接于巨川，此修真宮之大觀也。其宮之迤西，去地五六尺」（下殘）潺潺湲湲，秋冬不變，涓涓滴滴，水旱不知，游魚出沒于清波，鳴禽奏管于喬木，蕉歌牧」（下殘）神仙之居，誠□□□之所矣。其秦松漢柏，古碣龍碑，蓋不知建于何時，云大元至順元」（下殘）武宗之八年□□□整。邇年以來，墻垣圮廢，景色蕭條，殿宇雖未傾頹，蓋已有瓦漏而」（下殘）□人詹汝卿等，久□□□相邀立社，名曰香頭社，至今三年餘矣。前年立大門三楹，至今年」（下殘）工于」（下殘）皇殿，其瓦損者更之，木□者易之，聖體侍像重加金飾，殿前築一甬道，連于大門之內」（下殘）一新焉。中則無募緣之僧道，外則無捨財之施主，其一錢斗粟，皆取于一社之中；片瓦碨石，皆」（下殘）之力。規模雖小，用力則□□矣。工將告成，詹汝卿屬文于予，予曰：善哉！今日之事乎？予里將復」（下殘）曰：子何言及此歟？君子不□獲善報而始爲善，小人不因有惡報而輟爲惡，此乃予素志也。若」（下殘）非予心也。予曰：不然。此廟與此里相因也久矣。此廟之興廢，予里盛衰之候也。昔二十年前」（下殘）新住持羽士，田畜蕃盛，鄉□富而有名聞者，不下數十家。比年來，廟貌漸衰，故羽士零落，予里」（下殘）以蕭條焉。今廟宇重新，□予謂予里復興，其謂此乎？汝卿曰：今日予爲妥神明計耳，非爲」（下殘）一鄉已也。予曰：神□在玄虛之表，太始太初之先者，予靡得而考已，若老君誕生之」（下殘）之高，前人之述已備，予又無容贅矣。其曰：修之鄉，德乃長。此老子所嘗言也。天道無親，常與」（下殘）《道德經》所明載也。予之積德，亦云善且長矣。汝卿曰：縱子言之，僥福終非予志也。予始應曰：豈特」（下殘）非予意也。曩者之言，特試子意之誠耳。汝卿悅。予隨援筆而書之，以記歲月云」。

　　（上殘）三年歲次乙巳夏四月朔日乙巳臨朐縣庠生祖勳齋虔謹撰」。

　　石匠：張自成、馮山、宋東道。

　　仝立。

　　（以下碑陰）

　　（上殘）鄉□義社本庄一會善人。

　　（上殘）□□卿、□□志、□□卿、□□朐、□□保、□□相、□□成、□□明、□□亮、□□詔、□□□（下殘）。

　　馮子樂、王國相、張希成、李東城、胥□賓、鞏尚賢、孫仲科、詹演和（下殘）。

　　詹汝卿、高本住、詹演和三人同買到」庵東東西地二段，大畝一畝二分，上帶雜菓樹株，共價銀」貳兩捌錢，永遠施捨宮內，以待後士看守」香火，道人佃種，不許典賣」。

　　本宮道衆：李乙從，高乙茂、徒弟戴住陽，魏陽喜，王教書，蘇陽臣。

　　窰匠：祖卿、王希東、王希夷、祖相、祖党、張楷。

　　木匠：張詔、孫守成、李士欣。

　　土作:郭汝忠、詹汝臣、祖三才、孫守表、馮一之、王邦享。

　　抬碑:韓守仲、宋君宝、唐九化、刘大器、井東湖、付應魁、董花、詹東府、韓應魁、韓應選、祖節、王邦亮。

　　碑陰榆林張實拙筆。

明萬曆重修修真宮碑

　　碑在山東省青州市彌河鎮上院村村西修真宮院內,明萬曆年間立。張東光撰文,劉敏御書丹。石灰石質。殘高172厘米,寬98.5厘米,厚15厘米。正文楷書,字徑2.5～3厘米不等。碑陰楷書,字徑1～1.5厘米。碑文最後落款爲"……士張東光齋沐謹撰",查《臨朐縣志》,知張東光爲明萬曆朝進士,據此可以斷定該碑立於明萬曆年間。該碑記載了明萬曆年間鄉民詹汝卿、道士蘇陽臣等維修修真宮之事,並錄道士、木匠、窰匠、畫匠、石匠及善信姓名於後。

　　（上殘）起而峭,是爲龍門山。旁多複嶺,逶迤循山徑而入可二三里,林木翁欝,石泉清冽,負巘磊而絕塵囂,真異境」（下殘）三清、玉皇神祠在焉。其始刱不可攷,往餘覽色勝跡,嘗過其處,猶見其丹漆黝堊,金碧輝煌,詢之則先」（下殘）時,日就傾圮,鄉民詹汝卿輦再新三清殿,力不能及其他,羽士蘇陽臣主東嶽廟祀,去宮稍遠,然素喜修」（下殘）□後也。遂毅然任之,走啟于今」（下殘）□好施者來助之貲。逾年而工告成,視昔加壯麗焉。陽臣謂餘舊遊之地,以碑記來請,餘魄弗嫻于辭,第據管」（下殘）皇祠矣。亦知玉皇之義乎? 夫玉皇,天神也。上帝之稱,從古有之。在《書》之《湯誥》曰:敢昭告于皇皇后帝。《詩》亦曰:皇」（下殘）謂以

明萬曆重修修真宮碑

其形體謂之天，以其主宰謂之帝，上帝之外，盖別無尊稱矣。至讀《宋真宗實録》，在大中祥符間，上對侍臣」(下殘)下臣庶同上玉皇聖號。至天禧元年，上詣太初殿，恭上聖號曰"太上開天執符體道"等語，不勝繁稱，及傳記所」(下殘)歷修三千二百歲，始證聖號。此其說皆誕而不經，何也？太空冥冥，不可得而名，誰得而以號加之？天積氣耳。自」(下殘)物功用不測，豈有以修煉而後者？況」(下殘)且舉難名者，而妄稱之帝神也。而擬之人，非類也。而奠其享不幾于褻天乎？雖然，世之稱神者，夥矣。要皆天所」(下殘)休咎，微有徵驗，人無不信而敬之，尊而無上，顯而易見，神猶有過于天者乎？長育肅殺，風雨露雷，皆所以示其」(下殘)不當忘報可知已。故存心養性，出王游衍，達人所以事天；至愚夫愚婦，非惕之以赫聲濯靈，則怠而不知畏。新」(下殘)使之無念，而敢褻天也。若夫可使由而不使知者，非凡民乎？昊天之廣大，聲稱之當否，未有能鮮者也。亦存而」(下殘)選王希舜、張不驕咸首事著勞者，併爲之記」。

(上殘)士張東光齋沐謹撰」。

(上殘)仲夏之吉」。

監工：王乙杭。

發心弟子：蘇陽臣，徒弟來來夏，宋來春、李來迎，侄董來用，徒孫魏復慶、李復壽、趙復集、蔣復馨，重孫張本曾、傅本茂、張本盛、李本旺。

本宮道衆：占演和、戴住陽、魏陽喜、魏演香、王陽乾、賀全寧、王來景、王全明、張全邦、趙全興。

木匠：孫守業、孫守成、張召、李士欣。

窑匠：張皆、祖相、祖党。

畫匠：姜得要、姜果。

石匠：朱存礼、馮山、張行、彭承愛，青城縣來汝洪、來汝聘、張九相。

仝立。

鄉民劉敏衘書。

(以下碑陰)

(上殘)

□□□、高洪□、谷九豊、李應孔、張應□、任三才、趙應璧、王瑚、張九成、齊茂、王希曾、王明道、王明礼、王扶、王振、王持、王橡、王接、王書、王璣、王存仁、門得付、王礼、王希魯、王希齊、張□松、詹□□□。

蔣舜田、蔣雲□、蔣國忠、王守恭、朱東齊、李造、蔣應選、任學礼、任學曾、王希賢、李希□、李成忠、李尚礼、李尚志、康伯伶、李召、□□昂、張大用、王諾、王翊、王誼、李承惠、□袍、胥朋、詹東府、詹東縣、吳漢。

李應試、郭栢、郭竹、郭文正、陳三位、韓守仲、石□舉、刘汝馨、王希支、蔣應其、韓生儒、韓應魁、韓應選、朱孟言、祖三才、劉大氣、朱東甫、孫守表、王希變、張伯厚、蔣舜民、蔣國才、呂朝、郭詢、郭梅、郭汝安、刘克敬。

劉克義、劉敏慶、吳宗顯、吳宗兔、安東海、安東洋、蘇尚才、刘順、刘信、刘行、刘敏郊、蘇尚文、刘三省、刘三聘、刘三選、刘克召、刘克要、刘敏壽、刘敏荣、王家萬、王家民、王家貴、張思弟、張思信、刘孔訓、刘在峯、詹汝宧、□善。

王希武、李養□、徐安、王家千、王家尚、解忠、王應節、孫継志、解士進、蘇養忠、劉孔信、□□仁。

張希□、張希寬、張希敏、張希茂、張希華、張希明、高惕周、高東齊、王希文、安一龍、高三位、詹東學、劉克新、劉克由、朱友、詹□允、□一臣、許存仁、□思信、□慶、王厚、□□、張立、毛安有、郭汝忠。

（上殘）許……不許典賣，□□看守香火，永遠為業。

清康熙四十年重妝修真宮三清神像
功果圓滿修醮開光題名記碑

清康熙四十年重妝修真宮三清神像功果圓
滿修醮開光題名記碑

碑在山東省青州市彌河鎮上院村村西修真宮院內,清康熙四十年(1701)立。王□贊撰文,王封疆書丹,劉峻刻石。石灰石質。圓首。高 154 厘米,寬 58 厘米,厚 15.5 厘米。正文楷書,字徑 1.5 厘米。額題"重修碑記",楷書,單行,字徑 5～5.5 厘米。碑體完整,局部文字漫漶。該碑記載,清康熙四十年(1701),修真宮周圍善信,重妝三清神像,功果圓滿,修醮開光,並立碑以記其事。

重粧脩真宮三清神像功杲圓滿脩醮開光題名碑記

大凡事出創始者,必作記以誌之。誌之者,誌不朽也。不朽者,其功不可朽也。養老園之三清神像,里人重新之。事竣,修醮開光,此恒事耳。吾」族之善俊誠吾兄,索記于余,余頗難之。誠吾曰:此雖事小功微,若無足記,然其首事者,足記也。桑村之魯壇馮公諱參者,爲人持重雅靜,素不喜」□□□□槩勿問。一旦山游至斯,瞻拜之餘,不禁惻然顧余無闇章聶公諱爍者曰:"三清爲一方福星,而廢坏若茲,公等責也。胡弗新之?"余與」聶公同声應曰:"袞實有心,奈無首事者,維有善信徒袖手耳。"馮公慨然曰:"是不難,參不敏,願爲領袖。"於是,與里人鳩一社,蓄資財,脩工料,擇日興」事。缺者補,廢者脩,不逾月而金碧莹煌,神貌若生,爰倩羽流脩醮開光,以落成焉。兹雖事小功微,然非三清有靈,默爲啓牖,胡爲以持重雅靜」之馮公,一旦慨然爲衆先,使数十年厭厭將敝之聖像重新至斯,而烏可以不記? 余聞之曰:"然。"□□其事以爲之記,俾後之觀者□□雖事小功」微,其亦可以不朽云」。

里人崴進士王□贊公氏薰沐拜撰」。

領袖:生員馮參、馮奭。

會首:聶燨、王義俊。

善施:馮善世、馮開世、劉虎、趙允貴、祖世甲、劉貴、張得奉、劉荣、茂可慶、姜鳳祥、茂可德、張志荣、趙允福、王棋、李天茂、王世寧、祖玉璽、康治有、趙應魁、陳尚友、張世俊、王大朋、國旺夏、趙樸、姜呈祥、孫成吉、朱福臣、刘進保、茂可松、周福成。

道會司李教真,徒第王永□,徒孫陳元福、葛元松,曾孫張明□、曾明□。

畫匠:劉峻。

石匠:沈可旺。

康熙四十□崴次辛巳仲冬吉日立。

王封疆書」。

清康熙五十二年重修修真宮碑

　　碑在山東省青州市彌河鎮上院村村西修真宮院內,清康熙五十二年(1713)立。馮善世撰文並書丹,周爽、史國新刻字,修真宮住持道人李本乾等立石。石灰石質。殘高103厘米,寬73厘米,厚13.5厘米。正文楷書,字徑1.5～2厘米。左上角殘損,自左三分之一處縱向斷裂,文字嚴重漫漶。碑文最後落款有"癸巳季春吉旦北海貢生馮善世薰沐撰書"字樣,查閱修真宮內現存其它碑刻,《清康熙四十年重妝修真宮三清神像功果圓滿修醮開光題名記碑》有馮善世之名,故知馮善世為清康熙年間人,又康熙五十二年為癸巳之歲,由此斷定此碑立於清康熙五十二年。該碑記載了清康熙五十二年(1713)養老園兩莊人等捐資重修青州彌河鎮上院村修真宮之事,後錄96位領袖、捐施、信女、石匠、刻匠等姓名,並錄修真宮住持道人李本乾,徒弟丘何修、茂何卿、李何倫、鍾何伶、趙何猂、張何仁,徒孫李教祥、曹教禎等道士姓名。

　　(上殘)□□朝萬國□,雖曰天與人歸,而社稷豐歉,猶賴神祐也。我」(下殘)氣象森嚴,固聖主好善之心,亦累代宗祀封告之典也。且殿前蒼松」(下殘)頹屢脩,我」(下殘)三十六載,豈稱莊□亦觀……□雨暘之感,若知膏澤之」(下殘)無由。今養老園兩庄人等,各出愚忠愚孝之誠,各捐口體衣食之奉,募緣之」(下殘)又脩銀三十餘兩,廟宇聖像始得復新。告成之日,姓氏不垂後世,無以脩」(下殘)朽云。

　　曶」(下殘)癸巳季春吉旦北海貢生馮善世薰沐撰書」。

　　(上殘)馮善世,高□,馮嘉世,馮紹祚,馮世明,蔣延基,馮紹□,馮紹聞,領袖茂可慶、□□□,張新國,張新迎,聶爍,祖玉璽,蔡東海,□□□,茂可□,李□□。

　　捐施:茂可松、王大玉、張志荣、□貴、鹿祥□、馮世甲、劉荣、祖玉卿、馮命世、□□□、王灝、茂金、詹求福、茂玉、張得奉、陳尚友、馮海、趙玉、馮欽、聶昇、王然、李秉貴、王梅、王世寧、吳可興、姜奉祥、董耀、祖承興、宋倫、朱正行、姜玉秀、趙允福、姜玉俊、馮林、刘可仁。

　　信女:祖門祝氏、茂門張氏、聶門潘氏、張門張氏、張門倪氏、祖門王氏、張門馮氏、趙門馬氏、聶門申氏、王門陳氏、詹門張氏、王門蔣氏、許門李氏、董門張氏、茂門胡氏、吳門趙氏、茂門張氏、劉門趙氏、陳門郝氏、□門李氏、姜門趙氏、姜門王氏、王門曾氏、趙門劉氏、茂門孫氏、馬門王氏、茂門劉氏、趙門王氏、祖門劉氏、李門安氏。

石匠：郝有益、郭景先。

刻字石匠：周爽、史国新。

住持道人李本乾，徒弟丘何修、茂何卿、李何伦、钟何伶、赵何猁、张何仁，徒孙李教祥、曹教祯。

仝立。

清乾隆九年重修修真宮碑

碑在山東省青州市彌河鎮上院村村西修真宮院內，清乾隆九年(1744)立。馮質撰文，聶克勤書丹。石灰石質。圭首。高 198 厘米，寬 79 厘米，厚 18 厘米。正文楷書，字徑 2 厘米。額題"重修碑記"，楷書，單行，字徑 8.5 厘米。題名楷書，字徑約 1.5 厘米。除中下部斷裂外，基本保存完好。該碑記載了清乾隆九年(1744)上院村善信捐資重修修真宮之事，並錄男女善信、木匠、陶匠、畫匠、鐵匠、道士等姓名於後。

從來名區勝地多在都會，亦在山林」。是地也，面環山，臨清溪，依茂樹，往者」來者於焉至止，莫不低徊而不去。視」殿宇，觀神像，謁龍牌。或皆曰：自古在，」昔奉勑而修」。玉皇臨於北，三清列於南，且鐘樓、大門」道房、院墻，莫不崢嶸俊偉，誠名勝也」。嗟乎！乃至今而頹敗若斯哉？余同里」善信，慨然起而新之。其本意欲加於」前次，亦思復其初，惜己力不能，乞化」亦不得，止整理后殿，莊塑金身，眾皆」惴惴焉。謂功方及半，何敢勒石？余曰」："不然。人之好善，誰不如我？姑以此事」俟諸同志，而復其初且加於前，將於」是乎在。則今日之及半，即異時告成」之兆也。"眾曰："諾。"遂命余敘之，囑余甥」書之，以壽諸瑨珉」。

　　嘗」大清乾隆九年歲次甲子季夏吉旦」。

　　後學生員馮質撰、聶克勤書」。

　　國良、宋倫、陳尚友、監生蔣永宦、趙琢、張振、青城縣訓導馮善世、茂有功、宋得安、王大和、王大禎、王大斗、蔡可元、蔣永修、王大魁、隋爾才、領袖茂可松、監生馮嘉世、王大□、茂玉、監生王聖玉、張喜、劉愉、趙玉、聶亘、馮運、生員馮實、生員馮質、聶

清乾隆九年重修修真宮碑

繼世、祖成興、王溥、生員王日旭、郭世行。

馬國順、姜廷輔、王得榮、李文成、趙得祿、馮命世、王大秀、王大玉、姜廷望、蔣可元、李文府、郝顯堂、郭世有、馮存世、劉可忠、祖盛興、蔣桂起、趙維新、劉崑、王獻臣、李在山、趙珍、趙國臣、占玉、國友、杜萬鎰、劉光彩、遲曰旦、董耀、茂金、馮欽、王得欽、張永祿。

劉佩、張士魁、張權、刘可興、刘倫、刘可仁、郭八垓、祖起祥、宗文學、祖玉府、祖玉京、刘健、刘可旺、李行、王佩、李文柱、張復泰、張復旺、李見順、王得義、王景春、祖起禎、刘便、祖玉成、刘可信、刘伸、郭世榮、曹珍、程有貴、吳可旺、聶煒、刘君選、張有恒。

蔣權、蔣永純、蔣和、蔣永申、蔣永德、蔣生福、蔣永秀、蔣顯著、褚世有、王奉敬、潘萬錫、潘玉錫、蔡霄、朱介、蔡可龍、朱申、王有興、張則辨、任望、張則時、蔡可英、呂法、呂興、朱正倫、蔡井、蔡可富、王榮、刘傑、刘純嘏、蔡起、蔡成、王惠遠、王存友。

聶旺、聶紹先、蔣綸、聶克欽、聶克恭、聶方、蔣琰、賈存旺、賈存德、夏文舉、聶仁、李國平、王大輔、張得仁、張秀、張印、王大祿、張德盛、傅起旺、傅雲生、曾尚法、朱禎、褚世成、張瑁、蔣超、蔣永遠、史成德、史功、趙真、閆魁顯、王奉欽、蔣永濟、蔣傑。

鹿得玉、馮起俊、李永廣、郭秉煥、刘起瑞、李繩先、李經、刘起民、王起正、刘起祥、刘起禎、王國政、聶婉、刘玥、臧湖、刘貴、蔣永發、刘宣、夏際茂、聶文才、張智、臧永盛、刘延基、刘輝、郭欽、郭倫、刘恂、蔣永開、蔣釣、聶克從、聶郂、聶炤、李永□。

王永昇、王初昇、玉玉珍、王文才、王□、王大□、王文□、王獻□、王□、王□、王秀□、王□□、王繼□、王貽□、王□詔、王□炳、王訓謨、王□謨、王□珍、王□升、王□正、王□金、王□講、□□池、□□湧、□□義、□□秀、□□洽、□□振、□□恭、□□久、□□璉、□佩。

張湖、張泰宗、□承禎、□瑞、□厰、□茂秀、孫秀、黃超、刘九榮、王得貴、王大遷、王淳、高日智、王大富、高日昇、張鳳儀、張希吾、王鍑、張孝先、張魁吾、張起、張興、王俊、張化鳳、任士魁、魏藩、王克昌、周生美、王大賢、王作炳、王大福、王坤、王大惠。

宋雲生、郭怀仁、朱九施、李相如、董天貴、朱復基、陳顯荣、張振、馮資、曾衍興、刘岳、王汝謨、刘大成、呂魁、國柱、蔡文惺、王宏猷、王汶、高璲、王有質、祝存公、李正德、李敬德、王忠、黃越、隋尔旺、隋响、吉明、丁可壯、張顯士、葛承珂、張琰、張玘。

刘峩、邵光荣、郭玉、姜廷佐、王大哲、張則行、褚世旺、蔣可琳、蔣可信、蔣宜、蔣梅、蔣顯耀、將永新、曾尚文、張福、任士成、刘安、刘振。

王思笈、刘萬傑、刘資、高琳、高天祿、李茂生、王克明、張志修、張海、王全美、王允昇、王思孔、張煥、王許謨、王得智、張廷秀、臧永富、信光祚。

陳顯荣、周生貴、童貴士、王自業、宋瑗、吉明義、段復寬、潘天錫、潘鎮、杜國梁、刘兹、李玉音、王大寬、工得中、聶思義、蔣義、李恂。

張安、刘克明、張廷恂、吳世富、王才、徐功臣、王存亮、李貴、褚灼。

王門段氏，趙門王氏，祖門郭氏，刘門信氏，王門王氏，王門齐氏，趙門祖氏，領袖王門高氏、吳門杜氏，茂門張氏，王門戴氏，趙門朱氏，趙門李氏，聶門馮氏。

萬門王氏、國門張氏、張門倪氏、王門寶氏、馮門李氏、王門侯氏、郝門苗氏、姜門王氏、陳門張氏、聶門李氏、吳門趙氏、張門趙氏、茂門閔氏、趙門胡氏。

王門徐氏、刘門王氏、刘門高氏、刘門楊氏、刘門王氏、祖門王氏、刘門曹氏、張門趙氏、郭門王氏、張門史氏、趙門張氏、刘門姜氏、國門東氏、李門蔣氏。

姜門鄭氏、王門張氏、王門馮氏、褚門趙氏、孫門刘氏、祖門葛氏、王門高氏、姜門宋氏、郭門李氏、郭門王氏、馮門刘氏、宋門茂氏、潘門郭氏、祖門郭氏。

趙門蔣氏、王門張氏、刘門宗氏、刘門趙氏、茂門刘氏、張門時氏、王門□氏、李門□氏、王門李氏、王門張氏、李門王氏、刘門李氏、陳門吳氏、董門鄭氏、馮門張氏。

木匠：褚世才、王有梅、朱正式。

陶匠：張相吾、王□鳴。

畫匠：趙一進。

鐵匠：刘□德。

住持道人：朱元景。

清嘉慶十二年重修修真宮玉皇殿序碑

　　碑在山東省青州市彌河鎮上院村村西修真宮院內，清嘉慶十二年(1807)立。魏國昇撰文，郭爲楷書丹，仇長緒刻石。石灰石質。圭首。高 164 厘米，寬 77 厘米，厚 19.5 厘米。正文楷書，字徑 2 厘米。額題"重修碑記"，楷書，單行，字徑 10～12 厘米。正文後爲領袖與施財者題名，行書，文字大小不一。除下部輕微斷裂外，基本保存完好。該碑記載，清嘉慶十年(1805)，里人馮廣業等見修真宮廟宇傾圮，於是與住持道士郝明馨共同募化四方，欲重修之，但恰逢歲歉，只修好了玉皇殿，爲使後來者繼其事，故立碑以記之，並錄修真宮 4 位道士和參與其事的 7 位領袖、128 位施財者姓名於後。

重修玉皇殿序

　　養老院莊西有觀曰修真宮，宮內有」玉皇殿，殿前有三清殿，又有青龍、白虎殿，大松數十，皆與觀前」清泉、四圍山光相映成趣。余弱冠時，受業於錫侯聶夫子，暇則」世兄西園公華翰偕余遊之。讀其碑，知元奉勅重修，明衡」府捐銀重修，其曰肇自炎宋，蓋傳語也。西園公曰：有膳廟地十」餘畝，胥無征徭云。丁卯春，西園公遣其子傳心以書遺余，言」嘉慶十年，里人馮廣業等見廟宇傾圮，率住持道士郝明馨募」化四方，欲一概整飭，適逢歲歉，祇修玉皇殿、粧金身而止。囑」余先序其事。夫先者，後之倡也。吾知異日更有可觀矣」。

　　當」大清嘉慶十二年歲次丁卯孟冬穀

清嘉慶十二年重修修真宮玉皇殿序碑

旦」。

甲子歲進士魏國昇序」。

鐫字匠人仇長緒」。

青山郭爲楷薰沐書」。

住持道人郝明馨，率徒時金萬，徒孫班玉山、梁玉柱。

領袖：劉鳳洲、馮高業、劉大邦、馮廣業、馮榮、李克讓、國政。

施財：

韓思利、韓思元、聶華翰、王溱、王學義、馮惠、張美、馮愷、劉大来、劉大闲、祖玉良、郝運久、張時、郭克勤、姜迎、王順、王漢、郭在胸、王淂安、姜連名、馬良輔、馬良弼、郭廷祥、劉繩賢、趙宗順、陳闲先、陳自超、趙宗義。

馮山業、王福成、馮秀業、王吉、聶闲吉、張振興、張振三、趙濟、王淮、王太和、程山、王福順、尹世秀、劉良明、劉良德、劉坤、邵溱、邵興臣、郭廷建、馮振業、馮弉業、仇效先、吳思坤、吳思溫、高萬清、張思順、劉孝、王珏。

郭明、郭貽業、郭貽康、王子敬、郭俊、郭貽寧、馮之順、張存先、郭承孔、郭承孟、郭承曾、張杶、張檢、張汝輝、張奎光、張龍光、張拃、張作新、張汝公、張梅、張汝超、楊宗海、張枋、張順、張本元、張振德、張汝周、張汝賢。

張楔、張本善、張法東、張本恕、張汝強、張汝干、張汝弼、張□榆、張振清、張振昇、張振家、張榴、劉良忠、王绅、王鎧、蔡連曾、蔡連惠、郭永富、蔡連宗、張立業、劉得福、蔡連福、呂詵、朱希孟、王經、郭廷相、張立志、馬德。

蔡显名、蔡显玉、劉良貞、宮萬里、周國棟、宋明遠、宮安、宮樂、宮思、許聰、郭思聰、郭思敬、周國榮、周國相、許振、董闲吉、趙文成、蔡其芹、宋大儒、宋超、宮太、李光輝、董兆吉、竇士宏、董克功、王文太、劉旺山、王仲。

王勤、譚順、劉旺景、朱安吉、劉孝宗、張漢、李克振、李崑崙、祖振明、劉成宗、辛彬、金其盛、劉旺海、劉旺清、趙雲山、趙雲路、王見修、馬禮、祖林、韓紹荣、郭太清、趙成、霍士成、郭在理、郭在誠、郭在有、郭在山、于新成。

李景□、魏國□、申□、杜如□、王□、褚□□、馮□文、張□敬、張□昭、劉景唐、季世魁、高維、魏國良、王福生、劉文显、劉文學、劉文宧、郭太學、劉玉吉、信□貞、郭存廷、□世法、劉显儒、郭存忠、□公緒、劉明、蔣希閔、蔣□乾。

聶士昇、聶崙、聶坤、馮化南、蔣士柱、蔣士超、蔣士金、蔣希時、蔣夢瑞、王思武、程慎行、王得密、王明山、朱立春、王公柱、李傑、李子法、王岳山、王崇、聶祿、霍士孟、宋可選、劉淮、劉江、茂忻、霍沄、劉存賢、来琴。

王惠、張以献、劉克儉、李忻、王臣。

仝立。

清嘉慶十二年信女題名碑

　　碑在山東省青州市彌河鎮上院村村西修真宮院內，清嘉慶十二年(1807)立。石灰石質。高196厘米，寬77厘米，厚19.5厘米。正文楷書，字徑1厘米，共錄319位信女題名。額題"信女題名"，楷書，單行，字徑10～11厘米。除殘留部分水銹外，保存基本完好。該碑與修真宮現存《清嘉慶十二年重修修真宮玉皇殿序碑》立碑時間相同，推測該碑可能爲《清嘉慶十二年重修修真宮玉皇殿序碑》的功德碑，只是把信女單獨立碑而已。

　　馮门張氏，刘门□氏，范门郭氏，張门傅氏，聶门賈氏，郝门田氏，殷门祝氏，領袖茂门王氏、馮门王氏，田门范氏，徐门王氏，郭门王氏，王门趙氏，趙门王氏，住持郝门張氏。

　　馮门王氏、張门朱氏、張门王氏、趙门王氏、宮门謝氏、高门趙氏、宋门于氏、刘门莊氏、王门張氏、張门聶氏、王门李氏、宮门刘氏、刘门曾氏、王門張氏、馬门張氏、王门石氏、楊门張氏、王门李氏、張门張氏、張门王氏、刘门王氏、周门郁氏、馬门王氏、刘门左氏、郭门王氏、王门郭氏、王门張氏、李门趙氏、許门李氏、王门申氏。

　　郭门李氏、郭门朱氏、韓门陳氏、韓门秦氏、韓门刘氏、王门董氏、王门徐氏、王门郭氏、王门張氏、王门郭氏、王门蔡氏、馮门寶氏、馮门張氏、李门王氏、馮门王氏、王门張氏、王门趙氏、郭门王氏、韓门刘氏、郭门刘氏、郭门王氏、張门寶氏、張门殷氏、刘门戴氏、霰门康氏、高门魏氏、刘门趙氏、郭门李氏、時门蔡氏、馬门徐氏。

　　刘门鄭氏、刘门郭氏、郭门張氏、郭门王氏、刘门王氏、郭门刘氏、□门刘氏、閔门刘氏、寶门吳氏、郭门桂氏、刘门鞠氏、張门趙氏、閔门陳氏、閔门尹氏、刘门丁氏、刘门耿氏、李门王氏、李门時氏、刘门張氏、陳门房氏、郭门蔣氏、郭门李氏、郭门刘氏、許门賈氏、王门郭氏、張门李氏、李门李氏、戴门秦氏、戴门刘氏、戴门蔣氏。

　　郝门刘氏、郝门□氏、郝门刘氏、郝门□氏、刘门郭氏、刘门楊氏、張门刘氏、張门刘氏、傅门李氏、戴门孫氏、房门張氏、郝门李氏、南门薛氏、戴门郭氏、蔡门戴氏、茂门趙氏、馮门戴氏、郝门孟氏、南门時氏、囘门□氏、□门刘氏、戴门時氏、傅门李氏、張门刘氏、沈门石氏、傅门李氏、傅门袁氏、傅门刘氏、張门趙氏、張门潘氏。

　　張门李氏、刘门王氏、張门李氏、張门□氏、□门趙氏、張门程氏、張门刘氏、郭门南氏、郭门李氏、刘门南氏、刘门張氏、闵门秦氏、程门李氏、刘门殷氏、刘门馮氏、程门許氏、時门□氏、茂门王氏、刘门萬氏、刘门王氏、□门梁氏、王门王氏、王门谷氏、□门□氏、□门□氏、王门□氏、□门□氏、張门□氏、宋门□氏、刘门□氏。

王门李氏、孟门□氏、孟门白氏、張门王氏、馮门郭氏、馮门陳氏、刘门蔣氏、刘门王氏、聶门□氏、王门馮氏、刘门時氏、王门馮氏、馮门唐氏、聶门刘氏、張门王氏、胡门寶氏、張门王氏、聶门程氏、郭门馮氏、□门刘氏、馮门朱氏、馮门□氏、刘门朱氏、刘门張氏、刘门葛氏、張门田氏、張门趙氏、李门趙氏、□门于氏、馮门秦氏。

孟门郭氏、時门袁氏、時门刘氏、時门張氏、刘门李氏、馬门刘氏、乜门葛氏、時门高氏、時门王氏、戴门王氏、時门宋氏、時门孫氏、時门刘氏、宋门尹氏、周门周氏、時门藩氏、戴门孟氏、郭门張氏、孟门刘氏、刘门姜氏、陳门王氏、張门金氏、秦门安氏、郭门王氏、葛门張氏、陳门郑氏、陳门李氏、于门刘氏、王门路氏、王门□氏。

譚门朱氏、王门郑氏、王门張氏、張门王氏、郭门高氏、郭门張氏、張门蔣氏、郭门王氏、聶门賈氏、郭门王氏、郭门房氏、郭门王氏、郭门李氏、郭门王氏、宮门譚氏、王门蔡氏、王门魏氏、張门王氏、張门刘氏、闵门殷氏、王门吳氏、王门楊氏、范门郭氏、張门王氏、朱门袁氏、馮门曾氏、刘门郭氏、夏门王氏、王门刘氏、王门蔣氏。

馮门郭氏、馮门李氏、馮门聶氏、来门王氏、刘门殷氏、王门郭氏、王门蔡氏、王门譚氏、郭门王氏、吳门安氏、尹门賈氏、王门吳氏、宮门張氏、宮门王氏、宮门郭氏、宮门王氏、張门陳氏、王门夏氏、張门馬氏、趙门張氏、郑门褚氏、張门刘氏、王门楊氏、王门張氏、王门闫氏、王门刘氏、張门王氏、王门郭氏、王门張氏、王门郭氏。

馮门寶氏、郭门王氏、李门王氏、王门吳氏、王门刘氏、王门郭氏、王门殷氏、張门朱氏、郭门刘氏、刘门李氏、馮门郭氏、王门蔣氏、王门呂氏、王门楊氏、馮门張氏、馮门郭氏、李门張氏、邵门蔣氏、張门宮氏、吳门刘氏、吳门魏氏、吳门闵氏、吳门王氏、吳门王氏、吳门刘氏、吳门張氏、馮门刘氏、刘门朱氏、刘门郭氏、刘门郭氏。

刘门潘氏、王门張氏、吳门李氏。

大清嘉慶十二年歲次丁卯孟冬吉旦全立」。

清嘉慶十九年創修臥龍橋記碑

碑在山東省青州市彌河鎮修真宮對面臥龍橋東南側,清嘉慶十九年(1814)立。聶華翰撰文並書丹,仇長明鐫字。石灰石質。圭首。高131厘米,寬63厘米,厚15厘米。正文楷書,字徑3厘米。額題"百世流芳",楷書,字徑7厘米。碑體完整,文字清晰。該碑記載了清嘉慶十九年(1814)青州上院村善士劉大邦等發起在修真宮前創修臥龍橋之事,並錄51位捐施者姓名於後。

創修臥龍橋記

修真宮之西南,有大山曰龍門,下有深壑,蜿蜒東北,達」聖水。每逢夏秋之交,霆霖甚而壑水泛漲,響若雷轟,有」事於往來者,恒苦於不便。幸有本庄善士劉大邦等,共議」作橋。於是鳩工庀材,成於不日。向之阻而不通者,今則」咸歌如砥焉,豈非盛舉哉!工既葳,囑余爲文以記之,遂」名之曰臥龍橋,并載捐施姓名,以誌不朽」。

馬良輔、祖起順、張作亮、劉繩賢、王順、王君錫、張悅、陳開運、馬良弼、劉大開、劉鳳洲、吳思溫、馮□智、閔興禮、王□、郝显珠、閔興竒、劉良德、馮嗣仲、邵榛、吳思坤、劉良清、馮□業、馮萬清、張美、郭克勤、馮愷、馮荣、趙濟、馮安業、趙宗義、劉孝、劉大春、劉大利、□作梅、郭在胊、馮惠、張作明、王學義、劉大來、韓思元、聶禄、張興、張思舜、王居魯、趙金梁、馮讓、朱進財、蔣士儒、張現、姜楅。

邑庠增廣生員聶華翰撰并書」。

鐫字匠人:仇長明。

大清嘉慶十九年六月吉旦立」。

清嘉慶十九年創修臥龍橋記碑

清光緒二十七年重修修真宮記碑

　　碑在山東省青州市彌河鎮上院村村西修真宮院內，清光緒二十七年（1901）立。楊允升撰文，曾繼陞書丹，郭建祥、喬中平鐫字。石灰石質。高177厘米，寬97厘米，厚19.5厘米。正文楷書，字徑2.5厘米。額題"重修碑記"，楷書，單行，字徑8～9厘米。碑體完整，文字清晰。該碑記載了清光緒二十七年（1901）重修青州彌河鎮上院村修真宮之事，後錄94位領袖、信眾以及鐫字、石匠、木匠、爐匠、窯匠、畫匠、道士等姓名。

清光緒二十七年重修修真宮記碑

　　宮觀以瑰奇勝，濟以地基雋秀，則美具難并矣。此地羣峯環拱，清溪啷漱。惟東面一隅缺」，古村補焉。白石草屋，流水柴門，有塵外之致，洵佳境也。故昔賢創建玉皇殿、三清殿」、逢山殿、龍虎殿、龍王廟、山門、鐘樓□不整，垣牆、道房罔不具，因天地自然之妙，造」成古今不易之奇觀。嗚呼，盛矣！乃星霜幾易，風剝雨蝕，觸目有滄桑迭化之感，踵事增華」，貴在後起，吾屬敢不勉爲繼？是以各捐資財，用嗣善舉，計所費柒佰肆拾餘緡，而廢者以」興，舊者以新，還其自然，復其本然，非敢謂追美昔賢，實欲昭示後賢，以無諼昔賢之美舉」也。爰勒諸石，以昭來許」。

　　邑庠生楊允升薰沐頓首拜撰」。

監生曾繼陞薰沐頓首拜書」。

領袖：監生蔣兆瑜、監生曾傳信、縣丞張明玉、監生張蘭亭、監生王瑞芝、監生郭景賢。

從九王永春、劉學節、聶池、聶傳業、鄉飲聶藻、賈純德、鄉飲蔣夢槐、庠生蔣華翰、蔣中順、王承恭、五經博士閔傳禮、五品藍翎閔傳賢、王印川、張心泰、蔣中立、孝儒蔣兆鳳、鄉飲張俊、監生郭殿彤、鄉飲張懷永、□□□、監生周興武、王中田。

武生張華堂、馮桂林、馮化鑾、馮三光、馮三良、宮興荣、郭廷才、宋士武、蔣華廷、張紳、張鳳魁、馬澄捐松樹一百株、王紹緒、趙光春、聶貫如、張福永、蔡汝興、鄉飲郭嗣文、郭建秀、武生郭殿魁、劉學農、武生曾繼田。

蔣中庸、張嗣德、劉文寬、吳雲彩、鄉飲高魁英、王承琳、監生劉志文、劉寶印、聶魁武、劉志寬、武生王金魁、王洪興、監生王周、王中孚、王洪玉、王洪誥、鄉飲王紹元、王佩璽、鄉飲王玉桂、蔣兆昇、曾傳魁、馮全善。

宋化吉、郭德誥、董大成、郭德讓、王法文、魏周南、劉志武、張中明、張中信、張鳳岐、劉志吉、劉珍玉、張百福、吳雲春、馮三傑、王道聖、葉永明、張世昌、劉文清、宋士宏、張清元、蔣其周。

鐫字：郭建祥、喬中平。

石匠：張積。

木匠：張鳳來。

爐匠：張福山。

窑匠：劉懷仁。

畫匠：冀兆瑞。

住持王巧金，徒弟馬通雲，徒孫郭此興，姪王通香。

大清光緒貳拾柒年歲在辛丑清和月中浣穀旦勒石」。

白雲洞

清康熙七年新建白雲洞三元閣題名碑

　　碑在山東省青州市廟子鎮刁莊崔山白雲洞,清康熙七年(1668)立。石灰石質。高 30 厘米,寬 50 厘米。正文楷書,字徑 2 厘米。碑體完整,文字清晰。該碑記載了清康熙七年(1668)青州府益都縣刁家莊信眾新建白雲洞三元閣之事,並錄刁家莊及臨淄縣捐資信士姓名於後。

青州府益都縣以西刁家庄天台山白雲洞新建三元閣題名記

　　刁洪基、刁士貢、刁恒禄、王汝林、刁汝欒、刁振荣、刁從讓、刁茂文 郭進孝、刁喜從、刁汝翠、刁孝文、刁汗初。

　　臨淄縣募緣:馮茂常、王廷鳳、許恒、張修德、吕朝先、刘希尹、王鳳鳴、于修江、馮盛修、馮盛化、趙昇、張經魁、廉起鳳、徐養性、徐養忠、徐孟其、徐國住、徐国名、徐国相、徐国俊、徐国息、閆位、馮門徐氏、馮門王氏、楊門刘氏、王汝有。

　　石匠:李有本、郭春舉、郭三策。

　　康熙七年孟冬吉旦。

　　住持□□山」。

清康熙七年新建白雲洞三元閣題名碑

清康熙十年建三清閣、玉皇閣記碑

　　碑在山東省青州市廟子鎮刁莊崔山白雲洞，清康熙十年(1671)立。石灰石質。高46厘米，寬63厘米。正文楷書，字徑2厘米。碑體完整，文字清晰。該碑記載了清康熙十年(1671)崔山周圍信眾於白雲洞建三清閣、玉皇閣之事，並錄信士姓名於後。

　　青齊郡西環村皆山，惟天台屹峙，林巒疏秀」。北望石堂空翠，吞吐山光。近堂西白雲洞」，玉龍宮在焉。以西石楼，復建」三清閣、玉皇閣於其上。成功，巍煥壯觀，鉅鎮也」。

　　臨淄縣：馮茂常。

　　香會首刁從說、刁洪基，杜敬，于思得，刁振荣，王享，刁孝祥，刁立成，郭三太，刁振支，郭三召，刁恒禄，刁永臣，胡永路，刁玉印。

　　邑人崔懷玉。

　　石匠：密志恒。

　　峕康熙十年歲次辛亥仲夏吉旦。

　　道人徐青山」。

清康熙十年建三清閣、玉皇閣記碑

清康熙四十年雀山白雲洞栽松記碑

碑在山東省青州市廟子鎮刁莊雀山白雲洞，清康熙四十年(1701)立。石灰石質。圓首。高104厘米，寬50厘米，厚22厘米。正文楷書，字徑2厘米。額題"載松碑記"，楷書，單行，字徑5厘米。碑體完整，文字清晰。該碑記載了清康熙四十年(1701)刁莊信眾於白雲洞西南北兩路之側栽松之事，並錄會首姓名於後。

青郡城西刁庄境內，古有雀山白雲洞」，任道庵修仙之處。遠近皆聞，誠名山也。因而本庄信士等眾，於洞」週圍西南北兩路之側栽松□百株，以為永遠之記」。

栽松會首開列于後：

刁仲玉、刁良恭、王顯玉、會首王希堯、刁保印、刁承印、刁守全、刁魁礼、刁顯名、刁成言、刁良能、石常玉、刁魁福、刁璽臣。

代筆：刁良知。

住持道人：武得祥、王和性。

石匠：劉凱。

康熙四十年六月十三日仝立」。

清康熙四十年雀山白雲洞栽松記碑

清乾隆三十五年鑿白雲洞前二井記碑

　　碑在山東省青州市廟子鎮刁莊崔山白雲洞,清乾隆三十五年(1770)立。刁連元撰文。石灰石質。圭首。高113厘米,寬57厘米,厚19厘米。正文楷書,字徑2厘米。額題"永垂不朽",楷書,單行,字徑5厘米。碑體完整,局部文字破損。該碑記載了清乾隆三十五年(1770)刁莊老少齊心協力在白雲洞前開鑿二井之事,並錄領袖及參與其事者姓名於後。

　　粵稽上世,耕田而食,亦復鑿井而飲,是水誠為人所必需也明矣。……」天旱水缺,人不堪舍,適有李翁李敍江□出洞前有井□可以齊□山是□承□……」德施銀穿掘二井,一時刁庄老少人等,齊心協力,不踰月而□井及□豈非,……」自是,捴有旱乾之□,永無涸轍之患。恐世遠年湮,前芳無聞□勒……」,是為記。

　　張盛府、刁□□、刁翠亭、石偉能、領袖刁脩德、刁大佑、郭万成、刁大德、刁元臣、刁宝山、刁元超、刁景雲、刁大臣、石起盛、刁□禎、刁魁□、刁秀山、刁明德、楊□□、刁□中、王之祥、刁國順、刁華玉、刁元方、于之舜、王元公。

　　……

　　刁連元撰。

　　石匠:王振□。

　　乾隆三十五年五月吉……」

清同治十一年重修白雲洞道庵記碑

碑在山東省青州市廟子鎮刁莊雀山白雲洞,清同治十一年(1872)立。石灰石質。高 143 厘米,寬 137 厘米,厚 21 厘米。正文楷書,字徑 2～3 厘米。額題"萬善同歸、永垂不朽",楷書,單行,字徑 10 厘米。雙碑連體,碑體完整,文字清晰。該碑記載,清同治十一年(1872),雀山周圍各村信士捐資重修白雲洞玉皇、三元閣,又於山門外建王靈官廟一座,立碑以記其事,並錄各村信士姓名及捐資數額於後。

重修碑記

清同治十一年重修白雲洞道庵記碑之一

青郡城西四十里刁庄東雀山白雲洞,相傳任道菴修仙處也。洞內有」普薩、龍王諸神,洞西有玉皇、三元閣一座,但苫遠年湮,風雨消磨,神像」黯淡。閤庄善信不忍坐視,因此鳩工庇材,重修廟宇,粧塑神像,山門外」更立王靈官庙一座。由是,洞內洞外,煥然一新。此固本庄善信之力,其」得力於四方仁人君子者□復不少也。因各書其姓名於左,以並垂不」朽云」。

邑庠生孟傳恩□□書」。

領袖刁桂五捐錢拾貳千伍百文。

四方親友捐錢共壹百零玖千叁百二十,又外捐錢十二千五。刁正常捐錢伍千。

本庄人布施共壹百□拾二千玖百伍十又捐資財。

刁家修壹千又二千、刁汝濂壹千又伍百、刁傳文捐錢五百。

刁正安、刁正會、刁景周、刁信、石繼志、刁景禎、張超、刁景祥、石春、王太平、石繼聰、刁正先、刁正常、刁正□、刁士傑、刁維厚、刁建雲、刁維興、刁冠儒、刁知章、刁景名、刁正來、刁維平、刁維藩、刁綏章、刁維訓、刁士胜、刁士章、付利、刁本貞、刁建用、刁汝照、刁汝清、刁汝鵬、刁雲生、刁雲芝、刁雲集、刁汝芬、刁汝興、刁雲發、刁雲慶、刁本乙共七千四百整。

北刘征壹千四百、王家堰壹千、刘家堰兩千、王家庄共佘七千、馬灣口、蘸桂芳八百、王敦興八百、張庄壹千、姜士彥六□。

（以下第二碑）

蔡曰坤捐佘伍千、河庄貳千、文登叁千肆百貳。

刁成業壹千、東郭庄兩千伍百、西郭庄兩千、南仇叁千伍百八、薛庄兩千貳、沒口馬善會兩千、南山子三千、玉皇閣兩千柒百、三里庄柒拾、陳家車馬兩千伍、沈王庄兩千伍拾、石家湾兩千、漲曰路兩千、城裡兩千、黃鹿庄壹千、北泉庄壹千、老山庄壹千壹百、台頭庄壹千。

寨子堰、馮王庄、石家山共四千肆、石家菴、十里庙庄壹千壹、元通菴壹千壹、矮槐樹壹千、高明壹千伍百、楊志格壹千、滴泉庄壹千、興旺庄壹千、南西坡共錢壹千、北西坡陸百、東西峪壹千陸百、景公台壹千、牛角村壹千、店子共佘兩千、劉家庄壹千伍百、車馬庄壹千貳百、王家輦壹千貳百、西王村壹千壹百。

張庄八百、福山庄壹千、東西□庄壹千壹、冷家集壹千、牟家□孔八百、李家□孔七百、溫家庄壹千、西台頭壹千、陳書庄壹千八、□家堰壹千伍拾、左家峪壹千貳佰、張家堰壹千、□河庄壹千叁百、邢家峪共錢壹千、七虎峪壹百、閆本經壹千、黃家店壹千叁百、閆懷曾壹千、朱家王孔壹千、盛家車馬壹千、井峪子壹千壹百。

梨園庄壹千、王家寨壹千、劉長春壹千叁百、朱堰壹千、吳家庄壹千、太平庄壹千、東處壹千伍百、石崗頭壹千、安次壹千、楊家窩肆百六、大庄捌百、孫景福捌百、王宗喜陸百、黃振興陸百、要庄陸百、王孔庄肆百、雙庄陸百、溫家南峪九百肆、姚家台伍百、韓李庄肆百、宋家庄叁百、付利壹千、石虎庄二千、大王堂八百。

石匠：宓興龍。

大清同治拾壹年歲次壬申荷月上浣吉旦」。

清同治十一年重修白雲洞道庵記碑之二

清光緒十三年建爐姑祠記碑

　　碑在山東省青州市廟子鎮刁莊雀山白雲洞,清光緒十三年(1887)立。楊蔚堂書丹,刁化南撰文。石灰石質。高 127 厘米,寬 66 厘米,厚 20 厘米。正文楷書,字徑 3 厘米。碑額"修建碑記",楷書,單行,字徑 10 厘米。碑體完整,個別地方文字有破損。該碑記載了清光緒十三年(1887)刁莊信士捐資為爐姑立祠之事,並錄 41 位信士姓名於後,疑與《清光緒十三年建立爐姑祠信女題名碑》同時所立。

清光緒十三年建爐姑祠記碑

　　蓋聞本孝思而捍大患者,代不數人,況不字之女子乎? 若爐姑者,信足」稱焉。夫爐姑,益邑西隅良冶丁公之少女也。其時,黑石山中出一鐵牛」,肆毒無極,邑宰知之,命丁公以火焚之。不克,爐姑恐害其父,遂置身爐」中,共見騎牛而去。鄰里哀其有死事之德,慕其有捍患之功,且有求必」應,靈異非常,是以共建其祠,以誌不忘云」。

　　邑庠生楊蔚堂書」。

　　□生刁化南撰」。

　　首事:王太平、刁汝漢、刁景周、石汝忠、刁家修、張吉、刁家玉、刁汝濂、石繼義、刁維斌、刁雲生、刁正相、刁正長、刁本時、刁本傑、刁本□、刁維訓、刁雲南、刁雲平、刁汝淮、刁雲發、刁正業、刁存名、張林、蔡長遠、刁本生、尹佩海、刁雲□、刁汝興、刁士元、刁雲慶、刁明東、刁明春、刁維芬、刁正香、刁正太、刁家訓、刁建雲、刁汝舉、刁正來、刁正忠、刁□遠。

　　住持道人:刁本德。

　　石匠:刁家興、張在敬。

　　大清光緒拾叁年歲次丁亥菊月□浣穀旦立」。

清光緒十三年建立爐姑祠信女題名碑

碑在山東省青州市廟子鎮刁莊崔山白雲洞爐姑祠前,清光緒十三年(1887)立。刁汝濂撰文並書丹。石灰石質。高130厘米,寬70厘米,厚24厘米。正文楷書,字徑3厘米。額題"信女題名",楷書,單行,字徑9厘米。碑體完整,文字局部漫漶。該碑記載了清光緒十三年(1887)刁莊信女捐資為爐姑立祠之事,並錄30位捐資信女姓名於後。

從來惟孝足以動天,亦惟孝足以感人。若爐姑者,以不字之」女子,能身代父亡,誠孝之至□極者也。信女聞之,亦莫不愛慕」弗忘。於是,並捐資財,立其祠以隆俎豆於千秋焉。共勒諸石」。

太學生刁汝濂撰並書」。

信女:刁胡氏本貢母一千、刁吉氏士選母一千、刁劉氏汝溱母一千、刁楊氏化善母一千、蔡刁氏昭忠母一千、刁蔡氏家修母三千、刁侯氏希孟祖母一千、刁王氏雲公母一千、刁潘氏家樹母一千、刁燕氏維名母□千、刁張氏可大母一千、刁徐氏正聖母一千、刁劉氏維美母五百、刁徐氏維慶母一千、刁劉氏明遠母一千、刁張氏明選母一千、刁傅氏可柚母一千、刁胡氏明道母一千、刁蔡氏清遠母一千、刁傅氏化常母一千、刁石氏雲照母一千、

清光緒十三年建立爐姑祠信女題名碑

刁蔡氏家奎母一千、刁賈氏正香母五百、刁付氏汝吉母五百、王付氏正紀母五百、刁蔡氏遠母一千、刁張氏長遠母一千、刁蔡氏化興母一千、刁蔡氏汝洲母五百、刁石氏良遠母五百、刁姜氏澤遠母五百、刁蔡氏太和母五百、刁□氏正福母五百。

太清光緒拾叁年□□月吉旦」。

重修雀山白雲洞記碑

　　碑在山東省青州市廟子鎮刁莊雀山白雲洞,因殘損而立碑時間不詳。痴愚子撰文並書丹。石灰石質。高112厘米,寬112厘米,厚17厘米。正文楷書,字徑2厘米。題名楷書,字徑1.5厘米。兩碑聯體,右上角皆殘缺,剩餘部分文字清晰。該碑記載刁汝溱等率眾重修青州廟子鎮刁莊雀山白雲洞之事,第一碑後錄刁莊捐資者姓名,第二碑錄周圍村莊捐資者姓名。

重修碑記

　　观先德建立此處無考,後世重修寄跡尚存,今又洞殘頹廢,殊属難堪。予闲遊於」此,心長怀歎。去年身病,愿許整理,誠感病愈,礼应自修。惜予家貧無資,智短难理,心甚憂之。幸蒙刁汝溱」等,扶懦濟难,出為領袖,代予總理,率衆整理重新,兼四方親友捐助,本庄世誼施資,誠助予也」。予感衆等之恩,終身难報,三牲难酬,別無可敬,故將諸君姓氏勒石,以永垂不朽云」。

　　痴愚子拜撰並塗」。

　　各家捐余,闬列於左,名下空者鈞一千整」。

　　(上殘)刁汝溱十一千、刁化興五千(下殘)大洋一元(下殘)刁可梅三千、刁維孟二千、刁明章五千、刁化隆六千、刁化茂八千、刁光远五千、刁继忠十千、刁继厚三千、刁□□、刁家槐六千、刁□功五千(下殘)刁本思二吊、刁本仲二千、刁可才二千、刁久順三千、刁本時三千、刁可忠四千、刁鵬遠三千、刁志遠二千、刁明堂十千、刁明臣二千、刁本謨一千五、刁□□□□、刁本義二千、王希孟二千、刁□□□□、刁在峰□千、刁希常、刁化岐、刁化清、刁本冉、刁永鵉、刁化盛、

重修雀山白雲洞記碑之一

刁久敏、刁汝周、刁本礼、刁厚远、刁本連、刁化訓、刁本俀母、刁本憲、刁本貞、刁汝成、刁正洪、刁明公、刁維照、刁本賜、刁仁德、刁礼德、刁智德、刁化芹、刁化芳、刁本春、刁維矩、刁明仈、刁江远、刁本才二千、刁希聚、刁本樹、刁明和、刁希秀、刁奎远、刁智远、刁辰远、刁继功、刁本起、刁希泗、刁家圣、刁維友、刁□□、刁久□、刁士選、刁传周、張典、王传典、石在岫、蔡兆仁、竇汝福、竇汝式。

本庄共捐壹□零六十七千四百文。

（以下第二碑）

萬善同歸

南仇共廿七千，大楊庄十四千九，于家店子十一千一，东刘家庄，王家埌（下殘）庄。五郭庄：侯興邦、付希貢、付希彥、付希唐、付希忠、付希温、付希貴、付效礼、付永堦、付永祥、付春清、付玉選、付茂盛、付立圣、付立茂、付孝孔、徐九皋、徐九圍、徐云光、徐云岫、徐□荣、徐□興（下殘）。河庄：侯志興三千、侯□□、侯門蔡效真、蔡效全三千、蔡效太、蔡效义、蔡效清、蔡正圣、蔡正昊、蔡普公、蔡普敬、蔡普亭、蔡清菊、蔡

重修崔山白雲洞記碑之二

清漳、蔡清心、蔡清田、蔡正祥、蔡曰愛、蔡鴻功、蔡建清、蔡予江、蔡永福。邵庄六千六（下殘）曾（下殘）唐应鳴二千、唐錫桐、唐錫印、白风舞、唐曾興伍千、唐錫惠、姜德讓二千、姜能潤、朱世篤二千、王有為、王有恩、曺传篤二千、閆京武、崔云岫、閔門許玉蘭、仇門雲太聚、朱門許錫真、唐門于修真、唐門王青真。王朱十四千五：徐殿璽、張銘三、曺家禄、相復興、薛啟傅、郗克念、郗振海（下殘）馬金標、刘裕村二千、刘裕林二千、褚桐齡、褚昌齡、褚文斌、褚立訓、楊奎文、楊崗、楊永茂、楊子忈、郭長信。石毛拖六千三：蔡曰文、□□章、□成章。清行七千一：趙传德、趙倫堂、趙公普。趙毛拖。趙守邦二千。北泉十千：刘桂華二千、刘桂械、刘其忠、刘其正。東邵庄八千：閔國相、梁永远三千、孫乐芝二千、孫法成、孫德芝、苗闹志。董褚一千。楊家坡三千三：楊传道、楊折桂。矮槐樹一千五、宋家庄、于传等。坡子庄：刘庶玉。高家庄四千：高殿臣。武家庄五千：李继儒二千、盛思經二千、于传訓。南武家庄三千。吳家庄二千一：吳功喜。顧

家六塾一千五。闫家河子：朱溪。朱王孔：朱鴻文。李王孔三千：楊玉山。吳家井、楊崙云。城裏：刁維鵬大洋二元。區村王林書。福山刁士傑二千。老山徐維□二千。卧李庄二千。合順店：高文智三千。辛店九千□：刘慶□。冷家庄：冷才□。馬庄五千□：張士修、張維乾、張維巽。刘终村：刘益三二千。梁终村一千二。南王孔三千。小辛庄。王家輦。王□三千四。董庄二千。黃鹿二千五。西坡七千五。王家堼：王孝敬。位南庄二千：孫正荣。牛角村九千五：張怀經、張清太、張清平、張振經、張佃宣、張佃愛、張佃增、王京福、趙可继。□板台四千七：王順成。□庄三千四：呂存清。芹泉王本身。大庄十二千八：王門趙興修、王門史光修、刘門王清等、闫門許修成。郭庄：楊連城。文登十三千五。（下殘）□□瑾、胡曰忠。趙家河。柳峪寺二千。毛峪十千□二乙八：付云登、卧法奮、刘士聰、郭孝貢、郭美梓、郭美榛、郭本荣。观音溝。延庄。黃鹿井二千。九公台八千八：刘貢元、刘子元、刘本傑、楊崙礼、蔡門刘玉蘭。后峪四千。井峪子四千二：刘荣章。車馬三千三：孫長齋。□□庄：□興远、□在成、□法桂。車馬：孫公祖。潘村：李如嵐、王立春、刘連斗。下庄五千：刘士經二千、刘孝谟、苗永清、苗維溱。上庄：卧成業。台頭一千六：王大宝。西台頭：邵和世。南楊庄四千六：闫門刑氏、闫聚梓。七廻峪：張曰秀。毛峪：郭美惠、郭為起、郭美才、郭美東、郭美儉。井峪一千四。三里庄：刁本忠、馮继興、王維成。五里堡：楊周洪。黃家庄：楊秀芝。左家峪：楊明忠。邢家峪二千二。七廻峪三千。温家南峪三千。張庄六千。双庄四千六。薛庄八千二。郭庄四千三十二。河庄廿九千八。

四方等士共捐四百五十二千六百文。

（上殘）冬上浣吉日」。

聖水祠

明萬曆二十五年重修聖水祠記碑

　　碑在山東省青州市東聖水村聖水祠,明萬曆二十五年(1597)立。石灰石質。圓首。殘高 106 厘米,寬 77 厘米,厚 15 厘米。正文楷書,字徑 3 厘米。額題"重脩聖水祠記",楷書,單行,字徑 8 厘米。下部殘缺,剩餘文字基本清晰。該碑記載了明萬曆二十五年(1597)重修青州聖水祠兩廊神像之事。正文之後附有題名,但因碑下部殘缺,題名所剩無幾,故不錄。

聖水廟兩廊神像記

聖水祠兩廊神像半為風(下殘)」之東南里中父老亦各捐(下殘)」鄉民曰:"盍記之以示于后?"余曰:(下殘)」復禮委上可以為師,保空名固不足以(下殘)」記諸? 余不能辭,僅識其歲,是為萬曆丁酉□(下殘)」。

　　萬曆丁酉歲次丙午仲夏吉旦生員石憻題」。

明萬曆二十五年重修聖水祠記碑

明天啟四年十王醮題名記碑

　　碑在山東省青州市東聖水村聖水祠,明天啟四年(1624)立。董可威撰文。石灰石質。圓首。殘高104厘米,寬67厘米,厚13.5厘米。正文楷書,字徑2厘米。額題"修醮題名",楷書,單行,字徑5厘米。碑額以上題有"日月"二字。碑下部殘缺,剩餘部分文字基本清晰。該碑記載,會首朱東水等,糾集信眾,結會修醮於青州聖水祠十王殿,歲時以禮告虔,功德圓滿,立碑以記其事,並錄信士姓名於後。

十王醮題名碑記

　　夫人之于善,其常性也。善則福,而不善則禍,其常理也。然□□(下殘)」而聞救捕追逮之說,目覩剉燒舂磨刑械之像,未有不悚然動(下殘)」民咸懼罪,市之屠沽魚肉者不集,夫敦使之然哉! 則是冥冥之(下殘)」善心實為之。心有啟閉,而終未嘗亡也。無地非心,無時非心,無(下殘)」神明鑒照之所。是故一念而善,景星卿雲;一念而不善,妖風厲鬼(下殘)」修者幾年所,歲時以禮告虔,是知所以事心者也,是知所以□(下殘)」神明者也。敢因其請,而為之記」。

　　天啟四年季春之吉」。

　　賜同進士出身中憲大夫都察院右僉都御史兩奉」勑巡撫宣大地方俱未任」□告前南京吏部考功清吏司郎中郡人董可威薰沐謹撰」。

　　會首朱東水、趙連鍏、游天禄、王照、程守分、孫□□、張勤、王科、王思玘、李□、宋□忠、王天□、宋大寶、□□林、王進良、李有。

　　恭人董門高氏、趙門劉氏、李門程氏、謝門□氏、李門金氏、王門孫氏、劉門王氏、徐門喬氏、程門陳氏、劉門王氏、劉門趙氏。

　　住持道人:張常增。

清順治三年聖水廟修醮三年記碑

　　碑在山東省青州市東聖水村聖水祠,清順治三年(1646)立。石灰石質。圓首。高172厘米,寬69厘米,厚14.5厘米。正文楷書,字徑3厘米。額題"脩醮題名",行書,單行,字徑7厘米。除右下角斷裂外,保存基本完好,文字亦基本清晰。該碑記載,信士張奉景、劉九常等在青州聖水神廟修醮三年圓滿,立碑為記。碑文後附36位信士姓名。立碑者為比丘僧洪名等,因知聖水祠雖為道觀,但一度由尼姑住持。

清順治三年聖水廟修醮三年記碑

聖水廟脩醮三年碑記

　　大道沖虛,原無功證;浮生幻孽,當宜洗滌。故必誠敬於上天,斯得默消其罪戾」,能潔誠已盡於三載,而功績始達於九霄。伏惟」聖水神廟,乃天仙聖母,職秉公正,掌持甄陶,福善禍淫,毫髮不爽。古往今來,誰得」逃其鑑察也。但人不知向善,始不得蒙其庇覆。今有信士孫奉景等,三年匪懈」,功課已成。念茲在茲,精誠已通於幽冥;如在如上,不二感格於來臨;積善有像」,虔誠已動乎鬼神;福祿無種,戩穀偏賚乎吉人。殆所謂超拔苦海而終歸佛地」者,斯人已有其基矣。先賢有言曰:"為善者昌,為惡者亡。"又曰:"報以介福,萬壽無」疆。"斯言信不誣也。故為是碑,以永垂於不朽云」。

　　順治三年庚寅月望日建立」。

　　會首信士:孫奉景、劉九常。

　　合會人等:王寧、傅登科、孫有祿、張自

便、張應道、袁東山、崔灼、莊學、朱士用、李春魁、王應時、塾師趙維城、王道行、劉才勝、李增、韓振國、匡養恒、莊城、趙九山、耿魁、張聰、郭尚礼、遲汝進、劉馨、鍾志秀、金石、趙金城、朱鳳岐、劉名、楊思義、田城、邵錦、徐世登、田業。

比丘僧:洪名、住持尼……

石匠:□□好。

清康熙二十四年聖水廟修醮記碑

　　碑在山東省青州市東聖水村聖水祠,清康熙二十四年(1685)立。郇瑜撰文,李鳳儀書丹。石灰石質。高188厘米,寬80厘米。正文楷書,字徑2厘米。額篆"修醮題名",單行,字徑10厘米。碑體完整,局部文字受損。該碑記載,信士丁國樂等,結會修醮,三年圓滿,遂立碑為記。正文後錄318位男女信士姓名。

勝水廟脩醮碑記

　　陰陽之理,人神之事,未有不相藉、相助、相通、相感者也。即如茫茫坤土,非有覆之者,烏能以育萬物? 赫赫乾元,非有載之者,亦烏能以」澤羣生? 此其中盖有相藉、相助者存也。至若人之於神,形聲隔焉,則耳目無所用;幽明異焉,則心思無所出。盡天下之人,莫不肅肅,莫」不虔虔,似人有以通乎神而然,而不知寔神之有以感乎人而然也。郡東聖水舊有」娘娘殿宇,感靈為一方庇,水旱疾苦,凡有求無不應焉。且遥對諸峯,猿□可以糸禅;近傍聖水,魚龍亦皆聽法。既富於烟霞,即不可嗇於」斋會,況家豐足而戶安康,無非所賜者乎? 向有信士丁國樂等,結會衆善,領袖一方,陳水陸,開慶賀道場已三年。今當圓滿,鏤石垂久」,誠盛舉也。將見此竭誠,彼虔恪各展對越之忱行,看近在身,遠在孫,應獲和平之慶矣。予未得從而瞻仰焉,故樂為之作序云。旹」

　　康熙二十四年歲次乙丑四月十五日穀旦」。

　　賜進士第內閣中書郇瑜沐薰謹□」。

　　候選正□品京官馮治世、候選□□苑署丞房佳、候選光□等典簿房俅、國子□□□劉憓、新□縣教諭王國柱、候選經歷司范汝孝、候選州同王應祥、乙卯科武舉劉毓芳、生員劉世璽、生員石有儀、生員石定國、生員夏開基、生員房□、生員房□。

　　脩醮會首:劉紀旺、丁國樂、劉悰、賈忠安。

　　韓應鳳、王珍、尚伯僖、金英、邵寬、呂應明、孫鳳鳴、董尚禮、徐成、冷晉機、王若祥、溫恭、劉僖、馮□□、□□□、李化蛟、捴理楊生蘭、韓麒生。

　　會衆:孫之鳳、韓九春、張貴、張茂、金芝貴、金芝盛、金芝□、王玉鳳、韓應龍、□從善、□□□、王□、楊□、王玉□、□□□、□□□、韓恭祚、□志、張有志、李美盛、孫成先、孫振基、孫樂基、匡汝岩、韓禎、□珮、劉□□、韓應□、陳□□、□悔、

□□□、□□選、□□盛、□□荣、王進孝、任有勝、王京、孫茂忠、王明、王成、王之漢、于昇、韓三祚、王開基、王開印、楊應麟、于應寬、于應蛟、韓九夏、于應舉、柴永英、曹法健、尚伯祥、于德才、金興、鄭貴、鄭富、孫之好、劉濟有、于應□、莊茂時、張士旺、薛継禄、時文銀、孫之良、夏廣基、袁明洲、尹明玉、李良臣、李九富、段京、楊玉德、韓逢春、徐有奉、姜有昇、趙國楨、韓守菴、張魚礼、卜吉、祝三千、劉保太、李禎祥、楊銓、呂顯聲、王復成、宇□能、史文炳、王應忠、劉景徵、李本元、李之俊、張玉成、馬希玉、仇荣、李□、趙□端、孫永名、曹應廣、趙荣、孫懷奇、劉以忠、張國正、高名起、劉起徵、曹守仁、趙松、方喜春、祝三禎、劉春明、王更、王之炳、孫礼、鄭三元、□貴、崔顯旺、李□、喬□□、□□□、□□中、王有章、李□□、

□□□、劉鳳□、劉鳳龍、高傑、趙應登、趙荣、劉胤岫、李之馨、陳乾、崔有□、魏之□、崔洪有、段景□、高進寶、吳孔琇、程起塇、王自樹、□□□、劉□烈、□□吉、□□柱、□孔教、□先□、呂秀明、胡文茂、張孔訓、劉文炳、劉佃、田富、遲□□、張九春、雷有成、鄭文太、孫成龍、孫鳳石、李棟、遲汝進、□福□、宋桂、李道、楊德山、趙維新、趙□、祝三常、蘇□、顧其秀、宋興、顧其能、于文元、蘇克秀、顧□□、蘇□、顧□□、顧其□、蘇弘禄、蘇克定、蘇□程、□□□、顧泰、顧行、劉毓岫、楊孔礼、蘇□、蘇沛雨、閆其奉、顧其興、蘇大盛、王之遇、齊之漢、萬象春、劉永禧、張永祥、史佶、董林瑞、□世禄、□□魁、李芳荣、陳萬□、王□□、曹都、□鳴鶴、韓福興、楊濟□、曺□、陳仲爵、馬印官、劉恒、寶雨秀、趙秉□、馬德、賀有荣、馬興龍、李印、彭華奉、劉志夏、李馨、□□□、□□□、卜春山、朱英、□道便、李貞白、□質白、宋國寧、鄭來時、□臣、侯正思、侯從思、孫継文、吳自顯、高洪亮、尚享、王來時、劉隨、吳琦、尚之寬、楊之華、華國禄、吳維周、劉禄、王三有、李金、丁洪禎、冷琨、王官、邢士起、丘亮、孫之英、袁大德、孫延年、尚文

清康熙二十四年聖水廟修醮記碑

強、尚之友、郝九德、郝九洲、劉羽鳴、劉奉元、劉松、陳應書、顧珍、崔起、李德功、李之隆、吳機、張起、劉文有、王継業、張奉得、吳道全、曲秉正、曲大生、季富實、孟尚志、解必捷、刘可、蔣如品。

　　信女:孫門李氏、徐門孫氏、許門胡氏、□門劉氏、□門陳氏、邢門張氏。

　　娘娘廟西□香□□□□,係生員夏開基、夏廣基仝施,后日不許典賣,記石為記。

　　……

　　書丹:李鳳儀。

　　石匠:時至、徐希鳳。

　　住持尼僧:海福、海明。

清乾隆二十年重修聖水祠記碑

　　碑在山東省青州市東聖水村聖水祠,清乾隆二十年(1755)立。石灰石質。圭首。殘高 119 厘米,寬 70 厘米,厚 16.5 厘米。正文楷書,字徑 2.5 厘米。額題"勒諸貞珉",楷書,單行,字徑 7 厘米。碑體基本完整,文字較為清晰。但下部邊緣在立碑時被水泥遮蓋,致使部分文字受損。該碑記載了清乾隆二十年(1755)重修青州聖水祠之事,文後錄 35 位信士姓名。

重脩聖水祠碑記

　　郡城東五里有聖水祠,地□雩泉,為郡人禱雨之處,每……」父老子弟禱於」敕封聖母,相率竭其泉,泉涸而甘霖立降。于是,傳聞遠近香……」功修造,期年而告成,因求記於余。粤稽自古創立祀典,原……」祀之;有利於社稷民生,則祀之;以及興雲降雨,禦灾捍……」仰苔神庥,非為無益之祀明矣。余世居村中,間嘗遊洴泉……」,賢先生無不署名其間,觸有一石剥蝕殘□,摹索之下,有……」勝蹟流傳越千餘年於茲矣。今我鄉善信,□廢起壞,昭……」言而勒諸石,見吾鄉踴躍善事之意云爾。

　　皆」大清乾隆二十年歲次乙亥季春中浣吉旦福建泉州府海防……」

　　温苞、金鉢、會首聶習孔、趙任、王岱、祝國棟、王岳、康奉吉、楊

清乾隆二十年重修聖水祠記碑

浩、韓得榮、郭松、韓立生、温明、王宗孔、温旺、楊永慶、祝江、李永瑞、□巖、張廷和、朱瑞、崔永堂、周□、□□實、崔金、韓起昇、趙傑、朱□□、郝□□、□□會、朱治世、祝國治、□蕙、郝顯忠、李長□。

清光緒八年重修聖水祠橋記碑

　　碑在山東省青州市東聖水村聖水祠,清光緒八年(1882)立。里人魏蜀峯撰文並書丹。石灰石質。圭首。高 166 厘米,寬 77 厘米,厚 20.5 厘米。正文楷書,字徑 2厘米。額題"永垂不朽",楷書,單行,字徑 8 厘米。碑體完整,文字清晰。該碑記載,清光緒八年(1882),信眾領袖王肅容、楊萬福等,糾合四鄉父老,重修青州聖水祠與聖水橋,事成立碑,以垂永久。文後錄參與其事之四方男女信士姓名。

重修聖水祠橋碑記

　　青郡城東五里勝水莊,有祠曰聖水祠,不知肇自何代,創於何人,而觀其碑記,元明以來,歷有重修。□」水旱祈請輒應,廟制崇峻偉麗,奠祀雲集,傳之近代,考諸前聞,蓋振古如茲也。祠東通衢,又有橋□」橋東通渤海,西達京都,無論官民,必由之徑。二者雖前人屢經修葺,第歲月已久,風雨剝蝕,祠則殿宇□」頽,祈禱者失所瞻依;橋亦甎石震凌,來往者懼其顛墜。遠迩見聞,罔不興惻。茲有領袖善人王肅容等,□」是糾合鄉中父老,並請四方善信,募緣捐資,鳩工市材,易腐以堅,支傾就正,祠新橋固,損益得宜。俾登□」者,入廟思敬,因以起忠臣孝子之心;來往者,行路無艱,藉此興利人濟物之志。光緒壬午秋七月而功告」成,來屬余文。余自愧才淺學疎,焉能為文? 不過記其時事,令後人世世相承,永俾祠橋於無壞云。

　　峕」大清光緒八年歲次壬午秋七月上

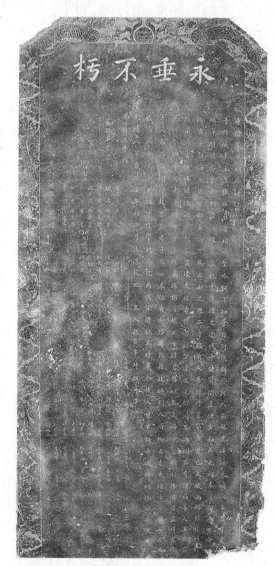

清光緒八年重修聖水祠橋記碑

浣穀旦,里人魏蜀峯拜撰并書」。

青州府正堂梅、益都縣右堂崔。

領袖:王肅容、楊萬福。

總理督工:鍾家貞、魏岐、鍾家寅、魏本固、徐希顔、許忠、李潤、王璉、楊鳳才、楊萬發、楊萬榮、温貴、楊鳳亭、許文章。

城関募緣人:鍾恕、王樹檀、陳如崗、紀長安、劉魁清、鍾傳禮、崔丹桂、劉傳交、楊掄英、朱占鰲、王月昇、徐永和、劉思禹、王鳳鳴、李毓文、卜倫、丁文增、王聖才、脱毓桂、卜興、王謹、岳寶光、趙湄、房信忠、李曰梅、信盛茶莊。

四鄉募緣人:馬廣順、馬鐸、高家園、汲泮林、楊志剛等。

關頭:趙連玉、許良、王□□、王大順。

三里庄子:刁成、馮舒翼、王兆梅等。

坡子庄:郭謙、錢釗、左照明、□□崙等。

魏家河:王起聖、劉継福。

山貫店:王興国、李滄、劉芍。

王家庄子:魯維漢、史継成。

大王家庄:夏光興、夏光旺。

東垻:鍾瑜、刘夢湘、李應棠、劉夢鳳、劉學聖、劉長太。

孫家庄:紀嗣閣。

大貫店:李士太、李振清、段希禹。

李家河:李純信、李純貞、刘岱。

大吳家庄:吳美東、吳保福、吳保信。

房家庄子:翟亮、張元、王海。

石家庄:王茂榮。

東營:崔玉彪。

宦家園:李配成、郭福。

紀家河:紀嗣德、張松。

南于家庄:劉復慶。

西十廟。

夏家莊。

蘇橋莊。

信女:馬陳氏、張何氏、鍾賀氏、王高氏、張孫氏、趙李氏、孫郭氏、昌復□、殷錢□、王丁□、張徐氏、王張氏、李康氏、王李氏。

住持尼僧元順,徒維曾。

書計:楊在寅、魏嵋。

刻字:劉興羲。

民國九年重修聖水廟橋記碑

　　碑在山東省青州市東聖水村聖水祠,民國九年(1920)立。石灰石質。高190厘米,寬84厘米,厚23厘米。正文楷書,字徑2.5厘米。額題"萬善同歸",楷書,單行,字徑11厘米。碑陰楷書,字徑1.2厘米。額題"福緣善慶",楷書,單行,字徑8.9厘米。碑斷為三截,文字基本清晰。該碑記載了民國九年(1920)青州聖水祠周圍各村信士重修聖水廟橋之事,並錄各村信士姓名於後。

重修聖水廟橋碑記

　　讀《禮》有云:天子祭山川,大夫祭五祀,以其有□□□民也,故祀之。吾邑城東五里許,有」聖水祠焉。座於普濟橋頭,建自貞觀,由來久矣。其□□□□書,該池載在《府志》,有」求輒應,誠青齊之保衛、海岱之福星也。日久年深,失於修葺,普濟」橋圮,龍王殿焚,靈池坍塌,摧殘至尊,履斯境者,□□□覩。適值是歲夏間旱□太甚,禱諸山川則不□,禱諸五祀亦無效,邀同吾鄉父老齊集」於」聖水祠中,竭□靈池,泉洄而甘霖沛降,槁苗賴以復蘇,□人咸曰有秋。既蒙點水之恩,仰答湧泉之報,於□公□陳德重等,廣請善信,各捐資財,督」工辦料,經營數月而始成。行人頌樂土之章,廟貌□輪奐之美。□□告峻,勒碑刻□,□□後世,永垂不朽」。

　　捴理督工:□□□、□□□、□□□。

　　里人陳□□頓首拜撰。

　　□人徐□貞鞠躬敬書。

　　民國九年歲次庚申梅月上浣吉旦」。

　　善士

　　上莊:于繼會、陳際希、陳雲盛、陳雲祥、陳象圖、陳際升、王重階、房夢苓、劉德鑫、劉德盛、王德茂、陳際順、李爾南、孫繼賢、馬學仁、周玉芝、馬長慶、王振亭、王明、呂守經、郭重宗、趙安成、王有堂、趙邦顏、于爾欽、崔重章、張敦□、王振祥、常萬選、常文光、韓法章、張天成、張壽亭、李信南、霍陵、楊鴻飛、楊鴻恩、楊訓之、同興油房、楊鴻福、楊效之、楊書笏、楊煥之、楊文通、楊書常。

　　祝家庄子:祝化池、祝化松、祝化春、祝化寬、祝化德、祝山、祝欽、祝常福、祝章、張鑑堂、李隆基、李慶德、趙祥淇、楊墨林、趙玉珂、趙玉珠、趙天岡、郇福亭。

紅廟莊：曹文蘭、曹文臣、曹相臣、曹相義、曹相才、夏高雲。

范王庄：郭建業、陳傑、陳作舟、周學義、張懷智、張澄清、郭光輝、陳思公、陳思道、郭光壁、郭志斗、王全德、宗好仁。

三里庄：王建言、王福泰、王邦治、王維成、王福增、刁本忠、范光明、陳良、趙鳳儀、張玉田、程復盛、程復順、程復增、丁萬福、趙義。

楊家莊子：朱天成、朱天慈、馬得山、許光有、鍾志錫、鍾志玉、朱天申、朱天恩、朱天爵、朱天順、朱天賜、朱天德、朱天禄、朱增福、朱檀。

夏家莊：竇常齡、信成永、宋兆禄、夏興邦、夏吉昌、夏廷樹、夏騰雲、董天錫、張文連、張廷錫、宋守增、竇雲池、夏萬禄、元祥棧、廣義祥、利元祥、洪興棧、義興恒、泰和棧、恒升泰、夏義成、夏廷臣、趙祥成、李功勛、竇云檀、竇統勛。

殷家莊子：劉保易、王茂、殷廣學、陳釗。

十里廟：劉本道、劉本熙、郝遇臻、劉貫桐、劉本厚、劉本達、劉本書、郝守田、郝玉松、郝文炳、郝景輝、郝景坤、劉慶德、潘鳳岡、孫文明、孫文亮、劉振江、李清泰。

高家莊子：有範坤、張其信、張其俊、宮俊、王萬成、鄭德善、張其祥、張其明、張其秀、張其美、張其傑、張其訓、蔡廣琳、金振升。

東建德：王謀本、蔡法、戴春海、李春有、時豐玉、韓廷桃、韓文孝、張儒池、張天文、孟兆魁。

丁家店：王新慶、劉玉茂、王有佃、王泰吉、陳文光、王体容、劉玉苓、劉兆成、劉兆緒、劉兆美、蒲仁興、陳錫芹。

尹家庄：張曉東、張禄來、張法信、蔣玉倫、楊倫山、石清泲、蔣文禮、張英、張滨、張福來。

五里保：永順酒店、復盛油坊、義聚源、順源號、復盛永、東泰成、馮介忱、李世慶、李世恩、李義公、張升洪、張立法、劉金秀、莊興仁、侯司禎、侯司祥。

坡子莊：九十二團胡團長、九十三團張團長、柳昆山、程盛林、回教等、漢教等、王檻、王成、郭成、郝家庄、劉家庄、梭庄子、閏家庄、塚子庄、賈家廟、閏劉庄、小官庄、下黃山、東南營、劉得方、劉向榮、劉中明、閏廣喜、王継洪。

坝溝：劉德成、紀光照、紀光明、紀光列、紀光宗、紀光普、張英田、張崇德、曲錫福、張鞠、陳鳳義、劉永成、閏法成、康茱、冷文德、張玉培、徐永海、張高升、劉文忠、劉全孝、劉全德、劉文敏、劉贊、劉文恭、徐芳廉、劉卓、劉順孔、張有溪、邢□□、崔□□、□□□、□□□、宋芹、南文華、曹立功、王継賢、王鳳文、王玉、許文煜、曹玉慶、王肅訓、李桂林、趙光美、趙欽、趙鉢、曹玉亮、曹文富、王肅清、盧鑫、南玉、南梅、王玉祥、趙重齡、趙文、張學禹、王林、曹立訓。

小吳庄：吳經□、吳□□、吳□□、□□□、□□□、劉□□、王□□、王□□、李□□、□□□、□□□、□□□、□□□、□□□、□□□、□□□、費□□、徐□□、郇允

旺、洪興元、郇傳信、宋玉公、紀順昌、孫志成、李兆成、鄭継海、趙光恩、霍洛書、費文煥、李超然、楊□、段成□、李兆□、紀□□、張□□(下殘)李芥。

壽光縣:孔天和、孫芥臣、王建亭、鄭奎武、孫士傑、□全祥、□廷奎、□□□、□□□、□□□、□□、□□□、埠□□、李□□、汲光□、張□□。

馮家□:□□□、□□□、□□□、□□□、□□□、□□□、□□□、□□□、□□□、□□□、□□□、□□□、□□儉、□□家。

(上殘)□慶常、郭毓秀、楊明會、郭興修、姜大英。

串心樓:房来廷、房来鳳、房来儀。

郝家莊:陳継武。

蔣家莊子:崔維方、程士義。

閘口:楊茂□、楊□□、王□□、□□□。

□崖:房米共。

□家河:鄧廷福、楊甲光。

鄭家莊:鄭萬平、劉継新、劉継業、劉琴知、鄭廷禄、劉継增、劉継興。

石羊:張傳聲、李廷珍、李懷德、李春泰、劉保奎、賈三秀、張聖、郇光明、鄭廷庚、許伯潭、許伯友。

城関:吳宣澤、馮星軒、李明、康昭、高鴻升、劉成祥、梁福、李楷、王□□、王□□、□□□、□□□、□□□、□道全、□明福、□學珠、同心館、德聚棧、劉智友、吳效岡。

朱鹿:陳曉亭、陳中亭、陳長亭、陳毓楊、陳居儉、陳明璞、陳焕然、陳希唐、陳玉桐、楊曰方、郭如文、郭蘭堂、郭如連、陳玉然。

沂水縣:裕興恒、□豐和、隆源成、財政科、翟以恭、李景□、孫卓甫、徐文俊、韓保豐、王兆貴、孔□□、孔□明、田春江、王可瑞、邱□川、楊雲亭、徐同心、林芝榮、年元周、国治平、徐□臣、王俊魁、高明經、李長有、趙立周、李在田、薛尚文、王晉興、尹尚周、陳富增、黃治太、段汝平、張承文、劉元清、段松清。

車馬:韓世鳳、韓修功、張修增、趙際明、賈治堂、郭懷秀、馮如菊、郭傳□、程春□、程傳書、李太世。

吳□莊:孫廷清、孫文悅、范立田、范立本、金振周、潘祥光、蔡清法、蔡東川、劉德成、吳在賢、吳喜周、吳保長、丁悅林、蔡光思、范立元、金萬斛、劉成財、蔡東來、張元信、蔡東潤、吳訓南、吳經林、吳經倫、吳希德、吳明東、吳廣東、吳亮東、吳保祺、吳保吉、夏文義、夏鎮、夏美、楊懷清、王國良、王昭福、王昭明、王寶光、吳在孔。

孤山庙:王政浩、王汝梅。

大賣店:李順田、孫浩、彭佃甲、彭儒林、趙鶴亭、謝振声、趙鶴鳴、謝振功、彭佃祥、陳家橋。

仙庄:任鍾本、任傳書、任傳孝、冀洪云。

南王家庄：董明、張云祥、張繼福。

桑行王家庄：王敏淦、陳景奎、曲錫珠、吳用奎、崔盈、李玉昆、姜長林、查宗海、查□□、王□彥、□玉禄、李惠、段惠普、房喜中、王啟盛、王啟祥、劉永祥、曹旺成、田文述、王連升、陳玉相。

劉家坡：趙佃文、史和、于泮林、鍾家相、張虎臣、劉法有、田修善、董希貞、李培然、興源湧、劉清山、吳焕文、王增田、季春增、季春芳、夏天佑、鄭福田、有樹才、劉家河、尹家庄、吕家庄、徐家集、王兆成、魯□□、魯□田、□存德、杜存禮、郗恩、劉義祥、陳德敬、陳貫芝、王錫田、王鳳林、顧智信、顧智有、顧魁元、□□□、田文、張好賢、馮孟貞、朱景光、孟兆治、劉玉增、孫祥芬、盧然□。

張孟□：王保南、王家祥、王傳剛、王家風、王家榮、李長慶、孫申之、孫一峯、徐文禮、丁良才。

北馬蘭：劉文起、劉□□、仁□□、□□□、□□□、□廷棟、劉春山、李卓、趙鈺、協盛窑、雙盛窑、長盛窑、趙堂、趙岡中、鍾家立、張斌、張啟祥、劉奎、孫法、趙梅、趙松、趙鶴齡、趙芹、劉樽、汲佃暘、汲泉盛、汲安仁、汲安平、汲芳盛、汲和盛、汲順盛。

東店：楊注田、福盛窑、連盛窑、張連富、郝峯岡、王連盛、寶奎公、李有奎、韓世鳳、□□□、□□□、□□佩、□文錫、郇兆泰、郇範□、楊兆福、龍泉寺、鄒三陵、孫継孟、曹鳳元、賈浩、寶作桂、廣聚爐、王口田、徐听濤、楊松苓、楊桂鑒、李澄、李漢、吳俊聖、吳俊安、吳連珍、王保太、王祥雲、王惠雲、邠文漢、邠隨群、邠文祥、王□□、張興仁、張汝平。

坡子莊：清和堂張、耕和堂左、魯天祥、魯□、魯鍰、錢貴、張萬選、錢□、左華棟、劉成仁、劉成順、王成、王長庚、王子清、王清□、王樹田、平安堂、忍耐堂、森茂堂、蔣鎧、蔣鏽、蔣鎬、蔣玉吉、李同福、李福祥、蘇立和、張玉鍇、張清淮、馮悦□、□大曾、郭寶材、崔□春、邢玉堂。

王孔莊：矗培德、于□□。

石羊莊：馬敦祥、馬天賜、周學旺、周興孝、李三來、裕寶銀樓、廣聚銀樓、李三友、李□雲、馮昭民。

玉皇廟：崔信義、劉漢修、李慶齋、方永興、□來金、東□□堂、李明遠、楊玉貴、王鳳閣、□萬里、李萬鎰、朱士太、崔長生、□恕堂張、衍慶堂趙、謙□堂□、王□武、裕興源、義成東、利興成、曹禎、張□洲、趙樹堂、劉樂亭、郭春福、許洪傑、劉長□。

清凉山

明萬曆三十一年創修清凉山三聖神母行宮玉皇殿記碑

　　碑在山東省青州市邵莊鎮清凉山頂,明萬曆三十一年(1603)立。石灰石質。高143厘米,寬75厘米。正文楷書,字徑2厘米。額題"玉皇大帝三聖神母行宮",楷書,單行,字徑3厘米。碑體完整,文字漫漶。碑陰題名嚴重漫漶,故不録。該碑記載了清凉山周圍各村信眾於明萬曆二十年(1592)至三十一年(1603)創修三聖母行宮、玉皇廟之事。

創修廟記

　　古青州郡去西三十餘里,有山名曰"清凉"。龍山東峙,橫嶺西距,石公堂在其北,□□□□」其南。山水形勝,蓋自開闢來鍾于此矣,況又為洋河之源頭乎? 其靈其秀匪淺□□刁」、郭、和三庄人等,覩此景象,咸曰:"此山之巍峩,猶泰山之高大也;此山之崎嶇,猶泰山之」盤鞏也。"神無一日一時不飛越于九天,此山未必無玉皇大帝□□聖神□戌降」庇佑一方也。況此神明,幹運二氣,俾風雨以時,而五□□□□遠迩孰不賴之。不有行宮」焉,神所依□□何所竭明禮以薦馨香耶? 況余等因無子進香祈福,恐後年老□□□」繼□以啟竭誠盡力公□□眾臨迩刱修三聖神母行宮,上峯建立」玉皇寶殿,不事梁棟,總以石而成,嵬峩庙貌,輝煌金壁耶! 外茅舍一間,俾聶金玘住持焉」。起工於萬曆二十年正月十五日,迄工於三十一年三月十五日。父老子弟咸欣欣然」曰:"吾儕何幸而得親覩聖容耶? 又何幸而

明萬曆三十一年創修清凉山三聖神母行宮玉皇殿記碑

得此神明庇佑一方耶?"遇清明,鄉衆弟子徃拜」,為之記曰:吾常登泰山矣,見□趙韓魏齊魯之邦,不遠数千里,皆來謁祀聖母,嚴若衆」星之拱辰,萬派之朝海焉。再履顔神,見其人之敬礼,不限於封疆,雖未至海□,聞其人」,皆齋明祭祀,若是者,何其感人□□耶? 必其英明昭著,有大服其心,故天下人奔走如」此。今茲庙之成,則自今而后,祈風得風,祈雨得雨,乏子嗣祈之則得,疾病祈之則痊,患」難祈之則免,又其必然之感也。而□之供奉是庙者,必内盡其誠,外盡其物,晨昏必焚」香□拜,朔望以潔物而祀。毋招恶□褻神,毋事淫謔以慢神,則在我,盡如在之,誠神」□□□□之報矣。諸助銀米工□□□書之碑陰」。

　　峕萬曆三十一年季春……會首蔡廷朴等……仝頓首拜」。

明萬曆三十四年重修清凉山玉皇殿記碑

　　碑在山東省青州市邵莊鎮清凉山頂玉皇殿，明萬曆三十四年(1606)立。石灰石質。高36厘米，寬40厘米。碑體完整，文字局部漫漶。該碑記錄了明萬曆三十四年(1606)參與重修清凉山玉皇殿的善人的姓名。

　　萬曆三十四年春五月吉日立」。
　　修捨善人」：
　　會内人蔡廷朴等」。
　　劉慶、王君保、王継賢、刁倉、刁守能、蔡思儒、劉應江、刁鳳林、郭九□、蔡廷汗。
　　石匠：□汝習。
　　住持道人和松」。

明萬曆三十四年重修清凉山玉皇殿記碑

明萬曆三十四年清凉山修造題名碑

　　碑在山東省青州市邵莊鎮青凉山頂,明萬曆三十四年(1606)立。石灰石質。高24厘米,寬40厘米。正文楷書,字徑2～2.5厘米。碑體完整,文字漫漶。該碑記載了明萬曆三十四年(1606)修造清凉山廟宇之事,並録參與者姓名於後。

　　丙午年青凉山」修造」。
　　蔡廷朴等衆」。
　　刘慶、王君保、王継賢、刁蒼、刁守能、蔡廷漢、蔡廷仲、刁奉林、付三會、王汝枝。
　　萬曆三十四年建立。
　　石匠:郝虎」。

明萬曆三十四年清凉山修造題名碑

清乾隆二十九年重修清凉山大士閣記碑

　　碑在山東省青州市邵莊鎮清凉山頂,清乾隆二十九年(1764)立。石灰石質。高182厘米,寬90厘米,厚37厘米。正文楷書,字徑2.5厘米。額題"名垂千古",楷書,單行,字徑9厘米。碑體完整,文字局部漫漶。該碑記載了清乾隆二十九年(1764)重修清凉山大士閣之事,並錄各村信士姓名於後。

　　青龍山,巨鎮也。其廟甚夥,而大士一閣獨稱最焉。夫此大士者,號曰"觀音菩薩",又曰□□□人□□能普渡□而吾思天生蒸民,渾朴者」,即菩薩身也;□□者,即菩薩心也。迨慾念熾而□□迷人,遂不皆為菩薩矣。夫□不皆□菩薩,而獨有一心□菩薩者。□合善信,各捐貲財,創立」高閣,粧塑金身,俾人人見像作福,是即菩薩之慈悲所為普渡也。是即□善之功……巍巍峩峩,以壯青龍山之大觀已哉」!
　　傅從謙、傅從武、劉承緒、劉得貴、屈必旺、屈際開、傅悅、領袖□□□、□永寧、徐永祥、傅維仁、傅從舜、傅從文、□必成、傅萬寶、韓聪、楊乾、王允中、傅□臻、劉美山、關禄、張惠、石景臣、傅文錫、石文□、馬有仁、王允吉、傅從吉、胡□□、胡帝錫、傅盛、傅光前、胡平錫、傅繼先、于保泰、張永旺、鄭有盛、王克順、傅相用、傅□□、楊太、□□山、□□□、□□□、傅璽人、陳萬春、楊玥、劉承義、傅存年、龐士礼、傅彭年、胡子正、徐湖、韓有德、□太□、楊榛、侯傑、楊春旺、楊□弼、胡自公、郭文澍、傅守柱、傅維先、胡仁、胡子順、傅守英、胡子善、傅旺青、傅紹先、傅旺太、傅相宏、劉全生、劉鐸、□□□、□□□、傅恩錫、傅祥芝、傅相本、侯佩、劉成名、傅均、胡自武、劉文美、劉順禄、劉文重、劉承舜、李汶、傅存義、韓憲章、韓璲、韓楹、傅孔、韓美先、傅天錫、傅旺義、傅祥珮、傅詔錫、傅畏、刁重錫、刁□□、王標、傅祥来、傅祥志、傅祥文、傅旺金、傅祥端、傅康年、□祥遠、傅坤、傅崇錫、韓秀、傅□□、□□□、傅義、傅旺保、傅仲錫、傅祥臻、傅君錫、傅祥美、傅祥才、傅美年、傅旺□、傅聖錫、傅祥興、傅祥□、□□□、□□□。
　　□埑庄:張福正、姜效宗、田三明、劉文、□順、徐誥、徐武章、徐諄、徐譜、苗旺。
　　井峪庄:史福注、劉□、史欽、劉福成、閆天然、劉愷、劉恒、劉坤、劉京、劉福周、劉福立、閆□□、劉□□、閆太□、閆興然、劉□元、屈□□。
　　盛水莊:□□□、刁大□、刁國友、刁玉山、刁修□、刁大有、刁國俊、刁奉義、張

□□、楊□□、刁國□、刁恒山、刁景□、刁□山、王之祥、刁均□、刁從旺、刁興屏、石□□、刁□□、刁元良、刁國治、□□□、刁□□、刁太位、張圣全、石之禹、刁保山、刁玉屏、刁從明、刁華玉、刁秀山、張玉祥、楊林、刁連元、刁元超、王效先、刁國幹、刁子新、刁國□、刁興旺、刁大臣、刁乾元、刁宇曾、刁帥璽、張圣魁、刁元正、刁元亨、刁元会、刁永德。

皇清乾隆貳拾玖年歲次甲申三月二十七日立」。

清乾隆二十九年重修清凉山玉皇殿記碑

　　碑在山東省青州市邵莊鎮清凉山頂,清乾隆二十九年(1764)立。石灰石質。屋脊狀碑首。高155厘米,寬64厘米,厚18厘米。正文楷書,字徑2厘米。額題"永垂不朽",楷書,單行,字徑7厘米。碑體完整,文字清晰。該碑記載了信士張貴用十二年時間建成玉皇殿之事,並錄319位信士和2位塑匠姓名於後。

　　粵稽洪濛開基以來,有九卿以分職,必先有三公以論道,是世□之奠□賴此以為之旋轉也明矣。而謂圓靈之必□,獨有异乎? 有」玉皇主治於上,即有三□輔理於下,分曹布化,從令受成□列□一天一地一水神焉。水旱疾疫,有求必禱,神之為灵昭昭也。今有信士張貴,毅然以建廟為己任,人□趨之」。卜地於州城之西三十餘里,十二年而廟成。□曰:"極山之巔,神之□□恋於此□,審矣。"余曰:"不然。神在天下者,如水之在地中,無所往而不在也。"是為誌」。

　　張超、張太、張文、張立、張漢、張福生、張倫、張美、張茂生、張積祥、張禄生、張丙恕、張才盛、張才成、張松、閆中明、呂臣、史福貞、張才明、王明、閆允、張秉會、張信、張本讓、張積貴、張丙文、張奉安、張奉景、呂增礼、呂申、張秉君、呂信、呂維祥、張才富、張秉新、張林、張才秀、張奉良、張仁、張積花、吳曉、張玉生、張廣生、張弘生、張景生、閆中成、付望金、屈必成、邢國秀、徐克仁、邢茂□、付万□、邢國卿、趙恒、付相瑞、付從倫、付相文、付從常、付君錫、付從堯、韓秀、付珍錫、李殿臣、刘福然、傅

清乾隆二十九年重修清凉山玉皇殿記碑

康年、閆天然、史□天、屈蘭生、楊顯吉、史興、張仁、刘然、張存智、刘浩、楊國盛、閆勳、刘勇躍、閆興然、刘振漢、刘學德、刘福利、刘明堂、刘京、付万芳、刘坤、石安崙、刘公、胡□武、韓現章、刘福周、趙禄祥、付維寧、刘明月、石恭德、刘全生、高大明、付相士、刘欣、付從武、刘讓、付印錫、楊成松、楊佩玖、閆振志、胡亨、閆克順、付守英、李維信、楊荣吉、閆克成、楊明全、閆□□、楊進□、閆吉慶、楊明禄、刘文堂、刘文会、刘政、刘義、付讓、付從更、趙順魁、趙天佑、趙存禄、閆志、王思近、閆之成、閆淮、閆琮、王思仁、王思義、史福林、閆吉、史林、史福田、王恂、刘継賢、王永德、刘継法、刘継隆、王星、王福、王璙、王明緒、王自立、王自坤、刘文時、閆祥、閆成宗、閆緒、閆宗興、刘斌、刘思明、刘永禄、刘銀、閆允讓、刘金、刘士忠、刘思義、閆允貴、田興起、楊奉先、閆成忠、閆禹、閆垍、楊彬、楊桂、田長、呂維彬、田万信、田丙倫、田溱、閆成玉、閆普、閆餘慶、楊□福、閆玥、閆貴生、閆維強、楊之継、楊□玉、刘渭、閆美然、史欽、刘芝、刘恒、刘子□、刘子文、刘愷、刘福才、刘福成、屈美生、刘然、閆動、閆太然、楊平吉、刘汗臣、刘汗公、刘成緒、付從禹、付維礼、趙克礼、付興、宋文□、付從謙、付希貴、魏璉、付希功、付維元、侯文先、趙克能、侯錫太、付從道、刘順祥、楊佩林、付維同、刘鐸、王成宗、侯盈、付万世、刘順稼、屈際開、侯有太、韓士禄、刘文美、□□文、刘成明、付維漢、付相佩、楊太運、付相礼、付萬箱、付忠錫、徐永興、付相魁、徐克強、邢國淋、徐克印、邢國治、趙希德、邢茂方、付從鮮、刘治和、刘玥、楊錫、刘連、閆允惠、閆允智、閆志、李安、李秀、呂進修、史蘭生、李溱、刘錫、李旺、刘士成、徐開吉、蔡万成、蔡明江、蔡浩、蔡樹德、蔡景文、蔡檀、張朴、閆文重、孟福美、刘京、張從明、楊□、蔡□、蔡景武、朱克儉、荣□松、蔡明望、蔡儉、蔡文德、蔡修德、蔡景福、蔡詵、蔡崇信、蔡崇德、蔡□、蔡超、蔡明珪、蔡明溪、荣万林、刘乙全、石維能、刁宗顏、刁安太、刁國亨、刁太位、郭天□、尸□□、楊□、王□、張義生、楊世芳、楊刘氏、楊聖吉、楊□旺、楊□修、尸□訓、王門智氏、刁門郭氏、王門□氏、閆門張氏、刘門王氏、楊門馮氏、楊門李氏、楊門王氏、牟門王氏、刘門□氏、刘門□氏、邢門刘氏、楊門姚氏、付門蔡氏、□門楊氏、刘門趙氏、刘門楊氏、田門姚氏、田門刘氏、徐門趙氏、王門趙氏、□門趙氏 楊門□氏、刘門徐氏。

塑匠：蔡作邦、徐作佩。

皇清乾隆貳拾玖年歲次甲申菊月拾捌日立」。

清乾隆四十三年重修清凉山玉皇廟記碑

　　碑在山東省青州市邵莊鎮清凉山頂，乾隆四十三年（1778）立。石灰石質。高169厘米，寬62厘米。呈長方四面體，一面為碑文，三面為題名。正文行書，字徑3.5厘米。額題"永誌千穐"，楷書，單行，字徑12厘米。碑體完整，文字漫漶。該碑記載了清乾隆四十三年（1778）募資修補清凉山兩廟宇之事，並錄捐資及參與者姓名於後。因題名漫漶不清，故不錄。

　　窃思人之所以敬鬼神者，人以其能禍福人，而吾以為鬼神之盛德足以感」人也。清凉山」玉皇等廟，建立有年，去年冬，其中神像多被賊所毀，其狼狽之狀，令人不忍正」視。是鬼神之禍福人者，而反不能以自衛也。奚煩人之勞衆傷財□從而脩」理，為不知賊之毀之者，亦賊之自絕，究無損於諸神之威德也。是□有土人」傅從□等，募四方之資財，興修補之盛舉。廟之傾圮者葺之，像之摧殘者全」之。自春徂秋，厥功告成，兩廟宇神像煥然一新，不亦重為此山□色，更開千」載之偉觀欤！後之登斯山者，可以遂其遊目騁懷之樂，而瞻仰聖像者，亦□」足以動其為善去惡之心矣。豈曰小補之哉？故為之文以志」。

　　募緣：僧果朴、道王揚善。

　　皇清乾隆歲次戊戌菊月戊朔既望吉旦全立」。

清乾隆四十三年重修清凉山玉皇廟記碑

玲瓏山

清康熙十一年遊北峰山記碑

碑在山東省青州市玲瓏山頂王母觀音殿東山牆上，清康熙十一年(1672)立。石灰石質。高74厘米，寬166厘米。正文楷書，字徑2.5厘米。碑體完整，文字漫漶。

……峯山記

余家濟寧古沂之水，蓋□水自東，汶水自北，至是與濟水交。故」□名也。且西湖周數十里，蓮芳時，遊艇如蝟，南為神龍出沒之」□，歐陽子謂“環滁皆山”，余謂“環濟皆水”。余生長水鄉，習□水樂」，每見山而喜，來青七載，懷水愜也。適菊日集衆小飲，有納子向」余言曰：公喜山□亦知山之有名北峯者乎？余曰：□有之□□□」筆峯，峯有九形，如筆然，益都人文之所由發……」之雨，冬之雪，□□無所避匿。語未□，納子□□□□知昔寧□」今耶□□村□吳姓有諱三□號……居豪宮而□」奇者也。地震後，偶憩山腰石畔……久視，依稀有微」亭□□哉。□隙可通□召子……等執畚鍤以發之。愈」……山之□□四旁□□玲瓏矣。余聞而□之」……門人楊搢珽□□石遊焉。厺山巔五里路」……優徐行，由東而進，抵山半，主人□遙指□高」……名曰□駒，最幽僻，人罕至者。右則俗傳王母」掛……立旁有石刻數行□剝蝕難辨，惟“山元寺”三字」猶……隨所指，往來奔視，喘汗相属。余嘆曰：大鵬尚六月」……共坐□石□之起行，路漸平衍，一帶黃土堞高廣」……諸洞中者，衆造門，相延而入，西壁題云：滎陽」……中解易老也。字端稚可愛，因思此老游神象先」……又無士大夫之往還，俯視一切，如」……緣未□耳。洞闊而灣，人趾下上，或幽」……仍□□一衆大咲勇百倍。無何穿洞」……平可數十武，四顧群山，糾環夕陽，遠」映如百□□□起伏銀□中袛東北，一隙差薄，結為郡城耳。得」此絕景，□□□□主人曰：山色晚而□，遊人晚而倦，胷中壘」塊正須□□□□□□四下共就□舍酒□行童子度時□搢」珽歌古調□顏清□□□斯□夢而起飛觴快□□夕不寐晨」興主人□□□謝□□□未醉弗欲□啜共敬□益而出出始」知草舍……構也峯峭拔雖□□□上僅可容□□」一區□□□□峯矣則無尺寸地□□西多小洞大約□□□」之支□矣……餘橫書□□闕字□□」□□□□高……居然……之曾為」闕也□所而□峯……上陰懸崖□□□露

□□如豆」望而知為□窟或□□□□宅也。或□耶□藏□所緩步」問荅而池……在即矣。主人□□池有異二十年前」一泓清瀉盈□山麓汲者植大樹識之人數圍矣。近忽□而上」亾舊所百步有奇,衆共訝□,余曰:□有通塞,安知池無轉移霧」哉?山□恨余為塵几中人耳。倘呼吸得通帝座,請□巨霧,割九」峯之一,飛掛於吾濟之近郊,而惟羣□□□孤峯如横山之踞」太湖洞庭之□相□則水與山豈不相濟代胜耶?妄言及此,大」喜□狂□□□記之」。

時康熙十一年……」

青州府學教授……」

庠生馬……豫介石氏……

石工□□敬、□□俊鐫石。

清康熙五十年重修山門記碑

　　碑在山東省青州市玲瓏山,清康熙五十年(1711)立。劉景罢撰文,盧忠斗書丹。石灰石質。圭首。高168厘米,寬77.5厘米,厚18厘米。正文楷書,字徑2厘米。額題"山門碑記",楷書,單行,字徑8.5厘米。碑體完整,文字清晰。該碑記載了清康熙五十年(1711)重修青州玲瓏山山門之事,並錄總理領袖及善信姓名於後。

清康熙五十年重修山門記碑

　　余聞川嶽皆天地之鍾靈,而秀麗明媚與奇穎軒爽之氣所觸,必產英偉卓越之士焉。況名勝之地,又仙佛之所属愛、鸞鶴之所駐臨者」乎? 但人之精誠,必與神明默相感應,而幽邃乃忽自闢,翠霞乃忽自集,崇隆而聳拔,突兀而創興者,乃煥然維新,燦然改觀耳。是故,興廢」有數,成毀有時,莫為之前,雖美不彰;莫為之後,雖盛不傳也。青郡益邑西南有山號曰"玲瓏",古洞奇窟,佛踪仙跡,不一而足。上有瑤池」王母與慈悲大士行宮,殿宇輝煌,制度弘闊,美哉!創始之人其肇開兹景也,功亦鉅矣。然年久荒殘,又遭四十三年饑饉,神人俱劫数中也。近」來,年谷時熟,一方之善士議欲修葺。有全真道人以清修為志,淡然寡營,欲為光復前業,重修大門,建立高閣,其費不貲。雖人有貧富,損有」多寡,要皆不吝,好施樂善,踴躍鼓舞,相與有成者也。有揔理其事者,經營調度,獨瘁厥心;有共勤其事者,左右贊助,克殫厥力;又有施寸金」尺物,并親赴工役者,亦見其矢乃誠也。衆善姓名,若不勒石紀載,何以傳之永遠,勸勉後人歟？予時得見聞而為之序，期使善蹟垂之」不朽云」。

　　胸邑庠生劉景畧薰沐拜撰」。

　　青郡都邑檜士盧忠斗丹書」。

　　吳纘基，吳肇基，吳奠基，吳寧基，卜有強，捴理領袖吳三萬、吳世臣，侯得富，吳廷璜，崔自昇，吳佳基，董福官，刘崇興，吳箱，閆士珠，孫志興，閆可孝，吳敏孝，吳廷荣，吳可質，刘永，張方試，王有林，吳可資，湯湖，趙得業，吳長基，卜先春，王有文，王福生，吳順基，高振，張永錫，宋文英，吳烇，張茂盛，吳振基，吳廣基，李貴生，吳良才，吳爌，張星，刘正，吳清倫，吳世相，吳世戩，趙英，張應友，張應宣，張應俊，張玘，張應能，張景，吳玉，吳捷，吳慶，吳雷，李燦，吳永基，趙汝功，趙汝恒，趙汝禄，趙汝富，吳澄基，張在貴，陳力，吳廷琭，吳永安，張茂生，馮珍，孫志敬，張昱，吳香基，吳良友，王有福，刘進公，吳超，張坦，崔賜智，吳海，吳涇，薛永喜，吳廷璠，吳煬，宋文魁，吳可濟，吳邦基，董富，孫起，吳博，延鶴年，吳清，陳永華，張同現，張孔諭，鄒訓名，陳宗印，鄭國璽，唐玉德，唐志松，王成名，鄭福，陳春時，賈蘭如，徐公喜，卜海春，張文礼，王天佑，李文陽，王有功，王有盛，王奉太，張得林，卜弘孝，韓永功，王振生，卜奉春，王連生，吳世胄，卜永安，卜弘良，王禄生，王有富，王成生，卜宜春，卜秀春，卜永力，侯釽，李自荣，郗洪全，王成才，李适，侯得廣，侯文廷，侯文省，侯文春，侯文章，侯文卿，侯文夏，侯文智，侯文坤，侯文仲，刘祥，夏元，桑柘礼，刘安斗，孫行玉，姜乾，吳興寰，于寧，国汝梅，相坤，相寅，張架，鍾竟，溫尚弟，趙之瓚，田富，張廷，趙保，田永興，張惟起，張重雅，刘允興，高振，高魁福，高旺，高斑，郭自讀，楊龍斋，李奉時，刘振公，王成倫，閆士高。

　　石匠刊刻：李文政。

　　住持道人：榮太平、刘清雲。

　　峕」

　　大清康熙伍拾年肆月初九日建立」。

清雍正七年男女會首題名碑

　　碑在山東省青州市玲瓏山王母觀音殿東側,清雍正七年(1729)立。石灰石質。高62厘米,寬93厘米,厚18厘米。正文楷書,字徑2厘米。右下角殘缺,文字漫漶。共錄115位男女信士姓名。

　　楊佑昇,李聰,黃大显,張禄,吉永显,李宣,張仲本,張臻,馮之有,李貴生,馮有能,合會首楊智、白啟明,刘文輝,張文秀,張慕孔,刘子敬,趙芝珠,張可成,陳之荣,楊琮,杜圮奉,郝乾,杜土記,黃秀,李文政,李□,宋□□,宋平官,宋君錳,鄭存礼,李天价,宋□國,宋廷玉,宋治便,宋廷鐸,宋治倫,宋申,宋洪方,姜國太,侯文夏,薛廷,胡太吉,張可瑞,韓文林,刘泰盛,鍾義,崔世臣,孫良富,孫星,封云登,李□生,張珍,張盛,張玥,張增,孫良富,趙法,張國祥,張住,□寧泰,王有臣,王廷僧,王禄生,□□□,刘春興,陳景福,侯文官,趙有更,趙有珣,趙有玥,趙有瑶,趙有琪,趙美春,趙文盛,趙文珂,趙有進,趙有環,趙汝□,趙汝璉,趙□□,趙汝琚,趙汝璠,趙有□,趙□□,趙□□,□□□,□□□,□□□,李□美,□□□,□□□,□□□,□□富,□□官,湯□顯,張□志,□□□,湯□□,梁芥生,王福增,刘盤鈁,張廷□,刘進□,高□廷,高得重,高禄□,高□坤,張文才,□□□,□□□。

　　女會首:刘門吳氏、董門□氏、刘門□氏、史門李氏。

　　雍正七年三月初一日(下殘)」。

清乾隆三年筆架修醮記碑

　　碑在山東省青州市玲瓏山，清乾隆三年（1738）立。崔敬焯撰文並書丹。石灰石質。圭首。寬75.5厘米，厚19厘米，正文楷書，字徑1.5厘米。題名楷書，字徑1.5厘米。額題"筆架修醮"，楷書，單行，字徑8厘米。碑中下部斷裂，文字清晰。該碑記載了清乾隆三年（1738）於青州玲瓏山修醮之事，並錄參與者姓名於後。

　　青州，古郡也。東北海國，西南山麓。去郡城卅餘里有山焉，層巒聳翠，数峯屹立，昔人所謂北峯（下殘）首是也□□□也。南枕駢邑之郊，北坐益邑□境，東而雲門相望，西而玄陽相拱，巍巍乎！□」方之望山，非耶？夫名山佳景，其間騷客逸人，孝士大夫，乘興而來，登高而樂者，蓋不知日几幾萬（下殘）固□必歷歷数也，第以物華乃天宝，人傑属地灵，而名山大川寔係人文之煥發□□」達天地鍾靈毓秀之意，寔式憑焉。以故，雲夢貴稱而楚□多材，亀蒙凤著而魯稱望國，以及牛山□（下殘）□，而仕宦畢集於臨淄，尼山衡臥，而聖人獨產於曲阜。此固明徵大驗彰彰古今者」。此山之命名，安可漫然莫辨也哉！孰意淳古既遙，人情好新，改名曰"玲瓏"。夫果何所取而競相傳聞（下殘）

清乾隆三年筆架修醮記碑局部

予目擊心傷，欲更名而無由，今幸值衆會長修醮有年，欲勒石以誌不朽，余因囗」而近察遠觀，彷其形而繪其象，尊號曰"筆架山"。將見囗虎臥豹，千古之文風可整；蛟潛龍飛，百代之孛（下殘）復著。布告中外，咸使聞知，庶以之而筆架之名達乎囗區，而礼樂先進之風囗」益境也。豈非巨孛哉！以是為序」。

崔敬焯撰筆」

青郡益（下殘）」。

馬貴，張珣，張磊，趙汝恩，孫志敬，高林，尹奉祥，王成生，捴會首趙汝弼、吳瓖、孫之興、卜秀春，趙有珂，卜弘常，卜弘起，王培生，卜弘礼，吳良存，吳源。

尹棽、李永茂、李福生、吳清僖、吳清倌、吳清仕、吳清倫、閆文璽、吳清份、吳世耿、刘崇興、王林生、郗弘全、張盛、吳廷荣、吳存金、閆有德、董金、高純。

吳森、吳良松、吳必玉、吳清河、吳良民、吳世享、吳良材、吳良柱、吳正、宋珤、吳廷琭、吳廣吉、吳太吉、侯文卿、卜門溫氏、張茂法、吳斌、卜宜春、張汝勳。

吳良友、李燦、吳必先、宋大材、吳占、張茂旺、吳廷鑄、刘弘志、張茂修、張茂生、張茂盛、吳廷果、吳陞、王忻、吳行春、吳永安、張星、吳文、吳煥。

吳清奉、吳清梅、吳必用、吳清、吳廷荣、吳世囗、吳壯、吳必春、吳必旺、蔣士傑、吳良珝、吳茂如、吳盛、吳存貴、吳臻、閆文忠、閆文臣、閆文功、閆士錫、閆文銀。

吳良竹、王璽、張德鄰、張鵬翥、卜弘美、卜永囗、卜弘道、閆文欽、閆文平、閆有安、閆有祉、閆有利、閆有信、閆文貴、刘進禄、閆文章、刘得玉、閆文宦、閆文官、閆文良。

王奉太、郭存德、卜弘然、卜弘超、卜永安、王有存、王素生、王育生、王敬生、王禄生、王廷佑、卜奉春、卜海春、車珧竹、卜弘恩、卜訪、王廷儉、楊志德、李奉祥。

刘懷德、卜弘善、邢振先、邢振雷、楊治、楊礼、楊信、楊懋、孫美玉、張永印、王弘貴、趙秉庸、刘顯禄、王囗山、馮世臣、趙有珣、趙奉春、趙有玥、趙有琦。

趙有琜、李萬盛、李梓、李里、李廣生、李長生、李文政、李萬臣、李萬贈、李乾生、張增、張玘、張宝生、張玥、張直、張來生、張全生、刘子美、董復興。

刘囗囗、吳廷囗、吳廷斗、王囗山、王文囗、劉子囗、吳海囗、董囗、董囗、李順囗（下殘）李囗囗、陳永囗、陳復囗、劉應囗。

卜希圣、董良祥、張宣、囗有能、囗囗囗、囗永金、囗記常、囗囗玉、囗囗江、吳用、吳枚、郗銀、吳旭、吳永、囗在成、囗光信、囗囗囗、囗囗囗、囗囗囗。

蘸相、王記臣、張世名、刘囗、刘文英、吳本元、侯文玉、侯福元、侯文下、侯志元、侯祥元、侯万倉、馮謙、馮讓、楊章、馮有盛、閆龍、董良臣、馮相。

吳郡、吳廷玢、吳廷、高得臣、高得正、張志勳、張奉才、王永慶、高得荣、王福增、湯份、田世富、刘盤功、刘進功、高得宜、湯志、黃世荣、張成、王福生、李發生。

尹克讓、韓志佩、尹囗、李永、牛興龍、牛名囗、牛養、尹可才、尹可旺、尹弘、尹瑞、尹克謙、尹松、尹可棟、吳廷普、吳俊、吳旺、鄭宣、吳文。

張□勳、張会、李永艾、弋汝佑、劉生春、李振生、刘秀春、□有生、弋汝佐、弋有進、弋有倫、弋汝孔、金孟祿、張玉才、王明、王显龍、□奉名、孫良富、李風。

杜瑞鳳、杜龍鳳、杜岐鳳、杜麟鳳、杜鳴鳳、張復如、滕科、□道、郇迢、張臻、張美琚、王應倫、張□明、張璽、張可瑞、謝重寧、尹玉、張士明、張士□、張玘龍、金玉□、孫英□……

住持道（下殘）。

乾隆三年七月初伍日吉旦立」。

清乾隆五十三年重修玲瓏山王母觀音殿記碑

　　碑在山東省青州市玲瓏山王母觀音殿后，清乾隆五十三年(1788)立。石灰石質。殘高90厘米，殘寬60厘米，厚16厘米。正文楷書，字徑2厘米。額題"重修碑記"，楷書，單行，字徑10厘米。殘損嚴重，剩餘部分文字清晰。該碑記載了清乾隆五十三年(1788)重修青州玲瓏山王母觀音殿之事，並錄會首姓名於後。

兹因玲瓏山王母观音殿重修碑記

　　郡城西南離二十餘里玲瓏山，旧有古廟在焉。考之(下殘)」其地見夫勒之石，先

清乾隆五十三年重修玲瓏山王母觀音殿記碑

後者著為成書,梓之木,姓名郎(下殘)」捨去。因思」老母之監观有赫,神明之昭察維嚴,地不傑,神胡靈也？竟(下殘)」以為：否之至者,泰必来；困之極者,亨必至。直此荒凉(下殘)」它,而聞井塘庄信士張儀美,竭力趨事,捐其資財,遂(下殘)」領袖吳善德等,齊心協力,鳩工庀材,廟守迤逗修碑(下殘)」而美哉奂一時之,耀人耳目,新人观瞻者,輝煌而(下殘)」。

旹」大清乾隆伍拾叁季拾貳月吉旦」。

吳善德、捴領會首張儀美、吳宝善、王克寬,各庄領袖：吳萬善、趙有煦、王廷儉、吳振魯、尹宗堯、張乾生、卜勳、高漢、張克思、卜伸、韓智、張連勳、吳樂善、邢□□、孫□、王廷宇、張永美、吳德□(下殘)。

各莊信士重修王母觀音殿殘碑

　　碑在山東省青州市玲瓏山王母觀音殿前，時代不詳。石灰石質。殘高84厘米，寬71厘米，厚23厘米。正文楷書，字徑2厘米。碑上半部殘缺，文字漫漶。該碑記載了重修青州玲瓏山王母觀音殿之事，並錄信士姓名於後。

　　（上殘）史不記其建立何代，訪之塗人，皆莫指其重修何時日者。驅車遨遊，道經」（下殘）星炳，則知前之修圮，代更新□遞變，已歷元明，垂流到今，低徊□之□□」（下殘）蓬蒿構□，風雨飄搖，棟折榱崩，金身闇淡，虎吟者久之，若有不勝悲然□」（下殘）宜之秋，當有人焉，振衰起敝，棄旧迎新，变寥落而為彪炳，必改如是观矣」。（下殘）族黨而謀修整焉。既而興作，又恐一己智慮，善事难成也。是以九合各庄」（下殘）神像次弟粧成，越數載而功始告竣，□時遊其宇，鳥斯草而翬斯飛。美哉」！（下殘）山河之色，此非継徃開來之又一修乎！是為序」。

　　臨淄李絡経敬題」。

　　石匠：李全德、李全復、張世享鐫石。

　　住持道人：孫青雲，徒馮一□。

　　（上殘）高士元、張寬、吳方喜、吳儀宜、□河龍、□□□、孫振公、高士禄、尹永荣、尹永□、高士秀、張□首、張紀先、張□□、牛俊吉、牛美吉、張□□、高士□、尹克智、牛正吉、李克講、李克显、尹美生、高仲、張永貴、吳清泉、吳方起、張永倫、尹克和、尹□□、趙有勳、卜鳳、吳達善、張□□、□□□、□□□、閆璠、閆文珍、陳□□、□□□、□□□、□□□、張永禄（下殘）。

夏莊村

清康熙八年重修泰山聖母行宮記碑

　　碑在山東省青州市王府街道辦事處夏莊村泰山行宮，清康熙八年(1669)立。石灰石質。圭首。高128厘米，寬81.5厘米，厚19厘米。正文楷書，字徑1.5厘米。額題"重脩碑記"，楷書，單行，字徑10厘米。碑體完整，文字清晰。該碑記載，青州夏家莊信士夏恒益、夏恒官、夏汝之、杜承才等，自清康熙六年(1667)至八年(1669)多次重修泰山行宮，康熙八年功竣，立碑以記其事，並錄信士姓名於後。

重修泰山聖母行宮廟記

　　郡城西南雲山之前五里夏家庄，古有」聖母行宮，歲時伏臘，里社釀錢聚賽□□□，有兵荒、疹癘及昆蟲、豕鼠之害，祝而禳之。古所謂神依人而行，固然哉！自鼎革之前」，日久廟宇傾頹，棟枋牆損，聖□□壞者二十餘年矣，而見者無不痛心而咨嗟也。竊念鄉人夏恒益、夏恒官、夏汝之、杜承才等，意行正□，發虔」心重整大殿，聖像更換。康熙六年，重整大殿；七年，粧塑金身；八年，彩□。鄉之耆稚，攄材鳩工，一新其故，且拓而廣焉。逾年功成」，礱石而碑之記。今茲於廟之□□□□□作敏主伯，以輯鄉里，以聯宗黨，以固守望之好，杜侮子之禍，豈為淫祀哉！且使鄉人」者，知所勸曰：維神在上，將佑我□□□□；知所戒曰：維神在上，將懲我也。一鄉之人，羣趨于善，而避其不善哉！邀靈於」泰山聖母，非淺鮮矣。以是為記」。

　　康熙八年歲次己酉仲秋穀旦立」。

　　七年六月十七日，天下地震山崩，樓房盡塌，大殿無動。

　　六年，井汗三個月。興工，水出二十日。停工，水全無。

　　領袖：夏恒官、夏恒益、夏汝之。

　　募緣領袖：杜承才。

　　□殿通共使銀□□□五兩。

　　開光使錢拾壹千三百。

　　蓋殿二弟班唱戲三日。

　　八年開光唱戲三日使銀八錢。

各匠役帶小工夫共使壹千五百工。

領袖全管。

馬起成、夏恒益、王應洪、劉之桐、鍾向起、趙傑、趙承光、首善杜文禎、侯德時、杜承美、李忻、陳治道、夏恒震、李美、鍾尚貴、夏恒坤、夏汝梅、王世爵、趙業儒、夏恒順、夏恒福、李茂增、潘自成、杜孔玉、趙東征、黃應龍、吉之宰、吉貞宰、杜孔現、杜茂賞、杜茂禎。

尹東振、宋三賢、劉□起、黃應選、董□、孟允成、李東蒙、冀旭、王可敬、吉國宰、趙應魁、吳之會、張克讓、宋可成、王希坤、湯應庚、楊泗面、張正鄉、張興、金應召、宋世浩、王好礼、王之道、黃應都、馬起皎、遲九文、杜承銘、杜承欽、杜承鑑、李三剛、杜茂卓。

□進□、張振邦、黃申言、夏守舜、朱次趫、杜承差、宋三竒、塑匠馮三友、夏志皋、李士夆、侯尚荣、蒲文州、鄭得祿、趙維翰、李京、李慶、李茂才、程紀周、趙守荣、董洪、袁國鄉、張標、黃標、張孝秀、曹世增、曹世有、王臣、曹世才、顧守才、于法旺、齊之礼、王紀宗、張志盛、刘之進、孫九成。

□□法、孫美、潘倫、潘愿、許東會、許東府、李春□、王應春、法玥、李東名、李才、張九千、侯希言、張金、張登、張旺、王茂德、董應科、馬進常、孫継新、李士俊、王進美、王加才、吉尚敬、李振民、李東湖、尹天祐、趙應魁、湯應元、徐邦用、鞠国府、高登科、孫盈安、楊烈、豆強、楊茂枝、黃志彥、黃士貞。

黃臻、唐澤遠、趙明禹、韓士孔、滕治明、杜乾、李秀、于守志、馬來時、杜承運、杜安然、杜茂康、侯準來、夏恒豐、夏志永、夏汝松、夏汝薈、宋績成、王浩礼、宋孔修、宋継增、王應斗、王君利、郝登荣、郝明剛、鞠重旺、鞠可孝、王世助、宋世勝、宋孔助、郝明山、郝明樂、鞠重花、王守記、黃士彥、任守勤、高奉成。

郝文整、金守信、金桂、趙安基、滕加增、杜坤、李梅、馮起慶、趙東澤、吳春江、龐有才、杜茂寬、侯福全、夏恒乾、夏士林、夏汝名、夏国謙、李的濟、宋孔教、王浩朋、宋孔習、宋世亨、王應選、郝儉、宋世邦、馬宜時、郝明英、鞠重深、鞠重荣、李元吉、刘貫、宋存荣、鞠国才、趙應魁、黃應魁、任樂成、張從儒。

宋富、張守安、張允第、趙東楊、滕加枝、杜珍、李荣、馬起印、李應時、栾鳳祥、郭守能、杜才昇、侯德夆、夏恒倫、夏三敬、夏汝登、夏国印、宋世聰、宋孔胥、宋秉忠、宋世名、宋孔惟、王進京、王進賢、鞠重遠、宋可成、李忠、尚名和、閏可全、閏可久、閏茂、閏旺、鞠可順、張荣溢、李□、吳必荣、李篤生。

朱彥名、金孟俊、鞠存礼、金應英、杜恒官、杜曉、李官、馮起荣、李應秋、杜茂星、杜岩、翟得旺、侯奉咬、夏恒言、夏□荣、夏汝竹、夏国強、陳明書、張可盈、徐有福、李潔白、張克勝、張孟吉、李安、王化來、閏可講、閏可旺、閏可孝、閏可興、閏得千、鞠重官、高近成、潘允□、胡奉岐、王生有、王忠友、王守才。

　　王振強、張加文、沈安祥、金明英、郭守強、杜章、馮之興、馮起林、李相、杜良盛、杜清、杜連方、侯□興、夏恒得、夏選、夏汝艾、夏国讓、王京、于敦常、王煥基、張正卿、尚興隆、張尚敏、王應守、刘大樂、張士鼎、楊生魁、陳有功、于魁、王云、黃大荣、杜來喜、陳治得、宋可成、□□□、□□□、趙□□、趙□□。

　　張培元、刘明安、鞠重礼、張孟鮮、陳守才、谷天糞、杜身、李豹、李科、杜永福、杜永昌、宋得成、侯德貴、夏恆產、夏有才、夏汝敬、夏国成、王忠正、周子成、邹継存、王三海、史得濟、趙伸、王勝、趙寬、趙朋亮、趙承烈、趙普、趙彦文、趙重恩、趙重大、趙重起、趙彦賓、刘繼祖、邹起滕、程三讓、楊應申、吳玘、吳端。

　　刘承玉、金守恕、金孟□、金守澤、耿守孝、谷天福、杜恒祿、張府、李普、趙三旺、李向、杜茂昇、侯德富、夏恒山、夏汝南、夏汝見、夏国璽、李東林、郝從宜、孫□盛、胡奉継、張約、趙奉明、胡自周、王東河、郭旺云、胡太□、張士杰、王勝、馬景、張克茂、張三成、喬三鄰、張子有、張士河、杜福然、黃士祥、薛自成。

　　杜尚智、張有益、趙文成、金應明、李國艾、谷天柱、郝名太、張文福、李富、郝九公、杜尚文、杜尚荣、侯德昇、夏恒友、夏汝栢、夏汝□、夏國從、孫功業、田進忠、張可素、陳有□、□□□、刘璠、馬起倫、馬起順、張計順、刘胤祚、張三福、張三能、黃坤、黃普、孫汝奉、孫汝林、張自□、黃士礼、黃忠、黃加荣。

　　李周、金來、刘文杰、夏汝起、夏汝科、李志旺、黃加成、黃加由、黃松、黃士成、丁洪福、黃士文、宋世進、姜汝礼、李素、宋良儒、李显德、王志□、李東洲、李東□、郭成名、王存仁、趙永□、孫九興、刘□□、尹士登、尹尚科、尹尚得、趙敬祿、紀好得、李容、姜坤、王印、王桂、宋進志、王之富、宋進宝。

　　梁魁、張士瑞、夏恒足、夏國勛、邵見、馬乾、宋□□、夏祥、李守印、高登、蒋加興、□太山、□□□、□□□、□□□、□□□、刘克礼、都□、王三□、王玉、刘志、崔父望、刘印、張継盛、趙存礼、都階、陳昔、張自有。

　　胡汝爵、□□富、宋永福、奚英、馬英、刘汶、孫士道、谷志□、王東升、高奉成、高近成、高魁英、楊應坤、黃文舉、刘成玉、張可新、刘□、刘必成、高魁名、高魁升、刘文聖、王□盛、□□厚、高魁俊、刘永曹、金九思、李階、王秀、石□、吳□美、閆銀、張士綫。

　　木匠：郝文筌。

　　刊字石匠：時三俊。

　　助戲：杜來壽、陳治德。

　　仝立。

清康熙十二年泰山聖母面前修醮記碑

　　碑在山東省青州市王府街道辦事處夏莊村泰山行宮，清康熙十二年（1673）立。石灰石質。圓首。高 104 厘米，寬 67 厘米，厚 12 厘米。正文楷書，字徑 1.5 厘米。額題"修醮題名"，楷書，單行，字徑 9 厘米。碑體完整，碑文末行被水泥遮蓋，其餘部分文字清晰。該碑記載了金家莊、張家莊、趙家莊、夏家莊信眾在泰山聖母面前修醮之事，後附領袖、修醮會首以及眾信女題名。

泰山聖母面前脩醮碑記

清康熙十二年泰山聖母面前修醮記碑

　　神其有在乎？吾不得而知也；神其無在乎？吾益得而知也，要以人□□」格。我郡人自」聖母建立以來，廟貌維新，蓋扶大慈大悲□。大亂之後，震劫之餘，人多悔□」神，每遇聖誕，輒廣邀比丘修醮，竭誠虔供，諸□□經誦咒之不一焉。□」之子嘗言之矣。百而信氏，必其能姑舅者也，必其勤盥漱之節者也□」嗚昧旦豫，相警□者也。他不具論。然□□中饋治絲繭之人，而將明□」之說，又何知焉？以為愚誠，洵哉！其愚誠也，然有取於神道設教之義□」焉」。

　　康熙拾貳年歲次癸丑莫春吉旦立」。

　　修聖母殿塑金身領袖：夏門孫氏、夏門郝氏、杜門王氏、夏門李氏。

　　修醮會首：金門□氏、會首張門高氏、會首趙門□氏、會首金門王氏、會首夏門李氏、會首夏門王氏、會首夏門杜氏。

金家庄：唐門韓氏、陳門韓氏、李門韓氏、張門陳氏、鞠門韓氏、趙門金氏、張門□氏、金門□氏、張門金氏、金門韓氏、鞠門□氏、金門□氏、金門趙氏、杜門朱氏、金門白氏、金門闞氏、金門賀氏。

張家庄：□門杜氏、趙門于氏、張門賈氏、李門王氏、張門孫氏、張門張氏、林門□氏、韓門賈氏、杜門黃氏、刘門杜氏、張門□氏、張門王氏、張門趙氏、張門許氏、張門王氏、張門李氏、溫門吳氏、王門張氏、□門孟氏、高門張氏、湯門杜氏、徐門梁氏、史門曲氏、王門朱氏。

趙家庄：趙門相氏、趙門林氏、□門鞠氏、□門于氏、□門杜氏、趙門□氏、史門陳氏。

本庄：張門黃氏、陳門楊氏、張門金氏、李門杜氏、杜門胡氏、谷門吳氏、夏門陳氏、夏門王氏、趙門吉氏、趙門李氏、王門李氏、杜門□氏、□門夏氏、趙門夏氏、夏門王氏、夏門焦氏、尚門郭氏、馬門馮氏、吳門馬氏、杜門夏氏、杜門孟氏。

清乾隆五十三年重修泰山行宮記碑

　　碑在山東省青州市王府街道辦事處夏莊村泰山行宮,清乾隆五十三年(1788)立。鍾學海撰文,杜士隆書丹。石灰石質。圭首。地上部分高128厘米,寬74厘米,厚19厘米。正文楷書,字徑2厘米。額題"垂遠",楷書,單行,字徑12厘米。碑下部埋於地下,地上部分文字漫漶。該碑記載了清乾隆五十三年(1788)郭宗洲、孫玉、夏本仁等信眾重修泰山行宮且置廟產之事,後附領袖與信士姓名。

清乾隆五十三年重修泰山行宮記碑

重脩碑記

　　盖聞:鬼神之德,體物不遺;福祿之綏,惟善是歸。天生蒸民,大抵知所以事人者,未有不思所□」事神者也。顧幽明分陟,陰陽殊用,世之於鬼神,求所謂尊之敬之,時罔怨恫焉,徃徃難之。維□」郡南去城十里有夏家庄者,名山環拱,佳水漾帶,里多長厚之俗,人尚孝友之風。僧人傅禮□」經嗜禪,常習聞而樂道,良有以也。庄內舊有」泰山行宮,歷年久遠,殿宇傾圮。爰有領袖郭宗洲、孫玉、夏本仁等,於歲次己亥約集鄉衆,公議重脩,或捐貲,或□□」,靡不踴躍恐後焉。匝月之間,殿宇神像煥然維新,更慮禪堂之卑隘,建東房四間,憂住持之□」乏,買地二段大畝二畝三分。其樂役也,不令而行;其告成也,不疾而速。由是庙貌整飭,香火□」供,洵可謂致孝乎鬼神矣!因思昔人為之於前,既有美之必彰,今人為之於後,寧可有盛□」傳?故將舊制增修之意,勒諸貞珉,昭茲來許，以示不朽云」。

郡庠生鍾學海撰文，邑人杜士隆敬書」。

鐫字王克儉、楊廷召。

王淂福，邱如松，邱如梅，郭海，領袖郭宗洲、孫玉、夏本仁，孫俊，曹思棟，曹思聖，曹思來，賈世顯，郭林禎，郭林茂，曹士元，孫成，方山，李重民，郭林富，韓世貴，夏貴友，夏貴全，張志珮，張志法，賈懷，馬正，馬平，馬法公，韓世隆，韓世魁，蔣學孟，蔣學孔，宋玉，李金，李銀，李玉，王士顯，李貴，陳在松，郭林秀，郭林祥，孫好友，孫好賓，孫明，黃世興，黃琯，黃法，黃文魁，宋玘，王□，王吉，沈福祿，姜存信，黃文明，王欽，姜宗荣，姜存仁，姜存讓，姜存忠，姜存善，姜存義，姜存智，姜存亮，杜有名。

画匠：邱如□、戴尚□。

窰匠：楊□。

木匠：魏篤信。

住持僧人：傅禮。

大清乾隆五十三年荷月上浣之吉」。

清嘉慶三年重修泰山行宮影壁記碑

　　碑在山東省青州市王府街道辦事處夏莊村泰山行宮,清嘉慶三年(1798)立。袁鎮東撰文,杜士隆書丹。石灰石質。高56.5厘米,寬92.5厘米,厚12厘米。正文楷書,字徑2厘米。碑體完整,文字清晰。該碑記載了清嘉慶三年(1798)夏家莊信眾夏本仁修葺泰山行宮影壁之事,並附領袖及信士姓名於後。

　　影壁之說,古樹屏遺意也。《禮》:天子外屏,諸侯內」屏,所以蔽內外、狀觀瞻者,於是乎在。矧奉神明」,建廟宇而門屏不設,其若體勢何? 夏家莊舊有」泰山行宮,宮闕已極崢嶸,嗣後,里人夏君名本」仁,又施地基於門外,而影壁於是立焉。今歲,值」豐稔,脩葺而黝堊之。告竣後,囑記於余,余愛其」規模宏整,可以蔽內外、壯觀瞻也,為賦短句以」美之:

　　門外亭亭數仞牆,能教廟貌更添光。藏風」聚氣文明地,竚看他年大發祥」。

　　郡庠生袁鎮東撰文」。

　　邑處士杜士隆書丹」。

　　甾」

　　大清嘉慶三年十一月穀旦」。

　　住持僧人傅禮暨徒方承□。

　　李忠民、邱如松、方山、傅禮、郭宗洲、孫玉、領袖夏本仁、曹思聖、賈世明、宋玉、王淂福、邱如梅、李玉、郭海、曹思棟、張志法、韓世隆、賈世显、韓世貴、夏貴友、馬千、孫成、張存、郭林茂、郭林禎、孫秀。

　　立石。

　　鐫字:商兆脩。

　　窯匠:趙盛。

清道光二十五年重修泰山行宮記碑

　　碑在山東省青州市王府街道辦事處夏莊村泰山行宮,清道光二十五年(1845)立。李恕撰文並書丹。石灰石質。高94厘米,寬55厘米,厚15厘米。正文楷書,字徑2厘米。額題"萬世流芳",楷書,單行,字徑7厘米。除碑文最後一行在立碑時被水泥遮蓋外,碑體完整,文字清晰。該碑記載了夏家莊信眾宋光孝、夏芹、郭超等歷時十五年重修泰山行宮之事,後附會首及信士姓名。

重修碑記

　　嘗聞:莫為於前,雖美弗彰;莫為於後,雖善弗傳。郡南夏家庄」聖母行宮,建自前明,迄於大清,三百餘年之間,屢傾圮,屢增修。宮闕已極峥嶸,廬舍亦□□」俻,粵稽由來久矣。可駭者,歲在道光九年十月二十二日夜間地震,撼搖頹壞,□」樓為尤甚焉。里人宋光孝、夏芹等倡議重修,因其故址,增其舊制,以視往日之規模更高□」壯观。鐘楼告成,其餘工財用不敷,遂停工焉。嗣後,纍年堆金釀資,爰有郭超、夏芹等,復□」修土地祠一座,以及大殿、山門、影壁、僧舍、書齋俱以整茸而繕完之。緒自辛卯□」乎乙巳,凡十有五年之增修,而殿宇廟貌始得煥然維新矣,茲則工峻立石,聊以□」其時日,遂附姓氏於其後,以共垂不朽云」。

　　邑處士李恕撰文並書,石工王

清道光二十五年重修泰山行宮記碑

吉順鐫字。

宋光宗，賈茂聖，邱上林，會首郭超、宋光孝、夏芹，曺華京，曺華都，方兆林，賈希汝，孫連，邱弼，馬福，夏魁秀，賈法汝，郭喜，郭冉，郭輝，王得祿，夏瑄，夏林，孫兆寬，孫兆吉，邱墨林，王得全，宋光順，郭卓，曺華封，曺華省，曺華州，李淂矣，王吉順，鍾際榮，邱文林，邱株林，邱桂林，邱鳳林，李升雲，李淂仁，郭進節，郭紀，李永江，賈茂才，賈茂德，邹寬，王怀遠，郭立敬，斛俊，邹明，邱寧，邱崗，邱凌雲，方兆吉，蔣世成，郭安，郭悅，郭遂，郭緒，孫兆祿，孫桃，郭秉智，張文成，夏安太，李友，斛友，張文洲，張文海，郭春，斛太，孫兆奉，曺華山，曺光法，方旺。

住持僧人方成……

大清道光二十五年歲次乙巳榴月中澣之吉立石」。

趙家峪

明崇禎六年重修三元廟記碑

碑在山東省青州市王墳鎮趙家峪村龍山三元廟,明崇禎六年(1633)立。曹珖書。石灰石質。圭首。高140厘米,寬70.5厘米,厚24厘米。正文楷書,字徑1.5~2厘米。額題"重脩三元廟記",楷書,單行,字徑7厘米。碑體完整,文字清晰。該碑記載了邢永吉與三元廟住持寶還業等重修三元廟之事,並附參與其事的信士姓名於後。

善士領袖題名記

自古創制以來,有地必書名者何也?取其不朽之義也。矧此山凝峯孕秀,清泉白石,故山以盤龍名焉,洞以迎仙名焉,無非謂其歷百代而恒新,垂萬世」而不湮沒也。況攷之上古,廟迹神形,巍然可觀;遞至今時,傾頹廢墜,瞑目可嘆。吾同郡善士邢永吉,於是同住持寶還業謀建是廟而重脩焉。一旦」,先損所有而首倡之,後普募衆緣以贊助之。其經营也,不憚艱辛,不避勤勞,閱五旬而功告成。雖此心良亦苦矣,何可沒其名也。況名實相須,不容」偏廢。有名而無實,則其名不永;有實而無名,則其實不彰。然脩非一日,作非一人,賴刑君創之以開其始,資衆善助之以成其終,苟不立石以誌其」名,則諸善士□協力贊成者,不幾於時久而湮,功墜而沒乎?名實安在哉?故於歲次癸酉孟夏,命工鐫石,題名於上。俾後人者,觀廟貌而思其功,□」功績而慕其人,靡不勃然興好善之心,欣然法振作之力,皆革故鼎新而不替矣。余思神以」天地水名者,取其悠久不息。神既悠久不息,廟亦綿遠不敝,諸君之名,與神並著,與廟並永,聲貽後世,歷之百代,如在目前。故曰誌不朽」。

賜進士弟資大夫正治上卿太子少保工部尚書侍」經筵前戶部左右侍郎光祿太常太理寺正卿曹珖書」。

府學生員房可大、房可望、房徽、房凱,縣學生員鍾涼、房岱,監生賈知微,恩生趙奕昇、黃國士、牟希顏、刘書、郝部、崔應科、張可貞。

衡府校尉洪朝棟、王添壽、董子海、李應節、李應役、洪加善、賀永忠、耿茂盛、王永安、魏愷然、賀永全、朱得实、董子□、陳子全、都東有、房佃、郝文忠。

刑永吉、張所純、刘汝兵、刘應祥、刘自良、孫洪祿、姜允孝、宋萬、宋邦德、卜汝連、董世恭、周東泰、田汝恭、趙應□、姚志道、王九成、于騰、李三京、郝子登。

劉應選、宋継儒、刘光顯、刘應龍、唐九朋、宋継盈、姜全忠、侯邦支、董仕、卜汝卿、葛尚文、周東儒、宋汝恭、董化龍、胡東齊、王計珠、閆尔芝、楊棠、王奉竹。

陳志選、田的時、刘國珍、刘應仲、吳進禮、趙玉清、姜應召、溫汝相、楊還、卜汝宦、田應登、周存艾、宋計成、刘計周、王計玿、袁計周、王任、李有官、郝子孝。

孫進福、胡尚智、刘應蛟、刘可行、吳進孝、刘九府、姜應斗、馬化朋、宋汝安、卜士科、牟應登、楊宗艾、宋的利、牟守郡、趙應斗、袁應魁、石璞、郝子敬、王府。

刘應潭、刘可豹、刘應池、刘應貢、閆進礼、姜朋、姜允忠、侯忻、侯進、宋汝寧、卜汝仲、宋堪、孫守正、宋應道、牟應忠、趙應元、王計宝、程應科、郝子興、王南。

邢無咎、宋守雍、刘應召、刘光名、刘可安、姜仲實、張可祿、侯尚文、刘作、孫連進、陳世英、田汝宦、王計志、左尚仁、趙世□、胡三才、張可立、郝文魁、王風。

邢無□、王克仁、刘汝聘、刘守住、王國進、姜應池、宋有才、侯尚智、卜汝順、孫連登、楊思仁、楊申、孫光顯、牟汝周、趙其、胡東有、崔應峯、宋守臣、宋金山。

劉志清、孫汝敬、刘應試、刘支、刘松、王國財、姜應潭、孟希能、侯宇、孫汝便、孫連仕、楊汝氣、陳世名、宋汝忠、王東順、侯九祿、孫福興、郝孔訓、程有、趙官。

孫表正、牟汝皓、王全、王江、王秀、王東魯、姜應津、姜雲、侯尚武、許坡、許有才、孫連奎、馮好周、陳奉新、徐可時、孫守耐、侯希孔、刘汝全、李子元、潘可遠。

高汝魁、孫應魁、王自善、王自荣、馮好惟、吳三宅、姜志秀、侯尚和、董好儒、孟自善、周存敬、楊文、趙荣、姜有才、刘訓、侯朝相、刘宇、趙三寵、刘汝連、徐昇。

王訴、馮希閔、楊振、王自道、刘竹、馮好成、姜學書、陳進忠、姜太周、卜重剛、趙東美、侯希儒、孟維成、徐可□、刘教、侯朝住、刘汝礼、張九信、郝子科、鄭秀。

蔡尚禮、李名□、陳文忠、郝子旺、侯尚節、姜孝經、姜應湖、姜興周、卜汝強、趙東洋、田汝安、趙峯、侯尚福、徐可道、侯希峯、刘可傳、高可教、馮應昇、馬敬。

刘思孝、蔣世仲、牟應科、馮好讀、鄧待才、姜孝文、孟希佐、姜應遠、楊汝卿、王明祥、田汝忿、王濟、趙向、張世祥、張得、袁應峯、刘可言、王應魁、馮好官、沈易明。

王海、王洞、王訓、王楼、刘思信、段汝貴、馮三孝、姜孝儒、姜應選、楊汝德、田汝相、周東江、周東全、王恒聘、孫守業、馮好信、徐的忠、陳玉、郝文守、許孔教、董佐。

楊思艾、楊思礼、楊樂、楊坤、楊乾、段守住、姜應□、姜應官、姜□□、楊汝節、田應孝、周東齊、周東峯、鄒化□、唐政、唐子見、牟汝官、孫九有、陶世隆、張守崗。

大明國山東青州府益都縣樂善鄉石崗社善人：趙□中、趙江、張世龍、趙□□、李思順、王應召、王天友、楊汝登、刘志周、馮好□、寶□波、寶中祥、□□、張□、趙進、□汝志、畢□、□□、李舜□、陳山、董世□、徐克□、□順全、刘還、張進孝。

住持道人：寶還業、侯還臣。

石匠：孫福旺。

崇禎六年七月甲子日吉旦」。

明崇禎六年重修三元廟善仕題名記碑

　　碑在山東省青州市王墳鎮趙家峪村龍山三元廟，明崇禎六年(1633)立。房可壯書。石灰石質。圭首。高136厘米，寬76厘米，厚17厘米。正文楷書，字徑2厘米。額題"善仕題名碑記"，楷書，單行，字徑6厘米。碑體完整，文字清晰。該碑記載了住持實還業與信女佐氏等，於明崇禎五年(1632)至崇禎六年(1633)共同募緣重修三元廟之事，並附信女題名於後。

　　粵稽我青，形勢甲天下，世稱東西秦者也。而郡之西南諸山，龍為佳麓。其間丹崖怪石，削壁奇峰，日映嵐」光。鎖翠雨，收黛色，含青翠，鮮堆藍。白雲浮玉，崇岩古洞，不可悉數。有吳家井者，山名盤龍，洞號迎仙，峪曰」龍居。龍，勝地之勝地也，緣是龍蟠鳳逸之士多隱處焉。有」三元廟一所，肇建不知起于何時，而歷歲既遠，其丹堊者，不無苔蘚，嵬峩者，不無傾圮。住持道人實還業，謀于」善信女佐氏等，鳩工聚財，以鼎新之。又因餘鐳，脩其路之崎嶇者，使苔蘚傾圮復煥金壁，山徑蹊間悉為」坦途。蟠龍之飛俊霞，與臺閣爭輝；迎仙之降紫氣，繞殿宇煥彩。峭壁滴翠，幽雅非常，珠殿清都，仙人舊館」。余故書石以記其事。余考夫」三元之神，為諫議于周，而封神于宋，仕朝之日少，而山林之日多。則此鬱蒼翠薇之中，必神之所樂棲者也。其」建立有由然矣。地靈人善，一呼百應，倏踵而新之，允為以善繼善，繩繩而不絕，亦必以福繼福，綿綿而無」疆矣。事始于」崇禎壬申之歲，工竣于癸酉秋之七月也。因援筆以記之，勒于貞珉，用垂不朽云」。
　　賜進士出身奉政大夫經筵掌河南道印浙江山西廣西雲南等道監察御史房可壯書」。
　　勑封太宜夫人房門佐氏。
　　邢門王氏、劉門侯氏、陳門徐氏、牟門牛氏、孫門劉氏、宋門段氏、王門吳氏、孟門姜氏、李門張氏、陳門蔡氏、孟門張氏、陳門王氏、張門田氏、孟門姜氏、王門李氏、王門孟氏、王門高氏、陳門宋氏。馬庄。
　　邢門趙氏、劉門孟氏、刘門宋氏、王門李氏、宋門楊氏、宋門董氏、楊門張氏、刘門王氏、王門左氏、孟門侯氏、孫門王氏、侯門梁氏、金門鄒氏、刘門孫氏、孟門楊氏、孟門隋氏、刘門張氏、陳門蔣氏。

明崇禎六年重修三元廟善仕題名記碑

邢門刘氏、孫門王氏、高門趙氏、王門卜氏、趙門李氏、孫門刘氏、宋門付氏、楊門董氏、董門付氏、楊門刘氏、楊門周氏、王門刘氏、王門張氏、楊門侯氏、楊門侯氏、楊門李氏、楊門侯氏。王家庄。

刘門趙氏、刘門孫氏、刘門張氏、刘門于氏、卜門張氏、許門刘氏、王門甯氏、王門李氏、楊門田氏、刘門李氏、李門王氏、蔡門郝氏、楊門李氏、王門王氏、楊門趙氏、楊門郝氏、馮門楊氏。

閆門王氏、孫門單氏、刘門宋氏、刘門趙氏、刘門姜氏、楊門宋氏、宋門鄭氏、李門趙氏、郝門侯氏、郝門李氏、郝門卜氏、郝門侯氏、郝門徐氏、刘門董氏、馮門王氏、馮門李氏、郝門王氏、宋門趙氏。南峪。

董門田氏、刘門李氏、刘門卜氏、刘門佐氏、楊門卜氏、宋門趙氏、郭門石氏、卜門王氏、王門耿氏、陳門張氏、張門陳氏、刘門張氏、董門于氏、陳門史氏、陳門徐氏、陳門周氏、郝門刘氏。党家庄。

馮門于氏、董門陳氏、刘門宋氏、刘門雷氏、刘門張氏、楊門周氏、楊門鄒氏、宋門董氏、卜門楊氏、卜門張氏、卜門楊氏、董門刘氏、王門李氏、鄒門岳氏、孫門王氏、孫門刘氏、孫門王氏、孫門郝氏。卜家庄。

趙門韓氏、史門鍾氏、史門郝氏、張門刘氏、張門楊氏、王門陳氏、王門宋氏、王門杜氏、王門陳氏、王門董氏、王門張氏、王門李氏、郭門李氏、郗門董氏、陳門董氏、董門陳氏、張門寶氏、李門寶氏。城裡。

蔡氏、薄門李氏、馬門王氏、邢門朱氏、郝門趙氏、初門閆氏、初門唐氏、潘門崔氏、張門蘇氏、沈門趙氏、祝門侯氏、宋門趙氏、楊門李氏、陳門□□、陳門高氏、□門朱氏、陳門黃氏、史門刘氏。

王門馮氏、侯門宋氏、侯門郗氏、馮門刘氏、馮門趙氏、侯門彭氏、趙門宋氏、趙門閆氏、趙門陳氏、王門郝氏、刘門侯氏、□門馮氏、□門孟氏、王門董氏、王門卜氏、王門侯氏、王門孫氏、王門韓氏。西王家庄。

張門牟氏、陳門趙氏、吳門宋氏、吳門閆氏、王門趙氏、王門段氏、姜門薛氏、姜門刘氏、姜門孟氏、姜門王氏、姜門孟氏、姜門吳氏、孫門宋氏、王門孫氏、王門李氏、胡門張氏、王門孫氏、胡門刘氏。石衚衕口。

侯門王氏、吳門刘氏、王門□氏、田門趙氏、田門刘氏、田門周氏、孫門董氏、宋門張氏、宋門楊氏、宋門宋氏、宋門卜氏、宋門佐氏、宋門侯氏、宋門王氏、宋門宋氏、周門閆氏、唐門曹氏、刘門于氏。天井峪。

尤門吳氏、趙門牟氏、閆門刘氏、馬門邊氏、唐門馬氏、刘門冀氏、牟門甯氏、趙門中氏、李門李氏、徐門楊氏、徐門郝氏、牟門唐氏、張門李氏、周門尤氏、周門田氏、周門孫氏、周門刘氏、周門于氏。

陳堂清、房益榮等眾善題名碑

碑在山東省青州市王墳鎮趙家峪村龍山三元廟,立碑時間不詳。石灰石質。高150厘米,寬72厘米,厚20厘米。正文楷書,字徑2.5厘米。額題"眾善題名",楷書,單行,字徑8厘米。碑斷裂為兩截,但文字基本清晰。該碑錄信士、村莊、商號等題名,並提到吳通信、張此梅、孫此遠三位道士姓名,又附三元廟廟產四至。

陳堂清、房益榮等眾善題名碑

陳堂清、房益榮、鄭□津、王清桂、陳天鳳、鄭萬興、徐貞心、王大文、景連富、王大才、趙希俊、景元喜、景連盛、景連科、景元曾、張懷信、景□才、楊志美、夏學曾、王宗興、景懷玉、張懷謙、張立先、王明文、牟景山、房益贊。

陳天祿、孫克孝、韓連章、高富田、吳俊安、楊兆喜、郅貫臣、尹繼善、高恒堂、景元善、尹孟賢、利源成、來成永、朱存明、張全、吉榮時、陳大義、吳懷瑚、楊志純、孟繼舜、王宗祿、王宗順、陳用、趙中亭、張宗海、景連才。

孫爲文、孟光義、王宗盛、陳朴、孫祕忠、苗貞資、苗貞德、王宗儉、王大孝、鄭玉昇、鄧玉成、景連臣、王明點、景連興、景連貴、景繼平、劉英、景繼可、王大聖、景繼美、景繼茂、景継舜、景元平、景元吉、景元仲、王宗和。

董來成、楊玉年、趙中山、孟廣義、劉冠、李大祥、王明愛、王明秀、馬治榮、張彥水、蔡福亭、趙宏福、傅純德、王宗相、王宗遠、王大學、王大倫、姚盛林、景連旺、王清雲、景継英、景継幸、景継俊、景元廣、劉成義、景連山。

陳格、趙洪吉、李成、岳生佐、岳永礼、李旺、邢汝泰、邢汝曾、刘奉慶、劉奉欣、宋光岳、宋光和、孫復全、張彥河、王惠然、趙宏訓、王殷然、王明喜、孫思義、趙佃傑、趙存森、孟傳同、趙存新、陳梁、劉興、王宗孟。

鄭玉堂、卜兆松、卜兆武、李得曾、陳舉、田有祥、王序東、王義、劉容華、唐見東、劉奉廷、唐見義、張怀順、唐見棋、秦喜、唐見謨、唐建鎬、陳天保、陳幹、□興臣、□宗点、□復順、□兆臣、□□勝、□□增。

陳忠、宋化東、王化玉、徐敬田、岳連城、李振相、楊在學、孫紹禮、孫紹智、邵廷德、王治修、趙廷傑、卜憲成、孫益孔、李興國、孫益才、王中礼、王化義、王治新、王治冠、王治民、王化林、趙廷標、楊在孟、刘莊年。

孟光順、孫泰、趙山雲、王佃士、李興業、趙修吉、吉良時、董盛、劉志賢、王化美、韋現成、韋思原、韋念勇、孫紹佃、王義廷、呂秀遠、唐見清、王化礼、唐應冠、孫紹忠、尚本會、宋化江、張怀勤、趙修德、趙永祥。

景連生、下元莊、枣园莊、魏南莊、井塘莊、鄭家莊、下圈莊、平安莊。

張法、董王莊、王坟莊、孫家嶺、毛峪莊、後黃馬、閘口莊、東怪場。

西古莊、嵐湖莊、白楊莊、陳家泉、南崔崖、鄧家河、陳家园、封家庄、澇埠庄、黃巢関、南西関、南李家庄。

信女題名：卜門王氏、王門卜氏、董門張氏、卜門張氏、卜門姜氏、康門史氏、刘門張氏、刘門蘆氏、張門姜氏、張門弋氏、刘門尹氏、張門王氏、馮連貴之妻。

領袖與众首事人，今又重修，又與房公總善人当面同议」。工已成之，用道人敬神看廟護山，禁無地也。房公序曰：吾」先人立廟，亦有賬也。有庙此有人，有人此有土，有土此有用，不無地」也，亦非無界也。上西至山頂，下東至溜底，以到北合家溜口，大」地重岩根為界。東嶺分水上下，取直為界。南合家溜」西嶺子分水上下，取直為界。南至山頂，北至山頂，各有邊界」。空口不平，又立碑為証」。

本社王大中同書。

住持道人吳通信，弟子張此梅、孫此遠。

重修三元廟並創建靈官廟記碑

　　碑在山東省青州市王墳鎮趙家峪村龍山三元廟，立碑時間不詳。張全禮撰文，趙雲和書丹。石灰石質。殘高 85 厘米，寬 75 厘米，厚 17 厘米。正文楷書，字徑 4 厘米。題名楷書，字徑 2 厘米。碑斷為兩截，且中部有殘缺。但剩余部分文字清晰。該碑記載了信眾捐資重修三元廟與創建靈官廟之事，並附信士姓名於後。

重修三元廟並創建靈官廟記碑

　　郡城西南五十餘里，叢巘中有最高之峯，瞰渤海，負泰岳，聳峭蜿蜒，若龍之蟠，俗」因名曰蟠龍山。山之腹有巨龕，深□數尺，闊七八丈，其中石牀、丹灶佈置天然，非」仙人游集之區，即神龍潛藏之地。□□名迎仙洞，又名龍居洞。洞之深處舊有」（下殘）堂，靈驗殊常，祈禱必應，久為附□□火之宗。但不知創自何代，建自何人，賴前」□善士刑永吉、國初都憲房公□□重修，而廟得以至今猶存。然二百餘年來」，□剝雨蝕，不無崩毀。里中善士景懷□、張懷□，爰倡議捐資，隨緣募助，履險負艱，鳩工運」□，□於正殿大加修整，更於東南隅建靈官廟一所，此其任勞任怨、善繼善述」□□□哉？工竣後，適與同人遊茲地，余愛其境之佳，喜其事之美，相與贊賞，無」□□□筆而為之記」。

　　邑貢生張全禮撰文」。
　　邑附生趙雲和書丹」。

石匠：朱成德、孫法謨。

搖匠：趙希俊。

画匠：李華。

（上殘）億美號、劉華清、鞠友蘭、趙修殿、□化聖、□□義、□□□、□□□、□□□、□□□、□□□、□□□、錫景玉、孟傳卓、刘端、王大中、孟廣吉、李奉章、刘奉訓、孟光順、□兆同、□永貴、□義順、□□禎、張宏邦、唐東祥、楊周山、楊平年、房來彬、房來成、房來襄、房益高、房來同、房來賓、房來廷、房來朱、鄭吉林、刘奉成、刘奉賓、趙希秋、周廷卍、趙貢、趙存成、鄭萬有、王明登、唐西儒、唐見成、唐東文、恒豫□、王明□、陳太□、焦有□、卜兆□、卜憲德、鄭怀□、趙中□、孟□□、馮□□、焦□□、刘□□、唐應成、唐見強、田有禎、周復礼、周復信、李榮章、李見章、李連科、王士曾、牟景坤、王明科、房明斗、趙榛、李成海、孫守卓、宋光□、董來有、李成仁、周復義、周復德、唐見德、李秀章、房來修、房初美、房益明、王本成、王正清、王明礼、王永、王信、秦安、秦榮、秦□、楊緒年、孟継成、刘化松、王緒然、趙立常、刘奉吉、孫益堂、岳永智、李振東、房來宣、房來吉、趙存仁、趙希曾、趙禮、趙存貴、趙信、趙存常、孟光信、孫在武、刘奉長、閆大中、趙□□、趙理□、趙存生、趙存保、王明□、趙中堂、王鳳岐、王鳳飛、王鳳連、王鳳文。

（上殘）次壬寅季冬上□之吉日，靈明仙師楊月英」。

逢　山

明崇禎七年新建觀音廟記碑

　　碑在山東省青州市王墳鎮逢山逢山祠,明崇禎七年(1634)立。張可訓書丹。石灰石質。高180厘米,寬82厘米,厚21厘米。正文楷書,字徑2厘米。碑體完整,文字清晰。該碑記載了明崇禎七年(1634)逢山廟新建觀音廟之事,並附道士傅本茂、王延祚及各村信士姓名於後。

新建觀音碑記

　　大明國山東青州府臨朐縣西,約有二十五里,名曰台頭庄。其庄来勢天然,高聳數丈。崖岸□居,世外之光景,凭高盼遠,恍疑半天之清幽,南北山崿,似普陀之遺」峯,東西川流,近水月之南海。覩此勝地,堪觀音居之可也。夫观音者,娑婆世界,慈悲法門,物物化育,人人報恩,亦儒門中之普濟,釋門中之教主,道門中之領袖也」。從來三教之中,倘有感急之際,靡不曰」南無救苦救難觀世音菩薩。是菩薩無邊法現,千百億化身,處處炯照,在在灵光,無祝不顯,無祷不應,其所當供俸者,安能無本也哉! 於是,闔庄共議,諒地為基,助力助財」,無不樂從。與崇禎二年正月初五日興工,四月二十日告成,遂請塑观音之像焉。神既普矣,豈可寂然而不誦揚香火乎? 万化近居,衆家善男信女,遂當醮會,興二」月十九日慶賀聖誕,輒做观音閣一座,法舡一隻,香錁祭儀,無所不俻,仍請僧衆朝拜諷經三晝夜畢。年年如是,歲歲立壇。是日,人神共悅,聞者遂者不啻千百人」矣。茲人秉香火之虔,神垂感格之照,八方之約,風調雨順,五谷豐登,人享安樂。每歲太平? 況此時,登萊傾離,征卒潰亂,干戈滿道,兵刄盈塗,每肆行於百里之外,乃」斂跡於當境之中。從此過者,浼首縮頸,倒戈而趨,此皆菩薩威神力故使然也。誰不知之? 是以勒石不朽,雖則观望於當時,實所儆省於来世,欲萬代而下善男信」女,觸目儆心,惟香火不斷,庶不泯吾輩修殿所共愿也。慢□為序」。

　　台頭庄領袖:張可訓蔣氏男張瑓李氏、吳維業李氏、張可效許氏、張門觧氏、張門蔣氏、張光都吳氏、張光大張氏、張光閭宋氏、張可慎吳氏、張竒猷蔣氏、刘可久付氏、刘継曾王氏、李守都聶氏、高自理、張無、吳思順、張思端、張三英、張木、張光啓、張花。

　　金陵:洪朝棟、洪加善潘氏、耿茂盛董氏、朱淂实刘氏、王永安耿氏、賀永忠刘氏、李應厚高氏、賀永孝陳氏、魏愷然朱氏、徐國卿張氏、趙應峯王氏、趙東海董氏、趙東江李氏、李應时李氏、李應莭、王鎮東、徐昇、賀永全刘氏。

邵庄:李子忠王氏、王林張氏、王木李氏、李三諫史氏、李之從譚氏、李之秀吴氏、楊子貴刘氏、李门徐氏、高门左氏、董门宋氏、刘门賈氏、李門刘氏、郭門李氏、張門褚氏、胡門王氏、王生有、郭沛、徐継信。

澇漄庄:張門王氏、魏元璽張氏、張養曾孫氏、張養孟王氏、張養氣季氏、張養勤高氏、張所行姜氏、張龍刘氏、張所經孫氏、張尚敏王氏、張吉享孟氏、張所明苗氏、張所覓、刘可振、張門万氏、張門姜氏、張豆王氏、張琚姜氏、張懷玉任氏、張尚訥、趙利俊□氏、刘有才□氏、史門陶氏、胡門賀氏、郭門朱氏、張吉梁氏、張應武陳氏、朱門戴氏。

庙頭庄:張所曉許氏、楊光普、胡應魁、胡鳳沖、徐應魁、楊光先、徐全、李廷保、胡継道秦氏、胡在仕氏、張宿刘氏、張保李氏、鮮門郭氏、刘継志張氏、李春茂刘氏、李守念于氏、李守孝孫氏、孟乙安張氏、吴順魁、王槐、張可整、張振、王門朱氏、李周、李現、郝允中。

大峪庄:張盛蔡氏、安宅任氏、任揚善田氏、姜守念宋氏、趙門韓氏、趙門張氏、安門唐氏、趙乙莭、王自才畢氏、楊思仁張氏、高宗齡張氏、姚時用張氏、趙東枝。

逢峪街:刘尚礼、刘三才、黄三柳、魏恒詳。

南峪:張諫刘氏、徐應时郭氏、徐尚品、徐尚德、張乙禀、張天民、尹守禹、尹東明刘氏、張可任、張守住。

僧人:海洪。

道人:傅本茂、王延祚。

窰匠:竇還業。

木匠:張可凖。

石匠:王自成、王自立。

崇禎七年歲次甲戌七月壬申初一日乙酉,張可訓書丹」。

清同治元年重修逢山祠記碑

　　碑在山東省青州市王墳鎮逢山逢山祠，清同治元年（1862）立。崔毓桐撰文並書丹。石灰石質。殘高 118 厘米，寬 87.5 厘米，厚 22 厘米。正文楷書，字徑 4 厘米。碑上部殘缺，下部被水泥遮蓋，碑面被水泥破壞。該碑記載了清同治元年（1862）重修逢山祠之事。

　　（上殘）林野寺間，雖牧豎樵夫，咸知西向而莫焉。余初見而疑，既而思」（下殘）□心者，而何□奉之誠且恪也？遙企西峰，時以不得造觀為憾」（下殘）山漸深見有，氣象崢嶸，規模宏闊，屹然迥異於諸峰者，羣指」（下殘）之喜而趨近之，則山勢北向，狀若拱闕，仰而望焉，峭壁千尋，攀」（下殘）也。廟在山陰，古栢森立，牧茲土者，春秋於是乎明禋，甚盛典也」。（下殘）初皖匪寇東境，胸當其衝，嗣後，有淄邑之變，山人還邑城□」（下殘）屠戮，及逢山，疾馳而去，莫敢仰視。事在同治元年壬戌之□」（下殘）故可思矣。廟之修，鄉人罔敢忘□，以時際艱難，欲舉不果，延」（下殘）是役也。工竣，遇荐饑，今稍稔，僉議立石，乞記於山人，誌之□」（下殘）殫述，聊就前所目覩，及時事之耳於張子者，略為言之，即以」（下殘）」

　　（上殘）斟椅園崔毓桐撰文並書丹」。
　　（上殘）□桂月中澣之捌日立石」。

清同治十年禁伐山木記碑

　　碑在山東省青州市王墳鎮逢山逢山祠,清同治十年(1871)立。馬毓珩撰文,張龍田書丹。石灰石質。高169厘米,寬80.5厘米,厚19厘米。正文楷書,字徑3.5～4厘米。碑體完整,文字清晰。該碑記載了逢山周圍居民保護逢山樹木之事,因其中提到道士周從心的名字,故錄於此。

禁伐山木碑記

　　逢山之為靈,昭昭也。有殷以来,剖符傳封,由逢澤来主,逢山固以其系出炎黃,實神明之後也。後之人揭虔妥」靈,以山之主祀為山之神,迄今四千餘年。蒸動昭應,歷久彌靈,觀歐陽永叔《樊侯廟災記》所云,陰陽之氣,怒則」薄而為風霆,其不和之甚者,凝結而為雹。天雨雹,而附山而處者,歷世不為災,是固能贊陰陽、禦大災,《禮》所謂」有功德於民則祀之者與?里人像神朗而廟祀於山,宜矣。山環以樹,垂水蔂峯,列植而交蔭,氣佳哉!鬱鬱葱葱」,然此固由山之靈秀鍾其氣而蔚為深秀,亦人當愛其樹以妥山靈者也。乃草竊萌生,視為利藪,屯結嘯聚,槎」蘗伐夭,山幾童矣。鄉達蘰人張公偵知其故,釀社會為守禦。匪徒惡其害己也,懷利刃躍其門,甘言誘出村外」,乘其不虞,傳刃左脇,幸公家有餘慶,徒手與搏,未至殞命。鄉眾宋化成、尹瑞占、李廷棟、張林如、郭大謨、陳效宗」、張申如、許宜仲、趙清平、傅良材、王興聖、邱子蘭、魏梓、劉玉盛、高淩閣、王佩琳、僧人修儒、道人周從心,訴諸縣廷」,邑侯少谷何公,諭以成民致神之義,麗以彰善癉惡之法,責懲處罰,令植樹百二十株。鄉眾又懼積久弊生,仍尋」斧斤而蹈前轍也,鐫石以立之禁。異日干霄直上,老作龍鱗,鄉之騷人逸士觴詠於斯,田夫坒老憩息於斯,相」與撫而盤桓,傳述遺聞以激勸其鄉人,而相戒以刀斸勿伐,雖有莠民,亦必畏威遠罪而激為善良也。余故泚」筆記之,俾後之覽者,有感於斯舉,而默體乎張公與人為善之意,以求無負於山之靈也可」。

　　乙酉科拔貢議敍遇缺賜選教諭馬毓珩撰」。

　　國子監大學生張龍田書」。

　　石匠:房德成。

　　同治拾年三月二十三日癸丑立石」。

鎮頭社等六社題名碑

碑在山東省青州市王墳鎮逢山逢山祠,立碑時間不詳。石灰石質。高 169 厘米,寬 65 厘米,厚 22 厘米。正文楷書,字徑 2 厘米。額題"六社題名",楷書,單行,字徑 7~9 厘米。碑體完整,文字清晰。該碑記載鎮頭社、仁和社、田莊社、東莊社、逢峪社、辛莊社等 167 位信士姓名。

鎮頭社:常傑、張傳儒、姚敬立、邱子蘭、趙修中、趙継公、□□□、李光美、楊文蘭、宋光耀、郭大柱、傅道遠、王魁昇、王魁東、王景玉、張增先、孫玉美、孫長美、張建荣、介賓高士成、張嵐、張貞如、尹化占、尹存英、步恒寬、李化鳳、陳道昇、蘭廷忻、張皆、孫振富、牛好修、尹立寬、尹立志、釓成名、尹立本、尹文桐、湯承舉、高廷業、湯承範、黃相生。

仁和社:于學成、陳維列、吉登、宋雲程、王興業、張元憲、張振吉、酆良富、酆良能、張振富、李希順、吉進孝、李廷献、郭魁、廩生蘭青雲、貢生陳正遠、經歷陳芳遠、監生陳禹謨、常學周、楊貴。

田莊社:姚尊儒、褚守吉、褚有東、褚有起、閆兆信、宋光盈、褚文有、褚思智、褚廷錫、王希恭、張任、于思泮、李廷秀、于澄、王文興、陳朋嵐、九品陳瑞年、陳洪範、陳朋學、庠生陳學海。

東庄社:石鳳祥、申継康、唐志一、張溢、位□昱、李輝佃、李希順、杜萬冬、李東洋、杜淳、張化荣、釓學礼、胡継文、張秉直、張秉亮、張美正、張士元、潘希選、高寬、趙化年。

逢峪社:位思魁、王成祥、王興儒、張自順、陳士俊、張永清、陳立乾、趙文盛、李青選、邱宗礼、焦元訓、刘太林、李秀春、牛作棋、趙應發、焦義、鞠增修、鞠敬修、鞠泮、鞠良修。

辛庄社:趙存和、趙景中、趙光明、趙存謹、王作文、于廷堯、趙存永、高廷傑、胥鳳如、李士元、許德林、趙鳳舞、刘吉昌、陳佃智、李永清、高子祥、鄉飲高子輝、高士德、王魁吉、王魁英、楊子美、楊子敬、趙化德、楊継周、趙玉英、張曰中、陳荣、楊興順、張宗顔、遲其順、遲其策、李魁宗、刘可清、尹鳳吉、許守林、郭大林、高子仲、張和、于寬、趙郡。

鎮頭社地保李思道。

田庄社地保褚宗度。

東庄社地保李東林。

逢峪社地保杜連儒。

仁和社地保刘世貞。

辛庄社地保王可久、李元吉。

黑　山

清乾隆十五年修白衣大士洞題名記碑

　　碑在山東省青州市邵莊鎮王輦村黑山，清乾隆十五年(1750)立。石灰石質。高54厘米，寬85厘米。題名楷書，字徑1.5～2厘米。碑體完整，文字清晰。

修洞題名碑記

　　李福臣、蔡廷荣、張世則、孫起、孫應習、張明智、李之翠、孫文。

　　杜門常氏、孫門武氏、陳門朱氏、張門申氏、孫門朱氏、王門徐氏、冷門王氏、陳門孟氏、陳門張氏、李門徐氏、聶門李氏、聶門孟氏、郗門冷氏、王門李氏、王門孟氏、高門趙氏、王門関氏、王門李氏、孫門楊氏、王門曹氏、韓門董氏、馮門蕪氏、盛門曹氏、杜門孟氏、李門郭氏、唐門徐氏、張門王氏、馮門陳氏、関門閆氏、牛門杜氏、李門李氏、杜門李氏、賀門王氏、李門申氏、潘門王氏、関門王氏、王門徐氏、宋門王氏、聶門王氏、王門李氏、李門于氏、孫門王氏。

　　戴門聶氏、李門李氏、史門王氏、孫門楊氏、馮門潘氏、薛門夏氏、張門王氏、李門孟氏、徐門李氏、馬門李氏。

　　領袖：王門朱氏、男思周，馮門郭氏。

　　石匠：馮建梅。

　　峕」

　　皇清乾隆歲次庚午孟夏吉日立」。

清嘉慶六年立梓潼帝君像並重修玉皇閣記碑

　　碑在山東省青州市邵莊鎮王輦村黑山，清嘉慶六年(1801)立。冷寶旭撰文，王執中書丹。石灰石質。圭首。高164厘米，寬69.5厘米，厚21厘米。正文行書，字徑2～2.5厘米。額題"重修碑記"，楷書，單行，字徑9厘米。題名楷書，字徑2厘米。碑體完整，文字清晰。該碑記載了清嘉慶六年(1801)黑山周圍信眾立梓潼帝君像並重修玉皇閣之事，又錄書房領袖、各莊領袖與本莊領袖姓名於後。

　　青郡西北隅有堯山，昔晋時置廣固城，嘗倚此以為固焉。由堯山迤邐而西，相距二十餘里，有峯突」起，名為黑山。其山上有古洞，下有甘泉，旡巘崒崔，莫可名狀，亦兩間一奧區也。前有王朱氏等，鳩集」眾力，於懸崖峭壁下建立二閣，其北閣為玉帝寶座，其西閣欲塑神像，有志未逮。久之，風雨摧」殘，傾圮難堪，今於庚申春間同興善念，共成盛事。僉曰：山名黑，黑者，文墨精也。遂立」梓潼帝君像於西閣上，並北閣亦重修而丹雘之。閱數月而工告竣，其得力於四方信士者居多矣。爰勒」諸石，以同登不朽云」。

　　邑庠生冷寶旭頓首拜撰」。
　　邑庠生王執中沐手敬書」。
　　書房領袖：朱善士、李學谦、閆毓鵬、冷中清、閔大觀、李二典、李文富、趙曾、武大経、賈廷勳、朱允連、李紳。
　　各庄領袖：賀克成、樂保、展大才、韓修政、聶盤基、韓文深、李文顯、聶升堂、李聰、樂加仕。郭景義、杜永年、牛琇、孟凖、李煥章、任希孔、賀顯用、賀天祐、王在津、王作敬。楊懷清、梁富新、楊廷臣、賈元功、張鑑、唐克占、姜吉占、高有才、王大中、李致道。張愷、李煥奎、陳永太、孫士魁、王元相、朱文燦、劉旗旛、藺培興、賈有才、馮珍。徐正臣、吳克盈、馮克旺、朱允中、邵鎮廷、韓士宏、冷廷擢、孟美玉、閔法曾、李進。劉漢章、趙敬一、王曰珠、曹延東、李繼賢、宋恭、盛度、賈汝霖、王茂時、劉克中。張浩、劉純、邵宗奭、馬士魁、李永和、賀勤、武臣策、于繼曾、閆敬修、王克長。
　　本庄領袖：陳萬春、王士選、王若魯、王思恭、孫文煥、王履中、陳萬冬、張巖、聶雲從、王在止、陳治、樂光宗、王一成、王忻。
　　敬立。
　　大清嘉慶六年歲次辛酉荷月穀旦」。

清咸豐元年重修玉皇閣、文昌閣、白衣大士洞記碑

　　碑在山東省青州市邵莊鎮王輦村黑山,清咸豐元年(1851)立。王元度撰文,王之棠書丹。石灰石質。高 144.5 厘米,寬 59 厘米,厚 18 厘米。正文楷書,字徑 2 厘米。額題"重修碑記",楷書,單行,字徑 8 厘米。題名楷書,字徑 1~1.5 厘米。碑體完整,文字清晰。該碑記載,清咸豐元年(1851),王家輦莊陳玉堂、聶作哲、王豐年等,倡議重修黑山玉皇閣、文昌閣與白衣大士洞。功竣,立碑以垂不朽,並錄捐施者姓名於後。

　　王家輦莊南黑山東岩下,舊有玉皇閣、文昌閣、白衣大士洞,歷年久遠,前已重修,有碑可考。今又殘缺,不繼」修之,將前功盡廢矣。幸本莊有陳玉堂、聶作哲、王豐年等倡議重修,盡心竭力,不憚勤劬,而合莊老幼善信,更樂出資財,按賦捐助,遂使費」無乏,刻期告竣。蘭若莊嚴,峯頭之日華永照;林於鞏固,殿角之月光常新。豈不休哉? 則自茲以往,惟願後之人踵而行焉,安」知後之視今,不更盛於今之視昔者」?

　　南崗處士王元度拜撰」。

　　化亭王之棠敬書」。

　　王心廣,聶梅,王錫瑤,王玒,孫玉富,陳玉蓮,王璞,首事張五美,庠生王文錦,王在郎,王文博,王錫珠,王琮,聶竹舟,王法聖。

　　合莊人捐錢:王學文四百八十、王錫城六百六十、王法程一千二百、王曰義八百、張廷堦一千三百八十、陳玉梁一千三百二十、孫永太二千零八十、王文清一千二百四十、孫玉堂一千二百、王之樟一千六百、聶作礪一千四百八十、王理一千二百、張廷坊一千二百二十、陳玉珍八百四十、王士寬九百八十、王榮先一千零二十。

　　王之柳七百四十、王奉先一千、王學紀一千、王錫田六百二十、陳崙一千一百四十、孫永禎一千二百、張四傑二百、常在峪一百、聶雲門二百、張廷奎八百八十、陳崑一千、王在鄭一千、王錫環八百四十、王之李一千、王者用一千、常立業一千。

　　王燃五百六十、孫玉貴八十、王學泉六百二十、王之柱五百六十、陳山二百八十、王錫域四百、陳岱六百四十、張廷堨二百六十、張廷增六百二十、王法雲九百二十、王士起一千一百六十、張來儀二百六十、陳嶺七百六十、陳岳五百八十、王之梅一百、王

士宏二百。

王之本一百九十、王鈺三百六十、陳玉珠二百、王燦一百二十、張廷爽八百二十、陳岵四百、王學本七百四十、王學轍七百、王琢六百、王在清五百四十、陳峋二百二十、王炬二百、陳岷七百、王錫圻四百、張来宣三百、陳眉四百。

王億年二百二十、王學軾四百六十、王者蘭五十、王士英二百五十、王士昭三百、王惠先一百二十、王登三百、王者芳一百。

王琮捐碑石一座。

道人：陳嗣清。

石匠：宓興盛。

大清咸豐元年歲次辛亥荷月穀旦」。

井塘村

清乾隆十八年創建龍神祠記碑

　　碑在山東省青州市王府街道辦事處井塘村關帝廟,清乾隆十八年(1753)立。田毓龍撰文並書丹。石灰石質。高78厘米,寬42.5厘米,厚11.5厘米。正文楷書,字徑1～2厘米。碑體完整,文字漫漶。該碑介紹了清乾隆十八年(1753)青州市王府街道辦事處井塘村創建龍神祠之事,並附領袖與信士姓名於後。

　　青郡城西南二十里許井塘庄,左側有井,測其深,不過丈餘,窺之,□」然而清潔。雖時遇亢旱,而□源獨茂,里人□□立龍神,心應普□」。龍神□預□澤,普濟群生,祀典所在,彰明較著,宜乎? 廟食百世,香火萬」年也。告成之日,爰紀其事以示後云。邑人田毓龍拜撰并書丹」。

　　領袖善人:吳清倫糸一千五百文、管飯,吳世耽糸二千、管飯,吳清僖糸一千五百文、管飯。

　　吳清□糸弍百,孫善糸弍百,張茂發糸弍百、管飯三日,吳長糸弍百,吳寶善糸伍百,吳文糸一百,曹莘糸一百,吳箱糸弍百,吳德□糸伍百,吳萬善糸伍百,吳清仁糸□百,吳清住糸五百,吳賓糸一百,吳良樹糸一百,張星糸一百,吳作善糸一百五十、管飯一日,吳為善糸一百,吳長存糸一百,吳□華糸一百,吳清□糸一百,吳清泊糸一百,吳長旺糸一百,吳飛龍糸一百、管飯一日,吳至善糸一百、管飯二日,吳志忠糸一百,吳清□糸二百,吳至春糸一百,吳□□糸一百。

　　乾隆拾捌年歲次癸酉丁巳壬子建立」。

　　石匠:宋克昌、鄒禮。

清乾隆二十四年重修龍神祠記碑

　　碑在山東省青州市王府街道辦事處井塘村關帝廟,清乾隆二十四年(1759)立。石灰石質。高93.5厘米,寬53厘米,厚22厘米。正文楷書,字徑1～2厘米。碑側刻詩一句,即"四境咸慰雲霓望",字徑7～9厘米。碑體完整,文字漫漶。該碑介紹了清乾隆二十四年(1759)重修青州市王府街道辦事處井塘村龍王祠之事,後附吳清住、吳清倫、吳清任、吳清僖等四位領袖和孫善、吳樂善等47位信士姓名。

　　聞之《易》,飛龍在天,遄其飛騰之性,固所以昭大造之功,而普□雨澤之際也。思夫生民之俯仰,其托命於龍神者,固已□為之,或」戴無自□□□山□有庙焉,所以致其如在乎? 獨是庙貌不巍,無以增神像之光,而堂陛不潔,亦以□靈爽之威。既已感激神恩,敢不」復□之共相勸勉,以相與有成哉? 捴之,青郡西南□□□二十餘里,在雲門山之側,列玲瓏之旁,有庄焉,名曰井塘。其由來已□□」之,無禁聰以直也;用之不竭,深以山也;需之孔多;清以□也。將為之探其奇,究其利,莫不驚而贊之。以為井泉之□□富也。□□□□」豈不稱雄於水府,炫異於兩間,而□水之不測也耶? 若非退疾變化之能,雲行雨施之功,而生民之永奠也難矣。□故□天之□□整」□高殿之光尤重,遂設乎犧牲之選,而俗香燭之隆於無替者,真所謂神其有靈,興古今源泉之盛。以誌萬世□賴云」。
　　苑邑吳世忠敬題」。
　　領袖:吳清住、吳清倫、吳清任、吳清僖。
　　孫善、吳樂善、吳撻善、吳宝善、吳德善、吳萬善、吳修善、吳德盛、張茂法、吳本善、孫儀、孫美。
　　□佃、吳至善、吳良松、吳文、吳振升、吳為善、吳存金、孫渼、吳清泉、吳長、吳□□、吳善德。
　　吳必臣、吳遂善、吳存正、吳良樹、吳必旺、吳方貞、吳飛龍、張義增、張義宣、宋梅、吳善時。
　　吳作善、吳良玉、吳良美、張義時、吳善立、吳善堂、張義臣、吳陛、吳存志、吳清俸。
　　吳清梅、吳存粮。
　　乾隆貳拾肆年孟春戌辰月癸酉日立」。

河子頭

清道光二十七年重修五聖堂記碑

　　碑在山東省青州市鄭母鎮河子頭村,清道光二十七年(1847)立。周青雲撰文,冀文齡書丹。石灰石質。高162厘米,寬70厘米,厚20厘米。正文楷書,字徑2.5厘米。額題"永勒貞瑉",楷書,單行,字徑10厘米。碑體完整,正文文字清晰,題名文字局部漫漶。該碑主要介紹了青州鄭母鎮河子頭村原五聖堂的來龍去脈及其所供奉的神靈,還有清道光二十七年(1847)重修之事,文後附188位信士姓名。

重修五聖堂記

在青郡城東四十里河子頭村洗耳南岸。

　　初國家於有明,懷莠粃之懼,窟城以南不得牧馬,而其民苦遠,戍瓜代生,歸輒謂慈航普渡,而報祀於」神。蓋明時重佛法,今人尊關帝,此余村中五聖堂所由起也。廟制為北、東、西三堂。北堂立三佛,配楊戩、關」帝為五聖;東祀龍王,亦設五尊位;而西神勾龍。柱棄房駟,天穀廟屢廢興。康熙、乾隆時兩次重修,至道光」丙午,有前碑所謂劉玥者,其孫楷率眾善而更修之,因舊為新,一切皆治。是歲,物不疪癘而年穀熟。然余」嘗疑舊說。相傳故明時,村人某號菩薩,於邊戍窮野,天寒日暮,得附金甲士。一夕歸,因創始供佛,其飾說」與否,諸父老不能辨,以舊碑請竝載之,余因而記焉。蓋天下之平久矣。周青雲撰,冀文齡書」。

　　劉萬福、董有敬、王順、周盛、董萬康、董成□、何江、會首劉楷、董萬里、馬三林、董成樂、劉謙、張修、張倫、張作貴。

　　董萬松、張繼宗、董成修、董成祥、董德盛、李□□、張俊、董有德、張希周、董成安、劉欽、尚茂廣、薛建寅、劉山、冀振□。

　　□敏修、張文魁、馮三才、董會盟、董會義、董會文、董成楷、董九福、胡世增、董春光、董萬奎、劉清秀、張振宗、冀茂松、董連捷。

　　董連中、董廷柱、董萬年、董連增、董喜、董福、董惠普、董連城、劉香、李禹、董秀生、董希孟、劉成□、何萬增、董有□。

　　徐明、□尚忠、張光宗、張興宗、李學曾、李林、陳萬有、李學武、董連成、□□□、何文緒、孫□成、孫得貴、孫仁里、董學勤。

薛大中、高振起、聶存、張化鵬、張景、劉萬年、張普、徐安太、劉吉、劉廣、劉貴、劉萬斗、劉富、劉聰、孫可效。

董思聖、董希曾、董松亭、董曰廷、董華廷、董思義、董思美、董希□、張有明、張仿、張佽、尚志、尚茂祥、李梅冬、薛建德。

趙恒有、趙恒富、趙煥、董珍、袁中文、袁中成、董成、董萬福、趙光宗、董□圃、董玉圃、董希武、董希文、董思學、董思海。

董萬鎰、董萬春、董萬禮、董若春、董學孔、董来春、董子良、董學純、董學庸、董全理、董文理、趙盛、趙恒剛、董嵐、趙茂。

董學孟、董長遂、董子成、董漢清、董春景、董九明、董九緒、董九德、董九成、董□、董海舟、董有華、董萬清、董有和、董振升。

董學聖、董學禮、董青蔚、董重明、董學智、董重暉、董重旭、董漢文、董全武、董全文、董復□、董子春、董萬成、董萬豐、董桂舟。

董和、董海澄、董會德、董學松、董復起、董萬春、董學閔、董廉正、董桂成、董學泗。

董重德、董連奎、董寬、董繼法、董學□、董来功、董有美、董重岳、董重盛、董學習。

興工借錢:劉謙三十八千、張倫二十二千、張作貴十九千、張修十三千、董成樂十九千、董成祥十二千,次歲還。

住持:高陽法。

石工:李永珮。

大清道光二十七年歲次丁未六月中浣穀旦」。

清道光二十七年重修五聖堂記碑

清光緒八年河子頭等村信女重修五聖堂記碑

　　碑在山東省青州市鄭母鎮河子頭村,清光緒八年(1882)立。宮玉相撰文,劉美詩書丹。石灰石質。高155厘米,寬70厘米,厚16厘米。正文楷書,字徑2厘米。

額題"女善同歸",楷書,單行,字徑10厘米。碑體完整,文字清晰。該碑介紹了清光緒八年(1882)河子頭村、唐房莊、鄭母街、龍塘子、大十畝田、孫家莊、高家埠、吉林、馬宋、王家羊、老鴉窩、樊家廟、王家莊、李家莊、朐邑衡里廬、習家河等信女捐資修廟之事,並錄65位信女題名於後。

　　今夫好善難,好善而復輕財為尤難。以女流欣然樂出囊蓄以襄盛事,其人恒不數數覯矣,奈何不勝枚舉」也。非感之有素,烏能致此哉? 方工之興也,領事諸公見工程之大,費用之煩,一有不給,恐致半途,夙夜憂思」,深以為慮,終未計及於婦女也。不意有女善等,素具向善之念,因竭好善之誠,恐後爭先,四外募勸,一」時老幼婦女各出紡績餘資,共成盛舉。旬日之間,工已告竣。以饑饉之餘,慨然不以財貝為心,而以修葺為」事,且鼓舞之情,不憚罄其所有,雖閨閣巾幗,何殊於慷慨丈夫乎? 非神恩之庇祐素著,先民之遺澤猶存」,烏能致此哉? 故勒之琇珉,以同垂不朽焉爾。繼此又造庫樓一座,亦皆婦女之功也。故並誌

清光緒八年河子頭等村信女重修五聖堂記碑

之」。

宮玉相撰，劉美詩書。

劉吉妻李氏，董安富妻張氏，董華文祖母陳，董凌雲母趙氏，董連甲妻陳氏，董華文母趙氏，董連荣妻趙氏，會首董春雲母王氏、張大吉母齊氏，劉冠東母李氏，周之翰母孫氏，王鳳翔妻劉氏，董連城母王氏，董騰雲妻王氏，董安奎妻張氏。

董希程妻李氏，高義母張氏，趙門劉中修，董門劉保全，董門徐士修，董門莊天修，張欣妻王氏，劉桐母楊氏，劉桐祖母趙氏，董希閔妻李氏，周之綱母杜氏，董景松妻趙氏，董秀松母郝氏，董連山母趙氏，董連善母張氏。

唐房庄西殿恭妻冀氏，鄭母街程光德母姜氏、李惠恭妻董氏、冀思明妻李氏、寇連興母紀氏、趙振河妻張氏、冀振聲妻董氏、孫作瑞妻劉氏、冀鴻義妻董氏、李門王氏、趙理妻張氏。

龍塘子高桎妻，大十畞田袁門趙氏、董門何世修、董門孫保成，孫家庄張門孫氏、孫門趙成全、劉門馬保全，高家埠冀桐母孫氏、冀栲母魏氏、冀楠妻劉氏。

吉林扈門冀氏，馬宋董枝桂、王太平，王家羊常門丁太連、王門張德成、王門唐德修，老鴉窩趙順成，樊家廟胡桎林，王家庄孫仲和妻沈氏，李家庄李文成母王氏，胸邑衡里廬庄趙元俊妻張氏、尹玉山、譚汝清，習家河高門孫氏。

石師：李殿元。

住持：高嗣義。

大清光緒八年歲次庚午端陽月立石」。

南山子

清光緒五年重修雙魁山泰山行宮與三大士殿題名記碑

　　碑在山東省青州市邵莊鎮南山子村,清光緒五年(1879)立。傅敬亭撰文並書丹。石灰石質。高186厘米,寬88厘米,厚19厘米。正文楷書,字徑3厘米。額題"重修題名",楷書,單行,字徑10厘米。碑體完整,文字清晰。記載了清光緒五年(1879)重修青州邵莊鎮南山子村雙魁山泰山行宮與三大士殿之事,並錄291位信士姓名於後。

　　雙魁山西有□宇數院,而建立最古者惟泰山行宮與三大士殿焉,不知修自何年。觀其碑記,行宮」修於大明,再重修於順治年間。世遠年湮,則傾圮滋甚,瓦毀墙壞,則補葺急須。爰有董事人等,目擊心傷,念善」男信女,前人既開前轍,鳩工庇材,後來宜圖後效。光緒五年,時維暮春,因廟之舊,廣而新之。於是,神像煥然,廟」貌巍然崇之,觸目而慘然者,今則瞻望而肅然矣。是舉也,非有邀福之心也,非為淫祀之舉也,亦前人有其舉」之,莫敢廢也之意已耳」。

　　軍功六品傅敬亭撰並書」。

　　楊在經,傅立廷,胡繼明,傅□桂,胡繼勳,徐學儒,傅順德,劉生春,傅同德,領袖傅曰榮、斛文興,楊魁傑,劉天相,傅美才,侯永慶,徐學文,傅興亭,傅玉久,傅永吉,傅雲和,傅興傑,胡保興。

　　傅文學、傅永安、胡建勳、傅大貴、傅升、胡継亭、劉復君、劉旺春、侯德俊、侯子良、侯永春、傅立勳、傅雲亭、傅敦德、傅雲程、傅雲幸、斛純公、傅雲禎、馬孟升、傅九成、傅尚文、傅三義。

　　傅梁、傅訓德、趙連城、楊成訊、徐光、傅雲曙、斛純良、斛進孝、傅興旺、劉和春、傅立秋、侯永東、侯永年、侯子善、王學武、郭學斌、楊冠英、郭學起、傅□榮、傅連榮、傅美孝、傅美常、傅美松。

　　徐學明、傅檀、傅永恭、王學海、徐九成、傅大德、傅好德、楊在義、傅曰密、傅曰周、傅俊德、傅良德、傅志德、趙化魯、徐學商、徐學公、徐海、傅懷恩、劉建勳、傅公德、傅令德、徐學賜、徐學張。

傅雲深、傅興清、傅雲從、傅毓禮、傅雲祥、傅雲潔、朴純山、傅興業、傅雲山、傅雲章、傅雲然、傅雲鳳、傅興盛、傅曰倫、傅曰修、曲學公、傅茂德、徐學武、曲雲峯、趙士卪、□□□、□□□、趙士俊。

胡保學、胡建玉、胡繼忠、朴鳳書、胡建山、楊成中、傅大信、傅大才、王立登、傅大禮、傅三仁、傅尚賢、傅三禮、朴玉正、楊倫福、胡建河、傅九江、傅公學、劉孟春、馬孟舉、張元。

劉天倫、劉天富、侯得孝、侯得中、侯得荣、侯得順、侯得勳、劉建清、侯永光、侯永祥、侯美修、傅永昌、傅永盛、傅永興、傅永中、傅永勳、傅三法、胡保全、胡保博、朴□清、王懷珠、胡繼福。

傅貴順、傅有信、傅興禹、傅興堯、傅興烈、傅興家、傅興池、傅雲起、傅興柱、傅興典、傅興雲、傅興照、劉天公、傅立朝、傅立堂、劉建安、傅永洲、傅立聖、傅立春、劉復臣、劉勝春、劉耕春、傅懷樂。

傅□勇、傅曾德、傅□德、傅有德、傅和德、傅見德、傅春德、傅敬德、傅新德、楊在德、傅遜德、傅林、傅善德、朴希曾、劉茂春、劉建時、劉立春、傅厚德、王士秀、傅椿、徐學貢、徐學曾、徐學彥。

徐學生、徐學祿、傅存德、徐九元、徐學湯、徐學堯、徐學義、徐學太、徐學成、徐學孟、徐學書、徐涇、傅孟德、趙連增、傅寬德、傅曰河、傅山、傅楹、趙化明、趙化清、傅海德、傅□京、胡

清光緒五年重修雙魁山泰山行宮與三大士殿題名記碑

盛遠。

　　胡傳經、胡保秀、胡建茂、楊嵛舉、楊嵛山、楊成名、傅保河、傅法、傅大祥、傅大祿、傅荣祥、郭本元、傅永斌、關永茂、傅九慶、馬佃修、劉宗玉、劉茂材、傅恒德、徐九德、徐學海、王茂云。

　　傅云安、卦興远、傅云法、傅興貴、傅見山、韓興秀、傅興江、傅云路、傅興然、卦進美、傅興武、周思成、傅雲清、王奉先、卦永起、胡保時、胡周遠、傅尚武、傅尚信、楊志增、楊嵛升、王雲龍。

　　劉茂春、傅尚荣、劉天章、侯得恕、劉新春、侯美興、劉建云、侯興冗、侯得周、劉信春、劉仲春、劉美春、劉得春、劉太春、劉復敬、傅云秋、傅興訊、傅興孝、卦長江、傅立荣、卦進貴、卦進忠。

題名殘碑

　　碑在山東省青州市邵莊鎮南山子村，立碑時間不詳。石灰石質。殘高180厘米，寬79厘米，厚24厘米。額題"萬古流芳"，楷書，單行，字徑11厘米。中下部斷裂，略有殘損，文字基本清晰。

　　□□莊捐錢四千，老山捐錢三千，賈莊捐錢一千六百文，小劉家莊捐錢一千，宋旺莊捐錢一千，小寨捐錢一千，□□峪捐錢二千五百文，劉継程捐錢一千，中灘捐錢一千，田莊捐錢一千，北廣仁捐錢一千四，新店子捐錢一千，劉家莊捐錢三千，左家峪捐錢一千一百文，楊倫太捐錢一千，楊倫公捐錢一千，楊倫玉捐錢一千，河莊捐錢□千，東茂峪捐錢四千，邊莊河捐錢二千，黃家店捐錢一千，霧頭莊捐錢一千，霧頭捐錢五百文，德隆□捐錢兩千三百文，文登捐錢三千一百文，五里鋪捐錢一千一百文，王家崖捐錢一千四百文，史□捐錢五百，高君禄捐錢二千，張家莊捐錢二千，北后峪捐錢二千，井堂捐錢一千，觀音溝捐錢一千，岳廟莊捐錢一千二百文，黃鹿□捐錢二千，黃巢關捐錢一千，大王堂捐錢一千一百文，李崇德捐錢六百文，李家莊捐錢一千，閆讓錢五百，南后錢一千，七虎峪捐錢一千，王朱捐錢一千，王家輦捐錢一千，南富旺莊捐錢一千，□旺莊捐錢一千五百文，埠后捐錢一千三百文，楊家上莊捐錢一千，上澝田捐錢一千，薛莊捐錢一千，滴水張莊捐錢兩千七百文，閆本生捐錢一千，陳書捐錢一千二百文，劉英□捐錢一千三百文，李連卍捐錢一千，劉□三捐錢一千，溫家南峪，姜肇平捐錢一千，□君知捐錢一千，□□□捐錢六千三百文，賈文田捐錢一千，張□□捐錢一千，張庄捐錢七百，楊崙岐捐錢一千，□茂盛捐錢一千二百文，復盛號錢一千，石福林捐錢一千，趙□倫捐錢一千，窑頭捐錢一千，陳學禮捐錢一千，□耕春捐錢一千，劉□曾捐錢一千，李家大峪捐錢一千三百文，張佃儒捐錢一千，許修德捐錢一千，常廷本捐錢一千，□斗懷捐錢一千，劉□住捐錢一千，劉秀遠捐錢兩千，姜有德捐錢一千，泉順號捐錢一千，劉茂有捐錢一千，田佩烈捐錢一千，楊思□捐錢一千，劉希謀捐錢兩千，王徽典捐錢一千，田永殿捐錢一千二百文，唐英禄捐錢一千五百文，唐吳繒捐錢一千，張振代捐錢一千，陳保中捐錢□千，劉世遠捐錢一千，閆卍武八百文，集祥復捐錢一千，傅國禦捐錢二千，永和成捐錢一千九百文，李雲生捐錢八百文，閆在林捐錢八百文，牛純八百，張大茂捐錢一千，岳致遠，仁和堂，戴興法，劉榮徑，孫錫哲,李家埫,劉興增,劉亮,楊蹌美,史家店,姚文光,老店子,梁□,□□□,□□□,□五倫,吳家井,興旺莊,張思武,姚家台,王尊士,于江,劉邦中,小新莊,牛角村,曹德修,段好勇,王化清,趙思學,常廷莊,常廷棠,常廷廉,南仇庄,劉大才,大莊,王仕,景懷德,崔書升,崔雲山,廣盛号,北康朱,馮家埫,趙東岳,王雲聚,王本福,劉永德,大王堂,田永良,同順,張市鵬,□家河,協順號,閆祥,史連登,張佃禄,下崖庄,張惠,王中,馮學修,馮學端,董旺莊,劉松林,利源祥,趙東魯,尹家莊,王宗平,王作雲,楊思東共捐□□四□文,西劉征錢一千,白家店子一千,吳家衚衕一千,窩陀庄捐钱一千,下王家衛南庄捐錢二千五百文,張鴻儒捐錢一千。

玉皇廟

清道光九年金龍山重修玉皇廟王母殿、救苦觀音殿記碑

　　碑在山東省青州市五里鎮石家莊玉皇殿遺址，清道光九年(1829)立。劉景夏撰文並書丹，張景漢等刻字。石灰石質。高222厘米，寬115厘米。正文楷書，字徑3.5厘米。額篆"萬古流芳"，單行，字徑13厘米。碑體完整，文字清晰。該碑記載了清道光九年(1829)重修金龍山玉皇廟王母殿、救苦殿之事，並錄刻字匠、泥瓦匠、畫匠、木匠、會首以及各村信士、出資商號等題名於後。

金龍山重修玉皇廟王母殿、救苦觀音殿碑記

　　文帝以刱修寺院勸世，関帝以刱修廟宇覺民；釋家為寺所以憑依諸佛，道家為院以之供奉天尊。廟之言貌，仿彿往」哲儀貌；宇之言羽，如鳥羽翼蔽身。刱者，建也，未有特建曰刱；修者，整也，整舊如新曰修。總以神之禦菑捍患，載祀典，立」宮廟，而隆禋薦□，所以致其欽肅，此刱所由昉也。年遠代湮，牆宇圮毀，桷楹缺而法像殘，不足以生人畏敬，此修所由」肇也。況玉帝位九五、君六合而擅福威，居然黄庭之壯麗，緣其聲靈之赫濯，更上祀其所恃依，而聖母行宮嗣是」而立。又況觀世音大慈悲，拯疾苦而釋灾阨，祠堂突兀，聊寄樂茄之遺跡。刱，既前人所莫辭；修，實後人所難諉。善士」石繼富等刻志重修，事未□而旱魃為虐，禾幾槁而弗便募緣。首事於是虔禱玉帝，並祈觀音，既雨而興土木。丁」卯，適值甘霖優渥，郊原由是□簿奔馳，仰□□□法護，共捐錙銖，協力起廢修殘，鳩工庀材，整理於以有□裝□□素」補葺，諒可無覬？簷方緝而巍我，□□整而森嚴，觸目而生畏敬。詎惟輝煌，足觀善果，勛德非可沒，勒碑刻□以誌焉」。

　　鳳村處士劉景夏沐手撰文書丹」。

　　刻字匠：張景漢、李恒遂。

　　泥瓦匠：鄭惠、楊文敬。

　　画匠：賈蘭。

　　木匠：楊明。

　　會首：郇淦、蔣士能、尚思文、石繼富、石鎮、劉大順。

石家庄：石継淮、趙文漢、史淮、石宗魯、史湧、趙文江、石宗武、石禮、石宗周、石宗顔、石宗孟、石在周、石宗聖、石汝、趙文彩、史學顔、趙文仲、趙文浩、石孝先。

石家菴：尚克忠、梁棟、郜堯、郜禹、尚克信、趙國敬、趙國明、郇文臣、聶德平、劉□亮。

位南庄：盧萬侯。

尹家庄：蔣竹、張文學、楊明、張森、張林、楊順、徐貴、蔣士美、劉萬春、蔣士進、蔣士文、蔣全、蔣海、蔣銘、李永茂、孫仁滋、蔣士林、張興、蔣印。

清道光九年金龍山重修玉皇廟王母殿、救苦觀音殿記碑

趙家河：趙□忠、馬成淮、□松、□梅、□□□、趙□文、□□忠、趙□棟、□□桐、張□□、趙連、趙印、楊復時、張大時、趙楊、馬得富、馬得貴。

東關：段耳苓。

□鳳庄：□□□、楊□禄、張廷桂、□□□、□□孔、張□□、王□、郜湲、張□□、楊瑀、楊玘、王起。

楊家山：楊懷德、楊復勤、楊便、楊臻。

鳳凰庄：張廷相。

□埠庄：劉継□、劉□有、劉宗禹、劉□永、劉□鳳、劉玉相、劉□禄、劉□□、劉宗孔、劉大興、劉文發、郜本魁、劉大遠、劉大孝、劉美、劉和、□學文。

郇社庄：郇淦、郇成善、郇揩、郇樂園、郇志安、郇炎、郇炯、郇璘、郇梓、梁楹、魯思忠、魯思智、魯思恭、□周、郇杭、郇美東、王端、郇選、王昇、張桂。

五里堡：楊本寧、楊本長、□□東、□憑、□茂生、吉順號、東全順、西全順、益裕號、鹽店、全興號、湧泉號、益盛號、餘芳齋、興盛號、聚成號、同春堂、保和堂。

東趙庄：張守梅、趙廷柱、趙起、張守樹、張守林、趙文時、趙文智、趙文本、張禮、張時、張有才、趙脩、趙新、趙明。

西營：高連。

窰頭：祝有。

西趙庄：趙文印、趙文學、趙文秀、趙文中、趙文□、趙文信、趙文著、薛聰。

閘口：楊成、學前油房、聚順油房、新成油房、重興油房、日成號、天祥號、裕泰號。

劉家堰：劉全用。

王家堰：王萬春、王克禹、王明禹、王克彩、王元普、王萬□。

石泉庄：王克修、王慎修、王克敬、王可觀、王可望、王潔修。

閆劉庄：劉景雲、劉同雲。

閆家峪。

李家堰。

張家堰。

上圈：郗本儉。

住持道人：趙信義。

大清道光九年歲次己丑十月十五日吉立」。

上黃山

清道光十年重修關帝廟記碑

　　碑在山東省青州市彌河鎮上黃山村關帝廟原址,清道光十年(1830)立。劉瑞亭撰文,周克敏書丹。石灰石質。圭首。高109厘米,寬71厘米,厚15.5厘米。正文楷書,字徑2.5厘米。額題"重脩碑記",楷書,單行,字徑7~8厘米。碑體完整,文字清晰。該碑主要介紹了清道光十年(1830)青州市彌河鎮上黃山村村民重修關帝廟之事,後附廟主、畫工、鐫字及15名信士姓名。

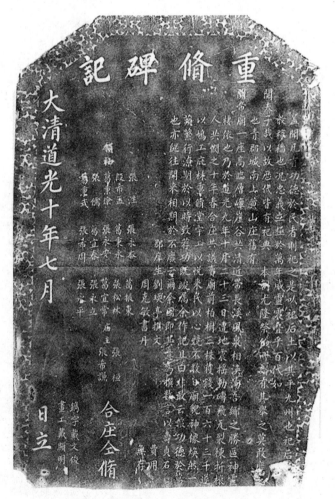

清道光十年重修關帝廟記碑

　　蓋聞:凡有功德於民者,則祀之。是以,祀后土以其平九州也;祀后□,□□」教稼穡也。況忠義立極於萬年,威靈震叠乎百代,如」関夫子哉? 以故,歷代皆有祀典,本朝尤隆祭儀,所謂有其舉之,莫敢廢之者」也。青郡城南上黃山庄,舊有」関帝廟一座,高臨層嶂,崖谷共清,近帶長溪,風泉相渙,洵吾鄉之勝區,神靈之」棲依也。乃於道光九年十月二十三日,遭地震搖動,磚飛瓦裂,棟折榱崩」,人共憫之。十年春,合庄共議,賣廟前柏樹三株,獲錢一百六十三千,遂資」以鳩工庀材,重脩堂宇。工以悅来,民以心競。不數日,廟貌神像煥然一新」,蘋蘩行潦,期於以時致荐。功既竣,屬余作記,且曰:"非敢云報功德於萬一」也，亦継往開来，相期於不廢云爾。"余因即其意為撰数言，以壽貞石」。

郡庠生劉瑗亭撰文」，周克敏書丹」。

費用無存。

領袖：張泩、段希孟、葛秉儉、張儒、葛秉式、張永本、葛秉永、張永安、葛宜春、張希周、葛振東、張松林、葛宜常、張永立、張永平。

庙主：張桓、張希謙。

合庄仝脩。

鑴字：戴文俊。

畫工：戴顯明。

大清道光十年七月　日立」。

仰天山

明萬曆元年重修仰天文殊寺龍王殿記碑

　　碑在山東省青州市仰天山文殊寺塔林附近,明萬曆元年(1573)立。僧人雲菴傅亮撰文,鹿麟書丹。石灰石質。圓首。高162厘米,寬70厘米,厚20厘米。正文楷書,字徑2.5厘米。額題"元符三年重脩",楷書,單行,字徑6厘米。除右下角殘缺與局部受損外,碑體基本完整,文字基本清晰。

重修仰天文殊寺龍王殿碑記

　　蓋聞法身無像,至理絕言,而真儀方冊流布於寰區者,乃聖人垂跡遺範於萬古,□□□」觀其跡而生其善,觀其言而識其惡,如不有跡有言,惡何而去? 善何而生? 槩世之民□□」聞乎無為之化也。仰天□者,歷代失興,文殊大士之一應迹耳。山勢羑峻,巇嶮聳拔,寔□」菩薩應跡之地,乃龍王潛住之鄉。樹木森森而鳥獸行武,水勢潺潺而珠滾環遊,其唯齊」魯之一雄觀,衲子之□修處。其中有龍王殿,內有龍王,令曆電之儀神,每民祈澤,無不應」嚮。□年已來,棟梁□□,磚瓦崩隤,殆不可觀。僧人明慶特發悃誠,捍鐸苦化,以更而新之」,欲□□□以傳不□。□戲! 去聖時遙,數□百載而無徒□,不馳於聲利而墮於懈怠。明慶上人,雖迫桑榆,窮而愈堅,老而」弥壯,不懼困危,□一更而煥然。故吾□□怐嘆怐怜,不拒而書之云。

　　嘗」

　　明萬曆元年歲次癸酉正月甲寅十五丙申日立旦」。

　　青涼寺就碑文僧人雲菴傅亮撰」。

　　寫碑文人鹿麟,住持僧明淵、暮緣僧明慶、助緣人張現、王金、袁卿、于鸞。

　　衡府官承奉副王敬、典膳周全、典服王雄、鹿麟、張艾、張璉、張瑂、鹿漢、李文德、鹿曇、鹿方。

　　益都縣善人鄒倣、男鄒東儒、鄒東瑂、鄒曇、鄒昂、曹宗艾、宋添厚、宋添喜、宋世山、宋守時。

　　廣堯社善人王鈐、王鎧、王銓、王暹、王孝、王相、王三命、王三祝、王三化、孟交勝、張守業、王勇。

辛庄社善人趙月□、趙會謙、湯富、湯寶、趙子□、□□、趙博、趙得時、趙選、趙用、趙显、趙松。

張監、張桐、張濟、張振、曹清、宋自然、宋良友、宋良用、宋良美、刘泉、張利、位玥、位專、位利、位本。

博物館

唐景雲二年龍興觀燈臺頌刻石

　　刻石在山東省青州市博物館,唐景雲二年(711)刻。石灰石質。八面體石柱,八個面皆刻有文字。高 112.5 厘米,八個面每面寬皆在 22.5 至 23 厘米之間,周長 184 厘米。正文行書。每面有文字 6 行,滿行 18 字,字徑 2.8 至 3.5 厘米。除個別文字受損外,保存基本完整。

大唐龍興□□臺頌并序

　　維景雲二年歲次辛亥二月景子朔,銀青光禄」大夫□持節青州諸軍事、青州刺史、上柱國、清」河鄉開國公張洽;通議大夫、行長史裴知言」;中大夫、行司馬、隴城縣開國子盧勤嘉;中散」大夫、行司馬、員外置鄭訥言;朝議郎、行録事」糸□事張懷古;朝議郎、行司功糸軍事張翼」;朝議郎、行司倉糸軍事趙克廉;朝議郎、行司」戶糸軍事長孫崇順;朝議郎、行司兵糸軍事」柳明瑗;司法糸軍事鄭詡;奉義郎、行司法」糸軍事袁亨;宣義郎、行糸軍劉穆之;宣德」郎、行糸軍董務□;宣義郎、行糸軍鄭昭素」,糸軍劉峻,博士郭慈龕,録事王知古,録」事靳昉,市令司馬玉;朝議郎、行益都縣令」殷子陽,丞邢敬節,主簿李昇,尉蕭藉談,尉衛」待徵,尉席德珪;朝議郎、行北海縣令劉遂初」,丞趙日益,主簿盧琦,尉鄭歆,尉陳六奇,尉梁如」圭;朝議郎、行壽光縣令蔣知微,丞紀齊卿,主」簿文元忠,尉呂思榮,尉李德振,尉李祚;朝議」郎行臨淄縣令陳思安,丞段思敬,主薄趙景初」,尉夏侯晊,尉馮子玉;朝議郎行千乘縣令王」固忠,丞李希業,主薄楊玄素,尉崔晏,尉崔晞」;宣德郎、守臨朐縣令霍知至,丞鄭誠逸,主簿張」元客,尉輔克忠;朝議郎、行博昌縣令逯懷智」,丞□□□,主簿謝虔禮,尉王義忠;州縣諸官等」。並氣骨端肅,清襟疎朗,性符道義,體尚剛柔。絕」浮競之邪津,廣貞淳之正路。斯則仰崇丹化」,俯挹玄臺,共結檀心,同開法施,乃於龍興觀、大」雲寺、龍興寺等三處各造燈臺一所。探玟環於」漢浦,泉客投珠;琢琬琰於崐峯,山祇薦璧。於是」,瞻星起蓋,度景裁基,鏤栱虬申,珊梁虹引,露凝□」綱」,彩間隨珠,月鑒宵瑠,光含楚璧。華燈炫耀」,□朱焰以淪星;蘭炷氳氤,揚翠煙而暎月;寶盤」胶胶,□四照於三清;玉樹寥寥,聳百枝於八景」。琢磨万類,珊刻五靈,超金闕之宏敞,寔瓊樓之」化造。寔恐洪灾,遞地勒□琬為垂禎;□巽巨蘗」,□天樹玄猷為紀績。其詞曰：」大道希微，至真忽恍，妙理惟一，玄宗絕兩，上通」神化，傍資睿獎。良牧馳誠，羣□連想金闕；晨」構雲漢，夕敞月鑒瑤□。露凝珠□，寶盤□潔，琜」臺炫冕，蘭炷□薰，華燈鎮朗，可久可大，是□是」仰，□吼揚音，玄風振響，星迴日薄，暑來寒往」。□筆篆而樹坤儀，冀流芳以窮天壤」。士思。

明萬曆十二年鑄鐵鶴題記

　　鐵鶴現在山東省青州市博物館,明萬曆十二年(1584)鑄。幅高40厘米,寬27厘米,字徑1～2厘米。清康熙《益都縣志》記載:"鐵鶴觀,在城南十五里許。明衡藩良醫所良醫正馬崇儒鑄鐵鶴二隻約丈高於殿前,故名。"清光緒《益都縣圖志》記載:"鐵鶴觀,在城南十三里時家店,明衡藩創建,萬曆間衡府儀賓時松等,鑄鐵鶴二,立龜背上,高丈許,故名。"

大明萬曆拾貳年孟夏之吉」。

衡府承奉司承奉正」東海張公諱成捨工價銀拾兩」。

良醫正堯岡馬諱崇儒」。

軍門冠帶少川高諱吉」。

兵馬指暉楊銳,捨鉄五百斤」。

亞中大夫北亭時諱松」。

建立觀宇住持募化道人傅守志」,師祖傅真界,師弟鞏守智,同徒孫」趙清山、蕭清竹」。

青州府東関金火匠人王尚志,姪王絹」,王布男王通、王盈成造」。

明萬曆十二年鑄鐵鶴題記

明萬曆十五年鑄鐵鶴題記

鐵鶴現在山東省青州市博物館院內，明萬曆十五年（1587）鑄。幅高54厘米，寬32厘米，字徑1～2厘米。清康熙《益都縣志》記載："鐵鶴觀，在城南十五里許。明衡藩良醫所良醫正馬崇儒鑄鐵鶴二隻約丈高於殿前，故名。"清光緒《益都縣圖志》記載："鐵鶴觀，在城南十三里時家店，明衡藩創建，萬曆間衡府儀賓時松等，鑄鐵鶴二，立龜背上，高丈許，故名。"

侍長蔣□，衡世子、妃吳氏、世孫、二子、三子，承奉王見、陳用，典膳鄭永，典服李昇，共發虔心施造□。

壽光縣光祿寺卿岳相」。

臨朐縣巡洞官陳如金」。

益都縣致仕官孫維屏」。

領袖善人祖輕同室劉氏工價銀三兩」。

青山社：宋尚德、時九卿、戴世厚、郝廷厚、鞠堂、宋尚賢、時九進、戴守花、郝光普、高思茂、劉世芳、時九立、李忠、許思孝、朱思聰、宋江、時梅、耿森、李鐸、孫東魯。

齊東府、昌樂府妃王氏、王桐室溫氏。

募助道人傅真戒，男傅東洋、傅東水。

住持道人王太惠、鄭太和、郝太乾、宋太明，徒弟趙清山、蕭清竹、文清梅，徒孫高一順。

大明萬曆十五年孟冬望日金火匠人王尚志造」。

明萬曆十五年鑄鐵鶴題記

明萬曆四十五年敕封關聖帝君序碑

　　碑在山東省青州市博物館，明萬曆四十五年(1617)立。鐘羽正撰文，卞雲鵬書丹。石灰石質。殘高 130 厘米，寬 66 厘米，厚 14.5 厘米。正文楷書，字徑 2 厘米。碑下部殘缺，剩餘部分文字清晰。該碑記載，明萬曆四十五年(1617)，李仲卿等重修關帝廟，並立碑以記其事。

敕封関聖帝君序

　　自太極肇分，陰陽迭運，人秉天地正直之氣而參贊其間，故有生為良佐、沒作明神(下殘)」嘗于一方，或俎豆于一代，輒復有間，乃若時歷千古，地□八荒。自王公縉紳以及黃童(下殘)」関聖帝獨擅其隆焉。昔孔北海為黃巾所迫，請」劉先主拯之。山以東，盖有聖帝餘烈，盼蠁具在，崇而祀之，非□一方為然。萬曆三十六年□(下殘)」之西小而隘，後復大其規制。茲者，英靈顯赫，護」(下殘)民、殲邪、蕩寇，凜凜若生，朝廷感動」(下殘)帝君位號，以答神貺，昭告海內，凡有知者，無不肅然□□。至四十五年，李仲卿等同塑匠潘(下殘)」(下殘)宇煥然為之一新。盖所以正瞻仰，肅敬恭也。非為□福而舉，第作善降祥，作惡降殃，□□(下殘)」(下殘)立石，以垂不朽云」。

　　(上殘)文林郎吏科都給事中侍」經筵郡人鍾羽正撰，男鍾讜、鍾訴。

　　新樂府輔國將軍翊鈯、鍰、銾、鎘，男喜奇。

　　王官：趙鳳節、管□、夏玹。

　　高唐二府翊鎧。

　　齊東府四庶人。

　　生員：□應□、劉興孝、蔣如葵、□延芳。

　　鄭儒、趙敬、趙河、趙□元、任有聞、張永華、陳三□、樊際隆。

　　助緣善士：

　　張鳳、陳思□、張□□、□□□、□□□、□尚仁、□德□、刘希仁、王□□、宗□淮、刘□義、許文礼、田枝、張登科。

　　□□□、王□□、祁□□、黃景度、張永吉、黃□衍、羅□□、□鳳彩、蘇□名、劇崇簡、陳力、李邦勝、桑成名、刘文光。

　　崔文盛、辛秉義、趙鳳翊、朱文魁、張養正、刘芳、徐慎言、張培、辛陞、李永宦、李九遠、刘進孝、馬應龍、戴汝楫。

王尚和、刘全、刘應琦、李養賢、楊庭、刘守業、楊際時、李甲木、趙全、趙光明、李天秩、刘忠、周継芳、劇崇義。

趙良柱、王玘、王達業、桑録、刘汝第、史化冒、趙應科、黄道儲、陳三□、卜士宗、馬守志、杜好礼、邢世禎、姚□□。

趙可仕、趙鳴陽、刘茚、許仕、金柱、付秀峯、袁信先、寶正、張思明、趙東池、張龍池、楊得玄、沈守愚、刘元升。

王塘、王應科、劉儒、史載言、陳茂雷、洪朝亮、刘得福、崔鎮邦、潘恩、季友、王愛臣。

會醮會首：

楊□□、董自得、張其孝、高宗湯、魏孝文、李守高、李仲卿、刘應魁、李承芳、王富、羅茂盛、張一臻。

王□、陳□、朱孝、呂懷春、常儒、殷之輅、王孝、辛秉礼、郭彦保、趙光吉、王継成、張鸞。

（下殘）

□門夏氏、李門□氏、孫門張氏。

信士卞雲鵬沐手書丹。

塑匠：潘厚、巽希珠。

鐫字：石（下殘）。

萬曆四十五年歳在丁巳菊月吉旦」。

明天啓五年漢壽亭侯觀春秋圖論贊碑

　　碑在山東省青州市博物館，明天啓五年(1625)立。石灰石質。高 28 厘米，寬 108 厘米，厚 14 厘米。正文楷書，字徑 2 厘米。碑體完整，文字清晰。該碑為房可仕及其子房凱、房徽為漢壽亭侯觀春秋圖所作論贊，其中極論關帝之忠義，以及關帝信仰在歷史上所產生的重要影響。

漢壽亭侯觀春秋圖論贊

　　論曰：未始兄弟而兄弟也」，逆旅以之；未始君臣而君」臣也，草昧以之。此英雄之」所以斷於義也。既以兄弟」而君臣也，造次由是，既以」君臣而兄弟也，顛沛由是」，則勇烈之所以安於仁也」。雖然，此闚其微，未闚其大」。闚其微者，所矢方寸幾希」之丹衷；闚其大者，所翊天」下萬世之正統也。吳、魏如」彼其熾也，疇委身帝胄而」抗方張於兩賊之間。炎劉」如此其墟也，孰協力王家」而然式微於一綫之際。盖」侯存而權、操之膽幾喪，侯」歿而玄德、孔明之精已銷」亡矣。撫今則四百之祚，高」祖、光武之基也，侯所為顯」振也；吊古則千祀之曆」，神農、虞夏之傳也，侯所為默」扶也。僅名其忠蜀，忠一國」耳；即名其忠漢，忠一王耳」。非然者。春秋，天子之事也」；天子，固百代之天子。而且」謂下私東魯也耶？而且謂」上私西周也耶？侯也，露刃」帳中，燃篆案上，煌煌一編」，耿耿獨對，有以也」。

　　贊曰：文心也而用於武，斯」其懼在亂賊；儒識也而藏」於將，斯其志在春秋。峙三」分於巴蜀，墟一燼於炎劉」，雖云業以地偏，功隨身滅」，而正統還之帝王，正氣塞」乎天地，忠臣義士分止此」矣。或之使，莫之為，天乎？人」也其何尤」！

　　天啓乙丑仲秋柱下史官」郡人房可仕暨男生員凱、徽」沐手拜述」。

明崇禎十二年鐘銘

　　鐘在山東省青州市博物館,明崇禎十二年(1639)衡王府鑄。幅高 22 厘米,上周長 280 厘米,下周長 320 厘米。楷書,字徑 4～5 厘米。

　　混元六天」,傳法教主」,修真悟道」,濟度群迷」,普為衆生」,消除災障」,八十二化」,三界祖師」,大慈大悲」,救苦救難」,三元都總管」,九天遊奕使」,左天罡北極」,右垣大將軍」,鎮天助順」,真武靈應」,福德衍慶」,仁慈正烈」,協運真君」,治世福神」,玉虛師祖」,玄天上帝」,金闕化身」,蕩魔天尊」。

　　大明崇禎十二年歲在」己卯十一月丙子朔越」十五日戊辰吉旦」。

　　衡王建造,監造官承奉王信。

　　金火匠:王世永、王世傑、王世全。

　　住持道人:司教叢。

清康熙三十三年關帝廟修醮記碑

　　碑在山東省青州市博物館,清康熙三十三年(1694)立。劉國楨書。石灰石質。
圭首。高153厘米,寬68厘米,厚19.5厘米。正文楷書,字徑2厘米。額題"流芳",
楷書,單行,字徑7厘米。正文之後施財者題名嚴重漫漶,辨認困難,故不錄。除中
部斷裂外,碑體基本完整,正文文字基本清晰。該碑記載,善信龐維恒等至青州城內
關帝廟修醮,功德圓滿,於清康熙三十三年(1694)立碑以記其事。

関帝廟脩醮碑記

　　覆載生成,凡有一物,必養一百物,而□綏以多福,以與為始終而俯仰其中者,莫
知其然,其孰從而量」之? 而其間有明神焉,體天地之正氣,□人□以洪休,若」関聖
帝君者,豈不信然哉? 當年忠義,萬代□新,浩浩乎充塞於宇宙,赫赫□於人間,福善
禍淫,祛邪佑正,雖」垂髫戴白,家人婦子,每一念及,無不凜然如在其上者,義烈仁
慈,蔓□回矣。凡我眾庶,每欲報答,悃忱」莫伸,亦惟是歲□卜日名香清祭,瞻
□□□□祚酬答已耳。官街后所西隅,有生員沈坦所建」関聖帝君神祠,庇覆一方,
□利洪區,□朝夕□。□耆年龐維恒參同善信人等,延請高僧,呪祝禮拜,亦既有」
年,又冀後□人克纘前□□□□□將□□□願,而□□遠者聞風而輻輳,日月引長,
供養增盛,豈不」神人協應於無□乎? 因是勒石,以志不朽云」。

　　後學劉國楨書」。

　　康熙三十三年歲在甲戌孟秋穀旦」。

清咸豐六年重修關帝祠記碑

碑在山東省青州市博物館,清咸豐六年(1856)立。邢汝漢撰文,王鍇書丹。石灰石質,高126厘米,寬65厘米,厚17.5厘米。正文楷書,字徑2厘米。除中部斷裂外,碑體基本完整。因題名文字嚴重漫漶,故不錄。該碑記載了清咸豐五年(1855)益都縣令主持重修關帝祠之事。

重脩關帝祠碑記

郡城西偏土城外西南濠上,舊有」關帝祠,下有伏橋焉。夏秋之交,西南水潦咸注其下,當是時,居民殷富,人才輩出,阡陌鱗次,甲第雲連,朱」纓華轂,絡繹於道。於戲!盛矣。堪輿家云:血脈㟃而身白,主水道通而民不窮,汮足□也。比年來,風雨」漂搖,祠宇傾圮,橋壅窒而不通,水旁流而横溢,戶口日即於凋殘,人才因之而抑塞。風水之説,固不」敢信,乃水道之通塞,民力之盛衰,因之留心民務者,得無加察歟?咸豐伍年春」,邑侯張公來莅茲土,甫逾年,事脩政理,百廢俱興,道路坎坷者平之,橋梁斷絶者屬之。我侯之德」,無遠弗屆,矧茲祠在耳目之近地而遺之,維時邑人徐佩之熏沐具稟以聞,而公即慨然獨任曰」:是予之責也。汝即相予以督其工,工既竣,為之頌曰:廟□既圓,□□斯通,神人共慶,我侯之功」。謹記」。

郡庠生邢汝漢拜撰」。

廩膳生王鍇敬書」。

欽加同知銜軍功、賞戴花翎、特授益都縣正堂、加十級、紀錄十次張捐俸銀貳拾兩」。

……

住持道人:郇宗鄗。

石工刘復春鐫字。

咸豐陸年歲次丙辰孟秋之月穀旦」。

附錄一:方志資料

(一)明嘉靖《青州府志》

明嘉靖《青州府志》,一九六五年五月上海古籍書店據寧波天一閣藏明嘉靖刻本影印

嘉靖《青州府志》卷六《地理志》一《山川》

雲門山,《水經注》云:"山窟洞開,望若門焉。"《齊乘》云:"山上方號大雲頂,有通穴,可容百人,遠望如懸鏡。泉極甘洌。崖壁蚌殼結石,或間瓦礫,相傳海田所變,殆不可曉。"山陰石井名"龍潭",水旱不加盈涸。上有大雲寺,今廢。有亭曰"聳翠",嘉靖乙丑,知府四明杜思重建。國朝少保太原喬宇大篆"雲門山"三字于崖,都憲陳鳳梧題其後。曰:雲門在青州城南,孤聳峭拔,上有大雲頂,中有通穴如門,可容百餘人,遠望若懸鏡然。正德庚午,公以戶部左侍郎奉命有事于海鎮,道經青齊,嘗登茲山,嘉其奇秀,遂書而刻之門崖之上。觀其字畫森嚴,如端人正士,悚然起敬,可謂茲山之遭也已。公德望勳業,方為世名臣,而文章篆隸力追古作者,其於名山勝境,無不登覽,而巖鑱石刻,幾遍海內,蓋不特雲門山焉耳矣。鳳梧以撫治東來,公暇乃一登焉。瞻玩之餘,敬題數語于後。公名宇,字希大,世為太原人云。嘉靖癸未閏四月甲子書。

唐趙居貞《投金龍環璧詩并序》:有唐天寶玄默歲三月乙巳,北海郡太守天水趙居貞登雲門山投金龍環璧,奉為開元大寶聖文神武皇帝祈福也。祝拜焚香禮畢,有瑞雲從洞門而出,乃賦詩刻石以紀之:"曉登雲門山,直上一千尺。絕頂彌孤聳,盤途幾傾窄。前對豎裂峯,下臨削成壁。陽巘靈芝秀,陰崖仙乳滴。兀然超羣山,遠望何所隔。被展送龍儀,寧安服狐白。沛恩惟聖主,祈福在方伯。霞間朱紱縈,嵐際黃裳襞。玉爰奉誠信,仙珮來奔驛。香氣入岫門,瑞雲出巖石。至誠必招感,大福旋來格。空中忽神言,帝壽萬千百。"

東南為劈山,山峯分裂如劈,故名。右為八仙臺。又西為**駝山**,山形似駝,上有潭名"龍湫"。三山聯翠,障城如畫。宋熙寧間,盧士宗《山路記》云:"東秦舊服,周環衆山,雲門為之冠。然此山實不聞于天下,乃不得與龍山、虎丘角雄,為可惜也。國朝少保太原喬宇大篆"駝山"二字于石壁,都憲盧陵陳鳳梧題其後。曰:駝山在青州城西南八里許,與雲門山相連,其象如駝,故名。太宰白巖喬公宇為少司徒時,以使節嘗登焉,為篆書二大字,付郡守刻之山中,以詔不朽之名,殆與是山爭高矣。山之顛有昊天宮,元大德年建。宮左有石井,久旱不竭。嘉靖四十三年,知府四明杜思暨僚推官平山齊仲賢、文學四明薛晨登覽,大書"天泉"二字立石于上,登州府通判東吳錢有威題其後。曰:駝山之顛盡石也。石中有泉,仰而上出,旁加斧鑿,實天成焉。中歷淋暵不竭不溢,山人胥汲,顧不知其何名也。甲子歲,青守四明杜公玩而奇之,題曰"天

泉"。是歲秋，余館于青，公語余，故數日挈余觀之，良然。按，勝國時，駝有龍湫，祈禱多應，宮觀迭新，志述備矣。今求其處，靈跡湮絕，而此泉漣漪停蓄，隱然窟虬螭興雲雨焉，迺不得與龍湫並稱，其亦有遇不遇耶！抑亦陵谷變遷、名實眩瞀也。乃記之，因以慶斯泉之遭云。

　　布政郡人黃卿詩："石巘蹲駝頂面寬，四臨蒼黛匝巑岏。層層草樹晴如濕，冉冉煙嵐晡欲寒。古洞迴通緣仄徑，細泉縈瀉注清湍。丹房松院堪留宿，海日朝升更壯觀。"

　　參議壽光劉澄甫詩："雲門登絕極，駝嶺坐從容。披拂風前竹，涳濛雨外峯。暮雲還入岫，孤鶴自巢松。尚恨春遊晚，誰知野興同。""從來丘壑性，本自愛山林。嵐氣雙峯合，花英一逕深。明霞餐欲飽，陰洞坐無心。柳市權歸隱，桃源何處尋？""白水能甘飲，青山只舊遊。千流春蕩蕩，一壑老悠悠。几杖隨鷗適，壺餐與婦謀。幽慵直慣便，眺賞且遲留。""城郭春山近，谿塘野水渾。石橋斜繫馬，花逕曲連村。洞口藤蘿密，峯頭鼓吹繁。遊觀好風日，歸詠及朝昏。"

　　又南為**鳳凰嶺**。在雲門山左，山勢蹁躚若飛鳳。又山麓為**花林瞳**。地多柿，秋深霜葉蔓衍平鋪，登山遠望如錦，青州一佳勝景也。又西北為**冶嶺山**，一名為山，在舊廣縣側。山麓有五龍口。廣縣，今瀑水澗西是其遺址。又西北八里為**堯山**，《齊記補遺》謂"堯巡狩所登"。山麓有堯廟。唐朱誕撰碑，今廢。又西北三十五里為**二王山**。上有田齊王塚。又西北七十里為**鐵山**。在金嶺鎮西，山南有齊景公塚。又南十里為**孟丘山**，山多礦，居民竊取為患。又南為**金山**，金嶺名鎮，取此。又城西二十里為**大龍山**、為**小龍山**，二山對峙，蜿蜒若龍。又西二十里為**九迴山**，一名九扈山。北陽水出焉。又西十里為**紅嶺**。土色如赭。又西七十里為**公泉峪**，有白龍洞。邑人曹凱嘗建書院于上。又西一百里為**水泉峪**，峪洞多產音石，類鐘乳云。又西九十里為**馬鞍山**。又西為**魯山**。又十里為**黑山**，林木蔽虧，常如暝晦，故名。又西南十里為**方山**，在駝山之陽，般鬱秀麗，國朝衡國新樂端惠王墓在焉。又西南二十五里為**石膏山**，石色潤澤如膏，南洋水出焉。又西南四十里為**朗公山**，舊傳有僧名朗公，以占候法隨慕容德來青州，嘗居此。上有洞，名朗公洞，側刻石佛像尚存。又西南一百八十里為**神頭山**，上有顏文姜廟，故名。聯絡神頭者為博山、為高閣、為三泉、為秋口。秋口者，范仲淹幼時適齊讀書處，今土人仍呼為范氏書堂。**舊口嶺**，在顏神山之西。山形絕險。又城南十里為**青山**，山產石深青細潤。又五里為**黃山**，石色黃質。臨朐亦有青山、黃山。又城東四十五里為**香山**，《齊乘》所謂嶮山是也。按，齊城山勢俱帶西南，東郊平原百餘里有香山者，童然孤特，康浪發其南，堯水逕其東，古之嶮山也。《元和志》作箕山。山南有龍女泉，禱雨常應。

嘉靖《青州府志》卷七《地理志》二《古蹟》

　　太虛宮，在城北普照寺南。金有全真道人丘長春者，自棲霞過益都，知府徐君館之。長春相其宅曰："此福地也。"徐即施與之，遂卜築焉，號為太虛宮。井鹵不堪食，弟子詛茶投之，即成甘液。今府儒學即遺址也。

　　古天齊觀，在縣治內。金大定間道士楊善淵卜居建三清觀，掘地得古磚，志云："大齊丙戌二年，南郭石洋巷楊道圓施花磚三千，在天齊觀。"因知此地高齊時天齊觀故基也。今二觀址俱廢，石羊亦無存，不復知所謂南郭矣。

呂仙翁祠，在城內。祠即韓氏酒壚也。仙翁嘗飲於此，書屋壁云："呂巖獨酌。洞濱宣和壬寅六月書。"凡十三字，後盜焚民居殆盡，惟韓氏室完，土人因名爲辟火符。按：仙翁游人間，多稱回道人，而此則顯書名姓賓字，復加水，豈以辟火而然耶？

五龍堂，在縣北十里龍山社。

嘉靖《青州府志》卷十《祀典》祠廟

城隍廟，有二，其一在城內，即孟嘗君故第。北齊武平四年，建為龍興寺，元末兵燬。國朝洪武元年，改城隍廟。八年，知府張思問因建齊藩，以其地為世子府，徙廟於西門外洋河北岸。齊庶人國除，天順元年，知府徐郁復遷故址，即今廟也。其洋河北廟亦存，禱雨有應。正德十年，知府朱鑑仍修。

八蜡廟，舊在武成王廟。規制隘湫，不稱妥揭。嘉靖四十四年夏五月，知府杜思貿松林書院南民地更新建之，歲以冬十二月八日用羊一、豕一、爵三、帛一致祭。主事常熟錢有威撰記。曰：國家創造區夏，贊理幽明，崇本稽古，詔天下郡縣立八蜡廟。皇上統天紹緒，首申敕之。于是，遐陬僻壤，罔不廟祀。青，東方雄郡也。郡故有祀其寓主太公之廟，不知何始？每春秋，祭迎麗、登降、饋獻、飲瘗，雜沓並舉，莫全其尊。甚者謂，尚父特祀先父，後蜡，尤為非禮。神用不享，福不下庇，其來日久。壬戌歲，四明杜公自工部郎中出守青郡，公特達愷悌，留心民瘼，移風剔弊，各有條貫，民大和洽。比次年春二月上戊日，祭廟下，公怃然曰："春秋譏逆，祀子雖齊聖，不先父食蜡，有司嗇，蓋周祖也，太公可先之耶？"遂先蜡祭，既又曰："公無謂余以稷故掩若勳耶？且蜡者，索也。歲十二月，合聚萬物而索享之。"守承上命，敬共明神，匪時匪地，罰其可辭，議作新之，顧未有會。是歲夏六月，霖潦汗漫，憂及禾稼，公率僚屬暨耆老禱于八蜡之神。翌日，雨霽。冬十月，燠無雪，公禱復應。又明年甲子夏大旱，公如前禱，益加虔焉。屬其耆老曰："五日而雨，必新其廟。"越三日，大雨，歲則大熟。郡人作為詩章頌公德政，公曰："此非余德，神之貺也。向非神貺，固不敢以匪時匪地慢天子詔，況若此其赫赫耶？"卜地于松林書院之南百步許，人懼趨焉。乃量工斥帑，殿堂門廡，繚以垣堵。經畫既定，飛蝗突至，公復祝曰："神廟方新，蝗乃作孽，豈所謂昆蟲無作者哉？"後二日，忽報曰："蝗息矣。"訊之果然，實乙丑之六月也。人益悚勸，樸斲茨蓋，不督而具于是儀節，時日與廟俱新。嘗觀古者，年不順成，八蜡不通，順成之方，其蜡乃行。蓋先王視天地萬物渾為一體，休戚痾癢有觸斯覺，迎貓迎虎悉為仁義，感孚之妙，默寓其中，則上下讙然，直子貢所謂舉國若狂者也。公獨能推究本始，治民事神，交格罔間，可謂無負所謂矣。是役也，始于乙丑夏五月，成于秋七月，用財凡若干緡，而斂不及于民，用力凡若干工，而民不以為屬。余以郡志嶪務居青最久，聞見特詳，得併記云。

堯廟，在堯山之麓，建置無考。國朝永樂八年，耆民呆士賢重修。正統六年，知府孟迪重建。

顏孝婦廟，在顏神鎮神頭山麓，俗呼為靈泉廟。祀齊孝婦顏文姜，後周建。唐天寶間，更建殿制，無梁大枋木相承錯峙而成，舊傳郭子儀督造，今廟側有令公祠，竟不知何考。宋熙寧間，封孝婦為武安順德夫人。國朝成化十三年，提學僉事畢瑜奏請載祀典，每歲秋七月鎮顏神本府通判致祭。

聖水祠，在城東，建置無考。殿前有泉二泓，至甘洌，水旱不加盈縮。元元統初，治中撒的迷識祈雨此祠有應，國朝布政使徐鐸亦如之，俱修輯，有碑記。

東嶽廟，在城東門内。

真武廟，在西門内。嘉靖四十四年，衡府修建。

關王廟，在按察分司東。齊藩修。

崔府君廟，在城西北十里。

嘉靖《青州府志》卷十一《人事志》四《寺觀》

玄帝觀，在城西北隅，國朝洪武六年重修。

昊天宫，在駝山頂，元大德年建。

嘉靖《青州府志》卷十六《傳》五《仙釋》

唐　**李清**，北海人。世傳染業，少學道，多延方士，終無所遇，求之愈篤。開皇四年，嘗入雲門山窟，仙人授書一軸。甫半日歸，視其城郭、人民、屋室皆變，無一相識者。訪其子孫，皆云：嘗入南山，不知所終。時爲唐高宗永徽元年。開所授書視之，乃小兒醫方，療之立愈，齊魯間從而學道術者甚衆。後入泰山，莫知所終。

唐　**王遠知**，琅琊人。母畫夢鳳集其身，因有娠，生遠知。少警悟，陶弘景傳其術爲道士，隋煬帝作玉清玄壇以處之。武德中，秦王與房玄齡微服過其處，遠知迎，語曰：“中有聖人，非王乎？”貞觀九年，詔潤州即茅山爲觀，俾居之。後謂弟子潘師正曰：“吾少時誤損一童子吻，不得白日昇天，今召署少室伯將行。”沐浴加冠而化。高宗追諡“昇玄先生”。

唐　**董京威**，即衡陽董煉師也。在蒙陰山修道，杜甫作長歌寄之。

宋　**賀元**，琅琊人。得道不死，宋真宗東封，謁于道左曰：晉水部員外郎賀元。再拜而去。蘇軾詩曰：“舊聞父老晉郎官，已作飛騰變化看。聞道東蒙有居處，願供菽水看燒丹。”

宋　**劉野夫**，青州人。嘗約龔德莊曰：“君家人夕必出，我往見君。”至晚，德莊坐待不至，俄火自門起，德莊犯烈焰而出，四傍皆燼。異日，野夫來，曰：“君家人幸出，可賀也。”陳誉中深重之。宋政和間，寓興國寺，人計其壽一百四十五歲。

金　**張信真**，號希夷子，樂安人。世以農桑爲業，其母嘗夜夢一馭鶴仙人現空中，遂感而娠。既誕三月，母亡。甫六歲，喜讀書，聰悟過人。泰和初，年十五，從父糸禮大通爲師，戒行精嚴，祛邪治疾，大有靈應。後於天長觀問天師授正一盟威秘錄，賜號“真人”。行年五十五，當書淩空而去。

國朝　**張三丰**，永樂間，隱於雲門山之陽，修煉洞中，太宗賜號三丰，後莫知所終，今有張仙洞。嘗在日照縣傅疃社張翔家傭工，同衆耘植，其所植苗無草且茂。一日，佈芝麻數畝，主嫌其密，戲令芟去一半，即如其言復之。一日種菜，縣中乏種，使徃諸城買之。囑曰："路遙,可宿於桃林某友家。"張即日回。主訝其速,曰:"汝尚未去耶?"曰:"已買得矣。"主曰:"誑我。"詰之再三,不信。時有鄰嫗語人曰:"適見老張騎鶴從半空中而下。"不知其爲鶴也。後訪其友家,果一飯,始信其爲仙矣。自是辭去。世號爲"蹦蹋張",臨行指翔曰:"此子令讀書,必高中。"後果中省魁。

(二)清康熙《青州府志》

康熙《青州府志》,(清)陶錦、王昌學纂輯,清初刻本

康熙《青州府志》卷三《山川》

雲門山,府南五里。《水經注》云:"山窟洞開,望若門焉。"于欽《齊乘》云:山上方號大雲頂,有通穴可容百人,遠望如懸鏡,噏欲清風,吞吐雲氣,雖炎燠,人之毛骨淅洒,凜在冰壺。山陰石井名"龍潭",水旱不加盈涸。有亭曰"聳翠",明嘉靖乙丑知府四明杜思建。少保太原喬宇大篆"雲門山"三字於崖,都憲陳鳳梧題其後。名人詩記,悉載入《藝文志》。

駝山,山形似駝,上有潭名"龍湫"。

堯山,《齊記補遺》謂堯巡狩所登。山麓有堯廟,唐朱誕撰碑,今無。《三齊畧》云:在廣固城西十里,堯巡狩所登,遂以為名。山半有祠,祠邊有栢樹,枯而復生,不知年代。此山正臨廣固廢城才二三里,去今府城乃十里耳。鄭康成云:堯遊城陽,而死葬焉。

仰天山,山阿有寺名仰天,有小巖洞,歷側徑里許,乃可達。洞壁有石大如兩掌,其光可以鑑。每月明,則山巒草樹咸在鑑中。有羅漢洞,洞隙通竅可以望天。有仰天槽,有黑龍淵,每霖潦,諸巖壑水溢,咸匯於淵。相傳有龍潛,能興雲雨。下建龍王祠。宋《碑》云:祥符三年,敕額"靈澤";崇寧五年,封"豐濟侯"。山之陰有水簾洞,泉源深遠,潛通佛刹泉井,自洞口出,流入石溝河。

康熙《青州府志》卷二十《仙釋》

于吉,琅琊人。順帝時,精苦修道,得痼疾,誠感老君,令仙翁授吉經曰:"非但愈疾,當得長生。"吉得之,凡消災治疾,無不驗者。孫策平江東,將士多病,請吉噀水,輒瘥;天大旱,乃縛吉暴日中,即大雨。策以惑衆殺之,俄失其尸。

許宣平,不知何許人。景雲中,隱城陽山南塢,時負薪□,上掛一瓢及曲竹杖,每醉行騰騰以歸,歌曰:"負薪朝出市,沽酒日夕歸。借問家何處,穿雲入翠微。"後□十餘年人訪不見,但庵壁有詩曰:"隱居三十載,築室□山巔。靜夜玩明月,閒歌飲碧泉。樵人歌岸上,谷鳥□□前。"元驛路傳舍,所到處輒題詩。天寶中,李白東遊,覽

詩嘆曰："此仙人詩。"訪之不見,乃題詩庵壁。

張道通,齊人。唐時修道於沂水織女山仙洞中,年三百歲。又作迎仙觀於其下。

保恭,姓崔,青州人,弱年入道,威利不能動。陳、隋、唐三國咸隆禮之。春秋八十卒,葬東郊之西南,唐秘書監蕭德言撰碑。

李清,益都人。世傳染業,少學道,多延方士。開皇四年,嘗入雲門山窟,仙人授書一軸。甫半日歸,視其城郭、人民、屋室皆變,無一相識者。訪其子孫,皆云:嘗入南山,不知所終。時爲唐高宗永徽元年。開所授書視之,乃小兒醫方,療之立愈,齊魯間從而學道術者甚衆。後入泰山,莫知所終。

董京威,即衡陽董煉師也。在蒙陰山修道,杜甫作長歌寄之。

賀元,瑯琊人。得道不死,宋真宗東封,謁於道左曰:晉水部員外郎賀元。再拜而去。蘇軾贈其弟子喬仝詩,並寄賀君。

戴元歆,修道於東蒙之巖穴中,有神異,尤精祈禱之術。元世宗召入,賜紫衣,命爲冲寂大師,知蒙山玉虛觀事。

劉野夫,青州人。嘗約龔德莊曰:"今夕君家人必出,我徙見君。"至晚,德莊坐待不至。俄火自門起,德莊犯烈焰出,四傍皆爐。異日,野夫來曰:"君家人幸出,可賀也。"宋政和間,寓興國寺,人計其壽一百四十五歲。

張僊公,日照人。號永壽真人。十歲,即知慕道,不願妻室。十四,來莒朝元觀修道。至大德五年元日,乘白鶴上昇。今昇僊橋是其遺跡。

張三丰,世號為"蹓躂張"。永樂間,隱於雲門山之陽,修煉洞中,太宗賜號三丰,今有張仙洞。嘗在日照縣傅疃社張翔家傭工,一日,使徙諸城買菜種。囑曰:"路遙,可宿於桃林某友家。"丰即日囬。主訝其速,曰:"汝尚未去耶?"丰曰:"已買得矣。"主曰:"誑我。"詰之再三,不信。時有鄰嫗語人曰:"適見老張騎鵝從半空中下。"不知其爲鶴也。後訪其友家,果一飯,始信其爲仙。自是辭去。臨行指翔曰:"此子令讀書,必高中。"後果中省魁。

雪簑,不知何許人,無姓名。浪遊東土,居青州者數年。善作大字,詩亦豪放,人以其言貌似吳人,問之:"汝□□□?"曰:"是。""蘇州人耶?"曰:"是。"舉動謫怪,好談□□□□□□□人為娶婦,納之而不與交,與之錢物衣□□□□□□□之醉輒箕踞嘲罵王公,或輒困辱,亦不為意。王弇□□其作方丈大書,濃瀋數斛,信手飛步,倏忽而成,□□有勢。今雲門山有大"壽"字,在峭壁上,頗為遒古。一弦琴世無傳者,惟簑能譜之。後去,不知所終。

康熙《青州府志》卷二十《寺觀》

北極觀,有二:一在城西北隅,明洪武六十年重修;一在西門內,衡府建。

康熙《青州府志》卷二十二《藝文》

重修駝山昊天宮記

明 陳經 益都人

《書》曰海岱惟青州，非以其東北控海，西南據岱爾耶。青之形勝，爲一大都會，史稱"秦得百二"，"齊得十二"，曰"東西秦"，可知已。城之周匝，層巒疊巘，峭壁攢峰，逶迤回合，若拱若伏，莫可名狀，獨西南四五里許，望之隆隆然如駝之峰者，曰"駝山"，象其形也。山之巓有祠，曰昊天上帝，不知肇自何代，無論宋元。祠旁有龍井、龍洞，洞時出雲霧，井水冬夏不盈竭。歲時大旱，祈請輒應。廟制崇峻偉麗，奠祀雲集。傳之近代，考諸前聞，蓋振古如兹也。歲久，風雨震淩，日就頹圮，叢榛蔓草闔戶塞途，鼪鼯儔鼯，寢處其中，樵夫牧豎，遊吟徃返於其上下，山棲谷隱，方外之流無所依薄。由是祀廢址存，民生易心，遠邇見聞，罔不興惻存耕。李子大綸，衡國禮官也。休暇登謁，惕然於衷，率道士楊永欽日夜經營，伐木於阿，採石於巘，闢徑刈茅，扶傾補弊，葺其殿宇，飾以彩繪，繚以週垣，益之重門，居室廩廚，損益得宜，百年廟貌，一旦煥然。凡一登覽，無問大小賢不肖，皆肅然敬憚之。嘉靖己亥春正月，功告成，李子來，屬余文且告之。故東渚子曰：自主宰而言謂之天，自成物而言謂之帝。大哉乾元，萬物資始，故郊以事之，尊之也。萬物成形於帝，故明堂以享之，親之也。凡以崇明祀申大報也。今夫穹壤之間，物之大者，宜莫如山；若而其生物成物之功，亦莫如山；若故夫觸石而岳，膚寸而合，不崇朝而雨天下者，泰山之雲也。兹駝山者，山之培塿者耳。其盤踞磅礴於青土，則有利益民物之功，固崇且大焉者也。青之諸山皆童，而兹山草木翁鬱，視他山特異，蓋其根脉發自岱宗之麓，迤邐蜿蜒，直抵滄海，與蓬萊三山實相頡頏，無乃海岱靈秀鍾於兹土，爲我青東世永賴耶？亦豈非以其生物成物之功，顯著盛茂，克配彼蒼，而人之誠信奉敬，不祀以山靈，而以上帝尊之親之耶？不然，詎能祀事綿邈無間於經久耶？《傳》有之曰："漱方流則思源，過宗廟則思敬。"李子斯舉，其知本者與？其導民以敬者，與刻而記之，庶兹意與兹山俱不朽也。

堯山重修廟碑記

鍾羽正

粵若古帝堯，誕敷文德，協和萬邦，乃勤時巡，肆於時夏，道啓暘谷，以省大東、望海隅、賓出日、登高丘而周覽焉。於是，爽鳩故域，逢陵北境，有彤車白馬之跡在於山巓，後人追原功德，立祠肖像於麓之陽，代崇禮祀。《水經》所稱"華宇修整，軒冕穆然"，實以廣固近郊，故多嚴餙。都邑既廢，日就荒圮。土人時加修葺，卑陋猥褻。古木頹垣，山河寂曠。歲時伏臘，或走村翁，春秋時饗，有司缺焉，未之舉也。郡伯王公，治齊三年，政修民和，百廢俱理，乃瞻堯祠，弘拓舊宮，清廟崇廊，枚枚翼翼，役不里籍,民不知勞,爽塏潔清,厱廙軒敞,配以舜禹,設以几筵,蠲饎牷牲,清酤嘉栗,敦帥僚屬,齋裸駿饗,濟濟多士,秉率明德,千秋廢典,煥回大觀,猗與盛矣。或疑堯狩青郊事不經見,然夫子所稱舜以五,堯以十二,則載籍識之。乃知浹歲巡方,陶唐舊典,授時欽若,羲仲實先,平秩東方,宜茲首歷。是以重華攝政,先事東巡,蓋亦遵率堯軌,加以詳愍耳。至於吾郡,堯溝、堯水、朱虛、丹河,聖跡所遺不止一地,夫豈無徵? 而不信者,且歷城之祀濮上之祠,事出傳疑,有舉莫廢,而況章章明著典冊方輿,皆有可據者乎? 則堯祠之修,非過禮矣。夫作於百代之上,而追崇於百代之下,必其精神意脉中有獨契者也。古帝王首啓道統,稱至仁者無如堯,故曰:堯仁如天。其推賢拯溺,皆至仁之心也。吾觀郡伯,施政教,恤窮民,凡所措注,無一不出於仁。即在堯庭,亦能宣贊平章,致雍和之化,而協德於帝臣者,則茲修祀,豈非精意之孚通乎? 予家陽側,西對高峯,每陽旭朝隮,則有望雲就日之私,躋攀展禮,時若見羨墻焉。瞻顧徘徊,風霜高古,閒庭老樹,石磴霾雲,其猶茅茨土階之遺乎! 獨憾門廡未備,祀典弗修,爲闕事耳。乃茲之舉,誠足協輿情、昭曠典矣。

重修聖水神祠記

馮琦

郡城東偏七里許,地出泉曰"聖水",池可盈丈,清泠可鑒。舊有龍神祠,不知起時,元司農元哲溥化寔重建之。溥化鎮山東,歲大旱,執圭幣遍走羣祀無有效,則使使即聖水祠禱焉。俄而寸雲膚合,霖雨大降,遠近賴之。蓋嗣是旱輒禱,禱未始無應也。鄉人相與崇事之,春秋泮涸無廢祀。顧祠無常主,歲久圮壞。丙子夏,不佞某從叔咸過其地,臨池而樂之,已而伏謁祠下,流塵凝樹,斷碑委砌,惟時靈風蕭然也。周視而嘆已,相謂先服官於朝者,請以奉入新之。是年,某舉於鄉,其明年舉進士,守官忠□以神之靈不至顛隮□□□□人□而棄言焉。且歲一不熟,我鄉人出肩接跡,膝行蒲伏,閔閔焉仰膏雨之來也。□神庶幾據□北者,歲數登,民得媲衣甘食以築有年,緊神是賴,而祠廢不治,則靈貺不答也。某於是新其殿庭,飾以藻繪,池上構亭,亭前建鐘樓,而復爲文諭鄉父老,神啓其心,不余違也。共建兩廡,各數楹,以丁丑七月始事,以十二月竣。又五年,而某差使東還,一再過之,則改舊觀矣。於是,載酒陳牲而告曰:以歲之不易,三時之不害,某乃得與鄉父老共葺靈宇,以棲神於此,神其俾我風雨以時,稼穡用登,誘我民衷一,惟農桑是圖,迸我蟊賊,無使爲虐於茲土也。庸肆其大德以保釐我東人,我東人世世奉祀,毋敢墮此,於事神成民,豈不兩無負哉? 不佞既書此記成事,復爲作歌以樂之。歌曰:抗神宇兮清流,塞芳若兮汀洲,穆將愉兮靈修,惚若臨兮夷猶,令膏雨兮先驅,登大田兮有秋,鳴鐘兮拊鼓,奠桂酒兮椒醑,風嬝嬝兮欲來,雲憑憑兮承宇,靈連蜷兮朱宮,杳冥冥兮紛來,從駐人龍兮臨曲池,駕蒼虬兮逐文魚,被霧縠兮雜雲羅,禦微風兮揚素波,皇剡剡兮既留,焱遠舉兮陽阿,望渺渺兮極浦,水蕭蕭兮愁予,菊芳馨兮滿堂,奉靈祀兮終古。

重修青州府城隍廟碑記

陶錦

今世之所稱靈明燀赫、稽應如響者,無若城隍之神。按城隍之名,於《經》《傳》罕見,惟《易》有城復於隍之爻,而亦未言其神。至唐以後,乃時見於佚說,然尚未有崇祀。故明洪武三十四年,乃始定爲典例,令所在守土,朔望與聖廟諸神一體虔拜,其或王或侯或伯,則隨京省郡邑而等級之。各於所在之官,配秩象,設尊嚴,廟制崇閎壯麗。四時擊豕刲羊,炳蕭燔炙,禳災祈福,詛誓盟心者,逶逶不絕其神。固無□名而好奇之士,每以居官廉直者曲附之,說近不經,儒道所弗道。然以義度之,能爲保障,則尹鐸之流也;能固封□,則睢陽之亞也;能察奸伏驅邪祟,則廣漢包蕭之屬也。蓋皆法施勤事,禦災捍患,而能定國安民者。故服官伊始,必□宿告命,不曰相予不逮,即曰糾予不職。城隍之神,赫□哉!青郡城隍廟建於城之西偏,中祀郡神,而以十四邑之神配享之。歲久不葺,其勢將圮。余於甲午守郡,謁廟,乃召其地之父老而告之謂:此一郡之神主,善惡邪正,於是乎察,禍福休咎,於是乎司,而廟貌陵替若是,其何以揭虔妥神而邀答靈寵也哉!於是,捐俸鳩工,并率僚吏以勸厥事。易其頹朽,正其傾欹,色澤其漫漶,藻繪其金容。東序復建魏樓,而製鏞鐘其上,前爲歌舞臺,以備極娛神之具。□□堂廡門闕,煥然改觀。諸父老因請余書其事於麗牲之□,余又告之曰:陰陽一理也,神人同象也。誠能幽獨無欺,□愧屋漏,則陽之所爲,陰必録之,人之所與,神必從之。自然災禍不生,嘉祥畢萃,不祈祐而祐在。否者,頑讒邪慝,爲□不臧,縱能逃於耳目之地,而不能逃於聰明正直之神,□日事祈禳,吾知獲罪於天者,無所用禱。方將誅殛□□□尚能爲之祛戾而降休也乎?然則維新廟貌,豈待□□□鬼神之事哉?亦將以日監在茲者,自儆□□□□□□□自新也。余與諸父老其敬志毋忽,謹記。

東嶽廟募緣疏

國朝　趙秉忠　益都人

乾坤作鎮,泰山稱五嶽之宗;海岱惟青,廟貌享萬年之祀。豈徒肅明禋於將事,兀以昭寰宇之巨靈,請恢大國之經營,共迓神明之陟降。恭惟東嶽,天帝之孫,嶽神之上,建標震域,屹天柱而奠地維,司命坤元,驅百靈而育萬物。故岱宗首望於《帝典》,魯瞻推重於《苑經》,兗鎮表見於《職方》,東嶽著名於《爾雅》。矧於昭代,密邇皇都,潤百道之安流;輓輸漕運,總三齊之秀巘;屏障畿封,爲功化亙古獨隆。故宗報於今,爲烈碧霞,端拱郊壇,竭遣告之誠;絳節高居,奔走盡梯航之吏;銀繩玉檢,符收寶録於玄宮;蒼璧黃琮,響奏雲璈於丹陛。假哉!盛美!其詳不可得而名也。若青州之有東嶽廟者，地控海邦，雲開天府。太公賜履，撫十二之山河；尼父聞韶，化三千之禮樂。桑麻遍野，雞犬相聞，睠兹百雉之城，宜駐時雙龍之蹕。神祇有赫，接少昊以爲鄰；靈爽攸歸，闢青陽而奠值；勾陳太乙，天齊疑紫極之尊；衢空總章，地鏡啓離明之象；宸居環瑋，法泰時之圖方；路寢穹窿，埒未央之壯麗。千歲赫奕，萬拱峻層，雕楹與奔電齊輝，阿閣並流□等燦。金幢翠葆，色映璇臺，火萬山龍，光生玉座。乞靈圖於王母，即呈泰岳真形，聚大衆之真居，盡現諸天法相。曹司公列案牘，成兩造之辭；鬼卒猙獰狂狴，具五行之制。善緣清淨，升菩提華藏之天；惡報章明，墮苦海重昏之界。入廟思敬，起忠臣孝子之心；過關則趨，落華士奸人之膽。重門洞起，兩觀巍峩，煌煌焉，翼翼焉，信是齊州之靈府，允爲方内之殊庭也。第歲久寢以傾頹，而年遠漸成湮漶。苔生陛所，空來道路之嗟；月滿梁塵，誰結人天之果。惟我某太公祖，上國名家，東方良牧。肩宏任鉅，雲霄挺松柏之姿；撫善鋤強，城社鞏金湯之固。肅恭清廟，寅奉上玄。揆日占星，欲美奐輪而若綺；督繩削墨，爰集畚鍤以如雲。顧兹百堵之興，理須千金之外。將取盈於公帑，則千瘡百孔，經費難支；將加派於地租，則十室九空，困窮可憫。高山仰止，祀非出於不經；衆心成城，事必資於多助。仰惟藩府神明之胄，暨我縉紳圭組之家。下逮士庶黔黎之衆，望峻極而戴德，可捐錢穀之資，課保章而觀工，用佐徒庸之費。試觀今日，締構良多，或立元始之玄都，或建真如之寶刹。斯則三清寓說，猶標鉅麗於寰中；四諦空言，尚馨尊崇於宙表。況夫綱維六幙，襟帶八紘，涵育萬形，儲峙于古，保國家而福士民，主發生而司品物，如東嶽者乎！是役也，粟陳貫朽，藉善類於四方，鳥草翬飛，期落成於一旦。佇看天門之晝敞，儼然青帝之雲從。勿掛虛名，鮮收實效。玉清垂佑，寸心昭鑒於三光；金籙開祥，永劫消塵於百世。恭疏短引，取告大方。

陳摶洞

山人雪簑

野宿石床類洞天，簑衣脫放海東邊。

夜深熟睡白雲起，不管龍來榻下眠。

（三）清康熙《益都縣志》

康熙《益都縣志》，（清）陳食花修，（清）鍾諤纂，清康熙十一年（1672）刻本

康熙《益都縣志》卷一《山川》

雲門山，在縣南五里。下坦而上銳，將及巔，有中□□洞以穿其背，可容百餘人。遠望若懸鏡，噏欲清風，吞吐雲氣，雖炎燠，入之毛骨淅洒，凜在冰壺玉井。山半有靈官廟，山巔有碧霞祠、關帝廟及東西閬風諸亭。明末，荒蕪傾圮殆盡。順治十六年，知府夏一鳳捐俸重修，廟貌鼎新，亭閣軒廠。又鑿石種松數百株，一望翠靄，憑虛遠眺，最為遊觀之勝。

劈山，在雲門山東南。山峯分裂如劈，故名。右為八仙臺。

駝山，在雲門山西。山形似駝，三山聯翠，障城如畫。上有潭名"龍湫"，有昊天宮，明衡王樂善子修，邑人尚書陳經撰文，副使馮裕篆額，知府楊應奎書丹。識者觀之，稱為三絕。本朝青州府知府夏一鳳重脩。

堯山，在縣西北八里。《齊記補遺》謂堯巡狩所登，山麓有堯廟。

冶嶺山，在縣西南四里，一名為山，在舊廣縣側。山麓有五龍口，廣固藉此為守，劉裕伐南燕，塞五龍口，慕容超出走，擒之。

北峰山，在縣西南三十里。滎陽鄭道昭解易老隱處。

朗公山，在縣西南四十里。舊傳，有僧名朗公，以占候法隨慕容德來青州，嘗居此。上有洞，名朗公洞。

聖水，在縣東十里聖水祠前。有泉二泓，清塋見底。

康熙《益都縣志》卷三《祀典》

城隍廟，三：一在縣西門外。一在岱宗門內，祭日同上。在金嶺鎮者，相傳以為縣城隍，新令至，先□其□。

堯廟，在堯山之麓。春秋上戊日祭。

東嶽廟，在縣東門內。

崔府君祠，在縣西北五里。

聖水祠，在縣東。

真武廟,在縣西門内。

關帝廟,前司街、官街北口、東關,俱係古刹。在縣學南者,係庠生曺開泰、鄉民宋國珍等新建。

康熙《益都縣志》卷四《寺觀》

元帝觀,二:一在城西北隅,明洪武六年重脩;一在縣西門内,明衡王建。

昊天宫,在駝山頂,元大德年建。

碧霞宫,一在鎮青門,明崇禎年間封給事中馮起震建。一在東門内。一在城東三十里,順治十八年庠生冀萬程重脩。一在雲門山頂。

雷神廟,在城内西北隅。

三清觀,在禖氏廟左。

老君堂,在城東北隅。

藥師菴,在城隍廟東北。

三皇廟,在文昌祠右。

斗母宫,在城東南角樓下。

鐵鶴觀,在城南十五里許。明衡藩良醫所良醫正馬崇儒鑄鐵鶴二隻約丈高于殿前,故名。

太尉廟,二:一在城南門内,一在城西八里。俗名疙疸廟,極有靈驗,祈之即應。

紫陽觀,二:一在東門内迤南,一在雲門山巔。

許真君祠,在北關西。

閻王廟,二:一在城西北隅,一在城東五里聖水莊。

龍王廟,二:一在西門樓,一在城東聖水莊。

火神廟,在南門外。

王母宫,二:一在城北二十里,一在雲門山頂。

東鎮廟,在東門樓。

岳武穆廟,在鎮青門外,崇禎年漢中府同知馮珦建。

康熙《益都縣志》卷十《仙釋》

東漢 **王和平**,北海人。性好道術,自以當仙。濟南孫邕少事之,從至京師,會和平病沒,邕因葬之東陶。有書百餘卷,藥數囊,悉以送之。後弟子夏榮言其屍解,邕乃恨不取其寶書仙藥焉。

晉 **保恭**,姓崔,青州人。弱年入道甚力,威利不能動,敦肅嚴貌,深有大猷,陳、隋、唐三國咸隆禮之。春秋八十卒,葬東郊之西南,唐秘書監蕭德言撰碑。

唐 **李清**,北海人。世傳染業,少學道,多延方士,終無所遇,求之愈篤。開皇四年,嘗入雲門山窟,仙人授書一軸。甫半日歸,視其城郭、人民、屋室皆變,無一相識者。訪其子孫,皆云:嘗入南山,不知所終。時爲唐高宗永徽元年。開所授書視之,乃小兒醫方,療之立愈,齊魯間從而學道術者甚眾。後入泰山,莫知所終。

明 張三丰,永樂間,隱于雲門山之陽,修煉洞中,太宗賜號三丰,後莫知所終。今有張仙洞。嘗在日照縣傅疃社張翔家傭工,同眾耘植,其所植苗無草且茂。一日,佈芝蔴數畝,主嫌其密,戲令芟去一半,即如其言復之。一日種菜,縣中乏種,使往諸城買之。囑曰:"路遙,可宿于桃林某友家。"張即日回。主訝其速,曰:"汝尚未去耶?"曰:"已買得矣。"主曰:"誑我。"詰之再三,不信。時有鄰嫗語人曰:"適見老張騎鸛從半空中而下。"不知其爲鶴也。後訪其友家,果一飯,始信其爲仙矣。自是辭去。世號為"躐蹋張"。臨行指翔曰:"此子令讀書,必高中。"後果中省魁。

康熙《益都縣志》卷十二《藝文》

咏雲門山 宋 趙抃

十里崢嶸到忽平,兀然如覺夢魂醒。石通幽室心生白,逕擁寒雲步入青。一水下窺疑絕線,兩山前列似開屏。重城歸去仍堪喜,歲稔人家戶不扃。

雲門山 明 石存禮 邑人

山險疑無路,縈廻一徑通。鐘聲寒瀑外,塔影夕陽中。窓出茶烟白,爐分蒳火紅。禪房文會處,清話幾人同。

雲門山 明 陳經 邑人

靈窟巉巖駕紫烟,翠微開鑿自何年。青連齊魯天門迥,勢接虛危石鏡懸。山闊雨晴龍變化,霞明春晚鶴蹁躚。結根泰嶽鍾神秀,奇絕還應此地偏。

又

披逕尋祇苑,盤空躡白雲。山門通上界,石室靄清氛。夜鉢看龍蛻,秋巖識鹿群。還聞飄桂粟,花雨共紛紛。

登大雲頂題名 明 楊應奎 邑人

我居雲山下,我愛雲山巔。一上舒清眺,白雲興杳然。

登雲山 明 張煥 邑人

翠削芙蓉望迥然,捫蘿攀蹬到山顛。天唧飛寶雲空瀉,壁透晴空星晝懸。斜日疎林千嶂外,回風落雁一尊前。憑虛頓覺塵囂遠,乘興磨崖紀歲年。

登雲山 明 李尹耕 邑人

飛磴層層響碧雲,回看明威海山分。仙家井竈依狐穴,齊國宮庭半鳥耘。羽士掃松迎客慣,芝童送酒過花薰。倚石長嘯驚棲鶴,空谷相傳處處聞。

登雲山 明 馮琦 臨朐人

矯首層巔御遠風,晴嵐萬壑散鴻濛。乍驚閶闔通天上,遙指河山落掌中。九叠雲屏高自掩，千秋寶鑑照還空。未論三島神仙窟，咫尺人間路不同。

登雲山 明 鍾羽正 邑人

雲門出雲雲畫開，中峯雲竇懸崔嵬。門闢天同日月窟，雲生幻出金銀臺。陰崖入夏飛玄雪，幽洞經年結綠苔。欲喚羲和啟靈鎖，時從閶闔望蓬萊。

登雲山 明 馬之驥 邑人

雲門危削勢崢嶸，一竅何年鑿五丁。環向千峯圍翠幄。同看雙闕出金城，霞飛神女臺前落，露滴仙人掌上擎。欲報山靈無麗句，徘徊謾自賦西京。

登雲山 明 王世貞 太倉人

十二齊封自鬱然，盜智秋色鎖層巔。危崖日月時雙墮，急雨蛟龍乍一穿。鳥道自從杯底落，薜衣青入鏡中懸。誇君更有天門在，策杖春襄萬壑烟。

登雲門 明 吳維嶽 孝豐人

十里丹梯趂鹿羣，洞門殘雪鎖氤氲。城陰半入千家樹，海氣全通萬壑雲。石扇倚空虹欲墮，松祠映坐鳥初聞。漫驚麗藻援孤賞，玉笛春風醉右軍。

碧霞元君誕日 四月十八日 明 楊金 邑人

仙子乘龍不記年，到今初度世猶傳。鶴態元自白雲落，鳳闕今多紫氣連。夜半磬聲驚鴈翼，海中蜃霧接香烟。芝輿時御飛廉至，袖拂天花墮殿前。

陳摶洞 明 雪簑 山人

野宿石牀類洞天，簑笠脫放海東邊。夜深熟睡白雲起，不管龍來榻下眠。

登雲門山 明 王若之 邑人

削壁巍巍插混茫，橫穿規竇喬雲翔。疑開閶闔臨寰宇，總使氤氳遍上方。岱嶽西來延秀色，滄溟東合泛流光。漫言鬼斧殘靈異，孕毓千年正未央。

陳摶洞 明 馬之驥 邑人

洞里陳仙足道機，青山為骨薜為衣。天風拂拂宿塵淨，海月明明大夢稀。枕接霞光千嶂炯，榻流雲影萬峯圍。酣然一臥乾坤老，世代無情問落暉。

駝嶺千尋 明 李本緯 都門

芙蓉凝望裏，橫亘立巉岏。叠翠三千丈，埋雲十二盤。峯駢肩若聳，岡坦脊偏寬。怪道駝為號，丰茸紫氣攢。

石洞留雲 明 楊應奎 邑人

一曲通幽谷，千巖列錦屏。泉聲頻入耳，石竇久成陘。虛室舊生白，閑雲時作屙。夜來山雨過，壁上掛浮萍。

（四）清咸豐《青州府志》

清咸豐《青州府志》,(清)毛永柏修,(清)李圖、劉燿椿纂,清咸豐九年(1859)刻本

咸豐《青州府志》卷二十一《山川考》

雲門山,在府城南五里。《齊乘》:上方號大雲頂,有通穴如門,可容數百人,遠望如縣鏡。泉極甘冽。崖壁上銜蚌殼結石,相傳海田所變。唐天寶中,北海太守鼓城趙居貞登此山投龍,為元宗祈壽,賦詩刻石壁記其事。見《全唐詩》。

唐趙居貞《雲門山投龍詩並序》:有唐天寶元默歲□月己巳,中散大夫、使持節北海郡諸軍事、北海郡太守、柱國天水趙居貞,登雲門山投金龍環璧,奉為開元天地大寶聖文神武皇帝祈福也。先是投禮太守,不行,以掾吏代之。余是年病目,戾止,以為聖上祈祐,宜牧守躬親,吏輒代非禮也。余選良日,爰及中元、下元,並躬行為聖上祈壽祝拜,焚香投龍。禮畢,有瑞雲從洞門而出,五色紛郁,迴翔空中,聲曰:“皇帝壽一萬一千一百歲”。預禮者悉聞之。余乃手舞足蹈,賦詩以歌其事,遂於巖前刻石壁以紀之:“曉登雲門山,直上一千尺。絕頂彌孤聳,盤途幾傾窄。前對豎裂峯,下臨削成壁。陽巘靈芝秀,陰崖半天赤。大壑靜不波,渺溟無際極。是時雪初霽,冱寒水更積。披展送龍儀,甯安服狐白。沛恩惟聖主,祈福在方伯。三元章醮昇,五域□□覿。帟幕翠微亘,機茵丹洞闢。祝起鳴天鼓,拜傳端素冊。霞間朱紱縈,嵐際黃裳襲。玉策奉誠信,山佩倏奔驛。香氣入岫門,瑞雲出巖石。至誠必招感,大福旋來格。空中忽神言,帝壽萬千百。”

按《齊乘》載,磨崖題刻有:宋慶歷八年,富文忠公題名七人;熙甯二年,歐陽文忠公六人,四年,趙清獻公二人,吳文肅公奎十一人;政和五年,安撫使梁子美十七人;金泰和間,亦有益都少尹夾谷璋十一人。而不及居貞是詩,則在思容時已剝落不可見矣。

劈山,在雲門山東南五里。《水經注》云:石井水出南山,頂洞開,望若門焉。俗謂是山為劈頭山。舊志引以為雲門之證,然石井水實不出雲門山,誤甚。又雲臺山,在雲門、劈山之間,高數十丈,舊無專名,明尚書鍾羽正名之曰“雲臺”。

駝山,在雲門山西三里。《齊乘》“三山聯翠,障城如畫”,謂雲門、劈山與此山也。

石膏山,俗曰玲瓏山,在府城西南二十五里。《齊乘》:南陽水出府城西南二十五里石膏山,即逢山之西麓也。《水經注·淄水篇》:長沙水出逢山北阜,世謂之陽水也。《巨洋水篇》:洋水西出石膏山石澗口,東南逕逢山下祠。西洋水又南,東歷逢山下,即石膏山也。今玲瓏山下有二村,曰上石膏,曰下石膏,皆今益都境。長沙水,今益都之南陽水;洋水,今臨朐之石溝水。一出此山之西,一出此山之東。以二水及二村證之,則玲瓏山為石膏山無疑。山有滎陽鄭道昭題名,字尚可辨。又西南十餘里曰朗公山,舊志云:有僧朗公,以占候法隨慕容德來青州,嘗居此。

雲門郡之名山，酈善長生長青州，郊外之山豈未之見？而《水經注》曾不一及，何也？案：《淄水篇》：有劈頭山。即今劈山。《巨洋水篇》：建德水，西發逢山阜。其水實在劈山之陰。再證以石井水所出，則劈山即逢山也。今雲門雖與劈山異名，岡巒合沓，實一山也。酈氏以長沙水所出為逢山北阜，于氏以南陽水所出為逢山西麓，以方向論之，蓋迤西而北。南陽即長沙，其水實出石膏之西，則石膏亦逢山也。雲門、石膏相去不二十里，連岡通阜，而駝山亘其間，則駝山亦逢山矣。古人言山，所槩甚大，不第一峯一壑之目也。後人剖析日多，各因所見而氏焉。沿襲既久，古名遂不復可考，天下所以多古有今無之山也。然既易其名，今遽以雲門諸山稱為逢山，且滋惑焉。故各仍今名而附論以正之。

堯山，在府城西北十里。《水經注·淄水篇》：濁水東北流逕堯山東。《從征記》曰：廣固城北三里有堯山祠，堯因巡狩登此山，後人遂以名山。《太平寰宇記》亦引《三齊記》謂堯巡狩所登。《齊乘》以堯巡狩此山，殊不經見，蓋好事者為之也。

為山，亦曰冶嶺山，在府城西三十里。《後漢書》司馬彪《郡國志》：廣縣為山，濁水所出。《水經注·淄水篇》：濁水出廣縣為山。世謂之冶嶺山，今又曰九迴山，又曰九巵山，字從音變也。又西為公泉峪，曹凱嘗築書院其上。

舊志以冶嶺、九迴為二山，遂兩書之。蓋不知其為《漢志》之為山也。然於北陽水下則云：《漢志》：為山，濁水所出。《水經》謂之北陽水（句脫"注"字，實非經文也）。出府城西三十里。九迴山，古廣縣為山也。東北逕五龍口，又逕廣固廢城，似亦曾讀《漢志》及《水經注》者，乃自相牴牾，何也？今正之。

商山，亦曰鐵山，在府城西北八十里。《太平寰宇記》：淄川西山，在縣北七十里，有鐵鑛，古今鑄焉。亦出磁石，西字下注"一作商"。又臨淄鐵山，崔琰《述征賦》：涉淄水，過相都，登鐵山，望齊密。即此也。案：商山實在今益都界內，出鐵鑛，山下有鑪神廟。臨淄之西，淄川之北，適當今益都之西北境。《齊乘》云：商山，臨淄西三十里，今隸高苑。《齊記補》云：南燕建平三年立冶，逮今鼓鑄不絕。山南十許里有孟邱山，亦有鐵鑛，昔有姦民竊取爭奪為患。蓋一山也。

案：元至元元年高苑始屬益都路，其界至自與今不同，舊志以《齊乘》今隸高苑一語，書鐵山於高苑下，而曰去高苑實遠，亦明知非高苑山矣。繫之益都為是。

咸豐《青州府志》卷二十六《壇廟》寺觀

東鎮廟，在府城東門樓。《大清會典》：東鎮沂山祭於山東青州府。沂山在府屬之臨朐縣，府城得立廟焉。

關帝廟，在前司街。明嘉靖三十九年建，天啟六年重脩，國朝乾隆壬子知府公裁等重脩。

文昌祠，一在府城西門內迤東，明衡藩創建，國朝乾隆四十四年重脩。一在城東北隅滾水橋北，建始無考，乾隆十六年重脩。一在縣學東南浙紹會館內關帝殿之右，康熙間知府張連登建，後知府陶錦改建於關帝廟後。俱有碑記。

劉猛將軍廟，在東嶽廟內。乾隆五十四年知府李濤建。

八蜡廟，舊在武成王廟內，明嘉靖四十四年知府杜思買松林書院南民地更新建之。案：乾隆十二年，停八蜡之祀，祀猛將軍，故列其次。

城隍廟，一在府城西門外南陽水北岸；一在府城西南隅，今所祀也。說見《古蹟考》。國朝康熙五十五年知府陶錦重脩，有碑記。_{神祇壇雖並祀城隍之神，而《大清通禮》又別有城隍廟之文，故廟仍列焉。}

火神廟，在府城南門外。建始無考，康熙十六年重脩，乾隆五十四年、道光十年先後重脩。

龍神廟，在府城北門外。又《縣志》載：有二：一在西門樓，一在府城東聖水莊。

五龍堂，在城隍廟東。咸豐七年知府毛永柏新建，有碑記。

今以神之萃於山陵川谷，能興雲致雨，佐造物以澤潤生民，滋長百穀，普大化於及時，不崇朝而千里。苟不為之肅其廟貌，薦以馨香，亦何以重農事而答靈貺哉？此予五龍堂所由建也。而或有疑之者曰：“五龍之稱，奚自昉乎？”則嘗稽前史，太昊氏之紀五官也，分五方五行之色，列四序中央之位。訓土俗，教稼穡，藝桑麻，及佃漁畜牧，使民衣食休養，以開天立極。故古之勤施、定國、禦菑、捍患者，生而出治，沒則為神，祭法皆載之典。不知龍之官果盡列於神歟？抑神之官於天者，猶人不懈而加惠於方之民歟？要之，理有感通，幽明不異，古今一轍，稱名小取，類大也。予以丙辰季秋涖治此郡。至冬，滕六罕集；入春，澤尺愆期，詢之屬邑。皆然麥苗漸萎，遂於郡廟設壇，書龍神之位請禱焉。夕則默祈官廨中，凜凜若五方之神在念慮者。越數日而應，越數日而諸邑畢應，神之靈亦彰彰矣。夫社稷為壇壝以祀土穀，八蜡合聚，萬物而索饗之。若龍神司雨暘之時，若濟土地年穀之順成，備坊與水庸旱潦所不及，滌昆蟲菑傷剝蝕之為害，其有功於農事者何如？且郡為諸邑之倡，以方而論，郡處中央，諸邑環列四境焉；以時而論，凡境各隨月令以東作西成焉。而實藉驂屏翳駕元冥為之和陰陽而利阡陌也。此五龍堂之祀典，尤宜與社蜡並隆也。爰卜郡廟東偏隙地，度土木丹臒所需，捐資擇吉於咸豐七年丁巳季春之朔。鳩工伊始，為殿三楹，承以廊廡，中設五龍之像，傍侍雷公、電母、雨師、風伯，以昭明赫而陳牲祼，將各有所也。又於中庭樹坊，俾重觀瞻，於殿之西偏立小舍，為展拜所憩息。由是門宇牆垣煥然咸備，四閱月而工竣。昔《唐書》載文宗太和間，神嘗降於密州，次第五至具五方之色，議者以為豐稔之瑞。古之密，即郡之諸城、安邱地，茲屬邑中。惟臨朐有是廟，外此皆無之。予既有感於神之默鑒微忱以為民庇，而創是舉也。則凡有守土之責與同在祐護中者，尚其敬事勿替也哉！是為記。

福應廟，在滿洲城泰安門內。雍正十年敕建。

關帝廟，在堯溝，距府城五十五里。門內有石碑刻七言律詩十首，係頌颺關聖大帝之作，土人相傳為唐李元忠仙筆。益都舉人孟傳經，安邱進士孫炳台，皆有文記其事。

真武廟，《山東通志》云：祀北方元武七宿，一在西門內，一在北城南高臺上。_{《大清通禮》：恭逢萬壽聖節遣官致祭。雖在祀典，非郡縣所得祀，故列於後。}

天齊廟，即東嶽廟，在府城東門內。前明創建，屢圮，道光九年重脩。_{《元和郡縣志》：開元十三年冬，元宗登封泰山，事畢，至山下，日抱戴，千官稱賀，以靈岳昭感，封泰山神為天齊王。故沿此稱。謹案《大清通禮》，直省嶽鎮所在，春秋仲月守土官致祭。東嶽非青州所得祀，故列於後。}

堯廟，在堯山之麓。建始無考，明永樂八年脩，正統六年知府孟迪重建，萬曆四十二年知府王家賓重脩，國朝知府陶錦重脩。_{《大清會典》：伏羲氏祭於河南睢寧縣及甘肅泰州，神農氏祭於湖南酃縣，軒轅氏祭於陝西中部州，帝堯陶唐氏祭於山東濮州及東平州。雖在祀典，而非青州所得祀，故列於後。}

太公廟，在府城西南。唐開元中始置太公尚父廟，配以留侯張良，中秋上戊，祭如文宣王。上元中，尊為武成王。建中中，以禮儀使顏真卿奏，春秋釋奠，樂用軒縣，定配享古今名將六十四人圖形於廟。貞元二年，罷享諸將，惟祀武成王留侯。四年，用兵部侍郎李寧、左司郎中嚴說，去王號，復為太公廟，罷遣官致祭，以將軍為獻官。國朝乾隆三十二年，知府費廷珍等重脩，有碑記。

祺氏廟，舊志：在府城西南，內有三皇、藥王廟。

蓋公祠，舊在府城北門內稅課司廢址。明萬曆十八年巡按御史鍾化民建，國朝康熙五十七年知府陶錦脩，有碑。今廢，春秋在社稷壇遙祭。

陶錦《重脩蓋公祠碑記》：竊謂治民猶治水也。水得其順下之性則安流，否則，築隄設障，或反決而成灾。民因其土俗之宜則就理，否則，朝三暮四，或紛更而滋害。故曰：禹之行水，行所無事。夫豈無疏淪排決之勞，而順性不違，故有事不害其無事，治民者亦行其所無事也。夫豈無禮樂政刑之設，而因宜以利用，故無事不嫌於有事。昔曹參相齊，咨政羣儒，言人人殊，獨蓋公云治貴清靜而民自定，參遂師之以成治。後世或以黃老之術短之，余謂漢治正思不能黃老耳。夫秦法殺人如不及刑，人惟恐有失，漢高初以三章之約重得父老心，而其後漸以苛密誅夷勳舊，無歲蔑有，甚至腹誹投鉒，人人重足。所謂黃老者安在哉？幸參師公意以相齊而齊治，師公意以相漢而漢治，終孝惠之世，不聞更張一法，而海內又安，延及文景，幾至刑措。漢之得長有天下者，未必非蓋公清靜一言有以基之也。公故有祠在城西北隅，歲久圯廢，余故從而新之。固景慕昔賢之本懷，抑使世之為治者知多事不如少事，有事不如無事。守黃老之術，尚可俎豆不祧，彼申韓者，孰師而孰奉之哉！

許真君廟，在府城西北。乾隆年間重脩，道光二十二年知府方用儀倡脩。《大清通禮》：祭靈感普濟神許遜於南昌。雖在祀典，非青州所得祀，故列於後。

呂祖廟，在府城南門內。嘉慶間知府錢俊、知縣劉均移脩祺氏廟西北隅。《大清通禮》：祭孚元贊運演正警化孚佑純陽帝君於清河。雖在祀典，非青州所得祀，故列於後。今南門外亦有呂祖廟。

天后宮。《大清通禮》：祀天后於福建省城及莆田湄州，又於江蘇清口惠濟祠及各省濱海各州縣。益都不濱海，非所得祀，故列於後。

咸豐《青州府志》卷五十二《仙釋傳》

隋 **李清**，益都人。少學道，多延方士。開皇四年，嘗入雲門山窟，仙人授書一軸。甫半日歸，視其城郭人民屋室皆變，無一相識者，訪其子孫，皆云：嘗入南山，不知所終。時為高宗永徽元年。開所授書視之，乃小兒醫方，療之立愈，齊魯間從學者甚衆。後入泰山，莫知所終。舊志。

唐 **保恭**，青州人，本崔姓。幼年入道，晚而愈精。自陳隋以來，咸禮重之。年八十餘卒。秘書監蕭德言有碑記。舊志、山東通志。

宋 **劉野夫**，青州人。嘗約龔德莊曰："今夕君家人必出，我往見君。"至晚，德莊坐待不至。俄火自門起，德莊犯烈燄出，四傍皆燼。異日，野夫來曰："君家人幸出，可賀也。"宋政和間，寓興國寺，人計其壽一百四十五歲。舊志、山東通志。

金 **張信真**，樂安人，號希彝子。其母夢一馭鶴仙人現空中，遂感而娠。既誕三月，母亡。年六歲，穎悟過人，從父禮大通為師，戒行精嚴，祛邪治疾，大有靈應。年五十五端坐而逝，賜號"大道三祖圓明真人"。敕建修真觀，在城西十五里。以樂安修真觀碑記修。

　　元　**邱處機**，棲霞人，自號長春子。自棲霞西入關，過益都，太守徐君館之。長春相其宅曰：“此福地也。”徐即施與之，遂築宮焉。井鹵不可食，使弟子詛茶投之，即成甘泉。以《元史》及舊志修。

　　明　**張**三丰，遼東懿州人，名全一，一名君寶，三丰，其號也。以其不飾邊幅，又號邋遢。永樂間，隱於雲門山之陽，游處無恒，或云能日行千里。嘗在日照縣傅疃社張翔家傭工，一日，使往諸城買菜種，屬曰：“路遠，可宿於桃林某友家。”丰即日回，主訝其速，曰：“汝尚未去耶？”丰曰：“已買得矣。”主曰：“誑我。”詰之再三，不信。時有鄰嫗語人曰：“適見老張騎鵝從半空中下。”不知其為鶴也。後訪其友家，果一飯，始信其為仙云。舊志。

　　案《明史》三丰本傳，三丰嘗遊武當諸巖壑，太祖聞其名，遣使覓之，不得。後居寶雞之金臺觀。一日，自言當死，留頌而逝。及葬，聞棺內有聲，啟視，則復活。乃遊四川，復入武當，歷襄漢。絕無隱於雲門山之文，然舊志稱其嘗在日照縣傅疃社張翔家傭工，言之鑿鑿，似非無據，姑錄之，以俟博識。

（五）清光緒《益都縣圖志》

清光緒《益都縣圖志》，（清）張承燮修，（清）法偉堂等纂，清光緒三十三年（1907）刻本

《益都縣圖志》卷九《山川志》上

雲門山，在府城南五里。上方號大雲頂，有通穴如門，可容數百人，遠望如懸鏡。《齊記補》：益都城在山陰，其雲門、劈山皆始城者疏鑿以宣風氣，疑皆郭大夫築東陽時所爲。泉極甘冽。一在山陰西畔，一在陳搏洞。崖壁上銜蚌殼結石，相傳海田所變。山陰石井名"龍潭"，水旱不加盈涸，宋乾德間都綱王承慶等所鑿。磨崖題刻有宋富文忠公題名七人、歐陽文忠公六人、趙清獻公二人，石刻最古者有隋開皇間造像。詳見《金石志》。誠近郡之名山也。山半有靈官廟，巔有碧霞祠、關帝廟及東西閣風諸亭，明末荒圮殆盡。順治十六年知府夏一鳳重修，廟貌鼎新，亭閣軒敞，又鑿石種松數百株。見舊志。

唐趙居貞《雲門山投龍詩》："曉登雲門山，直上壹千尺。絕頂彌孤聳，盤途幾傾窄。前對豎裂峯，下臨削成壁。陽巘靈芝秀，陰崖仙乳滴。兀然超羣山，遠望何所謂。太陽未出海，曠晃半天赤。大壑靜不波，渺瞑無際碧。是時雪初霽，沍寒冰更積。恭展送龍儀，甯安服狐白。沛恩惟聖主，祈福在方伯。三元章醮升，五域真仙覿。帝幕翠微亘，机茵丹洞闢。祝起鳴天鼓，拜傳端素冊。霞開朱紱縈，嵐際黃裳襞。玉瑗奉誠信，仙珮俟奔驛。香氣入岫門，瑞雲出巖石。至誠必招感，大福旋來格。空中忽神言，帝壽萬千百。"案：《全唐詩》脫四句，且多誤字，此從石本。新府志云："此刻磨滅已久"，非也。

宋趙忭雲門山詩："十里崢嶸到忽平，兀然如覺夢魂醒。石通幽室心生白，徑擁寒雲步入青。一水下窺疑絕線，兩山前列似開屏。重城歸去仍堪喜，歲稔人家戶不扃。"

明陳經雲門山詩："披徑尋祇苑，盤空躡白雲。山門通上界，石室靄清芬。夜鉢看龍蛻，秋岩識鹿羣。還聞飄桂粟，花雨共紛紛。"

明馮琦雲門山詩："矯首層巔御遠風，晴嵐萬壑散鴻濛。乍驚閶闔通天上，遙指山河落掌中。九疊雲屏高自掩，千秋寶鑑照還空。未論三島神仙窟，咫尺人間路不同。"

明鍾羽正雲門山詩："雲門出雲雲晝開，中峯雲寶懸崔巍。門闢天迴日月窟，雲生幻出金銀臺。陰崖入夏飛玄雪，幽洞經年結綠苔。欲喚羲和啟靈鎖，時從閶闔望蓬萊。"

明王若之雲門山詩："削壁巍巍插混茫，橫穿規寶喬雲翔。疑開閶闔臨寰宇，總使氤氳遍上方。岱嶽西來延秀色，滄溟東合泛流光。漫言鬼斧殘靈異，孕育千年正未央。"

明雪蓑陳搏洞詩："野宿石牀類洞天，蓑衣脫放海東邊。夜深睡熟白雲起，不管龍來榻下眠。"

國朝施潤章雲門山詩："城南疊巘石龍樅，鐵壁千尋鬼斧通。地接蓬萊含海日，雲開閶闔颯天風。衡王宅第荊榛內，齊國山川指掌中。不用長吟苦搔首，岩碑剝落已鴻濛。"

明王世貞《遊雲門山記》：出青州之南門可五里而近曰雲門山。山下夷而再成銳，上將及巔，宛有中虛之洞以穿其背，而上望之，為鏡，為射的焉，正與郡齋對。晴則熒熒然，小雨則濛濛瀁瀁然。歲時更獻，狀於几席，若覘余遊者而未果。會學憲吳峻伯東按行海上，道青，余乃以間得從峻伯往。時春雪初霽，未盡消也，道溜甚，籃輿躑躅陂陀間。昇卒肩相輔，後趾躡前趾，而分級之半，猿貫上，久之，始抵洞。洞高丈餘，縱倍之，橫殺之。余與峻伯乃舍輿而步，穿洞旁，躡百餘級至絕頂，則磐石重甌，可列坐數百人。東望青葱鬱蒸，不別天地，其大海之氣乎？西南連山，亘帶不盡，若斧劈，若劍鍔，若駝，若狻猊，若率然者，吞吐雲霧，與旭日相媚，晶瑩玲瓏，掩映霏靄，紫翠萬狀。下瞰郡會，雉堞歷歷，雪宮之鷗出沒松柏，若翡翠之戲蘭苕也。余命酒飲峻伯，已，各分韻為七言一章成，互歌之。余雅吳詠為羽聲，噓之入霄漢，縹緲徐下，與天籟會。虛谷和響，萬木奏節，覺羣山秀色時時來襲人衣裾。余強峻伯而酒之迫，則踉蹌下，由故洞走西間道襲之，乃復得小龍洞焉。傴而入，深可四丈許，中裂為澗，水泫澄不乾。旁有石牀，枕可偃臥，余乃與峻伯臥飲甚歡也。已，相謂曰：“爽鳩之樂，可再乎哉？卑矣，牛山之涕也，有晏子之對在。雖然，東方之人稱牛山者，即不得舍齊君臣而他詠也。均之乎，不朽矣，則牛山之樂，爽鳩氏不得而有之，齊之君臣獨以微言而有之。至於今也，吾二人毋亦易自廢而千古。”茲日既罷酒還。明日，乃以詩付山僧，使刻石而為之記。

國朝安致遠《雲門山記》：自嵫山夜歸，冒雨宿帝可舍。晨起，朝旭澄鮮，雲門晴霽，翠偪簷楹，與帝可策蹇而西。風甚厲，帝可帽屢脫於田上，如兒童捉紙鳶，相笑為樂。近山數里，小憩。邢太僕阡向，有降撫島夷一家，世守其田墓。華柱石馬，巍峩宏敞，使人有冢象祁連之思。詢樵人，覓徑而西，南陟取道至希夷洞。洞壁兩層，上為紺黃，下作青碧，色如甓墍相承，妙有矩度。石像枕書而臥，松陰覆戶，石乳欲流。東陟留弇亭，亭有王弇州兩殘碣，久為雨苔所侵，郡守置亭以覆之。余讀公青郡登臨諸作，勝情逸韻，彷彿可想，恨余生也晚，不得一覩其流風。亭西前砌置一石屏，鐫“雲門山”三大字，遒麗可敬，為喬公宇司馬篆書。石在郡齋中，郡守掘土得之，以重不可致，碎為三，昇置山上。物理隱見，成毀固有定數，然全節以處，毀與焚身以居高，其得失必有能辨之者矣。降觀於雲窟，為隋開皇間李清仙處，前庵之祠老子焉。尋石門北出，中通夷昶，縱橫可數丈，“雲門”以是得名。相傳為祖龍所鑿，以厭王氣。門陰左右鑿兩池，形正圓，水如積湫，不可觀。北眺郡城，中故王宮殿，綠瓦朱楹，映日可辨。夕陽扞扞欲墜，遂取道北，宿郡城。回望雲門，如半空晴月，出沒煙嵐中。驢背頻頻反顧，至重巒蔚蔽，不可復見，而返照已隱女牆矣。

劈山，在雲門山東南五里。《水經注》云：石井水出南山，山頂洞開，望若門焉。俗謂是山為劈頭山。舊志引以為雲門之證，然石井水實不出雲門山，其誤甚矣。又雲臺山，在劈山之東，舊無嘉名，明尚書鍾羽正名之曰：“雲臺”。鍾羽正《記略》曰：山高數十丈，上復為一巔，方數丈餘，大石橫臥，色蒼如鐵，登眺恍在雲霄，予嘉其高曠，問土人，未有嘉名，乃為名曰“雲臺”。

明馮裕劈山詩：“雨霽攜壺上翠峯，峯頭遙帶夕陽紅。遊人散去楊花徑，樵子歸來木葉風。仙境茫茫天地外，霸圖渺渺有無中。自慚潦倒登臨晚，一笑還須向燭龍。”

明劉淵甫劈山詩：“秦帝鞭山走六丁，巨靈持斧下青冥。雙峯岌嶪窺滄海，返照微茫繞翠屏。圖畫向誰開晚嶂，乾坤留此結茅亭。幽人日暮頻回首，為爾孤高一勒名。”

明陳夢鶴劈山詩：“神斧何年劈，雙峯竦翠螺。鮮雲春自合，佳氣夕偏多。影倒崦嵫谷，光迴若木柯。羣山無與并，天外倚嵯峩。”

明馮惟敏《雪中望劈山》詩：“對雪面山得仙趣，須臾幻出真蓬萊。巨靈捐珮玉珩缺，壯士揮戈鐵甲開。風穿四壁吹不徹，酒隔一籬呼未來。牢落只今悲歲晚，肯於草閣暫停杯。”

明馮裕雲臺山詩：“碧水青山何處村，百花千樹半柴門。山藏柳市無車馬，水隔桃源有子孫。問舍地偏為得計，尋幽心遠遂忘言。悠然迴出塵囂外，垂老猶矜興味存。”案：此詩或以為劉淵甫所作，非也。又或以為花林疃詩，以疃即在雲臺之北也。

明黃卿詩：“背城臨水柿成林，茅屋炊煙入望深。花遠蜻蜓晴漠漠，叢游狷鹿午沈沈。田中樵徑排蘿蔓，溪上魚磯映柳陰。願結臺養同靜侶,紫芝黃菊寄幽心。"

明鍾羽正雲臺山詩:"花林西嶺鬱穹窿,干轉盤陀微路通。崖古盡含煙雨色,峯高遙見海天空。南開石闕來真氣,北豁雲關度晚風。獨立蒼茫塵迹杳,憑誰指點畫圖中。""天畔羣山山下村,前溪囘合繞邱樊。桃源地暖花連隖,栗里人閑柳覆門。萬疊雲霞蒸曉日,幾家雞犬傍高原。生平漫有尋芳興,小結衡茅此避喧。"

明楊應奎《雪中望劈山》詩:"劈嶺高寒插劍鋩,晚晴遙望失蒼蒼。千層華蓋從天下,九疊屏風帶雪張。影落平蕪青黛掩,秀分南極白雲長。他年五老能招隱,便結松巢跨石梁。"

國朝李文藻《入劈山寺》詩:"蹤跡信蓬飛,今年住翠微。岩花春日廋,澗水雨餘肥。地僻自朝夕,雲閒無是非。相看家弟在,囘首憶重闈。"

駝山,在雲門山西三里。《通志》:山陰有龍湫,上有龍祠,禱雨輒應。《齊乘》:三山聯翠,障城如畫。謂雲門、劈山與此山也。《縣志》:上有潭名龍湫,有昊天宮,明衡王樂善子修,陳經撰碑,國朝知府夏一鳳重修。

明謝肇淛《駝山》詩:"不厭駝山路,千峯列翠屏。天連海樹黑,日落岱雲青。潛澗餘龍氣,懸崖自佛形。追然會心處,浮白莫教停。"

國朝李煥然《駝山雪中晚歸》詩:"樓閣千尋上,羣山此最尊。荒城鄰廣固,遠岫接雲門。霧隱崖前樹,雪深嶺外村。歸來天色晚,風雪夜黃昏。"

國朝李煥然《駝山遇雪記》:癸丑冬十月二十一日,及門曲文光、趙炳文者,邀余爲駝山之遊。取道自五里堡而南,山田相接,麥隴縱橫,若方罫。行里餘,有村曰温家圈,村枕山麓,岡嶺四合,隱然如環,澗水西來,隱勢曲折而下入其境。山翠襲裾,泉流聒耳,牆外果林,霜葉落紅滿逕。余顧而樂之。然初未見有駝山也。村南有石橋,略足通人。過其上,層巒疊嶂,峻絕不可升。沿溪而上,行如蟻旋,窄僅容趾。逾數里,峯囘路轉,始指異之。循山足而登焉,山橫亘三面,盤踞作駝形,身首宛然,遙睇彌真。東角有槐,從石罅出,大可拱把,其下巨石平曠,畧足盤桓,小憩其上。俄見西北雲突起,瀰漫無際,山上樓閣皆隱隱在煙霧中。余乃攝衣急上,徑登絕頂,至山門而雪作矣。院宇荒寂,室無几榻,道人掃神祠迎客,香楮殘灰,氣息穢雜。須臾雪大至,望西南諸峯,飛花舞絮,銀海茫茫,下視重岩疊疊,村墟籬落,數武不辨。少頃,北風暴作,挾纊猶寒,凜乎其不可留也。日暮天稍霽,尋故徑而下,石磴碎确,足底泥滑,數武即一傾跌。行六七里,誤入石子澗,澗大石當中流,沿岸峭壁懸崖,怪石蠡立如猛獸奇鬼,屹然作相向狀。將至澗口,山溜衝激,與繩水合,有奔騰洴湃之音,昏黑中爲之股栗。由渡口折而北,天色瞑迷,雪集爲霰,撲面如鏃。道經法慶禪林,蒼松古柏之中,風聲愈屬。是時,余倦甚,幾不能步,炳文興愈豪,遇險絕輒爲前導。余戲語之曰:"古人游覽山水,必窮極山水之樂,今余游駝山,尚未識駝山面目,游興得毋未暢乎?"對曰:"勝境何常遇,達人輒爲意得茲於雪中見駝山,余便識此山雪中面目也。於游乎何憾焉?"余聞而喜,謂少年乃能作爾語,不愧雅人。因憶"安青士蒼茫,風雪壓雙肩"之句,吟詠再四。至門,雪水淋漓,衣履沾濕,急命僕烘鑪熾炭,洗盞對酌,相與極歡,至夜分而散。

石膏山,一名北峯山,近得古石刻作百峯山。俗曰玲瓏山,在府城西南二十五里。《齊乘》:"南陽水出府城西南二十五里石膏山,即逢山之西麓也。"《水經注·淄水篇》:"長沙水出逢山北阜,世謂之陽水也。"《巨洋水篇》:"洋水西出石膏山石澗口,東南逕逢山下祠。西洋水又南,東歷逢山下,即石膏山也。"今玲瓏山下有二村,曰上石膏,曰下石膏,皆今益都境。長沙水,今益都之南陽水。洋水,今臨朐之石溝水。一出此山之西,一出此山之東。以二水及二村證之,則玲瓏山為石膏山無疑。山有滎陽鄭道昭題名,字尚可辨。

堯山,在府城西北十里。《通志》云:在縣西八里。《水經注·淄水篇》:"濁水東北流,逕堯山東。"《從征記》曰："廣固城北三里有堯山祠,堯因巡狩登此山,後人遂以名山。"《太平寰宇記》亦引《三齊記》謂堯巡狩所登。

翠崖山,即三縣頂之支麓也。山陰有臥牛洞,俗傳孫臏飼牛於此。峭壁懸崖,松槲叢生,遠望如翠屏。洞偏東有洞名老洞,中有石牀、石竈,蓋古人修煉之所。北爲岸青山。見安致遠《李將軍全青紀略》。又北爲龍尾山。東爲團山。西爲甲峪。

朗公山,縣西南二十五里。舊傳,有僧名朗公,以占候法隨慕容德來青,居此山。南數里有朗公洞,詳見慕容德傳。俗名黃巢洞。

麻衣洞,縣西南百里,在昭陽洞南,隔一澗。中以長石爲橋,曰升仙橋,長二丈,闊三尺許。橋底面有鐵錫二,長數尺,其一墜落,鄉人移於村內,重六十餘斤,見者驚爲鬼工。過橋而南,攀崖升二丈餘,得小徑,循徑入,即至洞。據碑云,麻衣仙人養性之所。洞有千佛,不知所始。李會齋采訪。

龍居山,縣西南五十餘里。山有古洞,古人養煉之所。明末房海客先生嘗奉母避亂於此山。

龍山,一名黃龍山,一名青龍山。在縣西二十里,東西甚長,不甚高峻,中間突起二峯,峯有雲起,不日即雨。山陽有洞,洞有石魚,長六尺餘,鱗鬣宛然。又有石竹、石繖等,俱形似可觀。中有老子祠。

《益都縣圖志》卷十二《古跡志》

張仙洞,《通志》:在陽谿北岸,與府城水門相對。永樂間張三丰寓青修養之所,今爲水衝。

《益都縣圖志》卷十三《營建志》

東鎮廟,在府城東門樓。《大清會典》:東鎮沂山祭於山東青州府。沂山在府屬之臨朐縣,府城故得立廟焉。

關帝廟,章邱北門外有宋政和三年廟碑,題曰:"蜀將軍關侯廟,從其朔也。"元天厤二年,封顯靈威勇武安英濟王,故縣西紅廟元碑題曰"武安王廟"。國朝順治九年,敕封忠義神武關聖大帝。雍正三年,追崇三代,封曾祖爲光昭公,祖爲裕昌公,父爲成忠公,置主於後殿,一體致祭。乾隆二十五年,山東按察使沈廷芳以易諡上請,敕改曰"神勇"。三十二年,又敕封爲忠義神武靈佑關聖大帝。嘉慶十九年,因擒逆匪林清,欽加封號"仁勇"二字。道光八年,因生擒逆回張格爾,又加封曰忠義神武靈佑仁勇威顯關聖大帝。咸豐四年,升入中祀,儀節與文廟同。《通禮》:直省府州縣關帝廟,歲均以春秋仲月諏吉及五月旬有三日致祭。**縣境最夥,其歲修祀事者,在參將署東**,舊府志云:齊藩建。新府志云:嘉靖三十九年建。明天啓六年重修,國朝康熙二十三年、乾隆五十七年相繼修。

文昌祠,嘉慶六年,太常寺奏府州縣各立文昌宮,祀用太牢,並追祀先代。咸豐六年升入中祀,通禮致祭。文昌之禮,歲以二月三日暨秋仲月諏吉將事。有三:一曰梓潼廟,在城西門內迤東,明衡藩創建也。萬厤間增建寢殿。國朝康熙二十九年大學士馮溥、乾隆四十四年知府李濤、光緒二十一年知府劉景宸重修,春秋修祀事於此。一曰文昌宮,在城東北隅會流橋北,建始無考。乾隆初,道士薛燦及縣人黃大才、夏繼先等增建奎光閣,又置贍廟大地三畝五分,並刻其契約於石。一曰文昌惜字祠,在城東隅清涼寺後紹興館內關帝殿之右。康熙四十五年,知府張連登建為惜字社,並置地五畝六分。五十九年,知府陶錦改建於關帝殿后。並有碑,見舊府志藝文。今與館並廢。

陶錦《重修紹興館文昌殿碑記》:郡治之東,有館曰紹興,蓋紹人公置停驂所也。正殿三楹,祀關壯繆像,命僧奉香火以為主守者舊矣。今湖北巡撫大中丞張公,前守是邦,重加修整,並置常住食田,以供守僧饘粥。又增創文昌殿於西廂之前,豈不以壯繆於宿曜為武曲,而文武不可偏廢,故以文昌繼之歟?顧國家文武並重,武居正位,文似不宜旁列,且聞文昌主宿為張仲,在周以孝友稱,壯繆在漢,以忠義著,孝友忠義悉為人倫之至,又不宜有所軒輊於其間。此其故大中丞非不知之,毋亦一時權宜,將有待而更定,豈意循良報最,別寄封疆,竟有志而未遑也。余奉簡命繼守斯土,公餘之暇時一瞻拜周覽,及其後殿,見柱石傾欹,棟梁摧壞,輒慨然曰:"我知所以成大中丞之志矣。"首倡捐俸,諸同志各醵金以助,命主僧實和為之董役,即其舊址營建正殿,改簷易墻,塗墍丹腹,移文昌像正位於其中焉。始工於己亥之春,落成於是歲之秋,僧人復乞余為記,以誌貞珉。余維致治之道,文以安內,武以攘外,故能屹然磐石。今也,武曲臨於前,文昌鎮於後,斯則文武得位,內外相維,無偏重,亦無偏輕,於以奉神靈而崇享祀,庶幾其無怨恫乎?夫青為大國雄風,而齊魯文學實其天性,登斯殿也,景華夏之餘威,企燕喜之盛事,吾知其必有勃然而興起者。其於聖天子右文之意,大中丞德化之心,或者可以無負。而剡谿名士,蘭渚騷人,牽車服馬而至,為一問其故焉,其不以余言為何漢也。夫是為記。

劉猛將軍廟,《饒陽縣志》謂:神為元末指揮,諱承忠,吳川人。弱冠從戎,盜鼠竄,嘗揮劍逐蝗,蝗自投境外,已而殉國難,沈於河。明洪武時,有司奏請立廟。《沂州府志》以為宋劉武穆公錡。盛百二引《怡庵雜錄》載宋景定四年敕,略曰:邇年以來,飛蝗犯境,漸食嘉禾,民不能祛,吏不能捕,賴爾神力,掃蕩無餘爾。故提舉江州太平興國宮。淮南、江東、浙西制置使劉錡,今特敕封為揚威侯。天曹猛將之神,以為稱武穆公者,有據《濟南府志》云:各郡廟貌並為弱冠之容,則《饒陽志》為是。故《通禮》從之。《通志》云:周禮族師,春秋祭酺,酺為人物災害之神。宋紹興中,議舉酺祭,蝗蟲為災,則祀之。今之祀劉,亦祭酺之遺制也。神為南宋劉宰,字平國,金壇人,紹熙元年進士,仕至浙東倉司幹官,告歸隱居,三十年卒。諡文清,以正直為神,驅蝗保稼,而人以猛將軍稱之,誤矣。案:宰《宋史》有傳,無諡文清語,亦不言其為神,至酺乃為人物災害之神,猛將軍則為人物禦災害之神,無緣強附。《通志》之言殆誤。**舊在城南鳳皇山,雍正二年敕建也。地僻無鄰,司香火者不敢居,乃移於社稷壇右。乾隆十二年,詔停八蜡之祀,祀猛將軍,知縣李時乘又移祀於內城隍廟東之三清殿後,漸圮。五十四年,知府李濤移建於東嶽廟內。**《通禮》:致祭之禮,羊一豕一;守土官春秋致祭,與祭關帝廟同。

八蜡廟,舊志云:以十二月八日致祭。舊在太公廟內,明嘉靖四十四年,知府杜思移於松林書院南。有碑及遷神文。國朝康熙五十九年,知府陶錦重修。錦自撰碑曰:八蜡之名,何昉乎?《郊特牲》云:天子大蜡八,一先嗇,二司嗇,三農神,四郵表畷,五貓虎,六防,七水庸,八昆蟲。按先嗇者,神農也。司嗇者,后稷也。農者,田畯也。畷,田間道也。畫疆分理,若郵亭之為表於畷事,其始事之人也。貓食田鼠,虎食田豕,迎其神而祭之也。防者,昔為隄防之人,禦水患者也。水庸者,昔為畎澮溝洫之人,為旱備者也。昆蟲者,司蝗螟螣蟊蠈賊之神,能驅除之者也。又曰:蜡,索也。合聚萬物而索饗之也。其制始於耆氏,而三代因之不變。其說不同,要之皆聖人重民事之心而周為之計者也。然則,有蜡必有神,有神必有廟,八蜡之廟,古也,非今也。青郡八蜡之廟建於城之偏西,基址宏敞,殿宇輝煌隆古,規模尚可,想見青人奉為福曜者,舊矣。不意歷年久遠,榱桷頹崩,檐牙剝落,雀巢鼠穴,神像幾淪塵土。憶丙申仲夏,直省亢旱,飛蝗蔽天,百室驚異,萬姓號呼。

余乃設祭修省，撤蓋，徒步禱於廟神，蝗之自西而東者，復自東而西，得不為災，以致其年大有。余復謁廟酬報，仰觀神像，周視殿庭，不禁喟然而嘆曰：廟貌如此，神何以堪？宜其水旱蟲屬之不時也。乃謀所以更新之，首捐俸以為之，倡諸紳士，復同心以為之。欸方度材埏土，蠲吉程功，奈殿瓦如箕，甎闊如斗，用壘將以億計，眾皆躊躇無策，忽掘地得壘一池，得瓦一窯，貯整完好，若留以待重修之用者，眾乃驚歎神異，益為協力競勸。歲時之間，棟宇軒翔，丹青燦爛，昔年舊觀一朝頓復。今而後，雨暘時若，年穀順成，邀託神貺，將自無窮。余更原其始祀之，故以迄今日，顯應之靈，書之於石，俾知蜡為古禮，則知蜡廟之設非淫祀，凡在祐護之中與有民事之責者，尚其祀事，維謹相引無替也哉！右文見舊府志，今廟中惟有王度昭撰重修碑，與此大同。乾隆五十八年、道光十五年相繼修。

城隍廟，新府志云：神祇壇雖並祀城隍之神，而《通禮》又有城隍廟之文，故廟仍列焉。按：《通禮》不載直省府州縣祭廟之禮，以統於壇故也。今守土官仍朔望行香，蓋沿舊制。益都則又有五月二十八日誕辰之祭。**舊在城西北隅龍興寺東。**舊說城隍廟即龍興寺，今依《齊乘》。**明洪武初，拓地建齊藩，知府張思問移廟於西門外陽水北岸。天順元年，知府徐郁復移於城內西南隅齊世子廢府，**以上並據嘉靖碑。按：齊藩在西北隅，其世子府在西南隅，截然兩地，後人誤以元之城隍即龍興寺，又以齊世子府即齊藩，故舊志謂：劉善明故第，今為城隍廟。殊為疏舛。**即今廟也。次年，趙偉修之，規模略備。嘉靖十五年，增建兩廊地獄變相，又以十四屬城隍配享。**邑人劉汝愛碑云：崇三清殿於前，建天師府於後，置北極廟於中。今並廢。**萬曆十三年、國朝康熙五十五年、乾隆十五年知府董承勳等，光緒六年知縣徐家杰相繼修。其在陽水上者，俗曰外廟，邑人仍歲時祈禳報賽於此，至今修葺不廢。又有廟於金嶺鎮者，**明宏治十年重修碑第云：建於元至元十九年，而不言建廟於鎮之故。舊志云：相傳以為縣城隍，新令至，先謁其廟。按：縣廟亦無緣在鎮，殆金元間行淄州及行淄川縣有置於鎮者，故建此廟，後遂有舉莫廢耳。**國朝康熙二十六年、嘉慶十四年、道光二十五年相繼修。**陶錦《重修青州府城隍廟碑記》：今世之所稱靈明燀赫、稽應如響者，無若城隍之神。按城隍之名，於《經》《傳》罕見，惟《易》有城復於隍之爻，而亦未言其神。至唐以後，乃始見於俗說，然尚未有專祀。故明洪武二十四年，乃始定為典例，令所在守土朔望與聖廟諸神一體虔拜，其或王或侯或伯，則隨京省郡邑而等級之。各於所在之官，配秩象，設尊嚴，廟制崇閎壯麗，四時擊豕刲羊，炳蕭燔炙，禳災祈福，詛誓盟心者，往往不絕其神。固無主名而好奇之士，每以居官廉直者曲附之，說近不經，儒者所弗道。然以義度之，能為保障，則尹鐸之流也；能固封守，則睢陽之亞也；能察姦伏、驅邪祟，則廣漢包肅之屬也。蓋皆法施勤事禦災捍患而能定國安民者，故服官伊始，必齋宿告命，不曰相予不逮，即曰糾予不職。城隍之神，赫矣哉！青郡城隍廟建於城之西偏，中祀羣神，而以十四邑之神配享之。歲久不葺，其勢將圮。余於甲午守郡，謁廟，乃召其地之父老而告之謂：此一郡之神主，善惡邪正於是乎察，禍福休咎於是乎司，而廟貌陵替若是，其何以竭虔妥神而邀答靈寵也哉？於是捐俸鳩工，并率僚吏以襄厥事，易其頹朽，正其傾欹，色澤其漫漶，藻繪其金容，東序復建巍樓，而製鏞鐘其上，前為歌舞臺，以極娛神之具。一時堂廡門闕煥然改觀，諸父老因請余書其事於麗牲之石，余又告之曰：陰陽一理也，神人同象也，誠能幽獨無欺，不愧屋漏，則陽之所為，陰必錄之，人之所與，神必從之，自然災禍不生，嘉祥畢萃，不祈祥而祐在。否則，頑讒邪慝，為謀不臧，縱能逃於耳目之地，而不能逃於聰明正直之神，雖日事祈禳，吾知其獲罪於天者，無所用禱，方將誅殛之不暇，尚能為之祛庆而降休也乎？然則，維新廟貌，豈徒為謟瀆鬼神之事哉？亦將以日監在茲者自儆而自新也。余與諸父老其敬志勿忽。謹記。

聖水龍祠，在城東九里聖水莊。有泉二泓，自平地涌出，祈雨輒應，因立祠泉上，不知所始。元至正十四年，大司農元哲溥化因其舊而新之；明洪武十七年，萬曆十一年,並有碑。四十六年,國朝康熙三十年、乾隆五十九年相繼修。

五龍堂,《通志》云:祀五方龍神。宋以五色為次,封青龍廣仁王,赤龍嘉澤王,黃龍孚應王,白龍義濟王,黑龍靈澤王。元以五方為次,封東靈侯,西安侯,中靜侯,南平侯,北甯侯。在城隍廟東,咸豐七年知府毛永柏創建。永柏自撰碑略曰:予以丙辰季秋涖治此郡。至冬,滕六罕集;入春,澤尺愆期。遂於郡廟設壇請禱焉,閱數日而應。爰卜郡廟東偏隙地,捐資擇吉,於咸豐七年丁巳季夏鳩工,為殿三楹,中設五龍之像,傍侍雷公、電母、雨師、風伯,又於中庭樹坊,俾重觀瞻。於殿之西立小舍,為展拜所憩息。由是門字牆垣煥然咸備,四閱月而工竣。

昭感白龍神廟,初建於城東南七里河,尋移於城内城隍廟東北藥師庵舊地,同治八年知府王汝訥、知縣華鈞創建。先是臨朐縣南禪堂崮白龍神,因洞為祠,禱雨輒應,是年自去冬無雪,春夏復旱,乃迎神至郡城禱之,果得大雨,汝訥率十一屬合詞上章祈奏請封號,並列入祀典,尋封為“昭感”。禮部為遵旨議奏事,同治八年九月初九日,内閣抄出山東巡撫丁寶楨奏請勅封青州府屬臨朐縣白龍洞龍神並列入祀典一摺,軍機大臣奉旨,禮部議奏,欽此。欽遵到部,據原奏内稱:青州府所屬十一縣,冬雪甚稀,本年雨澤愆期,風日乾燥,五穀未能播種。僉稱臨朐縣境内白龍洞龍神,夙著靈應,當即躬迎設壇虔禱,果獲大雨,合屬均沾,布植田禾,秋成可望。各州縣紳民顧懇敕加封號,並列入郡城祀典,春秋致祭等情,由該撫請奏前來,臣等查例開廟祀正神,實能禦災捍患,有功德於民者,由各督撫奏請敕封封號,交内閣撰擬等語。又溯查道光二十六年,山東巡撫奏請敕封歷城縣龍洞山龍神,奉旨封“康濟”,欽此。又道光二十八年,登州柘陽山龍神祈雨輒應,奏請敕封,奉旨“溥惠佑民”,欽此。先後欽遵各在案,今青州府屬臨朐縣境内龍神,既據該撫詳稱靈應素著,轉歉為豐,核與功德及民之例相符,且與二次成憲事同一律,自應一體加封,以昭靈貺。臣等公同商酌,擬依該撫所請,敕賜封號,列入該府祀典,以酬神貺而順輿情。如蒙俞允,臣部移交内閣,撰擬封號,字樣進呈欽定,後臣部行文該撫遵照辦理,謹奏請旨。本日奉旨依議,欽此。尋内閣交出白龍洞龍神封號,奉旨鈐出“昭感”。

又孚澤廣靈侯祠,祀駝山龍湫之神,見元至元二年駝山禱雨碑。今廢。

三皇廟,《會典》:先醫廟中列三皇:伏羲、神農、軒轅,左右四配:勾芒、風后、祝融、力牧。東廡十四人:僦貸季、天師岐伯、伯高、少師太乙、雷公、伊尹、倉公湻于意、華佗、皇甫謐、巢元方、藥王韋慈藏、錢乙、劉元素、李杲,西廡十四人:鬼臾區、俞跗、少俞、桐君、馬師皇、神應王扁鵲、張機、王叔和、抱朴子葛洪、真人孫思邈、啓元子王冰、朱肱、張元素、朱彥修。有二:一在梓潼廟西,不詳所始。康熙五十七年重修,嘉慶六年,又建藥王廟祠於廟内。一在媒氏廟。

帝堯廟,舊在堯山頂,《水經注》引《從征記》曰:廣固城北三里有堯山祠,堯因巡狩登此山,後人遂以名山。廟在山之左麓,廟象東面,華宇修整,帝圖嚴飾,軒冕之容穆然。山之上頂舊有上祠,今也毁廢,無復遺式,盤石上尚有人馬之迹,徒黄石而已,惟刀劍之蹤逼真矣。至於燕鋒代鍔,魏鋏齊鋩,與今劍莫殊,以蜜模寫,知人功所制矣。《齊乘》引《三齊略》曰:山頂有祠,祠邊有柏樹,枯而復生,不知年代,今皆不存。中統初,益都同知劉仁傑立廟設像紀石。後廢,今廟在山麓,建始無考。據《水經注》,或即在宋魏之世。明永樂八年,縣人杲士賢等修。正統六年,知府孟迪重建。嘉靖十年里人張明,萬曆十四年道士左林、四十二年知府王家賓重修。鍾羽正撰碑曰:粵若古帝堯,誕敷文德,協和萬邦,乃勤時巡,肆於時夏,道啓暘谷,以省大東、望海隅、賓出日、登高邱而周覽焉。於是,爽鳩故域,逢陵北境,有彤車白馬之迹在於山顛,後人追原功德,立祠肖像於麓之陽,代崇禋祀。《水經》所稱“華宇修整,軒冕穆然”,實以廣固近郊,故多嚴飾。都邑既廢,日就荒圮。土人時加修葺,卑陋猥褻。古木頹垣,山河寂曠。歲時伏臘,或走村翁,春秋時饗,有司缺焉，未之舉也。郡伯王公，治齊三年，政修民和，百廢具理，乃瞻堯廟，宏拓舊宮，清廟崇廊，枚枚翼翼，役不里籍，民不知勞，爽塏潔清，廔廡宏敞，配以舜禹，設以几筵，蠲饎脀牲，清酤嘉栗，敦率僚屬，齋祼駿饗，濟濟多士，秉率明德，千秋廢典，煥回大觀，猗與盛矣。或疑堯狩青郊事不經見，然夫子所稱舜以五，堯以十二，則載籍識之。乃知浹歲巡方，陶唐舊典，授時欽若，羲仲實先，平秩東方，宜茲首廱。是以重華攝政事先東巡，蓋亦遵帥堯軌，加以詳密。至於吾郡，堯溝、堯水、朱虛、丹河聖迹，所遺不止一地，夫豈無徵？而不信者，且歷城之祀濮上之祠，事出傳疑，有舉莫廢，而況章章明著，典冊方興，皆有可據者乎？則堯祠之立，非過禮矣。夫作於百代之上，而追崇於百代之下，必其精神意脈中有獨契者矣。古帝王首啟道統，稱至仁者無如堯，故曰：堯仁如天。其推賢拯溺，皆至仁之心也。吾觀郡伯，施政教，恤窮民，凡所措注，無一不出於仁者。即在堯廷，宜贊平章，致雍和之化，而協德於帝臣者，則茲修祀，豈非精意之孚通乎？予家陽側，西對高峯，每陽旭朝防隮，則有望雲就日之私，躋攀展禮，時若見羹牆焉。瞻顧徘徊，風霜高古，閒庭老樹，石磴霾雲，其猶茅茨土階之遺乎？獨憾門廡未備，祀典弗修，為闕事耳。乃茲之舉，誠足協輿情、而昭曠典矣。**國朝乾隆五十六年再修。有碑。**

崔府君廟，案：《續通鑑長編》：仁宗景祐二年，封崔府君為護國顯應公。府君，唐貞觀中為滏陽令，再遷蒲州刺史，失其名。在滏陽有愛惠名立祠，後因葬其地。咸平三年，嘗命磁州葺其廟，而京師北郊及郡縣建廟宇，奉之如嶽祠，於是因民所向而封崇之。又《元史》世祖至元十五年，封磁州神崔府君為"齊聖廣佑王"。府君事見於史傳者如此，其名則宋元已無可考。而近世謂神，名子玉，定興人，歿為神，主幽冥事，且稱之曰"護國西齊王"，未知所本。**在城西北七里鍾家井西南。明嘉靖十六年重修，後廢。國朝康熙初，里人鍾諤改建於村西。**廟舊志列於祀典，諤碑亦云：春秋，歲時太守齋牲帛酒醴與諸神一體享祀。**道光二十三年重修。**

呂祖廟，舊在城南門內，嘉慶間，知府錢俊、知縣劉均移建於媒氏廟西北隅。又一廟在城南門外火神廟西，嘉慶二十五年酒商有其秀等建，道光二十七年重修。

許真君廟，在北關西街。乾隆間修，道光二十二年知府方用儀重修。

真武廟，順治中敕封"北極佑聖真君"，《通志》云：祀北方元武七宿。在城北門內迤西高臺上，不詳所始。舊志云：洪武六年重修。嘉靖四十五年，衡府內典膳周全重修有碑並摹刻老子及海上七真像贊於石。其東曰鐸樓，懸龍興寺銅鐘，有新樂王詩石刻。明崇禎十年、國朝康熙十四年相繼修。崇禎碑略云：青州舊有海岱樓，至元間更名"凝翠"，上懸完顏所鑄銅鐸，形製甚古，舊志所謂"凝翠曉鐘"，青之一景也。國朝遷於元帝觀。往歲陰雨為災，樓傾倒下矣。幸神天護持，此鐘未損毫末。康熙碑云：始範於元之至元，改遷於明之宏治。據二碑，則鐘之踪迹大概可見，惟以鐘為金元所鑄，則大誤。詳見金石。近人碑又以為齊宮巨鐘及元天曆中完顏氏為益都路總管云云，更不足置辨矣。**又一廟在城西門內，明衡藩創建也。久圮。後人移銅像於此廟內，其舊址惟萬曆三十一年衡王撰重修碑尚孑立田間。一在北關大街北，康熙間重修，光緒十一年續修。**

東嶽廟，俗曰天齊廟，新府志云：《元和郡縣志》：開元十三年冬，元宗登封泰山，事畢，至山下，日抱戴千官稱賀，以靈嶽昭感，封泰山神為"天齊王"，故沿此稱。案：天齊，猶云崧高維嶽，峻極於天云爾。或謂以"天齊淵"之名加於泰山，非是。**在城東門內，建始無考。**元太宗二年庚寅，萬曆碑謂此為順帝之庚寅，非。**醫人閻琮重修。有碑，見金石。明萬曆八年，**李字撰碑略云：盤古氏五世裔孫少海氏，生金虹氏，金虹氏生五子一女。庖犧氏審地勢以定山嶽，傳十五世無懷氏，始創封禪，以泰山為羣山之祖，五嶽之宗，梁父為儲副，立金虹氏為東嶽主。自神農氏、軒轅氏暨秦漢，皆號"天都府君"。唐號"天齊帝君"，又號"帝君"。第三子三殿炳靈公，暨宋尊為東嶽天齊仁聖帝第三子為至聖炳靈王，故殿中並塑之。玉女大仙，即天齊仁聖女也。案：以金虹爲玉女之父,《道藏》有此説,皆不經之甚者。國朝康熙三年再修;五十九年,知府陶錦爲置贍廟大地六畝九分;道光九年、二十九年,相繼修。有碑。一在城北二十五里東高柳村,有北魏造像殘石。見金石志。一在城北二十里雙廟莊,元憲宗五年總管田珍建,有碑見金石。明萬厤二十四年,里人張純等重修。

《益都縣圖志》卷十三《營建志》寺觀

龍山觀,在城西十三里石家菴。有元至正三年碑,略云:唐開元時知觀苗德完建,金明昌二年道士王守泰修,元至元元統間道士于清淵重修。

修真觀,在城東北三十八里孫扳莊。元中統四年道人李志清建,今廢。

昊天宮,在城西南駝山巔。元大德年建,明成化元年、嘉靖二十一年、國朝乾隆三十八年相繼修。並有碑。

鐵鶴觀,在城南十三里時家店。明衡藩創建,萬厤間衡府儀賓時松等,鑄鐵鶴二,立龜背上,高丈許,故名。

老君堂,在城內東北隅。明萬厤四十年修,有高唐王府鎮國將軍朱常淉碑。

三官廟,在城北三十二里東茅津中茅津會流之所。據碑言,舊在茅津河北,明萬厤十年移於河南,四十年重修。國朝雍正七年、光緒元年相繼修。殿前古柏二株,患腹脹者,采葉一握,焙焦置壺中,沸水浸之,飲數盞即愈。有舉人張曰時修雙龍橋碑云:廟之勢,居中而高,二渠縈繞其後,則孤峯獨起,謂之鳳皇觜。下則二水分流,謂之雙龍角。廟創始於侯、孟、李三莊。乾隆四十五年善人房志遠等,復植松百餘株。

西菴,在城北三十里西菴于家莊右、西菴陳家莊左、西菴張家莊前。舊在三莊南半里餘,西茅津河東流北折之側,巨菴也。于、陳、張三莊皆冠以西菴,以此。後圮,明末移此。

元崇真大師靈祠,在城北三十里東茅津河東岸段家莊東。中統二年建,今廢。惟碑存,見金石。于夢齡采訪。

鑪神廟,在金嶺鎮西北孟家海子莊。初南燕立鐵冶於商山。而鼓鑄之事起,至元不廢,冶工因廟鑪神以祈福利。今山東北麓鑪神廟,元大德七年重修,其最古者也。此廟屬臨淄,其碑略云:商山之東北口,金火神從革王之廟也。廟之東廡曰"真人堂",俗謂之八百復先生之祠也。廟之西廡,即金火神聖之女也。立祠之源,鼓鑄鎔化之次,在在立焉,原夫從革之號,五行庚金之象也。曰真人者,得非秦皇東游海上,安期先生者耶。金火神女之稱云者,從革侯之女也。究莫詳其由然。廟之神曰金火神、從革王,而以其女配享。此亦俗譌也。神何以有女,殆取離為火、為中女之義。後廟廢,惟餘女像,世遂崇奉之,目為鑪姑。因又溯姑之父為鑪太君,曰姓丁氏,縣之西北鄙人。委巷之談,不足辨也。山麓有鑪太君墓地,屬新城縣,墓前有康熙四十八年碑,臨淄進士王某撰。即本俗傳為說,今備錄於此。云:自古貞烈之女,必為之推厥由來,使永傳於不朽,所以旌美節,亦以溯本原也。今濟青之界,商山之陽,相距三五里,鑪神廟在焉。族人卜居於此者頗眾。問山何以商名,而廟何以鑪神名也。僉曰:野老有云：昔時山中有物，夜出食人田禾數十頃，繞山而居者，不勝其苦。官令尋踪，於此得鐵牛一隻，為之聚工銷鑠，堅不可化。時有爐役丁姓者，將被刑戮，其女奮不顧身躍入爐中，而鐵牛以消。一方之人咸奇之，遂鳩工修祠，奉為爐神云。余聞之，若信若疑，謂經傳所不載者，皆好事者之所為也。姑置之。己丑冬，有祈余作碑記者，謂是女之父母墳墓尚在，祈靈多應焉。是烏可以勿傳歟？余笑以不善傳會為辭。既而思之，純孝格天，事至奇也，而亦至庸。因端勸世，事甚細也，而亦甚鉅。今所云，雖涉於誕乎，第草野傳聞是女之孝烈，可傳其本源，更不可沒也。因援筆直書，為之記曰：篤生神女，聖世禎祥。為父捐軀，慷慨激昂。感動天地，驅疫消殃。□人殺身，作福一方。溯厥自始，裕澤流長。是為碑記，悠久無疆。**孟家海近在山前，故亦有是廟，康熙三十七年重修。**畢曰霽撰碑云：鐵山，古稷門之商山也，孟家莊在其東麓。舊有爐神廟，住持道士陳某拮据修飾，落成於戊寅某月，乃伐石紀事，而授簡於余。余謂：鑪以輔火，祝融火正司之。今肖祀者，女氏也。得非紀聞所載。吳大帝時，宣城李某為梅根冶長，煆方烈而金耗，罹罪當誅，其女名娥，甫十五，奮身投爐。於是，赫燄騰燭，金液沸涌，流二十里而注之江。所躡雙履，完浮液上。吳人神之，相傳冶者必享娥，以祈利佑者歟？蓋鐵山之石礦而磁，冶人曾煆於此，其廟娥，亦如吳人故事耳。迄今，冶廢廟存，無復濯膚曳皮之倫來修灌獻，里之父老子弟，社賽因之，或亦旌賢而勸孝焉。夫何儕父老嫗，每好扳援美善以光枌榆，遂曲為附會，謂齊有鐵牛食禾害民，侯執付冶人，神父姓丁，以煆牛不溶，將罹族誅，神捨身投爐，而牛乃液。荒唐不尤甚乎？余向流覽紀聞，嘗欲揭梅根冶事以相證，而虞齊諧之志，不可盡信。今道士居然執荒唐之說以請記矣，因率書簡末，以告襘禳者流諈諉蘇，所謂姑妄言之，姑妄聽之。後之覽者，比之閒人說鬼也可。右文見《曰霽焉文稿》，今廟中無此碑銘，殆嫌其不諧俗，故未刻耳。**後遠近禱雨有應，輒而建廟。其在城內真武廟者，道光十一年所修，醮會為尤盛云。**廟之西李將軍廟，傳為明末守備李士元，報其全城之功也。俗謡為爐神之舅，凡廟皆祀將軍，若護法然。東北鄉蔡家廟營飾壯麗，神歲時出巡，又以將軍為先馬焉。

《益都縣圖志》卷二十六《金石志》上

魏鄭道昭白駒谷題名　　在北峯山，即玲瓏山也。無年月，當在永平延昌間。下同。

中岳先生熒陽鄭道昭遊槃之山谷也，此白駒谷。

段記：右題名，在城西南二十五里北峯山白駒谷內西石壁上，正書，字徑一尺，筆意蒼老，然點畫多異。滎波滎澤，皆從水，惟石經及陸氏《釋文》宣十二年《左氏傳》從火作熒，與此刻合。按《魏書》，道昭，字僖伯，少而好學，綜覽羣言。初為中書學生，遷秘書郎，累官至秘書，監滎陽邑。中正初，為光州刺史，轉青州刺史。熙平元年卒，諡文恭。又稱其好為詩賦，凡數十篇。其在二州，政務寬厚，不任威刑，為吏民所愛，蓋以文儒而兼循吏者也。

魏鄭道昭白雲堂題名　　在北峯山，無年月。

熒陽鄭道昭白雲堂中解易老也。

右題名，字徑一寸四分，蒼勁樸茂，視白駒谷題名尤勝。段記謂：公有題名在洞中，稱為"白雲堂中解易老"，今不見，疑為洞口券門所掩。光緒癸未，邑拔貢生丁培基訪得之，洞在山半，東南向，題名在洞口，猶未甚漫漶云。

魏鄭道昭北峯山題名

熒陽鄭道昭解衣冠處。

《臨朐縣志》云："玲瓏山，一名北峯山，界二縣之交，陽屬臨朐，陰屬益都。山巔祠中東北門側，有'熒陽鄭道昭解衣冠處'九字，亦益都界，而段氏《金石記》不載。"案：古石刻多鄙別字，今悉仍原文，後仿此。又斷碑一，疑即鄭僖伯游山詩。附載於後。

《益都縣圖志》卷二十七《金石志》中

蘇東坡醉道士石詩　　在法慶寺，無年月。

楚山固多□，青者黠而壽，化爲狂道士，山谷恣騰蹂。誤入華陽洞，竊飲□君酒，君命囚巖間，巖石爲械杻。松根絡其足，藤蔓縛其肘，蒼苔睒其目，叢棘哽□□。三年化爲石，堅瘦敵瓊玖，無復號雲聲，空餘舞杯手。樵夫見之笑，抱賣易升斗，楊朱隆中仙，世俗所得□。海邊逢姑射，一笑微俛首，胡不載之歸，用此頑且醜。求詩紀其異，本末得細剖，吾言豈妄云，得之亡是叟。

眉山蘇軾。

《益都縣圖志》卷二十八《金石志》下

修東嶽行宮碑並陰　在城內本廟，大宗二年庚寅。

重修東嶽行宮之記

余嘗聞：人賴神所祐，神依人而行。人不賴神，福從何來？神不依人，主將孰爲？故孔子聖人以敬神而謂之智，夏氏末世以慢神而速厥。辜由是言之，則知神明之尊可敬而不可漫也。敬神者，何不過乎新其殿宇、嚴其廟貌、奉其香火而已。若殿宇弗存，則廟貌弗能立，廟貌弗立，則香火之奉無所歸也。今夫東岳，天之孫，物之始，宗五嶽，君百神。職司人命而生之死之，鑒察人物而禍之福之。故凡戴天履地，含□戴髮者，敢不敬乎？昔自皇降而帝，帝降而王，王道廢，霸圖興，迨及于茲，不啻百千萬載，有國有家□，莫不立廟立□而崇奉之。或遣使降香，或祝辭昭告，或講登封之事，或修望秩之儀，所行之禮雖殊，敬神之心一也。本府舊有東嶽行宮，以其薦經兵革，埽地無餘，所謂火炎崑岡、玉石俱焚也。良可悲夫！然而事物之理，興廢無常，□神明之居，安能歷久而絕滅之？是以灰燼未冷，輒復修而崇起之。其創始者，廼醫藥閆琮也。斯人輕財好施，素有敬神之心，適因城破迹陷，驅虜干戈之下，砧鼎之□，心常戰慄，恐不免爲他鄉之鬼耳。乃以手加額，仰天而祝曰：□身若得生還，願修□□大殿。忽一日，所部之長釋而遣之，彼既遂願，乃能不負初心，輒爲倡率，經營締構，內罄己資，外求眾助，歲籥未更，□茲大殿。時則有邦人張立者，每恨生不遇時，□□喪亂，遂發洪願，值有善事，願畢力爲之。覩此興造，欣然就役，力不憚勞，功不計□，朝夕于斯，至終乃已。歲在戊子□，知府元帥王君來殿是邦，寬明果斷，吏民畏□，□賊止息，臨莅之餘，樂於爲善，謹於奉神，每遇旦望，禮謁諸廟。因至□□軒陛之前，目其影殿未就，宮寢露淺，遂鳩工聚財，經之營之，肬肬大厦，不日成之，斯足使神居清肅，愈顯其尊崇也。噫！青社一方，自上而下，崇敬神明，協力興修，□□勝記耶？今余所稱者，但取其爲最者爾。余以謂，凡爲善事，非難亦非易，顧時勢之如何□。若夫天□太平，四海治一，風雨調順，歲穀豐登，國有府庫充實，人民衣食饒裕，當此之時，斲就瓊樓玉殿，構成貝闕珠宮，亦不足多也。今則□區□□戎馬爭□帑藏空虛之日，人民飢饉之時，仰事俯畜，且猶不給，乃能殫財竭力以奉神明，不亦難乎？其所可取者，蓋以此也。青人耆舊禱余爲記，余謝之曰：小生□□□□□學淺陋，加之久廢筆硯，若強爲之，恐污石刻，必爲識者笑罵，誠不敢當此。且十室之邑，必有忠信，矧雄藩巨府，能文之士爲不少矣。公等盍往求焉？衆中□□張三老與余有一日雅，□□而言曰：子既爲教授，即翰墨之職也，託以爲文，復何避乎？辭不獲已，因據實而書之，非敢言文也。歲次庚寅正月上日，權益都府教授王大任記，鄉貢進士□□□丹郡人布衣王守中篆額。

宣武將軍益都府軍民□□□□□。

壽光縣尉劉成□。

武節將軍益都縣尉提控楊□□，武節將軍權益都縣主簿趙進□。

武節將軍益都府錄事判官權司呼延進。

信武將軍益都縣令都提控馮亨。

懷遠大將軍元帥左都監權益都府總府判行省委差張樞。

廣威將軍行山東尚書六部郎中和□。

奉國上將軍同知益都府事本路兵馬都總管元帥權登州事劉佺。

權府都總管元帥王□。

田珍立天齊行宮幢 <small>在城北雙廟，憲宗五年乙卯孟秋。</small>

忠翊校尉、管領益都□□等路□魯花總管田珍於益都縣弟一都劉官莊起蓋東嶽天齊仁聖帝行宮之廟。

歲次乙卯孟秋中旬八日，總管田珍。

益都縣石匠□□盧德勝。

尼李妙清墳前記 <small>在海岱書院，中統元年九月。</small>

墳前之記 <small>正書額</small>

益都府錄事司東南隅

玄真觀洪教仙姑李妙清

滕州鄒縣人事

中統元年九月一日。

崇真大師靈祠碑 <small>在城東北段家莊，中統二年九月。</small>

崇真大師靈祠之記 <small>右正書額，凡四行，行二字。</small>

崇真大師靈祠記

先生姓周，諱慶安，道號恬然子，濟南人也。其家富貴，軒冕束帶而立於朝者，代不乏人矣。公其宿有道骨仙風，穎悟生死。一遇玉陽仙師，頓開羅網，豁達靈明，眠雲臥月，咀芝嚼蘭，信其真物外人也。是時，門弟追數百輩，先生立不教，坐不議，虛心而往，實服而歸。及其八十有五，欲遺物離人之際，故談笑示眾棄世頌畢，曲眠左肱，翛然返真，神遊八紘之外矣。門下弟子念師訓誨之德，庶幾張大其功，特建靈祠，慕伸供□，欲香火不斷於四時，冀恭奉無忘於一念。俾後之學者，春秋之祭，瞻□白雲，臨風拜奠，□茲素節，以勵其志。知觀□□□謁予以話其事，遂援筆而書之，以紀歲月爾。古邠逸士王麟記。

大朝中統二年九月二十日，觀妙大師□志海立石。

遺世頌曰：

八十五載紅塵斷，却返白雲深處歸。

性體虛空同壽算，風隣月伴樂希逸。

師五月十三日降。

十月二十九日昇。

修真觀碑 在孫扳莊，中統四年十二月。

修真觀記 右篆額，凡二行，行二字。

修真觀記

粵若雲門山，遙峯聳峙於其南，東安王行廟崇侍於其北，將軍塚高瞰於其

朝暮登眺，春秋放懷。絕市聲之繚繞，覩風景之清幽。花木翁蔚，土田膏腴，目

明墣堭，幽閴寮复，足以棲方外之交，足以憩環中之士。乃昔豪族李氏之

玄教，樂積陰功，恪謹之誠，未嘗少替。迨乎荐臻劫運，玉石俱焚，賢愚共勦

敵，未足以比其万一也。及出凶荒之後，玉殿珠樓，俱爲灰燼，千門萬戶，靡

嗣有李公志清者，念父母鞠育之愛，惜兄弟友於之情，不忘其報。一旦

國師長春老仙應詔而來，士民仰戴，香火交迎，公洒然易衣而道，更

利爲之桎梏，以金石勁其節操。由是截荒蕪，葺園圃，創興聖宇，緒修

奐告成，叩額於有司，寵錫嘉號，觀表修真，以示不忘，肯構而塞先人之

者，定與公爲□□之交。自初建靜廬，親運斤斧，手斲棟梁，及其落成也

物延，庶幾千載之下，養浩之所，玄功勝域，不爲零替，而永振於此

不寐，即題其形勢之□，狀其肇造之由，遠之青社，屬文於僕。予稽其

其實以傳不朽，古邠逸士王磷記

大朝歲次癸亥中統四年十二月初三日，素真子李志清

功德主定遠上將軍正受樂安縣丞宣授把軍千戶魏，捕盜官魏

主簿張，管民官許

益都縣達魯花赤劉

經幢記 在呂祖廟，至元十四年六月。

□壽宮重署經幢記

夫物之晦顯，系時之夳泰，必關乎運數而然也。今夏亢旱，本路總管趙君，率僚屬致壇禱雨于醴泉之西，迴過表海亭北地中，見有石跡埋沒於土中，發而視之，乃一經幢，上刻老子道經。憫以風雨□露，恐爲棄物，即詢□主，乃以直償而得□，遂遷施於萬壽宮安置，永祝□壽無疆者。乃知物之晦而復顯，亦必待時之道泰而後出也。以紀其歲月云。

益都路提舉學校官張履識。

□元十四年歲次丁丑六月十七日。

□都路總管府經歷司□□，從仕郎經歷安□，將仕郎知事秦□，提控案牘官趙□□，□□將軍管軍總管千戶董□，都淄萊管民匠權府姜□□，校尉益都淄萊禿魯花總管田琦，前益都路總管府判陳啟，□魯花赤李誠、王元英，議事呂元思，□州錄事司校尉達魯花赤月□□，□□仕郎錄事高謁□，□□郎選授歸德府□縣尹郜祥，進義副尉主簿田茂，益都府司獄進義副尉李忠信，益都路行用交鈔庫使鞏固，益都路醫學院教授王□□、高顯祖，官醫提領李□□，益都路□□□、孫□□，益都路總恭□□□潤、崔□、□□、胡□、□賈同弟趙惟□，□弟劉□□，提領徐榮、孫珍、趙□、張□、張顯、羅□□、典□□郎□州總管府經歷王□郎東昌府錄事宋榮。

□□路鈔□官營丘張筠書丹。

□□總府照磨北海李景樞監刊。

石匠作頭盧□、胡琢。

重建昊天宮碑並陰 在駝山，至元二十七年十月。

重建昊天宮碑 右篆額，凡三行，行二字。

重建昊天宮碑

東嶽廟提點前濟南道錄洞真通玄大師賜紫金襴魏道明書丹篆額。

婁敬洞楊志運洞。

玉京神化於人間，金闕象分於物外。巍巍無量，在在有之。故青社西南七里駝山之巔昊天宮者，詢其神化，自本自根，神鬼神帝，而叵測邪？《本行集》云：統領三界，萬靈朝焉。迨乎貴賤死生，奏禱斯須應感，曰其長育憂曰昊天。或絕頂而四觀，离是空虛，坎依貓峋，震香兊龍，而皆山也。崒岧峯崓，盤礜嶅凸，聖迹于中，諸山拱列，謷安然子李公先生主之。公諱守正，兗州人也。二十七歲禮濟南陽邱紫微宮弘陽郭真人，數載方傳印可。直尋于此，居一紀不下山，任自然，无乞化，度門弟翟志中。積行累功，與天壇張二三子壘石墻，興殿象，眾皆仰奉。春秋還願，雜遝登攀。翟度孟道和、趙志和、馬道寬、宋志道，同修夽果，孟等飜厄正殿，左龍王堂象，右真宮之祠，外護山神，宮門牌額，望水池亭，賓位齋廚，輪乎次第。又李保峪購岺成園，鑿洞懸崖,繪塑玄元、八仙、七真,及伐木東山,糚嚴殿象,燦然金碧。遠邇穌光。李翔于苪,孟收于後也。於戲!小變成大,鎮安國祚,民祈禳謝,旱請應靈,福無量也。至元上章攝提格八月下弦,法侶石揚洞卿親造翠珉,謁鄙紫微妻敬洞,回舉鈞天之化。余念灤屬无能以贊鉅鹿,墜夫殷勤不憚應召而來,遂摭忱誠稽首再羿,系之以辭曰:玉京金闕迴處尊,罡風浩烹藏天閣。轟靁掣電驅層雲,長春僊窅俄高犇。奚能俛仰丕乾坤,昊天睪德降威神。駝山殿象宋皇君,吕時登嶠信香焚。人間象外沾洪恩,積善衮衮興兒孫。李翟玄徒茸有勖,崎嶇上下全懇勤,千載應化銘長存。

大元至元二十七年庚寅崴十月下元日知觀孟道和等立石。

太虛宮郇仲平同刊。

右碑文

題名之記

助緣功德宗派之圖

益都路人匠打捕鷹房總管姜煥同母太夫人李氏。

進義副尉益都縣達魯花赤兼本縣勸農事。

承事郎益都縣尹兼本縣諸軍奧魯勸農事楊。

進義副尉益都縣主簿曲,司吏劉溫、吳珪、彭羽。

益都縣尉丁,司吏常惠、于琛。

忠顯校尉慈恕。

從仕郎府判閭邱璧,益昌庫副使張惟昌。

承務郎尚書戶部主事盧瑞。

江南浙江西道提刑按察司書吏徐天麟。

管領益都般陽等路禿魯花戶總管羊裕。

管領益都七司縣甯海州戶千戶馮益。

管益都平灤等路禿魯花戶總管劉。

管益都平灤禿魯花七司縣提領王鎬。

管甯海州寫戶崔千戶,管甯海州戶千戶填志。

前益都路奧魯總管知房趙惟順、趙惟慶,知事董柔,浙西杭州三務提舉孟忠。

管打捕鷹房總管郭郁,副使高世英,管人匠提領馬琮,淘金總管府知房劉源。

管打捕鷹房經歷張正,知事宋彬,提領董政、王仲。

益都等路醫獸都提領王守正,戶部員外郎經歷百□,知事馬文驥,外郎劉煥,外郎李英,院長楊德,提領劉成、丁道揚。

在城上清宮和光大師益都路前道判袁道珪、袁道方、魏道寂、馬道靜、范道豐、楊道窰、東嶽提點魏道明、馬道寬、王道用、安然子李守正、孟道和、林道實。

弘陽明真玄德真人翟志中、方道元、沖和大師孫道元、趙志和、臧金童、順真大師王志堅、□□道、馬道清、劉慧方、盧妙元。

　　在城會真庵陰守元。

　　□都玉真宮清虛明玄寂照真人陳德平，知宮王道昭，明真達□大師益都路都道□成志希，真靜大師益都路道判梅道隱，益都等縣威儀韓□茂。

　　本府在城內外耆宿人等：合老溫夫人李素□、于守元、杜德璋、郭官、蘇人□、崔二、伏珍、蒼旺、焦宜、祁旺、楊成、張祐、齊校正、張榮、劉成、張德、徐珪、荊玉、銀張、朱元生、高聚、王成、高□馬、高興、高□、李大、王僧兒、劉明卿、劉德平、社長于江、馬璘、李榮、李進、王福、王平、韓福、劉應祖、李照、王興、李禁、任義、孫福德、郭福全、朱偉、張氏、朱玉、夏溫、羅義、呂成、張林、李世榮、王瓚、王芝、胡琮、單祥、張宅王氏、宮氏、劉成、鄧氏、鄧三姐、社長石青、金社官、董氏、李氏、許氏、劉川、曹氏、徐氏、張聚、韓讓、徐用、董福、安平、慈慶、孟珪、楊氏、董氏、王寬、朱福、郭福仙、宋氏、張氏、社長念信、馬興、姜潤、王成甫、劉興、蔡二、楊伯盎、王二、錢文智、李成、林成、鄭二、張榮、錢二、楊旺、崔貴、譚泉、趙榮、譚潤、石珍、石玉、王成、徐卜、男徐和玉、王榮、李福、孫福、張和、位順、崔平、秦英、葛旺、孫旺、李守正、劉用、秦安、卜真、李福、許用、吳成、崔聚、社長潘彬、婁德、仝珍、譚津、安經歷、李泉、阿里提領、周玤、王瓊、朱政、率聚、崔□、王用、孟政、謝成、蔡榮、宋官人、褚溫、郝聚、苗潤、褚和、王祚、王謙、邵克明、吳琛、邵忠、張進、彭大、王瑞、趙成、王平、王全、胡榮、東間、張德、宋存、張彈壓、李瑜、李金社長、毛堅、元大、劉大、何福文、劉聚、吳德元、吳進、梁文秀、林社官、帶兒劉老、時老、張明、線二、宋院、唐寬、陳胡、蔡氏、黃伯興、郝貴、王成、王德、武成、劉德、孟成、宋真、知房劉真、鄭文、鄭贇、陳榮、李法顯、姚珪、杜興、王進、李提領、陳福、梁成、于四、宋珍、任釗、游永亨、孟成、劉均、王用、薛斌、店張三、王亮、麻李、秦德玉、韓法至、馬氏、釋榮、劉謙、王穆、李秀、作頭孫興、魏真、魏義、胡德、任千戶、田雌、麻順、陳在、申祐、邵鐸、張山、舟青、王良弼、王就、王德、張榮、李福、劉真、劉江、李和、吳和、李用、崔賈氏、盧堅、曹聚、劉潤、劉真、貢大、商社官、董知軍、馬大、費大、謝社官、李榮、郭榮、張山、首領薛成、王聚、馬氏、馬信、費興、社長謝德、王繼元、商守暹、貢德、卜安、彭壽、劉玉、劉良政、吳祐之、吳仁、吳潤甫、繩吳順、董德、劉德、王氏、陳懷德、官鐵匠提領徐榮、徐源、楊旺、劉氏、楊大、楊福、賈氏、忙□、周斌、李用、侯祥、肖彥、王潤、毛青、齊興、張顯忠、車鐸、薛德潤、周二公、戚三公、賈貴、賈進、戴榮、婁平、溫社長、楊旺、王喜、姜崇、任典、楊信甫、彭壽、彭傑、孫清福、于筆兒、胡德新、張顯、孟社官、丁聚、鄒玉、董慶、趙成、褚氏、董百戶、孫成、張□、王千戶、周窯、馬社官、張山、呈興、王義、張大、北店劉成、李守正、董讓、丑德善、張丙、魏氏、劉珍、安平、楊希允、郭成、石玉、付聚、高明、林德興、馬大、齊王人、林和之、會首廟玘、王社官、張瑞。

　　馱山東李保峪：社長王德男王慶、劉聚、莊長李成、王貴、社爷杜秀、李德玉、張成、李節、軍劉老、王安、黃全、夏興、劉成、于福海、百戶郝寬、張穩、劉順、張進、張小

二、高選、朱二、朱三、李進、李二公、李小大、付旺、孟氏、劉二、趙興、戴秀、趙百戶、王總領、于大、李小大、張三、李四、元大、元聚、王玉、李成、温婆、田大、李進、馬平、李二、李三、孫首領、楊大、楊四、吳大、馬大、張五、于順、鐵匠葛二、田法秀、吳成、李順。

　　駞山西：楊社官、郭社官、馮社夆、馮二公、馮三、馮四、馮五、王三公、郭婆、曹仁、楊德林、許百戶、劉大、王大、王二、王二、王大、王五、劉二、劉三、趙二、温大、李二、李二、馮大、小王三、王大、王四、王四、王三、孫大、王安、李大、于二、劉順、王六公、王八公、鄭三公、于王大、于江、于三、王進、康百戶、王二、王四、刖社官、李莊長、王社官、郄提領、王二、宮三公、王平、郄三、李提領、郄二、梁鎮□、梁二公、靳大、宮二、宮三、宮三、楊王二、張山、高成、孫大、路大、王彌壓、王大公、杜榮、王、郇令史、靳四、王大、王二、王大、□提領、假提控、石高村張社官、呂社官、李莊長、王官人、呂二公、崔旺、張春、許大、李百戶、夏老、夏老、夏二公、夏二、夏大、王真、周大、李大、呂大、李二公、楊大公、張二公、鄧成、張大、楊二公、楊大、楊二、楊三、劉江、劉大、王大、宋百戶。

降御香碑並陰 在駞山，大德六年十月。

大元降御香記 右篆額，凡二行，行三字。

大元降御香之記

益都路儒學教授馬驤撰并篆額。

前般陽路招遠縣酒稅醋務提領張敬書丹。

　　環青皆山也。府城西南七里許，峯巒尤美，望之若駞形然，土人相傳謂之駞山。山之巔有宮曰"昊天"，中有玉皇殿，有龍神祠在焉。歲時禱禳，輒獲靈貺，興雲致雨，潤澤一方者多矣。道人趙志和□□□□張志恒輩，結廬以住持之。大德二年歲戊戊，天使苟宗禮祇奉德音，分降御香于此。將事之旦，誠意交孚，神人胥悅，林壑映輝。趙□、張三道士謂僕曰：蓋嘗觀昔之賢哲遊歷勝槩者，且有題名以記之，欽惟聖天子，龍飛九五，薄海內外，罔不臣服，萬民被其澤，百神宮其祀，至於五嶽四瀆，名山大川，咸加敬禮，靡有遐遺。今茲之舉，誠爲盛事，可不記諸以彰聖德敬恭明神之義，以攄臣子祝延聖壽之誠，幸毋他辭，僕曰："善"。遂忘其固陋，敬書而刻之石。

　　大德六年十月日駞山昊天宮知觀趙志和等立石。

　　益都路石匠都提領盧鎔刊。

　　右碑文

　　圓明真□紀德大師益都路都道錄梅道隱。

　　通真致微大師益都路都道判王道悟。

　　真素大師益都路道判翟道□。

　　端靜真一安然大師前益都臨朐等縣威儀金道堅。

　　□德通和大師益都臨朐等縣威儀張惠通。

通德大師益都路道錄司知書王道真。

棲遠大師道錄司知書宋道堅。

希妙大師道錄司知書王道擴。

道錄司知書孫恪慶、威儀司知書盛□。

管領堯□諸色民匠打捕鷹房等戶達魯花赤朶難。

管領堯□諸色民匠打捕鷹房等戶總管陳珪，知事杜□，提控案牘張貴，司吏李德。

管堯□織錦局提領張復祐，宣慰司夏典。

奉直郎益都路總管府判官兼本路諸軍奧魯常恒。

益都等路管本□下□□打捕副總管翟聚，男翟秀。

前益都行省□公宅總領賈□，大都兵馬司□司吏郭彬。

圓明崇教大師前益都路道錄司知書姜道真。

益都府上清宮純□資德大師益都路經學提舉兼知本宮事丁道陽。

和光大師前益都路通判袁道珪，知宮袁道方。

通真大師本宮提舉馬道靜，洞真子張道明。

昊天宮知觀趙志和、党□菫、馬道堅、孟道和，林道茂、卞道用、劉志菫、張道和，□玄大師李道明、劉道炬、馬道寬、史道清、東嶽提點魏道明、安然子李□正、弘陽明真玄德真人翟志中、沖和大師孫道元、順真大師王志堅、宋志道、清真大師蔣道勰、王志真、□□□、尚道元、蔣道法、張志順、馳山下□八仙洞、城西下觀洞玄觀、張道寬。

會真□陰守元、劉□、陳守法、洞元散人鮑守智。

洞真庵李妙玄，□真庵盧守□，□川固真子劉□，都觀通妙大師□□，盧妙元，□川明真觀□□。

東南隅：蘇治中、前益都路□□□司庫副使王德輔、張彥遷、木匠都提領劉源忠、李主簿、益昌庫攢典周惠、韓二舍人、經歷司典吏孫克溫、韓拯、畫匠提領劉津彬、韓六舍人、王孟謙、劉源卿、賈乂甫、李義同妻賈氏、石□玉、石玉、石聚、王仁甫、白成、李用、劉中達、夏和之、李文秀、□順、周整、明良卿、常津、孫榮、馬伯英、葛二、余□、桑居正、劉姜甫、□宅門下葛氏、李宅門下楊氏、蘇氏。

西南隅：劉繼先、管膠州寫戶李提領、□□劉千戶、益都路□匠打捕鷹房總管姜□同母太夫人李氏、劉□□、管□□提領杜國傑、邢德安、王和甫、□景溫、孫知方、宋德溫、社官□正、喬成、□里提領劉漢□、陶雲、老姑余□善、張德正、鄭文、宋義、胡家門下郭氏、張和之、百戶張榮、鄭真、張義、□大甫、孟成、樂師王秀、梁文秀、孟□、徐世□、□恭、劉□、陳和、高賢、□子王居義、朱□、孟□、朱海、常道安、趙□禮、王仁甫、齊興、劉潤。

西北隅：馮廉訪、萬孔目、張文范、單德祥、劉仁卿、蔣仕郎、任邱縣李主簿、陰陽都提領張□、孫德、王德甫、張欽甫、党就、楊榮、任宣、高德瑞、趙汝能、王局長、劉澤、王□甫、劉德、李泰、王和甫、李讓、吳順、聶鑑。

東北隅：齊君璋、劉君實、趙彥玉、馬德卿、張通甫、王益、李才卿、高小大、王用、□全、劉青、王法和、吳順、劉德平、張榮甫、尚明、張□□、□□。

馳山東：社官杜秀、王宅門下朱氏、都社官李珍、傅英、朱宅門下王氏、劉順、李成、李實、劉堅、劉成、李家門下高氏、高□、劉泉、張德、郝寬、張成、王三。

馳山西：馮三、馮喜、馮聚、馮四公、馮二公、劉聚、□□社楊青、楊德林、王小大。

右碑陰

范完澤禱雨碑並陰 在馳山，至治二年十一月。

禱馳山記 額四字，橫列，正書。

馳山記

乾道變化，於穆不已。陰陽和而歲功成者，天之常也；旱乾水溢，雨暘失平，災沴荐臻，饑饉相仍者，天之變也。底天之變而復其常，舍是誠而曷以哉？蓋誠者，天道；誠之者，人道。用人之誠而契天之誠，以天感天也。以天感天，其有弗應者乎？《書》曰：“至誠感神。”《易》曰：“鳴鶴在陰，其子和之。”亦此道也。故誠於中，動無不應天人感通之妙理，不誣矣。至治改元春，青齊之分，天災流行，愆期不雨，谿谷斷流，井不充汲，山川滌滌，憂深雲漢。適遇朝議□命秘書卿范公來□□□，涖政之始，膏潤沾濡，懽溢隨車之賀，二麥登秋，倍於曩歲。既而夏旱愈甚，公特憫然，以爲己責，撫躬額天齊，勤熏沐，卜吉辰，備祝幣，謝僚屬，簡車從，步登馳山之椒，禱于昊天玉皇上帝孚澤廣靈侯祠下。越三日乃雨，不涉旬而大沛者三。於是，屈者信，枯者榮，斷者流，涸者盈，行者樂于途，耕者歌于野，江山草木頓還舊觀。民□□□□□公心，又曰：渥哉，其澤！搢紳之士，咸詠詩以彰其美，公直以爲偶然，略不介意。壬戌之夏，時又亢陽，雲霓觖望，公□祠載禱，復應之，捷殆如影響。穀不疵沴，歲臻豐稔，仍視廟貌之頹圮者，□□□以新之。郡之耆宿請爲誌喜文之於石。嘗聞：蝗不入境，虎負渡河，猶且名揭良史，曠古以爲雅談。今公之庬恩，甘澍一□千里，上以導天地之和，下以澤國家之赤子，□自以爲功，容或有不能辭者，固宜大書深刻，庸示不朽。雖然，公之事業無窮，豈管見臆度所可量？他日，侍冕旒位台鼎，宣皇化於四海，措天下於泰山之安，諒不止此而已也。公名完澤，謙之其字，世東平人，敭歷中外，所至有能聲。

時階□議大夫、益都路總管兼府尹、管本路諸軍奧魯總管、內勸農事、益都路儒學正、里人陶惟明記并丹額。

峕至治二年冬十一月二十八日。

將仕郎泰安州長清縣稅務提領王贇，在城耆宿張亮、郭瑞、吳義立石。

郭就、席成、李用、劉貴、成德、朱德顯、張旺、高成、魏玉。

益都路石匠都提領盧鑄、男盧德勝刊。

益都錄事司達魯花赤也失花赤，將仕佐郎益都錄判王從政，□史脩顒，益都縣弟二都□家莊耆老吳福、□□、尹閏、張德林、趙聚、李從敬、董昇、呼聚、趙□、趙讓、李聚

趙志和、張志山、翟志中、提點高道清、□德明、馮春童、陳。

將仕佐郎益都縣達魯花赤忽都帖木宂。

承務郎益都路益都縣尹喬汝楫。

□義校尉益都縣主簿周元慶。

益都路益都縣尉馬安善，典史張禮。

右碑陰弟一層題名

總府都左衙王用、馬義、成玉、李成。

管勾周泉□、郭成、鄭青、張忠。

面前韓旺、華榮、田澤、景成、陳良、楊成、董成、王郁、劉珍。

司史袁朝宗、張克榮、王讓，正興徐福、趙善卿、陳大用。

東□炭行提領劉聚、馬義、高廷秀、李義。

社長譚寬、胡林、陳實、王興、徐淵、侯林、劉聚、王瑞、趙友善、王吉洪。

在城孝義劉濬、王津、李思聰、順孫、張克恭、馬亨、朱亨□□□□□□□□□□。馬提點、馮春童、宋志道、朱德真、張德峪、張七，樂師遲禿兒、弟遲壽童，任隱、孫惟良、侯克温、劉珪、宋文禧。

司吏劉時中、司旺、袁珪、朱彬。

右碑陰弟二層題名

龍山觀碑 至正三年三月。

龍山觀碑 篆額，凡二行，行二字。

大元重建龍山觀碑

大都大長春宮三洞講經諸路道教詳議都提點西山周德洽撰。

處中文德大師玄學講師宋道和書并篆。

《易·繫辭》曰："上古穴居而野處，後世聖人易之以宫室，上棟下宇，以待風雨，蓋取諸大壯。"如《詩》載："陶覆陶穴，定之方中。"皆自野而文，自樸而華，文物之備，蓋有漸也。宫觀之興，實原於此。今龍山爲觀，亦祖諸是尔。成觀之主，兆自有唐開元歲天寶觀住持知觀苗德兒，下迨明昌二年道士王守泰等，流芳千載。及我皇元至元戊辰，天寶觀真大道宗主通和大師本方舉，師牛希仙，門弟賜紫金襴圓明大師丁德全，上足五方都舉正于公清淵，重新褅構之也。觀違青社七里有奇，其山川形勢，則背倚堯祠、瀑水，駞峯、龍山、石公、洋河周其四遠，面清溪，肘翠阜，春花秋果，白石丹崖，牧唱樵歌，響震林樾，黃鶯紫燕，聲度軒牕，盤谷桃源，不啻過也。正宜幽人清士

之所盤桓，爲殿爲堂，東西方丈，雲寮靖室，齋廚庫厩，以楹計者不下三十有餘。其塑像金碧綵繪，殫其技無遺巧焉。同槽、碾磨、愽鐘之制，特其餘事尔。首功於前至元戊辰，斷手於元統甲戌，歷年滋久，可謂曰艱哉！其爲聖天子萬年祈福之場，士庶民請恩之域，固不偉歟！其周圍童土豐歉，足用培植果樹，富埒封君，木奴之數不足比也。外而臨朐縣石灰村田宅與夫耕牛服畜，無一不備務農力本者，何敢望焉？公之績德，可謂不負其師矣。公姓于氏，清淵其名，號葆光明真普應大師。世居雪宮之第六都張家莊，七歲著道士服，葷腥酒絕，不茹飲愽，通經史，中立不倚。自幼至老，俚俗之言不出諸口，純誠愿確，謹厚之士，綱紀而有爲者。嘗蒙弟十二祖沖妙真人器任之法，賜金襴紫衣，克益都路都道錄，歷階至教主、五方都舉正。登真於後至元乙亥三月二十三日，享春秋七十有六，葬於觀之南原仙塋。度門徒甚眾，翹楚有幹局者四人焉，曰：劉進善，號沖和普潤大師，本觀提點；程天祥，瑞真普照潤德大師，法賜金襴紫服，本方法師；于太清，守道崇真常善大師，法賜金襴紫服，益都路道門提舉；仇天祥，真常明德大師，法賜金襴紫服，本觀提舉；尚餘法徒子姪輩，與其方下宮觀宿德綱首人員，及其本宗襲傳掌教真人次序，載於碑陰之宗派圖。至正甲申孟陬元霄節，天寶觀住持舉正沈進靜、迎祥宮本路道門提點張天良等導公門徒輩，命余撰次之。或曰：道則一而已，猶有真妄之別乎？曰：道者，人物性命之理，天地鬼神之奧，大則無不包焉，真則不容僞矣。《語》云："雖小道，必有可觀者焉，致遠恐泥，是以君子不爲也。"由此觀之，則真大道者，可久而爲之矣。或者笑而頷之銘曰：青社城右，龍山之陰，觀以山名，維繚維深，東海高門，有孫乃耳，從令威師，來奠于此，平心鍊性，種植耕耘，七十餘載，歲月彌勤，率其徒侶，伐木譚譚，成此莪莪，齋房殿宇，朝鍾暮皷，晨香夕燈，祝天子壽，岡陵維增，事遂功完，宜酬逸樂，晚景桑榆，西山日薄，年逾從心，幡然上賓，總茲成業，托付門人，詔尔門人，休負師祖，鑑我斯銘，毋忘勤苦。

大元至正三年歲次癸未三月吉日。

瑞真普照潤德大師本方法師程天祥等立石。

朝列大夫益都路總管府治中馬馬□。

益都路石匠提領盧天祐、姪男盧居義刊。

吳道明墓誌 在東城牆外，至正四年閏二月。

提點吳公墓誌 額六字，篆書，橫列。

提點吳公墓誌

公姓吳，名道明，號通微大師，祖居大梁，許州人氏，家譜未詳其源。幼年出家，禮青社郡中東南隅敬親坊長生觀實長生真君門派前益都路道錄清和大師韓公爲師。既列席下，事禮無怠，賦性誠確，異於其徒。學全真以慈儉爲本，得師傳秘訣之方。身親畎畝，稼穡有獲，日增月儲，興修齋舍，羽流无凍餒之憂，宮門有光輝之祉。道行既張,勤功益大。享年八十有八,面若童顔,視明聽聰,行步健捷,志欲享莊椿之壽,奈天數難逃,適丁大德六年九月上旬,忽感微疾而昇,就衣冠葬於府城東郭仙塋。故經云:生事葬祭,禮之大也。所度門徒甚眾,其上足弟張慧通,思師勤蹟甚厚,慮久湮沒無聞,命工刊諸翠琰,以紀歲月云。

維大元至正四年歲次甲申閏二月丁卯朔十一日辛未。

明真安道沖玄大師前益都路道判本宗都提點張慧通□。

重新聖水祠碑並陰 在聖水本廟,至正十四年。

重新聖水龍祠之記 篆額凡四行,行二字。

重新聖水龍祠之記

賜進士出身應奉翰林文字文林郎同知制誥兼國史院編修官杜翱文。

正議大夫、益都路總管兼管本路諸軍奧魯管內勸農事王思齊書丹。

海岱逸民李璋篆。

益都路治東去幾一十里,有泉自平地湧出,方可丈許,淵泓洞澈,□人心目,曰:"聖水"。舊有龍神祠在泉之陽,里人有禱焉輒應。第規模隘陋,風雨震凌,不足以聳人觀聽。至正壬辰春王二月,光祿大夫、大司農元哲溥化公肅,將天命、率王師以鎮山東。越明年,夏大旱,嘉穀用虞,民用焦勞,有司遍走羣祠,冀獲一應而莫遂。公乃齋于密室,聞有靈泉在城之東,曰密禱曰:國以民為本,民以食為天。吾之所以保釐東土者,凡以民爾。今旱魃為虐,民食寡乏,抑誰之責?曰禱于密室。遣朝請大夫萊蕪鐵冶都提舉柏吉帖木兒、從事鎖住馬持香幣明水拀靈祠□禱,仍投之泉中,比使者迴,甘霖大作,既霑既足。於時,嘉禾元稷,偃者起,枯者榮,斯民咸遂有秋之望。於是,闔境民庶,咸以斗香□□于公前曰:"微相國精誠感格,孰能致此?"公復之曰:"田之有秋,維神之賜,亦惟民之福,吾何與焉?"既而廼卜日吉,涓齋沐寅,薦于祠下,以謝神之佑。且謂衆曰:"禮能禦大災、捍大患者,非此歟?正所謂'水不在深,有龍則靈'者矣。"遂捐己俸,俾增修其祠宇。於是,帥□而下及會府屬,咸願割其稍入,以埤功役費,因命益都路判官劉桂童、縣達魯花赤訥爾丁董其役。浹旬,考成殿三間妥靈惟肖,□其泉,甃以石鑿方池,植以蓮。前有神門,以謹啓閉,中過廳,以便拜謁。復引靈泉以達通衢,鑿石為池,搆亭于上,以給往來車馬。輪奐之美,有光舊觀,可謂得治民事神之本者矣。燕山杜翱聞其事而美之,曰作迎送神之曲,俾歌以祀神。云:神之來兮,載雲旌;橫東海兮,揚厥靈;樂新廟兮,烜楄楄;浴靈源兮,激清泠;牲牷肥腯兮,旨酒載;清享多儀兮,明德惟馨;神之返兮,沛雲渚;奏笙竽兮,伐鼖皷;習祥風兮,祁祁甘雨;稷黍穰穰兮,維神之祜;豐年降康兮,報祀千古。

皇元至正十四年夏四月吉日建。

進義副尉益都縣達魯花赤提調董役訥爾丁。

奉訓大夫、益都路總管府判官、提調監修劉桂童,譯史觀童,掾史曲好古,宣史不闌奚、圖堅。

將仕佐郎、仁虞都總管府經歷監修提調完哲帖穆爾,從事等官朝請大夫濟南萊蕪等處鐵冶都提舉司都提舉栢吉帖木爾。

山東鎮遏官光禄大夫司農元哲溥化。

進義副尉益都縣達魯花赤訥爾丁,文林郎益都縣尹樊埜仙溥化,將仕郎益都縣主薄孔克倫,進義副尉益都縣主簿呂思善,典史張恭祖,巡檢王奉先,司吏元敬祖、王士達,貼書陳守信、徐德賢,首領許成。

稅務提領孫德政,千戶孫子實,典史遇從政。

昌樂縣巡檢楊溫,堯溝所總管李思恭,長春宮道判張。

臨淄縣尹朱。

耆德元施廟基韓旺、杜義卿、王義甫、高彬玉、姚君實、俞君祥、張德和、沈君寶、楊敬宗、楊政卿、張繼誠、韓子初、彭漢卿、樊宗貴、彭□卿、姜鵬飛、王寬夫、王伯亨、黃用、王和甫、成良甫、王子祥、薄思義、李景嵩、焦伯元、王公敏、韓思誠、孫思恭、王子謙、鹿奉先、王彥忠、趙伯宗、胡讓、王文舉、徐和甫、宮德賢、胡友諒、萬國寶、孟義、王君祥、劉章□、王從□、楊伯□、陳思□。

戶地主孟德元。

聖水社□□孫。

石匠□□玉、張義。

天泉碑並陰 在駝山,無年月。

天泉

益都縣司吏張奉益、張文璟、郭□、刁鵬舉,書工張□,□長李公亮,尉司吏李惟允、承發司典史董良,貼書齊□簡、劉兆忠、苗伯亨、孫君佐、邊善卿、陳仲成、劉孝先、徐伯誠、徐伯仁,□博峪耆老張峪、□二舍、趙三社長、劉君、任元道,張家堆耆老夏□、郇義、李三老、劉二三伯通、郭政、□住、郭仲良、王溫、劉青、王稱,竜山前耆老□義甫、位六、薛六、曹二,南馬莊耆老宮付、劉十,銀事司耆老李思恭、許十八、薛思□、趙士信、□溫、趙福、袁寬、張成,翟志中、宋志道,住持王德和,社長夏潤、黃用。

益都路石匠作頭徐堅。

葆真觀殘碑並陰 年月缺。

創修葆真觀碑

大哉!道為萬物之祖,宇宙生光,德

太上演無為之教,祖師扇清淨

廢興,天運至公,日新之變,玄機大造

田膏腴,居民淳厚,俗美風恬,有葛天

長春真人門弟孟公上人、郭公講師

被褐懷玉者,莫不心服。郭公講師諱

松筠志氣,霜雪肺肝,繼承二公之志,

完勝事。有下院號曰長春觀,在董莊

經濟,以成其事,未嘗辭其勞也。二公

接待賓侶,是不忘方外之交,以成其

聖主萬年之春,下以固葉千秋之

孰知之? 又慮百世之下,歲月遷延

礱貞石,欲紀其事,俾羽客張公

蹇思而銘之,其詞曰:

長春演道主教真人,額八字,正書,橫列。

承

奉直大夫

明威將軍同知

定遠大將軍益都路總

少中大夫益都路總管兼府

朝列大夫益都路總管府達魯花赤兼本路

太虛延壽宮提舉翟

燕京大長春宮玄學三洞講師郭志謙、張道信

太虛延壽宮提點唐

太虛延壽宮前副提點黃

觀主淳和大師陳

前知觀李

含光子孟志宗、太虛延壽宮前提舉劉

安然子郇

太虛延壽宮知宮張

太虛延壽宮副宮劉

棲霞益都太虛延壽宮提點兩宮事張志固

明顯大師棲霞太虛宮副

遠因大師棲霞太虛宮

江南浙西道前廉訪簽事朱輝

弘教明真達道大師益都路道錄成志希

《益都縣圖志》卷四十六《藝術傳》仙釋

唐 **李清**，北海人。世傳染業，少學道，多延方士，終無所遇，求之愈篤。開皇四年，嘗入雲門山窟，仙人授書一軸。甫半日歸，視其城郭、人民、屋室皆變，無一相識者。訪其子孫，皆云：嘗入南山，不知所終。時為唐高宗永徽元年。開所授書視之，乃小兒醫方，療之立愈，齊魯間從而學道術者甚眾。後入泰山，莫知所終。舊志

《集異記》曰：李清，北海人也。代傳染業。清少學道，多延齊魯之術士道流，必誠敬接奉之，終無所遇，而勤求之意彌切。家富於財，素為州里之豪甿。子孫及內外姻族近百數家，皆能游手射利於益都。每清生日，則爭先餽遺，凡積百餘萬。清性仁儉，來則不拒，納亦不散。如此相因，填累藏舍。年六十九，生日前一旬，忽召姻族，大陳酒食，已而謂曰："吾賴爾輩勤力無過，各能生活，以是吾獲優贍；然吾布衣疏食逾三十年矣，寧復有意於華侈哉！爾輩以吾老長行，每饋吾生日衣裝玩具，侈亦至矣；然吾自以久所得，緘之一室，曾未閱視，徒損爾之給用，資吾之糞土，竟何為哉！幸天未錄吾魂氣，行將又及吾之生辰，吾固知爾輩又營續壽之禮，吾所以先期而會，蓋止爾之常態耳。"子孫皆曰："續壽自遠有之，非此將何以展榮下孝敬之心？願無止絕，俾姻故之不安也。"清曰："苟爾輩志不可奪，則從吾所欲而致之，可乎？"皆曰："願聞尊旨。"清曰："各能遺吾洪纖麻縻百尺，總而計之，是吾獲數千百丈矣，以此為紹續吾壽，豈不延長哉！"皆曰："謹奉教。然尊旨必有所以，卑小敢問？"清笑謂曰："終亦須令爾輩知之。吾下界俗人，妄意求道，精神心力，夙夜勤勞，於今六十載矣，而曾無影響。吾年已老耄，朽蠹殆盡，自期筋骸不過二三年耳，欲乘視聽步履之尚能，將行早志。爾輩幸無吾阻。"先是，青州南十里有高山，俯壓郡城，峯頂中裂，豁為關崖。州人家家坐對嵐岫，歸雲過鳥，歷歷盡見。按《圖經》云：雲門山，俗亦謂之劈山。而清蓄意多時。及是，謂姻族曰："雲門山，神仙之窟宅也，吾將往焉。吾生日坐大竹簣，以轆轤自縋而下，以纖縻為媒焉；脫不可前，吾當急引其媒，爾則出吾於媒末。設有所遇而能肆吾志，亦當更來歸。"子孫姻族泣諫曰："冥冥深遠，不測紀極；況山精木魅，蛇虺怪物，何類不儲。忽以千金之身，自投於斯，豈久視永年之階乎！"清曰："吾志也。汝輩必阻，則吾私行矣。是不獲竹簣洪縻之安也。"眾知不可迴，則共治其事。及期，而姻族鄉里凡千百人，競齎酒饌。遲明，大會於山椒。清乃揮手辭謝而入焉。良久，及地，其中極暗，仰視天才如手掌。捫四壁，止容兩席許。東南有穴，可俯僂而入。乃棄簣遊焉。初甚狹細，前往則可伸腰。如此約行三十里，晃朗微明。俄及洞口，山川景象，雲烟草樹，宛非人世。曠望久之，惟東南十數里隱映若有居人焉。因徐步詣之，至則陡絕一臺，基級極峻，而南向可以登陟。遂虔誠而上，頗懷恐懼。及至，闐其堂宇甚嚴，中有道士四五人。清於是扣門。俄有青童應門問焉。答曰："青州染工李清。"青童如詞以報。清聞中堂曰："李清伊來也？"乃令前。清惶怖趨拜。當軒一人遙語曰："未宜來，何即遽至。"因令偏拜諸賢。其時日已午，忽有白髮翁自門而入，禮謁，啟曰："蓬萊霞明觀丁尊師新到，眾聖令邀諸真登上清赴會。"於是，列真偕行，謂清曰："汝且居此。"臨出顧曰："慎無開北扉。"清巡視院宇，兼啟東西門，情意飄飄然，自謂永棲真境。因至堂北，見北戶斜掩，偶出顧望。下為青州，宛然在目，離思歸心，良久方已。悔恨思返，諸真則已還矣。其中相謂曰："令其勿犯北門，竟爾自惑，信知仙境不可妄至也。"因與瓶中酒一甌，其色濃白。既而謂曰："汝可且歸。"清則叩頭求哀，又云："無路卻返。"眾謂清曰："會當至此，但時限未耳。汝無苦無途，但閉目，足至地則到鄉也。"清不得已，流涕辭行。或相謂曰："既遣其歸，須令有以為生。"清心恃豪富，訝此語為不知己，一人顧清曰："汝於堂內閣上，取一軸書去。"清既得，謂清曰："脫歸無倚，可以此書自給。"清遂閉目，覺身如飛鳥，但聞風水之聲相激，須臾履地，開目即青州之南門，其時纔申末。城隍阡陌，彷彿如舊，至於屋室樹木，人民服用，已盡變改。獨行盡日，更無一人相識者。即詣故居，朝來之大宅宏門，改張新舊，曾無倣像。左側有業染者，因投詣與之語。其人稱姓李。自云："我本北海富客。"因指前後閭閈，"此皆我祖先之故業。曾聞先祖於隋開皇四年生日自縋南山，不知所終，因是家道淪破"。清悒怏久之。乃換姓氏，寓遊城邑。因取所得書閱之，則療小兒諸疾方也。其年青州小兒痼疫，清之所醫，無不立愈。不旬月，財產復振。時高宗永徽元年，天下

富庶，而北海往往有知清者，因是齊魯人從而學道術者凡百千輩。至五年，乃謝門徒云："吾往泰山觀封禪。"自此莫知所往。

宋　劉野夫，青州人，有道術。嘗約友人龔德莊曰："今夕君家人必出，我往見君。"至晚，德莊坐待不至。俄火自門起，德莊同家人犯烈燄出，四旁皆燼。異日，野夫來，曰："君家人幸出，可賀也。"宋政和間寓興國寺，人計其壽，已一百四十五歲矣。舊志。

《冷齋夜話》曰：劉跛子，青州人。挂一杖，每歲必一至洛中看花，館范家園，春盡即還京師。為人談謔有味，范家子弟多狎戲之。有范老見之，即與之二十四金，曰："跛子喫碗羹。"於是，以詩謝伯仲曰："大范見時二十四，小范見時喫碗羹。人生四海皆兄弟，酒肉林中過一生。"

又曰：初，張丞相召自荊湖。跛子與客飲市橋，客聞車馬過甚都，起觀之，跛子挽其衣，使且飲，作詩曰："遷客湖湘召赴京，車驣迎迓一何榮。爭如與子市橋飲，且免人間寵辱驚。"陳瑩中甚愛之，作長短句贈之，其略曰："槁木形骸，浮雲身世，一年兩到京華。又還乘興，聞看洛陽花。說甚姚黃魏紫，春歸後，終委泥沙。忘言處，花開花謝，都不似我生涯。"云云。予政和改元見於興國寺，以詩戲之曰："相逢一拐大梁間，妙語時時見一斑。我欲從公蓬島去，爛雲堆裏見青山。"予姻家許中復大夫宜人蕭參政㮚之孫女云：我十許歲時，見劉跛子來覓酒喫，笑語終日而去。計其壽百四十五年許。嘗館於京師新門張婆店三十年，日座相國寺東廊，邸中人無有識之者。

又曰：劉野夫留南京，久未入都，淵材以書督之。野夫答書曰："跛子一生別無路，展手叫化，三飢兩飽，目視雲漢，聊以自誑。元神新來，被劉法師、徐神翁形迹得不成模樣。深欲上京相覷，又恐撞著文人泥沱佛，驀地被乾拳濕踢，著甚來由。"其不羈如此。嘗自作長短句曰："跛子年年，形容何似，儼然一部髭鬚。世上詩人，拐上有工夫。達南州北縣，逢著處，酒滿壺盧。醺醺醉，不知來日，何處度朝晡。洛陽花看了，歸來帝里，一事全無。若還與瓢羹無託，依舊再作門徒。驀地思量，下水輕船上，蘆席橫鋪。呵呵笑，睢陽門外，有箇好西湖。"

《過庭錄》曰：洛陽朱敦復，字無悔，並弟希真，以才豪稱。有學老子者曰劉跛子，頗有異行，時至洛看花。一日告人曰："吾某日當死。"至期果然。與之善者，遂葬於故長壽宮南，託無悔銘其墓云："跛子劉姓河東鄉，山老其名野夫字。豐顴大腹右扶拐，不知其壽及平生。五侯士庶有敬問，怒罵掣走或僵死。洛陽十年為花至，政和辛卯以酒終。南宮道旁冢三尺，無孔鐵鎚今已矣。"劉公有一僕，曰尚志，隨劉四十年，劉常以畜生呼之。及劉死，人恐其有所得，士大夫競叩。尚志告曰："何所得，但喫畜生四十年矣。"無悔因作一詞曰："尚志服事跛神仙，辛勤了萬千般。一朝身死入黃泉，至誠地哭皇天。旁人苦苦叩元言，不免得告諸賢。禁蝎法兒不曾傳，喫畜生四十年。"

明　張三丰，《明史》本傳曰："遼東懿州人，名全一，一名君寶，三丰其號也。以其不飾邊幅，又號張邋遢。"《通志》曰："本貴州黃平人。"永樂間，隱於雲門山之陽修煉洞中，後莫知所終，今有張仙洞。嘗在日照縣傅疃社張翔家傭工，同眾耘植，其所植苗無草且茂。一日種菜，縣中乏種，使至諸城買之，屬曰："路遙，可宿於桃林某友家。"張即日回，主訝其速，曰："汝尚未去耶？"曰："已買得矣。"主不信，詰之再三，時有鄰嫗語人曰："適見老張騎鶴從半空而下，不知其為鶴也。"後訪其友家，果一飯，始信其為仙矣。自是辭去，臨行指翔曰："此子令讀書，必中高第。"後果如其言。舊志。新府志曰：案《明史》三丰本傳，無隱於雲門山之文，然舊志言之鑿鑿，似非無據，姑錄之以俟博識。

明　呂德和，住城內禚氏廟，所建三清、武安、藥王、三義諸廟，皆極壯麗。募緣不過數十金，而所費殆數千金，人莫知所從出，或以為有黃白術。有軍官叩之，不語。假以索盜，猝率眾入其室，發牀薦筐篋，至掘地數尺，俱無得。已而修建如故，竟不知其何術。舊府志。

明 **雪蓑**,不知何許人,無姓名。浪游東土,居青州者數年。善作大字,詩亦豪放。人以其言貌似吳人,問之曰:"汝吳人耶?"曰:"是"。"蘇州人耶?"曰:"是。"舉動譎怪,好談元理。嗜酒,飲無算。人為娶婦,納之而不與交,與之錢物衣履,遇貧者即與之。醉輒箕踞,嘲罵王公。或取困辱,亦不為意。作方丈大書,濃瀋數斛,信手飛灑,倏忽而成,矯健有勢。今雲門山石壁上多其遺蹟。能彈一弦琴。後去,不知所終。舊府志。

清 **李承慶**,孝悌鄉夾河莊人。幼好道,居臨朐之禪堂崓,道號靜極。康熙四十年,攜一童子歸居本莊廟內,端坐三日,與童子同時羽化,年百有二歲。後十餘年,其弟子為立碑表其墓。李召棠采訪。

清 **蘇正萊**,字日賓。父學軾,由舉人官靖海衛教授,正萊隨任,樂其山水,有終焉之志。學軾任滿,升雲南知縣,沒於官。正萊葬父後,謂其兄曰:"兄宜奉先人祀,弟將遠遊,不復歸矣。"乃復之靖海,入槎山,禮道士叢德本為師而出家焉。正萊家世儒學,博聞強記,文采爛如,雖在方外,而不作世俗黃冠語,故士大夫多從之遊。乾隆五十三年十月,語人曰:"吾將逝矣。"然故無恙也。數日後,遂不食,漸亦不語,泊然而卒,年八十一。文登南鄙涼水菴,正萊棲止處也。其弟子諸生邱迪,為撰碑立於菴內,稱為蘇真人云。以蘇真人碑修,碑在文登城南六十里涼水菴。

附錄二:青州未收碑刻目錄

1. 清康熙五十二年碑。在山東省青州市駝山昊天宮,清康熙五十二年(1713)立。石灰石質。高 163 厘米,寬 75 厘米,厚 16 厘米。正文楷書,字徑 2.5 厘米。額題"為善最樂",楷書,單行,字徑 6 厘米。碑體完整,文字嚴重漫漶。

2. 清康熙五十三年進香圓滿記碑。在山東省青州市駝山昊天宮,清康熙五十三年(1714)立。石灰石質。高 133 厘米,寬 63.5 厘米,厚 21 厘米。正文楷書,字徑 1.5 厘米。額題"百世流芳",隸書,單行,字徑 5 厘米。碑體完整,文字嚴重漫漶。

3. 清康熙五十四年進香記碑。在山東省青州市駝山昊天宮,清康熙五十四年(1715)立。石灰石質。圭首。高 105 厘米,寬 56.5 厘米,厚 16 厘米。正文楷書,字徑 2 厘米。額題"福緣善慶",楷書,單行,字徑 6 厘米。碑中間斷裂,文字嚴重漫漶。

4. 清康熙五十四年題名碑。在山東省青州市駝山昊天宮,清康熙五十四年(1715)立。石灰石質。圭首。高 120 厘米,寬 58.5 厘米,厚 17.5 厘米。正文楷書,字徑 2 厘米。額題"萬古流芳",楷書,單行,字徑 5.5 厘米。碑體完整,文字漫漶。

5. 清康熙五十八年進香修醮記碑。在山東省青州市駝山昊天宮,清康熙五十八年(1719)立。石灰石質。圭首。高 102 厘米,寬 59 厘米,厚 11.5 厘米。正文楷書,字徑 2 厘米。額題"進香碑",楷書,單行,字徑 7 厘米。碑中下部斷裂,文字漫漶。

6. 清乾隆四十三年義合會碑。在山東省青州市駝山昊天宮,清乾隆四十三年(1778)立。石灰石質。圭首。高 145.5 厘米,寬 66.5 厘米,厚 18 厘米。正文楷書,字徑 2.5 厘米。額題"壽光縣",楷書,單行,字徑 8 厘米。碑體完整,文字漫漶。

7. 清道光十一年昔故合會三代宗親之位碑。在山東省青州市駝山昊天宮,清道光十一年(1831)立。石灰石質。圭首。高 137 厘米,寬 74 厘米,厚 21.5 厘米。正文楷書,字徑 8 厘米。碑體完整,文字清晰。碑文為:"道光歲次辛卯七□。昔故合會三代宗親之位。王家莊立。"

8. 清道光二十四年昔故合會三代宗親之位碑。在山東省青州市駝山昊天宮,清道光二十四年(1844)立。石灰石質。高 163 厘米,寬 74 厘米,厚 18 厘米。正文楷書,字徑 8~10 厘米。碑體完整,文字清晰。碑文為:"道光歲次甲辰三月。昔故合會三代宗親之位。西會□立。"

9. 清同治八年"聚仙樓"題額。在山東省青州市駝山昊天宮,清同治八年(1869)

三月上浣重修。石灰石質。高 43.5 厘米,寬 72 厘米。"聚仙樓"三字字徑 14 厘米。題額為:"同治捌年三月。聚仙樓。上浣重修。"

10. 清同治十二年"七寶閣"題額。在山東省青州市駝山昊天宮,清同治十二年(1873)立。石灰石質。高 50 厘米,寬 85 厘米,字徑 32 厘米。

11. 福建汀州府馮協等題名碑。在山東省青州市駝山昊天宮,立碑時間不詳。石灰石質。高 52 厘米,寬 24 厘米。正文楷書,字徑 2.5 厘米。碑文為:"福建汀州府正堂馮協一行人司正堂馮肅,歲進士馮善世、馮命世。"

12. 方形石柱。在山東省青州市駝山昊天宮。柱呈方形,高 95 厘米,周長 80 厘米,每面寬 20 厘米。文字幅面高 26 厘米,寬 5 厘米。兩行,字徑 2 厘米。文字為"益都縣安定鄉□補社省察官來應奎捨石鼎香爐六個"。

13. 玉皇行宮周圍居民修醮殘碑。在山東省青州市駝山昊天宮,立碑時間不詳。石灰石質。殘高 65 厘米,寬 94 厘米,厚 16 厘米。正文楷書,字徑 15 厘米。碑額隸書,字徑 6 厘米。碑下部殘缺,文字漫漶。

14. 壽光縣王家道口會首題名碑。在山東省青州市駝山昊天宮,立碑時間不詳。石灰石質。高 54 厘米,寬 150 厘米。正文楷書,字徑 1～2 厘米。碑體完整,文字漫漶。

15. 黃家橋、胡家莊等會首題名碑。在山東省青州市駝山昊天宮,立碑時間不詳。石灰石質。高 50 厘米,寬 28 厘米。正文楷書,字徑 1 厘米。碑體完整,文字漫漶。

16. 趙家莊等會首題名碑。在山東省青州市駝山昊天宮,立碑時間不詳。石灰石質。高 50 厘米,寬 25 厘米。正文楷書,字徑 1 厘米。碑體完整,文字漫漶。

17. 進香修醮題名碑。在山東省青州市駝山昊天宮,立碑時間不詳。石灰石質。圭首。高 79 厘米,寬 49 厘米,厚 14 厘米。正文楷書,字徑 2 厘米。額題"萬古流芳",楷書,單行,字徑 4 厘米。碑體完整,文字漫漶。

18. 壽光香會題名碑。在山東省青州市駝山昊天宮,立碑時間不詳。石灰石質。高 109 厘米,寬 54 厘米,厚 17 厘米。碑體完整,文字漫漶。

19. 進香記碑。在山東省青州市駝山昊天宮,立碑時間不詳。石灰石質。圓首。高 188 厘米,寬 84.5 厘米,厚 20.5 厘米。正文楷書,字徑 2.5 厘米。額題"流芳百世",楷書,單行,字徑 7 厘米。碑曾斷裂為多塊,左側殘缺一塊,文字嚴重漫漶。

20. 進香碑。在山東省青州市駝山昊天宮,立碑時間不詳。石灰石質。圭首。高 106 厘米,寬 51 厘米,厚 12 厘米。正文楷書。額題"進香碑",楷書,單行,字徑 5 厘米。碑體完整,文字嚴重漫漶。

21. 題名碑。在山東省青州市駝山昊天宮,立碑時間不詳。石灰石質。高 80 厘米,寬 76 厘米,厚 21 厘米。正文楷書,字徑 2 厘米。碑體完整,文字漫漶。

22. 題名碑。在山東省青州市駝山昊天宮,立碑時間不詳。石灰石質。圭首。高94厘米,寬55厘米,厚18厘米。正文楷書,字徑2厘米。額題"為善最樂",楷書,單行,字徑5厘米。碑體完整,文字嚴重漫漶。

23. 題名碑。在山東省青州市駝山昊天宮,立碑時間不詳。石灰石質。高54厘米,寬90厘米。正文楷書,字徑1.5厘米。碑體完整,文字漫漶。

24. 漫漶碑。在山東省青州市駝山昊天宮,立碑時間不詳。石灰石質。圓首。高174厘米,寬83厘米,厚20厘米。正文楷書,字徑2.5厘米。碑曾斷裂為多塊,文字嚴重漫漶。

25. 漫漶碑。在山東省青州市駝山昊天宮,立碑時間不詳。石灰石質。圭首。高110厘米,寬52.5厘米,厚15厘米。額題"為善降祥",楷書,單行,字徑5厘米。碑體基本完整,文字嚴重漫漶。

26. 漫漶碑。在山東省青州市駝山昊天宮,立碑時間不詳。石灰石質。高169厘米,寬82.5厘米,厚22厘米。碑體完整,文字嚴重漫漶。

27. 漫漶碑。在山東省青州市駝山昊天宮,立碑時間不詳。石灰石質。高170.5厘米,寬106厘米,厚15.5厘米。碑斷裂為三截,文字嚴重漫漶。

28. 漫漶碑。在山東省青州市駝山昊天宮,立碑時間不詳。石灰石質。圭首。高120厘米,寬55厘米,厚19厘米。正文楷書,字徑2厘米。額題"□□碑",楷書,單行,字徑5厘米。碑體完整,文字漫漶嚴重。

29. 漫漶碑。在山東省青州市駝山昊天宮,立碑時間不詳。石灰石質。高217厘米,寬168.5厘米,厚26厘米。碑體完整,文字嚴重漫漶。

30. 漫漶碑。在山東省青州市駝山昊天宮,立碑時間不詳。石灰石質。高171厘米,寬105厘米,厚15.5厘米。碑體完整,文字嚴重漫漶。

31. 漫漶碑。在山東省青州市駝山昊天宮,立碑時間不詳。石灰石質。高169厘米,寬82.5厘米,厚21厘米。碑體完整,文字嚴重漫漶。

32. 漫漶碑。在山東省青州市駝山昊天宮,立碑時間不詳。石灰石質。高172厘米,寬82厘米,厚22厘米。碑體完整,文字嚴重漫漶。

33. 漫漶碑。在山東省青州市駝山昊天宮,立碑時間不詳。石灰石質。高234厘米,寬122厘米,厚24厘米。正文楷書,字徑4厘米。額題"福緣",楷書,單行,字徑4厘米。碑體完整,文字漫漶。

34. 漫漶碑。在山東省青州市駝山昊天宮,清代立碑,具體時間不詳。石灰石質。圭首。高134厘米,寬63.5厘米,厚21厘米。碑額隸書,字徑5厘米。碑體完整,文字漫漶。

35. 殘碑。在山東省青州市駝山昊天宮,立碑時間不詳。石灰石質。高70厘米,寬75厘米,厚17厘米。正文楷書,字徑2厘米。僅存殘片,剩餘文字清晰。

36. 殘碑。在山東省青州市駝山昊天宮,立碑時間不詳。石灰石質。圓首。殘高 33.5 厘米,寬 75 厘米,厚 17 厘米。正文楷書,字徑 1.5 厘米。額題"禱雨有應記",楷書,單行,字徑 7 厘米。僅存殘片,剩餘部分文字漫漶。

37. 明嘉靖年間重修天仙玉女祠記摩崖刻石。在山東省青州市雲門山頂山陽雲門洞西側山崖上,明嘉靖年間刻。高 213 厘米,寬 108 厘米。正文楷書,字徑 2.5 厘米。額題"重修天仙玉女碑記",楷書,單行,字徑 5 厘米。除題額外,文字漫漶,不可辨認。後人在其上刻有"雷亨坤看雲處"六字,對石刻造成破壞。

38. 清乾隆二年重修王母殿卷棚題名記碑。在山東省青州市雲門山雲門洞東側二龍池邊,清乾隆二年(1737)立。石灰石質。圭首。殘高 106 厘米,寬 78 厘米。正文楷書,字徑 3 厘米。額題"流芳百世",楷書,單行,字徑 6 厘米。碑曾斷為三截,最下一截佚失,現僅存上兩截,剩餘部分文字漫漶。

39. 清乾隆二十五年青州府益都縣各鄉各社各莊善眷題名碑。在山東省青州市雲門山望壽閣道院門前,清乾隆二十五年(1760)立。石灰石質。圓首。高 106 厘米,寬 66 厘米,厚 11 厘米。正文楷書,字徑 2.5 厘米。額題"永垂不朽",楷書,單行,字徑 4 厘米。碑體完整,文字漫漶。

40. 清乾隆三十六年殘碑。在山東省青州市雲門山雲門洞東側二龍池邊,清乾隆三十六年(1771)立。石灰石質。殘高 66 厘米,殘寬 66 厘米,厚 17.5 厘米。正文楷書,字徑 6 厘米。額題"□修碑記",楷書,單行,字徑 10 厘米。碑僅存殘片,剩餘部分文字清晰。剩餘文字為:"寢……玉皇……各……大清乾隆三十六"。

41. 清康熙五十二年"白雲洞天"題額。在山東省青州市廟子鎮刁莊雀山白雲洞山門上,清康熙五十二年(1713)白雲洞住持道人石守德建立。題額內容為:"康熙五十二年五月建立。白雲洞天。住持道人石守德。石匠翟德善。"

42. 清康熙三十年重修聖水祠大殿記碑。在山東省青州市東聖水村聖水祠,清康熙三十年(1691)立。石灰石質。高 130 厘米,寬 54 厘米,厚 11 厘米。正文楷書,字徑 2 厘米。額題"萬古流芳",楷書,單行,字徑 8 厘米。碑體完整,文字漫漶。

43. 清乾隆四十七年殘碑。在山東省青州市東聖水村聖水祠,刻在《明萬曆二十五年重修聖水祠記碑》碑陰。石灰石質。圓首。殘高 106 厘米,寬 77 厘米,厚 15 厘米。碑陰字徑 1.5 厘米,刻於清乾隆四十七年(1782)。碑下半部殘缺,剩餘部分文字漫漶。

44. 贊成人題名碑。在山東省青州市東聖水村聖水祠,立碑時間不詳。石灰石質。高 161 厘米,寬 71 厘米,厚 15 厘米。正文楷書,字徑 1.5 厘米。額題"永垂千古",楷書,單行,字徑 10 厘米。碑體完整,文字漫漶。

45. 信女題名碑。在山東省青州市東聖水村聖水祠,立碑時間不詳。石灰石質。圭首。高 164 厘米,寬 74 厘米,厚 11.5 厘米。正文楷書,字徑 1.5 厘米。額題"同登貞珉”，楷書，單行，字徑 10 厘米。碑體完整，文字漫漶。

46. 清康熙十五年重修清涼山玉皇殿記碑。在山東省青州市邵莊鎮青涼山頂玉皇殿正門右側牆上，康熙十五年(1676)記。石灰石質。高 23 厘米，寬 18 厘米。正文楷書，字徑 4 厘米。碑文為：“重修玉皇殿。康熙十五年立。”

47. 清康熙五十五年殘碑。在山東省青州市玲瓏山頂，清康熙五十五年(1716)立。石灰石質。圭首。殘高 74 厘米，寬 65 厘米，厚 15 厘米。正文楷書，字徑 1.5～2 厘米。文字漫漶。

48. 清乾隆三十五年玲瓏山王母觀音殿修醮記碑。在山東省青州市玲瓏山雲龍洞口，清乾隆三十五年(1770)立。石灰石質。高 111 厘米，寬 68 厘米，厚 16 厘米。正文楷書，字徑 2 厘米。額題“修醮碑記”，楷書，單行，字徑 7 厘米。碑下部殘缺，文字漫漶。

49. 清嘉慶二十四年題名殘碑。在山東省青州市玲瓏山王母觀音殿東側，清嘉慶二十四年(1819)立。石灰石質。高 113 厘米，寬 140 厘米，厚 19 厘米。正文楷書，字徑 1 厘米。額題“萬古流芳”，楷書，單行，字徑 13 厘米。碑斷裂為多塊，右上角殘缺，文字漫漶。

50. “洞天福地”對聯。在山東省青州市玲瓏山頂王母觀音殿門口，時代不詳。上聯為“敬階下碧桃千載熟”，下聯為“在案前青鳥一時集”，字徑各 9 厘米。橫批為“洞天福地”，字徑 6 厘米。“洞天福地”下有“瑤池”二字，字徑 10 厘米。

51. “兗源古洞”對聯。在山東省青州市玲瓏山頂，時代不詳。上聯為“難必救慈悲君子”，下聯為“雨不雷忠厚聖人”，字徑各 7 厘米。橫批為“兗源古洞”，字徑 12 厘米。

52. “與天齊壽”對聯。在山東省青州市玲瓏山頂，時代不詳。上聯為“澗潺相形古洞府”，下聯為“峯嶺竦起獨玲瓏”，字徑各 9 厘米。橫批為“與天齊壽”，字徑 13 厘米。

53. 對聯。在山東省青州市王墳鎮趙家峪村三官廟，時間不詳。石灰石質。橫批為“三元行宮”，高 14 厘米，寬 52.5 厘米，陽刻，楷書，字徑 10 厘米。上聯為“上元中元下元元元有道”，高 123 厘米，寬 13.5 厘米，陽刻，楷書，字徑 7～9 厘米。下聯為“天官地官水官官官無私”，高 128 厘米，寬 12 厘米，陽刻，楷書，字徑 7～9 厘米。保存完整，文字清晰。

54. 神位碑。在山東省青州市王府街道辦事處井塘村關帝廟，立碑時間不詳。石灰石質。圓首。高 200 厘米，寬 154.5 厘米，厚 12 厘米。中間刻神位一個，其上修飾以花邊。幅高 73.5 厘米，寬 45.5 厘米，楷書，字徑 3 厘米。

55. 重修玄陽山記碑。在山東省青州市王墳鎮蘇峪村玄陽山泰山行宮遺址，立碑時間不詳。石灰石質。高 174 厘米，寬 76 厘米，厚 29 厘米。正文楷書，字徑 1.5

厘米。額篆"重修碑記",單行,字徑 7 厘米。碑斷裂為 4 塊,現僅存三塊殘片,文字嚴重漫漶。

56. 題名碑。在山東省青州市王墳鎮蘇峪村玄陽山泰山行宮遺址,立碑時間不詳。石灰石質。高 175 厘米,寬 92 厘米,厚 28 厘米。正文楷書,字徑 2 厘米。額題"流芳百世",楷書,單行,字徑 6 厘米。碑體完整,文字嚴重漫漶。

57. 殘碑。在山東省青州市王墳鎮蘇峪村玄陽山泰山行宮遺址,立碑時間不詳。殘高 83 厘米,寬 67 厘米。正文楷書,字徑 1.5 厘米。額篆"重修碑記",單行,字徑 8 厘米。碑下部殘缺,文字嚴重漫漶。

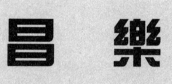

方　山

元大德十一年重修方山龍神祠記碑

碑在山東省昌樂縣方山龍神祠，元大德十一年(1307)立。李敬祖撰文、書丹並篆額。石灰石質。圭首。高185厘米，寬86厘米，厚17厘米。正文楷書，字徑3.5厘米。額篆"重修方山龍神祠記"，單行，字徑8厘米。碑體完整，文字清晰。民國《昌樂縣續志》卷十七《金石志》有著録。該碑記載，方山以西邊下村裴姓一家，於元大德三年(1299)重修龍神祠，當時未及立碑，大德十一年(1307)始立碑以記其事。

重修方山龍神祠記

竊以山不在高，有水而秀；神不在祭，有敬而靈。夫濰州属有三縣，惟此昌樂中統以來并隸北海焉。邑之去東南二十里，有」山曰方山，其巍嶪五百餘仞，州之境内名山無出此危峻者。巖穴岡脊面面，溪澗源泉長流而不竭涸，農家引溉田圃，利益」於民，非他山之比者。巔脉之右傍湧一水而出，碧澄泓深數尺而不瀉，鑿石四扇，面刊花草，甃砌為池，仍建龍神之祠于」其上。東北艮与孤山凝翠相對，非謂山之奇而為美，獨以水之秀尤為美哉！惜無遠跡，雖土人相傳神之尊號西門大夫」，徧考未見，期不知古時何代孰名孰立者耶。郡人遇旱，禱祭龍祠，□淘池水，雲興雨降，尅期應驗，一郡無飢，四方咸賴，實有」德施於民者。奈神宇幾經野火焚毀，廟貌煨燼之餘，日就月將，了無孑遺。山際之西有村曰邊下，功德主前」宣授金牌武郎將軍管軍千戶公裴進，昔公軍戍北塞，攻戰危嶮，瞻祝保全，埏里修葺，處遠未及也。有弟荣承兄之」意，久不」忍廢，嘆曰："無其祠，神何所棲？無其貌，人何所祭？"致歲豐稔，同長兄友并乃姪兹是」宣命金牌管軍千戶裴世英更諸姪等，伐山運木，募工繕材，卜時蠲日，依舊基礎，是以重修。構祠三間五檁，雙扉兩牖，經營」壯麗。起於大德三年季春，成於孟夏上旬八日。鳩名工繪塑龍神侍從十有一尊，圖金飾采，粧以新之，增題金字雕額，前」巡檢韓公等献，非誠敬豈能如是乎？禱祭者，得所瞻仰，無虛位想像而已。未暇立石，固存諸心久已，卒是以不完也。其妻李」氏継念夫志，□日与二子并其婿裴元、裴亨、佐□來議於諸伯父，拜列堂下，述夫遺言，千戶公命設酒殽邀會鄉党耆友等」，欣然願為，維百者□人矣。於是，李氏割財，擇匠採石，為膏車礱石之費，勒銘祠左，

元大德十一年重修方山龍神祠記碑

詔示後人。公曰:廟以成矣,塑以備矣,石以」立矣,非□□婦姪獨能哉? 賴我諸公成斯盛事。踵門三來求予作識,思居鄉里,義之所在,固不能卻。《中庸》有云:"夫孝者,善繼」人之志,善述人之事者也。"母子之為,可謂真孝矣。夫肅敬主於心誠,期須之」敬,主於禮祭,公等庸敬不怠於心,子孫餘慶」,神之靈顯,鮮有不祐者哉! 姑塞雅命,援筆依言謹記」。

　　峕大德十一年孟夏上旬有八日」。

　　長姪百戶裴興,次□,次□,次世傑,次□,次□,次世雄,次□立石。

　　青社後進李敬祖譔并書丹篆額」。

　　作頭盧澤刊。

明天順七年祈雨有感記碑

　　碑在山東省昌樂縣方山龍神祠,明天順七年(1463)立。曾昂撰文,章儀書丹,楊仁篆額。石灰石質。圭首。地上部分現高171厘米,寬86厘米,厚19厘米。正文楷書,字徑2.5厘米。額篆"禱雨有感之記",3行,行2字,字徑8厘米。碑陰額題"重修方山龍神祠記",單行,字徑7厘米。碑體完整,除碑下部若干文字被埋於地下外,其餘文字清晰。該碑記載,明天順七年(1463)昌樂大旱,知縣曾昂禱雨於方山龍神祠有應,於是重修龍神祠。當時龍神祠雖為道觀,但由僧人主持,由此亦可見佛道交融之一端。

祈雨有感記

　　賜進士出身文林郎昌樂縣知縣西川曾昂撰」,儒學教諭吳中章儀書丹」,訓導吉水楊仁篆額」。

　　山川之氣,凝焉而流峙,蓄焉而發育。騰而雲,則覆幬焉;施而雨,則潤澤焉。其翊運造化之功用,為利博矣哉。青……」樂縣距城可一舍許,有曰方山,挺秀特出,隆然雄鎮。山畔有泉池,池之傍有龍王祠,父老相傳,往昔遇旱,禱於……」,輒應期而降,蓋山川之神著靈也尚矣。予欽承」上命,来宰是邑。天順七年癸未春,正月不雨,二月不雨,三月亦不雨,土地乾燥,莫能播種,麥于田皆槁色,民有……」東作無施,西成無望也,嗷嗷之聲達於百里間。予甚恐,迺率僚屬齋沐修誠,設壇於城隍廟,晨夕懇懇,四月……」申,遂集鄉耆数十人,戒以致誠,詣方山禱雨,偕僧會明俊、道會鹿繼先與行,咸有誠也。至則羅拜祠下,請汲於……」繼先鹿公躬捧瓶水,徒跣走馬前以歸,尤特然盡誠者也。維時烈焰橫空,炎塵所不堪。及下山,則片雲冉……而騰,頃

明天順七年祈雨有感記碑

則靉靆蔽日光,比至縣,則風雲四合,雷電交作,滂沱一雨,注于通畫。明日辛酉,再滂沱。越三日甲子,……」高下田疇,沛然沾之。時雨之及期也,至矣;膏澤之潤下也,盛矣;山川之彰其靈應也,昭昭矣。雖然,有其誠則……」誠之在天為實理,誠之在人為實心,以此實心之感,孚妙於神化之昭格,則實理之發見不可掩,何如哉? 秋……」刘瑛、姜希賢輩若干人,蒙神之惠,各捐貨塑神像,用苫鴻麻,廟貌煥然一新,僉謂不可無記以示後,磨碑請……」其事實,以紀歲月云」。

天順七年癸未冬十有一月吉日」。

迪功郎昌樂縣縣丞真定王禎,丹河馬驛驛丞陳義,醫學訓科臧文慶」。

將仕郎昌樂縣主簿陝右榮清,稅課局大使鹿暹,陰陽訓術辛浩,道會司鹿繼先」,典史解州趙彪,遞運所大使高文舉,僧會司明俊。

石……

(以下碑陰)

邊下鄉老:刘瑛、姜希賢、刘翱、刘釗、姜整、刘忠、刘深、刘嵩、刘戩、刘威、刘瓊、刘鳳、刘源、刘瑁、刘逵、刘志、刘浩、刘琰、刘清、刘增、姜名、姜弘、姜真、姜嵩、姜信、姜祐、張慶、張玘、邵傑、邵俊、邵剛、馮興、李宣、刘秀、刘景、刘昇、刘迪、刘壘、刘白、楊玘、裴昇、張鐸、張鎰、張显。

寨里鄉老:吳士勝、秦監生、李全、李遠、李慶、秦雄。

賈家庄:刘贇、刘才勝、樊智、王浩。

歇頭倉:楚全、姜環、陳文、葛彥剛、葛復勝、葛復增、張勉。

上庄鄉老:夏奉舉、于敏、于拳、于整、于傑、張復英、徐文、李瑛、夏鼐、夏欽。

上疃鄉老:耿用。

羅圈:周貴。

馬山鄉老:李整、周剛、周增、周寬、耿榮、宇瑾、耿勝、尹大友、耿能、李俊、王友、王三、王溫、王慶。

解召:趙奉文、趙聰、趙通。

賈陶鄉老:梁欽、梁戩、梁增、梁謙。

焦疃鄉老:常友勝、常宣、常順、常敬、李環、徐三、徐瑛、徐幹、邵良賢、徐玘。

方山座看禪師父守廟祠出家人:福信、普信、普道。

木匠:齊剛、齊浩。

粧塑匠人:萬瓚、高綏。

畫匠:陳子章。

鈇金:馮泰、馮斌。

石匠:賀雲、賀春、胡俊、張拳。

加工人:張真。

清乾隆三十年方山龍泉觀記碑

　　碑在山東省昌樂縣方山龍神祠,清乾隆三十年(1765)立。邱超撰文。石灰石質。圭首。高 191 厘米,寬 79 厘米,厚 15 厘米。正文楷書,字徑 2.5 厘米。額篆"重修碑記",單行,字徑 10 厘米。碑體完整,文字清晰。該碑記載,清乾隆年間,道士李生煥及其弟子陳體仁,曾經多次重修龍神祠。

方山龍泉觀記

　　《禮》云:有其舉之,莫敢廢也。凡山川之能風雨,為百姓捍災禦患者,祀典不廢。吾營陵,發脉自東鎮沂山,迤邐蜒蜿百餘里,至方山」歸然上出,為縣屏障,崇隆崔嵂,秀拔勁挺,前人所賦俻矣。左麓有龍神祠,宋、元、前明代豎碑碣,究莫稽其歷履,邑《藝文誌》號為西」門大夫,又一謚曰威靈侯,若土傳姓名、軼蹟、降生月日,似涉怪誕,未敢筆之書以簧鼓愚蒙也。要以祠前有池,汪洋澄澈,所謂山」不在高,有仙則名,水不在深,有龍則靈,環山左右,無近遠歲時,水旱疾疫,徃禱輒應,以故輿人之駿奔走而謹對越者不絕也。先」是新舊相仍,繼而葺之,尚矣。歲在庚辰,羽客李生煥至自濰水,蓋閩浙之賢而遊於世外者,卜居此山,奉祠祭焉。時念規模之狹」隘,金裝之漶漫,慨然倡義,謀諸居民,鳩材庀工,上棟下宇,右城左平,一爽而更新之。無何,天不憗遺,倏然物化,章程未畢,賚恨以」歿,傷已遺囑,弟子陳体仁竣其事。肆今落成,責敘於余,不獲辭,為一言以應命。竊思神自嶽降,

清乾隆三十年方山龍泉觀記碑

醴泉無源,蘇子有言,神之在天,猶」水之在地,而人信之深,思之至,焄蒿悽愴,若或見之。然則,方山鍾靈,龍泉斯湧,所以為一邑之捍禦者,神矣。雖國祀典所未及」,而四周之襲慶蒙庥者,敢廢而忘夆也哉？至其山光嵐翠,綺綰繡錯,池月松風,溶漾紆餘,賢邑宰鄉先達歷歷道其勝槩,遊覽者」當自得之矣。茲不贅。岢」

大清乾隆叁拾年歲次乙酉暑月念七日肇秋之吉」。

鄉進士候選教諭邑人邱超薰沐拜撰」。

管正尊劉芬。

歇頭倉管金身。

領袖：岳堯臣、張篤生、王相臣、岳堯相、劉仁洽、秦大勳、何良佐、劉源、閆永長、秦安、劉懷忠、劉存信、劉芬、劉儆忠。

住持道人陳體仁、張體彬,徒徐性恭。

石匠蕭曉、黃珠刊。

清乾隆三十二年龍神祠增塑武帥記碑

　　碑在山東省昌樂縣方山龍神祠,清乾隆三十二年(1767)立。劉樹撰文並書丹。石灰石質。圭首。高191厘米,寬79厘米,厚16.5厘米。正文楷書,字徑2.5厘米。額題"靈泉觀",楷書,單行,字徑9厘米。碑陰題名楷書,字徑2厘米,額題"合志同方",字徑10厘米。碑體完整,文字清晰。該碑記載,清乾隆三十二年(1767),劉鴻中增修方山龍神祠,立碑以記其事。

龍神祠增塑武帥記

　　竊聞天下事,莫為之前,雖美弗彰;而莫為之後,雖盛弗傳。人之奉神,何獨不然? 吾邑城治南有方山,其神之姓字遺蹟,前文俱備」,即其所為,沛甘澤,感祈祀,有求輒應,成一方之保障者,亦日昭昭在人耳目間。當丙戌年,前殿宇傾頹,賴山近鄉善奮志重修,一」時煥然。美哉!快舉。顧因之有感焉。天生民而立之君,使司牧之,而又不能自為理也。故復有內官九卿,外官九品,貳佐其間。至若」天建神而封之,地俾呵護之,而又陰驅人之隆其號也故顯,以豐其部伍,崇其班聯,森列於旁。夫然而方山龍侯,廟貌整矣,古像」輝矣,苟其所以助神威而壯民觀者,左右文武多多益善之說畧焉不講,詎非祠內之所重為減色者哉? 善哉! 劉子鴻中頗有見」於此,且值春旱禱靈,固明知現在之是,乃願蹈易轍之非,約衆鳩工,增塑大將二員於座前。公議勒石示垂永久,爰執是說索記」於余。余嘆其仍舊成新,既非表異創奇之為,而更難其響應雲集,並非臆見獨斷之私者,是遵何道乎? 不禁穆然遐思,翠然高望」。《周書》有云:"天視自我民

清乾隆三十二年龍神祠增塑武帥記碑

視，天聽自我民聽。"其斯之謂與？ 故不揣固陋，援筆為誌，後有作者，倘亦不謬於斯論」。

大清乾隆三十二年歲次丁亥季夏暑月望日穀旦」。

庚午科順天舉人原任曹州府城武縣教諭揀選知縣邑人劉樹薰沐撰書」。

領袖：姜承時、邵振茂、劉鴻中、于德俊、劉儆忠、邵永清、于恒三、唐復善、張俊、劉宗舜、劉德照、夏秉礼、王欽、張桂、唐显升、劉灼、邵如椿。

住持道人陳體仁、張體彬，徒徐性恭。

塑匠：呂閣、姜澄。

匠人：蕭曉、黃珠。

立石。

（以下碑陰）

歇頭庄善人：于珺、于志恪、于□躋、劉淑輝、陳存起、劉□三、劉國建、劉可成、于佽、張懷武、姜振可、姜振香、姜勳遠、張均、于吉、于興全、姜廷珍、姜廷儀、姜振龍、姜福貴、姜振堂、劉發成、劉明、于敬、劉欽、姜珣、姜藻、蔣順、姜承起。

團埠坡善人：陳明槐、陳倫、陳善、陳振順、王美公、秦光輝、牟興明、陳有富、王美生。

西邵庄善人：邵滿相、邵良相、邵明江、邵明显、邵明遠、冀永孝、孫進財。

河下庄善人：劉蘭、劉金、劉坦、劉起、秦國璽、秦敬、于修業、張慎、于修純、于□。

東邵庄善人：邵振西、邵振勵、邵振香、邵振業、邵如梅、邵如楨、邵如棟、邵如桐、邵如榕、邵如樫、張鳳鳴、張鳳舞、張得容、周士俊。

徐家廟善人：張希儒、張純儒、王元招。

河南庄善人：劉隆錦、劉允中、劉循中、劉用中、劉思中、劉思恭、劉克廣、劉克正、劉克武、劉德超、劉元士、劉仁士、劉貞、劉景元、劉旭、劉富、劉溁、常德。

唐家庄善人：唐显科、唐復基、唐復茂、唐復礼、唐显仁、唐錫慶、唐清遠、唐正修、唐彥修、蕭永福、王山。

張家庄善人：張克溫、張克恭、張克讓、劉眷

清乾隆三十二年龍神祠增塑武帥記碑碑陰

西、梁孝顏、于淂宜。

山南頭善人：劉復興、劉宗堂、劉宗奇、劉宗元、劉宗水、劉宗旺、劉宗善、劉宗文、劉安、劉倫、劉蘭、劉興旺、李怀、尹公。

珺裘庄善人：劉茂生、劉世選、李希孟、都文元。

北夏庄善人：夏文耀、夏超衆、夏超恒、夏存信、夏璞、夏梅、夏存仁、夏仁德、張承業。

南夏庄善人：夏天文、孫梅、孫士孝、秦子恕、孫懷九、孫士進、李存仁。

趙家庄善人：趙蘭叢。

水溝箭善人：丁子興、丁子信、鄧昆、王成吉、王成立、王德臣、劉恒昌、曲方周、李煥友、鄧世公、陳淑秋。

清平庄善人：張中興。

率墓庄善人：邢殿邦、邢才、邢存業、張柱、張金輝、張渠、張恬、張富、李煌、李鳳閣、胡文炳、趙煓生、郝旺、胡濟文、胡得全、胡有旺。

亓家庄善人：徐海、秦修仁、王礼、明永祥、王承先。

菜園庄善人：劉個。

唐家店善人：張玉□、張玉錦、夏彥脩、郭恒德、劉發群、張成鳳、王淂財。

下庄善人：劉若昭、劉培基、王永林、趙泾源、曺復明、劉荣。

上庄善人：劉超。

解召庄善人：王灼、王鑑、王林、趙継藩、趙錫侯、趙潤生、韓連、王鈞、韓懷、趙希哲、趙希唐、劉國祿、于祥、趙子陽、吳忠、馮梅、張士福、劉吉、劉价、趙玳、趙珂、郭明顯、趙有光、夏六謙、郝成吉、夏忠惠、秦起、劉光輝、夏六吉、王有显。

皇溝善人：秦坦、秦寧、劉克容。

方山官庄善人：趙玉水、王太和、趙丕显、趙炳、阮世安、牛祥麟、趙國宣、趙國恒、趙明。

逯家庄善人：劉安國、刘安民、馮世法、秦少貴、逯占、逯珂。

梁家庄善人：梁士敬、解席珍、王勉修、王忻、王堂。

耿家店善人：吳祥生、張洪訓、高秉仁、吳全吉、吳良吉、吳景雲、吳凌雲、高秉義。

董家庄善人：董永清、焦克己、李保林、李保全、董永安、董思明、李保山。

后坡庄善人：李永宗、李輝宗、李經、李淂旺、李超、高秉礼、高秉智。

上庄女善人：趙門吳氏。

解召女善人：張门張氏、趙门刘氏、王門夏氏、秦门馮氏。

清乾隆三十二年重修龍神祠記碑

　　碑在山東省昌樂縣方山龍神祠，清乾隆三十二年(1767)立。溫鉞撰文，張致敬書丹。石灰石質。圭首。地上部分現高 161 厘米，寬 80 厘米，厚 18 厘米。正文行書，字徑 2.5 厘米。額題"大清"，楷書，單行，字徑 11 厘米。碑陰正文楷書，字徑 2 厘米，額題"善人題名"，楷書，單行，字徑 7 厘米。碑體完整，文字清晰。該碑記載，清乾隆三十二年(1767)，姜溥等倡議重修方山龍神祠，立碑以記其事，並附信士姓名於其後。

重修龍神祠記

清乾隆三十二年重修龍神祠記碑

　　聖教語常不語怪，語人不語神，世所傳洛淵仙館，事涉荒誕，縉紳先生罕言之。又嘗疑葉公好龍，室屋雕文，盡以寫……」魄，盖俗情說似而不求□真，大率如此，亦何取乎木雕泥塑者為？顧王者崇報功德，自名山巨川以及泉澤方社，凣……」民者，莫不俎豆之，以著為時享典蔿重也。按昌樂邑隸青齊，分海岱靈秀，距縣之東南，有歸然突起崒嵂干霄者，曰……」風水月之勝，未暇殫述。而最靈者，山之麓有龍神祠，相傳為西門大夫，其神雖不列祀典，然自宋元以迄於今，時廢……」珉，相沿數百餘年矣。祠以内龍神居中，風伯、雨師、雷電、龜蛇諸神將環侍左右，大都皆水部，以類從焉。祠之前有池……」，或曰龍潛其中，祈禱輒應，盖天鍾靈於兹，以作一邑之襟帶，沛營陵數萬戶之恩膏，非尋常邱壑比也。方今」聖天子御極有年，岳瀆效靈，雨暘時若，比歲來，百谷順成，天癘不作，閭閻康阜之休，昌邑較他邑倍之。斯何？非山靈默佑……」溯源，豈能已於敬共也乎？第是歷年久遠，瓦甃崩壞，上雨旁風，神棲失所，求向所為棟楹嵯峨、鱗爪交化之奇踪，俱□……」之靈，不可以形像求，而尸祝靡依於追享之忱，猶歉也。丁亥夏，邑人姜溥等，捐貲鳩工，沿舊制而增脩之。維□廟□……」香而奠於宇下，恍惚見神龍之夭矯，搖首於樑，掉尾於堂，虔心所感，山谷嚮應，風雲影合，吾烏知似龍之非真，而葛□……」可以霖雨蒼生，錫遠迩無疆之福澤乎？工告竣，姜某問記於余，余固司鐸茲土者，雅不喜人談鬼神事，第以其神能□……」因不揣固陋，述其事以鐫於石，並題眾善士之姓名於碑陰」。

龍飛乾隆三十二年歲次丁亥荷月下澣之吉」。

住持道人陳體仁、張體彬，徒徐性恭叩□。

甲子科舉人候選知縣特授青州府昌樂縣教諭溫鉞敬撰文」，邑後學張致敬薰沐書丹」。

領袖姜溥、徐有才、楊發先、姜思溫、徐永禎、馮秀山、姜楫、臧鉙、朱榮宗、馮永年、馮世瑞、李長萬、金思惠、曹斌募緣。

（以下碑陰）

張家河窪：徐元吉、張子和、徐廷珍、孫榮先、張鵬、張子居、徐惠國、徐廷献。

徐家河窪：徐継先、王成玉、趙景周、徐慶福、劉興國、徐施仁、徐慶文、徐継昇、徐贊明、徐珮。

鳳臺庄：徐克長、徐克和、徐聰、徐乾、郭恪、郭恬、徐宦、徐太和。

李家庄：徐福臻、徐克文、韓超几、韓超德、韓超行、滕楨、李成欽。

十里樹庄：劉思齊、劉思魯、劉思孟、林有智、徐儀、徐倫、徐偉、徐仂、劉均需、劉瑾、劉浩、劉仁、劉孝。

崔家庄：臧鈿、臧鎮、臧鑛、臧鐼、蕭魁、崔雲龍、崔瓚、崔涇、崔致中、王度生、劉龍光、臧奉先、臧荣先、臧繩先、臧啟先、臧景先、臧法先、臧杲先。

清平庄：吳慶德、吳秀生、趙希忠、張偉、馮永貞、徐會清。

岳家老庄：岳潤、岳光華、岳璜玉、岳天佑、岳維均、岳良相、岳伋、岳緒祖、岳峯秀、岳廷蘭。

清乾隆三十二年重修龍神祠記碑碑陰

秦家庄：劉希漢、秦子玉、賈有盛、秦璋、秦慶宗、劉企漢、劉思漢、王樂、王蘭、秦璉、賈存仁、劉勳、秦足、秦慶志、楊青山、秦士宏、秦述、秦慶時。

邊下本店：劉功臣、劉海齡、王秀生、劉存忠、劉國幹、劉芳、劉保智、劉存信、劉恪、趙儉臨、趙業臨、秦建修、秦士修、趙鳳吉、劉源、劉國傑、張振才、劉體元、劉深、劉河。

老鸛李家庄：秦奉宗、秦安、李篤生、秦玉書、李瑞生、李培生、李大武、李希孔、李蘭、張序、張承宗、李詵、邢文炳、邢文昇、董緒業、尹學義、逯玫。

小埠前庄：劉維宗、劉國賢、劉國泰、劉國順、劉國安、劉國亮、劉國興、劉聖基、劉鸛成。

北任家庄：任保秋、岳騰仙、王國柱、岳琉、岳佃、吳奉會、吳龍、岳思敬、岳玉蘭。

黃埠庄：周世德、劉三戒、蕭漢侯、高槐、徐永茂、秦國瑞、劉銓、秦士舉、岳禹相、岳士成、劉玉會、秦國玉。

姜家凹子庄：吳恂、吳士奇、吳士章、吳士美、吳士高、吳克恭、王謹、吳增、祖継先。

北寨庄：董子建、董學孟、董茂先、呂德、吳永增、岳景防、張士雲、岳愉、王天童、趙密修、董金普、呂型方、王增璽、岳宣、高傑、岳峒、岳繩武、王明吉、于珍、董子寔。

南任家庄：任福增、婁顕瑞、胡彦。

岳家庄：岳九經、岳瑗、岳珍。

東劉家庄：劉傚忠、閻永長、劉尚忠、劉進忠、劉君忠、劉全忠、劉亮、劉讓、劉得禮。

大埠前庄：劉起、劉志公、劉志禮、王佐祥、劉玉璞、劉玉明、劉惠林、劉德林、劉存河、劉存魁、劉存泰、劉存仁、呂尚德。

毛家庄：毛文修、毛文美。

响水崖庄：王向臣、王相臣。

曹家庄：曹克恭、曹克敬、曹克己、曹克志、曹惠、徐會普。

趙家庄：徐有德、徐有慧、秦之臣、秦德公、李富山。

南寨庄：姜治、姜會清、姜際清、秦大業、秦大富、姜晏、姜昇、姜思敬、姜範、王斌、王希孔、姜好善、姜梅、姜桂、王希孟、秦發宗、秦發義、姜佐周、姜栝、姜梁、姜克勤、王希曾、王希禹、王忻、王希荣、韓貴、姜希曾、姜荣德、王國祿、蔣寬、周起雲、王璉、姜槙、姜棟、姜槐、姜梓、姜樹、何良佐、姜振生、姜瑞生、姜惠生、姜寬、姜思忠、姜克儉、王恒脩、韓荣、姜輔周、韓華、姜乾元、姜□、姜釗、姜劍、姜天祥、姜福祥、姜迪、姜瑞興、姜檎、姜文德、姜仁德、姜義德、孫起武、姜瑞龍。

楊家庄：楊發清、楊發增、楊河。

周家庄：王在脩、王在先、臧鎬、臧鋗、王在國、王在忠、馮永慶、馮永泰、劉継宗、劉坤、王在春、王在公、王行、臧欽、臧承先、馮大涇、馮大湘、馮大淮、于廣生、程進財、郭九常、王慧蘭。

辛庄：岳堯相、劉佩、姜蘭、段文登、段文學、段文聖、段永吉、岳堯欽、劉孝德、劉恭德、劉順德、劉智德、姜美玉、岳天鑑、岳福臻、岳福增、岳仁荣、岳荣光、姜永富、姜紹唐、岳觀光、岳國光、高魁一、王斌。

金家庄：朱維綱、朱維俊、朱維林、金思聖、金顯先、金孝先、金旺先、金起先、金朝綱、李成寔、趙傑。

馮家庄：馮祥……

清嘉慶二十年重修新立正殿題名碑

　　碑在山東省昌樂縣方山龍神祠,清嘉慶二十年(1815)立。石灰石質。高68厘米,寬188厘米,厚14厘米。正文楷書,字徑2厘米。碑體完整,文字清晰。

清嘉慶二十年重修新立正殿題名碑

　　大清嘉慶式拾肆,募化僧人清演」重修新立正殿」,五月二十九日興工,七月初三日止。眾善捐施留」名計開於後」。

　　增盛店捐□六十千,同義店捐□四十八千,臧永清捐椽一百支,刘淩閣捐□四十五千,曺貫久捐糧食三石,李進財捐□二十千,趙潤生捐灰五千送到,于長春捐灰五千送到,李玉捐樹一株,刘霽捐大樹一株,臧國立捐格榻木料,吳興仁捐□十千,蕭有政捐大樹二株,岳起修捐樹一株,董忠恕捐磚一千二百,刘景湯捐大樹一株,刘太捐磚五百,唐復動捐大樹一株,邵明魁捐大樑一架,唐德良捐大樹一株,刘継聖捐磚一千送到,唐德修捐大樹一株,周仲乾捐□十千,王継愛捐□二十千,刘曰林捐秋楷七百,刘青喦捐□十千,臧澄捐□十千,曺臻捐□十千,于燦若捐□十千,刘如蘭捐大樹一株,唐起修捐大樹一株,趙幹廷捐□十五千,唐德謙捐大樹一株,趙景曾捐□十千,刘文捐磚五百,刘自孝捐大樹一株,刘見功捐大樹一株,邊下街共捐□五十五千九百,馮視遠、秦伏龍長車一輛,趙象升、刘邠□長車一輛,刘勤運搬材料,趙象振,張瑞。夏家庄共施□十三千,葛孝礼、夏慶龍、夏慶林、刘継成、夏克順、邱立□、刘継鳳、邱中彥。東邵家庄,刘崇,徐家庄共捐□八千七百,趙象謙。清平庄捐□四千,趙象太。小埠前捐□三千,葛成九、刘景曾、臧廷臣、刘云皋。河南庄捐□五千三百,刘瑜、刘法祥、刘曰盛、刘佩。楊家庄捐□四千,刘烈、楊興龍、楊興慶、刘勉。唐家店子捐□五千五,刘敏、張維、張世偉、刘雲登。東刘家庄捐□四千五,邵太來、刘德信、閆復初。馮家庄捐□三千,王家庄子、金家庄捐施九千,吳家庄、周家庄捐□七千六,姜家窪子、團埠坡捐□六千五,畢家庄、山秦庄捐樹一株,蕭家庄、耿家店子捐□二十千,半截樓、南流泉、徐家店子捐□十三千,崔家庄、黃埠庄、東上町、三里庄子、西上□、東趙庄、十柳樹庄、岳家□庄、岳家新庄、罗圈庄、業□□、北任家庄、東馮家庄、李家庄、北彥庄、南河街、歇頭倉、山唐二庄夥修金像,閆義,曺福臻,黃士植,宇吉光,黃錫遠,刘景舜,黃維貞,王玉先,刘居方,張存義,刘成,鄧錦,王復立,□康,左松年,郝云升,刘漢源,刘瑞遠,刘占華,趙忻礼,黃協忠,于華章,秦□義,趙作臣,田德照,刘自誠,李進德,陳宏友,刘先授,刘占恒,王孔密,萬和号,王儀,夏浩,刘士魁,趙升輅,姜怀仁,酆燦,吳海,于祥,刘河,臧汝弼,郝學曾,王思文,黃松年,刘波,夏防,刘現乾,于希孟,刘全淂,于吉,吳臻,刘發□,高雲露,宇作起,秦際時,孫士魁,王聖,孫士祥,刘羏,刘乾持,刘溥,刘怀新,李雲飛,□□□,張□□,□□□,張□□,王克俊,趙茂生,孫士俊,馮魁武,孫志清,刘現光,張象起,徐喜,黃善明,曺怀璧,秦楠,吳□□,宇德深,朱萬東,孫保春,趙俊□,孫□□,岳□□,□怀信,□□□,□□□,□□□。

清道光四年重修方山出巡神像記碑

碑在山東省昌樂縣方山龍神祠,清道光四年(1824)立。石灰石質。圭首。高112.5厘米,寬75.5厘米,厚19厘米。正文行書,字徑2.5厘米。額題"大清",楷書,單行,字徑10厘米。碑體完整,根部立碑時用水泥遮蓋,其餘部分文字清晰。

重修方山出巡神像記

清道光四年重修方山出巡神像記碑

嘗謂天地之大也,人有所憾,惟一二神聖補救於其間,而釋人之憾……」傅侯主方山時,降妖伏魔,以除民害,而威靈之震叠,至今赫然。非……」為尤甚也,憶自乾隆丁卯,余先嚴與同社十七庄諸父老,始行禱……」侯之賜之以雨者,或三日而應,或即日而应,或即刻而應,應無不足□……」將詩所謂"黍苗陰雨,爰頌郇伯之勞"者,寧是過與?是安可不重有以……」三,送駕者五,演劇者十,又無歲不致供献,而於神像又加意焉。……」行之舉,而冠裳肅然,凭以几案。及後,年沿就敝矣。越至嘉慶丁卯,乃……」藍衫等件,貯以箱,而繡座与焉。次年,又製煖閣,附以香爐、燭臺等,而……」製戥事五十有八件。及今道光甲申,又換金冠袍帶於戥事而更新……」豈報我侯於萬一哉？亦聊以壯巡行之觀,而使四方人目見耳聞……」人之深,感人之至,莫不流連企慕,仰方山而望德澤也。已是為記」。

歲進士趙光臨……」

陽阜社:叢家陽阜、榮家陽阜、韓家陽阜、李家漥子、太平官庄、和睦官庄、東叢家庄、馬宋寺後……

道光肆年子月穀旦」。

清道光六年增修寶厦記碑

　　碑在山東省昌樂縣方山龍神祠,清道光六年(1826)立。趙華臨撰文,潘華封書丹。石灰石質。高 69 厘米,寬 183 厘米,厚 15 厘米。正文楷書,字徑 2.5～3 厘米。碑體完整,文字清晰。該碑記載,清道光五年(1825)盛夏亢旱,邑庠生趙華臨於威靈侯聖誕,至方山威靈侯祠禱雨有應,於是倡議重修威靈侯祠,並於次年立碑以記其事。

清道光六年增修寶厦記碑

增修寶厦碑記

　　蘇子曰:神之在天下,如水之在地」中,無所往而不在,即無所往而不」靈。況神之出雲降雨、保障一方如」侯者耶? 侯自前古以來,邑人」士於山之西麓像其貌而祠之,因」以"靈泉"名厥觀。而侯之靈,亦赫」赫昭人耳目,故雖時數遞更,而補」葺增修無少懈,未嘗不欵侯所」憑依,即侯之所自為也。顧廟貌」雖新,□□如故,而寶厦缺如,□□」極宏麗之規,觀者以為猶有憾。是」豈昔之人未及為而待補於後人」與? 抑侯之靈愈積愈盛,而自使」受其庇者不容不為與? 如吾鄉陽」阜社,自前輩屢行禱雨於此,有求」輒應,吾兄輝亭為之誌,業已勒石」銘恩矣。第以窮簷蔀屋,窘於貲財」,始終以未為此事為憾。歲在乙酉」,盛夏亢旱,延及我侯聖誕,因約」同社百餘人,具牲牢,躋堂奉賀,兼」禱雨澤,擢籤獲吉,如期而應。於是」,共議專增寶厦數楹,費則不貲,而」功亦易就,用補前人之缺,償夙昔」之願,以壯我侯之觀,在是舉也」。詢謀僉同,乃庀材鳩工,委僧清演」董其事。事蕆,爰伐石勒諸壁間。是」豈私心? 竊冀借此以報我侯於」萬一哉？凡以昭我侯之靈，謹誌」之不敢忘云爾」。

邑庠生趙華臨撰」。

渠邱庠生潘華封書」。

陽阜社：太平官庄、郝家庄、東叢家庄、牛家庄、叢家陽阜、唐家庄、榮家陽阜、後皇庄、韓家陽阜、崔家庄、李家窪子、邵家庄、和睦官庄、閻家庄、帽子匠庄、前皇庄、馬宋寺後。

石匠：劉有仁。

大清道光陸年清和月穀旦」。

清光緒二年護山記碑

　　碑在山東省昌樂縣方山龍神祠,清光緒二年(1876)立。石灰石質。高95厘米,寬53厘米,厚11厘米。正文楷書,字徑4.5厘米。額題"護山碑記",楷書,單行,字徑6.5厘米。碑斷裂為多塊,文字基本清晰。

　　方山之由來久矣,古柏森然」,以狀四方之觀。祇因斬伐者」多,立法於石,以示戒焉」。

　　由石欄內

　　縱放牛羊者罰錢拾千。

　　偷伐樹株者罰錢伍拾千。

　　合廠仝立。

　　大清光緒二年梅月上浣穀旦」。

清光緒二十九年方山松樹記碑

碑在山東省昌樂縣方山龍神祠,清光緒二十九年(1903)立。石灰石質。地上部分現高 95.5 厘米,寬 56.5 厘米,厚 14 厘米。正文楷書,字徑 2.5 厘米。碑體完整,文字清晰。

方山松樹碑記

竊維山之有松,所以庇神靈也。營陵城東南二十里,有山曰方山。山□」西麓舊有」威靈侯廟,有求必應,福祐四方,歷數代矣。其石檻外有大松七株,潤三尺□」奇,名曰七星樹,盤根錯節,不計年代。此外,巨細不等,山之上下,約一□」五百餘松,非前人董事之所栽培,即昔輩禪師之所種植也。光緒丙□」,因樵牧無知,屢有毀傷,曾立碑定罰,以為入山者戒。迄今二十餘載□」,恐碑文沒滅,人皆慢不經心也。共議再建新碑,嚴立罰約,俾斧斤不□」,以任松之滋長焉。庶年益久而松益茂,鬱鬱蒼蒼,而神靈有庇,以仰□」國家神道設教之至意,是固松之幸,實山之靈也。是為碑記」。

議伐者罰錢五十千。

盜賣者罰錢一百千。

毀傷者罰栽松一百株。

光緒二十九年十二月,山下二十四村公立」。

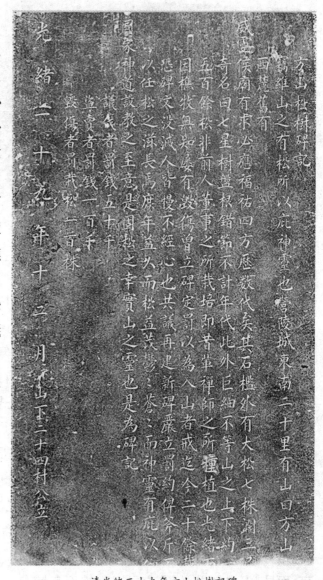

清光緒二十九年方山松樹記碑

清光緒三十年重修靈侯廟記碑

　　碑在山東省昌樂縣方山龍神祠,清光緒三十年(1904)立。馬龍驤撰文,徐奉先書丹。石灰石質。高 71 厘米,寬 184 厘米,厚 15.5 厘米。正文楷書,字徑 3 厘米。碑體完整,文字清晰。該碑記載,僧人清演及其弟子,曾多次重修龍神祠。

清光緒三十年重修靈侯廟記碑

重修威靈侯廟碑記

　　昔聖人以神道設教而天下服,其非徒愚」人以術之謂,謂夫神,聰明正直,無不聞見」,無所阿私,善則降祥,不善則降殃,由古及」今而誠一不二者也。昌城東南二十里有」山曰方山,神曰“威靈侯”。廟之建立,不知肇自何年,而凡遇旱乾」水溢,虔誠禱之,無不應者,蓋昌民之蒙神」麻者久矣。時有戒僧清演,以神靈感素著」而廟貌粗具,非所以禮神明而肅瞻仰,乃」倡議募化,增其式廓,復於清課餘暇,植松」山半千餘株,一時廟貌煥然,樹色蔚然,山」容蒼然,更加以方水澄清,止者如鏡,流者」如帶,曲折縈迴,環山左右,而此遂為邑巨」觀。意山之靈,亦當樂乎茲邱焉。惜歷年既」久,廟宇敝漏,邑人士有事祈禱,至此罔不」興有舉莫廢之思,此固見人心之好善,而」亦可徵神恩之感人者深也。師有悟興者」,清演之法嗣也。既主持斯廟,復植松數百」株,山愈美矣,而廟之圮毀如故,乃以修葺」事商同首事人等,量力捐資,重復舊規。於」是,集蚨若干緡,鳩工庀材,不旬日而告成」。是役也,悟師之能繼先志,固不待言,而邑」人之知恩必報,亦可以對神而無憾矣。事」竣,僉議勒諸貞珉,以示久遠,故予不揣固」陋，援筆記之云」。

　　歲進士候選教諭馬龍驤撰」。

　　邑庠生徐奉先薰沐敬書」。

　　捐資：邊下街、山唐、北寨、南寨、小埠前、大埠前、秦家庄、血頭倉、老官李、大楊家、徐家、河南、下樓、樂山堂書房、楊辛庄、金家庄、馮家庄、唐家店子、西劉家庄、南劉家庄、北夏家庄、南夏家庄、西邵家庄、東邵家庄、團埠子坡、石廟子、岳家河、周家庄、橋官廠、南関廠、南郝廠、北岩廠、馬宋廠、辛庄廠。

　　窰匠：馮偉、劉延齡。

　　石匠：劉象中。

　　陽阜社重修寶廈。

　　大清光緒叁拾年歲次甲辰嘉平月穀旦」。

民國二十五年重修龍泉祠記碑

　　碑在山東省昌樂縣方山龍神祠,民國二十五年(1936)立。夏九經撰文,于殿元書丹。石灰石質。高 68 厘米,寬 167 厘米,厚 16 厘米。正文楷書,字徑 3 厘米。碑體完整,文字清晰。該碑記載,民國二十五年(1936),龍泉祠住持真吉在信士張文會、蕭有仁、劉漢裔、李鴻翔、李可興等的幫助下,曾重修龍泉祠,這說明在民國二十五年(1936)前後,龍泉祠由僧人住持。

民國二十五年重修龍泉祠記碑

重修龍泉祠記

　　方山西麓舊有龍泉祠,祠之神封號曰」威靈侯,特文獻不足,其神與廟之所由肇,俱」攷稽無從,但歷覽碑碣,自元大德年間即云」重修,則廟之有也,為已久矣。然其始制度朴」陋,祠僅三楹。至清睿皇中,住持者為清演上」人,廣為募化,一時之捐助資材者接踵而至」,於以拓舊規而煥新模。凡遇旱乾,無論遐邇」,虔誠祈禱者,靈應常不虛,民是以感戴弗忘」也。歷元及清,上下數百年間,繕完修葺不一」而足。然自甲辰重修後,今已三十餘年矣,高」山崔嵬,摧殘特甚,風雨之所剝蝕,鳥鼠之所」穿毀,廟貌破落,幾有不堪入目者。夫莫為之」先,雖美弗彰;莫為之後,雖盛弗傳。使不重為」修理,何以妥神明、肅觀瞻乎?住持僧真吉,一」為提倡,四方響應,本廠按畝捐資,外廠量力」輸納,陽阜社集資尤鉅,公推張君文會、蕭君」有仁、劉君漢裔、李君鴻翔、李君可興等董其」事。選匠庀材，庶民之赴事趨工者，莫不踴躍」爭先，貫則仍舊，象皆更新，凡兩越月而工竣」。是役也，固僧人継祖師之志，有以倡導於前」，亦以賴萬衆同心，輸誠納款，思以報神恩於」萬一也。余不文，謹敘其事而為之記，後之人」倘能踵事增修，以永保神祠於無替，是尤余」之所厚望也夫」。

後學夏九經拜撰」。

公民于殿元敬書」。

本廠：歇頭倉、團埠坡、唐家店、邊下街、大埠前、小埠前、馮家庄、金家庄、山西劉、山南劉、夏家庄、南夏庄、東邵、西邵、山唐、河南、北寨、南寨、石庙子、楊辛庄、大楊家、老官李、周家庄、岳家河、山秦、東徐、西徐、下婁。

外廠：南関廠、北岩廠、西店廠、喬官廠、南郝廠、辛旺廠、馬宋廠、營邱廠、北展廠、董官郷、平壽社、解召鎮、夏辛庄、梓羅林。

陽阜社：叢家陽阜、榮家陽阜、韓家陽阜、劉家陽阜、太平官庄、小牛家庄、馬宋寺後、李家漥子、郝家老庄、和睦官庄、叢家庄、閻家庄、唐家庄、前皇庄、後皇庄、邵家庄、大牛庄、崔家庄。

住持僧人真吉、吉修，門徒常經、常起、常盛，徒孫識恒、識田。

窰匠：秦玉聲、劉希賢。

民國二十五年歲次丙子嘉平月穀旦」。

殘 碑

碑在山東省昌樂縣方山龍神祠,立碑時間不詳。石灰石。殘高 121 厘米,寬 82 厘米,厚 15.5 厘米。正文楷書,字徑 2.5 厘米。碑上半部殘缺,剩餘部分文字基本清晰。

殘 碑

(上殘)於此瞻仰焉,而況旱祭則甘霖立沛,澇祀則重霧頓開,昭昭乎為一方保」(下殘)廣袤十餘里,邑東南巨鎮也。其上有龍泉湧出,歷年不竭,相傳激流山麓農」(下殘)知昉自何時,而士女輻輳,香煙雲集,每遇雨暘不時,則禱祝立應,我人沐膏」(下殘)與結社鳩工立石,頌德志神功也。余承命為文,因憶壬午九月,與二三同人」(下殘)攀藤附蔓,步山椒而登焉。南俯白水,北枕孤峯,丹溪西繞,營丘東顧,誠洋洋」(下殘)勝蹤,不能作賦以紀,而畧述顛末,刻石以識神休,此舉自不容已,不謂至今」(下殘)梗概,倘文人學士,才士詞賦,其有聞余言而興起者乎? 至於山靈軼迹封爵」(下殘)碑碣具在,前人論之詳矣,茲不復云」。

(上殘)劉國璞、張大成、蔡祿、岳玠、劉肇基、劉珍、劉恬、劉惇、劉世珍、劉周冕、劉遐齡、趙桐。

　　毛課、李大用、刘培基、吴尚顺、李大倫、張継先、姜從命、王現策、于可法、丁鳳儀、李日明、王福貴、董瑜、刘生美、趙蘭秀、刘廷德、王士秀、孫九荣、毛鳳安、毛誠、刘世珠、毛鳳爵、閏承宗、金有才、曹琇、曹日章、曹玥、曹日荣、毛多福、毛多素。

　　(上殘)運隆謹記。

　　(上殘)□溥。

　　住持僧人福慶,徒弟興貴。

　　石匠:□存忠。

玉皇廟

明萬曆三十六年重建玉皇廟記碑

明萬曆三十六年重建玉皇廟記碑

　　碑在山東省昌樂縣縣城東北玉皇廟村玉皇廟，明萬曆三十六年（1608）立。石灰石質。圭首。高140厘米，寬72厘米，厚16厘米。正文楷書，字徑2～3厘米。碑右下角殘缺，剩餘部分文字基本清晰。該碑記載，信女于氏曾於明萬曆十三年（1585）至十四年（1586）重修昌樂玉皇廟，並於萬曆三十六年（1608）刻碑以記其事。

重建玉皇廟記

　　重建玉皇廟者，邑之信女于氏也。氏封孺人，邑之已故趙道長所謂継山君者，其丈也……」居家日坐觀經不輟，凡四方之建廟不給，及人之困苦無告者，咸出粟貲之，稱信女云。先是……」年，是為己卯，道長方以疾歸，越數日，遂捐館。氏食不充咽，継之以死者以十數，里人哀之……」起為邑患者始甚。氏恐，語人曰："其不足惜也，倘一旦有變，吾親老二女幼，何以堪處，及詢……」云此二里城東北有玉皇廟，極靈驗，盍徃叩之。至則見殿宇狹小，墙垣圮壞,廢也久矣。天……」之乃進神前,再拜而告曰:"神其息我外患,降我康福,是廟也,我將更新之。"無何,境内□……」幸無恙云。氏感神之靈佑無極也,乃捐己貲,課工役,毀其殿三小楹者而闊大之,前建……」建寢室三楹,各塑神像於内,而一時百廢莫不畢興。是役也,經始于萬曆十三年五月……」十四年六月四日。氏命道衆清齋畢,乃遣僕馳幣來示予,并屬文以記之。予曰:謁記……」玉皇上帝之尊號,其為靈昭昭也。而氏以虔心有此盛舉,垂之于石,則夫作廟之由成功……」樂談而鄉民之希遘者。予纘不佞,與趙氏親且友也,義弗獲辭,謹書其事如左云」。

岢」

萬曆三十六年戊申歲孟夏吉旦」。

本廟香火地貳段,共地貳畝,岢住持道人……

清嘉慶二十五年重修玉皇廟記碑

碑在山東省昌樂縣縣城東北玉皇廟村玉皇廟,清嘉慶二十五年(1820)立。閻清瀾撰文。石灰石質。高 134 厘米,寬 59 厘米,厚 16 厘米。正文楷書,字徑 3 厘米。碑體完整,文字清晰。該碑記載,清嘉慶二十五年(1820),信士趙希皋、閻學祿等募緣重修昌樂玉皇廟,並立碑以記其事。

清嘉慶二十五年重修玉皇廟記碑

重修玉皇廟碑記

邑之東北距城二里曰玉皇廟村,夫村以廟名,則廟之由來舊矣。其創建不知」起於何時,據碑文,則重建者為前明監察御史継山趙公之夫人于氏也。但歲」久風雨剝蝕,金碧漫漶,而且瓦碎垣頹,鞠為茂草。爰有善人趙希皋、閻學祿等」,目擊而心傷之。於是,首倡捐貲,募緣四方,鳩工庀材。自春仲興工,而季夏告成」,一改從前舊觀矣。功既竣,而問序於予,予因有感於鄉人之好德,而廟祀之得」其要也。夫玉皇為」昊天上帝之神,庶人宜不得而祀之,然人日戴天之高,凡日用飲食得遂生人□樂」者,皆天之賜也。而敢忘報乎? 故序而論之,以告後之踵起而継修者」。

嘉慶二十五年歲在庚辰季夏穀旦,邑優行增廣生員閻清瀾撰文」。

張振清施樹二株,□世祥同施地八厘八毫。

領袖:趙希皋、趙增、□□祥、劉思仁、張振清、閻學祿、劉思禮、趙君臨、劉思祥、趙增寬、秦守經、趙玉德、趙珠忻、劉兆瑞、趙以立、劉樂孝、劉淮。

道人:劉富貴。

立石。

重修玉皇大帝廟記碑

　　碑在山東省昌樂縣縣城東北玉皇廟村玉皇廟,立碑時間不詳。石灰石質。高148厘米,寬67厘米,厚19厘米。正文楷書,字徑2～3厘米。碑陰題名楷書,字徑2厘米。碑右上角殘缺,現斷為三塊,剩餘部分文字基本清晰。該碑記載,某年昌樂大旱,春夏無雨,民眾禱於玉皇廟有應,於是加以重修。

重修玉皇大□□碑記

　　蓋聞:七日不雨,成湯禱於□□;四野酷旱,梁王祈於楚郊。至誠感神,望旱而禱,古之禮也。曩者,自春徂夏」,甘露缺乏。至六月初旬,□旱尤烈,赤日行天,千里無雲,原野之禾苗將枯,農夫之秋收難望。於是,紳耆□老,目覩時艰,公議禱雨,民□群起嚮應。洗心滌慮,虔齋沐浴,謹備不腆之儀,匍匐」玉皇大帝之前,修人事,挽天心,叩懇施恩。民眾德澤,惟神布之;民眾饑饉,惟神禦之。幸□於一方之微□」□施功□□無量。□至日暮,大雨滂沱,經一夜一晝始止。槁苗勃然而興,草木莫不含潤。於是,官吏相與」□於庭,農夫相與忭於野,工商相與歌於市。憂者以喜,病者以愈。偉哉! 神功莫能名焉。然飲水思源,思□」□□。雖云難報答於萬一,而□此聊以示人民之思哉? 一倡百和,踴躍輸將,鳩工□材,修茸垣牆,重修□」□□□三日,仰答聖靈。自此,陰陽□和,共□高□□□於既往;五風十雨,永戴庇佑之惠於將来。余也不」□□□□詞,以誌神功於不朽云。是為記」。

　　首事人:張子忠、劉順、趙子勤、劉福年、李連元、趙修和、郭立順、滕□□、□□興、趙立本、趙協丰、馮國瑞、郊□□、趙□□□□□□□□□、□白□、田□□、□□□、□□□、□□□、□□□□□□治、□□□、□□坤、□□□、□□□、徐道沖、劉子□、劉子□、□德□、趙同□、王□□、□□田、周景□監立。

　　……年十二月上浣□□穀□」。

　　(以下碑陰)

　　□□商號捐洋四拾元零四角,□□商號捐洋壹百四拾八元三角四分,□□坊捐洋弍拾七元,趙景春捐洋弍元,東關捐洋伍元三角,北關捐洋陸拾元,南關捐洋四拾一元,東南隅捐洋拾四元,西南隅捐洋拾四元,東北隅捐洋叁拾一元,西北隅捐洋弍拾四元一角九分,劉家莊子捐洋叁元,玉皇廟莊捐洋拾元,劇北鄉捐洋叁拾元。

　　主持道人:袁智海。

金 山

清道光十二年金山修真觀宗派碑

碑在山東省昌樂縣鄌郚鎮金山修真觀,清道光十二年(1832)立。石灰石質。高120厘米,寬53厘米,厚15厘米。正文行書,字徑2.5～3厘米。額題"□山□□",楷書,單行,字徑7厘米。碑體完整,文字基本清晰。該碑記載,金山派道士馬元祿,於清順治八年(1651)由嶗山来到昌樂金山建廟以修真,並傳承金山派道法。其後所附傳承圖,極為詳盡的說明了金山派在昌樂金山的傳承情況,對於瞭解金山派在山東的傳播具有重要價値。

金山修真观者,由吾始師祖馬元祿於順治八年自嶗山明霞洞来到金」山,有山神庙一所,因見山勢明秀,遂募化四方,創成□□厥□□□修」建□以廣大,迄今二百年矣。凡我在此住持者,理宜修真養」性,以纘承于勿替云」。

安邱县道會司秦體光」。

始祖馬元祿,吳妙修、高妙祥、雲妙起、李妙鳳、韓妙才,楊理增、王理順、董理文、宋理方,張生香、王生貴、譚生富、趙生津、陳生惠,王體煥、陳體蘭、秦體光、尹體秀、李體建、張体智,徐性全、楊

清道光十二年金山修真觀宗派碑

性端、邢性崑、王性岐、徐性嵋、李性增，王浮濱、王浮湛、田浮淳、王浮洪、陳浮湖、路浮清、刘浮洞，刘空普、王空升、張空興、王空志、張空昱，周坐祥、張坐□、石坐山，辛自德。

　　大清道光十二年□月初三日七世孫王浮春祝」。

清咸豐十一年金山創修王母殿記殘碑

碑在山東省昌樂縣鄌郚鎮金山修真觀,清咸豐十一年(1861)立。石灰石質。殘高62厘米,寬75厘米,厚17厘米。正文楷書,字徑3厘米。碑下半部殘缺,現僅存上半部,文字漫漶。

創修王母殿碑記

胸邑海□山有王母殿,□□□(下殘)」江淮徐泗諸逆匪,又於辛酉□(下殘)」金坡為王母殿宇,塑像得朝□(下殘)」□之交,經之營之,須眾生之力(下殘)」聞之而喜其好善有誠也,故為(下殘)」。

邑□(下殘)

邑庠(下殘)

領袖(下殘)

皇清咸豐拾壹年歲次(下殘)」

附錄一：方志資料

（一）明嘉靖《昌樂縣志》

（明）朱木修，高淩雲纂《昌樂縣志》，明嘉靖二十七年（1548）刻本

明嘉靖《昌樂縣志》卷一《地理志》

方山，在城東南二十里。□隆盤據，秀聳方巖。山半有龍神廟，廟前有洗水，自石壁奕出，色味清美，禱可致雨。

孤山，在城東十里。峯巒峭拔，厓谷幽深。夷齊避紂隱此。郡志云：孤山之風，可肅薄夫。一名鳳山。

黃山，城東南二十里。上有黃仙公廟。

擂鼓山，城西南五十里。白狼河粦源，上有白狼廟。

紀山，在城西南五十里。上有大王廟，廟前有池。

二姑山，在城南二十五里。相傳二仙姑成道於此。

隋姑山，城南四十里。有人隨仙姑至此。

龍泉，在隋姑山麓，甘美不竭。

龍洞，在孤山南，禱雨輒應。

方山洞，在方山東麓。

玉霄宮，在縣治西。

天真觀，在玉霄宮後。

明嘉靖《昌樂縣志》卷二《祠典志》

城隍廟，在縣治西。創自洪武。景泰三年，知縣孫輝重修。按：城隍之祠，不經見，蓋萌于唐而盛于宋元，先儒嘗疑其祠以社為複者，然竊以為在穀。本木之數，禹並列之為六府，所以重民之食也。若城隍與社之事，祀隨所在而各致其隆，豈非重民之衛乎？夫中雷門井之有功一家，坊水庸郵表畷之有功一鄉，禮尚祀之，況高城深池之有功於郡邑者哉？

夷齊廟，在城東孤山。舊規制甚隘，御史熊榮命知縣黃軏毀東朱寺殿材木重建大殿三間，翼以兩廡。殿東為玩山亭，週圍繚以石垣，益以大門。其廟，一在東城門外，元時建，一在南城門外，正德年建。嘉靖二十七年，知縣朱木重修，改玩山亭為仰

止堂。

夷齊廟額，宋賜，廟額曰"昭賢"。元文宗至順元年冬十月，賜廟額曰"聖清"。

孤山廟，在孤山夷齊廟之西。知縣朱木重建。按：宋追封"廣靈侯"，元加"孚澤廣靈侯"。國初承前代之舊，皆加封爵。洪武三年，詔天下凡嶽鎮海瀆，並去前代所封之號，止以山川本名稱其神。

龍神廟，在方山西坡。廟前有池，池南為樂泉亭。

馬神廟，在縣治內，縣丞廨西。

鄭侯廟，在縣治儀門之東。

明嘉靖《昌樂縣志》卷三《人物志》

徐神公，不知何時人。呼為徐賊，竊得人財物，半以留主，半以濟人。後為失家所獲，送於官，械繫獄中，夜忽脫去。明旦，追尋至縣東五里，石上止有脚鐐迹，人以為仙去。按：郡志有徐問真，與歐陽脩善。一日，求去甚力，脩留之，不可曰："我友罪我與公卿遊。"脩使人送之，果有鐵冠丈人，長八尺餘，俟於道，以瓢覆酒於掌飲之，隨不知所往。嘗教脩引氣，愈足疾。蘇軾試之，亦驗。疑即此人。

李清，北海營陵人。少學道，入雲門窟，遇仙人授一書。甫半日歸，視其城郭人民屋室皆變，無一相識者。後入太山，莫知所終。

按：仙釋所以保全性命之真，而游求於其外，足以盪意平心，而無怵惕於胷中。習之，使人誕欺怪迂之事日以充斥。似無可錄，但志例皆存，則難以獨去也。

(二)清嘉慶《昌樂縣志》

（清）魏禮焯修，閻學夏等纂《昌樂縣志》，清嘉慶十四年(1809)刻本

清嘉慶《昌樂縣志》卷四《山川考》

其山之列於東南隅者，自城東十里外鳳山特起一峯，壁立千仞，為邑東保障，城脉蓋由此結焉。有穴曰龍洞，禱焉輒雨。《齊乘》云：宋封山神曰廣靈侯。其上有夷齊廟，事見古蹟考。亦名孤山，郡志曰："孤山之風，可肅薄夫。"即此。……擂鼓山，在張莊集西南，去城七十餘里，白狼河發源於此。上有白狼廟。山西曰蠍山，舊志不載。張莊之南曰郾部集，疑即古部城。其山曰大王山，有廟存焉。迤西皆山，曰西嶺，入臨朐境矣。郾部之東曰馬駒嶺，踰嶺而北十五里曰北展集，其山之有名者曰鄧閣埠，土人相傳有神居焉。舊志亦不載。……二姑山，俗傳二姑成仙於此，不經之談也。山下曰蒙芽山，其他無名不可指者，羅列如兒孫焉。北嚴東北十里曰邊下集，邊下者，村居皆在邊山以下也。其山橫亘，頂平如坻，四望皆方，故以方名，即《金史》所載北海縣注之方山是也。山半有神祠，祠前石池深可六七尺，冬夏不溢不竭，內生金魚。池畔古藤繞槐，陰翳滿院。遇旱虔禱立應。寺外翠柏蒼然林立，稱一邑之勝。

清嘉慶《昌樂縣志》卷五《古蹟考》

清聖廟，在邑東十里孤山絕頂。舊稱昭賢廟，有李昂碑記，見《藝文考》。蓋營之人因地稱北海，故採《孟子》伯夷避紂居北海之說，立廟以實之，所謂頑夫廉，懦夫有立志，聞風奮起，不以時地限也。歷宋元，皆加封號。營人又以太公封於營邱，夷齊待清，北海遷就，並享曰三老祠。

孤山廟，在清聖廟之西。又曰龍王廟，大旱禱雨輒應。宋封廣靈侯，元加封孚澤廣靈侯。俗傳侯姓李氏，本壽光人，生而正直，貧窶，傭工自給。歲凶，貸於富室，不與，憤曰：是皆無求於人者。不食嗟來而死，得為龍神，示夢於逆旅主人，奇驗。土人乃為立祠於孤山之巔，與清聖為鄰。他邑禱雨，罔不應。壽人獨否其鄉人，約李氏來乃雨。

清嘉慶《昌樂縣志》卷六《建置考》

玉霄宮,在縣治西。

天真觀,在玉霄宮後,廢。

文昌閣,一在城東南隅;一在馬宋集,生員唐垂紳等重修。

天齊廟,一在東關,廢;一在城北。

三官廟,在文廟西。

真武廟,一在北門上,一在城北。

玉皇廟,在城北。

太山行宮,在南關。

黃仙公祠,在城東南。

清幽觀,在城西南,創建始於金。

清嘉慶《昌樂縣志》卷十一《藝文考》

重修北海孤山廟碑記

元 王登

伯夷、叔齊,姓墨氏。長允,字公信;季智,字公達。夷、齊,諡也。伯夷避紂,居北海之濱,墓在河東蒲坂雷首之陽。濰古北海孤山,去州西幾半百,邦人思之,立祠其上,秦漢而下,不知幾興廢矣。觀亡宋崇寧石文,有進爵之賜,立祠之始,無自考焉。憲天述道仁文義武大光孝皇帝即位以來,百廢具舉,名山大川,古聖前賢,咸頒諡典。至元辛巳冬十月,宣命贈伯夷昭義清惠公、叔齊崇讓仁惠公,祠旁有龍神廟,亦贈孚澤廣靈侯。居民謂,遇歲旱嘆禱輒應,一方恒霑濡焉。廟圮已久,神無所依。至正己丑,古襄趙侯為山東山西道宣尉使,命濰守張萃澈新之。疑者謂,居北海者,伯夷也,不聞叔齊,雖然首陽之餓,兄弟同之,豈避亂而舍而他適乎? 否則,慕二公之賢者,因祀其兄而配其弟也。登嘗讀洪氏之論曰:武王伐紂,太公佐之,伯夷非之,佐之者以拯天下之溺,非之者以懲萬古之亂,其用心一也。不然,則殷之三仁,或去或不去,或死或不死,何以皆得為仁耶? 登不敢別立異議,特書前人之確論云。

重修昭賢祠記

明 熊榮

昌樂東十里許孤山,上有夷齊祠,載在祠典,自漢而唐而宋及國朝,未之有改也。有司春秋二仲從事制也。庚寅秋七月,磨溪熊子以觀風過謁祠下,見其年久傾圮,風雨弗蔽,非以妥靈宅神,深用惻焉,遂命知縣黃軏易而新之。遵制也,額曰昭賢,仍舊名云。中為祠,前為門,左右為廂,各三楹,登有級,圍有牆,規制頗稱之役也。材撤諸佛舍,石取諸山,不藉諸官也。工則邑人樂而趨之,不強諸民也。旬有十日事竣,鄉之人大愜瞻仰,同知張世選以輿情請記。按古今經傳叙論,夷齊之事詳矣。其讓國而逃,叩馬而諫,採薇而餓,父子兄弟君臣之大倫大義,凜然清風,千古一日。孰不知之,亦孰不能論之? 但其中差有不同。夫太史列傳未免錯簡,莊子激而不經,呂韓俱外傳,唯孔孟之言可信無疑。孔子曰:"伯夷、叔齊,不念舊惡,怨是用希。"又曰:"皆古賢人也。""求仁而得仁。"又曰:"不降其志,不辱其身。"未嘗優劣二子,以其得仁同也。孟子曰:"伯夷辟紂,居北海之濱。"又曰:"聞伯夷之風者,頑夫廉,懦夫有立志。"又曰:"伯夷,聖之清者也。"意孟子不言叔齊者,豈不以二子遜國,求仁得仁,舉伯夷而叔齊在其中乎? 由此觀之,則二子誠仁且義、賢而聖者也。昌黎所謂特立獨行、窮天地、亘萬世而不顧者,其德之同可見矣。其德同,故其祀同。祀於昌,其生也;祀於首陽,其死也;祀於孤山,其所寓也。時在遜國之後,叩馬之前,孟子所謂北海之濱者,即其地焉。又按《圖誌》,孤山舊屬濰州之北海郡,今降而為縣,以孤山屬昌樂,祀有由然矣。奠而招之,以祝復碑,以識歲月,以慰邑人之思云。

重修昭賢廟記

李昂

　　青州故北海郡,東七十里治縣曰昌樂,縣之東十里有山曰孤山,廟曰昭賢。說者謂夷齊嘗居於此,故歷宋元皆為廟記。一本其《傳》,謂讓位來此;一本諸《孟子》,謂辟紂。雖世遠不復可詳,孟子謂其居北海之濱,則本諸辟紂審矣。山高處兀然而平,濯然不生草木,而廟當其兀然處,無深林大木為之蔽藏,歲久壞於風雨,余久欲葺之而艱其人。成化甲午之夏,安邱丞袁麟適奉余檄來署縣事,遂以其事付之。果不費於公,不煩於民,不踰月而告成。請記於余,余曰:人於天地間為物最貴,然生不能百年,至其澌盡則物堅剛者不如,故君子者疾無名,而小人者悲短景。釋者悟之而流於空虛,老者見之而拘於保鍊。嗚呼! 是豈知吾之不朽足與天地上下同遊而無終窮者哉! 夷齊高世之節,愛君之仁,渾乎天無涯,而廓乎空無雲。粂百聖而莫議,亘萬古而彌新,豈非浩然終天地而常存者耶? 夷齊之氣,天地之正氣也;夷齊之理,天地之正理也。天地之正氣,不容一息間,則夷齊之氣在也。天地之正理,不容一髮亡,則夷齊之理在也。夷齊直百年其身,而萬世其人者哉! 故余以為,天地者,其廟貌也;日月者,其香火也;四時者,其祭祀也。是廟之有無,初不與焉,而吾人必於飭者,亦其理氣之在人,自有弗獲已焉者爾。故歷代廟記封號之詳,與今修作楹桷之大致,余皆不記也,非不記也,不足記也。

重建文昌閣碑記

丁卯 邑人 閻愉

昌城東南隅外,近倚城隈,舊有文昌閣,厥位巽,厥地文明,喬山峙其前,峭峰聳翠,堪輿家名曰筆山。委佗東折,方巖孤岫,參差而宛延。其西則丹流兩派,紆曲如帶,以環抱也。前代甲第聯翩,地靈人傑,并呈其秀。洎我朝定鼎三十餘年,科名落落,觀風者有今昔之感。歲庚戌,中州賀公諱基昌,以辛丑進士尹吾邑,首以興文教為任,登閣遠矚,欣然曰:"一邑中文章秀氣橐鑰於此矣,修補整頓,司牧責也,其何敢辭?"遂捐俸鳩役,刱建奎樓於閣之南,余與諸同志共襄厥成焉。時文昌閣漸傾圮,公議重修,以歲比不登,難物力,因緩其事。越癸亥,諸同志設法募化,其不足者,各助金助役助材,數月工告竣。其殿宇門垣,阰級規模,視舊制倍擴,選材倍精,修築亦倍固。殿易重樓神龕上,其下則□□敬業堂,為同人□□課藝所也。倘仰神靈之□赫,恪遵訓言,孝友以禔,躬仁恕以積德,淬屬於學,勿荒厥業,積善降祥,昭昭不爽。不然,縱才高學博,卒成蹶躓,困於泥塗,況手□□□□筆不屬數行,欲邀福於神,冀弋獲也,不綦難與? 余□□成論及之,不願同人妄覬神祉,自怠躬修,徒諉咎於山川。無靈明,神之不佑也。其對越在上,而惕然修省哉!

靈山廟專屬昌樂碑記

邑人 閻廷倩

考之《周官》,經疆則壞,以定課賦,近自聯比之區,遙而章亥所極,此疆彼界,罔或淆焉。矧夫崇邱隩區,厥名地鎮風裔,素稱蒙主盧朐。地以山名,誠以積土布氣之所;望有攸歸,而兩界之交,峯麓層沓,林薄泱漭,匿□發奸,多至叵測,此尤土著於斯者所宜留念也。昌城東南八十里曰靈山,山之上有祠有市,廣袤數千武,夙稱勝地。其東北麓與濰邑相近,濰之人或曰此山屬濰,濰志載之矣。顧嘗檢歷代輿圖,昌濰二邑屢經沿革,宋之先曰營邱、曰安仁,後易名昌樂。蒙元定夏,併入濰州。至勝國,復分為二,我朝因之。故昌之名山勝跡,濰志畢書者,襲元志之遺也。然而,茲山之四麓,疆畛皆昌土,租調悉昌民,則山隸於昌城者,灼然可知矣。夫考據今昔者,學士之責也;安土奉公者,三農之分也;分疆辨理、防微靖變者,賢長上之事也。山之屬昌與濰,似不必深辨,而所慮者,稽覈未確,則徭賦不清,證斷不真,則爭競難杜。又況奸宄肤篋之徒,或草伏鼠竄於其間,安知出雲毓物、茀鬱盤磚之境,不反厲官府之深憂哉! 茲由部文緝逃一案,兩邑咸聲明其故,而茲山之原委,井井旋奉,部示如詳,積久未辨之蹤,一朝騞解,維山有靈,當亦爽氣倍增也已。爰為泐石,以誌永久云。

所有縣府詳批署錄於左:康熙五十七年十月。案:奉萊、青二府批詳一件,薓法抗諭等事,先據濰縣,移關昌樂,以本縣道會姜沖禮呈前事稱靈山坐落本縣,馬思□今奉部元惡已獲等事,嚴查道人高跪兒等,詎靈山道人姜姓稱,山不屬濰,薓不具結緣由,關昌樂縣確查。□準昌樂縣,據邑人陳景虞、住持姜陽普等歷呈,據實陳情等事,覆關前來，准此。該灘縣知縣陳看得州縣分理疆域，所以緝奸匪靖地方也。兩邑接壤之處，不行查清，倘無事，則匿匪藏奸事發，則互相推諉，貽害可勝言耶？卑縣與昌樂界有靈山，歷來山塲市集兩邑分爭而奸匪潛匿，均難查結，兹奉部行查緝之案，道官姜呈稱前事，卑職移昌樂確查細繹。覆關灘志雖載靈山二字，而此寺寔昌境。且山下土地錢粮四面俱屬昌社，豈有山守屬灘之理？嗣後應昌樂專轄，與灘無涉。然恐土俗相沿，再致紛爭，抑恐後有別案，再相推諉，為此詳明。蒙萊州府劉批，既據昌樂，覆關查明，靈山左右前後土地具載昌境，完粮則靈山專屬昌樂無疑。此後查奸緝匪，或致別案事發，又何得推諉他邑乎？仰即存案。又據昌樂縣，蒙本府票據，灘縣申詳，道會姜沖禮呈前□□行縣確查粘抄全詳到縣，看得靈山寺之四至地土在昌完粮有鱗冊可查，業戶可問，此寺之屬昌而不屬灘明矣。緣昌境舊曾屬灘，故灘志沿載此山，以□□會借端起釁，其通緝甘結在案，理合具覆，蒙青州府陶批如詳，存案。雍正二年九月立石。

遊方山記

樂安　李煥章

余南走營陵，息於邱子仲素之墅，來集者王子合之、王子世涵，共話寒燈明月。邱子從窗隙指方山曰："是我家山，黃葉板扉，青溪茅屋，可作武陵觀。"偕諸君登焉。趾其上，則罡風拂拂，襲人衣裾。環際羣山，當屹然大兹山，亦處其地矣。按《志》，方山神為西門公，土人云，舊壽光令驅妖兹嶺，沒焉，今之廟貌而祝者，肉身也。頗荒誕，不敢信。祠前有元大德碑，止載西門大夫，而不悉其姓氏行事。文獻凋刓，神遂銷沒，文人亦有權力哉？念兹山即不如山樵野老所傳聞。西門大夫之說，顧必有考，考而不詳，士大夫不好事之故也。前西門禁河巫，後西門逐山魈，亦大異哉？還宿其墅。翌日乃西發。

修龍神廟引

邑令　曹宅安

凡一邑之內，例有常祀，自文廟、關帝廟、八蜡而外，列祀典者，厥有龍神，以祈甘雨，以介稷黍，靈甚赫也。昌故瘠土，凡祠宇，聊取其備，率陋弗治。而龍神之祠，在闤闠之外，牆僅及肩，戶可礙眉，其陋為特甚，余每欲新之而未能也。歲丁酉，自四月末不雨，將延五月，苗幾槁，種不入地，民用慼焉。於是，偕僚佐，合士庶，虔禱於神，廼有感斯通，不五日而雨，及旬日而再雨，優渥霑足，我黍與與，我稷翼翼，爰進士民，共謀協力捐輸以新廟貌，以答神麻。夫不祈而祭，勤於禮者也，上也；施而後報，簡於禮者也，次也。若夫獲滿簋滿車之賜而報以豚蹄，亦神所不屑較也。然而，比於慢矣，上者不及，已願同我民毋即於慢云爾。

遊方山賦

樂安　李含章

憶余曩為東武行，頓轡營陵道中，時有瀶然倒景染余衣裾者，心知為方山之嵐氣，飛青曳翠而春容，擬往登之不果，則同遊之堅不我以而中停。比其返也，會暮，悵零雨之其濛。洎戊寅之三月，數負諾於山靈矣。會有事過邱子，稅其所止而休焉。邱子之居在方山之麓，叢薄之間，依岩半歆，背水一灣，窗中雲影，屋裏峰巒。結烟蘿以封戶，補列岫以當垣。隔籬望之，如偉丈夫蕭然鵠立，弁青螺以為冠，維時遊山之興勃勃乎？如勁矢之在絃。詰朝，乃攜朋從溯，通川操濟，勝履巇岩。穿林索徑，徑微於發；披榛藉草，草細成芊。拾級而進，避險而盤。所躋益高，罡風拂之，既襲衣而知縫，旋吹瘴以垂簾。夾道奇石，擬鼓擬丈，積翠凝堅，若可語在韓陵之次，似俛首悟生公之禪，弱絮遊絲之窈窕，倉庚熠燿之翩翩，桃訊記漁人甲子，柳條憶張緒當年。仰睇峯頂，崇隆崔嵲，秀拔勁挺，白雲上出，作兜羅綿，乃偃息乎西門大夫之祠。祠前有池，一勺泓然，池形如珪、如盍、如仰玉溋，水如鑑、如瑯玕、如玻璃、如綠沉瓜。空行秀藻，面浮落花，綺紋縠繡，疎密橫斜，春濯蜀江之錦，新浣若耶之紗。其用宜漑宜漱，宜投纓示潔，宜洗許由之耳，宜試陸羽之茶。祠側有槐，虯枝霜膚，覆以青霞，邀赤鳥於僧臘，誰復記其年華，然其所處未抵山半，猶以謂望而茫也爾。乃回旋石磴，昂指青岑，支頤就膝，挹翠霑裙，笻竹掛岩頭，霽色芒鞋破。嶺上輕雲突兀，猙獰異貌，嚴乎石勒，幽深曠杳，結廬可有桐君。俯視羣峯，若蹲若拜，言陟其巔，則廓然喪其五內。方山之巔，中平如砥，白烟起兮，其下為溟，層巒蟲兮，銳出為岱，若斟若渠，淄洱其帶，眺絳節於雲中，招黃鵠於天外。相與玩異草茵蒼，苔綠樹支，朱輪未下，青裘被返，炤歸來斯，亦探幽之最適者也。為之歌曰："山高兮嵐澄，日暮歸兮山隨我行，袖贈宗炳兮幾點青重□，青翠積兮陸離，石骨瘦兮雲肥。山靈疑是王摩詰，幻出當時唐子西。"

(三)清咸豐《青州府志》

（清）毛永柏修，（清）李圖、劉燿椿纂《青州府志》，清咸豐九年(1859)刻本

清咸豐《青州府志》卷二十一《山川考》

孤山，縣東十里。《齊乘》：有穴曰龍洞，禱焉，雲出即雨。宋封山神曰廣靈侯，又以孟子言伯夷避紂居北海之濱，因立廟，封伯夷清惠侯、叔齊仁惠侯。崇甯大觀碑刻存焉。迨元至元十八年，加封山神曰孚澤廣靈侯，伯夷昭義清惠公，叔齊崇讓仁惠公。

方山，東丹水所出，在縣境者，山之陰也。《太平寰宇記》：方山，在縣東南二十五里。晏謨《齊記》云：劇城東南二十五里有方山，遠望正方。

《縣志》方山無里數，以北嚴莊東北十里邊下莊一山當之，東丹水不出於此，非古方山也。方山當在今臨朐凡山之東，山之陽亦在臨朐境，《寰宇記》：方山，至縣里數。指宋昌樂縣而言。《齊乘》云：廢昌樂城在濰州西五十里。此城東南十餘里有營陵城，城在今縣治東南營邱集。于氏元人，昌樂元初始廢，其言宋故城，當不誤。依于氏之言，宋昌樂治當在今縣治東南三十許里，再益以二十五里，為五十里而遙，入今臨朐東北境矣。東南云者，南多而東少，適當臨朐凡山之東，故曰：《縣志》之方山，非古方山也。況晏謨又云：劇城東南二十五里有方山。劇縣故城在今縣西十里，其東南二十五里，即今縣南之北嚴莊一帶，其南倉山、凡山在焉。凡山東即方山。《縣志》云：倉山之陰有小山，下臨丹水，蓋西丹水自凡山出，逕倉山北。而東丹水雖導源方山，實一山也。

塔山，一名溉源山，亦曰覆甑山，縣東南八十里。《縣志》：不減百里。《水經注·巨洋水篇》：溉水出桑犢亭東覆甑山。山謂之塔山，《太平寰宇記》：溉源山，山形如塔，舊名塔山。《地理志》云：覆甑山，溉水所出。天寶六年，敕改為溉源山。《齊乘》：溉水出塔山，即今東虞河。《濰縣志》作"于"。俗曰靈山，山東北與濰縣界，濰人或以此山屬濰，載之《縣志》，其實山四面土地皆屬昌樂。國朝康熙五十七年，二縣申報青州、萊州二府，定為昌樂之山。雍正二年，立石誌其事。邑人閻廷倩有記載。

白狼山，亦曰擂鼓山，縣西南五十里。《縣志》：在張莊集西南，去城七十餘里。白狼水出焉。《隋書·地理志》：都昌有白狼山。縣在隋為都昌，白狼即此山也。

清咸豐《青州府志》卷二十四《古跡考》

昌樂故城，在縣東南，詳沿革。今故城內有玉華宮，舊名神游觀，宋宗室淄王瑞華堂碑刻在焉。

清咸豐《青州府志》卷二十六《營建考》二《壇廟》寺觀

關帝廟，在縣南門外郭西，一在西門樓。

文昌閣，在縣南門外長樂郭門。

龍王廟，在縣東門外，乾隆四十一年知縣曹宅安脩。

夷齊廟，在縣東十里孤山上，祀殷伯夷、叔齊，建始無考。宋賜額曰昭賢，元賜額曰清聖。西偏有龍神廟，禱雨輒應，宋封廣靈侯，元加孚澤廣靈侯。至正間，山東東西道宣尉使趙失名督知濰州張萃澈新之，王登有《重脩孤山廟碑記》。歲久傾圮，明嘉靖間御史熊榮督知縣黃軏重建，成化間知府李昂督知縣袁麟重脩之。熊、李皆有碑記。

《縣志》載元王登《重脩廟碑記》題曰"北海孤山廟"，其文專主夷齊，而附及龍神，猶孤山之廟云耳。舊志岐而為二，曰夷齊廟，曰孤山廟，《縣志》亦兩載之，曰清聖廟，曰孤山廟。孤山廟下又曰龍王廟，是以孤山之廟為龍神矣。分載非，以孤山屬龍神，尤非。今援登文正之，而載其文於後。

元王登《重脩北海孤山廟碑記》：伯夷、叔齊，姓墨氏。長允字公信，季智字公達，夷、齊，謚也。伯夷避紂居北海之濱，墓在河東蒲坂雷首之陽。濰古北海孤山，去州西幾半百，邦人思之，立祠其上，秦漢而下，不知幾興廢矣。觀亡宋崇寧石文，有進爵之賜。立祠之始無自考焉。憲天述道仁文義武大光孝皇帝即位以來，百廢具舉，名山大川，古聖前賢，咸頒謚典。至元辛巳冬十月，宣命贈伯夷昭義清惠公，叔齊崇讓仁惠公。祠旁有龍神廟，亦贈孚澤廣靈侯。居民謂，遇歲旱暵禱輒應，一方恒霑需焉。廟圮已久，神無所依。至正己丑，古襄趙侯為山東東西道宣尉使，命濰守張萃澈新之。疑者謂居北海者，伯夷也，不聞叔齊，雖然首陽之餓，兄弟同之，豈避亂而舍而他適乎？否則，慕二公之賢者，因祀其兄而配其弟也。登嘗讀洪氏之論曰：武王伐紂，太公佐之，伯夷非之。佐之者以拯天下之溺，非之者以懲萬古之亂，其用心一也。不然，則殷之三仁，或去或不去，或死或不死，何以皆得為仁耶？登不敢別立異議，特書前人之確論云。

清幽觀，在城西南，金建。

（四）民國《昌樂縣續志》

（民國）王金嶽修，趙文琴、王景韓纂《昌樂縣續志》，民國二十三年（1934）鉛印本

民國《昌樂縣續志》卷三《山川志》

城東南十里外孤山，舊志名鳳山。特起一峯，壁立千仞，為邑東保障，城脈蓋由此焉。山西南有穴曰龍洞，禱焉輒雨。為邑八景之一。《齊乘》云：“宋封山神曰廣靈侯，其上有夷齊廟。”郡志曰：“孤山之風，可肅薄夫。”即此。山形北面如蹲虎，南面似臥龍，西南有仙人桌，石大如炕，前有大人跡，後有巨石，方圓亦如桌形。自東而西七八里，山前有石羅列，周圍數畝，遙望如牆壁，高數尺或尺許不等，天然生成之石欄也。

方山距城二十里，邊下鎮之正東，其山橫亘，頂平如坻，四望皆方，故名。即《金史》所載北海縣注之方山是也。山半有神祠，神臺座下有古洞，其深莫測。祠前石池深可六七尺，冬夏不溢不竭，內畜金魚。池畔古槐繞藤，綠竹夾道，紫薇、黃楊羅列左右。遇旱虔禱輒應。寺外翠柏蒼然，稱一邑之勝。踞邑巽方，儼若屏障，西山頂最高，陡立二三里。升其頂，東行五里許為東山頭，其下山半有古洞，名迎旭洞。

喬官鎮之西南二里許曰隋姑山，山有隋姑廟。隋姑之由名，碑記沒滅不能詳。相傳，昔有女士隨二仙姑至此成仙，故名。山勢蜿蜒，又名蟠龍山。上有古刹，近經匪亂拆毀。

民國《昌樂縣續志》卷五《營繕志》祠廟

前志所未載者，邑境諸廟宇，規模廓大，建築壯麗，則以釜甑山俗名靈山為最。山巔玉皇大殿五楹，覆琉璃瓦，每當日映之下，光射數里外。大門、鐘樓規制稱大殿，庭前鐵香爐一，重可數百斤。殿中神像高丈餘。南下一院，東其門為殿九間，東三間為百子殿，中泰山行宮，西三間則藥王廟也，規模稍遜於大殿。院中碑碣林立，牆壁皆滿。又南下為王母閣，高二丈餘，凡三層，覆瓦與大殿同。惟底層為臺，拾級而登，建築堅固異常。上層神皆木像，名十美女，雕粧極緻。院西偏為道士院，草房百餘間，分院五六處。又南下為關帝閣，上建關帝廟。迤東則為黿泉廟，蔚然高聳於山腰間，無院牆圍繞，孤立於臺碑之中。春二月十五冬十月十五山會，香火甚盛。民國十九年，晉軍入濟南，沿膠濟路綫作戰，土匪乘間盤據山上。次年春，由軍隊迫令居民將各廟並山寨拆毀，惟關帝廟僅存，可惜。其次則孤山廟，前志載在祀典，規制較釜甑山為狹，上建夷齊廟，祀殷伯

夷、叔齊。《傳》曰:"伯夷避紂,居北海之濱。"即此。宋賜額曰"昭賢",元賜額曰"清聖",
亦曰清聖祠。孤山神廟,宋封廣陵侯,元封孚澤廣陵侯,並文昌閣、太公祠、清僧王各廟。
自秦漢以來,歷代整飭,聖賢故蹟,忠臣義士之遺烈,所以愜人心而繫風化,亦一邑之偉
觀也。每逢重九,文人騷客,遊履徧滿。今棟撓瓦摧,風雨不蔽,修復未審何時。他如方
山廟創建失考,朱流店東西閣各廟創建失考,都昌鎮京阜王母宮創建失考,九級社大士祠創建失
考,有明正德重修碑,城北關帝廟、三官廟清初建,營邱古城太公祠創建失考,南郝鎮關帝廟創建失
考,有齊天保八年碑,北岩鎮三官廟創建失考,有金大定十九年碑,堯溝鎮關帝廟後院附大士祠,創建失考,
有康熙八年石塔及康熙十五年觀音碑。餘繁多,不悉載。

民國《昌樂縣續志》卷十六《藝文志》

重修三官廟碑記

邑人 巽嵩氏

古人有寓言而後誤以為實有者,若身備十六關要,命曰真君,而後遂有丈六金身
之像。人之元氣,始受於天,為人所最尊者,而後乃有元始天尊之形。推之包孝肅有
閻羅之號,而後世遂以為下陰曹矣。狄梁公有浴日之稱,而後猥以為濯虞淵矣。往
往而是,難以枚舉。然苟能善會其說,亦可為勸懲之資,而不必問其事之果有與否。
即如我營陵之東南偏阿陀鎮所崇奉之三官殿,稽諸本義,原以人受一氣,化為三氣,
是曰三元,亦曰三清,且上中下各有所司,又曰三官,而後之人乃以天地水當之,誤
矣。至舉其人以實之,而姓字履歷若有真傳,則又瀆慢誣惑之甚矣。第即其殿名思
之,有廣大垂教之意,亦可荊相之書,舉燭之訛,彼即用為舉錯之資,而國以大治也。
況廟號有天地水之義,則又古今所至重而永賴者,非若淫祠之為害劇甚,斷斷不可附
會者,而因喻致誤,因誤借鑒焉,可也。則夫諸善士所孳孳矻矻以襄厥事,與黃冠之
昕夕不遑者,亦緣像為教,誘人為善之雅意,所不容朽者爾。是為記。

重修營邱鎮南北閣記

邑人 趙立本

營邱者,漢之營陵縣也。元、魏時嘗曰營邱,今因之。舊城在今治之東南五十
里,又東里許為營邱鎮。東南接密州,北交濰州,西入青州,固四達之通衢,百代之雄
鎮也。舊有南北二閣,各建廟宇其上,北為鎮武祠,南為關帝祠,各三間。祠外有牆
有磴,寬可丈餘,高可三丈。登眺之際,左見白狼,右望方山,峙流並秀,帶碼稱雄,良
一方之巨觀也。且斯閣也,由古以來,文人學士往往誦讀其間,或當雪案雨窗程工較
課,或當花朝月夕把酒論文,吟咏之餘,雜以簫管,甚盛事也。迺歲月既久,南北兩閣
漸就傾頹,居人曰:"此閣不脩且壞,生是鄉者坐令前代遺蹟荒廢湮沒,使後之人致歎
於蔓草灰劫之餘而末由瞻仰,是居人之責也。"於是,善人君子,慨然出資,飭材鳩工,

力董其事。不三月而工告竣,缺者補之,葺者脩之,楹桷榱棟,煥然再新。又於北閣之旁增建鐘樓一座,南閣之前增建奎星樓一座。夫亦因學士會課其地,率皆擢科第延名譽,而為之繼文明於無窮也。登斯樓也,豈僅為觀瞻而已哉!是為記。乾隆五十四年七月。

重修龍神廟記

閩順昌 廖炳奎

道光七年丁亥夏六月,同鄉林秋崖明府來署營陵,見龍神廟傾圮,首勸重修。予適於是年十月抵任,次年六月落成,邑人士請余為文以記之。

蓋聞:水德靈長,誕北維而降瑞;神功優渥,蔭北海以流膏。貝闕珠宮,簷疑滴水,藥房荷蓋,欄實流芳,宜其千里之遙,封五王之貴;福因肹蠁,德叶廣仁,惟神化布元乾,位分蒼震,能立陰陽之道。是居海岱之邦,地接孤山,宮臨丹水,雨工朝牧,郊集羣羊,電使宵馳,人奔駿驥。馬當南顧,達水府以通靈;雷港東流,走波臣而導秘。夫桑林剪髮,古王能以誠通;鐵板投書,神君曾由禱致。爰徵逸事,聿著宏休。矧乃翼,佐洪鈞,心通造化。池間跳躍,無須緇服之求;殿角翻騰,不待青衣之擲者哉!且夫烈殊僑火,自無溱洧之喧,隄仁溢堯,天久靖錢塘之扐。怒杪於不測,時本無私,每當待澤之殷,不虘望霓之慮。雲峰簇簇,直衝香茗之光;雨脚垂垂,遍灑嘉禾之上。滴紅蓮而肥甲,滋白玉以盈房。戎椒之角首懸,胡麻之莖齊竦。木棉怒潰,開吉貝之繁花;烟葉濃生,披雲霞之秀彩。施何汪濊,賽必精誠,會值分龍,饋殊燎燕,敢效豚蹄之祝,常符豕蹄之徵。僕燒尾無從,暴腮恒慣,然而三叟之來可識,二奴之取能兼。明知嗜慾全銷,人間能豢;第念功勳至大,神力宜酬。伏冀降格,時臨居歆不忒;霓旌翠蓋,盼下土而停車;蓀壁茨壇,溯上方而稱蹕。地居大雷之勝,時逢好雨之知。亢旱不驚,魃終投圂,雨暘時若,穀已盈倉。

重修九級社觀音廟記

濰縣 季瑞麟

蓋聞:慧眼圓明,四大仰鑒觀之赫;慈航廣大,十方樂普渡之仁。功既濟乎羣生,理宜隆其報答。今九級社舊有大士祠一座,其重修者屢矣。乃於道光元年六月間,忽被烈火之災。廟塔俱焚,難伸俎豆之儀;神靈無依,莫展茶香之供。念靈爽之不昧,何可任成毀於適然;思前賢之重新,自宜勤整飭於無替。於是,領袖合社人等,虔心起造,立意復修,募四方之資財,襄一時之盛事。仍基址而易規模,俄而甍飛煥彩;改彫刻而為粧塑,未幾粉堊凝霞。瑂甍繡瓦,遠映孤山;玉闕瑤階,近繞洭水。繼自今,紫竹林中行看鸚鵡之戲,楊柳枝上更沛雨露之恩。坐慈航而永服其廣大,仰慧眼而益欽其圓明。昔之興也,既以答神明;茲之修也,復以繼前躅。爰勒諸石,用垂不朽云。道光九年。

重修朝陽洞碑記

邑人 曹殿臣

粵稽聖人以神道設教而天下服從，非幽渺不可測之謂，謂其護國佑民，風雨調而嘉禾登，陰陽和而疵癘泯也。以故，都邑鄉曲及山林巖阿之間，莫不營造洞宇，奉厥神明焉。昌城東偏老鸛李莊南有朝陽洞者，此地龍山拱秀，淮泉環流，巘崎清幽，宛若天造。其內有泰山神像，初不知肇自何代，吾鄉已因而葺之。迄於今，每歲聖誕之日，士庶雲集，共切瞻仰，或遇旱乾疾疫，竭誠祈禱，輒蒙神庥，蓋冥冥中之福庇久矣。值時和世泰，民物滋豐，公議因其舊蹟，重加修飾，以壯神居。爰鳩工厎材，不日告成。非敢云答神庥也，庶幾昭茲來許肅然起敬，知一方之安居樂業，其所自不容昧也乎？是為記。道光九年。

重修孤山廟碑記

膠縣 柯劭忞

孤山舊有夷齊廟，元至正二十九年《碑》云："自秦漢魏晉而下六朝唐隋之間，不知幾淩遲，幾增修矣。"又云："別殿有龍神祠，贈孚澤廣陵侯。遇歲旱，屢禱屢應，四方恒以雨德焉。"考《續漢書·五行志》引蔡邕《夷齊廟碑》云："熹平五年，天下大旱，禱諸明山。處士平原蘇騰夢陟首陽，有神馬之使載道，明覺而思之，以夢陟上聞，詔使者登山升祠，天尋雨。"是夷齊廟禱雨之靈古有明徵。《禮》云："有功德於民，則祀之。"清聖之惠被斯民，固與廣陵侯同，有合於祀典者也。首陽、北海俱清聖所居，宜其降康年而穀我士女也。歲丙戌，廟重加修葺，道士某請余為文以記其事，余因考清聖感應之靈，勒諸貞珉，又並為迎神送神之曲，以侑神焉。其詞曰：

"孤山兮蒼蒼，下有泉兮浪浪。昔二公之待清兮，比龍德之潛藏。風為馬兮雲為車，神之來兮，孤山之孤。靈鼓兮坎坎，巫歌兮烏烏。澤生民兮下土，達神既兮中孚。神之去兮兩旗，駕浮雲兮北馳，臨風奏兮參池，慰我民兮所思。松柏兮為梁，薜荔兮為牆。維神之棲止兮，常鄰近於龍堂；作蒼生之霖雨兮，同敷澤於我疆。"

方山錫文上人戒行碑

邑人 閻兆麟 舉人

錫文，戒行和尚也。生而警慧，少長，慕清修，甫八歲，即入小菴寺師澄格為僧。嘉慶壬申，如京師受戒行於善果寺，功果圓滿，持戒牒袈裟並戒齒錄以歸。厥後，方山西門大夫祠乏主持，遂卓錫為方丈主。當是時，樵採牧踊，山幾童，廟幾圮矣。錫文力為修復，頓可觀瞻。乃日與弟子覺夏輩誦《法華》、《楞嚴》諸經於其中，其徒弟子海存、曾徒孫了榮，並赴京受戒，克延衣鉢。而清課餘暇，又於山半植松千餘株，數年間，虬枝糾結，掩映峰麓，望之蔚然深秀，錫文力也。夫山為邑鎮，民為神主，而修舉栽培，惟一老僧是賴。信夫！佛法廣大，固不第嚴其戒、空其形已也。今錫文八十餘臘矣，淨息塵緣，雅不欲俗知，而功德及人，不可湮沒。公議勒石以誌，諸君子囑余為文，爰述其巔末，俾後之和尚知所法，亦以記此山之富美有由然云。咸豐六年。

民國《昌樂縣續志》卷十七《金石志》

勅封孚澤廣靈侯銅像

侯封爵年代俱載前志，其造像年月失考。像高市尺六尺一寸，巍然高坐，冠服如王者。原在城南門外專祠內，民國十九年，祠改民眾閱報所，像移附近張仙祠中。

重修三殿廟記

在第八區阿陀鎮，金大安三年，即宋光宗開禧四年。

天地奠位，神鬼以為徒，謂分職不移，而各有所守也。若夫靈通天地之間，尊極於鬼神之上，巍巍蕩蕩，不可復加者，其孰與於斯乎？惟天齊仁聖帝是也。蓋施諸仁，則助陰陽，贊化育，開物成務，而是為權輿。資其聖，則通幽微，明鑒察，福善禍淫，而敏猶影響。仁聖之道如此，既該覆燾之功所以無間。以此著為顯號，光耀玉冊，稱靈天地之間，尊極於鬼神之上，則亦宜然。按《周禮·職方氏》，每州皆云其山鎮，惟茲兗域，是曰岱山，位居岳伯，名號天孫。浡潏雲而散歆蒸，不崇朝而徧雨澤，惟帝據之，斯為神明之府也。遂使歷代之君，罔不肅然禋祀，毋敢射思。至於登封以告成者，咸在茲焉。信乎！其尊大也如此。是以天下之人，不遠千里朝獻而至者，雲屯霧集，日豈勝計哉？然而民居四遠，例不能然，所以各於鄉里必為壇墠廟宇，以宅其靈，以立其像，庶幾乎易得陳其薦獻者。濰之昌樂，古名邑也。距縣六十里，有地曰辛別，其土膏壤，其民殷富。此地雖有舊祠，以其復遠古昔，綿歷陽秋，基構雖存而奈非堅壯，丹青猶在而不無凋殘。乃有耆舊蕭通輩，慨然興歎而相告曰："民，神之主也。苟不能致力於神，則何以仰答其陰□□。"於是，鳩工聚財，共捐錢鏹，重加修葺，為之一新。所有鄉人，協力辦集，相與來助者，乃邵在、張□、□全、崔在、徐旺、邵珪、李佺也。由是，正殿門宇，不日而成，丹刻翬飛輪奐，雕立像設，既闢□□，已妥矣。使一方之眾，得奉嘗而尊崇之，不其美歟？工畢，一日，蕭公輩求記於余。余與諸公鄉里也，安能辭以不能，姑以鄙言實記其重修之歲月云耳。河東裴震記。

中選翰墨濰州劉澤書丹並篆額。

大安三年正月初三日，王順、李實刊，張導立石。

龍泉院殘碑

在今第三區青牛觀，舊名清幽觀，今只存上截。大朝癸卯，即宋理宗淳祐三年。

創建龍泉院記

夫修觀者尊崇無上三清乃太上無

自然之道故曰太上道君在天□萬

形易號故曰太上老君可應於有素

以言詮非可以語傳南華真經之始

接引初機以虛無為紀以恬淡為門

謂也又師之以敦柔潤物謙下為表

對己反照見聞以心傳心適道皆由

性純古貌助國於民忠直而無阿私

於大道正一明威賜紫清虛大師三

玄虛寶中明大道祖師心即普渡之

之法演大乘之機行無為之道化自

因以弘誓投禮三祖師為□迄今四

丹水丹朱乃堯之子南通基山□□

地勢合於太清□境奉劉更二先生

豈敢當□純素之道日還月逝攝生

大朝國行燕京尚書禮部給龍泉觀

夜話寒齋坐間良久之既住庵觀盡

三清之殿所以上報 天 地 日

皇帝聖壽 萬歲豈曰□□之哉

書不云乎道果斯張文不云乎

永為道場惡無不滅善無不

時癸卯年孟夏丁巳上旬六日都

驃騎衛上將密州安化軍

濰州昌樂縣第六都辛牟村重修府君之廟刱建門樓碑記

碑在第七區高家辛牟莊南，元至元十五年，即宋帝昺祥興元年。

邑進士張文彬撰。

譽天者必其大，譽地者必其厚，譽山者必其高，譽水者必其深，譽神者當何以哉？伏念，大而化之為聖，人不知曰神。陽間禍福，都在陰公之鑄；二氣相合，全仗神機之變。恭維府君之位，德盛隆高，□代衡山，尊參五嶽之權，顯列四方之位，判人間生死之事，削世上耕□□□。名垂宇宙之間，靈顯乾坤之內，有如斯曠蕩之恩，何以報生成之德。茲者有本邑東南二十餘里等十七都胡家莊土居人也、石匠作頭胡琛，愈見祠宮頹壞，殿宇隳摧，聖賢不獲安居，士民何忍坐視？欲行施功，飜蓋祠堂，故非獨力之所為，實賴眾功而後起。今者，稔歲豐登，年穀大熟，黎庶無不安然。是以本莊廟後張聚同啟信心，作維首，飜蓋正殿三間，塑像繪儀，潤色聖體。二事雖備，琛意未安，即時發虔誠心，糾率鄉貢信事之眾，各捨清淨之財，命到工匠人等，刱建廟前門樓一座，同成勝事，俱完復得聖容，安妥土脈，重修千古神宮新氣象。濰陽境內，萬家送供，益繁華祠前白狼之波，勢潮滄海，一脈東流殿後蠻家之埠，形接營城，浩浩北去。相連王裒院，正視馬宋寺，斜觀山幽水淥，地秀人賢。崗形險固，多生俊傑之才；地厚桑穢，廣產潤民之貨。修文才，過子建；習武勇，賽澹臺。人人儹利，全憑聖力扶持；個個英賢，偕仗神明佑護。一境之間，豈不知神明之邪？使後人享祭，孰不敬之？故孔子云："祭神如在。"此之謂也。故不敢怠之。是以琛鑿山取石，囑僕為文，將刻為記，以傳不朽，謹而書之。

　　巍巍堂堂，護國齊王，惟神德盛，保佑四方，周圍勝景，地秀人良，張公飜殿，補塑聖像，胡公立石，刱建門堂，二人俱善，各保安康，勝事既畢，千載名揚。

　　大元國至元十五年四月十二日。

　　建門樓都緣主胡琛立石。

重修孤山行宮之記

碑在第四區耿安河西莊北半里，元至元二十九年。

　　蓋聞：神者，靈也。冥冥無幽不通，人莫測其機，或知者寡矣。資之敬，怠必有像廟而後從之。夫神者，在乎靈驗正直而已。人之行往生成之道，所作皆在於天地鬼神之間，其神觸之而動，作之而應，如在其上，如在其左右，如影之隨形，響之應聲，又何相去遠哉？如斯神恩，庇眖於人，人必修蓋堂宇，使人尊崇恭敬，知神明之德無窮也哉！茲者臨丹郡東十里有山曰孤山，聳高百有七仞，於上共有二神祠，其東曰孚澤廣靈侯，西曰昭義清惠公、崇義仁惠公二廟，始立不記年矣。其山之側，右有一穴名曰龍洞，每遇旱，人輒禱於祠下，雲於斯出，雨遂作矣。其感應之效，前後非一。厥山之東南二十里，風景絕倫，一方所幽微罕見，村名耿安，所屬清和鄉也。地秀人賢，園林幽落。於村中有一神祠，乃孤山龍神行馬之宮，綿綿亙乎千古，於斯積有年矣。時有本莊王寶，因其父王安染患，醫藥莫能治之，遂命巫女辨驗，云有修蓋孤山行祠之事，聞言許之，並安弟王和，一疾俱臻。一日，王寶懇心謂其叔父王君用同鄉中信事之眾議曰："予觀廣靈侯之祠，累經兵火，廟貌不存，惟餘基址，荊棘荒涼，無人整葺，何忍坐視，宜重修建，不其可乎？"眾皆欣然從之。獨有王寶，虔誠心，捨清淨財，就於故基重修瓦廟三間，經營一載之餘，勝事俱完備矣。於是，王寶求記於余，余曰："王公鄉里，安能辭以不能？"姑以鄙言，實紀其重修之歲月云耳。另將施主姓名列於碑陰。

大元至元二十九年四月王寶立。

大德石爐

在城東南五十五里五圖莊龍王廟,元大德二年。

石香爐為八稜形,上鐫"大德二年十一月十七日濰州北海縣第十六都周家莊周仁立石匠賀琇"等字,陰刻施主姓名共百餘人。

重修方山神龍祠記

碑在方山上龍神祠內,元大德十一年。

竊以山不在高,有水而秀;神不在祭,有敬而靈。夫濰州屬有三縣,惟此昌樂,中統以來並隸北海焉。邑之去東南二十里,有山曰方山,其巍嶷五百餘仞,州之境內名山無出此危峻者。巖穴崗脊而面溪澗,源泉長流而不竭涸,農家引溉田圃,利益於民,非他山之比者。巔脈之右,傍湧一水而出,碧澄泓深,數尺而不瀉,鑿石四扇,面刊花草,甃砌為池,仍建龍神之祠於其上。東北艮與孤山凝翠相對,非謂山之奇而美,獨以水秀尤為美哉!惜無遺跡,雖土人相傳神之尊號西門大夫,徧考未見,斯不知古時何代、孰名孰立者耶?郡人遇旱,禱祭龍祠,取淘池水,雲興雨降,尅期應驗,一郡無飢,四方咸賴,實有德施於民者。奈神宇幾經野火焚毀,廟貌煨燼之餘,日就月將,了無子遺。山際之西有村曰邊下,功德主前宣授金牌武郎將軍管軍千戶公裴進,昔公軍戍北塞,攻戰危嶮,贍祝保全,歸里修葺,處遠未及也。有弟榮承兄之意,久不忍廢,嘆曰:無其神祠,何所棲?無其貌,民何所祭?值歲豐稔,同長兄友並乃姪兹是宣命金牌管軍千戶裴世英更諸姪等,伐山運木,募工繕材,卜時蠲日,依舊基礎,是以重修。構祠三間五檁,雙扉兩牖,經營壯麗。起於大德三年孟春,成於孟夏上旬八日。鳩名工繪塑龍神侍從十有一尊,塗金飾彩,粧以新之,增題金字雕刻,前巡檢韓公等獻,非誠敬豈能如是乎?禱祭者得所瞻仰,無虛位想像而已。未暇立石,固存諸心久已,卒是以不完也。其妻李氏繼念夫志,一日,與二子並其婚斐元、斐亨佐相來議於諸伯父,拜列堂下,述夫遺言,千戶公命設酒殽,邀會鄉黨耆友等,欣然願為維首者數人矣。於是,李氏割財,擇匠採石,為膏車礱石之費,勒銘祠左,昭示後人。公曰:廟以成矣,塑以備矣,石以立矣,非亡弟婦姪獨能哉?賴我諸公成斯盛事。踵門三來,求予作識,思居鄉里,義之所在,固不能卻。《中庸》有云:"夫孝者,善繼人之志,善述人之事者也。"母子之為,可謂貞孝矣。夫庸敬主於心誠,斯須之敬主於禮祭,公等庸敬不怠於心,子孫餘慶,神之靈顯,鮮有不祐者哉!姑塞雅命,援筆依言謹記。時大德十一年孟夏上旬有六日立石,長姪百戶斐興、次□、次□、次世傑、次□、次俊、次世雄、次泰,青社後進李敬祖譔並書丹篆額。

重修東嶽廟行祠記

元至治二年。

邑人　劉世傑

北海縣之西,有鄉曰清惠,里曰黃村,余之祖居於此有年矣。宅之東北,塋之西南,東嶽行祠在其間。廟之創始,其詳不可得而聞也。金末,荐經劫火,皆煨燼之餘。壬辰後,祖父朝散大夫河中府同知諱信,避亂踰河,挈家而來,覩斯遺址,幾欲興修,未能也。至元六年,伯父昌樂酒醋稅務都監劉澤,滕嶧諸軍奧魯長官劉成,繼承父志,肯構其基,翦荊榛,拾瓦礫,復建其廟。堦前手植二檜。至時厥後,歲月寖遠,風雨催剝,棟梁腐壞,柱石歆斜,幾至傾圮。迨乎大德八年,姪忠顯校尉管軍總把自袁州路以子承替其職而還故里,首覩其廟將隨湮微,歸而謀於諸親曰:夫廟宇崩毀,坐而視之,豈惟危不持、顛不扶、見義不為而勇無,所謂神無歸依,人乏瞻仰,況此歲豐時稔,人樂安居,非托神佑,奚致然耶? 其叔劉淵、劉旺、劉世興暨弟劉侃輩,眾皆允許,同心協力,選材命匠,重修正殿四楹。始興功於是年孟秋,不逾月而成。既而以沙泥杇鏝其壁,召名工繪三聖像及侍神焉。裨一方之民,行商過客,遠而視之,簷榱翼然,近而觀之,金碧燦然,從茲以始,春祈秋禱,四時祭祀,民之願也。風調雨若,百穀豐登,神之惠也。余以官游中外,還居青社,因拜掃而到鄉里,姪源泊諸親僉曰:功既畢矣,宜紀始末,以示後人。余嘉其能有持危扶顛、見義勇為之志,故不以不敏辭,敘其事而錄之。奉順大夫中書省右司員外郎劉世傑記。

翰林待制奉議大夫兼國史編脩官張起巖篆額。

將仕佐郎西域親軍都指揮使司照磨劉如愚書丹。

大元至治二年十月望日。

忠顯校尉季陽萬戶府翼管軍總把劉源等立石。

濰州石匠作頭賀珍等刊。

重修曾福相公行宮碑記

在第七區營邱鎮北閣內,元至治三年。

臨海野人　楊熙撰

蓋神者,靈也。宜其無幽不通,人莫測其機,或知者寡矣。茲者濰陽正南三十里,風景絕倫,一方所幽微罕見,村名營邱,所屬清和鄉。加以人稠物穰,土厚桑肥,源河湛水,浪浪常流。地秀人賢,園林幽落,修文人面帶顏回,習武者身同子路,長壽老彭祖相挨,富貴人石崇可比。弘釋教者,看《涅盤》、《華嚴》;敬儒典者,讀《周易》、《禮記》。箇箇聰明辨利也,是宿世修來;人人具足端嚴,皆屬前生福德。由是於莊中有一神祠,故老相傳曾福相公之廟,綿綿亙乎千古,於斯積有年矣。至唐明帝朝天成元年,贈為神號曾福相公,以為福祿之神。時有本村巨農于淵,詣其祠,窺其墓,詢咨歎曰:靈神於此,廟貌不存,惟基址荆棘荒蕪,無人整葺,何忍坐視,宜重修建,不其可乎? 謂妻李氏可否? 妻從其言,并長子于德慨然允之。同發虔心,捨箱囊,隨鳩工聚材。不一載,徹而新之,兼捏塑神像一堂,正殿門宇不日而成。所有鄉人協相與來助者高欽伯等,同成勝事,俱完備矣。于是,于淵一日謂曰:願既酬矣,心以滿矣,雖已了期,上闕永年之銘記,可礱石於祠前,上光祖德,下著□功,永傳無窮,不亦宜乎? 欲論著其始末,踵門求愚為記,予固辭之,再三禱之,仍不獲已,但加于淵成為善事,更謂神明厚惠,暗佑於人,以鄙言實紀其重修之歲月云耳,觀者幸無誚焉。

　　大元至治三年九月下弦 日于淵立。

重修玉宵宫門記

在城內玉宵宫街南首,元至正二年。

化緣

通和純素大師尊宿提點張士真。

隱秀通和大師知宮張道林。

至正二年八月 日。

益都路濰州北海縣石匠作頭盧整、盧成、盧秀。

知宮木匠李德益。

勅封昌樂縣城隍廟顯佑伯記

碑在公安局,即城隍廟舊址,明隆慶四年。

　　按:城隍不載祀典,大抵高城浚隍,固風雨,捍寇攘,必有祀之者。察民淑慝而禍福之,非妙萬物而神與? 我朝城隍之設遍寰宇,與風雲雷雨山川並壇而祀,厥義正矣。伏讀洪武二年《制》曰:睠茲縣邑,神祇所司,宜封曰"鑒察司民城隍顯佑伯"。吾邑舊有木匾,尊閣座上,為民瞻仰。仁少讀書玉宵宫,嘗謁誦之。比辛酉登第迴,肅拜神祠,其匾已朽,乃慨然與舅氏陳暨眾議曰:神之可祀,與民最切者莫城隍,若其靈顯神威,真凜凜然,足以一民心而固國本者,祠弗淫而祠已乎? 春秋祝祀,曾是報否,幸茲制典赫然,顧又圮而弗鏧,孔子所以惜子貢也。吾欲壽諸石,而冀不泐若何? 眾唯唯欣從。遂命工具石表明,命而鐫之。或以神不測也,面目冠裳業已入道處,若廼又侈加封號,惑矣。噫嘻! 此我太祖神睿超軼古今,而非可以管見窺也。《制》不云:司於我民,鑒於邑政。夫人君所畏者,惟天;人之所畏者,惟神。愚癡小民,狂妄悖逆,視嚴罰恬恬然,如就惟曰城隍,輒伏首冰冽,茲豈幻妄所切? 而令是邑者履任,數語厥命,惟嚴朔望顧瞻,邪思屏息,惟仰睹顯佑之命,則無間違。胥蠢朦,胥瞶,一洗若志,慮惕而思,思而警曰:可畏哉! 聖天子且崇之而專寄,若茲藐焉,非可為乎神?

則電其弗恤弗躪弗暇爽若然，則所以戚亂臣賊子之心，而起忠臣孝子之念者，豈小補哉？夫世之勸善曰賞，懲惡曰罰，此不賞而民勸，不怒而民威於鈇鉞。顯佑之封，其何乖？固我太祖化導之微意也。仁不佞，因筆之石，以示尊崇，亦俾後之視石，猶今之視木云。

隆慶四年九月九日，邑人岱村夏尚仁譔立。

典膳陳濟、劉大化，鄉耆田樞、張桂枝、王廷□。

護印道士叢崇詔，石匠姜良□。

重修興福寺關王廟記

碑在朱留店西閣外路北，明萬歷四十年。

昌樂縣東二十里朱留店興福寺，有武安王廟。先是店居眾，正王之神，奇王之氣，仰王之威靈。乙未歲，寺僧元清募緣督倡建茲廟者，法像森嚴，人起寅畏，顯靈數四，祈應不貣。吾儕居是土，藝是野，眉龍齒鯢，悉奇是舉。廼辛亥之秋，水洶湧，廟廼圮，神幾褻。居眾有事於廟，喟然嘆曰：廟宇摧毀，不足揭虔妥靈，而又且故制桷樸下窄，梁楣赤白，哆剝不治，圖象之威，黽昧就滅，藩拔級夷，庭木禿缺，祈旽日潓，祥慶弗下，不即不圖，方之羣眾不獲蔭庥。復命僧因故為新，眾工齊事，惟月若日，工告訖功，大祠於廟，神威序應，歲無怪風劇雨，穀果充實。眾皆曰：耿耿祉哉！其不可誣。廼相於請記而鑱之石。

嘗

萬歷四十年孟冬吉日　昌樂庠廩生劉如參撰。

僧人元清募，石匠劉立、劉同會刻。

重修城隍廟碑誌

碑在城內公安局，明萬歷四十六年。

余聞之祀法曰：能禦大災，則祀之；能捍大患，則祀之。而邑有城隍，列爵視伯，是於我守令分治幽明者也。凡陰騭斯民，皆神之責；而享祀豐潔，輝煌廟貌，則司牧者之責也。昌樂之有城隍久矣，其不葺治者何？始不葺治矣，迄今日而又重新之者何？蓋余甫涖茲土，會歲大祲，黎民星散，赭衣半道矣，羣盜滿山矣，析骨炊而易子食矣，此青齊何等時也。神之有靈，亦必痛赤子之彤瘝，憫守令之焦愁，仰叩九玄，為請命於帝，尚欲以經營之事勸吾民哉？爾年以來，歲稱豐稔，存者安，去者歸。任茲土者，亦得稍紓隱憂，而境內神祇，修籩豆之事。去年秋歲大旱，予禱於神，以祈靈貺，無何，甘霖沛降，蘇我槁苗，因生我赤子。矧神之靈，蓋無日不注念我小民，以貽我守令之休也。顧忍使棲泊不寧以為神羞哉？於是，捐我積俸，具丹堊金碧以飾神之宮于相，又創為儀門以大其觀，為兩廂以壯其勢。神之靈，既赫而威，而神造福於民也，當亦洪且巨矣。蓋始之安於蕪陋而傾圮是仍者,不欲以大荒之後勞吾民也,為民,亦為神也。今之忽為鼎新而恢宏其制者,不欲於樂歲之餘忘神既也,為神,亦為民也。區區一念,可以對神明,可以對百姓,於禦災捍患之義,要無甚謬戾焉耳。顧余之意,又有不盡於此者。每見奸民猾胥六博蹴踘之徒弁髦王法,而一覩神靈之所棲止,而瞿然恐,悚然懼,兢兢焉,若無地以自容也。乃神能默鑒而默奪其魄也。夫然其勿默禱於躬乎?《書》曰:"惟我事不貳適。"《詩》曰:"及爾出王","及爾游衍。"此檢身之法也,亦事神之方也,安在廟之新不新哉? 願爾百姓其共昜之,無罹吾神之譴,則無煩吾守令之蒲鞭役是也。經始於萬歷丁巳九月,落成於戊午四月。縣丞劉君盈科,主簿魏君士美,典史謝君皚,學博謝君恩、高君汝勵,各捐資以助,董其事者儀賓趙士望也。

萬歷四十六年季夏之吉。

賜進士文林郎知昌樂縣事汝陰李精白撰。

附錄二：昌樂未收碑刻目錄

1. 殘碑。在山東省昌樂縣朱劉鎮孤山頂夷齊廟,立碑時間不詳。石灰石質。殘高 100 厘米,殘寬 80 厘米,厚 24 厘米。正文楷書,字徑 3 厘米。碑破碎為多塊,現僅存兩塊殘片,文字嚴重漫漶。

2. 殘碑。在山東省昌樂縣朱劉鎮孤山頂夷齊廟,立碑時間不詳。石灰石質。殘高 80 厘米,寬 78 厘米,厚 15 厘米。正文楷書,字徑 2～3 厘米。碑現僅存兩塊殘片,文字嚴重漫漶。

3. 殘碑。在山東省昌樂縣朱劉鎮孤山頂夷齊廟,立碑時間不詳。石灰石質。地上部分高 75 厘米,寬 76 厘米,厚 20 厘米。正文楷書,字徑 2 厘米。碑陰題名楷書,字徑 2～3 厘米。碑上半部殘缺,下半部有一部分埋在地下,地上部分文字基本可以辨認。

4. 殘碑。在山東省昌樂縣朱劉鎮孤山頂夷齊廟,立碑時間不詳。石灰石質。殘高 140 厘米,殘寬 50 厘米,厚 21 厘米。正文楷書,字徑 3 厘米。碑僅存殘片一塊,文字嚴重漫漶。

5. 殘碑。在山東省昌樂縣朱劉鎮孤山頂夷齊廟,立碑時間不詳。石灰石質。殘高 100 厘米,殘寬 67 厘米,厚 17 厘米。正文楷書,字徑 4～5 厘米。碑首尾殘缺,僅存中間部分,文字嚴重漫漶。

6. 題名殘碑。在山東省昌樂縣朱劉鎮孤山頂夷齊廟,立碑時間不詳。石灰石質。殘高 80 厘米,寬 78 厘米,厚 10 厘米。題名楷書,字徑 2 厘米。碑上半部殘缺,文字嚴重漫漶。

7. 漫漶碑。在山東省昌樂縣朱劉鎮孤山頂夷齊廟,立碑時間不詳。石灰石質。高 241 厘米,寬 70 厘米,厚 20 厘米。正文楷書,字徑 3～4 厘米。碑體完整,文字嚴重漫漶。

8.《明萬曆十年重修孤山廟記碑》。在山東省昌樂縣朱劉鎮孤山頂夷齊廟,明萬曆十年(1582)立。石灰石質。圭首。殘高 137 厘米,寬 90 厘米,厚 14 厘米。正文楷書,字徑 2.5 厘米。額題"重修孤山廟記",楷書,單行,字徑 3 厘米。碑下部殘缺,剩餘部分文字基本清晰。

9. 方山龍神祠大殿對聯。在山東省昌樂縣方山龍神祠,上聯為"地獻其靈一道清泉千里潤",下聯為"神遺之福萬年甘雨四時春",字徑 11 厘米。落款為"住持明霞道人李忠頓首書。"

目錄索引

清 代

民 國

时代不明

後　記

　　收集整理山東道教碑刻資料是我多年的心願,早在 2001 年我還在山東大學攻讀博士學位時,就曾把山東道教碑刻資料的收集列入與台灣丹道文化教育基金會的合作計畫,雖然後來雙方的合作因故沒有繼續下去,但這個心願並沒有放棄。2002年,我參加了由中央民族大學牟鍾鑒教授主持的國家社科基金項目"全真七子與齊魯文化",在寫作過程中,充分認識到了道教碑刻對於全真道研究的重要性,並在牟鍾鑒、白奚兩位先生的勸說和鼓勵下,開始研究全真道。當我把這一決定告訴我的恩師周立昇先生時,得到了他的大力支持,他建議我先整理《道藏》中王重陽與全真七子的文獻資料,於是就有了由周立昇先生主編、由白如祥和我輯校的"全真道文化叢書"第一輯的出版。完成了"全真道文化叢書"第一輯後,我便全力以赴開始了對山東現存道教碑刻資料的收集與整理工作。

　　我是學哲學出身的,對於金石學一竅不通,而收集碑刻又是一項費時、費力、費財而且帶有技術性的工作,因而剛開始就遇到了重重困難。當我一籌莫展之時,學考古出身的好友胡常春給予了我極大的支持,他幫助我按照專業要求制訂了碑刻調查表,並經常陪我一起進行田野考察,使我慢慢對這項工作熟悉起來。後來,我又認識了山東泰安的姜豐榮、袁明英兩位先生,他們都是研究泰山石刻的專家,我從他們那裏學到了有關金石學的基本知識,並跟姜豐榮先生學會了做拓片的技術,這一切對於我後來工作的展開有極大的幫助。

　　2006 年春,為了完成王志民教授主持的教育部基地重大項目"山東歷史文化遺址調查與保護建議",我到山東青州進行調研,認識了青州市文物管理所莊明軍所長,跟他談起我正在進行山東現存道教碑刻的收集與整理工作,得到了他的大力支持,他決定幫助我來完成青州市現存道教碑刻的收集。因為缺少經費,加之經驗不足,剛開始步履維艱,但在青州市博物館王瑞霞副館長、臨朐縣博物館宮德傑副館長的支持和幫助下,工作還是在不斷進展。2008 年 5 月"山東道教碑刻收集、整理與研究"被列為國家社會科學基金項目,2009 年 4 月又得到香港青松觀的經費支持,工作得以迅速展開,終於完成了《山東道教碑刻集》青州卷的收集整理工作。就在稿子即將交付出版的時候,齊魯書社的趙發國主任建議補充一些內容以增加書的份量,我又在昌樂縣文化局吳漢賓副局長的幫助下,對昌樂現存道教碑刻進行了收集與整理,並把青州卷與昌樂卷合併一册出版。目前,雖然《山東道教碑刻集》青州卷與昌樂卷已經完成,但由於本人水平所限,其中難免有錯誤和紕漏之處,還請方家多多指教。

　　在本書即將付印之際,我謹向以上各位老師、前輩和朋友表示由衷的謝意。同時,我還要感謝熊鐵基、朱越利兩位先生對本項目的大力推薦,感謝王宗昱、王卡、樊光春、張廣保、郭武、尹志華等各位教授多年來對我的幫助,感謝山東師範大學齊魯文化研究中心領導對這項工作的支持,感謝研究生秦國帥、王光福、趙永青、侯照民等在碑刻收集整理過程中所做的大量工作。最後,我尤其要感謝香港青松觀對本項目的支持與資助,感謝齊魯書社趙發國主任對本書出版所付出的艱辛勞動。

趙衛東

2009 年 11 月 25 日